KRISTIN HANNAH

Wenn der Mond dich küsst

Buch

Vor der stürmischen Küste von Maine finden Fischer den leblosen Körper einer jungen Frau. Sie bringen die Unbekannte zu dem einzigen Arzt, den es in dieser Gegend gibt: Einst war Dr. Ian Carrick ein brillanter Mediziner, doch nun lebt er zurückgezogen in einem großen Anwesen voller merkwürdiger Außenseiter. Dort versucht Ian sich vor der seltsamen Gabe zu verstecken, die ihm das Leben schon so lange zur Hölle macht: Er kann in die Seele seiner Patienten »sehen«. Doch als diese mysteriöse und wunderschöne Frau in Ians Leben tritt, scheint es, als ob mit einem Mal das Glück zu ihm zurückkehrt: Außer ihrem Namen – Selena – hat sie keinerlei Erinnerungen an ihre Vergangenheit. Und zum ersten Mal seit langer Zeit kann Ian wieder einen anderen Menschen berühren, ohne von erschreckenden Visionen überwältigt zu werden. Unschuldig wie Selena ist, empfindet sie auch keinerlei Scheu vor den anderen Bewohnern der »Zuflucht«: Ians Mutter, deren Wahnsinn den Sohn einst beinahe vertrieben hätte; der geniale, aber unbezähmbare Julian; Laura, auf ewig dazu verdammt ein Kind im Körper einer Frau zu sein; der kleine Junge, dessen Schweigsamkeit kaum die Wunden an seiner Seele verbirgt; und die »verrückte Königin«. Selena gelingt es mit Leichtigkeit, Freude in die dunkle Welt all dieser Menschen zu bringen und in Ian Hoffnung und neues Selbstvertrauen zu wecken. Doch dann taucht ein Mann aus Selenas Vergangenheit auf, der alles tut, um ihre junge und noch zerbrechliche Liebe zu zerstören. Allein die vermeintlich Verrückten der »Zuflucht« können Selenas und Ians Glück jetzt noch vor einer irrsinnig gewordenen Welt retten …

Autorin

Kristin Hannah studierte in San Francisco Rechtswissenschaften und arbeitete anschließend erfolgreich als Anwältin. Sie begann zu schreiben, als sie während ihrer Schwangerschaft kürzer treten musste. Auf Anhieb eroberte Kristin Hannah bereits mit ihrem ersten Buch die Bestsellerlisten. Seither gewinnt die mehrfach ausgezeichnete Autorin eine ständig wachsende Lesergemeinde. Kristin Hannah lebt mit ihrem Mann und ihrem Sohn in Seattle.

Von Kristin Hannah ist bereits erschienen:

Im Bann seiner Küsse (36084)
Blüte der Dämmerung (36145)
Tanz im Sturm (36122)

Kristin Hannah

Wenn der Mond dich küsst

Roman

Aus dem Amerikanischen
von Elke Iheukumere

blanvalet

Die Originalausgabe erschien unter dem Titel
»Waiting for the Moon« bei
The Ballantine Publishing Group, New York.

Umwelthinweis:
Alle bedruckten Materialien dieses Taschenbuches
sind chlorfrei und umweltschonend.

Einmalige Sonderausgabe Mai 2006 bei Blanvalet, einem
Unternehmen der Verlagsgruppe Random House GmbH,
München.

Published in agreement with the author, c/o BAROR
INTERNATIONAL, INC. Armonk, New York, U.S.A.
Umschlaggestaltung: Design Team München
Umschlagfoto: Zefa
ES · Herstellung: LW
Druck und Einband: GGP Media GmbH, Pößneck
Printed in Germany
ISBN-10: 3-442-36539-2
ISBN-13: 978-3-442-36539-5

www.blanvalet-verlag.de

Prolog

Küste von Maine, 1882

Er war ein alter, alter Mann, und er glaubte, im Leben bereits alles gesehen zu haben. Einundsiebzig Jahre lang hatte er in diesen eisigen Wassern des Atlantik gefischt, genau wie sein Vater und vor ihm auch dessen Vater. Er hatte der wütenden See getrotzt, die an seine geliebte Küste donnerte und heulte, er war in seinem kleinen, flachen Ruderboot hinausgefahren, hinaus in den schlafenden blauen Riesen, wenn der Nebel so dicht war, dass er die eigene Hand nicht vor Augen sehen konnte. Aber nie zuvor hatte er sich hier draußen gefürchtet, bis zum heutigen Tag.

Die Frau machte ihm Angst.

Er sah sie unter dem Schild seiner tief in die Stirn gezogenen Kappe an und versuchte, sich sein Interesse an ihr nicht anmerken zu lassen. Doch diese Mühe hätte er sich gar nicht machen müssen. Sie schien vergessen zu haben, dass er überhaupt existierte.

Er wollte sich etwas einfallen lassen, das er ihr sagen konnte, dieser eigenartigen, verstörten Schönheit, die wie eine schweigende Madonna in seinem schaukelnden, verschrammten kleinen Boot saß, umgeben von etwa einem Dutzend Hummerfangkörben, die dringend frisch angestrichen werden mussten.

Sie saß zusammengesunken, irgendwie geschlagen, ihre blassen Hände hatte sie in die raue braune Wolle ihres Umhanges gekrallt, ihr trauriger Blick ging zum Horizont.

Blaues Wasser schwappte in das Boot, schlug über die Seiten

und sammelte sich zu ihren Füßen, doch sie machte sich nicht einmal die Mühe, die abgewetzten Stiefel aus der Pfütze zu ziehen.

Er wartete darauf, dass sie etwas sagte oder tat. Doch sie saß einfach nur da und starrte. Lange Locken rötlich braunen Haares wehten über ihre blassen Wangen und fingen sich an der vollen Unterlippe. Die eigenartige, beinahe durchsichtige weiße Haube, die sie über den Haarknoten gezogen hatte, flatterte im Wind.

»Das ist Purgatory«, sagte er schließlich und deutete auf die zerklüftete einsame Granitspitze, die sich aus dem Meer erhob und deren Klippen vom weißen Schaum der Brecher eingehüllt waren.

Sie nickte schweigend.

Er manövrierte sein kleines Boot auf die Insel zu, seine Augen hatte er vor der grellen Sonne zusammengezogen. Die Insel wogte und tanzte vor seinen Augen, einen Augenblick lang schien sie in den wogenden Wassern des Meeres zu versinken, dann erhob sie sich wieder wie eine stolze Faust. Es war das letzte Stück Land, dahinter erstreckte sich der Atlantik bis zum Horizont. Während sie sich der einsamen Insel näherten, wurde das Donnern der Wogen immer lauter. Die Wellen krachten gegen die felsigen Klippen, und die Gischt flog höher und höher.

»Ich werde auf die andere Seite der Insel fahren, Miss. Dort ist es ruhiger, und man kann besser anlegen.«

»Nein«, erklärte sie heftig, und ihre Stimme klang unerwartet rauchig und stark. Es war die Stimme eines Barmädchens aus dem Mund eines Engels. »Ich werde an dieser Seite aussteigen. Das ist jetzt sowieso egal.«

»Aber die Wellen sind hoch, Miss…«

Sie wandte sich zu ihm, und jetzt lag nicht länger ein einsamer oder verlorener Blick in ihren Augen, sondern nur noch Entschlossenheit. Kalt und hart und kompromisslos. »Soll ich aussteigen und schwimmen, Sir?«

Einen Augenblick lang konnte er ihr nicht antworten.

Sie seufzte und raffte ihre Röcke.

»Nein! Steuerbord ist eine kleine Bucht. Ich werde es schon schaffen, dort anzulegen, aber es wird holprig werden.«

Sie lachte, hohl und leer klang ihr Lachen, und es machte ihm Angst. »Das wird mich nicht stören, ich versichere es Ihnen.«

Er sah von ihr weg zu dem zerklüfteten Ufer. Aus Erfahrung wusste er, dass er neben einem der Regenlöcher anlegen konnte, die dem westlichsten Punkt der Insel ein trügerisch ruhiges Aussehen gaben, doch leicht würde das nicht werden. Und es wäre auch nicht sicher.

Er sollte es eigentlich gar nicht erst versuchen. Er sollte ihr sagen, sie solle zur Hölle gehen, immerhin war *er* der Kapitän dieses Bootes.

Er wandte sich zu ihr, um ihr das zu sagen, ihre Blicke trafen sich, und er wurde von ihrer Traurigkeit überwältigt. Fünfzig Jahre seines Lebens fielen plötzlich von ihm ab bei diesem Blick, er war wieder ein junger Mann, und er durfte sie nicht enttäuschen.

»H-Halten Sie sich fest, Miss«, war alles, was er sagte, dann richtete er seine volle Aufmerksamkeit darauf, das Boot sicher anzulegen.

Das Meer wehrte sich gegen ihn, wieder und wieder versuchte es, ihn zurückzustoßen, aber der alte Mann kämpfte hart, immer wieder lenkte er das Boot gegen die Felsen am westlichen Ende der Insel. Für den Bruchteil einer Sekunde schien das Meer zu zögern, es zog sich zurück, und das Boot schoss nach vorne. Er hörte, wie der hölzerne Boden über den glatten Granit glitt, dann, mit einem Ruck, saß das Boot auf.

Die Frau rührte sich nicht.

»Miss?«

Langsam, ganz langsam sah sie auf, und er sah die Tränen in ihren Augen, die sie auch gar nicht vor ihm zu verbergen versuchte. »Ich will verdammt sein«, sagte sie leise, und ihre rauchige Stimme überschlug sich ein wenig bei diesem Fluch.

Dann stand sie mit der Anmut einer Tänzerin auf, balancierte in dem wackligen Boot und trat auf den festen Felsen. Zum ersten Mal sah er die kleine Tasche, die an ihrem blassen Handgelenk hing. Sie nahm die Tasche vom Arm und öffnete sie, dann zog sie eine Hand voll Dollar und einen Ring heraus.

»Hier«, sagte sie und schob ihm die Faust entgegen.

Das Geld flatterte im Wind. Er runzelte die Stirn. »Sie können mich bezahlen, wenn wir sicher zurück an Land sind, Miss. Und außerdem ist das viel zu viel Geld…«

Sie sah ihn an und zuckte leicht mit den Schultern. Zögernd folgte sein Blick dem ihren. Sie sah hinüber zum Dead Man's Bluff, einer fünfundvierzig Fuß hohen, einschwingenden Klippe. Dann blickte er wieder zu ihr.

»Wenn Sie das Geld jetzt nicht nehmen, werde ich die Hand öffnen, und es wird wegfliegen.«

Er leckte sich über seine rauen Lippen und wusste nicht, was er tun sollte.

»Also gut.«

Er streckte ihr die Hand entgegen und griff nach dem Geld, gerade als sich ihre Finger öffneten. Seine alte, knochige Hand schloss sich um ihre, und er fühlte die Wärme ihrer feuchten Haut. Und ganz plötzlich waren sie miteinander verbunden.

Heftig zog sie die Hand zurück.

Er öffnete vorsichtig seine Hand. Auf dem Geld lag ein schlichter, unverzierter goldener Ring. »Das ist ein Ehering«, meinte er leise und sah in ihre Augen.

Das Lächeln, das sie ihm schenkte, war angestrengt. »Die Menschen in der Welt würden es so nennen.«

Er blinzelte und wusste nicht, was er darauf antworten sollte, er suchte nach Worten, mit denen er sie erreichen könnte.

Doch nichts fiel ihm ein, bis auf die leise Bitte: »Kommen Sie zurück mit mir, Miss.«

»Machen Sie sich um mich keine Sorgen, Sir. Fahren Sie von dem Geld mit Ihrer Frau in Urlaub, schenken Sie ihr den Ring als ein Zeichen der Liebe – immerhin ist das der Zweck dieses Ringes, wenn ich mich recht erinnere.« Einen Augenblick lang wurde ihr Lächeln sanfter. »Sie haben Kinder, nicht wahr?«

Er nickte. »Drei Töchter, in Portsmouth.«

»Kinder.« Sie sprach dieses Wort mit einer ruhigen, stillen Sehnsucht aus, die ihm ans Herz rührte. »Besuchen Sie sie. Halten Sie sie fest… sagen Sie ihnen, wie sehr Sie sie lieben.«

Noch ehe ihm etwas einfiel, das er hätte sagen können, trat sie zurück und zog die unförmige Kapuze über den Kopf. »Auf Wiedersehen.«

Mit hoch erhobenem Kopf, den Körper aufrecht, suchte sie sich einen Weg über die glitschigen, felsigen Steine zu der Klippe. Er sah, wie sie kleiner und kleiner wurde, ein blasser, dunkler Schatten vor der grellen Sonne, der immer höher das Ufer hinaufkletterte, über die Felsen bis zum höchsten Punkt der Insel.

Er zog die Stirn in Falten und legte die Hand vor die Augen, um in der grellen Sonne noch etwas erkennen zu können. Kurz fragte er sich, was sie wohl dort draußen sehen wollte, in dieser Einsamkeit. Sie hatte ihm erklärt, sie sei Künstlerin und wolle sich die Aussicht ansehen, doch er glaubte ihr nicht. Einen Augenblick lang verlor er sie aus den Augen. Und dann erschien sie wieder in seinem Blick, wie durch ein Wunder, ein schlanker Schatten vor dem dunkelblauen Himmel. Ihr Umhang wehte hinter ihr her im Wind.

Sie trat näher an den Rand des Felsens.

Und ganz plötzlich wusste er, was sie vorhatte.

»Jesus, Maria und Josef«, flüsterte er.

Sie legte die Hände an den Hals, und dann hatte sie den Umhang gelöst, er wehte und flog hoch in den Himmel, vom Wind getragen, ehe er auf dem wild aufgewühlten Wasser landete. Und dann war er verschwunden.

»Miss!«, schrie er, so laut er konnte, doch es hatte keinen Zweck. Der Wind übertönte seine schwache alte Stimme, verschluckte sie so leicht, wie das Wasser ihren Umhang verschluckt hatte.

Sie trat noch einen Schritt näher an den Rand der Klippe und riss sich diese dumme weiße Haube vom Kopf und warf sie in die Luft. Ihr Haar fiel ihr über die Schultern und wehte hinter ihr im Wind.

Und dann sprang sie.

Entsetzen überfiel ihn, in einer Woge, die so kalt war, so allumfassend, dass er sich einen Augenblick lang nicht bewegen konnte, dass er nicht einmal atmen konnte.

Sie wollte sterben. Die Wahrheit traf ihn wie ein harter, kalter Schlag... und er hatte ihr dabei geholfen.

Er wirbelte herum und sprang in das Boot. Ein heftiger Schmerz fuhr durch sein Knie, als er damit gegen den Sitz stieß und nach den Rudern griff. Wie wild ruderte er in die Strömung und drehte das lange, schmale Boot um. Zwei alte Hummerkörbe fielen ins Wasser und versanken. Kaltes Wasser schlug über die Seite des Bootes, traf ihn im Gesicht und brannte in seinen Augen.

»Ich komme, Miss«, rief er. Mit kräftigen, sicheren Schlägen lenkte er das Boot durch die hohen Wellen und suchte verzweifelt das Wasser ab, bis er sie entdeckte. Als dunklen Schatten auf der Oberfläche des Wassers.

Er kämpfte gegen die Strömung und zwang sein Boot weiter. Sie lag mit dem Gesicht nach unten und trieb auf den Wellen wie eine zerbrochene Puppe. Er warf die Ruder ins Boot und wandte sich um, dann griff er in das eisige, schäumende Wasser. Er packte ihr Haar und schlang die lange, triefende Masse um seine Hand. Dann holte er tief Luft, nahm all seine Kraft zusammen und zog sie ins Boot.

Wie tot lag sie vor ihm, ihr Haar und ihr Hals waren voll mit schleimigem, gelbgrünem Tang, ihre schlaffen Arme ausgebreitet.

Vorsichtig strich er ihr das Haar und den Tang aus dem Gesicht.

Oh, Himmel…

Sein Magen zog sich zusammen, und ihm wurde übel.

Ihr wunderschönes Gesicht war nicht mehr zu erkennen. Blut tropfte aus ihrem linken Ohr und bildete einen hellen roten Fleck auf dem Boden des Bootes. Es war ein schreckliches Rot, neben der bläulichen Blässe ihrer Haut. Die ganze linke Seite ihres Gesichtes war aufgeschürft und blutig, als wäre sie mit dem Kopf auf einen der Felsen unter der Wasseroberfläche aufgeschlagen.

Mit zitternden Händen beugte er sich zu ihr und horchte nach ihrem Atem.

Sie atmete. Flach und unregelmäßig, doch war es das herrlichste Geräusch, das er je gehört hatte. Dann würgte sie und spuckte Wasser aus.

Er seufzte erleichtert auf.

Mit vorsichtigen Bewegungen wandte er sich um, schob eine Hand unter ihren Kopf und legte sie stabiler auf den Sitz des Bootes. Noch einmal würgte sie, ihr ganzer Körper zog sich zusammen.

Als er seine Hand zurückzog, war sie voller Blut.

Er begann am ganzen Körper zu zittern. Er riss sich das Hemd vom Leib und band es, so fest er konnte, um ihren Kopf, um die Blutung einzudämmen.

»Was jetzt?«, rief er, zu Gott, zum Meer, zu sich selbst. *Was jetzt?*

Der alte Doc Mather konnte eine solche Verletzung nicht behandeln.

Wer konnte es dann? Ihr Schädel war gebrochen, und sie würde wahrscheinlich sterben. Niemand könnte sie retten…

niemand könnte diese verrückte, wunderschöne Frau wieder heilen.

Verrückt.

Das Wort war ein Geschenk des Himmels, von dem Gott, zu dem er einundsiebzig Jahre lang gebetet hatte.

Er wusste, wohin sie gehörte.

1

Dr. Ian Carrick setzte seine kleine, dick gerahmte Brille ab und legte sie auf den Schreibtisch. Er rieb sich die Nasenwurzel und seufzte erschöpft. Seiten um Seiten teuren Papiers lagen in unordentlichen Stapeln vor ihm und auf dem Boden, bedeckt mit gekritzelten Worten. Sein Mikroskop stand neben ihm, gebeugt wie ein alter Mann, die Objektträger lagen daneben bereit.

Er lehnte sich in seinem Stuhl zurück und nippte an seinem Scotch, dann blickte er auf den Haufen Papier vor ihm. Der Titel verschwamm vor seinen müden Augen. *Refusion von Blut bei der Behandlung von Kohlendioxid-Vergiftungen.*

»Faszinierend«, sagte er mit bitterer Stimme.

Er wusste gar nicht, warum er sich überhaupt die Mühe machte. Niemand in New York kümmerte sich noch länger darum, was er zu sagen hatte. Seine letzte Abhandlung über die Gründe von Kindbett-Septikämie war ignoriert worden, von allen, bis auf seinen Freund Dr. Halstead.

Er griff nach seinem Glas und stand auf. Einige Blätter fielen zu Boden, rutschten vor seinen Füßen zur Seite, als er von seinem Schreibtisch wegging. Am Fenster blieb er stehen, sah nach draußen in den Sturm, der immer stärker wurde an der bedrohlich aussehenden, felsigen Küste.

Wind und Regen hämmerten auf das Dach und ließen die alten Fenster des Hauses erzittern, der Wind heulte durch die Risse in den Wänden. Unförmige Büsche und dürre Pinien fassten das Grundstück ein, ihre gezackten Umrisse wurden von dem unheimlich blauen Licht des Mondes hervorgehoben, der beinahe zu vollem Umfang angewachsen war.

Er öffnete das Fenster und lehnte sich hinaus. Eisiger Regen schlug ihm ins Gesicht und ließ alles vor seinem Blick verschwimmen, bis er nichts mehr erkennen konnte außer der Dunkelheit. Der Wind zerzauste sein langes Haar und klatschte es nass an seine Wangen. Unter ihm schlugen die Wellen gegen die Felsen und sprühten ihr Wasser gegen die wenigen Bäume, die kräftig genug waren, um sich am Ufer zu halten.

Es war eine Nacht, die ihn früher angetrieben hätte, ihn ermutigt hätte, wilde und verrückte Dinge zu tun, wie zum Beispiel auf sein Pferd zu springen und zu reiten… oder in sein Boot zu steigen und zu rudern… oder eine Lady dazu zu verführen, das Bett mit ihm zu teilen.

Es war die Art von Nacht, die seine Seele antrieb und ihm Energie gab, die ihn in dem Glauben bestärkte, ein Gott zu sein.

Er zog den Kopf zurück und schloss das Fenster, dabei wünschte er sich verzweifelt, er hätte eine weitere Flasche Scotch. Alles, um nur diese verdammte Einsamkeit zu beenden…

Er presste die Augen zusammen und lehnte sich schwer gegen die Wand. Nachdem er es geleert hatte, ließ er das billige Glas durch die Finger gleiten und hörte voller Zufriedenheit, wie es auf dem Holzboden aufschlug und zerbrach. Er fuhr sich mit der Hand durch sein Haar und starrte auf das tosende Meer, sah, wie sich die Wellen an den schwarzen Felsen des Strandes brachen.

Es hatte einmal eine Zeit gegeben, da war er niemals allein gewesen. Die Erinnerungen an dieses Leben verschwammen langsam, die dunkle Isolation seines augenblicklichen Lebens vertrieb sie, doch noch immer konnte er sich erinnern, dass er ständig in Bewegung gewesen war, dass er geredet, gelacht, getrunken und geliebt hatte. Er erinnerte sich an dieses Leben als an eine Serie von Bildern – teure Kleidung, Baccara-Kristall, nackte Haut. Von einer eleganten Party war er zur nächsten gegangen, an glänzenden Bällen hatte er teilgenommen, mit den abgehackten, flüchtigen Bewegungen eines Schmetterlings, der verzweifelt nach etwas suchte, dem er keinen Namen geben konnte. Immer im Rampenlicht, immer im Mittelpunkt der Aufmerksamkeit. Und nur so selten allein. Er hatte damals geglaubt, er sei weltmännisch, kultiviert, gelangweilt von allem bis auf die verzehrende Leidenschaft für seine Medizin. Doch er hatte sich geirrt.

Teufel, er hatte nicht einmal gewusst, was Langeweile wirklich war, in diesen glücklichen Tagen, oder was das Entsetzen war, obwohl er seit Jahren jeden Tag dem Tod ins Auge geblickt hatte. Er hatte nicht verstanden, was Entsetzen oder Bedauern bedeuteten, bis zu dem Tag, an dem sein Leben in einem Strahl von Blut und Betrug und Unehre geendet hatte. Hätte er damals das gewusst, was er heute wusste …

Ein Klopfen an der Tür riss ihn aus seinen dunklen Gedanken.

Er richtete sich auf und stieß sich von der Wand ab. »Herein.«

Die Tür öffnete sich langsam, zuerst nur einen Spalt breit. »Dr. Carrick?«

Er rollte mit den Augen. »Nein, ich bin Mr. Hyde.«

»Ja … richtig, Sir.« Die Tür öffnete sich ein Stück weiter, und seine untersetzte, grauhaarige Haushälterin betrat das Zimmer mit einem Tablett voll mit dampfendem Essen. Der wohlbekannte Geruch nach gebackenen Bohnen und Speck kam mit ihr herein. Sie zog die Augen zusammen und kam langsam auf ihn zu. »Es ist ziemlich dunkel hier drinnen, Doktor.«

»Ja, Edith, das ist es.«

»Natürlich, Sie mögen es so.«

»Ja, Edith, das tue ich.«

Sie kam ein Stück näher, das Tablett hielt sie wie eine Opfergabe vor sich. Als sie beim Schreibtisch ankam, blieb sie mit dem Fuß am Rand des Orientteppichs hängen und fiel nach vorn. Ohne nachzudenken streckte Ian die Hand aus und packte ihren dicken Arm.

Sofort wurde ihm klar, dass das ein Fehler gewesen war. Seine Hände schienen bei der Berührung Feuer zu fangen. Er taumelte und riss den Arm zurück, doch es war schon zu spät.

Die Vision traf ihn hart. *Edith entriss den gekrümmten Fingern ihres Mannes eine halb leere Flasche Whiskey… er hörte ihren kreischenden Schrei: »Sieh zu, dass diese Hure aus deinem Bett kommt.« Dann drang das bittere, herzzerreißende Geräusch ihres Schluchzens an sein Ohr…*

Wie aus weiter Ferne hörte er ihr leises Aufkeuchen. Das Tablett landete scheppernd auf seinem Schreibtisch, dicke braune Sauce schwappte über den silbernen Rand und tropfte auf ein Stück Papier.

Und dann waren die Bilder wieder verschwunden. »Verdammt«, zischte Ian und ballte seine Hände zu Fäusten, damit sie aufhörten zu zittern. Die pulsierende Hitze in seinen Fingerspitzen ließ langsam nach.

Die arme Edith sah aus, als würde sie sich im nächsten Augenblick übergeben. »Ich… es tut mir Leid, Doktor. Ich bin gestolpert… ich wollte nicht… es tut mir so Leid.« Sie wirbelte so schnell herum, dass ihre Röcke raschelten, dann lief sie zur Tür und schlug sie hinter sich zu.

Ian schloss die Augen und sank in sich zusammen. Ein dumpfer, dröhnender Schmerz pochte in seinem Hinterkopf und wurde bei jedem Atemzug schlimmer.

Wie lange könnte er noch so weitermachen, fragte er sich zum tausendsten Mal. Wie lange konnte ein Mann existieren, weggeschlossen in trüber Dunkelheit, ohne jemand anderen zu berühren, ohne selbst berührt zu werden?

Dieses erste Jahr nach dem »Unfall« hatte er geglaubt, verrückt zu werden, er hatte angenommen, dass diese verdammte übersinnliche Fähigkeit ihn ganz einfach verschlingen würde und er aufhörte zu existieren.

Doch etwas so Dramatisches war nicht geschehen, und nach einer Weile hatte er aufgehört, das zu glauben, hatte er aufgehört, überhaupt etwas zu glauben. Er hatte ganz einfach weitergemacht, hatte gelebt, geatmet, geschlafen, gegessen.

Und hatte sich immer selbst etwas vorgemacht…

Er war an einem Sonntag gestorben. Am Sabbat.

Wenn Ian jetzt daran zurückdachte – und das tat er mit krankhafter Regelmäßigkeit –, erinnerte er sich daran, dass es ein so gewöhnlicher Tag gewesen war. So verdammt gewöhnlich. Sonnig und hell, die Luft frisch, mit einer Ahnung des bevorstehenden Winters.

Er hatte begonnen wie jeder andere Tag damals auch, mit einem blendenden Gefühl von Entschlossenheit und mit überwältigendem Optimismus. Er hatte eine Blinddarmoperation durchgeführt, von der selbst seine Kollegen ihm abgeraten hatten.

Wie immer hatte dieser Zweifel Ian angespornt, ihn herausgefordert. An diesem Tag war er sogar noch weiter gegangen und hatte damit Verärgerung unter den anderen Ärzten des New York Hospitals hervorgerufen. Er hatte etwas Unerhörtes getan – er hatte Handschuhe angezogen und hatte dasselbe von seinem Assistenten verlangt und sogar etwas noch Schlimmeres. Er hatte Dr. Jones, seinen Vorgesetzten, gezwungen, während der Operation seine Zigarre auszumachen.

Das hatte natürlich einen ziemlichen Aufruhr verursacht, aber die Operation war ein strahlender Erfolg gewesen. Es hatte keinerlei Anzeichen von postoperativer Entzündung gegeben, die den Mann sonst innerhalb einer Woche umgebracht hätte.

Damals nicht. Damals hatte er nur Bewunderung von seinen Kollegen erfahren. Sie klang laut in seinen Ohren, erfüllte seine Seele und ließ ihn glauben, dass er alles schaffen könnte, dass er Welten erobern könnte.

Oder wenigstens diese eine, sehr anziehende Frau.

Er seufzte, und wieder gab ihm sein Reuegefühl diesen wohlbekannten Stich. Wie war es nur gekommen, dass ein ganzes Leben in einem einzigen Augenblick entschieden worden war, durch eine einzige falsche Entscheidung?

Tausende von Malen war er das in seinen Gedanken durchgegangen, wieder und wieder hatte er sich diese endlosen, nutzlosen Fragen gestellt, auf die es keine Antworten gab. Warum war er an diesem Tag zu Charlotte gegangen? Warum nicht zu irgendeiner anderen der vielen willigen Frauen, die sich um ihn drängten?

Aber nein, in seiner selbstsüchtigen blinden Arroganz war er zu Charlotte gegangen, zu der einzigen Frau, die ihn zurückwies. Dem einzigen wirklich unschuldigen Menschen, den er gekannt hatte.

Mitten in der Nacht hatte er an ihre Tür geklopft, mit einer Flasche eisgekühltem Champagner und einem Dutzend Rosen. Ihr Ehemann war nicht zu Hause – und das hatte Ian gewusst.

Sie versuchte, ihm zu widerstehen, mutig widersetzte sie sich ihm, aber das stille Mädchen vom Lande, das in seinen Augen nur durch seine Unerreichbarkeit so schön war, war für Ian kein Gegner. Er lächelte, beschwatzte sie, verführte sie mit einer Leichtigkeit, die er seiner Erfahrung verdankte, schaffte es, dass die junge Frau die Schwüre vergaß, die sie ihrem sechzigjährigen Ehemann gegeben hatte.

Du bist so bezaubernd, Charlotte… Sagt er dir das auch? Küsst er deine herrlichen Lippen, atmet er deinen Duft ein und leckt über die empfindsame Haut deiner Brüste? Betet er deinen Körper an, Charlotte, so wie ich es tue? Sieht er dich wirklich… oder bist du nur die Mutter seiner Kinder, seine Haushälterin? Ah, Charlotte, komm in mein Bett, lass dich von mir lieben… Du bist so wunderschön…

In dem Augenblick, als er sie im Bett hatte, hatte er auch schon das Interesse an ihr verloren. Nichts an Charlotte hatte ihn angerührt oder hatte die Leere gefüllt, die er schon seit seiner Kindheit in seiner Seele fühlte.

Nach einem kurzen, unruhigen Schlaf war er aufgewacht und hatte sich nicht mehr erinnern können, wie es sich angefühlt hatte, sie zu küssen. Er war zurückgezuckt, hatte sich ohne ein Wort davonstehlen wollen. Er hatte sich auf die Seite gerollt und ganz langsam nach seiner Kleidung gegriffen.

Ganz leise hatte er sich angekleidet und sich dann umgewandt, um zu gehen.

Erst dann hatte er den Schatten an der Tür bemerkt, das silberne Aufblitzen des Gewehrs. Danach war seine Erinnerung nur noch das schimmernde, vage Gefühl eines Traums. Bilder kamen, eines nach dem anderen.

Du Bastard, Carrick. Ich werde dich umbringen.

Das Gewehr hatte in dem dunklen Zimmer aufgelodert wie eine kleine, orangegelbe Sonneneruption.

Ein benommener Augenblick äußerster Überraschung war gefolgt, ein Stoß, der ihn rückwärts taumeln ließ, und dann war der Schmerz in seiner Brust explodiert, wie Feuer war er durch seine Adern geronnen. Alles hatte er nur noch wie durch einen Schleier gesehen, er hatte sich nicht mehr auf den Beinen halten können, war gefallen, gefallen …

Tot. Ein leuchtendes, weiß glühendes Licht hatte ihn eingehüllt, so verlockend in seiner Wärme wie die lügnerischen Worte für eine Frau. Er war in diesem Licht getrieben, hatte es nie wieder fort lassen wollen, nie wieder die eisige Kälte des Lebens fühlen wollen. Alle Enttäuschungen waren verschwunden, alle Frustrationen. Nur das Licht, das leuchtende, verheißungsvolle Licht.

Verdammt, Ian, kämpfe mit mir. Lass nicht los.

Von irgendwo her hatte er diese Worte gehört, sie hatten ihn durch seine Lethargie erreicht. Er hatte geblinzelt, hatte nach unten gesehen, und dort lag sein Körper, nackt, auf einem mit einem Laken bedeckten Tisch, und Chirurgen mit schmutzigen Händen standen um ihn herum, wie Insekten bohrten sie in seinem Körper, suchten. Ein leuchtend roter Fleck von Blut war auf seiner Brust, es tropfte vom Tisch und bildete eine Pfütze auf dem schmutzigen Boden. Die Schusswunde war ein fransiges, klaffendes Loch in all dem Rot.

Jemand schlug auf seine Brust. Er konnte die hämmernden Schläge sehen, konnte sehen, wie sich sein Körper zusammenzog, aber dort, wo er jetzt war, gab es keinen Schmerz, nichts als nur ein unbestimmtes Gefühl der Angst.

Und während sein Unbehagen immer größer wurde, begann das Licht zu flackern und zu verblassen. Eine dunkle, geheime Furcht erfasste ihn, wand sich kalt und eisig durch sein Blut. Er war nicht bereit. Es gab noch etwas für ihn, das er zu erledigen hatte. Etwas…

Er fühlte, wie ihm das Leben entglitt, wie es gerade außerhalb seiner Reichweite war, und er fürchtete sich davor, zu sterben.

Lass mich leben. Lass mich leben. Er schrie diese Worte, das Bedürfnis, sie auszusprechen, erschütterte ihn, obwohl nichts aus dem Mund des toten Körpers auf dem Tisch kam.

Bitte, Gott, ich verspreche dir… Er geriet in Panik. Was konnte er Gott versprechen, den er fast sein ganzes Leben lang missachtet hatte? Wodurch konnte er noch einmal eine Chance bekommen? Ihm fiel nichts ein, nichts außer seinem eigenen, verzweifelten, nutzlosen Wunsch. *Bitte… lass mich leben.*

Mit einem heftigen Ruck war er wieder zurück in seinem Körper. Schmerz brannte in seiner Brust, erfüllte ihn. Tränen drängten sich durch seine geschlossenen Lider und strömten über sein Gesicht.

Sein Herz schlägt wieder. Gott sei Dank. Chris, gib mir das Skalpell. Ich werde diese verdammte Kugel finden.

Danach herrschte Verwirrung; Menschen berührten ihn, packten ihn, verbanden ihn, griffen nach ihm. Und dann fühlte er nichts mehr.

Erst am nächsten Morgen wieder, als er aufwachte, voller Schmerzen, in einem Zimmer voller Sonnenschein und Staub.

Er hörte leises Husten, das Geräusch von Schritten, die über einen leeren Korridor gingen. Weiße Betten. Der schwache Geruch nach Gas von den Lampen an der Wand.

Er versuchte, sich aufzusetzen. Der erste Mensch, den er sah, war eine Schwester, die sich über sein Bett beugte und auf ihn hinuntersah. Hinter ihr drängten sich Männer in weißen Mänteln. Die Schwester berührte ihn, es war nur die hauchzarte Berührung ihres fetten Fingers auf seiner Stirn, doch das hatte gereicht.

Bilder trafen ihn wie ein Schlag. *Die Schwester hockte in einer dunklen Ecke und spritzte sich Morphium in die Venen... er hörte ihren keuchenden Atem, während die Droge durch ihr Blut floss... sah das zittrige Lächeln der Erleichterung.*

Mit einem Knurren stieß Ian sie von sich und sagte, sie solle von dem Morphium lassen, wenn sie ihn berühren wolle.

Die Schwester keuchte auf, sie stolperte zurück und ihre Augen weiteten sich vor Entsetzen, als sie Dr. Halstead und die anderen Männer in dem Zimmer ansah.

Danach verschwamm alles in einem Wirbel von Geräuschen und Farben. Er hörte Halsteads wütende Stimme, sah, wie er der Schwester den Ärmel nach oben zog und die Einstiche entdeckte, die blauen Flecken an ihrem blassen Arm.

Ian presste die Augen zusammen und versuchte, das Dröhnen in seinem Kopf zu unterdrücken und die eigenartige Hitze in seinen Händen. Er glaubte, es sei ein Zufall gewesen, eine Halluzination, hervorgerufen durch die Medikamente, die man ihm gegeben hatte.

Doch die Visionen kamen immer wieder, bei jeder zufälligen Berührung, sie blendeten ihn, überwältigten ihn, bis er zitternd und voller Entsetzen in die Kissen zurücksank.

Die Neuigkeit verbreitete sich wie ein Lauffeuer. *Dr. Carrick kann deine Gedanken lesen... Dr. Carrick kann in die Vergangenheit sehen. Es ist ein Fluch, ein Geschenk. Magie...*

Die Menschen waren zu ihm gekommen, bis aus Kalifornien

und Florida, sie hatten Stofffetzen in den Händen gehalten, alte Uhren, Schriftstücke von Menschen, die ihnen lieb waren. Sie kamen zu Fuß, zu Pferd, in Rollstühlen, und alle hofften auf ein Wunder von dem berüchtigten Dr. Carrick. Ihre Angst stahl sich wie eine heimtückische Droge in seine Adern, brachte ihn mit jeder Frage ganz langsam um, traf ihn ins Herz, jedes Mal, wenn er ihnen nicht helfen konnte.

Helfen Sie mir, helfen Sie mir, helfen Sie mir.

Am Anfang versuchte er, den bemitleidenswerten Seelen zu helfen, die zu ihm kamen, er versuchte und versuchte es, und versagte und versagte. Seine »Gabe« war ein böser, Schmerz bringender Scherz. Er konnte die Geheimnisse der Menschen sehen, aber er konnte ihnen nicht helfen, konnte die Menschen, die ihnen am Herzen lagen, nicht finden, indem er Stücke von Stoff berührte, und er besaß auch keine Wunderheilmittel. Er konnte nicht einmal mehr seinen Beruf ausüben – die Hitze in seinen Händen, die dröhnenden Kopfschmerzen hinter seinen Augen und die Bilder, immer wieder diese Bilder, all das brachte ihn dazu, sich weiter und weiter von den Menschen zu entfernen, und schließlich verließ er das Haus gar nicht mehr.

Sobald er wieder gesund war, floh er aus dem Krankenhaus, aber auch das half ihm nicht. Die unbegreiflichen Visionen stürmten auf ihn ein, quälten ihn jedes Mal, wenn er einen Raum betrat, wenn er zufällig jemanden berührte. Nichts hielt diese Visionen auf, keine Handschuhe, kein Alkohol, keine Drogen, er wusste es, denn er hatte alles ausprobiert.

Nichts hielt sie auf, nur die Isolation, das Ende jeglicher Kontakte.

Und deshalb war er jetzt hier, stand in dieser Zelle und blickte hinaus in die windige, stürmische Nacht. Und wieder einmal wünschte er sich, er hätte Charlotte niemals besucht, hätte niemals vor ihrer Tür gestanden.

Und er erinnerte sich …

Ian wandte sich vom Fenster ab und hielt seinen dröhnenden Kopf in den Händen, die nass vom Schweiß waren. Mit geschlossenen Augen und heftig klopfendem Herzen lief er in dem kleinen dunklen Zimmer auf und ab und fühlte sich bei jedem Schritt mehr wie ein eingesperrtes, gejagtes Tier.

Ein leises Klopfen riss ihn aus seinem Schmerz.

»Herein.« Er brummte das Wort, härter als er beabsichtigt hatte.

Die Tür öffnete sich, und eine schlanke, rothaarige Frau schlüpfte in das Zimmer. Ihre kleinen nackten Füße machten ein schwaches Geräusch auf dem Holzfußboden, als sie näher kam. Es dauerte eine Sekunde, ehe er den Blick auf sie richtete, noch eine Sekunde, ehe er sie erkannte. »Maeve?«

Sie nickte rasch und machte noch einen Schritt auf ihn zu, die blassen Hände hielt sie nervös vor dem Körper geballt. Linien der Furcht hatten sich um ihren Mund eingegraben, Furcht ließ sie die Stirn runzeln.

»Was ist, Mutter?«

»Ian.« Sie sprach seinen Namen mit einer sanften, klingenden Stimme aus, einer Stimme, wie für ein Schlaflied geschaffen – die Stimme, nach der er sich als Kind schmerzlich gesehnt hatte.

Er starrte sie an, versuchte herauszufinden, ob sie heute Abend bei klarem Verstand war oder verrückt, doch sein Kopf dröhnte so schmerzhaft, dass er nicht klar denken konnte. Immerhin wusste sie seinen Namen. Das war schon etwas. »Was ist?«

»Da… da ist eine Frau…« Ihre singende Stimme erstarb. Einen Augenblick lang sah sie verwirrt aus, als hätte sie vergessen, warum sie gekommen war, und da hatte er seine Antwort.

Verrückt. »Wer ist es – Dolley Madison?«, fragte er, und es gelang ihm nicht, die Bitterkeit aus seiner Stimme zu vertreiben.

»Nein, Ian. Ich bin heute Abend nicht verrückt. Es ist wirklich eine Frau unten. Ein Hummerfischer hat sie gebracht. Sie ist… verletzt.«

Das Wort ließ ihn zusammenzucken. »Verletzt?« Eine leichte Hitze stieg in seinen Magen, und er kannte sofort den Grund dafür: Hoffnung.

Doch so schnell, wie sie gekommen war, schwand sie auch wieder. Seine Mutter war verrückt, unten gab es gar keine Frau. »Natürlich, Mutter. Verletzte Frauen kommen ständig in ein Irrenhaus wie dieses.«

Maeve kam auf ihn zu, und zum ersten Mal sah er den klaren Blick in ihren haselnussbraunen Augen. Sie war bei klarem Verstand. Heute Abend lebte sie nicht in ihrer eigenen Welt.

»Dies ist kein Irrenhaus, es ist mein Zuhause, und die Frau braucht Hilfe. Du bist Arzt.«

Ian erstarrte und wandte sich schnell von seiner Mutter ab.

Er starrte aus dem Fenster und auf den Sturm draußen. Maeve wusste, dass er dieser Frau nicht helfen konnte. »Ich bin kein Arzt. Nicht mehr.« Er sah sich nach der Flasche mit dem Scotch um. Er brauchte dringend einen Drink, aber seine Finger zitterten so heftig, dass er kein Glas würde halten können.

»Oh, Ian ...«

Früher einmal hätte die traurige Enttäuschung in der Stimme seiner Mutter ihm das Herz zerrissen, doch jetzt fühlte er nur milde Trauer. »Schick sie weg.«

»Du könntest doch ...«

Er fuhr herum und sah sie an. »Ich möchte ihr ja helfen – lieber Gott, ich würde meinen Arm dafür geben, aber ich kann es nicht. Du weißt, dass ich es nicht kann. Und jetzt geh bitte.«

»Nein.« Eine unerwartete Kraft lag in ihrer Stimme. »Du musst ihr helfen, sie bedarf deiner Fertigkeit, ihr Leben zu retten.«

»Aber wie? Wie kann ich sie behandeln? In dem Augenblick, in dem ich sie berühre ...«

»Ich ... ich werde für dich deine Hände sein.«

Er erstarrte, einen Augenblick lang war er viel zu erstaunt, um ihr antworten zu können. »Was willst du?«

Sie warf ihm einen Blick zu, der so voller Versprechen war, so voller Liebe, dass er ihr eine Sekunde lang beinahe geglaubt hätte.

»Vertrau mir … nur noch ein Mal, Ian.«

Er wollte sich zurückziehen, wollte sich in eine der dunklen, verborgenen Ecken dieses höllischen Hauses zurückziehen und trinken, bis die Woge von Bitterkeit und Enttäuschung vorüber war, bis er diesen entsetzlichen Funken der Hoffnung besiegt hatte. Aber diesmal war er zu stark, das Verlangen war zu verlockend. *Ich werde für dich deine Hände sein.*

Das konnte er unmöglich verweigern.

Die Insassen standen um das Sofa wie ein Haufen ruheloser, summender Bienen, aus ihren unterdrückten Stimmen waren Bruchstücke unsinniger, geflüsterter Worte zu hören. Ian warf ihnen einen verächtlichen, flüchtigen Blick zu. Da war Andrew, der verwirrte Achtzehnjährige, der ständig versuchte, sich umzubringen, Johann, ein enterbter Aristokrat, der an der Syphilis zugrunde ging, Lara, ein fünfzehnjähriges, zurückgebliebenes Mädchen mit dem Verstand eines Kindes, eine Frau in mittleren Jahren, die glaubte, sie sei Königin Victoria, und Dotty, siebzig Jahre und früher eine Spionin im Bürgerkrieg, die nur noch flüsternd und in Geheimcodes sprach, ihre Tage versteckt in der Besenkammer verbrachte und mit unsichtbaren Verbündeten sprach.

Die karge graue Wolle ihrer Winterkleidung bildete eine undurchdringliche Barriere um die Frau, die in ihrer Mitte lag.

Seine Schritte wurden langsamer. Er verspürte einen Augenblick lang Unwillen, zwischen sie zu treten. Wenn sie von ihm fernblieben, wenn er sich in seinem Zimmer versteckte, konnte er sich einreden, dass sie gar nicht existierten. Aber hier wurde er mit der Wahrheit ihres armseligen Lebens konfrontiert, und es erfüllte ihn, wie jedes Mal, mit dem gleichen bodenlosen Gefühl der Verzweiflung.

Die Ironie des Ganzen zwang ein bitteres Lächeln auf seine Lippen. Es hatte einmal eine Zeit gegeben, da hatte ihn die gehobene Gesellschaft umworben, jetzt lebte er inmitten der Ausgestoßenen der Gesellschaft, in einem Haus voller verlorener und verdammter Seelen.

»Geht aus dem Weg«, zischte er und trat vor.

Alle zogen scharf den Atem ein. *Er ist hier.* Die Worte schwebten in dem dunklen Raum, kamen leise von den Lippen der Menschen. Sie bewegten sich sofort, wie das Rote Meer vor Moses teilten sie sich vor ihm.

Ian versuchte, ihre Gesichter, die sich ihm entgegenhoben, zu ignorieren und auch den Blick der Verehrung in ihren Augen. Er wünschte, sie würden ihn überhaupt nicht ansehen. Jahrelang hatte er ihnen beigebracht, ihn nicht zu berühren, ihn niemals anzufassen, doch noch immer sahen sie ihn mit dieser offenen, unverhohlenen Bewunderung an, als wäre er der Gott, der er früher einmal selbst zu sein geglaubt hatte.

Er ging um das Sofa herum und kniete neben der Gestalt nieder, die auf dem weißen Brokat lag. Wie eine Leiche, so still lag sie dort, ihr Haar zerzaust, ein Stück Tang lag um ihren Hals. Blut rann aus beiden Ohren und aus ihrem linken Nasenloch und bildete eine helle Spur auf der bläulich angelaufenen Haut ihrer Wange. Er konnte ihr Gesicht nicht erkennen, es war geschwollen und aufgeschürft, so sehr verletzt, dass man es nicht mehr erkennen konnte. Er wusste nicht, ob sie fünfzehn oder fünfzig war, so schwer waren ihre Verletzungen.

Maeve erschien sofort neben ihm und reichte ihm die teure Ledertasche, die er schon seit Jahren nicht mehr benutzt hatte.

»Schlägt ihr Puls?«, fragte er.

Niemand antwortete ihm.

Er blickte scharf auf. »Mutter, du hast mich hierher geholt. Tu, was ich dir sage. Du musst für mich handeln.«

Maeve trat näher und bückte sich. Dann tat sie das Undenkbare – sie berührte ihn. Bilder blitzten in seinem Kopf auf, in einem Durcheinander von Schmerz und Kummer und Bedauern sah er sie, wie sie allein und einsam am Grab seines Vaters stand, und er fühlte die vernichtende Leere ihres Lebens. Seine Kopfschmerzen kehrten zurück, machten ihn einen Augenblick lang blind für alles außer der Verzweiflung seiner Mutter.

»Du hast Hände, Ian. Heilende Hände.« Sie zog sich von ihm zurück und ließ ihn erschüttert und verwirrt stehen. Die Medizintasche fiel dumpf auf den Boden neben ihm. »Nutze sie.« Und dann war sie weg, wieder eingetaucht in die Reihen der Verrückten, die zu seiner Familie geworden waren.

Ian stieß erschaudernd den Atem aus und blickte auf. Die Insassen starrten ihn an, voll offener, atemloser Erwartung.

Er wollte hier verschwinden, wollte einfach nur weglaufen.

Du musst ihr helfen, Ian.

»Ich brauche einen Drink«, flüsterte er und starrte auf seine bemitleidenswert zitternden Hände. Er hatte seit langer Zeit keinen anderen Menschen mehr absichtlich berührt. Es war verdammt zu schmerzlich. Was wäre, wenn er ihren Unfall noch einmal erlebte? Eine Berührung würde genügen, und er würde schreckliche Schmerzen erleiden, wäre nicht länger in der Lage, ihr Leben zu retten. Und wenn sie nun sterben würde, während er sie berührte? Der Gedanke an diesen Schmerz verursachte ihm körperliche Übelkeit.

»Ian?«, drängte ihn seine Mutter.

Ian riss sich zusammen, er versuchte, seinen Verstand auszuschalten und bereitete sich auf den Schmerz vor. Als seine Hände endlich aufhörten zu zittern und sein Atem sich wieder normalisiert hatte, streckte er die Hand nach der Frau aus.

Um ihn herum keuchten die Insassen leise auf. Er fühlte, wie sich der Kreis um ihn enger schloss.

Diese erste Berührung war bedeutungslos. Nur mit der Fingerspitze ihren blutverschmierten Hals entlangfahren. Ein Test.

Nichts geschah.

Ians Herz schlug schneller. Irgendetwas stimmte nicht. Er

hatte sie berührt – nur kurz, sicher, aber das hatte nie einen Unterschied gemacht –, und er hatte nichts gefühlt.

Hoffnung schlich sich durch einen kleinen Riss in den Panzer, den er um sich herum errichtet hatte, und machte ihn ganz schwach. Er versuchte, dagegen anzukämpfen, aber die Hoffnung war zu stark. In einer plötzlichen, blendenden Klarheit dachte er: *Vielleicht wird es dieses Mal nicht geschehen.*

Er versuchte, dieses unrealistische Gebet unter einem Berg aus eiskalter Vernunft zu verstecken. Es geschah *immer*.

»Ian, lebt sie?«

Er hörte die Stimme seiner Mutter, doch schien sie aus der Entfernung von Meilen zu kommen. Sein Herz hämmerte laut in seiner Brust. Schweiß war auf seiner Stirn ausgebrochen. Er wischte sich die feuchten Perlen ab und schluckte.

Er wagte kaum zu atmen, als er nach ihrem Handgelenk griff. Seine Finger legten sich auf ihre blasse Haut. Er fühlte das schnelle Klopfen ihres Pulses, die kühle Sanftheit ihrer Haut.

Und sonst nichts. Er wusste nichts von ihr, bis auf die Tatsache, dass sie noch lebte. Und bei dieser Erkenntnis fühlte er ein Brennen in seinen Augen, für das er sich schämte.

»Ian?«, drängte Maeve.

»Sie lebt.«

»Wird sie sterben?«

»Das weiß ich nicht.« Mit diesen Worten überkam ihn die alte Kraft der Entschlossenheit, wischte die Isolation der letzten sechs Jahre beiseite. Endlich ein Mensch – eine Frau –, dessen Seele vor ihm verschlossen blieb.

Ein Wunder. Gütiger Gott, ein Wunder.

Er setzte sich auf. »Bereitet ein Bett in der oberen Etage vor. Holt kochendes Wasser und Alkohol.« Er blickte auf. Niemand bewegte sich.

»*Sofort.*«

Die Insassen zerstreuten sich wie Insekten.

Sekunden darauf erschien Maeve und reichte ihm ein Glas

Scotch. Ian starrte eine Sekunde lang darauf, ehe er begriff, dass er ja um Alkohol gebeten hatte.

Königin Victoria stand gleich hinter seiner Mutter mit einem Teetopf. »Hat Milord eine Tasse, in die ich das Wasser gießen kann?«

Und kochendes Wasser.

Er unterdrückte den Aufschrei von Ärger. »Andrew!«, brüllte er.

Der spindeldürre Junge mit dem bleichen Gesicht trat mit weit aufgerissenen Augen aus dem Schatten. »J-Ja, Sir?«

»Kannst du mir assistieren?«

Der junge Mann schluckte heftig. »Ich würde mich geehrt fühlen, Sir.«

Ian blickte vielsagend auf die Handgelenke des jungen Mannes, um den noch die Verbände von dem Selbstmordversuch des letzten Monats lagen. »Kann ich dir ein Messer anvertrauen?«

»Er versucht die gleiche Methode nie ein zweites Mal«, erklärte Johann gedehnt, der neben Maeve stand. »Er könnte ja Erfolg haben, wenn er das täte.«

Andrew wich zurück. »Sie können mir vertrauen, Dr. Carrick.«

»Gut. Also, ich brauche eine ganze Menge Bandagen und einige scharfe Messer.«

Als Andrew sich umwandte und aus dem Zimmer lief, stand Ian auf und begann, Befehle zu erteilen, wie der Arzt, der er einmal gewesen war. »Johann, hol Edith und bring sie hierher. Sag ihr, ich brauche Weidenrinde und Paraffin und Laudanum. Mutter, ich brauche einige Flaschen Alkohol. Keinen Drink. Ich brauche die Flaschen.«

Maeve lächelte strahlend. »Jawohl, mein Sohn.«

»Victoria …«

Die alte Lady schlug ihm leicht mit dem Fächer auf die Nase. »Für Sie heißt das Eure Hoheit.«

Er biss die Zähne zusammen. »Eure *Hoheit*, bringt mir ein paar Laken und einen Eimer mit Eis aus dem Eishaus.«

Sie zog die Augenbrauen hoch und blickte unwillig zur Seite. »Mein Lakai ...«

»Sofort!«

Die Königin erbleichte und lief zum Eishaus davon.

Ian ignorierte die kleine Lara und lief zum Sofa zurück. Er nahm die bewusstlose Frau auf den Arm, blickte auf sie hinunter und fragte sich kurz, wie sie unter der beschädigten Oberfläche wohl aussehen mochte.

Er nahm den Tang von ihrem Hals und ließ die schleimige Pflanze auf den Boden fallen.

»Kämpfe mit mir, Prinzessin.« Sie rührte sich nicht, atmete kaum, doch sie war noch immer am Leben, und es bestand die Möglichkeit, dass er sie retten konnte.

Eine Möglichkeit.

Er fühlte den Adrenalinschub. Genau wie in den alten Zeiten.

2

Ian stopfte sich eine verstaubte Flasche mit Karbolsäure unter den Arm und lief zu seinem Bücherregal, wo er einen Band nach dem anderen herauszog. Er überflog eilig die Texte, in denen er nach Hilfe suchte, doch über Kopfverletzungen stand herzlich wenig darin. Als er alles hatte, was er finden konnte, lief er wieder nach unten, in das Zimmer der Frau.

Maeve, Königin Victoria und Andrew waren dort, sie atmeten schwer, ihre Arme waren beladen mit den Dingen, um die er sie gebeten hatte. Schwaches Licht fiel von der Nachttischlampe auf die drei und warf lange Schatten an die weiß verputzte Wand.

Königin Victoria seufzte. »Dieses Eis ist verteufelt schwer. Ich würde sagen ...«

»Stellen Sie es hin und holen Sie mehr, Euer Hoheit. Du auch, Mutter. Wir werden eine ganze Menge mehr Eis brauchen und auch noch mehr saubere Laken. Viel mehr!«

Andrew trat vor, auf seinen dürren Armen einen Stapel bleichen, grauweißen Leinens und ein einzelnes Messer, das im schwachen Licht blitzte. »Ich … ich habe diese Laken aus der Wäschekammer geholt. Ich habe keine richtigen Bandagen finden können …«

»Gut. Dann fang damit an, diese Laken in fünf Zentimeter breite Streifen zu zerreißen. Aber zuerst wäschst du deine Hände mit Seife und spülst sie dann mit Karbolsäure ab. Und lass diese Laken auf keinen Fall auf den Boden fallen. Lege sie auf das Bett.« Ian rannte zur Tür, er steckte den Kopf nach draußen und rief in den dunklen Korridor: »Seife! Ich brauche Seife, verdammt, und zwar schnell.«

Es dauerte nur Sekunden, da erschien Lara an der offenen Tür und hielt ein grobes Stück Seife in der Hand.

Ian riss es ihr aus den Fingern und begann, seine Hände zu waschen, danach spülte er sie mit beißender Karbolsäure ab, ehe er an das Bett der Frau zurückkehrte. Er kniete nieder und sah sie an. Er hörte seinen schnellen, ungleichmäßigen Atem in der Stille des Raumes, es gab diesem Augenblick ein unwirkliches Gefühl, als würde er dieses ganze Drama nur von ferne beobachten. Hinter sich hörte er, wie Andrew das Messer in das feste Leinen stieß, hörte, wie der Stoff in Streifen gerissen wurde. Die Lampe neben dem Bett flackerte, die gelb-rote Flamme wand sich in dem rauchigen Glas.

Die Frau lag so still wie der Tod.

Er rückte ein Stück näher an sie heran und schob die Hand unter ihren Kopf. Instinktiv spannte sich sein Körper an, während er auf das Einstürmen der Bilder wartete. Doch wieder fühlte er nichts.

Diese Berührung war so verdammt *normal*, dass er am liebsten geweint hätte.

Seine Finger glitten sanft über ihre aufgeschürfte Haut, durch das Haar, das von Blut und Tang verklebt war, zu der Stelle, wo sich der Bruch an ihrer Schädelbasis abzeichnete. Er drückte und registrierte ihre Verletzungen, wie er es so oft im New York Hospital getan hatte, dabei redete er langsam mit sich selbst. »Linker Hinterkopf Hirnprellung. Ausgedehnte Hirnprellung an der rechten Stirn. Schädelbasisbruch, gleich über der Wirbelsäule.« Er zog seine Hand zurück und schüttelte den Kopf. »Mein Gott, sie hatte wirklich Glück...«

Schritte trampelten die Treppe hinauf, dann betrat jemand das Zimmer. Ian wandte sich ein wenig um, als Edith hinter ihn trat, den Arm beladen mit Laken und Stoffen und Flaschen. »Hier bin ich, Doktor«, keuchte sie. »Was kann ich tun?«

»Sorgen Sie dafür, dass Maeve und Victoria mit dem Eis heraufkommen. Wir müssen sie darin einpacken. Wir müssen ihren Kopf kalt halten.«

»Aber das arme kleine Ding wird sich eine Lungenentzündung holen...«

»Stellen Sie meine Entscheidungen nicht in Frage, Edith.«

»Tut mir Leid, Doktor.« Edith schluckte, dann lief sie aus dem Zimmer.

Ian wandte sich wieder seiner Patientin zu und wischte ihr das Blut von den Nasenlöchern. Er war so vertieft darin, dass er kaum hörte, wie Andrew hinter ihn trat. »Die Bandagen sind fertig, Doktor. Werden Sie operieren?«

Das wollte er. Bei Gott, er wollte noch einmal ein Skalpell halten, wie er es schon so oft zuvor getan hatte, er wollte fühlen, wie die Energie durch seinen Körper pulsierte, das Selbstvertrauen, die unglaubliche Arroganz, die aus seinem Können herrührte. Er wollte – noch einmal – Gott sein. Aber das konnte er nicht, diesmal nicht.

»Das kann ich nicht, Andrew. Die Operation wäre zu kompliziert, außerdem würde sie an einer Infektion sterben. Diese verdammte Karbolsäure ist nicht perfekt. Ich kann nur versuchen, den Druck von ihrem Gehirn zu nehmen – hoffentlich wird sie weiter aus der Nase und den Ohren bluten. Das wird helfen, und außerdem müssen wir sie kalt halten. Sie wird diesen Kampf ganz allein gewinnen müssen.«

In der folgenden Stunde arbeitete Ian wie besessen, um das Leben der Frau zu retten. Er rasierte sie, schnitt und bandagierte, verband sie, bis seine Finger vor Ermüdung zitterten und verschmiert waren von ihrem Blut.

Schließlich hatte er alles getan, was er tun konnte. Alle, bis auf Maeve, warf er aus dem Zimmer, dann sank er auf dem Hocker neben ihrem Bett zusammen und nahm sein Gesicht in die blutigen Hände. Die Frau lag ausgestreckt vor ihm, ihre Arme eng an ihren Körper gepresst, ihr Kopf bandagiert. Überall war Blut, auf seinen Händen, seiner Kleidung, dem Boden, dem Bett.

Eine acht Zentimeter dicke Schicht aus Eis bedeckte den ganzen Körper der Frau, fing das Licht der Lampe ein und verlieh ihr ein schimmerndes, unwirkliches Aussehen. Auch auf dem Kopfkissen lag Eis, die Brocken hatten rötliche Flecken von ihrem Blut. Eine Hälfte ihres Gesichtes war mit blutigen Verbänden bedeckt, die andere Hälfte war aufgequollen, eine unbestimmbare Masse aus blauen Flecken, das Auge so weit zugeschwollen, dass es nicht mehr zu erkennen war.

Er hatte an ihrem Hinterkopf ein Dreieck freigeschoren, den Rest des Haares hatte er nach vorn gekämmt und es zu zwei geflochtenen, schmutzigen Zöpfen gebunden, die bis zu ihren Armen reichten. Er hätte ihr eigentlich den ganzen Kopf rasieren müssen, doch dazu hatte er nicht die Zeit gehabt, wahrscheinlich würde es an ihrem Zustand sowieso nichts mehr ändern. Sie war so verdammt schwach. Ihr Puls ging unregelmäßig und flach, ihr Atem war kaum noch zu spüren. Ihre Zähne klapperten nicht einmal, um Himmels willen, obwohl sie in einem Bett aus zerstoßenem Eis lag.

»Stirb nicht«, flüsterte er und hörte die nackte Verzweiflung in seiner Bitte, doch das war ihm egal. Er wusste, dass er selbstsüchtig war in seinem Wunsch, sie zu retten, er war immer selbstsüchtig gewesen in seinem Bedürfnis, Wunder zu wirken. Aber er brauchte sie, diese zerschundene Patientin, die er berühren und heilen konnte, er brauchte sie, wie er noch nie zuvor in seinem Leben einen anderen Menschen gebraucht hatte. Sie konnte ihn retten, sie konnte ihm seinen Beruf zurückgeben, seine Daseinsberechtigung. Sie konnte seine erste wirkliche Patientin seit Jahren sein.

»Wird sie überleben?«

Maeves leise Frage drang in seine Gedanken. Mit einem erschöpften Seufzer betrachtete er seine Patientin mit dem objektiven Blick des Arztes. Die entsetzliche Schwellung ihres Gehirns hatte ein wenig nachgelassen, dazu beigetragen hatte der Strom von Blut, der selbst jetzt noch aus ihrem linken Nasenloch rann. Er hatte ihren Kopf in Karbolsäure gebadet und ihn dann mit einer Lage wasserdichter Seide bedeckt, dann hatte er genau acht Lagen von in Karbolsäure getränkten Verbänden darüber gelegt und schließlich noch zwei Lagen mit getränktem Guttapercha. Die ganze stinkende Masse war mit flüssigem Harz und Paraffin getränkt und mit zwei weiteren Lagen gewachstem Taft bedeckt. Ihr geschwollener, aufgeschürfter Kopf sah aus wie ein zerbrochener grauer Krocketball auf dem Körper einer Lumpenpuppe.

Er war bei seiner Behandlung der Technik von Joseph Lister bis in alle Einzelheiten gefolgt, aber dennoch gab es herzlich wenig Hoffnung, dass sie sich erholen würde.

»Ich habe alles getan, was ich tun konnte, Mutter.«

Maeve kniete neben ihm, die Hände hatte sie im Schoß verschränkt, ihr rotes Haar hatte sie im Nacken locker zusammengebunden. Ihr Körper schaukelte unentwegt vor und zurück, die Finger umklammerten ein kleines, zerfetztes Stück alten Satins. Es war das Band, das sie seit fünfzehn Jahren nicht mehr aus der Hand gelegt hatte. Ein Stück kitschigen Stoffs aus ihrem

Hochzeitsschleier. Jetzt fehlte ihrem Blick die Klarheit, die er vorher darin erkannt hatte. Er wusste Bescheid: Seine Mutter glitt zurück in ihren Irrsinn.

Noch einmal seufzte er und fuhr sich mit der Hand durchs Haar. »Geh und hole Edith, Mutter. Sag ihr, sie soll den Mann mitbringen.«

Maeve hielt in ihrem Schaukeln eine Sekunde lang inne und starrte ihn verständnislos an. »Was für einen Mann?«

»Den Hummerfischer, der die Frau hierher gebracht hat.«

»Oh, der. Ich habe dem armen Mann eine Tasse Kaffee gegeben und ihn dann weggeschickt.«

Ian war so erstaunt, dass es einen Augenblick dauerte, bis er antwortete. Er riss sich zusammen, um keinen Wutanfall zu bekommen, dann zwang er sich langsam zu den Worten: »Aber ich nehme an, du hast ihn nach seinem Namen gefragt?«

Sie hörte den unterdrückten Zorn in seiner Stimme und begann wieder zu schaukeln, schneller diesmal, und vermied es, ihn anzusehen. »Natürlich habe ich das getan.«

»Und wie ist er?«

»Wie ist was?«

»Sein Name, Mutter. Wie ist der Name des Mannes?«

»Wer?«

Ian riss sich nur mit äußerster Willenskraft zusammen. »Der Name des Mannes, der sie hierher gebracht hat.«

»Ach, der. Daran kann ich mich im Augenblick nicht mehr erinnern.«

»Jesus …«

Sie legte nachdenklich die Stirn in Falten. »Nein, ich würde mich erinnern, wenn er sich Jesus genannt hätte … Ich glaube, der Name fing mit einem *B* an. Oder vielleicht auch mit einem *R*.«

»Oh, Mutter.« Er beugte sich nach vorn, schloss die Augen und rieb sich die Schläfen.

»Warum?« Sie sah ihn gar nicht an, starrte stattdessen auf das Band, das sie heftig in ihren Händen rieb.

»Wer zum Teufel ist diese Frau? Und woher ist sie gekommen? Und wie wurde sie so schlimm verletzt?«

Sie hielt plötzlich inne und sah ihn an. »Oh.« Ihre Stimme war nur noch ein Flüstern, und er sah im Blick ihrer haselnussbraunen Augen, dass sie sich schämte. »Er hat etwas von einem Bootsunfall gesagt.«

Verächtlich wandte er sich von ihr ab und starrte mit trübem Blick auf seine Patientin. Himmel, sie würden vielleicht niemals herausfinden, wer diese Frau war.

»Wie wird sie denn überleben?«, fragte Maeve mit schüchterner Stimme.

Er versuchte nicht einmal, ihre Frage zu verstehen. »Was meinst du damit?«

»Wird sie... normal sein?«

In der Stimme seiner Mutter lag ein Ton von Ehrfurcht, als sie das Wort *normal* aussprach. Es war so wichtig für sie, normal zu sein, und er glaubte den Grund dafür zu kennen. Sie war nicht einen einzigen Tag ihres Lebens normal gewesen. Er seufzte und fühlte sich auf einmal schrecklich erschöpft. »Ich weiß es nicht. Es ist ziemlich unwahrscheinlich.«

Maeve presste die Augen zusammen und schaukelte noch heftiger, das Band drehte sie zwischen ihren Fingern. »Ich hoffe, dass sie normal ist... im Kopf. Sie würde sicher normal sein wollen.«

Er wandte sich ab, unfähig, sie anzusehen, ihren Schmerz zu erkennen und zu wissen, dass er seinen eigenen Schmerz widerspiegelte. Er wusste ja, dass keiner von beiden daran etwas ändern konnte. »Ja, Mutter. Würden wir das nicht alle?«

Ian betrachtete das entstellte Gesicht der Frau und suchte nach einem Hinweis auf den Menschen hinter den Verbänden und den Blutergüssen. Sie roch nach Wachs und Säure und Blut, es war ein Geruch, den er nur zu gut kannte, ein Geruch, der in den Gängen des New York Hospitals hing und aus den Operationssälen nicht zu vertreiben war. Keine Seife und kein Wasser konnte ihn wegwaschen – und außerdem wurde von beidem auch nicht annähernd genug verwendet.

Es war der Geruch des Todes. Er schüttete noch einen weiteren Eimer Eis um ihren Kopf herum aus und schob die gefrorenen Stücke ganz nahe an ihren bandagierten Kopf.

Dann stellte er den leeren Eimer zurück. Mit einem Geräusch, das er kaum hörte, setzte der Eimer auf dem Boden auf. Ian trat ein paar Schritte vom Bett weg, ging zum offenen Fenster und sah hinaus.

Der Sturm war längst vorüber. Nebel war aufgezogen, düster und undurchdringlich, dichter Dunst verdeckte das Ufer. Irgendwo ging die Sonne auf und warf ein ungewisses Licht durch die grau-weiße Masse, doch von diesem Fenster aus war sie nicht zu erkennen.

Wird sie normal sein?

Diese Frage konnte er nicht vergessen. Es hatte einmal eine Zeit gegeben, da wäre ihm nur wichtig gewesen, dass sie überlebte. Aber die letzten Jahre hatten ihn gelehrt, dass es ein Leben gab – nicht nur Atmung und Herzschlag, sondern *Leben*. Jetzt begriff er den Schmerz, nicht normal zu sein, die Qual der Einsamkeit. Er wusste, wie es war, so entsetzlich anders zu sein als alle anderen. Er konnte sich nicht länger einreden, dass ein um jeden Preis aufrechterhaltenes Leben unbedingt ein Triumph war.

Er presste die Augen zusammen und legte den Kopf gegen das kalte, feuchte Glas des Fensters. *Gib ihr kein halbes Leben, Gott. Entweder alles oder nichts.*

»Alles, oder nichts«, flüsterte er vor sich hin, und ein kleines, bitteres Lächeln umspielte seinen Mund. Von seinem Atem beschlug die Scheibe vor ihm.

Es war das Gebet, das er vor sechs Jahren hätte sprechen müssen. Stattdessen war alles, was er damals gesagt hatte: *Lass mich leben.*

Als er sich umwandte, erkannte er die Gesichter, die durch die offene Tür nach ihm blickten.

»Kommt rein«, erklärte er erschöpft, er war viel zu müde, um sich noch länger gegen sie zu wehren. Sie wollten die Frau sehen, und er konnte ihnen deswegen keinen Vorwurf machen. Sie war immerhin das Interessanteste, was im Haus Lethe seit Jahren geschehen war.

Die Bewohner schlurften langsam und leise in das Zimmer. Einer nach dem anderen zogen sie sich einen Stuhl heran und setzten sich im Kreis um das Bett, wie zu einem makabren Teekränzchen für verdammte Seelen hatten sie sich versammelt. Ihre leisen Stimmen erfüllten das stille Zimmer, und plötzlich war er froh, dass sie gekommen waren. Vielleicht würden sie diese Frau unter all den Verbänden irgendwie erreichen, vielleicht würde der Klang ihrer Stimmen sie aus ihrem Koma holen.

Es war keine allzu große Hoffnung, doch es war alles, was sie hatten.

Schmerz. Unendlicher, unaussprechlicher Schmerz hüllte sie ein, drang in ihre Knochen und nagte an ihrer Haut. Schneidend, brennend, eisig…

Sie wünschte sich verzweifelt, aufschreien zu können, doch mehr als ein Wimmern kam nicht aus ihrem Mund, ein zögerndes Geräusch, wie das von diesem Tier – flauschig, weiß, vier Beine. *Maschine… Gummi.* Worte kamen ihr in den Sinn, wie in einem verschwommenen Kaleidoskop, das keinerlei Bedeutung hatte. Sie dachte wieder an dieses Tier, stellte es sich vor, sah, wie es sich in einer Herde bewegte, doch ihr fiel kein Name ein.

Sie bewegte sich unruhig, fühlte die beißende Kälte, als hätte man eine eisige Decke um ihren Körper gelegt. Ihre Zähne klapperten, ihre Finger zitterten.

»Gütiger Himmel… sie hat ein Geräusch gemacht…«

Es war eine Stimme. Dort draußen, hinter der eisigen Dunkelheit …

Sie versuchte zu sprechen, wollte etwas sagen, nach Hilfe schreien, doch kein Geräusch kam über ihre aufgesprungenen Lippen, aus ihrer schmerzenden Brust. Wieder rann ein Schauer durch ihren Körper. Sie keuchte auf, so stark war er, sie krallte die Finger in den nassen Stoff unter ihr.

Lamm. Das Wort für dieses Tier kam ihr plötzlich zu Bewusstsein. Sie schob es beiseite, es war nicht länger wichtig. Das Dröhnen in ihrem Kopf war entsetzlich. Blendende Schläge, eine trommelnde Qual. Ihr Herz schlug heftig und löschte jedes andere Geräusch aus, bis auf diesen Nachweis, dass sie am Leben war.

Wo bin ich?

Dieser eine zusammenhängende Gedanke kam ihr, bevor eine weitere Attacke von Schmerzen durch ihren Kopf raste. Sie presste die Augen zusammen und atmete heftig. *Oh, Gott, es tut so weh, es tut so weh.* Sie konnte es nicht länger ertragen. Sie schrie auf – wenigstens glaubte sie das, wollte sie das –, und dann war es vorüber.

Sie trieb wieder dahin, war zurück in den angenehmen schwarzen Fluten des Vergessens.

Zurück an dem Ort, wo es keinen Schmerz gab.

3

Ian blickte auf die Flasche Scotch auf dem grünen Tisch neben dem Bett. Er sehnte sich schmerzlich nach einem beruhigenden Drink, doch das war eine Freude, die er sich in den letzten Tagen versagt hatte. Er wollte nüchtern sein, wenn sie aufwachte.

Falls sie überhaupt aufwachte.

»Bitte, wach auf.« Leise sprach er diese Worte aus und hörte den heiseren Klang in seiner Stimme, doch das machte ihm nichts. Er war müde, so schrecklich müde. Seit Tagen saß er an diesem Bett. Eine Stunde verschwamm mit der nächsten und der nächsten und der nächsten. In morbider Faszination starrte er sie an, beobachtete jeden mühsamen Atemzug, den sie tat, und wünschte von ganzer Seele, dass er für sie atmen könnte.

In den vergangenen Tagen war sie für ihn mehr als nur eine Patientin geworden. Sie war seine Welt geworden. Zuerst hatte er versucht, distanziert und professionell zu sein, aber jetzt war er zu solchem Abstand nicht länger fähig. Die Kälte, die er einmal wie einen Mantel um sich getragen hatte, konnte er nicht mehr wiederfinden. Er wünschte sich so sehnlich, dass sie überleben würde, dass er manchmal sogar nicht atmen konnte. Immer, wenn er sie ansah, verspürte er einen stechenden Schmerz in seiner Brust, und er kannte den Grund dafür.

Sie würde wahrscheinlich sterben, ohne noch einmal aufzuwachen.

»Öffne nur deine Augen«, flüsterte er. »Bitte …«

Er hockte auf dem kleinen, mit Stroh bespannten Stuhl, seine langen Beine hatte er gegen das grüne Bettgestell gedrückt. Das Licht des Mondes fiel durch das offene Fenster und hüllte die blasse Frau im Bett in seinen Schein. Die Eisstücke, in die sie gehüllt war und die langsam schmolzen, glänzten wie Diamanten. Doch noch immer kletterte ihr Fieber höher und höher, und es gab nichts, was er tun konnte, um es aufzuhalten.

Ihre Blutergüsse waren noch viel schlimmer geworden, von ihrem Gesicht war mittlerweile gar nichts mehr zu erkennen. Aber es gab nicht nur schlechte Neuigkeiten, und an die guten Neuigkeiten klammerte sich Ian wie an einen rettenden Strohhalm. Sie hatte den Schlauch gut aufgenommen, mit dem sie ernährt wurde, und der dritte Verband um ihren Kopf war endlich nicht mehr so blutgetränkt. Die Blutungen hatten aufgehört, und die Schwellung ihres Gehirns war ein wenig zurückgegangen. Sie könnte wirklich eine Chance haben … wenn die Lungenentzündung sie nicht umbrachte.

Sie wollte leben, genauso wie er das wollte. Er erkannte es in jedem mühevollen Atemzug, den sie tat.

Er beugte sich vor und nahm eine ihrer Hände in die seine. Matt und regungslos lag sie da. Er streichelte ihre heißen, feuchten Finger und merkte, wie sanft ihre Haut war, sah die kleinen Härchen an ihrem Handgelenk und die rauen Fingerspitzen.

Sie machte ihn ein wenig verrückt, und auch wenn er das wusste, konnte er nichts dagegen tun. Es kümmerte ihn auch gar nicht, denn zum ersten Mal seit vielen Jahren fühlte er sich wirklich lebendig.

Manchmal, spät in der Nacht, wenn er allein mit ihr war, konnte er die Augen schließen und sich vorstellen, dass sie aufwachte, dass sie lächelte, lachte, ihn verlockte.

Wahnsinn …

Es war Wahnsinn, sich so viel aus ihr zu machen, für ihre vollständige Genesung zu beten, doch er konnte nicht anders. Für ihn war es nötig, dass sie aufwachte, nur einen einzigen Menschen musste er in seinem elenden Leben noch retten. Noch einmal musste er Arzt sein.

Er lächelte sie an, seine Patientin. Er konnte ihr Gesicht wegen der Verletzungen und Schwellungen nicht erkennen, aber das störte ihn nicht. Für ihn war sie noch immer schön, sie war die schönste Frau, die er je gesehen hatte. Seine Göttin, sein Geheimnis, seine Möglichkeit, noch einmal ein Arzt zu sein.

So würde er sie auch nennen. Es würde ein Name sein, der die Magie und das Geheimnis des Mondes widerspiegelte.

»Selena …« Er strich ihr eine Strähne blutverschmierten Haares von der Wange. »Kämpfe gegen das Fieber, Selena …«

Im nächsten Augenblick hörte er, wie auf einmal flüsternde Stimmen erregt aufbrausten.

Ian fuhr herum und starrte zu den Menschen, die sich an die

Wand drückten. Himmel, er hätte diese elende Gesellschaft gestern schon rauswerfen sollen. Sie hatten hier nichts zu suchen. »Haltet den Mund oder verschwindet.«

Johann trat ein paar Schritte nach vorn. Er schob seine knochige Hüfte ein wenig zur Seite, stützte seine dürre Hand darauf und seufzte dramatisch. »Offensichtlich, Herr Doktor, herrscht hier eine gewisse Missstimmung wegen Ihres Rechtes, diesem menschlichen Wrack einen Namen zu geben.«

Ian zog drohend die Augenbrauen zusammen, um den Dummkopf zum Schweigen zu bringen. Er stand auf und kam auf die Gruppe zu. »Also, seht einmal …«

»Wohin?«, unterbrach Maeve ihn.

Ian blickte zu seiner Mutter. Ihre Augen waren umwölkt und trübe, und sie hielt eine der alten Jagdtrophäen seines Vaters vor der Brust umklammert. Heute war es ein Dachs, für immer mit abwehrend hochgezogenen Lefzen erstarrt, sein ausgestopfter Körper steif und knochenhart. Sie war sicher, dass Herberts Seele in einem dieser Tiere lebte – sie wusste nur noch nicht in welchem.

Er sah schnell von ihr weg, voller Abscheu, und betrachtete den Rest dieser Außenseiter mit kaltem Blick. Ehe er noch etwas sagen konnte, begannen sie wieder zu reden, wie Elstern schnatterten sie miteinander.

»Ich habe sie gefunden …«, erklärte jemand.

»Ich habe die Tür geöffnet …«, meldete sich Edith.

»Ich glaube, *ich* habe sie zum Sofa getragen«, behauptete Johann gedehnt. »Ohne mich wäre sie nicht mehr als nur ein Blutfleck auf dem Teppich.«

»Ich bin die Königin, ich werde meinem armen, unbekannten Untertan einen Namen geben.«

»Ich denke, wir sollten abstimmen«, mischte sich Andrew leise ein und sah Ian an, um sich seiner Zustimmung zu versichern. Der Junge hob vorsichtig eine zitternde Hand. »Ich stimme für Selena.«

»Schwächling«, zischte Johann. »Ich bin für Violet… in Anbetracht ihrer Hautfarbe. Was ist deine Meinung, Maeve?«

Maeve flüsterte dem ausgestopften Dachs auf ihrem Arm etwas zu, dann sah sie Johann ernst an. »Ians Vater ist für Colleen.«

»Aaah! Wachen! In den Turm mit ihnen allen«, rief Königin Victoria und schob ihre massige Brust nach vorn, mit ihrem Zepter aus Fichtenholz stieß sie auf den Boden. »Meine Untertanin soll Alberta genannt werden.«

»*Das reicht.*« Ian sprach diese Worte so laut aus, dass jeder von ihnen die Luft anhielt. »Ihr Name tut nichts zur Sache. Wenn sie aufwacht – falls sie überhaupt aufwacht –, wird sie uns ihren Namen sagen. Bis dahin werde ich sie Selena nennen. Ihr anderen könnt sie nennen, wie ihr wollt.«

»Nein!«, zischte Dotty. »Du darfst niemals einen wirklichen Namen benutzen. Das ist viel zu gefährlich. Nenne sie Seevogel.«

Johann verdrehte die Augen. »Irgendjemand muss diesem Dummkopf hier klar machen, dass der Bürgerkrieg vorüber ist. Allerdings bin ich der Meinung, dass wir uns auf einen einzigen Namen verständigen sollten. Sonst wird sie verwirrt sein.«

»Wer denn?«, fragte Maeve und streichelte den Dachs.

Ian zwang sich, tief Luft zu holen. Er brauchte diesen Scotch jetzt mehr als je zuvor. Es war schon schwer genug, mit dem Schwachsinn seiner Mutter umzugehen, ohne diesen verdammten Zirkus um sie herum. »Ich glaube, er spricht von unserer Patientin, Mutter.«

»Oh.«

»Wir *müssen* dem Vorschlag von Dr. Carrick folgen«, flehte Andrew und sah seine Hausgenossen der Reihe nach an.

»Also gut«, lenkte Johann ein. »Dann heißt sie eben Selena.«

»Dann sind wir uns also einig«, meinte Ian, der sich von der ganzen Sache gründlich abgestoßen fühlte.

»Worüber?«, fragte Maeve erstaunt und runzelte die Stirn.

»Über die Patientin, Mutter. Wir werden sie Selena nennen.«

Maeves Falten auf der Stirn wurden noch tiefer. »Oh. Ich dachte, das hättest du schon vor Stunden entschieden.«

»Ihr Fieber ist weg.«

Durch einen Nebel der Erschöpfung hörte Ian Ediths Worte. Es dauerte einen Augenblick, bis sie in sein Bewusstsein eingedrungen waren.

Fieber … weg.

Er fuhr so schnell hoch, dass sein Stuhl fast umfiel. Plötzlich war er hellwach. Er fuhr sich mit der Hand durch sein schmutziges Haar und sprang auf die Füße. »Bist du sicher?«

»Aye, Doktor, das bin ich.« Sie reichte ihm das lange, schmale Thermometer, das Hicks entwickelt hatte.

Er nahm die Glasröhre und sah darauf.

Beinahe wären ihm vor Erleichterung die Knie eingeknickt. In diesem Augenblick begriff er das Ausmaß seiner Besessenheit von ihr. So verzweifelt er sich gewünscht hatte, dass sie überleben würde, daran geglaubt hatte er nicht. Nicht wirklich. Nicht mit seiner Einstellung zum Allmächtigen.

Er griff nach der Stuhllehne und klammerte sich daran fest. »Oh Gott, die Temperatur ist *wirklich* beinahe normal.«

»Sie haben gesagt, wenn das Fieber runtergeht, hat das arme kleine Ding vielleicht eine Chance.«

Er lächelte Edith zu. »Das ist immerhin ein Anfang, Edith. Schnell jetzt, wir müssen das Eis wegnehmen und das Fenster schließen. Hol ihr ein Nachthemd aus Flanell und warme Unterhosen und frische Laken und Decken.«

»Aye, Doktor«, antwortete Edith mit einem Lächeln und lief eilig aus dem Zimmer, so dass er – endlich einmal – mit seiner Patientin allein war.

Ian zog den Stuhl wieder neben Selenas Bett und sank auf den Sitz, dann beugte er sich zu ihr. Er verspürte einen überwältigenden Ansturm von Gefühlen für diese Frau, die da bewegungslos vor ihm lag.

»Du hast es geschafft.« Seine Stimme brach. »Du hast es geschafft.« Er nahm ihre Hand in seine und genoss es, die warme, trockene, gesunde Temperatur ihrer Haut zu fühlen. »Das ist es, Selena. Du erledigst die Arbeit für mich.«

Sie lag vor ihm wie immer, matt und regungslos, aus ihrem offenen Mund ragte der Schlauch. Das raue Rasseln ihres Atems war das herrlichste Geräusch, das er je gehört hatte. Es war der Kampf um das Leben, und sie hatte ihn nicht einen Augenblick lang aufgegeben.

»Ich habe noch nie so hart gearbeitet wie du in diesem Augenblick«, flüsterte er und war überrascht über sein eigenes Geständnis und darüber, dass es die Wahrheit war. Sein ganzes Leben lang war er den leichten Weg gegangen, vor allem, was ihn ängstigte oder verwirrte, war er davongelaufen. Normalerweise dachte er über seine Feigheit und seine Fehler nicht nach, aber jetzt, allein hier mit seiner Göttin, konnte er nicht anders als daran zu denken, an seine verlorenen und zerbrochenen Träume. Er erinnerte sich an Dutzende von Augenblicken, Erinnerungen, von denen er geglaubt hatte, sie wären längst verschwunden.

Er dachte an die Zeiten, in denen Maeve ihn in den Armen gehalten und ihm Geschichten vorgelesen hatte, als sie sein Haar gestreichelt und ihn auf die Stirn geküsst hatte, an Zeiten, zu denen sie ihn anstarrte und sich nicht mehr an seinen Namen erinnern konnte, Zeiten, als sie ihn vor all seinen Freunden angeschrieen und wegen irgendwelcher Kleinigkeiten geschimpft hatte. Und dann waren da die dunklen Tage, nach dem Tod seines Vaters, als sie wie eine verlorene Seele durch das Haus geirrt war, stöhnend, weinend, und nichts und niemanden wiedererkannt hatte. Beinahe zwei Jahre lang hatte sie kein einziges Wort gesprochen, außer zu diesen verdammten ausgestopften Tieren, die sie bei sich in ihrem Zimmer hatte. Er erinnerte sich an so viele Nächte, als er an der offenen Tür ihres Zimmers gestanden hatte, seinen dünnen Jungenkörper in den Schatten gedrückt, und zugesehen hatte, wie sie mit diesen Tieren sprach. Sie beide hatten zu dieser Zeit Trost gebraucht, doch war sie nie zu ihm gekommen, hatte ihm nie in die Augen gesehen.

So viele Augenblicke des Versagens. So viele vergebene Möglichkeiten…

Er lehnte sich zurück und seufzte schwer. »Himmel, Selena, warum kann ich das nicht vergessen? Was ist nur los mit mir?«

Er sah auf seinen schweigsamen Patienten hinunter und begriff, dass er ihr gerade mehr verraten hatte als je einem anderen Menschen.

Es war ein wenig beängstigend. In den endlosen Stunden an Selenas Bett hatte er ihr irgendwie eine Persönlichkeit gegeben, eine Vergangenheit und eine Zukunft. Schlimmer noch, verrückter noch, er hatte begonnen, sich in diese Fiktion, die er geschaffen hatte, zu verlieben. In eine Frau, die nicht wirklich existierte.

Gott helfe ihm.

Sie schwebte. Der Wind um sie herum war endlich warm. Er wiegte sie beruhigend, schaukelte sie so sanft wie ein… Ding, klein, grün, hängt an einem Ast…

Sie kniff die Augen zusammen und versuchte, sich an das Wort zu erinnern, doch es strengte sie entsetzlich an. Der Gedanke schwand ihr wieder, er hinterließ nicht mehr als ein nagendes Gefühl, dass etwas nicht stimmte. Und dann war auch das verschwunden.

»Wiegeht esdirheute… Göttin?« Eine leise, polternde Bassstimme kam irgendwo aus der Dunkelheit.

Sie versuchte, die Augen zu öffnen. Sie fühlte, wie sie sich zu öffnen begannen, langsam, zögernd, wie eine Tür, die schon seit Jahren geschlossen war.

Sie erkannte etwas… Kreis… verschwommen. Nein, kein Kreis… rund. Rund, ja. Gesicht. Ein Gesicht, eingehüllt von einem blassgoldenen Licht. Ein Heiligenschein.

Engel.

»Hallodu.« Es war die gleiche Stimme, sanft und liebkosend und intim. Sie begriff jetzt, dass sie diese Stimme kannte, dass sie sie schon gehört hatte. Es war die Stimme, die immer bei ihr gewesen war in dieser riesigen, kalten Dunkelheit, die Stimme, die sie aufgefordert hatte, zu *kämpfenselena*. Sie wusste nicht, was das bedeutete, was er von ihr wollte, aber irgendwie war es tröstend.

»Istdirkalt?«

Kauderwelsch. Ihr Kopf begann zu schmerzen. Das wunde Brennen in ihrem Hals kehrte zurück.

»... weißtduwer ... dubist?«

Sie konnte seine Erwartung fühlen, seinen Wunsch, und sie wollte so gern das tun, was er von ihr verlangte, doch sie verstand ihn nicht. Frustration stieg in ihr auf.

Sie wusste, dass er mit ihr sprach. Sie hätte in der Lage sein sollen, ihm zu antworten, aber sie konnte sich an kein einziges Wort erinnern, wusste nicht, wie sie die Worte bilden oder sie aussprechen musste.

Sie begann, ein leises, brummendes Geräusch der Enttäuschung auszustoßen, doch dieses Geräusch erstarb, erstickt von dem heftigen, unbarmherzigen Feuer in ihrem Hals.

»Möchtestdueinwenig ... Wasser?«

Wasser. Das Wort überraschte sie. Sie verstand es. Ja, Wasser. Sie brauchte es in ihrem Hals. Aber wie sollte sie ihm das sagen?

Der Engel beugte sich näher zu ihr. Er zog dieses Ding aus ihrem Hals. Der Schmerz war unerträglich. Sie zitterte, wimmerte.

Und dann war dieses Ding verschwunden, und der Schmerz in ihrem Hals ließ nach.

»Siehstduwohl.« Etwas Warmes und Kräftiges legte sich um ihren Hals und zog sie langsam nach oben. Bei dieser Bewegung begann ihr Kopf zu dröhnen. Es war ein hämmernder Schmerz.

Sie stöhnte leise auf und wäre beinahe in die Dunkelheit zurückgeglitten.

»Pssst... esistschongut...«

Das Gesicht des Engels verschwamm vor ihren Augen. Etwas Kühles, Glattes berührte ihren Mund. Wassertropfen hingen an ihren Lippen. Sie konnte es riechen, sie erinnerte sich daran. Ihr lief das Wasser im Mund zusammen, und das Begehren, es zu schmecken, war so groß, dass ihr ganz schwindlig wurde, doch sie konnte sich nicht daran erinnern, was sie tun musste.

Ein heißer Schmerz brannte hinter ihren Augen und hinterließ einen beißenden feuchten Film.

»Weinenicht... isinOrdnung... hier.« Er presste die kühle Oberfläche – Glas! – zwischen ihre Lippen. Die Berührung war so sanft und sicher, dass sie sich sofort beruhigte. Die eigenartige Feuchtigkeit in ihren Augen trocknete wieder. Das klare Gefäß neigte sich und sandte einen lauwarmen Schwall Wasser in ihren Mund.

Sie spuckte, hustete, und dann zufällig...

Schluckte. Das war es. Das war es, was sie hatte tun sollen. Sie trank gierig und fühlte das warme, glatte Wasser durch ihre Kehle rinnen. Schließlich sank sie erschöpft in die weichen Kissen zurück und schloss die Augen.

Die vertraute Dunkelheit schloss sich um sie, und eine Sekunde lang fürchtete sie sich. Sie fürchtete sich davor, nie wieder aufzuwachen, nie wieder das Gesicht ihres Engels zu sehen, nie wieder seine sanfte Stimme zu hören. Ihr Herz schlug schneller.

Er redete mit ihr. Die leisen, beruhigenden Worte seiner Stimme hüllten sie ein, trösteten sie sofort. Ganz langsam öffnete sie wieder die Augen.

Diesmal erkannte sie ihn deutlich, und er war so wunderschön, dass sie eine Sekunde lang nicht atmen konnte. Sein Haar sah aus wie eine Goldmünze, die im Sonnenlicht glitzerte, und seine Augen, sie hatten die Farbe von... Schuh? Blätter?

Sie wusste es nicht, konnte sich nicht an das Wort erinnern, mit dem sie seine Augen beschreiben konnte, aber sie wusste, dass es nicht wichtig war. Sie schaute einen Engel an, der vom Himmel gefallen war. Oder sogar Gott selbst.

Ja, dachte sie schläfrig. Sie war von Gott selbst gerettet worden.

Es war ihr letzter, angenehmer Gedanke, ehe sie wieder in der Dunkelheit versank.

Sie hatte die Augen geöffnet.

Selbst jetzt noch, Stunden später, klammerte sich Ian an diesen herrlichen kurzen Augenblick, erlebte ihn immer wieder, gestaltete ihn immer wieder in seinen Gedanken, bis er noch größer war, noch besser. Sie hatte nichts gesagt, aber das hatte nichts zu bedeuten. Weniger als nichts.

Sie hatte die Augen geöffnet. Es war ein Wunder.

Strahlend lief er auf dem überwucherten Pfad vom Haus in die dunkle Nacht hinein. Über ihm leuchtete der Mond als leuchtender, schimmernder Ball, eingehüllt in einen glühenden Lichtschein.

Es war ganz still bis auf das Knirschen seiner Schritte auf den alten Steinen. Das Meer war nur als entferntes Dröhnen der Wogen zu hören. Er schob die Hände tiefer in seine Taschen und lachte laut auf.

Himmel, er fühlte sich gut.

Wieder und wieder sah er das Bild von Selena vor sich, als sie endlich aufgewacht war. Endlich hatte er das dunkle, geheimnisvolle Braun ihrer Augen gesehen.

Allein daran zu denken, versetzte ihn in Erregung, heiß rann sie durch sein Blut. Er begriff in diesem Augenblick, dass er gar nicht geglaubt hatte, dass sie wirklich aufwachen würde. Er hatte geglaubt, sie würde in diesem zu schmalen Bett vor ihm liegen und langsam vergehen.

Seit vielen Jahren hatte er sich den Allmächtigen vorgestellt wie einen grausamen Spaßmacher, der auf seinem vergoldeten Thron saß und mit den Menschen spielte, als wären sie nur bedeutungslose Figuren auf einem großen Schachbrett. Dieses Bild konnte er verstehen, er konnte es aus ganzer Seele hassen, es erlaubte ihm, in der Dunkelheit zu sitzen und seine Feindseligkeit zu nähren, erlaubte ihm, seinen Fluch vor sich selbst zu verstecken und vor einer teilnahmslosen Welt.

Aber jetzt nicht mehr. Endlich hatte Gott eines von Ians Gebeten beantwortet.

Er wandte sich der Zufluchtsstätte seiner Mutter zu, dem kleinen Garten, den sie so eifrig pflegte. Ein eleganter schmiedeeiserner Zaun schloss ihn ein und schuf eine kleine Umfriedung in der Dunkelheit, die beruhigend wirkte. Jede Blume, die seine Mutter pflanzte, war weiß, dafür geschaffen, das Licht des Mondes einzufangen. Ein großer Pavillon, mit der Zeit grau geworden, stand im Zentrum des Gartens, seine Pfosten waren von den dicken braunen Ranken der Glyzinie umrankt. Im Inneren des Pavillons stand verloren eine Gartenbank aus Granit, ihre Löwenfüße ruhten inmitten eines Teppichs aus frischen Narzissenblüten.

Er schloss das Tor hinter sich und ging hinüber zu der Bank, setzte sich auf den kalten, harten Stein. Dann schloss er die Augen und ließ das Mondlicht auf sein Gesicht fallen. Normalerweise blieb er dem Garten fern, wenn Vollmond war, irgendwie verstärkte er noch seine übersinnlichen Fähigkeiten. Manchmal, in Nächten wie dieser, konnte er die Gedanken von Menschen »lesen«, die weit weg waren, konnte Dinge über sie erfahren, indem er einfach nur an ihre Gesichter dachte. Aber heute Abend war ihm das egal. Er fühlte sich viel zu gut, zu sehr voller Hoffnung, um sich vor irgendetwas zu fürchten, einschließlich seines Fluches.

Ich kann sie heilen, kann sie retten.

Ich kann sie berühren.

Faszinierende Möglichkeiten kamen ihm in den Sinn, Bilder

lockten ihn, forderten ihn heraus. Ein Traum nahm Gestalt an und blühte voll auf in seinen Gedanken. Sie würde seine größte Herausforderung sein. Seine Genialität würde die Welt der Medizin aufhorchen lassen. Wenn er mit ihr fertig war, würde sie so gesund sein wie zuvor, und die Ärzte würden von überall her kommen, um sie zu sehen, sie zu berühren, sie zu studieren. Und sie würden wissen, dass Ian Carrick noch immer der beste Arzt der Welt war.

Er schloss die Augen und stellte sich seinen Ruhm in vollen, lebhaften Farben vor. Er sah das Amphitheater in Harvard, gefüllt mit seinen Kollegen, die auf ihren Sitzen nach vorn rutschen und mit neidischen Blicken zusehen würden, wie er Selena vorführen würde. Seine wunderbare Schöpfung würde lächeln, sich bewegen, reden, nach einer so schweren Kopfverletzung. Er konnte förmlich den donnernden Applaus hören, konnte die stehenden Ovationen beinahe sehen.

Bald, dachte er. *Wache auf, schon morgen, dann können wir beginnen …*

Ah, er würde seine Seele dafür geben, sie wieder aufwachen zu sehen, lächelnd und voller Leben. Den Klang ihrer Stimme zu hören, zu erfahren, was sie dachte.

Er wandte sich gen Himmel hinauf und lachte laut auf. *Ist es das, was Du willst? Du willst meine Seele?*

»Fein«, sagte er leise. »Nimm sie.« Sowieso ein nutzloses, unnötiges Ding.

Was brauchte er, wenn ihm die Welt wieder zu Füßen lag, ihn umglänzte, ihm vergab, ihn wieder aufnahm, eine Seele?

Sie gehörte ihm, er brauchte sie sich nur zu nehmen.

4

Sie fühlte, wie sie dem Licht entgegenschwebte. Es lockte sie und zog sie an. Ganz langsam öffnete sie die Augen. Das Licht schmerzte. Sie blinzelte heftig und versuchte, die Welt um sie herum zu sehen, aber alles war grau und düster und verschwommen. Nichts konnte sie richtig erkennen. Und nichts war ihr bekannt.

»OhmeinGott… holt DoktorCarrick.«

Menschen schwärmten um sie herum, ihre Stimmen waren ein riesiger, beängstigender Missklang. Sie sank zurück in die tröstende Weichheit des Bettes, umklammerte die mit Spitze besetzte Decke.

Die verschwommenen Fremden traten näher, so nahe, dass sie ihren leisen Atem hören konnte. Schritte waren zu hören, ein Knie stieß gegen das Bett. Sie starrten auf sie hinunter, machten Geräusche, ihre Münder öffneten und schlossen sich, sie zeigten mit den Fingern auf sie. Es waren bedeutungslose Geräusche. Kauderwelsch. Sie schloss die Augen und versuchte, die Dunkelheit wiederzufinden, doch diesmal war sie tief, tief in ihr verborgen. Und das Licht auf ihrer Haut fühlte sich so gut an.

»Istsie nochimmerwach?«

»Eristhier.« Auf einmal ein scharrendes Geräusch, die kleine Menschenmenge bewegte sich.

Sie wand sich verzweifelt, voller Angst und Schmerzen. Überall war der Schmerz. Ihr Hals brannte, und ihr Kopf dröhnte. Sie presste die Augen zusammen und wünschte, sie wären alle still, wünschte, sie würden sie allein lassen, wünschte…

»Hallo Selena. Dubistwiederda.«

Beim Klang dieser Stimme erfasste sie eine große Ruhe. Die Anspannung in ihrem Körper ließ nach, langsam öffneten sich ihre Finger, sie zitterten von der Anstrengung, die sie gehabt hatte, die Hände zu Fäusten zu ballen. *Gott. Der Engel, der sie gerettet hatte.*

Langsam öffnete sie die Augen. Diesmal konnte sie beinahe scharf sehen. Die Menschen starrten sie mit besorgten Blicken an, aber sie waren jetzt weiter weg, gaben ihr mehr Raum zum Atmen. Fremde, dachte sie. Fremde…

Gott war in der Mitte von ihnen. Er kam auf sie zu, auf seinem atemberaubend hübschen Gesicht lag ein beruhigendes Lächeln. Sehr sanft setzte er sich neben sie auf das Bett. Sie fühlte, wie die Matratze sich unter seinem Gewicht bewegte, hörte, wie das Bett leise knarrte.

»Du hastuns einen gehörigenSchreck eingejagt.«

Sie verstand die Geräusche nicht, die er von sich gab, doch der Ton seiner Stimme, die so sanft und voller Mitgefühl war und die ihr so vertraut war, jagte ihr einen Schauer durch den Körper. In ihr wallte ein überwältigendes Gefühl für diesen goldenen Mann auf, diesen Gott, der sie mit seinen Worten in der Dunkelheit begleitet hatte, der sie mit solcher Sanftheit berührt hatte. Diese heiße, brennende Feuchtigkeit in ihren Augen kam zurück.

»Weinenicht Selena. Weinenicht.« Sein Finger wischte die Feuchtigkeit weg.

Die Worte waren wunderschön, lyrisch und melodisch. Sie wollte sich vorbeugen und die Hand an seine Brust legen, die Wärme seiner Haut fühlen, den Rhythmus seines Herzschlages. Hinter ihm traten die Fremden wieder näher.

Gott wandte sich zu ihnen um. »Also wirklich.«

In dem kurzen Augenblick, in dem er sich von ihr abgewandt hatte, fühlte sie sich kälter, einsamer. Das Gefühl der Furcht kehrte zurück, wurde zu einem dunklen Pochen in ihrem Blut.

Verlass mich nicht. Die Worte erblühten in ihrem Kopf, und sie verstand sie. Verzweifelt versuchte sie, diese Worte auszusprechen, ihn zu bitten, zu ihr unter die Decke zu kriechen und sie nie wieder zu verlassen, aber irgendwo, auf der Strecke zwischen ihrem Gehirn und dem Mund, verwirrten sich die Worte, und nur ein krächzendes Geräusch kam aus ihrem Mund.

Er wandte sich wieder zu ihr um und sah noch herrlicher aus. »EsistinOrdnung. Dubrauchstnichtzu sprechen.«

Sprechen. Etwas an diesem Geräusch *sprechen* kam ihr bekannt vor. Es war ein Wort. Dieses plötzliche Begreifen erstaunte sie. Ein Wort, dachte sie und versuchte, die Bruchstücke zusammenzusetzen. Doch das gelang ihr nicht. Ein Wort, das irgendeine Bedeutung hatte.

Sie strengte sich an. Es war wichtig, dass sie sich erinnerte, doch sie schaffte es nicht.

Er strich ihr das Haar aus dem Gesicht, und das war einfach wundervoll. Sie wollte nicht über Worte nachdenken, die nichts zu bedeuten hatten. Sie schloss die Augen, um seine Berührung zu genießen, und erst nachdem er die Hand wieder weggenommen hatte, begriff sie, dass etwas nicht stimmte. Ihr Haar fühlte sich… verfilzt an. Zum ersten Mal fragte sie sich, wie sie wohl aussah. War sie die Aufmerksamkeit dieses Gottes überhaupt wert? Sah sie selbst aus wie ein gefallener Engel, in dem blassen Elfenbein der Laken, ihr Haar ausgebreitet bis über ihre Arme?

Sie konnte sich nicht vorstellen, wie sie aussah, konnte sich kein Bild von sich selbst machen, weder von der Farbe ihrer Augen noch vom Ton ihrer Haut oder sonst etwas. Doch das war nicht wichtig. Sie erkannte ihr Spiegelbild in den blauen, blauen Augen ihres Gottes und wusste, dass sie ihm gefiel.

»Sie habenes geschafftDoktorCarrick. Sie haben sie gerettet.«

Gerettet. Das war ein weiteres Wort, das sie beinahe verstand. Die Bedeutung reizte sie, bedrängte ihr Bewusstsein mit fremden, unzusammenhängenden Bildern – ein Bankgebäude, eine Keksdose, ein Kreuz, an das ein halbnackter Mann genagelt war. Gerettet. Gerettet.

Das Verstehen kam wie die Morgendämmerung, langsam

kroch es heran, mit einer wohligen Wärme. Dieser Gott hatte ihr das Leben gerettet. Er hatte sie am Leben gehalten. Aber wie? Und von was? Woher kannte er sie überhaupt?

Sie versuchte, eine Frage zu stellen, aber ihr Hals brannte wieder wie Feuer, und der Schmerz ging bis in ihren Magen.

»EinenAugenblick.« Er zog ein langes, durchsichtiges Ding aus ihrem Hals, und als es verschwunden war, seufzte sie erleichtert auf. Der Schmerz ließ nach.

Sie zwang sich, es noch einmal zu versuchen. »Wo…« Sie konzentrierte sich, aber sie hatte den Gedanken schon wieder verloren. Was hatte sie nur sagen wollen? *Wo…* Sie versuchte, sich zu erinnern, was dieses Wort bedeutete. Es war ihr ganz natürlich in den Sinn gekommen, als hätte sie es früher einmal verstanden und benutzt. Jetzt war es verschwunden, wie das Bild eines Traumes war es vergangen, an den man sich beim Aufwachen nicht mehr erinnert. Alles, was geblieben war, war eine vage, bildhafte Erinnerung.

»Maine.« Gott beantwortete ihre vergessene Frage mit einem weiteren, bedeutungslosen Wort. Wieder erfüllte sie seine tiefe, melodische Stimme und linderte den Schmerz in ihrem Hals. »Du bist im Haus Lethe ander Küstevon Maine. Ich habe mich umdich gekümmert.«

Sie hatte keine Ahnung, was er gesagt hatte, doch sie wusste, dass er auf eine Antwort von ihr wartete. Bilder stürmten auf sie ein. Jeder neue Gedanke, jedes neue Bild, für das sie keine Worte hatte, verstärkte das Gefühl ihrer Unsicherheit noch. Die Muskeln an ihrem Nacken und in den Schultern spannten sich an. Sie wünschte sich, dass dieser Gott bei ihr bleiben sollte, dass er weiter mit dieser wundervollen Stimme mit ihr sprechen und ihr das Haar aus dem Gesicht streichen sollte. Ohne ihn würde sie in die Dunkelheit zurückgleiten – das wusste sie irgendwie, sie wusste, dass er das Licht war, das sie zurückgeholt hatte –, und sie konnte dieses Nichts nicht noch einmal ertragen.

Worte kamen ihr in den Sinn, verschwommen und bedeutungslos. Sie versuchte, eines davon festzuhalten, einen Weg zu finden, sich mitzuteilen, aber nichts drang aus dem Sumpf ihres Gehirns. Sie schluckte und sah blinzelnd auf zu dem Gott, um sich zu vergewissern, dass er nicht wegsah.

Das tat er nicht. Der Blick seiner blauen Augen ruhte auf ihr, sanft und sicher. Sein Lächeln war so strahlend, dass es sich anfühlte wie der Sonnenschein auf ihrem Gesicht, der sie wärmte. »IchbinIan«, sagte er leise. »Wer bist du?«

Sie konzentrierte sich scharf, sah, wie sein Mund sich bewegte und meinte, in dem Kauderwelsch, das er sprach, drei Wortmuster erkannt zu haben. Ganz langsam versuchte sie zu wiederholen. »Ich … bin … Ian.«

Eine kleine Falte erschien auf seiner Stirn. Das Lächeln wurde weniger strahlend. »Sage Ian.«

Sie hatte einen Fehler gemacht, hatte ihn irgendwie enttäuscht. Sie starrte ihn an, ihr Mund zitterte, sie versuchte, die Antwort in seinen Augen zu lesen. Doch nichts kam ihr in den Sinn. Sie wollte ihm unbedingt gefallen, aber sie hatte das Gefühl, in Wolken eingehüllt zu sein, Lagen um Lagen flaumiger grauer Sanftheit umgaben sie.

Sage. Was hatte das zu bedeuten … sage? Konzentriert starrte sie in seine blauen Augen, als läge darin die Antwort des Universums.

Und dann war die Antwort da. Ganz plötzlich wusste sie es, wusste es einfach. Sage bedeutete sprich. Rede. *Sage Ian*. Er wollte, dass sie wiederholte, was er gesagt hatte.

Sie öffnete den Mund, um ihm zu antworten, doch dann vergaß sie, was sie hatte sagen wollen. Sie stöhnte leise und frustriert auf.

»EsistinOrdnung«, meinte er schließlich. »Werbistdu?«

Werbistdu? Ohne jede Hoffnung versuchte sie, diesen Code zu knacken, die geheime Bedeutung dieses Wortes zu ergründen. Werbistdu?

Er seufzte leise auf. »EsistinOrdnung ... inOrdnung ... genug für heute. Wir haben dich Selena genannt. Das muss für den Augenblick genügen.« Er wandte sich ein wenig ab, und sie fühlte, wie sich sein Gewicht vom Bett verlagerte. Er verließ sie.

»Nein!« Sie griff nach ihm und klammerte sich an seinen Arm. *Verlass mich nicht.* Die Worte explodierten förmlich in ihrem Kopf. Sie kämpfte darum, sie auszusprechen, ihn begreifen zu lassen, was sie fühlte, was sie wollte. Ihm zu erklären, dass das Entsetzen der Dunkelheit, selbst in diesem Moment, in den Schatten dieses Zimmers hockte und wartete ... wartete.

Die Feuchtigkeit, die in den Augen brannte, rann über ihre Wangen. Ihr ganzer Körper zitterte vor Enttäuschung. Sie konnte die Worte nicht finden. Irgendwo zwischen ihrem Kopf und ihrem Mund war ihre Bitte für immer verloren gegangen. Sie starrte ihn an, voller Scham und Angst. *Bitte ...* Dieses einzelne Wort ging ihr durch den Kopf, viel zu flüchtig, um es zu greifen oder vollständig zu verstehen.

»Möchtest du, dass ich bleibe?«

Bleibe. Das Wort war wie ein Geschenk Gottes, perfekt. Sie verstand es.

»Baum«, sagte sie schnell. Und als sie die Falten auf seiner Stirn sah, wusste sie, dass sie schon wieder einen Fehler gemacht hatte. Das falsche Wort war aus ihrem Mund gekommen. Er verstand sie nicht. Wieder wandte er sich ab.

Sie griff fester zu, fühlte die harten Muskeln seines Arms unter dem dünnen Stoff seines Hemdes. »Korb.« Sie zuckte zusammen. *Nein. Schon wieder nicht richtig.*

Das Lächeln, das er ihr diesmal schenkte, war ein wenig traurig. »Das wird schon wieder«, murmelte er, strich ihr das verfilzte Haar von der Stirn und wischte die Feuchtigkeit von ihren Wangen. »Dumusstnicht weinen.«

Weinen. Die Feuchtigkeit in ihren Augen. Sie erinnerte sich plötzlich daran, dass dieses Wasser Tränen genannt wurde, wenn es aus den Augen kam. Sie hatte Tränen geweint.

»Baldgehtesdirwiedergut… brauchst Schlaf.« Noch einmal seufzte er, und wie schon zuvor das Lächeln, so war auch dieses Geräusch eigenartig traurig.

Sie schenkte ihm ein Lächeln, auch wenn es schmerzte. Sie wollte so gern das ausdrücken, was in ihrem Herzen war, wollte ihrem goldenen Gott sagen, dass es ihr bereits wieder besser ging, dass sie all das war, was er von ihr erwartete. Doch sie konnte sich an nichts erinnern, konnte die Worte nicht finden, um ihre Gefühle aufzuschlüsseln, um ihm zu sagen, was sie fühlte, aber immerhin, sie wusste es. In irgendeinem versteckten Winkel ihrer Seele existierte dieses Wissen. Sie liebte ihn.

»Ich bin… Ian«, flüsterte sie und legte ihre Hand auf seine, fühlte die tröstende Wärme seiner Haut an ihrer. Natürlich ging es ihr gut. Gott war bei ihr.

Noch immer lächelnd schlief sie ein.

Ian starrte auf Selena hinunter. Sie schlief jetzt friedlich, es gab keinen Hinweis darauf, dass sie ins Koma zurückgesunken war.

Sie hatte mit ihm gesprochen, hatte ihn berührt. Selbst jetzt fühlte er den warmen Druck ihrer Hand noch auf seinem Arm, fühlte die warme Feuchtigkeit ihrer Tränen auf seinen Fingerspitzen.

Sie war verwirrt gewesen und hatte die Fähigkeit zu sprechen verloren, aber das war normal, mit so etwas hatte er rechnen müssen. Den Dutzenden Büchern zufolge, die er gelesen hatte, konnte man nicht genau sagen, wie so eine Hirnverletzung sich auf das Verhalten auswirken würde. Jeder einzelne Fall war anderes. Aber ein gewisser Verlust des Sprechvermögens war zu erwarten. Es war vollkommen normal, dass Selena Schwierigkeiten haben würde, die richtigen Worte zu finden, zu sprechen, sich an die Formen und den Satzbau der englischen Sprache zu erinnern.

Normal.

Er seufzte und fühlte sich plötzlich schrecklich alt.

Er hatte vergessen, wie es wirklich war, Arzt zu sein. In den letzten sechs Jahren hatte er diesen Beruf idealisiert, hatte eine leuchtende, perfekte Erinnerung an seine glücklichen Tage in der Medizin hochgehalten. Er hatte sich an die Erfolge erinnert, an die Partys, die Extravaganzen.

Irgendwann hatte er die schrecklichen Ungewissheiten vergessen, die lähmende Angst. Die ständige Furcht, dass ein Patient vielleicht sterben würde.

Oder dass er einen Hirnschaden davontrug.

Himmel, wie hatte er das alles vergessen können? Wie hatte er nur die vielen Male vergessen können, in denen er in der Nacht wach geblieben war, im Schatten eines Krankenzimmers gestanden und zugesehen hatte, wie der Patient atmete? Wie er gebetet hatte, dass diesem Atemzug ein weiterer folgen würde und dem wieder einer und wieder einer?

Wie hatte er das alles damals nur ausgehalten?

Ganz plötzlich war alles wieder da.

Selbstbewusstsein.

Das war es, womit er seine Welt manipuliert hatte, wie er es von einem Tag zum anderen durchgestanden hatte, wie er seine Fehler beiseite geschoben und die Erfolge genossen hatte. Er war hochmütig gewesen, selbstbewusst bis zur Arroganz. Er hatte an sich selbst *geglaubt*, an seine Hände und an seine Kraft, zu heilen.

Dieses Selbstvertrauen brauchte er jetzt wieder.

Ein Verlust des Sprechvermögens war normal. Ihre Heilung schritt gut voran. Wieder und wieder sagte er sich diese Worte vor, bis er sie selbst glaubte.

Es war noch viel zu früh für die Annahme, dass etwas nicht stimmte. Er würde weiterarbeiten, würde an sie glauben und an sich selbst. Zusammen könnten sie den medizinischen Drachen erlegen, zusammen würden sie triumphieren. Dr. Carrick und seine Patientin, die für ihn die größte Herausforderung gewesen war, veränderten das Gesicht der Medizin.

»Zusammen, Selena«, flüsterte er und nahm ihre Hand in seine. »Zusammen werden wir das durchstehen. Es wird dir bald wieder gut gehen.«

Er schloss die Augen und stellte sich noch einmal Harvard vor, seine triumphale Rückkehr in die Welt der Medizin.

Es würde geschehen, weil er es so wollte. Sie würde aufwachen, und sie wäre verletzt – natürlich wäre sie schlimm verletzt –, aber nicht unheilbar geschädigt. Er würde mit ihr arbeiten, sie testen, ihr sein Leben widmen. Alles würde er tun, um sie zu heilen.

Er schob den Stuhl zurück und stand auf. »Ich bin gleich wieder da, Selena. Ich habe diesem lärmenden Haufen versprochen, Bericht zu erstatten.«

Sie waren alle im Salon.

An der Tür blieb er stehen, es war ihm zuwider, sie öffnen zu müssen. In den sechs Jahren seit seiner Rückkehr in dieses Haus hatte er sich von diesen Leuten fern gehalten, so gut es ging. Sie waren sowieso nur hier, um sein Schuldgefühl zu lindern. Er hatte gewollt, dass sich Maeve nicht so einsam fühlte, und er hatte ihre Forderung nach Gesellschaft absichtlich falsch verstanden. Sie hatte gewollt, dass Ian bei ihr sein sollte. Als Reaktion darauf hatte er das Haus Lethe in eine private Anstalt verwandelt und ihr Zuhause für Menschen geöffnet, die wie seine Mutter waren, dabei hatte er so getan, als wäre das genug. Er hatte versucht, ihr eine Familie zu geben, anstatt selbst ihre Familie zu sein. Einen Arzt brauchten sie nicht, diese Außenseiter und Verrückten, die die Gesellschaft aus ihrem kollektiven Gewissen verbannt hatte. Oh, ab und zu verschrieb Ian ein Kopfschmerzpulver oder wies Edith an, eine Wunde zu versorgen oder einen Schnitt zu nähen, aber etwas Aufregenderes passierte nie. Er war ihr Betreuer, mehr nicht, und das reichte den Familien dieser armen Unglücklichen. Denn das Haus Lethe bot das, was ihre Familien wollten, was die anständige Victorianische Gesellschaft verlangte: Heuchelei. Und das war es, was allen – Ian eingeschlossen – so leicht fiel. Diese Menschen wegzuschließen und so zu tun, als existierten sie nicht.

Er betrat das Zimmer und bereute es auch sofort. Es ließ ihn an seinen Vater denken, die Erinnerungen kamen zurück wie der Geruch der Zigarre des alten Mannes. Als kleiner Junge war er oft in dieses Zimmer gekommen, in der Dunkelheit hatte er sich hineingeschlichen und auf dem zerschlissenen Samtpolster des Sofas zusammengerollt, um darauf zu warten, dass sein Vater nach Hause kam.

Heute Abend beim Essen hat sie nicht gewusst, wer ich war. Warum ist sie so, Papa … warum?

Weder dieses Zimmer noch sein Vater hatten je eine Antwort auf Ians Fragen gewusst. Und jetzt war er wieder hier und suchte nach Antworten auf Fragen, die er nicht einmal benennen konnte, und wieder einmal wartete er.

Es war ein ausgesucht mächtiges Zimmer. Ein riesiger Kamin, mit Mahagoni verkleidet, dominierte den in Schwarz und Burgunderfarben eingerichteten Raum. Auf dem Kaminsims standen drei silberne Kerzenhalter mit blutroten Kerzen, die Flammen spiegelten sich in dem großen Spiegel aus dem siebzehnten Jahrhundert wider, der darüber hing. Kunstvoll gerahmte Gemälde füllten jeden Zentimeter der rot gestrichenen Wände, rote und schwarze Aubusson-Teppiche bedeckten den größten Teil des Holzfußbodens.

Das Zimmer war dunkel und hatte irgendwie etwas Blutiges, genau wie sein Vater das beabsichtigt hatte. Es war das Zimmer eines Mannes im Haus eines Mannes, voll mit Jagdtrophäen und Bildern von sterbenden Soldaten. Selbst die Tische mit dem Nippes waren dick und schwer, Aschenbecher standen darauf anstelle von Blumenvasen.

Keine Frau hatte jemals bei der Einrichtung dieses Hauses mitgewirkt, und das zeigte sich in jedem einzelnen Zimmer.

»Wie geht es ihr, Doktor?«

Ian hörte Andrews Frage, doch er ignorierte sie, während er sich einen Madeira eingoss.

»Nun, ich würde sagen, es geht ihr verdammt schlecht, Andrew«, meinte Johann gedehnt. »Es sei denn, natürlich, du glaubst, dass ›Korb‹ das Wort war, was sie hat sagen wollen. Und selbstverständlich besteht immer noch die Möglichkeit, dass sie zufällig auch Ian heißt.«

»Halt den Mund, Johann«, meinte Ian, ohne den Blick von den roten und goldenen Funken in seinem Glas abzuwenden.

»Ah, Dr. Carrick«, erklärte Johann mit einem dramatischen Seufzer. »Wieder einmal trösten Sie mich. Ich kann mir nur zu gut vorstellen, welche Hilfe Sie mir sein werden, wenn die Syphilis mich dann wirklich umbringt.«

Endlich blickte Ian auf und sah Johanns Spiegelbild in dem silbernen Glas. »Du stirbst schon seit Jahren. Ich glaube, du genießt das Dramatische daran.«

Ein Aufblitzen von ehrlichem Gefühl – vielleicht Zorn, vielleicht Schmerz – war in Johanns Augen zu erkennen. »Ich habe jemandem versprochen weiterzuatmen. Auch wenn ich das eigentlich gar nicht will.« Er hielt eine Sekunde lang inne, holte tief und zitternd Luft und zwang sich dann zu einem Lächeln. »Aber das ist natürlich nichts, was jemand wie der große Dr. Carrick jemals begreifen wird.«

»Dr. Carrick?«, meldete sich Andrew.

Ian wusste, dass er ihnen antworten musste. Wenn er es nicht tat, würde Andrew weiter und weiter fragen. Entweder musste er sich umdrehen und weglaufen, oder er musste sich umdrehen und ihnen antworten. Und er war verdammt viel zu müde, um wegzulaufen.

Langsam wandte er sich um und sah sich der Gruppe Menschen gegenüber, die sich in einer Ecke des Zimmers versammelt hatten. Andrew stand steif und kerzengerade, die Arme hatte er an die Seiten gepresst. Johann lehnte an der Wand, seine Schulter ungerührt in ein Schlachtengemälde gedrückt. Dotty versteckte sich hinter den Samtvorhängen, die dieses Zimmer vom Wohnzimmer trennten – offensichtlich war die Besenkammer heute Abend bereits besetzt. Königin Victoria saß auf dem zierlichen Sofa, ihre zerschlissenen Röcke hatte sie um sich ausgebreitet. Lara lauerte im dunklen Hintergrund neben Maeve.

Beim Anblick seiner Mutter seufzte er. Sie saß in einem Schaukelstuhl und umklammerte ein ausgestopftes Eichhörnchen, dabei lachte sie still vor sich hin und drehte dieses verdammte Stückchen Stoff in den Fingern.

Er trank den letzten Schluck seines Madeiras und stellte das Glas auf den Kaminsims. »Die Wahrheit ist, ich weiß nicht, wie es ihr geht.«

»Selbstverständlich wissen Sie das nicht. Immerhin sind Sie ja Arzt«, meinte Johann.

Ian ignorierte ihn. »Sie ist gerade erst aus einem Koma erwacht, das beinahe einundzwanzig Tage lang gedauert hatte. Jeder wäre da… desorientiert. Aber es gab Anzeichen dafür, dass sie versteht. Das war schon einmal vielversprechend, würde ich sagen.«

»Sehr vielversprechend«, erklärte Andrew ernst.

»Oh, um Gottes willen, warum wirfst du dich ihm nicht einfach in die Arme?«, fuhr Johann auf und schob Andrew auf Ian zu.

»Das reicht«, zischte Ian. »Himmel, warum mache ich mir überhaupt die Mühe mit euch?« Er nahm sein leeres Glas und ging zur Tür.

Johanns sarkastische Stimme erreichte ihn noch an der Tür. »Das ist doch ganz einfach, Herr Doktor. Sie sind einer von uns. Und das ist Ihre kostbare Selena offensichtlich auch.«

5

Sie waren wieder alle in ihrem Zimmer, Gott und die Fremden. Sie fühlte ihre Blicke auf sich, fühlte die gemischten Erwartungen wie ein erdrückendes Gewicht ständig auf ihrer Brust. Sie wollte Gott gefallen, wünschte es sich verzweifelt. Aber er war so schnell enttäuscht, und sie war so müde. Die Schmerzen in ihrem Kopf waren quälend.

Er kam auf das Bett zu und setzte sich auf seinen Stuhl. Sie hörte, wie die Stuhlbeine über den Boden kratzten, als er näher rückte. »Selena.« Seine warme, honigsüße Stimme war wie eine Liebkosung auf ihrer Haut. »Wie wäre es mit einigen Tests?«

Sie stöhnte auf. Eine vage Erinnerung kam ihr, ein schwacher Gedanke an eine Bewegung, die ihm ihre Weigerung signalisieren würde. Sie konzentrierte sich darauf, wollte den Gedanken an die Oberfläche zwingen … es hatte etwas mit dem Kopf zu tun, man musste ihn in gewisser Weise bewegen … von einer Seite zur anderen … auf und ab. Doch die Erinnerung kam nicht. Sie sah zu ihm auf und bat ihn mit ihren Blicken um Verständnis.

»Bitte?«

Seine sanfte Stimme rührte an ihr Herz. Sie sah die Enttäuschung in seinen Augen und schämte sich. Dies war immerhin der Mann, der sie *gerettet* hatte. Sie versuchte, sich auf ihre Ellbogen zu stützen. Bei dieser Bewegung wurde das Dröhnen in ihrem Kopf stärker. Übelkeit stieg in ihr auf. Er legte seinen starken Arm um ihre Taille und zog sie an sich. Dann schob er die Decke beiseite und setzte sie vorsichtig auf. Ihre nackten Beine schwangen aus dem Bett und hingen über dem Boden. Er stand von seinem Stuhl auf und setzte sich neben sie aufs Bett. Sie seufzte leise auf und lehnte sich gegen ihn, drückte die Wange gegen seine starke Schulter.

»Geht es jetzt auch allein?«

Sie starrte auf seinen Mund und versuchte, das Geheimnis seiner Worte zu entschlüsseln, doch es fiel ihr schwer, sich zu konzentrieren. Ihr Kopf brannte.

Er begann wieder zu reden, zu schnell, immer viel zu schnell. Er stellte ihr Fragen und immer mehr Fragen, sah sie an, starrte sie an. Und wartete.

Frustration machte das Dröhnen in ihrem Kopf noch stärker. Sie öffnete den Mund, um etwas zu sagen, doch kein Geräusch kam heraus, bis auf ein glucksendes Stöhnen und dann schließlich ein keuchendes »... nun ...« Es schien eine Ewigkeit zu dauern, bis sie es endlich ausgesprochen hatte.

»Lass dir Zeit, Selena. Konzentriere dich.«

Sie konnte ihn nicht verstehen. Gar nichts verstand sie. Ihre Enttäuschung wandelte sich zu Ärger. Sie sollte doch wissen, wie man redete, sollte doch in der Lage sein, ihn zu verstehen und auf seine Fragen zu antworten. Und dann war der Ärger plötzlich verschwunden, und geblieben war nur noch der Schmerz. Sie sank nach vorn und nahm ihren dröhnenden Kopf in beide Hände. *Mach, dass es aufhört ... mach, dass es aufhört.*

Er legte den Arm um sie und zog sie an sich. »Es ist alles in Ordnung, Selena. Mach dir keine Sorgen. Es ist in Ordnung.«

Sie sank in seine Arme. Das bedrückende Gefühl der Verzweiflung verschwand. Wie immer machte der Klang seiner Stimme ihre Frustration und ihre Furcht erträglicher.

»Hier, komm mit mir.« Er hielt sie noch fester um die Schultern gefasst und half ihr aufzustehen.

Das Holz des Fußbodens war angenehm kühl unter ihren nackten Füßen. Er ging mit ihr durch das Zimmer, an den Fremden vorbei zu dem kleinen Glaskasten in der Wand. Mit einem Finger schob er die weiße Gardine zur Seite und präsentierte ihr die Welt.

Dieser Anblick war so wunderschön, so unerwartet herrlich, dass sie eine Sekunde lang ihre Kopfschmerzen vergaß. Die große Wiese im üppigen Grün des Frühlings dehnte sich vom

Haus bis hin zu einem Dickicht aus großen Nadelbäumen aus. Dutzende blasser neuer Blüten leuchteten an den noch kahlen Ästen. Dahinter war das Meer eine endlose Platte aus Silber, seine Wellen schlugen sanft an die felsige Küste. Ein einzelner Vogel zog seine Kreise über dem Wasser und stieß einen klagenden Schrei aus, dann tauchte er mit angelegten Schwingen in das eisige Blau.

Sie streckte die Hand aus nach dem Vogel. Ihre Finger stießen gegen etwas Kaltes und Hartes, das unsichtbar war. Verwirrt zog sie die Hand zurück. »Will …« war alles, was sie hervorbrachte.

Er fasste sie an ihrem Handgelenk und zog ihre Hand sanft zu sich. »Wir wollen noch einen anderen Test machen, okay?«

Sie versuchte ihm zu sagen, dass sie nach draußen gehen wollte, dass sie die Welt sehen wollte, die hinter diesem dunklen, viel zu stillen Zimmer lag. Ihr Mund öffnete sich und schloss sich dann wieder. Kein Wort kam heraus. Sie konnte diese Gedanken denken, aber sie konnte sie nicht in Sprache umsetzen. Die Kopfschmerzen begannen erneut.

Er führte sie zurück zum Bett und gab ihr ein kleines Brett. Sie setzte sich und starrte auf das Ding, das er ihr auf den Schoß gelegt hatte. Es war ein kleines Oval aus Holz, voller Löcher.

Er reichte ihr ein viereckiges Klötzchen. »Steck das in das viereckige Loch.«

Viereckige Loch. Keines seiner Worte hatte für sie einen Sinn. Sie hatte keine Ahnung, was er von ihr wollte. Sie starrte auf das hölzerne Klötzchen in ihrer Hand und versuchte, das Dröhnen in ihrem Kopf zu ignorieren.

»Mach schon.«

Frustration überfiel sie, und ihr wurde übel, sie fühlte sich zittrig und vollkommen allein. Was war nur los mit ihrem Kopf?

»Selena …«

Sie warf das Klötzchen durch das Zimmer und stand taumelnd auf. Unsicher und zitternd ging sie auf die Fremden zu.

Sie war nicht sicher, wohin sie ging oder warum, aber sie hatte plötzlich das Gefühl, sich bewegen zu müssen.

Wortlos wichen die Leute zur Seite. Hinter ihnen entdeckte sie einen kleinen Tisch, von einem Stoff aus weißer Spitze bedeckt. Eine dicke schwarze Röhre steckte in einem Halter aus Zinn. Darüber zuckte magisch ein gold-rotes Licht.

Das wunderschöne flackernde Licht zog sie ganz in seinen Bann. Sie wandte sich zu Gott, um ihm zu sagen, wie wunderschön es war, aber wieder verloren sich die Worte auf dem Weg zwischen ihrem Gehirn und ihrer Zunge.

Er starrte sie schweigend an, prüfend beobachtete er sie aus zusammengekniffenen Augen. Zum ersten Mal fühlte sie eine gewisse Kälte in seinem Blick, als hätte er sie aufgegeben.

Ihr Magen zog sich zusammen. Sie sah von ihm weg und ging auf den Tisch zu.

Er sagte etwas – bedeutungslose, unzusammenhängende Geräusche. Zu schnell. Er sprach zu schnell, und sie wollte ihm sowieso nicht zuhören. Sie wollte nur noch diese leuchtende Farbe aus der Nähe betrachten. Sie streckte die Hand danach aus.

»Nein!«

Sie hörte die laute Warnung eine Sekunde, nachdem sie das wunderliche Licht berührt hatte. Schmerz brannte auf ihren Fingerspitzen. Sie keuchte auf und zog schnell die Hand zurück, starrte auf die hellen roten Flecken, die sich auf ihrer Haut bildeten.

»Gütiger Himmel.« Gott schob die Fremden beiseite, packte sie am Handgelenk und zog sie zu der Kommode. Dort goss er Wasser aus einer Kanne in die Porzellanschüssel und steckte dann ihre Hand hinein.

Der Schmerz verschwand sofort.

Verwirrt sah sie noch einmal zu der Röhre. Die helle Farbe war verschwunden, an ihrer Stelle stand ein dünner schwarzer Faden nach oben.

»Feuer«, sagte Ian und deutete auf die Röhre. »Feuer. Um Gottes willen …«

In dem Augenblick, als er »Feuer« sagte, erinnerte sie sich wieder. Die Röhre war eine Kerze, und das wunderschöne rotgoldene Licht war eine Flamme. Sie sah zu Ian auf und versuchte, ihm zu sagen, dass sie ihn verstand. Es dauerte eine Ewigkeit, bis sie das eine Wort herausbrachte. »Bank.«

Wieder trat der enttäuschte Blick in seine Augen, und sie fühlte eine überwältigende Scham.

»Armes Ding, sie ist verdammt noch mal blödsinnig«, flüsterte einer der Fremden.

»Du musst es ja wissen«, antwortete ein anderer, ehe Gott sie anschrie, dass sie ruhig sein sollten.

Selena verstand die Worte nicht, aber sie wusste, dass alle von ihr enttäuscht waren. Sie hatte schon wieder einen Fehler gemacht.

»Geh zurück ins Bett, Selena. Wir werden es morgen noch einmal versuchen.« Er sah sie an, und als sie sich nicht bewegte, seufzte er und verdrehte die Augen. »Verstehst du mich? Geh jetzt zurück ins Bett.«

Sie schluckte, ein dicker Kloß saß in ihrem Hals. Sie verstand. Er fand sie abscheulich. Sie war böse. Dumm.

Er wandte sich ab. »Edith, kümmere dich um sie.«

»… Gott …« Sie wollte wissen, was sie so Falsches getan hatte. Was musste sie tun, damit er sie wieder anlächelte?

Er sah sie erschöpft an. »Morgen wird es dir besser gehen«, erklärte er, aber sie konnte sehen, dass er an seine Worte selber nicht glaubte.

Und auch sie glaubte nicht an sie.

Ian ging bei Tagesanbruch durch den Wald, seine stille Kathedrale aus Bäumen. Kleine Sonnenstrahlen drängten sich durch das immergrüne Blätterdach und tanzten als goldene Flecken auf dem mit Nadeln bedeckten braunen Boden. Es war ganz still hier, wie immer am frühen Morgen, das einzige Geräusch war das leise, stetige Atmen des Meeres.

Er schloss die Augen und schnaufte langsam aus, fühlte den Wind auf den Augenlidern, als er an die Küste trat. Die feine Wolle seines schwarzen Capes wehte hinter ihm in der salzigen Luft. Über ihm krächzte eine Möwe.

Er setzte sich auf einen großen Brocken aus Granit und zog sein Tagebuch hervor. Er schlug eine leere Seite auf, setzte sich die Brille auf die Nase und begann zu schreiben.

Einundzwanzigster April 1882

Heute bei der Patientin Seh-, Hör- und Tastsinn getestet. Durchgehendes Versagen auf Seiten der Patientin, bekannte Dinge zu erkennen, ihnen einen Namen zu geben und jegliches Verständnis ihrer Funktion zu zeigen. Patientin wusste nicht, dass Glas fest oder Feuer heiß ist. Zeigt beinahe kindliche Unkenntnis von allem, das sie umgibt.

Was die Frage der geistigen Heilung betrifft …

Mitten im Satz hielt er inne, es gelang ihm nicht, die nächsten Worte niederzuschreiben. Bilder stürmten auf ihn ein. Selena, die nicht in der Lage war, ein viereckiges Klötzchen in das viereckige Loch zu legen, die eine endlose Reihe von unsinnigen Worten von sich gab, die weinte, stumm bat, die Feuer berührte …

Die Tests waren immer weitergegangen, ein Versagen nach dem anderen hatte er erlebt. Und das Teuflische daran war, dass sie zwar keinen einzigen der Tests bestand, irgendwie aber ihr Versagen zu begreifen schien. Sie wollte es richtig machen, wollte es genauso sehr, wie er es sich für sie wünschte. Es war genau wie bei Maeve, die sich den Mond wünschte und doch gar nichts bekam.

Bis auf die Tatsache, dass er schon vor Jahren aufgehört hatte, von Maeve irgendetwas zu wollen.

Selena war anders. Er musste an ihre Zukunft glauben. Wenn sie keine Zukunft hatte, dann hatte auch *er* keine. So einfach war das, so vernichtend. Ohne sie als Patientin wäre er wieder gar nichts. Ein vergessener Mann an einem vergessenen Ort.

Nein. Er weigerte sich, ein Versagen in Betracht zu ziehen.

Sie war verletzt, jawohl. Mehr als er geglaubt hatte. Aber er war Ian Carrick, der große *Doktor* Carrick, vor dem die Chirurgen viele Jahre lang gekniet hatten.

Er konnte sie heilen, und wenn er aus den Bruchstücken ihres zertrümmerten Gehirns einen vollkommen neuen Menschen schaffen würde, dann würde man ihn noch mehr verehren als je zuvor. Sie würde sein größter Triumph sein.

Er schloss die Augen und spann den Traum fort, hüllte sich ein in seine verlockende Wärme. Die gespannten Blicke seiner Kollegen, wenn er sie auf die Bühne führte. Das Erstaunen, wenn er ihre Narben zeigte. Das leise Murmeln der Ehrfurcht, wenn er ihren Fall weiter darlegte …

Als er sich genug an diesem Gedanken gelabt hatte, ließ er wieder den Stift über das Papier gleiten. *Was die Frage der geistigen Heilung betrifft, kann man noch kein abschließendes Urteil fällen. Es wäre übereilt, einen geistigen Defekt lediglich aus der Unfähigkeit herzuleiten, Worte zu formen.*

Ja, dachte er. Ja.

Es war noch alles sehr früh im Heilungsprozess. Alles, was sie jetzt brauchte, war Zeit, Zeit mit Menschen und Zeit allein. Zeit ohne jeglichen Druck.

Vielleicht würde dann ihr Erinnerungsvermögen langsam wieder an die Oberfläche kommen. So schwer es ihm auch fallen würde, Abstand von ihr zu halten, er würde Selena genügend Zeit geben, sich in dieser fremden Welt, in der sie aufgewacht war, zurechtzufinden. Es würde ihm schwer fallen, doch er würde sie eine Weile nicht mehr testen, würde sie nicht mehr dazu bringen, immer wieder zu versagen.

Er würde sich einfach zurücklehnen und sie beobachten, würde jede einzelne ihrer Bewegungen festhalten, bis der richtige Zeitpunkt gekommen war. Und dann würde er langsam, geduldig und voller Selbstvertrauen beginnen, mit ihr zu arbeiten, er würde ihren Verstand heilen, so wie er ihren Körper geheilt hatte.

Es würde klappen.

Sie hatte Gott schon eine Ewigkeit nicht mehr gesehen, und sie vermisste ihn. Immer, wenn sich die Tür öffnete, wandte sie sich um, hoffte – und betete –, ihren Gott zu sehen, aber er war schon seit Tagen nicht mehr bei ihr gewesen. Nicht mehr, seit sie so böse gewesen war. So dumm.

Sie fühlte sich heute besser als gestern, und gestern hatte sie sich besser gefühlt als am Tag zuvor. Der Schlauch war jetzt aus ihrem Hals verschwunden, und der brennende Schmerz auch. Sogar die Kopfschmerzen kamen nicht mehr so oft. Endlich fühlte sie sich bereit, diese schrecklichen Tests noch einmal zu machen.

Sie wandte sich ein wenig um und starrte auf das viereckige Glas über ihrem Kopf, versuchte, sich daran zu erinnern, wie es hieß.

Fenster. Das Wort kam ihr plötzlich in den Sinn, und sie lächelte. Goldenes Licht strömte durch das Glas und lag auf ihrem Gesicht, so sanft und warm wie die Berührung ihres Gottes. Sie genoss dieses Gefühl, den Geruch. Winzige grüne Blätter klopften an das Glas, wenn der Wind ein wenig stärker war. Sie fragte sich, wie die Blätter wohl riechen mochten, wie sie sich anfühlten, wie sie an dem Glas hingen, ohne hinunterzufallen. Ihr Blick schweifte weiter nach unten. Gebannt starrte sie auf die Millionen von Staubflocken, die im Licht der Sonne tanzten, und wünschte, sie könnte die Hand ausstrecken, sie berühren, sie schmecken.

Alles, was sie sah, erstaunte sie, weckte Dutzende unausgesprochener Fragen. Nur diese dünne Schicht aus Glas trennte sie von der herrlichen Welt dort draußen, von einem Ort, wo Blätter wie durch ein Wunder in der Luft hingen, wo große, flauschige weiße Gebilde vor einem blauen, blauen Himmel schwebten, wo winzige, geflügelte Kreaturen sangen und zwitscherten. Eine magische Welt lag dort, knapp außerhalb ihrer Reichweite, gleich hinter der Eichenplatte der geschlossenen Schlafzimmertür.

Dessen war sie sicher, und bald – vielleicht sogar schon heute – würde ihr Gott sie am Arm fassen und ihr die Wunder dieses Ortes zeigen.

Sei brav. Sei … klug.

Sie schloss die Augen und versuchte, sich an Worte zu erinnern, irgendwelche Worte, irgendetwas, mit dem sie ihren goldenen Gott beeindrucken konnte, damit er sie wieder anlächelte. Zuvor hatte sie versagt. Heute war sie entschlossen, es besser zu machen. Die Antworten waren alle in ihrem Kopf, irgendwo eingeschlossen, in einem Gewölbe, das sie nicht öffnen konnte. Aber sie waren dort. Das wusste sie.

Blätter … Fenster. Mit jeder Minute wurde sie besser.

Plötzlich wurde die Tür geöffnet. »Hallo, Selena«, sagte ihr Gott und schlenderte in ihr Schlafzimmer. Die Fremden drängten hinter ihm herein und stellten sich der Wand entlang auf.

Ihr Herz schlug schneller beim Klang seiner Stimme. Heute, sagte sie sich. Heute würde sie klug genug sein.

Sie sah ihn an. Die Absätze seiner Stiefel klapperten auf dem Boden. Sein Stift klopfte gegen das silberne Bücherregal – nein, es war ein Tablett –, das er in den Händen hielt.

Sie bemühte sich, ihn anzustrahlen, obwohl ihr Gesicht noch immer so geschwollen war, dass es ihr schwer fiel, und es tat weh, wenn sie den Kiefer bewegte.

Er stellte das Tablett auf dem grünen Tisch neben ihrem Bett ab und setzte sich neben sie. »Guten Morgen, Selena.«

Sie begann, den Rhythmus seiner Stimme zu hören, die Art, wie er zwischen diesen Geräuschmustern atmete. Zwei Worte. Guten … Morgen.

Guten … Morgen … Es war eine Begrüßung. Sie sah zu ihm

auf und wollte ihn so gern beeindrucken. Sie konzentrierte sich heftig, dachte wieder und wieder an dieses Wort. »M... morgen.« Schließlich gelang es ihr, dieses einzelne Wort auszusprechen, und Enttäuschung ergriff sie. Er hatte zwei Worte zu ihr gesagt, zwei, und sie konnte sich an das andere Wort nicht mehr erinnern, konnte den Gruß nicht erwidern.

Er sah sie enttäuscht an, und sie begriff, dass er glaubte, sie hätte dieses Wort einfach nur wiederholt. Wie konnte sie ihn wissen lassen, dass sie es verstand? Sie dachte nach, suchte nach den Worten, die sie brauchte, und fand sie nicht.

»Heute werden wir die Verbände abnehmen, Selena. Hat Edith dir das gesagt?«

Er sprach zu schnell. Hilflos starrte sie zu ihm auf.

»Es ist schon in Ordnung. Mach dir keine Sorgen. Es ist in Ordnung, dass du verwirrt bist. Das ist ganz normal. Ich werde dich vorläufig keine Tests mehr machen lassen.«

Verwirrt. Das Wort blieb haften. »Ja. Ver... wirrt«, krächzte sie.

Sie sah die Überraschung in seinem Blick und war stolz. Er hatte sie verstanden.

Er nahm eine Hose – nein, etwas anderes, es war silbern und scharf – von dem Tablett und begann ganz sanft, ihre Verbände damit aufzuschneiden. Schnipp, schnipp, schnipp. Die Lagen des Leinens fielen ab, bildeten einen verschmierten Haufen neben seinen Füßen.

Er berührte ihr Kinn und drehte vorsichtig ihr Gesicht zur Seite. »Der Bruch heilt sehr gut, genauso wie die Verletzungen in deinem Gesicht. Schon bald werden wir wissen, wie du aussiehst. Ja, sehr schön...«

Schön. Sie verstand das Wort schön. Er mochte sie. »Danke.« Das Wort kam aus ihrem Mund, noch ehe sie es richtig verstanden hatte.

»Dir scheint es heute gut genug zu gehen, um ein Bad zu nehmen, Selena. Edith wird dich baden.«

Sie erinnerte sich nicht daran, was ein Bad war, aber sie wollte, dass er es ihr gab. Das versuchte sie ihm zu sagen, versuchte, die richtigen Worte zu finden. »Nein … du.«

Er lachte, leise und kehlig, ihr kam es magisch vor. »Selbst für einen Schwerenöter wie mich wäre das nicht anständig. Das werde ich nicht tun, Selena.«

Schwerenöter. Gartenarbeit. Sie legte die Stirn in Falten und versuchte, zu verstehen. »Verwirrt«, flüsterte sie.

»Psst, es ist alles in Ordnung.« Er berührte ihr geschwollenes Kinn, viel zu kurz ruhten seine Finger darauf. »Bald, Selena«, flüsterte er und streichelte ihre aufgedunsene Wange, die in allen Farben leuchtete. »Schon bald wirst du in der Lage sein, uns zu sagen, was du willst und wer du bist.«

Aber sie wusste, was sie wollte. Sie hatte es schon von dem Augenblick an gewusst, in dem sie zum ersten Mal seine Stimme in der Dunkelheit gehört hatte. Sie wollte, dass Ian an ihrer Seite war, für immer und ewig. Das versuchte sie ihm zu sagen. »Will … Gott … brauche …« Wieder verlor sie vollkommen den Faden. »Nein … Aaah!«

»Mach dir keine Sorgen, Selena. Wir werden dir etwas zu essen geben und dich baden, dann versuchen wir es noch einmal. Es wird alles wiederkommen, das verspreche ich dir.«

Sie bemühte sich so sehr, zu verstehen, was er sagte. Sie erkannte ein Wortmuster, wieder und wieder hatte er es zu ihr gesagt. Es war Teil des ersten Wortes, an das sie sich erinnerte. *Kämpfeselena.* Sie konzentrierte sich mit ganzer Kraft, um dieses einzelne Wort auszusprechen. »S … Selena?«

»Wir haben dich Selena genannt. Bis du uns deinen Namen sagst, haben wir keinen anderen Namen für dich.«

Sie war hoffnungslos verwirrt. Er sprach so schnell …

Er berührte seine Brust. »Ian.« Dann berührte er sie, eine hauchzarte Liebkosung unter ihrem Kinn. »Selena.«

Sie verstand. Er wollte Ian genannt werden. Und sie war Selena.

»Selena.« Diesmal kam das Wort wie eine Melodie über ihre Lippen. Er war wunderschön, dieser Name, und Ian-Gott hatte ihn ihr gegeben. »Selena. Schön.« Sie wollte noch etwas anderes sagen, doch dann konnte sie sich nicht mehr daran erinnern, was es war.

6

»Ist ihr Bad bereit, Edith?«

»Aye, Doktor.«

Selena verstand diese Worte nicht. Ian-Gott sprach mit einem der Fremden – einer dicken, grauhaarigen Frau mit einem runzligen Gesicht.

Ian-Gott kam auf sie zu und setzte sich auf die Bettkante. »Möchtest du gern zu Fuß gehen?«

Sie sah zu ihm auf, gebannt von dem unglaublichen Blau seiner Augen. Sie erinnerte sich plötzlich daran, dass sie genau die gleiche Farbe hatten wie das Blau im Flügel eines Eichelhähers. Ein überschäumendes Glücksgefühl stieg in ihr auf, ein Geräusch kam aus ihrem Mund. Es war kein Lachen, nicht wirklich. Etwas anderes, etwas Sanfteres, doch sie konnte ihm keinen Namen geben. Aber es fühlte sich gut an. Wundervoll. Sie war so glücklich, dass sogar der Schmerz in ihrem Kopf dagegen unbedeutend wirkte. Ihr Gott war hier, neben ihr, er lächelte und stellte ihr eine Frage.

Stellte ihr eine Frage. Sie hatte sie vergessen. Sie blinzelte ihn an, versuchte, sich daran zu erinnern, wie sie ihn bitten musste, das, was er gesagt hatte, zu wiederholen und es mehr…

»Langsam«, sagte sie plötzlich, als sie sich daran erinnerte.

»Sicher«, antwortete er und schob die Decke weg, die ihren Körper verbarg. »Möchtest… du… gern… zu Fuß… gehen?«

Sie vergaß, ihm zuzuhören. Sie war so verzaubert vom Klang

seiner Stimme und dem Anblick ihres eigenen Körpers. Ganz langsam schob er die Decke zurück und enthüllte einen dünnen Körper voller Blutergüsse, der in eng anliegende elfenbeinfarbene Spitze gekleidet war. Das Nachthemd bauschte sich um ihre Taille und wand sich um ihre Schenkel. Blasse Beine lugten unter dem Spitzensaum hervor.

Er berührte ihren Unterschenkel. Sie fühlte die Wärme jedes einzelnen Fingers auf ihrer Haut. »Möchtest du zu Fuß gehen – wie vorher?«

Sie sah zu ihm auf. Ein Teil ihres Bewusstseins wollte ihm antworten, doch konnte sie sich nicht daran erinnern, was sie sagen sollte. Dann wusste sie nicht einmal mehr, was er sie gefragt hatte.

Er verschränkte seine Finger mit ihren, wie ein Anker war diese Berührung für sie, und zog sie sanft nach vorn. Ihr Rücken bog sich durch, und ihr schwerer, schwerer Kopf fiel nach hinten. Bei dieser Bewegung schoss ein heißer Schmerz in ihren Kopf.

Sie stöhnte leise auf und presste die Augen fest zusammen.

Sofort war er neben ihr, hielt sie fest und streichelte die geschwollene Seite ihres Gesichtes, beruhigend lag sein Arm um ihre Schultern. »Es ist alles in Ordnung. Du musst tief atmen, entspann dich.«

Die Worte dröhnten in ihrem schmerzenden Kopf, verschmolzen, dehnten sich aus. Bedeutungslos.

Aber es klang so hübsch. Sie ließ sich von seiner Stimme einhüllen, beruhigen. Darauf konzentrierte sie sich, nur darauf, bis der Schmerz sich in ein nur dumpf pochendes Dröhnen auflöste. Damit konnte sie leben.

Erleichtert seufzte sie auf, und als sie die Augen öffnete, fand sie sich in seinen Armen.

»Ist es jetzt besser? Nick mit dem Kopf, wenn es dir besser geht.«

Sie schaute fragend. Was war nicken?

Er berührte ihr Kinn, hielt es sanft fest und bewegte ihren

Kopf nach oben und wieder nach unten. »Nicken«, sagte er und wiederholte diese Geste, bis sie verstand.

»Also, fühlst du dich jetzt besser?«

Zögernd starrte sie ihn an, dann nickte sie und wartete auf sein Lob.

Er lächelte sie strahlend an. »Gut.« Vorsichtig schob er einen Arm unter ihre Knie und half ihr, aufzustehen. Er hielt sie fest an sich gedrückt und führte sie dann langsam weiter.

Die Fremden wichen vor ihnen zurück und gaben den Weg frei. Sie entdeckte ein dünnes Mädchen mit gelbem Haar, das an seinem Finger lutschte, und eine zerbrechliche, rothaarige Frau. Sie wollte einer der beiden etwas sagen, aber noch ehe sie an ein Wort denken konnte, hatte er sie schon weitergeführt.

In einer ausladenden Gebärde, die sie zum Lachen brachte, hob er sie hoch. Ihre nackten Beine baumelten über seinen kräftigen Armen und schwangen in der kühlen Luft. Er trug sie bis ans Ende des dunklen Flurs und blieb vor einer kleinen Tür stehen, die ein hübsches, quietschendes Geräusch machte, als er sie öffnete. Er betrat das Zimmer und setzte sie ab.

»Das ist das Badezimmer.«

Es war so hübsch, so ganz anders als das schlichte Zimmer mit den weißen Wänden, das alles war, was sie bis jetzt gesehen hatte. Winzige rosarote Blüten waren an den Wänden und grüne Blätter. Es sah genauso aus wie die Welt hinter dem Fenster, leuchtend und pulsierend und lebendig.

Sie ging auf die Wände zu und legte die Hände auf die wunderschönen Blumen.

Flach. Verwirrt trat sie noch ein Stück näher, roch an den rosigen Blüten. Es roch nach nichts.

Sie sah Ian-Gott über die Schulter hinweg an und versuchte, Worte zu finden, um ihre Verwirrung auszudrücken.

»Tapete«, sagte er und trat neben sie. »Gemalte Blumen.« Er zog eine einzelne Blume aus einer Vase auf dem Sims und reichte sie ihr. »Wirklich.«

Nie zuvor hatte sie etwas so Schönes gesehen. So kostbar. Sie wollte es fühlen, schmecken. Ein süßer Duft stieg in ihre Nase, neckte sie mit einer kostbaren, unerwarteten Erinnerung. Sie nahm ihm die Blume aus der Hand.

Ein Dutzend Dornen drangen in die zarte Haut ihrer Handfläche. Mit einem erschrockenen Schrei zog sie die Hand zurück. Kleine rote Punkte erschienen auf ihrer Haut.

»Verdammt.« Er riss die Blume weg und zertrat sie mit dem Absatz seines Stiefels.

»Nein!« Aber damit kam sie zu spät. Die wunderschönen rosa Blütenblätter waren schon zerdrückt, die Blume zerbrochen. Verwirrt sah sie zu ihm auf.

»Dornen. Fass sie nicht wieder an.« Als er den verwirrten Blick in ihren Augen sah, griff er nach ihrer Hand und drehte ihre blutige Handfläche nach oben. »Siehst du? Schmerz. Dorn. Oh, Himmel...«

Sie verstand ihn nicht. Hatte sie etwas falsch gemacht?

Lange sah er sie nur an und sagte nichts. Dann legte er die Hand an ihre Wange und seufzte. »Wer bist du, meine Göttin«, flüsterte er sanft, »dass du dich nicht an Dornen erinnerst?«

Wieder sprach er viel zu schnell. Sie verstand die Worte nicht, erkannte aber eine sehnsüchtige Traurigkeit in seiner Stimme. Irgendwie hatte sie ihn wieder einmal enttäuscht.

»Auf Wiedersehen, Selena. Und sei brav bei Edith.«

Sie starrte zu ihm auf und fürchtete, dass er die Tränen in ihrer Stimme hören würde, wenn sie jetzt etwas sagte. Langsam nickte sie.

Und dann war er weg.

Selena stand allein in der Mitte des Zimmers. Angst stieg in ihr auf, der Wunsch, zu weinen. Sie biss sich auf die Unterlippe und wünschte, sie wüsste, welchen Fehler sie gemacht hatte.

Edith kam durch die offene Tür. Sie zog eine einzelne Blume aus der Vase auf dem Tisch und wickelte ein Handtuch um den dornigen Stiel. Dann sah die alte Frau Selena in die Augen und kam mit ausgestreckter Hand auf sie zu. »Hier, mein Mädchen. Das ist eine Rose.«

Rose. Die Blume nannte man Rose, und sie erinnerte sich mit einem Mal, dass es diese Blume in vielen Farben gab.

»Ich werde ein wenig Rosenduft in dein Badewasser geben, wie findest du das, Kind?«

Selena verstand sie nicht. Diese Frau – *Edith* – redete viel zu schnell, und ihre Worte klangen ein wenig fremd. Sie hörte sich ganz anders an als Ian. Dennoch war es besser, einfach nur zu nicken und ihr etwas vorzumachen. Besser, als zu reden und sie zu enttäuschen.

Sie nickte.

Edith kam auf sie zu und begann die kleinen Kreise auf Selenas Nachthemd zu öffnen. Fasziniert sah Selena zu. Die dicken Finger der Frau griffen einen der Perlentropfen – Knöpfe, erinnerte sie sich plötzlich – und schoben ihn durch das Loch. Einen, zwei, drei, vier, fünf.

»Arme hoch«, befahl Edith.

Selena nickte.

Edith griff nach ihren Handgelenken. »Arme«, sagte sie und drückte zur Erklärung ein wenig zu.

Selena verstand sie.

»Arme hoch«, wiederholte Edith, und diesmal wusste Selena, was die alte Frau von ihr wollte.

Langsam hob sie die Arme in die Luft.

»Gutes Mädchen.« Sie zog Selena das Nachthemd über den Kopf und legte das Kleidungsstück aus Spitze über die Lehne eines mit burgunderfarbenem Samt bezogenen Stuhls.

Fasziniert starrte Selena auf ihren nackten Körper. Langsam fuhr sie mit den Händen über ihre Brüste und fühlte, wie sich die rosigen Spitzen aufrichteten. Bei dieser Berührung rann ein Schauer durch ihren Bauch.

Edith lachte nervös auf. »Komm schon, davon wollen wir jetzt nichts wissen.« Sie nahm Selena bei der Hand und führte sie zu einem kleinen weißen Hocker an der Wand. Lange Kupferrohre führten von der Rückseite des Hockers weg und verschwanden in einer verzierten Kiste, die gleich unter der Decke hing. Von der Kiste hing eine Kette.

»Toilette«, erklärte Edith und deutete auf den Hocker. »Erinnerst du dich daran, wie man sie benutzt?«

Selena ging langsam auf die Toilette zu, starrte lange Zeit darauf und wartete, dass in ihrem Kopf ein Bild auftauchte.

»Setz dich darauf, Mädchen. Vielleicht erinnerst du dich dann wieder daran.«

Selena ging darauf zu und setzte sich mit gespreizten Beinen nieder. Es fühlte sich kühl und glatt an, an der Innenseite ihrer Schenkel. Sie starrte auf das Kupferrohr und wunderte sich über seine Farbe.

Edith fasste sie am Arm. »Dreh dich um.« Als Selena nicht gleich verstand, half Edith ihr, sich richtig herum darauf zu setzen.

Sofort kam es ihr bekannt vor, auf einer kreisrunden Öffnung zu sitzen, und sie erinnerte sich auch wieder daran, was sie hier sollte. Eine Sekunde später fühlte sie einen feuchten Schwall und das Plätschern von Wasser.

»Gutes Mädchen«, lobte Edith sie und reichte ihr ein wenig Papier.

Selena benutzte das Papier, dann stand sie wieder auf.

»Jetzt hier herüber.« Edith griff nach ihrem Arm. »Badewanne.«

Selena starrte auf das weiße Ding, das voller Wasser war, und verstand. »Badewanne.« Sie ging darauf zu und stellte fest, dass eine leichte weiße Wolke aus Dampf über dem Wasser hing. Sie roch den feuchten Duft und erinnerte sich beinahe wieder daran, wie glatt und heiß es sich auf ihrer Haut anfühlte. Sie umklammerte den weißen Rand und wollte hineinklettern, doch ehe ihr Zeh das Wasser berührte, entdeckte sie etwas, das sie überraschte.

Hinter der Badewanne war ein rosafarbener Kamin, in dem ein kleines Feuer brannte. Über dem Kaminsims hing ein riesiger Spiegel. Und in dem Glas stieg gerade eine andere nackte Frau in eine andere Badewanne.

Selena hielt inne und starrte in das Glas. Ein geschwollenes, blau angelaufenes Gesicht starrte daraus zurück.

Sie runzelte die Stirn. Die Frau in dem Glas runzelte die Stirn.

Sie wandte sich zu Edith und versuchte, ihr eine Frage zu stellen, doch alles, was sie herausbrachte, war das Wort: »Wer …?«

Edith lachte leise und herzlich. »Wirklich, das bist du, Mädchen, Selena.« Sie nahm Selena an der Hand und führte sie zu dem Glas.

»Das ist Selena in dem Spiegel. Das bist du.«

Sie starrte in das Gesicht. Dunkelbraune Augen starrten aus einem geschwollenen, aufgeschürften, entstellten Gesicht zurück. Ihr Gesicht war blauschwarz mit gelben Flecken an ihrem Kinn. Ihre Haut war so geschwollen und aufgedunsen, dass man keinerlei Gesichtszüge erkennen konnte.

Sie erinnerte sich an das Wort für das, was sie dort sah. »Hässlich«, flüsterte sie. Tränen traten in ihre Augen, und das Bild verschwamm vor ihrem Blick. Sie war froh darüber, froh um den Schleier, den die Tränen schufen. »Hässlich.«

»Nein, Mädchen, nicht hässlich. Verletzt.« Edith berührte sanft Selenas Wange. »Das Hässliche wird verschwinden, wenn die Verletzung wieder weg ist.«

Selena brauchte diese Worte nicht zu verstehen. Die Antwort sah sie in dem Spiegel. Und endlich verstand sie auch, warum Ian-Gott sie verlassen hatte.

Die Minuten vergingen nur langsam. Ian zog seine Uhr aus der Tasche und sah nach – wieder einmal. Viertel nach elf.

»Wieso dauert das so verdammt lange?«

»Offensichtlich ist das Baden der Prinzessin eine ausgedehnte

Prozedur«, meldete sich Johann. »Zweifellos trinkt sie das Badewasser.«

»Halt den Mund, Johann«, sagte Andrew und warf Ian einen schnellen Blick zu.

Ian bemühte sich nach Kräften, sie alle zu ignorieren. Die Verrückten waren zusammen mit ihm im Salon, sie hatten es sich in den Ecken gemütlich gemacht, saßen auf den Sesseln und lungerten an den Türen. Er fühlte ihrer aller Blicke wie eine langsam immer schwerer werdende Last in seinem Nacken.

Er starrte auf das kleine viereckige Brett auf seinem Schoß.

Viereckiges Klötzchen in ein viereckiges Loch. Ein Kind schafft das, um Himmels willen. Selbst Maeve konnte es.

»Sie halten dieses verdammte Spiel, als wäre es ein Schwert«, meinte Johann gedehnt und schlenderte zum Kamin hinüber. »Sie wird den Test nicht bestehen, müssen Sie wissen. Das kleine, unfähige Ding glaubt, sein Name sei Ian.«

Ian warf dem jungen Mann einen kühlen, verächtlichen Blick zu. »Sie wird den Test bestehen.«

Johann verzog den schmalen Mund zu einem angestrengten Lächeln. »Ah, ein Träumer. Wie reizend.«

Maeve blickte von der ausgestopften Eule auf ihrem Schoß auf. »Ich habe in der letzten Nacht geträumt, ich sei nach Paris gefahren. Es war wunderschön.«

»Ich spucke auf Frankreich«, brummte Königin Victoria.

Ian verdrehte die Augen. Herrgott, würde das denn niemals enden? Er schaute zu der geschlossenen Tür. Er könnte hindurch gehen, zurück in die kühle Stille seines eigenen Zimmers, doch eigenartigerweise fand er Trost darin, in diesem Augenblick mit anderen Menschen zusammen zu sein. Sie waren alle hier, angelockt von dem Geheimnis um Selena, und jeder hoffte in seiner eigenen, verrückten Art, dass sie den bevorstehenden Test bestehen würde.

Sogar Johann. Der junge Mann fürchtete sich davor, an Selena zu glauben. Er hatte so hart daran gearbeitet, seinen Hass gegen alles und jeden zu schüren, dass er auf keinen Fall zugeben konnte, dass er sich um ihr Dornröschen Sorgen machte.

Aber Johann machte sich Sorgen. Ian erkannte es in seinen Augen, an der Art, wie er sich vor ihrem Zimmer herumdrückte. Johann war auch nicht anders als die anderen alle. Selena war auch für ihn zu einem Symbol von etwas geworden. Für Ian symbolisierte sie die Rettung seiner Karriere. Für Johann und die anderen – wer wusste das schon?

Schritte ertönten auf der Treppe.

Man hörte, wie überall im Salon leise die Luft eingezogen wurde. Beinahe alle setzten sich auf und lehnten sich unmerklich vor.

Der Türknauf aus Kristall drehte sich. Edith betrat das Zimmer, ihre fleischigen Wangen waren rosig, ihre Haare eine wirre Lockenmasse. »Sie ist fertig… gewissermaßen.«

Ian stand ungeduldig auf. »Wie meinst du das, gewissermaßen?«

»Ich konnte ihr das Haar nicht waschen. Ich habe versucht, es ein wenig hochzustecken, aber das hat sie nicht zugelassen.« Edith zuckte mit den Schultern. »Sie hat geschrieen. Ich nehme an, das bedeutete, dass sie Schmerzen hatte.«

»Oh. Nun ja, das ist schon in Ordnung.«

»Aber sicher«, warf Johann ein. »Was bedeuten denn schon unter Freunden ein paar kleine Läuse?«

Edith plusterte sich auf. »Das arme kleine Ding hat keine Läuse.«

»Ignoriere den syphilitischen Bastard einfach«, sagte Ian und griff nach dem Stapel mit Bildern, der neben ihm auf dem Tisch lag.

Johann legte seine magere Hand an die Brust und seufzte dramatisch auf. »Ach, Dr. Carrick, Sie sind mir ein so großer Trost in meinen Zeiten der Not.«

Ian steckte ein paar der Bilder unter seine bunte Weste, dann verließ er den Salon. In der Eingangshalle angekommen, blieb er am Fuß der Treppe stehen, grundlos. Die Treppe ragte vor ihm auf, dunkel und unsicher.

Plötzlich hatte er das unbezähmbare Gefühl, dass er umkehren sollte. Johann hatte Recht. Sie würde den Test nicht bestehen, nicht einmal annähernd. Es war nicht nur der Verlust des Sprechvermögens, es war nicht nur so, dass sie die Worte zwar denken, aber nicht aussprechen konnte, dass sie nicht reden konnte. Es war noch etwas anderes… etwas, das er nicht benennen konnte.

Dauerhafte Gehirnschädigung.

Dieser Gedanke war es, den er bis jetzt nur mit schierer Willenskraft von sich fern gehalten hatte. Er konnte nicht daran denken, denn wenn er das tat…

Er schob diese beiden Worte weit von sich und ging die Treppe hinauf. Er hörte die Verrückten hinter sich, ihre gedämpften Schritte. In respektvollem Schweigen huschten sie hinter ihm her, fürchteten sich, ihn zu verärgern, da sie ihm folgten. Doch noch mehr fürchteten sie sich davor, mehr als zehn Schritte hinter ihrem schlecht gelaunten Herrn zurückzubleiben.

Endlich war er oben angekommen und ging zu Selenas Zimmer. Die Tür stand einen Spaltbreit offen. Er stieß sie auf. Sie quietschte und flog weit auf.

Das Zimmer war leer.

Ian lief hinein, mit einem Blick hatte er das ganze Zimmer erfasst. Das Fenster war geschlossen, das Bett gemacht. Der Stuhl war leer.

Sein Herz begann zu hämmern. Himmel, wo war sie nur?

Er wollte sich schon abwenden, als etwas Weißes aufblitzte und seine Aufmerksamkeit auf sich zog. Stirnrunzelnd ging er noch ein paar Schritte weiter in das Zimmer und beugte sich nieder.

Sie lag auf dem Boden unter dem Bett und redete in unverständlichen Worten, Worten, die keinen Sinn ergaben, die jedoch aneinander gereiht waren, als seien es Sätze.

»Pfirsich … Stuhl … Maus.«

»Selena?« Er konnte das Entsetzen nicht aus seiner Stimme vertreiben.

Sie gab ein scharfes, krächzendes Geräusch von sich, dann kroch sie unter dem Bett hervor auf ihn zu, den Po in der Hose hochgereckt.

Zuerst sah er ihren Hinterkopf, ihre langen, verfilzten Locken waren zur Seite gefallen und enthüllten das dreieckige Stück Haut, das er rasiert hatte und auf dem jetzt ein pfirsichfarbener Flaum wuchs. Die verheilende Narbe war ein leuchtend roter Strich unter dem neuen Haar.

Sie wandte sich plötzlich um und streckte ihm die Hand entgegen. Eine tote Maus lag auf ihrer Hand. Sie streichelte das weiche graue Fell und lächelte Ian an.

»Oh Gott!« Er schnellte nach vorn und schlug ihr das Ding aus der Hand. Es fiel auf den Boden und rutschte wieder unter das Bett.

Ihr Lächeln verschwand langsam. »Ich bin … Ian?«

Herrje, er wusste nicht einmal, ob sie mit ihm sprach oder mit der Maus. Er seufzte schwer und fuhr sich mit der Hand durchs Haar, versuchte, die Geduld nicht zu verlieren, und noch mehr, die Hoffnung nicht zu verlieren.

»Komm her, Selena.« Er griff nach ihrer Hand und führte sie zum Bett. Sie setzte sich auf die weiche Matratze, ihre nackten Füße baumelten über dem Boden, die Hände hatte sie im Schoß verschränkt. Sie wandte sich zu ihm und blickte ihn mit so kindlicher Verwirrung an, dass er am liebsten geweint hätte.

»Kannst du meine Worte verstehen?«

Lange starrte sie auf seinen Mund, und er konnte sehen, wie sehr sie sich bemühte, ihn zu verstehen und ihm zu antworten. Es dauerte ungefähr drei Minuten, bis sie endlich nickte. »Schüssel.« Ihr Mund verzog sich zu einem traurigen Lächeln.

»Gut. Dann wollen wir noch einige Fragen versuchen, nicht wahr? Ich denke, wir werden beg...«

Sie legte die Hand auf seinen Arm. »Langsam.«

»Tut mir Leid. Fragen... Tests. Ja?«

Zwei Minuten später nickte sie. »Ja.«

»Kennst du mich?«

Langsam nickte sie. »Ian-Gott.«

Er konnte nicht anders, er musste lachen. »Ian. Nur Ian.«

»Ian«, wiederholte sie und starrte auf seinen Mund.

»Wo bist du?«

Er sah ihre Überraschung bei dieser Frage und wusste, dass sie ihn verstanden hatte. Die Falten auf ihrer Stirn wurden tiefer. Endlich schüttelte sie den Kopf. »Heiß.«

Er glaubte, dass sie nein sagen wollte. »Du weißt nicht, wo du bist?«

»Weiß... nicht.« Ihr Gesicht verzog sich nachdenklich. Einige Augenblicke später gelang es ihr zu sagen: »Sollte... wissen?«

Er schüttelte den Kopf. »Nein, das solltest du nicht.« Und das stimmte. Es gab keinen Grund, dass sie wissen musste, wo sie war. Er sagte sich, dass es auch nichts ausmachte, dass sie nicht danach fragte. »Wer bist du?«

»Selena.«

»Nein. Vor Selena. Wer warst du vor Selena?«

Es dauerte mindestens eine Minute, ehe sie antwortete, doch als die Worte dann endlich kamen, klangen sie kräftiger und deutlicher. »Weiß... nicht... wer.«

Er wartete darauf, dass sie eine Frage stellte, und kämpfte gegen die Enttäuschung und den Zorn. Sie sah zu ihm auf, aus ihren dunklen, geheimnisvollen Augen, und er hatte das Gefühl, ihm würde es die Luft abschnüren. Die Zeit dehnte sich, während er darauf wartete, dass sie all die viel zu offensichtlichen Fragen stellte. Ein Dutzend Dinge fielen ihm in dieser Zeit auf, der Ahornsirup-Ton ihrer Augenfarbe, das leise Geräusch, das sie beim Atmen machte, das blasse Dreieck milchig-zarter Haut am Ausschnitt ihres Nachthemdes. Mit jeder Sekunde, mit jedem Atemzug, den er machte, schwand seine Hoffnung, dass sie jemals wieder normal sein würde.

Sie würde ihn nicht fragen, ob er wusste, wer sie war. Es schien ihr vollkommen unwichtig zu sein. »Kannst du mir nicht antworten oder weißt du es nicht?«

»Weiß nicht.«

Er sprach sehr langsam – zu langsam – und versuchte, seiner Stimme die wachsende Frustration nicht anmerken zu lassen. »Möchtest du es wissen?«

»Warum?«

Die Frage erstaunte ihn. Wie um alles in der Welt konnte ihr das nur gleichgültig sein? Sie wachte in einem fremden Bett auf, wurde von Fremden versorgt und zeigte nicht das geringste Interesse an ihrer Vergangenheit, an ihrer Geschichte. »Familie«, erklärte er und klammerte sich an diesen Strohhalm. »Es könnte doch sein, dass du eine Familie hast, die dich liebt und die nach dir sucht.« Er wusste, dass er viel zu schnell sprach, doch das war ihm nicht länger wichtig.

»Ian.« Sie legte die Hand an seine Wange.

Er zog sich von ihr zurück und stand auf. Das Spielbrett glitt aus seinen kraftlosen Fingern und fiel auf den Boden, vergessen und unwichtig. Was machte es schon, ob sie ein viereckiges Klötzchen in das viereckige Loch stecken konnte? Sie besaß keinerlei Erinnerungsvermögen mehr. Sie konnte nicht mehr denken. Sie war wie eine leere Tafel, eine kindgleiche Erwachsene, die sich nicht mehr daran erinnerte, dass Feuer heiß oder Glas fest war … oder dass Mäuse keine Haustiere waren.

Irreparable Schädigung des Gehirns.

Sie konnte nicht sein Wunder werden. Es würde ihr vielleicht mit der Zeit besser gehen – vielleicht wäre sie sogar in der Lage, eines Tages einen vollständigen Satz zu bilden, doch mehr nicht. Seine Träume von ihrer Rettung waren eben nur Träume. So unerreichbar wie die Sterne.

Und wenn schon sein Leben leer vor ihm lag, so war ihr Leben ihm vollkommen unvorstellbar.

Sie sah zu ihm auf, und er entdeckte den Schimmer erster Tränen in ihren Augen. »Ian… Test…«

Es tat weh, sie anzusehen. Er blickte zur Decke und lachte bitter auf. Der Herr der Marionetten hatte wieder einmal gewonnen.

Gott hatte Ian die einzige Patientin gegeben, die er berühren konnte, und sie war so schlimm verletzt, dass er sie nicht mehr heilen konnte.

Ach, was für eine Ironie. Der einzige Mensch, der seinen übersinnlichen Kräften gegenüber immun war… und sie besaß kein Erinnerungsvermögen. Es gab kein Mysterium, das er entschlüsseln konnte, keine Geheimnisse, die er enthüllen konnte. Er würde niemals Pygmalion sein für sie als seine Galatea. Er war viel näher an Mary Shelleys berühmtem Dr. Frankenstein, der danach gestrebt hatte, ein Gott zu sein, der sprechendes, intelligentes Leben aus einem Klumpen lebendigen Fleisches hatte formen wollen.

Wahnsinn…

»Test«, flüsterte sie mit leiser, erstickter Stimme.

»Nein.« Er wich vor ihr zurück. »Heute keine Tests mehr. Ich habe genug gesehen.« Er wandte sich um und ging zur Tür. Als er nach dem Türknauf griff, konnte er nicht anders, er musste sich noch einmal zu ihr umdrehen.

Sie saß zusammengesunken auf dem Bett, ihr verfilztes, schmutziges Haar fiel ihr über den Rücken. Tränen rannen aus ihren Augen und fielen auf den weißen Stoff ihres Nachthemdes. Er wusste, dass sie überhaupt keine Ahnung hatte, warum er jetzt ging oder was sie falsch gemacht hatte. Alles, was sie wusste, war, dass Ian-Gott von ihr enttäuscht war… und sie war allein.

»Es tut mir Leid, Selena.« Seine Stimme brach. »Himmel, es tut mir so Leid.«

Dann lief er aus dem Zimmer und schlug die Tür hinter sich zu.

Die Verrückten warteten im Flur auf ihn. Sie bedrängten ihn von allen Seiten, redeten auf ihn ein, flüsterten, gestikulierten.

»Ruhig!«, zischte Johann. »Wie sieht es aus, Ian?«

Er hob langsam den Kopf und starrte in ihre Gesichter. Zu seiner Überraschung war es nur Johann, der so aussah, als würde er verstehen.

»Als ich in das Zimmer kam«, erklärte Ian mit erschöpfter Stimme, »hat sie mit einer toten Maus gespielt.«

Maeve blickte auf. »Wirklich?« Sie griff nach dem Türknauf.

Ian wollte nach ihrem Handgelenk greifen, doch als er merkte, was er beinahe getan hätte, zog er die Hand schnell zurück. »Du kannst die Maus nicht haben, Mutter.« Er sah zu Edith. »Sorge dafür, dass sie verschwindet, ja?«

Die ältere Frau nickte. »Sicher, Doktor. Und ich werde dem armen Mädchen da drinnen etwas zu essen geben.«

Ian lehnte sich gegen die Tür. Noch nie hatte er sich so alt, so geschlagen und so allein gefühlt. »Ja, bitte tu das.«

»Was werden Sie jetzt tun, Dr. Carrick?«, fragte Andrew schüchtern.

»Ich stecke bis über beide Ohren in dieser Sache, Andrew«, gestand Ian und verstummte dann. Es beschämte ihn, die nächsten Worte auszusprechen. »Vielleicht kann ein Nervenarzt ihr helfen …«

»Dann musst du mit einem reden«, meinte Maeve. »Einem mit orangerotem Haar.«

»Da ist doch Dr. Wellsby in der Nervenheilanstalt in Pollusk«, meldete sich Johann mit leiser Stimme.

Ian fuhr zurück. »Ja.« Er wusste, dass dort Dr. Wellsby war.

»Wellsby.« Maeve wiederholte den Namen leise, mit zitternder Stimme, und plötzlich standen Tränen in ihren Augen. »Aber er hat kein orangerotes Haar.«

Ian seufzte und schloss die Augen. Er wollte nicht zu Wellsby gehen – der Gedanke, in diese Hölle zurückzukehren, machte ihm Todesangst. Aber er konnte Selena nicht einfach vergessen, er konnte nicht so tun, als gäbe es sie gar nicht. Vielleicht hatte er doch noch etwas übersehen, eine Radikalkur für das Gehirn, von der er nichts wusste.

Wellsby würde die Antworten haben, die Ian brauchte.

Wenn er doch nur einen Freund hätte oder ein Familienmitglied, das ihn begleiten könnte. Aber die Jahre der Isolation hatten ihn natürlich jeder Unterstützung beraubt, die er früher einmal gehabt hätte.

Johann trat vor. »Ich könnte mit Ihnen fahren.«

Ian schluckte und öffnete langsam die Augen. Er wollte eine schlagfertige, spöttische Bemerkung machen, die Johann auf seinen Platz verwiesen hätte, doch er konnte es nicht.

Er brauchte an diesen höllischen Ort nicht allein zurückzukehren. Er könnte wenigstens mit einem anderen Menschen in der abgedunkelten Kutsche sitzen …

Er nickte knapp und blickte dann weg, dabei hoffte er, dass Johann nicht die nackte Dankbarkeit in seinem Blick bemerkt hatte. »Wir werden gleich morgen früh losfahren.«

7

Selena konnte nicht aufhören zu weinen.

Sie hatte einen schrecklichen Fehler gemacht, doch sie hatte keine Ahnung, was es war. Sie wischte sich die Tränen von ihren geschwollenen Wangen und ließ sich auf das Bett zurückfallen. Dabei verspürte sie einen stechenden Schmerz in ihrem Kopf.

Sie starrte an die weiße Decke mit den vielen Rissen und fühlte, wie die Tränen über ihre Wangen rannen.

Ian hatte sie aufgegeben. Sie hatte die Enttäuschung in seinen Augen gelesen, als er sie angesehen hatte, den aufkeimenden

Abscheu, als sie ihn berührt hatte. Sie konnte es sehen, verstand es, aber es gab nichts, was sie dagegen tun konnte, keine Möglichkeit, ihm zu sagen, wie Leid es ihr tat … wie sehr sie sein Lächeln vermisste und seine Stimme in der Dunkelheit.

Er wollte, dass sie sich dafür interessierte, wer sie war, aber das tat sie nicht. Diese Empfindungen waren einfach nicht vorhanden. Alles, was vorher gewesen war, vor ihrem Aufwachen in diesem Bett, war verschwunden, genau wie die Kerzenflamme erloschen war, als sie sie berührt hatte. Verschwunden.

Sie hatte es versucht. Für Ian hatte sie versucht, Antworten zu finden in dem verwirrten Durcheinander, das in ihrem Kopf herrschte. Aber es gab nichts darin, bis auf ein riesiges klaffendes Loch, dort, wo ihre Erinnerungen sein sollten.

Sie war böse. *Dumm.*

Und sie sehnte sich nach einer zweiten Chance. »Bitte …« Bitte was? Sie wusste nicht einmal, worum sie bitten sollte, worauf sie hoffen sollte.

Sie drehte sich auf den Bauch und drückte ihr hässliches Gesicht in die weiche Decke.

Ein leises Klopfen ließ sie aufhorchen.

Blinzelnd und mit tränenden Augen setzte sie sich auf und versuchte, den Ursprung dieses Geräusches auszumachen. »Ian?« Sie sprach seinen Namen aus und fühlte neue Hoffnung.

Der Türknauf drehte sich, die Tür öffnete sich.

Die fette Frau – *Edith* – stand an der Tür und hielt ein silbernes Tablett in der Hand, auf dem einige dampfende Schüsseln standen. Einige der Fremden waren hinter ihr zu sehen. Die zerbrechlich aussehende Frau mit dem rostfarbenen Haar und das dünne Mädchen, das an seinem Finger lutschte. *Daumen.* Das Mädchen, das an seinem Daumen lutschte.

Edith machte ein leises, beruhigendes Geräusch. »Armes Ding. Es ist nicht dein Fehler, dass du schwachsinnig bist.«

Selena schniefte und wischte sich mit dem Ärmel über ihre laufende Nase. Sie stand auf und ging auf Edith zu. Worte kamen in ihren verworrenen Kopf, formten sich zu verschwommenen Sätzen, zu Fragen. »Warum?«, war das einzige Wort, das über ihre Lippen kam.

Die rosige Farbe schwand aus Ediths vollen Wangen. Sie hielt inne und sah Selena mit freundlichen Augen an. »Die Antwort kann ich dir nicht geben, Mädchen. Es ist Gott, der einige Menschen krank macht.«

Die rothaarige Frau kam auf sie zu. »Selena?« Ihre Stimme war wunderschön und melodisch, sie sang die Worte mehr, als sie sie sprach.

Selena versuchte, die Frau nach ihrem Namen zu fragen. »Flasche... Antwort.« Sie stöhnte frustriert auf. Sie schaffte es nicht.

»Maeve«, beantwortete die Frau die Frage, die Selena hatte stellen wollen. Als Maeve vor Selena stand, schob sie ihre kleine, kalte Hand in die von Selena und drückte sie beruhigend. »Ich verstehe.«

Selena blickte in Maeves traurige, haselnussbraune Augen und glaubte ihr. Irgendwie verstand diese Frau wirklich Selenas Schmerzen und Ängste. Die Erkenntnis war so mächtig, dass Selenas Knie nachgaben. Zum ersten Mal, seit Ian gegangen war, fühlte sie sich nicht mehr so allein. *Danke.* Dieses Wort kam ihr in den Sinn, und diesmal verstand sie genau, was damit gemeint war. »Meer...« Sie presste die Augen zusammen und schämte sich, dass sie nicht einmal diese schlichte Bekundung ausdrücken konnte.

»Mach dir keine Sorgen, Kind. Dir wird es schon bald besser gehen. Und wenn nicht...« Maeve zuckte mit den schmalen Schultern. »Dann eben nicht. Glaube mir, man kann sich an alles gewöhnen.«

»Komm schon, Maeve«, schalt Edith. »Du darfst das Mädchen nicht noch mehr belasten. Sie weiß vielleicht gar nicht, dass sie... du weißt schon...« Sie flüsterte jetzt nur noch. »Einen Gehirnschaden hat.«

Maeve warf der Haushälterin einen strafenden Blick zu. »Sie weiß es.«

Edith wurde ganz blass, dann schlurfte sie ein paar Schritte weiter und stellte das Tablett auf den Nachttisch. Ein unbekannter Duft stieg Selena in die Nase, und eine vage Erinnerung kam ihr.

»Essen«, sagte sie plötzlich, und erinnerte sich daran, was es war, allerdings nicht, was sie damit tun sollte.

»Aye, Mädchen. Essen. Wir haben einen wundervollen Fischeintopf für dich.«

Selena verstand die Worte nicht, doch der Geruch brachte ein tief sitzendes, instinktives Bedürfnis zurück. Ein eigenartiges Grummeln ging durch ihren Bauch. Sie ging auf das Tablett zu und zog Maeve mit sich.

Selena raffte das Nachthemd, setzte sich auf den mit Stroh bezogenen Sessel und rutschte damit an den Nachttisch. Maeve setzte sich neben sie, und das Kind, das am Daumen lutschte, trat schweigend hinter Selena.

Edith füllte eine Schüssel mit dem dampfenden, rotweißen Eintopf und stellte sie vor Selena. »Hier, Mädchen. Mach dich drüber her.«

Selena blickte sie fragend an. »Drüber her?« Sie stellte sich eine Schaufel vor und einen Berg Erde, einen Grabstein.

»Iss«, flüsterte Maeve.

Selena war nicht sicher, was *iss* bedeutete, doch ihr Magen grummelte noch einmal, und sie griff nach einem Stück weißen Fischs, das in der Sauce schwamm. Die Brühe verbrannte ihr die Fingerspitzen. Mit einem Schmerzensschrei zog sie die Finger zurück und steckte sie in das Glas. Milch schwappte auf den Tisch. Die Linderung des Schmerzes kam sofort, und sie war stolz darauf, sich an das Heilmittel erinnert zu haben. Sie lächelte.

Maeve nahm vorsichtig Selenas Hand aus dem Glas und reichte ihr ein flaches Metallteil mit einem abgerundeten Ende. Ein Löffel, erinnerte sich Selena plötzlich.

Maeve schloss ihre Finger um die von Selena und zeigte ihr, wie man den Löffel in die Suppe tauchte, ein Stück Fisch herausholte und es dann zum Mund führte.

Selena erinnerte sich wieder daran, was »iss« bedeutete. Sie atmete den Duft des Eintopfes ein, der nach Thymian roch, und lächelte. Sie öffnete den Mund, doch dann dachte sie an ihre verbrannten Finger. »Heiß«, sagte sie und zog die Hand schnell zurück.

»Gut«, lobte sie Maeve. Dann pustete sie auf das Essen auf dem Löffel.

Selena sah fasziniert zu, wie die klare, rötliche Flüssigkeit sich auf dem silbernen Löffel kräuselte.

»Nicht heiß«, erklärte Maeve. »Iss.«

Selena konnte ihre Erregung kaum zurückhalten. Dies fühlte sich so normal an, so *richtig*, als hätte sie es schon Millionen Mal in ihrem Leben getan. Sie konnte sich beinahe an die Vorstellung davon erinnern, konnte sich beinahe erinnern, früher einmal gegessen zu haben.

Sie beugte sich vor und probierte die Suppe.

Nichts. Sie nahm keinerlei Geschmack wahr. Sie zog die Augenbrauen zusammen. Etwas stimmte nicht. Sie wandte sich an Maeve und versuchte, die Worte zu finden, um eine Frage zu stellen, doch es gelang ihr nicht. »Geschmack«, war das einzige Wort, das sie herausbrachte.

Maeve lächelte strahlend. »Ich weiß. Es schmeckt gut. Und jetzt iss auf, Kind, du brauchst Kraft.«

Selena schüttelte den Kopf. »Nein …«

Maeve sah ihr in die Augen. Ihr Lächeln verschwand langsam. »Iss.«

Selena fühlte plötzlich eine heftige Angst. Sie wollte nicht, dass diese wunderschöne Frau sich auch noch von ihr abwandte. Dann wäre sie vollkommen allein. Was machte es denn schon, dass das Essen keinerlei Geschmack hatte, dass etwas nicht in Ordnung zu sein schien? Sie blickte in Maeves haselnussbraune Augen und nickte langsam. *Ich werde artig sein*, dachte sie. *Verlass mich nicht.* Dann beugte sie sich vor und nahm noch einen Löffel von dem geschmacklosen Eintopf, wie ein braves Mädchen.

Maeves Lächeln kehrte zurück, zu Selenas großer Erleichterung. Sie legte Selena ihre kalte Hand an die Wange. »Und mache dir keine Sorgen, Kind. Ich werde dich nicht allein lassen, wenn du nicht artig bist.« Unvermittelt sah Maeve von ihr weg, und ihre Lippen zitterten ein wenig. »Ich weiß, wie weh das tut.«

Später, lange nachdem sie das geschmacklose Gericht gegessen hatte, lange nachdem sie der Kutsche nachgesehen hatte, mit der Ian in der Dunkelheit verschwunden war, lag Selena in ihrem Bett, die Decke bis ans Kinn gezogen. Es war dunkel im Zimmer, so schrecklich dunkel. Sie wünschte sich, man hätte ihr eine Kerze gelassen, eine Laterne oder sonst etwas, irgendetwas, das diese Dunkelheit durchdringen und ihr das Gefühl geben würde, sie sei nicht so schrecklich allein.

Aber sie hatten ihr nicht vertraut. Von ihrer schnellen Unterhaltung hatte sie genug verstanden, um das zu begreifen. Edith hatte befürchtet, sie würde sich *wieder verbrennen* oder sie würde *das verdammte Haus niederbrennen*.

Sie bewegte sich ein wenig und starrte auf das Fenster. Das Glas schien losgelöst in der Dunkelheit zu hängen, eine herrliche Sekunde lang wurde es erhellt von einem zitternden Strahl des Mondlichtes.

Das Licht verschwand, noch ehe es richtig da war, und die Dunkelheit verschlang sie wieder. Einen seltsamen Augenblick lang schien es ihr, als sei sie vollkommen verschwunden oder hätte vielleicht sogar niemals existiert. Sie lag in ihrem Bett, atmete schwer und versuchte, nicht zu weinen, während sie auf einen weiteren Lichtstrahl wartete.

Doch es kam keiner. Ein leichter Wind wehte gegen das Fenster, und das Glas klirrte leise. Die Nacht schien plötzlich von Geräuschen erfüllt, wo es doch nur einen Augenblick zuvor noch so still gewesen war. Sie hörte Schritte hinter der geschlossenen Tür ihres Schlafzimmers, das schwache Geräusch von Stimmen. Verängstigt schmiegte sie sich unter die schützende Decke.

Namenlose, gesichtslose Menschen, gleich hinter ihrer Tür. Sie waren dort draußen, redeten, gingen hin und her, lachten, flüsterten. Das verstärkte nur noch ihr Gefühl, isoliert zu sein, hässlich und dumm und allein.

»Helft... mir«, murmelte sie diesen Fremden zu, doch ihre Stimme klang schwach und zittrig, selbst in ihren eigenen Ohren. »Bitte...«

Doch es kam keine Antwort, und das Stimmengemurmel brach auch nicht ab. Sie lauschte dem ruhelosen Schlurfen ihrer Schritte und wünschte sich so sehr, bei ihnen zu sein, doch sie gehörte nicht dazu, und sie hatte nichts zu sagen. Alles, was sie hatte, war dieses leere Zimmer mit seinem einen Fenster zur Welt.

Sie schob die schwere Decke fort und stand auf, tastete sich entlang der unebenen Wand zum Fenster. Gerade in diesem Augenblick löste sich eine Wolke aus der Wolkendecke und schwebte über den Halbmond hinweg. Blasses, bläuliches Licht fiel durch die Scheibe und warf einen unheimlichen Schein in die Dunkelheit.

Ein Baum draußen erzitterte im Wind, die Äste knarrten. Winzige schwarze Blätter wuchsen an diesen Ästen und erinnerten sie daran, dass es *Frühling* war, die Zeit des Jahres, in der das Leben neu begann. Aber nicht ihr Leben. Sie war anders, irgendwie von der Welt abgeschlossen. So allein in dem dunklen Zimmer.

Wenn er doch nur zurückkommen würde. Wäre er doch nie abgereist.

Verstand er denn nicht? Berührte ihn denn gar nicht, dass er alles war, was sie hatte? Dass ohne ihn die Welt ein beängstigender, fremder Ort war, kalt und einsam und leer?

All die Wochen hatte sie in ihrem Bett gelegen, eingehüllt in diese unvorstellbare Dunkelheit, ihr Kopf hatte gedröhnt, ihr Hals gebrannt, doch sie hatte gewusst, dass Ian da war. Sie hatte seine Stimme gehört, seine Berührungen gefühlt. Er hatte sie aus dem schmerzerfüllten Nichts zurückgeholt. Für ihn hatte sie schließlich die Augen geöffnet.

Draußen lockte die Nacht mit Tausenden von wehenden, sich bewegenden Schatten. Sie wollte dort draußen sein, wo Ian war, sie wünschte es sich so sehr, dass sie darüber beinahe verzweifelte.

Sie musste das Leben hinter diesem Glas erforschen, musste den unbekannten Geruch des Regens riechen und den vergessenen Kuss des Windes fühlen. Sie musste ein Teil von etwas sein.

Das Glas war so trügerisch dünn. Es würde so leicht zerbrechen. So leicht...

Zerbrich das Glas... berühre die Welt... Die Welt hinter dem Fenster lockte sie mit einer leisen, verführerischen Stimme.

Sie zog die Hand zurück und machte eine Faust.

Nein. Irgendwo in ihrem Kopf wusste sie, dass es gefährlich war, Glas zu zerbrechen. Sie würde sich *verletzen.*

Das Fenster öffnen, das war es, was sie tun musste.

Sie lächelte, denn auf einmal erinnerte sie sich, wie das ging. Sie drehte den kleinen Metallgriff und schob die untere Hälfte des Fensters nach oben. Es knarrte laut, als wäre es schon seit Jahren nicht mehr geöffnet worden. Ein eisiger Windstoß kam durch die Öffnung und wehte in ihr Gesicht.

Triumphierend lachte sie auf. Die Welt roch so wundervoll, so frisch und sauber. Dicke Regentropfen trafen auf ihr Gesicht. Sie schloss die Augen und genoss diesen Augenblick – den Geschmack, die Gerüche und die Gefühle, süßer, süßer Regen, kühler, einladender Wind, der nach Salz roch und nach nasser Erde. Die Bäume rauschten, Wellen schlugen gegen die riesigen schwarzen Felsen.

Sie legte die Hände auf das Fensterbrett und steckte den Kopf hinaus, atmete tief ein. Die geheimnisvolle, sinnliche Welt umarmte sie, erfüllte sie mit dem berauschenden Gefühl vieler Möglichkeiten. Es war alles dort draußen. Alles, was sie sich je gewünscht hatte, alles, was sie je haben wollte.

Es wartete auf sie …

Sie kletterte auf das Fensterbrett. Ihr weißes Baumwollnachthemd presste sich vom Kragen bis zu ihren Knien gegen ihren Körper. Der Wind wurde stärker, wehte durch ihr verfilztes Haar und brannte auf ihren Wangen. Der eng anliegende Stoff ihres Gewandes flatterte in einem ruhigen stetigen Rhythmus. Zum ersten Mal, seit sie aus ihrer Ohnmacht aufgewacht war, fühlte sie sich lebendig. Sie leckte die kalten Regentropfen von ihrer Unterlippe und schüttelte den Kopf.

Hinter ihr klickte das Schloss der Schlafzimmertür, und die Tür öffnete sich langsam. »Oh Gott!«, rief eine Stimme, Schritte kamen auf Selena zu. Licht zerriss die Dunkelheit. »Nicht springen – du wirst dich umbringen.«

Dich umbringen. Bei diesen Worten fühlte Selena eine plötzliche eisige Kälte. Sie blickte nach unten. Der Rasen war nur ein kleiner schwarzer Fleck zwei Stockwerke tiefer. Und plötzlich wusste sie, dass sie fallen könnte, dass sie sich *verletzen* könnte, doch daran hatte sie zuvor nicht gedacht.

Eine Hand legte sich um ihr Handgelenk und hielt sie fest. »Es ist alles in Ordnung, Selena.« Die Stimme des Mannes war zittrig und schwach, als wäre ganz und gar nicht alles in Ordnung.

Langsam, voller Angst, zu fallen, wandte sie sich um und starrte in ein paar besorgte blassgraue Augen.

»Ich bin Andrew«, sagte der Mann leise. »Erinnerst du dich an mich?«

Sie erinnerte sich nicht. Nicht an ihn und auch an keinen anderen der schattenhaften Menschen, die sich vor ihrer Tür versammelt hatten, doch das war nicht wichtig. Wichtig war das warme, feste Gefühl seiner Finger um ihr Handgelenk. Wichtig war, dass endlich jemand zu ihr gekommen war, sie berührt hatte und sich darum zu sorgen schien, ob mit ihr alles in Ordnung war oder nicht.

Sie versuchte, ihm zu antworten, doch kein Wort kam über ihre Lippen. Es war, als wäre ein Teil ihres Gehirns ganz einfach eingeschlafen. Frustriert beugte sie sich zu ihm. *Hilf mir*, dachte sie, *bitte … hilf mir …* Diese schweigende Bitte füllte ihr Herz. Ihre Brust schmerzte, so sehr hatte sie das Bedürfnis, zu sprechen, und dennoch brachte sie kein Wort heraus.

Der Junge, Andrew, legte eine Hand an ihre feuchte Wange und lächelte sie traurig und verständnisvoll an. »Es kann sehr einsam sein hier draußen.«

Er legte einen Arm um ihre Schultern und zog sie von dem Fensterbrett. Mit einer Hand schloss er das Fenster, dann führte er sie zurück zu ihrem Bett. Als er die Lampe geholt und auf den Tisch neben ihrem Bett gestellt hatte, wandte er sich zu der offenen Tür. »Kommt ruhig alle herein. Es geht ihr gut.«

Grau gekleidete Menschen betraten das Zimmer, langsam schlurfte einer hinter dem anderen herein. Selena erkannte die rothaarige Frau – *Maeve* – und das Mädchen, das am Daumen lutschte. Hinter ihnen kam eine fette Frau mit einem faltigen Gesicht, die eine angelaufene Krone auf ihrem grauen Haar trug. Die drei Frauen bildeten einen Halbkreis am Fuß ihres Bettes.

Andrew kniete vor ihr nieder. Eine Locke seines dunkelblonden Haares fiel ihm ins Gesicht, und er schob sie ungeduldig weg. »Wir wissen, wie einsam es hier sein kann … wie beängstigend die ersten Tage hier sein können. Aber wir wollten dich wissen lassen, dass du nicht allein bist.« Er kam wieder hoch und trat ein paar Schritte zurück. »Los, meine Damen.«

Die Frau mit der Krone trat vor und drückte Selena einen kleinen, vollkommen runden grauen Stein in die Hand. »Das ist ein Sorgenstein, Untertan. Wenn du Angst hast oder dich einsam fühlst oder dir Sorgen machst, dann musst du ihn zwischen deinem Daumen und deinem Zeigefinger reiben.« Sie nahm den Stein und zeigte es Selena. »So.« Dann warf sie den Stein in Selenas Schoß und trat wieder zurück.

Selena starrte auf den Stein, einen Augenblick lang war sie viel zu überrascht, um zu reagieren. Das Wort, das sie brauchte, kam ihr diesmal mühelos in den Sinn. Diese fremde Frau hatte Selena *ein Geschenk* gemacht.

Es war etwas, das Freunde taten. Oder die Familie.

»Na los, Lara«, sagte Andrew.

Das Mädchen – *Lara* – kam als Nächste zum Bett und zog eine zerfledderte Puppe hinter dem Rücken hervor. Der Stoff war an der Brust der Puppe aufgerissen, und man sah einen Teil des Futters, mit dem die Puppe ausgestopft war, außerdem fehlte ihr ein Auge. Einige wenige Fäden roten Garns waren noch auf ihrem Hinterkopf.

Das Mädchen zog den Daumen aus dem Mund und starrte Selena an. »Sarah«, sagte sie mit unartikulierter Stimme, dann steckte sie den Daumen wieder in den Mund.

Selena nahm *Sarah* vorsichtig entgegen. Die zerfledderte Puppe war weich und hatte etwas Tröstliches. Instinktiv drückte sie sie an die Brust und schaukelte sie sanft. Lara schenkte ihr ein breites Lächeln, und Selena wusste, dass sie es richtig gemacht hatte.

Maeve deutete mit dem Kopf auf ein Bündel rostfarbener Seide. »Ich habe dir ein Kleid mitgebracht. Edith wird es für dich ändern, damit es dir passt.«

Schließlich kam Andrew an das Bett zurück und kniete sich noch einmal vor sie. Die Frauen traten dicht hinter ihn. Er zog ein kleines, rechteckiges Ding unter dem Hosenbund hervor. »Das ist ein Kinderbuch. Ich dachte, du würdest dir vielleicht gern die Zeichnungen darin ansehen.«

Voller Ehrfurcht nahm Selena das Ding von ihm entgegen und strich mit der Hand über den geprägten Ledereinband. Lange Sekunden starrte sie voller Verwunderung darauf. Es war das herrlichste Geschenk. Dann öffnete Andrew es vorsichtig. Sofort sprangen ihr Worte entgegen: *Katze. Hund. Ich. Und. Haus.*

Sie hatte einmal lesen gelernt. Diese Erkenntnis verblüffte sie und gab ihr das schon fast Schwindel erregende Gefühl einer Entdeckung.

Sie schluckte und sah dann auf Andrew hinunter. Die ehrliche Anteilnahme in seinem Blick gab ihr neue Kraft. Dieser Mann würde sie nicht auslachen, er würde nicht angewidert sein von ihrer Unfähigkeit zu sprechen und ihrer Unkenntnis der Worte. Er war eine sanfte Seele, und er wusste, wie es war, einsam und voller Furcht zu sein.

Vielleicht konnte er ihr helfen, vielleicht konnte er ihr zeigen, wie sie klug genug werden konnte, um Ian zu ihr zurückzubringen.

Sie versuchte, die Worte zu finden, um ihn um Hilfe zu bitten. »Geschenk … Artikel.« Die Worte kamen ihr über die Lippen, sie hatte keine Ahnung, was sie bedeuteten, aber sie wusste, dass sie falsch waren. Sie legte die Stirn in Falten und konzentrierte sich mit aller Kraft, so sehr, dass in ihrem Hinterkopf die Kopfschmerzen wieder begannen. Sie fühlte die ruhigen Blicke der Menschen, die um das Bett herum standen, doch sie spürte keine Abscheu, keine Verurteilung. Sie warteten ganz einfach nur darauf, dass sie etwas sagte.

»Leben«, brachte sie heraus. *Nein. Nicht richtig, aber beinahe.* »Lesen.« Sie deutete auf Andrew. »Du … mir … lesen.«

»Du möchtest, dass ich dir vorlese?«

»Nein.« Sie schaffte es, den Kopf zu schütteln, doch mehr konnte sie nicht sagen. *Ich möchte, dass du mir hilfst, zu lesen.* Dieser Satz kreiste in ihrem Kopf, in einem endlosen, frustrierenden Rhythmus. Sie versuchte, die Worte auszusprechen, diese einfache Bitte zu formulieren, doch es war unmöglich.

Stumm und frustriert starrte sie Andrew an. Er sah voller Mitleid zu ihr auf, hilflos sperrte er die Augen auf. »Ich verstehe dich nicht. Möchtest du, dass ich dir etwas vorlese?«

»Natürlich möchte sie, dass du ihr etwas vorliest, Andrew«, erklärte Maeve schließlich. »Das möchten wir doch alle.«

Lara nickte heftig und kletterte neben Selena auf das Bett. Es dauerte nur einen Augenblick, bis es sich alle fünf auf dem weichen Bett bequem gemacht hatten.

Der junge Mann – Selena hatte seinen Namen bereits wieder vergessen – begann zu lesen. Die ruhigen, sanft klingenden Worte hüllten Selena ein, und jedes der Worte weckte ein Bild, eine Erinnerung, eine Bedeutung. *Kaninchen. Wagen. Sonne. Familie.*

Und dann verschränkte Maeve ganz sachte die Finger mit denen von Selena. Die Berührung war sanft und tröstend.

Selena sah sich um, schaute in die Gesichter, die ihr so nahe waren, und fühlte eine unglaubliche Zärtlichkeit in ihrem Herzen. Diese Menschen, an deren Namen sie sich nicht einmal für längere Zeit erinnern konnte, hatten ihr mehr gegeben als nur ihre unerwarteten Geschenke. Sie hatten ein Gefühl der Sicherheit in ihr geweckt, ein Gefühl, dass sich jemand um sie kümmerte.

»Selena …«, sagte sie und suchte nach den übrigen Worten, die sie brauchte.

Andrew hielt inne und sah sie an. Sie fühlte die Blicke aller auf sich.

»Selenas … Familie«, brachte sie schließlich heraus.

Das Mädchen, das am Daumen lutschte – *Lara* –, keuchte auf. Langsam zog sie den Daumen aus dem Mund und schaute Selena an, in ihren grauen Augen glänzten plötzlich Tränen. Selena erinnerte sich an das Wort für diesen Blick.

Sehnsucht. Selena verstand, was Sehnsucht war. Es war das, was sie für Ian fühlte.

Andrew lachte. »Ja, ich denke, wir sind wirklich deine Familie.«

Selena versuchte, den Blick von Lara loszureißen, doch das gelang ihr nicht. Sie erkannte solchen Schmerz, solche Angst und Hoffnung in den Augen des Kindes. Und zum ersten Mal begriff sie, dass sie hier, in diesem großen und einsamen Haus am Meer, nicht die einzige verlorene Seele war.

8

Der Abend brach an, senkte sich wie lavendelfarbene Seide über den Himmel. In der Ferne fingen sich die letzten Strahlen der untergehenden Sonne an einem großen, weißen Kirchturm. Die Bäume neben der schmalen Schotterstraße breiteten ihre Äste mit dem jungen Laub aus, ihre hölzernen Finger trommelten auf das Dach der Kutsche.

Ian saß tief in die burgunderfarbenen Samtpolster gedrückt, die Knie hatte er gegen die Tür gelehnt. Ein trübes Stück Glas war sein Fenster zur Welt draußen, und mit müden Augen beobachtete er die Gegend, die an der Kutsche vorüberzog. Die Stadt war ein endloser Strom aus kleinen, gepflegten, weiß gestrichenen Häusern auf viereckigen Rasenflächen, umstanden von einem Bataillon aus Bäumen. Inmitten dieser Häuser glänzte ein glasklarer blauer See, es war ein See, wie er im Winter die Eisläufer und an heißen Sommertagen die Menschen zum Picknick anlockte.

Die Kutsche holperte über ein Loch und schwankte nach rechts. Ian wurde gegen die Wand geschleudert, und Johanns Knie stieß gegen das seine, eine Berührung wie ein Stromstoß.

Die Bilder trafen Ian, noch ehe er die Balance wiedergewonnen hatte. *Ein Kiefernsarg, nackt und ungeschmückt… eine blasse, dunkelhaarige Frau, die auf ein Bett mit schmutzigen Laken geschnallt war, sich wand und unter Tränen Johanns Namen rief… eine Tür, die zugeschlagen wurde, ein Schloss, in dem sich ein Schlüssel drehte.*

Und diesmal waren es mehr als nur die gedanklich fassbaren

Bilder. Da war auch noch Gefühl, so überwältigend und mächtig, dass Ian in den Sitz gepresst wurde.

Traurigkeit. Kummer, der einen Mann verschlingen konnte, der seiner Seele den Boden entziehen konnte.

Ians Kopf fuhr hoch. Er sah, dass Johann ihn anstarrte. Wie immer, so zeigte der junge Mann auch diesmal ein sarkastisches Lächeln. »Wollen Sie meine Zukunft lesen, Herr Doktor?«

Ian betrachtete Johanns schmales, kantiges Gesicht, starrte in seine wassergrünen Augen. Sein Herz schlug so schnell, dass er es selber hören konnte, und die üblichen Kopfschmerzen dröhnten hinter seinen Augen.

Johanns sarkastisches Lächeln verschwand. Er zog seine Beine zurück, weiter weg von Ian. »Sie *haben* meine Gedanken gelesen. Ich habe an meine Frau gedacht.«

Ian wusste, dass er jetzt eigentlich nichts sagen sollte, dass er sich in die eisige Stille zurückziehen sollte, die seit so langer Zeit seine Welt war. Doch diesmal schaffte er das nicht. Er war zu erschüttert von dem, was er gesehen und gefühlt hatte. »Ich hatte ja keine Ahnung …«

Johanns ganzes Gesicht schien sich zu entspannen. Zum ersten Mal lag kein Zynismus in seinem Blick, und sein Mund war nicht bitter verzogen. »Wie alle anderen, so haben auch Sie gehört, dass es ein Skandal war.« Er schüttelte den Kopf. »Es war ein Verbrechen.«

Schweigen senkte sich über die beiden, unangenehmer als zuvor. »Wissen Sie«, begann Johann dann, und seine Stimme klang so leise, dass Ian sich fragte, ob er überhaupt die Absicht gehabt hatte, etwas zu sagen. »Ich habe mich in Marie verliebt, gleich im ersten Augenblick, als ich sie sah.«

Ian wusste nicht, was er darauf antworten sollte. »Sie muss all das gewesen sein, was Sie sich vorgestellt haben.«

»Nein.« Johann wandte sich ab und starrte aus dem trüben Fenster. Seine Schultern sanken ein wenig nach vorn, den Kopf legte er müde gegen die Wand. »Sie war anders, meine kleine

Marie. Die Menschen nannten sie eine Hure – natürlich war sie das auch. Aber um die Wahrheit in ihr zu finden, musste ich tiefer schauen. Hinter die ganze Schminke und die obszöne Kleidung und hinter ihre geübten Worte.« Er wandte sich wieder zu Ian, und nicht länger konnte er die Tränen in seinen Augen verbergen. »Ich musste sie mit meinem Herzen sehen und musste die Welt zum Teufel schicken. Als sie die Syphilis bekam, bin ich bei ihr geblieben und habe sie bis zum Ende gepflegt.«

»Und du siehst, was du davon gehabt hast.«

»Meinen Tod?« Johann lachte leise, ein überraschend ehrliches Lachen. »War das alles, was Sie gefühlt haben, als Sie mich berührten, Ian? Berühren Sie mich ruhig noch einmal. Die guten Erinnerungen überwiegen die schlechten, und sie zu lieben, war ein würdiger Preis dafür. Ich bin in dem Augenblick gestorben, als sie starb ... Mein Körper weiß das nur noch nicht.«

Ian erinnerte sich an den Schmerz, den er bei der kurzen Berührung gefühlt hatte, und wusste, dass Johann die Wahrheit sagte. Er sah weg und gönnte Johann das bisschen Privatsphäre, das in der engen Kutsche möglich war. Er starrte aus dem Fenster, sah das letzte der weißen Häuser vor seinen Augen verschwinden, während die Kutsche in die schattigen, abweisenden Wälder rumpelte. Der unbefestigte Weg führte zwischen Hainen von Ahorn und Kiefern hindurch, die an einigen Stellen so dicht waren, dass man sich in ihrer Dunkelheit verlaufen konnte. Sie würden tief in die Wälder von Maine eindringen, in einen Ort, der noch unerschlossen und wild war, wo die Nacht früh anbrach und der süße Duft nach Moos und Lehm und Geheimnissen zu Hause war. Ein Ort, der von der »anständigen« Gesellschaft gemieden wurde.

Das Hospital in Pollusk war wie alle anderen staatlichen Nervenheilanstalten. Kalt, abgelegen, unbeachtet. Es war der Sitz der Angst in einer verschlafenen Gesellschaft, etwas, das die Einwohner von Maine alle wollten, doch nicht in ihrer Stadt, nicht in der Nähe ihrer kostbaren Kinder. Er wusste, ohne dass er erst danach hätte fragen müssen, dass es ein Ort war, den Geschichten umgaben, Schauergeschichten, die bei Familienfeiern wieder und wieder erzählt wurden, Drohungen, die erschöpfte Eltern erzählten, um ungezogene Kinder im Zaum zu halten. Diese Geschichten handelten von Mördern und Kinderschändern, sie entbehrten auch nicht jeder Grundlage – das reichte, um den braven Bürgern Angst zu machen, um diesen Ort zu isolieren und zu vergessen.

Er hatte das alles schon erlebt. In den frühen Jahren, als er gerade ins Haus Lethe zurückgekehrt war, war Ian ab und zu in die Stadt gefahren. Überall, wohin er auch kam, hörte er Flüstern, fühlte er Blicke. Alte Damen bekreuzigten sich, wenn er an ihnen vorüberging. Eine von ihnen war sogar ohnmächtig geworden, als er sie angesehen hatte.

Ja, er wusste, wie es war, wenn jemand sich vor einem fürchtete und wenn man ignoriert wurde. Und diese guten Menschen von Maine waren sehr wahrscheinlich auch nicht anders als die Menschen zu Hause. Sie hassten das, was sie fürchteten, und sie fürchteten sich vor jedem, der anders war.

Unglücklicherweise war diese Nervenheilanstalt, wie all die anderen auch, nicht mit Mördern gefüllt. Stattdessen beherbergte sie die verlorenen Seelen der Gesellschaft. Es waren Menschen, die unter Melancholie litten, unter Demenz, Manien, Monomanien und Schwachsinn. Es waren traurige, einsame Menschen, so wie seine Mutter, die eher sich selbst verletzen würden als einen anderen Menschen, der zufällig vorüberging.

Aber natürlich würden das die guten Menschen von Pollusk niemals glauben.

Die Kutsche hielt mit einem Ruck an.

Keiner der beiden bewegte sich. Es war Johann, der schließlich das Schweigen brach. »Ich hasse diesen gottverlassenen Ort.« Ein Schauer rann durch seinen Körper, dann griff er nach seinem Umhang. »Ich war auch hier, müssen Sie wissen. Als ich mich damals in Marie verliebte, habe ich meinem Vater erklärt, dass ich sie heiraten wollte. Der große Frederick Strassborg hat mich verprügelt, bis ich halb tot war, und dann hat er mir erklärt, dass sein Sohn niemals eine Hure heiraten würde.« Er lachte leise und bitter auf. »Aber ich war noch nie gut darin, auf jemanden zu hören. Marie und ich sind weggelaufen, um zu heiraten, und mein Vater hat uns gefunden. Er hat mich aus der Kirche weggezerrt und mich hierher gebracht. Das Gesetz geht ein wenig lax um mit Familienangelegenheiten, wie Sie sehr wohl wissen. Ich wurde drei Jahre hier eingesperrt – so lange hat es gedauert, bis ich mich zu einer Entschuldigung durchringen konnte und zu dem Versprechen, Marie nie wiederzusehen.«

Ian wollte sich gar nicht auf ein persönliches Gespräch mit Johann einlassen, doch er konnte nicht anders, diese Frage musste er stellen. »Und was ist dann geschehen?«

Johann grinste ihn an. »Ich war auch nie gut darin, ein Versprechen zu halten.«

Die Türklinke der Kutsche bewegte sich, und die mit Samt gepolsterte Tür öffnete sich. Der ältliche Kutscher stand davor. Hinter ihm lag das Hospital, inmitten von Bäumen, wie ein großer Raubvogel, schweigend und aufmerksam. »Wir sind da, Doktor.«

Für den Bruchteil einer Sekunde war Ians Furcht so groß, dass er sich nicht bewegen konnte, dass er kaum Luft holen konnte.

»Sie brauchen die Antworten, Ian«, sagte Johann ruhig.

Ian wusste, dass er Recht hatte, doch damit war die Furcht noch nicht besiegt. Er griff nach seinem Umhang und legte ihn um die Schultern, weil ihm plötzlich kalt geworden war. »Lasse es nicht zu, dass mich jemand berührt, Johann.«

Johann lächelte ihn traurig an. »Ist es denn nicht das, worum es bei dieser kleinen Reise geht, Herr Doktor?«

Ian tat so, als hätte er ihn nicht verstanden. Ohne eine Antwort stieg er aus der Kutsche und machte sich auf den langen Weg zu der Nervenheilanstalt.

Sie lag ausgebreitet vor ihm, wartend. Ein großes Tor inmitten langer Granitmauern und eine sorgfältig gestutzte grüne Hecke rahmten den Weg ein und begrenzten das riesige Haus. Bäume wachten über allem, sie schwankten leise im Abendwind, flüsterten von den Dingen, die sie an diesem Ort gesehen hatten, von den Schreien, die sie gehört hatten.

Johann trat neben ihn. »Bereit?«

Ian hatte gar nicht bemerkt, dass er stehen geblieben war. Er stand auf der Treppe und starrte auf die geschlossene Tür. Teufel, nein, er war nicht bereit, diesen Ort noch einmal zu betreten.

Er war ein Dummkopf, dass er überhaupt hierher gekommen war, dass er sich für eine Frau, deren Zustand sich nicht bessern würde, in die Höhle des Löwen begab.

Ian hatte das verrückte Bedürfnis, wegzulaufen, zurück zu der Kutsche, zurück zu dem isolierten Haus im Wald, wo die Erinnerungen lauerten, sich aber nicht aufdrängten. Noch verrückter, er hatte den Wunsch, sich Johann anzuvertrauen, die ganze schäbige Geschichte herauszulassen, das, was sich an diesem Ort zugetragen hatte, die Geschichte von Ians Verrat.

Die Zeit stand still, er holte vorsichtig Luft.

Der Augenblick der Schwäche ging vorüber. »Es geht mir gut.« Ian streckte die Hand nach dem Türgriff aus, doch dann hielt er inne und sah Johann an. »Kannst du reingehen?«

Johann lächelte. »Das ist eine Frage, die Ian gar nicht ähnlich sieht.« Sein Lächeln schwand. »Ja, das kann ich.«

Ian nickte nur, dann klopfte er an.

Augenblicke später wurde die Tür geöffnet. Ein missmutiger, dunkelhäutiger Mann mit muskulösen Armen stand vor ihnen. »Verrückte werden nur tagsüber entlassen.« Er griff nach der Tür und wollte sie zuschlagen.

Ian stieß die Tür so heftig auf, dass der Wachmann zurückstolperte. Mit schnellen Bewegungen schoben er und Johann sich gleichzeitig ins Haus.

Der Geruch ungewaschener Körper traf ihn hart. Beinahe wäre Ian davor zurückgewichen. Einen schrecklichen Augenblick lang glaubte er, ihm würde übel. Er schluckte und presste die Augen zusammen. Stimmen ertönten in den dunklen Fluren, ein dröhnendes, unerträgliches Summen.

Der Wachmann kam auf sie zu. »Also, einen Augenblick mal …«

Johann stellte schnell das Bein nach vorn, und der Mann stolperte darüber und fiel hin. »Oh. War ich das?« Johann legte eine Hand an den Hals und schnalzte mit der Zunge. »Das tut mir so Leid.«

Der Wachmann kam wieder auf die Beine. »Es wird dir noch viel mehr Leid tun, du Halunke.«

Johann streckte ihm die Hand entgegen. »Ich sollte vielleicht meinen … Arbeitgeber vorstellen. Das ist Dr. Ian Carrick.«

Der Mann erstarrte mitten in der Bewegung. Ganz langsam wandte er sich zu Ian um. Sein Gesicht legte sich nachdenklich in Falten. »Sie sind Dr. Carrick?«

Ian kannte diesen Blick, tausendmal hatte er ihn schon gesehen, das langsame Begreifen, dass der Gegenstand so vieler Gerüchte leibhaftig vor einem stand. Neugier, und dann langsam erwachende Furcht.

Der Wachmann trat einen Schritt zurück – auch eine Ian wohlbekannte Reaktion. »Dr. Wellsby hat gesagt, dass Sie kommen. Ich habe ihm nicht geglaubt.«

»Zweifellos war es Ihre Intelligenz, die Ihnen diesen Job hier beschert hat«, meinte Johann gedehnt und verschränkte in einer großartigen Geste die Arme vor der Brust. »Und jetzt bringen Sie uns zu dem Leiter des Hauses.«

Der Wachmann lief um sie herum und schlug die Tür zu, dann stolperte er vor lauter Hast beinahe über seine eigenen Füße. Er wirbelte herum. »Dritte Tür rechts. Sie können mir folgen. Ich … ich werde vorausgehen und Dr. Wellsby sagen, dass Sie hier sind.« Er war schon weg, noch ehe das Echo seiner Worte verhallt war. Das schnelle Stampfen seiner Schritte verschwand in einem dunklen Korridor.

»Behandeln die Leute Sie immer so?«, wollte Johann wissen.

Ian fühlte sich unbeschreiblich alt und müde. »Das ist ein Irrtum.«

»Dann folgen Sie mir, Ian. Ich irre mich ständig.« Johann wandte sich um und begann, den Flur zu durchqueren.

Ian stand in dem schattigen Dunkel und fühlte sich unendlich allein. Geräusche drangen auf seine Ohren ein, der widerhallende Schrei einer Frau, das gedämpfte Schlurfen von Schritten, die ständig im Kreis gingen, das Geplapper einer unsinnigen Unterhaltung.

Es war alles so wie früher, es machte ihn krank. Der gleiche Geruch, das gleiche, unglaubliche Brüllen von schmerzverzerrten Stimmen. Eine Sekunde lang konnte Ian sich nicht mehr bewegen. Wie erstarrt stand er da.

Es stinkt hier, Ian. Ich fürchte mich.

Er begann zu zittern und zog seinen Umhang noch fester um sich. Die Luft war stickig und bewegungslos, der Geruch von Tod und Sterben und Misshandlung hing schwer in der Luft.

Es tut mir so Leid, Ian. Was auch immer ich getan habe ... es tut mir Leid. Bitte, lass mich nicht hier. Oh, Gott ... bitte, Ian ...

Irgendwo schlug eine Tür zu, und das Geräusch riss Ian aus dem Strudel seiner Erinnerungen. Vor ihm blieb Johann stehen und wandte sich zu ihm um.

»Dieser Ort lässt alle Dämonen wieder frei, nicht wahr?« Johanns Stimme zitterte.

Ian antwortete ihm nicht. Er zwang sich, weiterzugehen, durch die Dunkelheit, in einen anderen Flur, in dem Gasleuchter oben an der Wand hingen und ab und zu die Düsternis durchbrachen.

Sie bogen um eine Ecke, und plötzlich waren überall Menschen, sie versammelten sich um die wenigen Lichtquellen, wie verzweifelte Motten zum Licht und zur Wärme drängen. Sie sprachen miteinander und mit sich selbst, mit leisen, eintönigen Stimmen ohne jegliche Gefühlsregungen.

Ian ging weiter, an einem Mann vorbei, der andauernd mit dem Kopf gegen die Wand schlug, an einer Frau mit ausdruckslosem Gesicht, die sich in einer schattigen Ecke zusammengekauert hatte und sich ganz langsam die Haare mitsamt den Wurzeln auszog, an einem Mann in einer Zwangsjacke vorbei, der so heftig auf seiner Zunge kaute, dass ihm das Blut aus dem Mund über die Bartstoppeln an seinem Kinn rann und auf das schmutzige graue Leinen seiner Hose tropfte.

Lass mich nicht hier, Ian. Bitte…

»Oh Gott…«, ächzte Johann.

Irgendwo wurde eine Tür geöffnet. »Ian!«, dröhnte eine Männerstimme.

Die Menschen zerstreuten sich bei diesem Geräusch. Wie auf ein Kommando sprangen sie auf und verschwanden in den versteckten Winkeln, aus denen sie gekommen waren, wie Insekten, die zurück unter einen kalten Stein huschen.

Der Anstaltsleiter, Giles Wellsby, kam den Flur hinunter, mit ausgestreckter Hand. »Ian, alter Junge, was für eine Überraschung. Verdammt gut, Sie wiederzusehen. Nach all den Einladungen zu den vielen Weihnachtspartys, die Sie abgelehnt haben, hatte ich schon befürchtet, dass Sie gestorben wären.«

Ian starrte voller Entsetzen auf die ausgestreckte Hand des Mannes. Er versuchte verzweifelt, dieses kindische Gefühl zu unterdrücken, doch je mehr er es versuchte, desto schlimmer wurde es. Es ist doch nur eine einfache Begrüßung, sagte er sich, mehr nicht. Nur eine verdammte Art, sich guten Tag zu sagen.

Giles blieb vor ihm stehen. »Ian?« Das schlanke, blasse Gesicht nahm einen höchst missbilligenden Ausdruck an.

Ian wusste, dass er reagieren musste, und zwar *sofort*. Wenn er das nicht tat, wäre diese ganze Reise umsonst gewesen. Giles würde Ian wie einen Ausgestoßenen behandeln und nicht wie einen Kollegen. Er holte tief Luft, bereitete sich auf den Ansturm der Bilder vor und schob seine Hand in die des Anstaltsleiters. »Giles«, sagte er steif. »Wie geht es Ihnen?«

Sie drückten einander die Hände. Giles' Gedanken stürmten in Ians Kopf, ein Durcheinander von Bildern und Worten und Gefühlen. *Was ist mit ihm geschehen? Gerüchte ... psychische Probleme ... hat den Verstand verloren ... sieht schlimm aus ...*

»Gut, Sie zu sehen, Ian. Sie sehen großartig aus«, meinte Giles mit einem breiten Lächeln, bei dem er die Zähne zeigte. Er war viel zu sehr der Gentleman alter Schule, um die Fragen zu stellen, die ihn beschäftigten, und Ian war froh darüber. »Meine Frau hat mich erst kürzlich nach Ihnen gefragt.«

Ian entzog ihm seine Hand. Sofort verschwanden die Bilder wieder, und die Kopfschmerzen begannen. Er versuchte sich daran zu erinnern, was der Mann ihn gerade gefragt hatte, doch das gelang ihm nicht. Er sah auf ihn hinunter und wusste, dass sein Blick so ausdruckslos war wie der eines Idioten, doch er konnte es nicht ändern.

»Ian?«, drängte Giles.

Johann trat vor und streckte ihm die Hand entgegen. »Ich bin Johann Strassborg.«

Giles schien überrascht über diese Unterbrechung. Langsam wandte er sich um und schüttelte Johann die Hand. Eine Falte erschien auf seiner Stirn. »Strassborg? Ich erinnere mich an einen Patienten ...« Sein Kopf fuhr hoch, und alle Farbe wich aus seinem Gesicht.

»Ich sehe, Sie erinnern sich an mich«, meinte Johann.

Die Farbe kehrte unvermittelt in Giles' fahle Wangen zurück. Er räusperte sich und wandte sich dann wieder an Ian. »Also, was verschlägt Sie in diesen Winkel der Wälder, nach all den Jahren?«

Ian warf Johann einen dankbaren Blick zu, dann wandte er sich an den Anstaltsleiter. »Als ich das letzte Mal hier war, hatten Sie gerade eine Frau aufgenommen, die vom Pferd gefallen war. Sie hatte sich den Kopf an einem Stein aufgeschlagen.«

Giles nickte. »Elizabeth.«

»Ich habe eine ähnliche Patientin. Eine Frau, die bewusstlos zu mir gebracht wurde. Sie lag im Koma. Als sie schließlich aufwachte, zeigte sie gravierende Sprachprobleme und … auch noch andere Dinge.«

Giles zupfte an seinem spitzen Kinn. »Verlust des Sprechvermögens?«

»Ja, aber da scheint noch mehr zu sein. Gewiss sind, wie nicht anders zu erwarten, Probleme mit Satzbau, Formenlehre und Wortbedeutung festzustellen. Darüber hinaus aber zeigt sie auch schwerwiegende geistige Mängel. Sehr wahrscheinlich handelt es sich um einen Hirnschaden, aber ich denke, es könnte auch eine ungewöhnliche Form der Amnesie sein.«

»Und was wollen Sie damit sagen?«

»Es ist nicht nur die augenblickliche Unfähigkeit, sich an die Erfahrungen ihrer Vergangenheit zu erinnern. Es ist … umfassender. Sie hat nicht nur keine Ahnung, wie sie heißt oder woher sie gekommen ist oder wer sie ist, sie erinnert sich auch nicht an die grundlegenden Kenntnisse, die sie sich früher angeeignet haben *muss*. Sie ist … wie ein Kind. Wie ein Kleinkind, bei Gott. Sie weiß nicht, dass Feuer heiß ist oder dass Glas fest ist oder dass eine tote Maus kein Spielzeug ist. Sie spricht mit den Blättern und erwartet, dass sie ihr antworten.«

Giles runzelte die Stirn. »Also der vollkommene Verlust all dessen, was sie einmal gelernt hat, und auch der Verlust der Identität. Sehr ungewöhnlich. Möchten Sie sie zur Untersuchung hierher schicken? Ich könnte sicher …«

»Nein!«

Giles erstarrte und zog sich ein wenig zurück, offensichtlich war er eingeschnappt. »Ah, also gut. Was kann ich dann für Sie tun?«

»Es tut mir Leid, Giles. Es ist nicht wegen Ihnen, ich bin ja gekommen, weil Sie der beste Nervenarzt sind, den ich kenne. Es ist nur dieser Ort hier. Die Erinnerungen …« Er beendete den Satz nicht.

Giles' Gesicht wurde ein wenig sanfter. »Ich verstehe. Und wie geht es der wunderschönen Maeve?«

»Es ist noch immer das Gleiche, fürchte ich.«

Giles nickte bedächtig.

Schweigen senkte sich über die drei, dann räusperte sich Giles. »Also, zurück zum Grund Ihres Kommens. Sie möchten Elizabeth sehen und wissen, wie es ihr geht, nehme ich an.«

Ians Herz schien einen Herzschlag lang auszusetzen. »Lebt sie noch?«

»Ja«, antwortet Giles, mit einer Stimme, die so leise war, dass Ian ihn kaum hören konnte. »Sie lebt noch, und sie ist noch hier.«

Noch hier. Das war kein gutes Zeichen.

Ian fürchtete sich vor der nächsten Frage. »Gab es eine Besserung?«

»Ich denke, Sie sehen sich Elizabeth besser selber an, Ian. Danach können wir uns über die Einzelheiten unterhalten.«

9

Der düstere Flur war wieder voll von denselben, grau gekleideten Menschen, die ziellos hin und her schlurften. Ian ging steif hindurch, Johann an seiner rechten und Giles an seiner linken Seite.

Eine alte, grauhaarige Frau warf sich auf Giles, ihre knochigen Finger krallten sich an ihn. Sie schrie, spuckte und riss an ihrer Kleidung. »Ich muss hier weg, Direktor Wellsby …«

Giles ging einfach weiter, und die Frau sank schluchzend zu seinen Füßen nieder.

Menschen, überall waren Menschen. Sie schrien auf, streckten die Hände nach ihnen aus und brüllten, um gehört zu werden. Ihre Bitten vermischten sich, wurden zu einem großen, durchdringenden Schrei.

»... ein schrecklicher Fehler ...«

»Mein Mann, haben Sie meinen Mann heute schon gesehen, Direktor Wellsby ...«

»Ich ertrinke, ertrinke ...«

Ian versuchte, nicht auf die Stimmen zu hören, nichts anderes zu beachten als das Geräusch ihrer Schritte auf dem Marmorboden oder das leise Klirren von Giles' Schlüsseln, doch das war unmöglich. Der Lärm war ohrenbetäubend.

Sie bogen um eine Ecke, und hier, wie auf Kommando, zerstreuten sich die Menschen, und es blieb nur ein dunkler und verlassener Flur zurück. Von den Wänden gingen geschlossene Türen ab, fensterlos und verriegelt. Leise, stöhnende Stimmen drangen durch die Türen und hingen in der feuchten Luft.

»Dies ist die Station der Katatoniker«, erklärte Giles. »Sogar die anderen Insassen fürchten sich davor, in diesen Flur zu kommen.« An der letzten Tür blieb er stehen. Er griff nach dem riesigen Schlüsselring, der an seinem Gürtel hing, hob die klirrenden Schlüssel hoch und suchte einen von ihnen heraus.

Er steckte ihn in das rostige Schloss und drehte ihn um. Ehe er die Tür öffnete, wandte er sich an Ian. In dem blassen Licht der Gaslampen schien es, als sei Giles während des kurzen Weges hierher um zehn Jahre gealtert. Seine Wangen waren wächsern, sein Gesicht von kleinen Falten durchzogen. »Wenn sie erst einmal hier sind, kommen sie nie wieder heraus.«

Mit einem leisen Quietschen öffnete sich die Tür in einen Raum, der erstaunlich groß und behaglich eingerichtet war. An den elfenbeinfarben gestrichenen Wänden hingen hübsche Bilder, ein großes Bett stand an der Wand, bezogen mit schneeweißen Laken.

Eine alte Frau saß in einem Schaukelstuhl, den Kopf hatte sie zu dem vergitterten Fenster zu ihrer Linken gewandt. Lange Strähnen gelockten grauen Haars rahmten ihr Gesicht ein und fielen bis in ihren Schoß. Ian hörte das leise Murmeln ihrer Stimme, doch konnte er keine Worte verstehen, es war nur ein

Durcheinander von verwirrtem, stockendem Gerede. Die Hände in ihrem Schoß waren verkrampft, wie Angelhaken sahen sie aus. Ein silberner, mit Diamanten besetzter Ring glänzte am Mittelfinger ihrer linken Hand.

»Elizabeth?« Lautlos sprach Giles ihren Namen aus.

Sie bewegte sich nicht, sah auch nicht auf.

Giles winkte den beiden Männern, ihm zu folgen, als er langsam zu dem Stuhl hinüberging und sich vor die Frau kniete. »Elizabeth, Liebling, ich habe ein paar Leute mitgebracht, die dich besuchen wollen.«

Für einen langen, atemlosen Moment reagierte sie nicht, dann wandte sie sich ganz langsam, als würden die Bewegungen schmerzen, vom Fenster ab. Blasses Mondlicht fiel durch das Fenster auf ihr schmales Gesicht.

Sie war viel jünger, als Ian erwartet hatte, und selbst in dem schwachen Licht konnte er erkennen, dass sie früher einmal eine atemberaubende Schönheit gewesen sein musste. Dichte schwarze Wimpern umrahmten Augen von der Farbe des Whiskeys, Augen, die jetzt leer und ausdruckslos waren. Ein silberner Speichelfaden hing wie eine Spinnwebe aus ihrem Mundwinkel und bildete einen feuchten Fleck auf ihrem blauen Kleid.

Giles zog ein blütenweißes Taschentuch aus der Tasche seiner Jacke und wischte ihr den Speichel von den Lippen. Sie blinzelte und versuchte, ihn anzusehen.

»Das … Papier«, sagte sie mit krächzender Stimme. »Gleiten oder Frühling.« Sie hob das Kinn ein wenig und sah vorsichtig mit ausdruckslosem Blick durch das Zimmer. »Wein das trinken Gras.« Dann wandte sie sich wieder ab und starrte aus dem Fenster. Ihr Schaukelstuhl begann sich zu bewegen, hin und her, hin und her, in einem holprigen Rhythmus.

Giles ließ den Kopf hängen. »Ob Sie es nun glauben oder nicht«, sagte er, ohne sich einem der beiden zuzuwenden. »Das ist ein guter Tag für sie.«

Ian wollte zwischen Elizabeth und Selena unterscheiden. Er

versuchte, nicht an die Ähnlichkeit ihrer beiden Fälle zu denken – die unsinnigen Sätze, die Verletzung selbst –, er suchte nach Dingen, die anders waren, irgendwelche Kleinigkeiten, die Selenas Prognose anders ausfallen lassen würden als die von Elizabeth.

Giles hatte sich nicht genug bemüht. Ja, das könnte der Unterschied sein. Vielleicht hatte Giles zu früh aufgegeben, und es gab noch Hoffnung …

Er klammerte sich an diesen Gedanken. »Welche Behandlungsmethoden haben Sie versucht?«

»Alles. Schockbehandlung, Umschläge, Eisbäder. Jede auch nur halbwegs entwickelte Theorie, die mir unterkam – sogar die Psychoanalyse dieses verrückten Freud. Nichts hat geklappt. Sie ist nicht verrückt, Ian. Sie hat einen Hirnschaden. Schlicht und einfach.« Er zuckte mit den Schultern. »Ihr Gehirn arbeitet einfach nicht mehr. Sie kann ein paar Worte nachsprechen, wie ein Papagei, sie kann selbst essen und kann sogar gehen, wenn sie es möchte, aber das ist auch schon alles. Ab und zu überrascht sie mich mit einem Satz, der einen Sinn ergibt, aber nicht sehr oft, und ihr Zustand bessert sich nie.«

»Wenn Sie vielleicht versuchen würden …«

Giles wandte sich an Ian. Eine Träne rann über seine Wange, und er machte sich auch gar nicht die Mühe, sie vor Ian zu verbergen. »Sie ist meine Tochter.«

Eine Sekunde lang konnte Ian ihm nicht antworten. Scham stieg in ihm auf. »Oh Gott, Giles. Das tut mir so Leid.«

Ian wollte am liebsten sofort diese Hölle hier verlassen und nie wieder zurückschauen. Aber er konnte die zarte Hoffnung, die ihm geblieben war, nicht so einfach aufgeben. Er musste Elizabeth berühren, musste in ihre Seele eindringen und sehen, was in ihrem Kopf war. Er musste wissen …

»Lassen Sie mich einen Augenblick mit ihr allein.« Er hatte diese Worte bereits ausgesprochen, ehe er sie hätte zurückhalten können.

Giles' Kopf fuhr hoch. Aus tränenfeuchten Augen sah er Ian durchdringend an. »Warum?«

»Ich muss ihre Hand berühren. Das ist alles. Es wird nur einen Augenblick lang dauern.«

»Dann stimmt es also? Die Gerüchte, dass Sie mit einer Berührung die Gedanken eines Menschen lesen können?«

»Manchmal«, antwortete Ian, dann gestand er die Wahrheit. »Normalerweise.«

Giles stand auf und sah Ian an. »Und wenn ich nun nicht wissen möchte, was sie fühlt?«

Ian sah ihn unverwandt an. »Willkommen in meinem Albtraum, Giles.«

Giles wandte sich ein wenig ab und starrte mit trüben Augen aus dem Fenster. »Wenn sie Schmerzen fühlt... wenn sie irgendwo in diesem Körper ist, allein und verletzt und verloren... sagen Sie es mir nicht. Um Gottes willen, sagen Sie mir das bloß nicht.«

Ohne ein weiteres Wort wandte sich Giles ab und verließ das Zimmer. Johann folgte ihm und schloss die Tür leise hinter sich.

Ian kniete vor der jungen Frau. Sie schien ihn überhaupt nicht zu bemerken. Sie schaukelte hin und her und summte leise vor sich hin. Wieder rann ein Speichelfaden über ihr Kinn.

»Elizabeth?« Leise sagte er ihren Namen und wünschte, sie würde darauf reagieren.

Doch sie schaukelte immer weiter und summte. Ein leises Kichern kam aus ihrem Mund.

Er zog einen Handschuh aus und griff nach Elizabeths Hand. Ihre Finger waren eiskalt und so fest verkrampft, als seien sie aus Stahl.

Bei der ersten Berührung fühlte er gar nichts. Keine Gefühle, keine Bilder oder Gedanken, und in ihm tauchte die Vermutung auf, dass er vielleicht solche gebrochenen Menschen nicht »lesen« könnte.

Ian schob seine Hand in ihre, schloss seine warmen Finger

um ihre kühle Haut und drückte zu. Hitze brannte plötzlich in seinen Fingerspitzen und pulsierte.

Ein Bild schlich sich in seine Gedanken, beinahe schüchtern tanzte es zunächst am Rande seines Bewusstseins. Er musste sich bemühen, es zu greifen, er konzentrierte sich darauf wie noch nie zuvor auf etwas.

Grüne Wiesen voller Blumen … Regentropfen, die von einem Herbstblatt auf das andere tropfen … ein geflecktes graues Pony, das an einem gewundenen, silbrigen Fluss entlang trabt.

Sie hörte auf zu schaukeln und sah zu ihm hinunter. Ihr apathischer Blick ruhte auf ihm.

»Elizabeth?«

Es sah so aus, als würde sie lächeln. »Elizabeth«, wiederholte sie.

Ein junges Mädchen mit schwarzem Haar, das Blumen pflückt …

Langsam zog Ian seine Hand zurück. Sie verbrachte ihr Leben nicht in Schmerzen, dessen war er gewiss. Sie lebte *in* überhaupt nichts. Sie war wie eine leere Tafel, eine schwache Erwachsene mit dem Verstand eines Kindes, die niemals wieder gesund werden würde, nie wieder so werden würde, wie sie einmal war. Sie war ein Nichts, im Körper einer Frau, die die Grundzüge der Sprache zwar kannte, aber nicht die Fähigkeit besaß, zu verstehen oder etwas auszudrücken oder zu fühlen.

Eine Sekunde lang konnte er nicht atmen, so groß war der Schmerz in seiner Brust. Der letzte Funken Hoffnung starb.

Er hatte sich geirrt. Er hatte geglaubt, dass die Betreuung von Selena so sein würde wie die für Maeve. Aber es war noch viel schlimmer. Wenigstens kannte Maeve ihren Namen und hatte einige gute Tage. Selbst Elizabeth, deren Hirn so sehr verletzt war, dass es nie wieder heilen würde, hatte Gedanken in ihrem schönen Kopf. Selena hatte gar nichts. Ihr Verstand war verschwunden, der Kopf leer. Es gab nichts zu sehen, keine Bilder, die er aufnehmen konnte.

Sie war auf keinen Fall seine Chance zur beruflichen Rettung.

Der Fischer hatte Recht gehabt, sie ins Haus Lethe zu bringen. Dorthin gehörte sie, unter die anderen Halbidioten und Verrückten, denen es niemals besser gehen würde. Bei dieser Erkenntnis empfand er brennende Scham und dann schmerzhaften Verlust. Scham, weil er, wie üblich, auch diesmal nur an sich selbst gedacht hatte, an seine Bedürfnisse, und Verlust, weil die Wunschvorstellung, die er geschaffen hatte, in Millionen Scherben zerbrochen war. Er konnte Selena niemals heilen, niemals einen lebensvollen Menschen formen aus der Mitleid erregenden Frau, die wie eine Hülle vor ihm saß. Er konnte für Selena sorgen, aber sie brauchte keinen Arzt. Sie bedeutete nichts für ihn. Sie waren einfach nur zwei Menschen, die unter dem gleichen Dach lebten, an einem Ort, an dem verlorene, einsame Menschen zusammenkamen, aber nie wirklich miteinander in Verbindung traten.

Es war die beste Beschreibung der Hölle, die er je gehört hatte.

Selena. Elizabeth. SelenaElizabeth. Die Bilder der beiden Frauen verschwammen in seinem Kopf, verschmolzen ineinander, bis sie nicht mehr auseinander zu halten waren.

Es gab keine Zukunft für seine geheimnisvolle Göttin, nur ein Leben voller stetiger Fürsorge, Jahre, die sie in einem Sessel sitzend verbringen würde, in denen sie tote Tiere streicheln und vor sich hin murmeln würde.

Und es gab durch sie auch keine Zukunft für Ian. Nur die gleiche dunkle, einsame Gegenwart, die sich vor ihm ausbreitete wie eine Gefängnisstrafe in Einzelhaft.

Mit einem erschöpften Seufzer richtete er sich wieder auf und verließ das Zimmer.

Draußen im dunklen Flur standen Giles und Johann Seite an Seite. Giles sah zu Ian auf, eine große Frage stand in seinem Blick.

Ian schloss die Tür hinter sich und versuchte, die Kopfschmerzen zu ignorieren, die an seinem Hinterkopf begannen. »Sie hat keine Schmerzen, Giles. Sie … sie lebt in der Vergangenheit. Ich nehme an, in ihrer Kindheit. Ich habe noch nie zuvor von einem Menschen so glückliche, friedliche Gedanken gefühlt.«

Giles' Gesicht entspannte sich. »Oh, Gott sei Dank …«

Zum ersten Mal empfand Ian eine gewisse Freude über seinen Fluch. »Es freut mich, Ihnen das sagen zu können, Giles.«

Giles wischte sich über die Augen, dann sah er wieder auf. »Und jetzt möchte ich Ihnen etwas sagen, Ian. Ich weiß, welche Sorgen Sie mit Maeve gehabt haben, und glauben Sie mir, es ist nichts, verglichen mit der Hölle eines Hirnschadens. Ich würde meine Seele geben für einen kurzen Augenblick im Jahr, in dem Elizabeth weiß, wer ich bin.«

Ian nickte. Er wusste, dass Giles mehr von ihm erwartete, aber er fand die Worte nicht, wusste nicht, was er sagen sollte.

»Erwarten Sie gar nichts von Ihrer Patientin. Schicken Sie sie nach Bloomingdale oder nach Danvers. Vergessen Sie sie, und investieren Sie keine Gefühle. Diese Dinge …« Giles' Stimme zitterte vor Bewegung. »Sie können Ihnen das Herz brechen.«

Ian konnte ihm nicht antworten. Er nickte nur, dann wandte er sich um und ging den dunklen Flur entlang. Er hörte Giles und Johann hinter sich, doch er kümmerte sich nicht um sie, achtete nicht auf sie. Er wollte nur noch aus dieser Hölle verschwinden.

Die Kutsche holperte durch die Gegend, über eine schwarze, unbefestigte Straße nach der anderen. Wind wehte gegen die Kutsche, Regen prasselte auf das Dach. Von der kleinen Laterne, die außen an der Kutsche angebracht war, fiel unregelmäßiges Licht in das Innere.

Ian zog den Umhang bis zum Hals eng zusammen. Ihm war kalt, kälter als ihm je gewesen war, doch auch unter dem Umhang fand er keine Wärme.

Er brauchte einen Krug mit Whiskey. Vielleicht könnte er sich mit dieser Hilfe an einem dunklen, kalten Ort verstecken und trinken, bis er blind und taub war, bis es nichts mehr auf dieser Welt gab, das ihn berührte.

»Sie haben genau das bekommen, was Sie erwartet haben, würde ich sagen«, brach Johann endlich das Schweigen, und Ian fühlte, dass er nur auf den richtigen Zeitpunkt gewartet hatte. »Aber irgendwie bekommen wir das doch alle.«

Es kostete Ian größte Anstrengung, den Kopf zu heben. Er zog das Kinn nur so weit hoch, dass er dem Mann auf dem Sitz gegenüber einen vorsichtigen Blick zuwerfen konnte. »Schleierhaft und philosophisch. Ich sehe, du bist wieder ganz der Alte, Johann.«

»Dann sind wir schon zu zweit.«

»Was soll das heißen?«

»Der kurze Flirt mit der Menschlichkeit ist vorüber.«

»Sprich nur weiter, Johann. Dann werde ich mich in kürzester Zeit im Koma befinden.«

Zorn blitzte in Johanns Augen auf. »Sie sind der blindeste, selbstsüchtigste, selbstversessenste Mensch, den ich je kennen gelernt habe. Sie machen mich krank.«

»Oh, hör auf. Du brichst mir das Herz.«

Johann beugte sich vor. »Sie Dummkopf. Sie sind von den Göttern auserwählt worden, Großartiges zu leisten, aber Sie lassen Ihre Fähigkeiten einfach verkommen, wie ein verwöhntes Kind.«

Ian seufzte schwer. Er sah in Johanns ernstes Gesicht und fühlte sich plötzlich alt – viel zu alt für einen fünfunddreißigjährigen Mann.

»Selena ist nicht Elizabeth«, erklärte Johann in das sich ausdehnende Schweigen hinein.

Diese Worte überraschten Ian, und sie taten weh. Himmel, ihren Namen nur zu hören, sanft und gerundet und duftend nach dem Geheimnis dieser Göttin, tat weh. Er setzte auf Bitterkeit, um diesen Schmerz in Grenzen zu halten. »Selena ist auch nicht Selena.«

»Wissen Sie, es ist zu spät.«

Ian wollte Johanns rätselhafte Bemerkung ignorieren, doch er konnte nicht so tun, als interessiere ihn das alles nicht, nicht diesmal, nicht, da es um Selena ging. Und Gott helfe ihm, Johann war einer der wenigen Menschen, der Ian überhaupt verstehen konnte, der durch die Bitterkeit und den Schmerz hindurchsehen konnte. Ihrer beider Leben war so ähnlich, sie waren zwei vielversprechende, gebildete Männer, die gefangen waren in der Hölle ihrer Abnormalität, in die Tiefen des Wahnsinns geworfen durch ihren körperlichen Zustand, den sie nicht unter Kontrolle halten und an den sie sich auch nicht gewöhnen konnten.

Er sah auf und hielt Johanns Blick stand. *Sag mir etwas, das mich retten wird.* Der Gedanke kam aus dem Nichts und demütigte ihn in seiner Heftigkeit. Er zwang sich, seiner Stimme einen beiläufigen Klang zu geben. »Zu spät für was?«

»Der Rat von Dr. Wellsby war sehr wissenschaftlich, vielleicht sogar gut durchdacht und zutreffend, aber das ist ja eben das Problem bei euch Ärzten. Ihr glaubt, einen Menschen zu heilen, sei eine Wissenschaft. Das ist es nicht, das war es auch noch nie. Und es wird nie so sein. Heilen ist eine spirituelle Kunst. Es braucht Herz und Seele, um den Körper zu retten.«

»Ah, ein medizinischer Rat. Was für eine gute Wahl, Johann.«

»Wellsby ist ein Idiot. Wenn es überhaupt noch eine Möglichkeit gibt, Selena zu helfen, dann steht sie nicht in Ihren Büchern und liegt auch nicht in den Medikamenten oder dem Messer eines Chirurgen, sie liegt in Ihrem Herzen und Ihrer Seele. Sie *müssen* sich gefühlsmäßig engagieren – so, wie Sie es bereits getan haben. Ihr Wille, sie zu retten, ist vielleicht alles, was sie braucht.«

Ian schnaufte verächtlich. Er hatte so etwas früher schon gehört, und am Ende war doch nichts Gutes dabei herausgekommen. »Was soll ich denn tun, Johann? Soll ich den Rest meines Lebens damit verbringen, ihr den Speichel vom Kinn zu wischen?«

»Wenn das alles ist, was Sie tun können, dann sollten Sie es tun. Und Sie sollten um mehr beten. Jeden Tag, jeden Augenblick sollten Sie beten.«

Ian schloss die Augen und wünschte, er könnte all die Gebete vergessen, die er bereits zum Himmel gesandt hatte, die Tausende von Nächten in seiner Kindheit, in denen er neben dem Bett gekniet und gebetet hatte, dass es seiner Mutter wieder besser gehen würde. »Und diese Gebete werden dann erhört«, meinte er bitter. »Genau wie die deinen erhört wurden.«

»Ich habe es versäumt, zu beten«, sagte Johann leise.

Als er diese Worte hörte, leise und ehrlich gesprochen und voller Schmerz, fühlte Ian, wie seine Bitterkeit schwand. Ihr verhüllender Schleier fiel von ihm ab und hinterließ eine schmerzliche Leere in seinem Inneren. »Ich habe diesen Weg auch schon versucht. Es ist ein verdammtes Universum voller Schmerzen. Es saugt dich auf und erstickt dich und ...« Er seufzte. »Gerade du solltest das verstehen. Hier zu sitzen, hilflos, und zuzusehen, wie jemand, den du liebst, tiefer und tiefer in der Vergessenheit versinkt.« Er schüttelte den Kopf und fuhr sich mit der Hand durchs Haar. »Gott, das alles noch einmal zu erleben ...«

Er versuchte, nicht an Maeve zu denken, doch das gelang ihm nicht. Er erinnerte sich an jene Nacht vor so vielen Jahren, als er versucht hatte, sich von dem Horror ihres Wahnsinns zu befreien. Ein achtzehn Jahre alter Junge, der nichts hatte, wo er hingehen konnte, niemanden, an den er sich wenden konnte. Er konnte sich noch immer an diese Nacht erinnern, sie schmecken, den kalten Kuss der Schneeflocken auf seinem Gesicht und seinem Haar fühlen.

Sie hatte versucht, sich umzubringen – wieder einmal –, und Ian hatte sie gefunden, nackt und zitternd und blutend, in der großen Kupferwanne in der Küche. Ihre blassen Arme hatte sie schützend vor ihre Brust gelegt. Sie hatte nicht gewollt, dass Ian all das Blut wegzuwischen hätte …

Es hatte sie dagegen nicht gekümmert, dass er ihre Leiche finden würde oder dass ihm klar werden würde, wie wenig ihre Familie ihr wert war, oder dass er ohne sie schrecklich allein sein würde. Alles, worum sie sich Sorgen gemacht hatte, war der Schmutz, und so lag sie eng zusammengerollt in der Badewanne, dem einzigen Gegenstand, der in dieser makellos sauberen Küche fehl am Platze war, bis auf das noch vor Blut tropfende Messer, mit dem sie sich die Pulsadern aufgeschnitten hatte.

Ian war innerlich zerbrochen, auf einmal war er nicht mehr in der Lage gewesen, das alles noch länger zu ertragen. Nachdem er die Blutung gestillt hatte, hatte er sie gepackt und in die Kutsche getragen. Sie hatten erst wieder angehalten, als sie am Krankenhaus angekommen waren. Er hatte sie Dr. Wellsby übergeben und war gegangen, sein Hemd und seine Hände waren noch immer voll von dem Blut seiner Mutter.

Ian, lass mich nicht hier. Es tut mir Leid. Bitte …

Es war ein entscheidender Augenblick in seinem Leben, das wusste er jetzt. Die Tatsache, dass er sie an diesem Ort zurücklassen konnte, schluchzend und allein, hatte die größte Schwäche seines Charakters offen gelegt.

Oh, er könnte Johann erklären, dass er Selena helfen würde, er könnte es sogar versuchen, doch es wäre nur ein halbherziger Versuch, ein Versprechen, das er schnell wieder vergessen würde. Im Endeffekt war es so, dass Geisteskrankheit ihn entsetzte, dass sie alles Gute vernichtete, das in seiner dunklen Seele wohnte. Es änderte nichts, dass er drei Monate – und zwei Selbstmordversuche – später zurückgekommen war und Maeve wieder abgeholt hatte, sie befreit hatte. Es gab keine Entschuldigung für die selbstsüchtige Feigheit seines wahren Charakters. Aber es gab immerhin Ehrlichkeit. Und es gab die Wahrheit.

»Ich kann es nicht, Johann.« Er seufzte und senkte den Kopf, sein eigener Charakter machte ihn ganz krank, und seine Schwäche stieß ihn ab.

»Sie hat es nötig, dass Sie sich um sie sorgen.«

»Es gibt *sie* gar nicht, Johann.«

»Die Amnesie...«

»Hast du denn gar nichts gelernt von Dr. Wellsby? Es handelt sich nicht um Amnesie, Johann. Es ist ein Hirnschaden. Sie wird ihr Erinnerungsvermögen gar nicht zurückbekommen. Sie wird nie wieder normal sein. Deshalb kann ich auch ihre Gedanken nicht lesen. Es gibt in ihrem Kopf nichts zu lesen. Keine Vergangenheit, keine Gegenwart, keine Zukunft.«

Johann sah ihn lange an, so lange, dass Ian sich unter seinen Blicken unbehaglich zu fühlen begann. Endlich griff Johann in seine Brusttasche und zog ein kleines Glasfläschchen heraus.

Ian kniff die Augen zusammen. »Was hast du da?«

»Cachou-Pastillen.« Langsam öffnete er das Fläschchen und schüttete die winzigen weißen Pillen in seine Hand. Dann warf er die leere Flasche auf den Boden und zertrat sie mit dem Stiefelabsatz.

»Was tust du da?«

»Ich bringe ein Argument vor.« Johann bückte sich und hob ein kleines, münzgroßes Stück Glas auf. Das Licht fing sich in der Scherbe und ließ sie in allen Regenbogenfarben aufleuchten.

Johann dämpfte die Stimme zu einem hauchzarten Flüstern, so leise, dass Ian sich unwillkürlich vorbeugte, um die Worte zu verstehen. »Warum verlangen Sie diese erbärmliche Gewöhnlichkeit von den Menschen, an denen Ihnen etwas liegt?«

Ian ließ sich in seinen Sitz zurückfallen und verschränkte die Arme vor der Brust. Er verachtete sich dafür, dass er sich überhaupt vorgebeugt hatte. »Herrgott, Johann, sei doch nicht so dramatisch. Ich finde ganz einfach eine Geisteskrankheit oder einen Hirnschaden nicht besonders ansprechend. Aber das ist doch wohl kaum ein Grund, mich zu verurteilen.«

»Sie haben die Flasche gesehen, nicht wahr?«

»Ich bin ja nicht blind.«

»Sie war hübsch und hat ihre Funktion erfüllt, für die sie geschaffen wurde.«

»Ja. Und?«

»Und jetzt sehen Sie dieses Stück Glas.« Johann streckte ihm die Hand entgegen, und die scharfen Kanten der Scherbe waren geradezu ein Wunder mit ihren leuchtenden Farben. Ganz langsam drehte er die Scherbe in der Hand, so dass sich Licht an der Oberfläche brach im Farbenspiel von Gelb und Purpur und Rot und Gold. »Sie ist zerbrochen.«

»Ja.«

»Aber sie besitzt trotzdem noch ihre eigene Schönheit, ihren eigenen Wert, und wenn man hinwegsieht über die Erwartungen von früher, über die so genannte ›Normalität‹, dann gibt es hier eine beinahe magische, überschäumende Schönheit zu entdecken. Man sieht etwas, das man nicht erwartet hat. Es ist ein Geschenk.« Johann erwiderte Ians stirnrunzelnden Blick mit einem zaghaften, sanften Lächeln.

Ian starrte so lange auf das Stück Glas, dass es im schwachen Licht wie eine Träne vor seinen Augen verschwamm. Er konnte Johann keinen Vorwurf machen – der junge Mann konnte nicht wissen, dass Ian den gleichen Gedanken schon tausendmal in seinem Leben gehabt hatte. Er hatte versucht, die Schönheit in Maeve zu sehen, hatte es so sehr versucht. Als kleiner Junge hatte er jeden Tag versucht, nichts von seiner Mutter zu erwarten, sie einfach zu lieben, so wie sein Vater es getan hatte. Aber immer, wenn sie ihn nicht erkannte, immer, wenn sie ihn schlug oder ohne ein Wort an ihm vorüberging, hatte es wehgetan.

Johanns Theorie stimmte nicht, auf jeden Fall nicht für Ian. Er sah dem Leben geradeheraus ins Gesicht, ohne Scheuklappen und ohne rosarote Brille. Selena würde für immer einen Hirnschaden behalten. Er hatte bereits genug Zeit mit hoffnungslosen Träumen verschwendet – den größten Teil seines Lebens, wie es schien –, und er war es leid, er war erschöpft von all den Enttäuschungen.

»Sie wollen es nicht noch einmal versuchen, nicht wahr? Sie wollen nicht einmal mehr hoffen, dass Selena wieder gesund werden kann.«

»Oh, ich werde hoffen, Johann.« Ian konnte den bitteren Unterton nicht aus seiner Stimme vertreiben, und er versuchte es auch gar nicht. Es tröstete ihn, gab ihm das Gefühl, dass der Schmerz nicht so groß wäre. »Was ich allerdings nicht mehr tun werde, ich werde nicht meine Gefühle investieren.«

»Werden Sie ihr helfen, wenn wir wieder nach Hause kommen?«

»Du meinst, wenn *du* nach Hause kommst. Ich werde nicht gleich ins Haus Lethe zurückkehren.«

»Aber ...«

Ian hob die Hand, um ihn zum Schweigen zu bringen. »Mach dir keine Mühe, Johann. Und um Gottes willen, zerbrich nicht wieder Flaschen, um deinen Standpunkt deutlich zu machen. Ich werde alle Bahnhöfe und Postämter zwischen hier und New York abklappern. Ich werde überall Zettel aufhängen mit den Angaben über eine namenlose, gesichtslose Frau, die unter meiner Fürsorge steht, und werde um Informationen zu ihr bitten. Vielleicht wird dieser verflixte Hummerfischer einen dieser Zettel lesen und sich melden.«

»Sie hoffen, dass jemand kommt, der Anspruch auf sie erhebt, und sie abholt.«

»Da hast du verdammt Recht. Sie soll das Herz eines anderen brechen.«

10

Das leise Gurgeln laufenden Wassers.

Das rhythmische Schlagen von nasser Wäsche auf einem Waschbrett.

Frauen, die sich mit leisen Stimmen unterhalten, zu leise, als dass man einzelne Worte verstehen könnte.

Sie redeten über etwas Wichtiges, etwas, das sie nicht greifen konnte. Selena fühlte sich schrecklich allein, abgeschlossen von all den Anblicken, den Geräuschen und Bewegungen um sie herum. Sie war wie ein Fremder in der Dunkelheit, der wartete und beobachtete.

Ziellose Bilder gingen ihr durch den Kopf, piesackten sie mit Fetzen von Erinnerungen.

Ein geflochtener Wäschekorb, eine Auflaufform aus Metall, eine kleine, vollkommen runde hölzerne Schachtel.

Sie hatte keine Worte, um den Dingen ihre Namen zu geben, keine Erinnerungen, die dazu passten. Es war ganz einfach nur eine vage Vergegenwärtigung dieser Dinge …

»Psst, meine Kleine. Psst …«

Diese Worte hörte Selena deutlicher. Sie waren mit einer ruhigen, singenden Stimme ausgesprochen, die ihr vertraut war. Plötzlich begriff sie, dass sie schlief, dass sie *träumte*. Die Erinnerung an das, was dieses Wort bedeutete, und die Erfahrung, die dazu gehörte, kamen ihr in den Sinn.

»Psst, meine Kleine. Ich bin nie so weit von dir weg, wie du glaubst.«

Eine Hand streichelte ihre Wange, und obwohl in ihrem Kinn noch ein Rest von Schmerz war, fühlte sich diese Berührung gut an, so gut.

Ganz langsam wachte sie auf, und dieser eigenartige Traum verschwand, fast sofort hatte sie ihn wieder vergessen. Das Zimmer war vollkommen dunkel, nur ein Streifen Mondlicht fiel durch die Fensterscheibe. In der Nacht war ihre Bettdecke ganz dunkel, tiefgrau wie Kohle.

»Psst, kleiner Mann. Weine nicht.«

Selena wandte sich zu der Stimme, und jetzt erst erkannte sie die Frau, die an ihrem Bett saß. Um ihre schmalen Schultern hatte sie einen Spitzenschal gelegt, der so zart war, dass er aussah wie Spinnweben. Rotblondes Haar war auf ihrem Kopf aufgesteckt. Sie bewegte sich sachte, schaukelte vor und zurück, obwohl der Stuhl sich gar nicht bewegte. Etwas Seidiges – eine Uhr … nein … Laterne … nein.

Selena konnte den dünnen Streifen silberweißen Materials nicht benennen, den die Frau in ihren dünnen Fingern drehte.

Maeve. Der Name kam ihr diesmal fast mühelos in den Sinn, und ihre Fähigkeit, sich daran zu erinnern, erfüllte Selena mit Freude. Sie versuchte zu überlegen, was sie jetzt sagen sollte, die richtige Begrüßung von einer Frau zur anderen. »Maeve«, flüsterte sie. »Hallo … du.«

Maeve sah gar nicht zu ihr hin, sie schien gar nicht bemerkt zu haben, dass sie überhaupt gesprochen hatte, und Selena fragte sich, ob das, was sie gesagt hatte, wieder einmal falsch gewesen war. »Maeve?«

»Ich habe gehört, wie du geweint hast«, sagte Maeve schließlich. »Du musst dir keine Sorgen machen. Er wird zurückkommen. Dein Vater kommt immer zurück.«

Angst beschlich Selena, und die kleinen Härchen in ihrem Nacken richteten sich auf. Ratlos stützte sie sich auf ihre Ellbogen. »Maeve?«

Wieder sah es nicht so aus, als würde Maeve sie erkennen, kein Blick, keine Berührung, die auf eine Reaktion schließen ließ. Sie hatte den Kopf gesenkt, aber dennoch konnte Selena sehen, dass Maeves haselnussbraune Augen feucht waren. Eine glänzende Träne hing an ihren Wimpern, doch sie fiel nicht herab.

Selena blickte weiter nach unten und entdeckte den feuchten

Fleck auf Maeves Kleid, einen dunklen Fleck auf dem weißen Baumwollstoff ihres Nachthemdes. Die Stelle, wohin die Tränen gefallen waren.

Maeve streckte die Hand aus und strich noch einmal über Selenas Wange. Ihre Berührung war sanft und tröstend, ihre Haut trocken und wie Papier. »Psst, kleines Baby, sag kein Wort mehr. Mama…« Ihre Stimme brach. Tränen traten in ihre Augen und rannen über ihre hohlen Wangen, fielen auf ihre Hände. Sie zog die Hand zurück und legte sie in den Schoß. »Mama… sie kann gar nichts tun, nicht wahr? Nein…«

Selena hörte einen unglaublichen Schmerz aus der Stimme ihrer Freundin, eine Traurigkeit, die die Seele dieser Frau zu verbrennen schien. Gestern Abend noch hatte Maeve gelacht und war glücklich gewesen, doch heute Nacht war sie irgendwie in Dunkelheit versunken.

Selena kannte dieses Gefühl, in sich selbst hineinzufallen und dort gefangen zu sein. »Du wirst…« Sie suchte nach den Worten. *Einen Weg finden.* »Heraus.«

Maeve legte einen Finger auf ihre Lippen. »Psst, kleiner Junge.« Sie schüttelte den Kopf. Die einzelne Träne löste sich und fiel auf den feuchten Fleck auf ihrem Nachthemd.

Selena tat das Einzige, was ihr einfiel und von dem sie sich wünschte, jemand würde es auch für sie tun. Sie rutschte in ihrem Bett zur Seite und hob einladend die Decke. »… Maeve… schlafen.«

Maeve blickte auf. Für den Bruchteil einer Sekunde wich der verwirrte Blick aus ihren Augen, und Selena erkannte das dringende Bedürfnis dahinter.

»Schlafen.« Maeve seufzte und schüttelte den Kopf.

Selena klopfte auf die Matratze neben sich und suchte verzweifelt nach den Worten, um Maeves Schmerz zu lindern. Aber sie fand die Worte nicht, wenn es sie überhaupt gab. Stattdessen sagte sie das einzige Wort, das ihr in den Sinn kam, das einzige Angebot, das ihr einfiel. »Schlafen.«

Maeve stand auf. Der Stuhl fiel neben dem Bett um, doch das schien sie gar nicht zu bemerken. Der vage, glasige Blick kehrte in ihre Augen zurück. Sie sah durch Selena hindurch, wie wenn sie unsichtbar wäre.

»Dein Vater sollte jetzt eigentlich zu Hause sein.« Sie beugte sich vor und drückte einen warmen, feuchten Kuss auf Selenas Stirn. »Schlaf gut, mein Kind.«

»Gute… Nacht, Maeve.«

Maeve erstarrte und wich zurück. »Keine guten Nächte«, flüsterte sie, und wieder traten Tränen in ihre Augen. Sie drehte den silbernen Stoff noch heftiger zwischen ihren Fingern, dann ging sie und schloss die Tür hinter sich.

Lange starrte Selena auf die geschlossene Tür, unfähig, wieder einzuschlafen. Sie erinnerte sich an den schwarzen Ort, an dem sie gewesen war, als sie nicht aufwachen konnte, an den wirbelnden Nebel der Angst, der sich wie ein Tuch um ihren Körper gelegt hatte. Sie hatte Ians Stimme gehört, und das hatte genügt, sie war wie eine Rettungsleine gewesen zwischen der Welt der Dunkelheit und dem Licht, das dahinter lag. Das Wissen, dass er dort draußen war, dass er sich um sie sorgte, hatte sie aufrechterhalten. Es hielt sie auch jetzt aufrecht, brachte sie dazu, weiter nach vorne zu schauen.

Sie fragte sich, ob wohl auch Maeve eine Stimme in der Dunkelheit hatte.

Eigenartig. Selena dachte, dass die alte Frau eine solche Stimme nicht hatte, dass sie vielleicht noch viel einsamer war als Selena. Warum sonst sollte Maeve mitten in der Nacht hier sein, allein, mit einem Nachthemd, das feucht war von ihren Tränen?

Vielleicht wusste nur Selena, wie sich die Dunkelheit anfühlte, vielleicht wusste nur sie, wie kalt und einsam es war, wenn man sich in sich selbst verlor. Wenn das so war, dann konnte nur sie Maeve wirklich helfen.

Selena fühlte den ersten Anflug eines Lächelns.

Sie konnte Maeve helfen, so wie Ian ihr geholfen hatte.

Und vielleicht würden sie sich dann beide nicht mehr so einsam fühlen.

Bum. Bum. Bum.

Nur langsam wachte Selena auf. Im ersten Augenblick glaubte sie, dieses eigenartige Dröhnen wäre in ihrem Kopf, ein Überbleibsel aus einem Traum, an den sie sich nicht mehr erinnerte, aber langsam begriff sie, dass der Lärm wirklich war.

Sie stützte sich auf die Ellbogen hoch und sah sich schnell im Zimmer um. Stuhl und Kommode waren noch auf dem rechten Platz. Die weißen Gardinen leuchteten vor der Wand.

Selena schob die schwere Decke beiseite und ging zum Fenster, schob die Gardinen beiseite.

Ein älterer Mann mit einem geröteten Gesicht sah sie von der anderen Seite der Fensterscheibe an. Bei ihrem Anblick weiteten sich überrascht seine Augen. »Tod und Teufel!«, keuchte er, und Nägel fielen von seinen dicken Lippen.

Sie versuchte zu verstehen. Er stand auf etwas … einer Leiter. Sie wollte ihn fragen, was er da tat, dort draußen vor ihrem Fenster, doch die einzigen Worte, die sie herausbrachte, waren: »Himmel blau … stehen.«

Er schüttelte den Kopf und griff in seine Tasche, um einen weiteren Nagel daraus hervorzuholen. »Armes Ding. Bist bekloppt wie 'ne Wanze, genau wie die Missus gesagt hat.«

Selena sah zu, wie er eine dicke Eisenstange aus einem Eimer holte, der an der obersten Sprosse der Leiter hing. Er drückte die Eisenstange vor ihr Fenster und begann sie festzuhämmern.

Erst jetzt bemerkte sie die beiden anderen Stangen auf der anderen Seite der Scheibe. Eine dumpfe Angst stieg in ihr auf. Sie sperrten sie ein, nahmen ihr das einzige Bild von der Welt dort draußen. Sie suchte nach dem Hebel und schob das Fenster hoch. Mit einem Knall stieß es oben an.

Der Kopf des Mannes fuhr hoch. »Was zum Teufel …«

Sie starrte ihn mit offenem Mund an, das Herz hämmerte laut in ihrer Brust. Sie wollte nicht eingesperrt werden, wollte nicht leben wie ein Tier in einer dunklen Kiste, ganz allein. Sie hatte so viel zu tun, es gab so viel zu sehen *dort draußen.*

»Was …?« Mehr kam nicht über ihre Lippen. Sie hörte die Frage in ihrem Kopf, endlos kreiste sie herum und verschlimmerte ihre Panik, doch sie konnte die Worte nicht aussprechen. *Was tun Sie da? Warum sperren Sie mich ein?*

»Ich hau' Gitter vors Fenster, Miss. Sie können noch rausgucken, bloß nicht mehr rausklettern.«

Selena schüttelte den Kopf, verzweifelt suchte sie nach den Worten, die sie brauchte. »Nein. Danke … bitte.«

»Der Doktor hat's angeordnet, Miss. Ich hätt's schon vor paar Tagen tun sollen, hab's nur vergessen. Gestern Abend hat mir die Missus aber ganz schön Dampf gemacht. Scheint, Sie haben rausspringen wollen.«

Sie runzelte die Stirn. »Flasche … Aber …«

»Ist doch nur für Ihre Sicherheit. Die Doktors machen ständig Gitter vor die Fenster.«

Selena verstand zwar nicht jedes Wort, doch sie verstand, was der alte Mann ihr sagen wollte. Doktor *Ian* hatte angeordnet, die Gitter vor das Fenster zu machen, um Selena zu schützen. Nicht, um sie einzusperren, sondern um sie zu schützen.

Und das machte sie plötzlich traurig. Ian verstand sie genauso wenig, wie sie ihn verstand. Er hatte Angst, sie würde aus dem Fenster springen und *sich umbringen.* Aber diese Lektion hatte sie bereits gelernt. Sie begriff, dass sie sich *verletzen* könnte, dass sie *fallen und sich den verdammten Hals brechen* könnte.

Gestern Abend hatte sie nicht erklären können, dass sie verstanden hatte, und deshalb hatten alle geglaubt, sie würde die Gefahr nicht erkennen. Sie glaubten, sie sei *verrückt* und *dumm.*

Und sie glaubten, sie hätte einen *Hirnschaden.* Sie erinnerte sich an den Augenblick, als sie dieses Wort zum ersten Mal von Ian gehört hatte. In seiner Stimme hatte eine solche Hoffnungslosigkeit gelegen, ein solches Bedauern. Auch das begriff sie jetzt. Er wollte nicht, dass sie einen Hirnschaden hatte. Er wollte, dass sie unversehrt und hübsch war.

Sie schluckte schwer. Das waren die zwei Dinge, die sie niemals sein würde. Sie wusste, dass sie hässlich war, das hatte sie beinahe schon akzeptiert. Aber sie wollte nicht so versehrt sein, dass sie für immer hier leben müsste, eingesperrt in ein Zimmer mit Gitter vor dem Fenster. Allein.

Sie wandte sich vom Fenster ab und ließ die Gardine wieder davor fallen. Dann schlang sie die Arme um ihren Körper und ging in dem kleinen Zimmer auf und ab, bis sie schließlich wieder auf das Bett sank. Ein kleiner, nagender Schmerz bohrte in ihrer Brust.

An diesen Schmerz war sie gewöhnt. Sie hatte ihn mit sich herumgetragen von dem Augenblick an, als Ian sich von ihr abgewandt hatte.

Alles, was er sah, war die äußere Hülle, die Hässlichkeit, das Versagen und die Frustration. Selena selbst sah er dahinter überhaupt nicht.

Sie seufzte. Sie war es so leid, sich verloren und allein zu fühlen und voller Angst zu sein. Und sie hatte das Gefühl, dass sie schon eine sehr lange Zeit so gelebt hatte. Immer, wenn sie sich an die Zeit vor Ian zu erinnern versuchte, war alles, was sie fühlte, eine nagende Traurigkeit. Als wäre sie schon zwei ganze Leben lang traurig gewesen.

Nicht mehr. Diese Worte kamen ihr in den Sinn und wurden immer mächtiger. Im ersten Augenblick verstand sie ihre Bedeutung nicht, es waren ganz einfach nur Worte. Doch dann wusste sie es plötzlich. Ihr Herz sprach zu ihr, laut und mit einer Deutlichkeit, die sie zuvor nicht gefühlt hatte. Ihr Herz und ihre Seele waren es leid, traurig zu sein, Sorgen zu haben und zu weinen.

Und sie war dieses Zimmer leid, sie war es leid, zu atmen, aber nicht wirklich zu leben, darauf zu warten, dass ihr zu allem erst andere Menschen die Gelegenheit geben sollten. Es war Zeit, sich selber glücklich zu machen.

Sie musste Dinge für sich selbst tun, sie musste aus sich selbst heraus alles über die Welt lernen. Sie hatte schon all das begriffen, was dieses Zimmer sie zu lehren hatte – Kommode, Bett, Decke, Fenster, Kanne, Wasser, Schüssel.

Jetzt musste sie hinaus und die Welt entdecken.

Was zuerst?

Anziehen.

Sie lächelte über die Leichtigkeit, mit der sie diese Antwort fand. Sie beugte sich vor und nahm das Kleid vom Stuhl neben dem Bett. Der glatte, rostfarbene Stoff fühlte sich weich und herrlich an in ihren rauen Händen.

Seide. Sie war entzückt, wie leicht ihr das Wort eingefallen war. In dem Augenblick, als sie den Stoff berührte, hatte sie gewusst, wie er hieß. Seide. Sie richtete ihre ganze Kraft darauf, dieses Wort auszusprechen. »Baum.« Sie zog die Stirn in Falten. Nein. Nicht richtig. Sie wollte es aber nicht aufgeben, versuchte es wieder und wieder. Minuten vergingen, langsam, irritierend.

»Besen. Uhr. Seide.«

Sie lächelte. Es hatte eine lange Zeit gedauert – aber was war schon Zeit? Sie war nicht dumm. Nein, das war sie *nicht*.

Alles, was sie brauchte, war Hilfe. Nur ein wenig. Aber wer konnte ihr helfen? Maeve war verloren, und Ian war nicht da.

Die Antwort kam ihr so plötzlich, dass sie sich wunderte, warum sie es nicht schon längst gewusst hatte.

Sie sprang aus dem Bett und lief zur Tür, hämmerte mit beiden Fäusten gegen das harte Holz. Sie wollte nach Andrew rufen, doch die Worte fielen ihr nicht ein.

Sie hielt inne, als sie Schritte vor ihrer Tür hörte. »Selena, bist du das?«, fragte eine sanfte Männerstimme.

»Andrew?« *Schließ die Tür auf, ich brauche deine Hilfe.* Sie versuchte, die Worte herauszubringen. »Hilf... Selena.«

Der Türknauf drehte sich. Selena stolperte zurück, als sich

die Tür öffnete. Draußen, in dem dunklen Flur, stand ein ganzer Haufen von Menschen. Edith, Maeve, die Königin. Und Andrew in ihrer Mitte.

»Was ist los, Mädchen?«, fragte Edith schwer atmend und wischte sich die Hände an ihrer mehlverstaubten Schürze ab.

Selena wusste, worum sie bitten wollte, doch sie fand die Worte nicht. Minuten vergingen, zäh, und vor dem Atemgeräusch, das die Wartenden machten, wurde es noch schlimmer. Selena schloss die Augen und stampfte vor Enttäuschung mit dem Fuß auf. »Hilfe«, brachte sie heraus.

»Es ist schon in Ordnung, Selena«, beruhigte Andrew sie. »Lass dir Zeit.«

Selena verschränkte die Hände und starrte ihn an, versuchte, aus seiner mitfühlenden Ruhe Kraft zu schöpfen. »Korb.« Sie schüttelte den Kopf. »Nein. Nicht ... Selena ... dumm. Krank.«

Edith seufzte. »Das arme kleine Ding. Ihr Gehirn ist ganz verwirrt.«

Maeve blickte mit glasigen Augen auf. »Eier wären schön, Edith, Danke. Sorge dafür und frage den Herrn, ob er Hunger hat.«

»Seid still, ihr beiden«, schalt Andrew. »Seht ihr denn nicht, dass sie versucht, uns etwas zu sagen?« Er trat einen Schritt näher und forderte sie mit einem Nicken seines Kopfes auf, es weiter zu versuchen. »Na los.«

Selena deutete auf ihren Kopf, dann auf ihren Mund. »Kaputt.« Als sie Andrews verständnislosen Blick sah, wiederholte sie diese Geste und versuchte es noch einmal. »Schwer.«

Maeve nickte. »Manchmal ist es für uns alle schwer, auszusprechen, was in unserem Kopf ist. Ist es nicht so, Herbert?«, fragte sie die ausgestopfte Eule auf ihrem Arm.

Andrew machte ein kleines, aufgeregtes Geräusch. »Ist es das, was du uns zu sagen versuchst, Selena?«

Selena nickte und griente breit. »Ja. Denken ... gut. Nicht ... reden. Hilf ... Selena?«

Andrews Lächeln verschwand wieder. »Wir können dir nicht helfen, Selena. Wir sind verrückt.«

Die Königin gab ihm einen heftigen Schlag auf den Kopf. »Du kannst nur für dich selbst sprechen, junger Mann. Das Königshaus ist überzüchtet, nicht verrückt. Ich könnte dieses Kind in sehr vielem unterrichten.«

Selena versuchte, den Worten der Königin zu folgen, doch das schaffte sie nicht. Stattdessen nahm sie das Kinderbuch und drückte es an die Brust. »Lesen. Lernen.« Sie deutete auf das Fenster. »Draußen … sehen. Lernen Worte.«

Andrew sah sie fragend an. »Es macht dir nichts aus, dass wir verrückt sind?«

Sie lächelte ihn an, streckte die Hand aus und berührte sein stoppeliges Kinn. »Nicht verrückt.«

Andrew lächelte unsicher. Tränen glänzten in seinen Augen.

Die Königin schüttelte den Kopf. »Herr Jesus, dieses Bürschchen wird gleich anfangen zu flennen.«

Er wischte sich die Augen. »Ich werde dir helfen, Selena.« Er wandte sich an die grau gekleideten Menschen hinter ihm. »Was sagt ihr dazu, ihr Verrückten? *Wir* können Selena alles über das Leben beibringen. Das wird eine riesengroße Überraschung sein für Dr. Carrick, wenn er zurückkommt.«

»Dr. Carrick scheint Überraschungen nicht sehr zu lieben«, meinte Edith mit zweifelndem Blick.

Die Lady mit der Krone schnaubte verächtlich und stemmte ihre dicken Hände in die Hüften. »Und wer kehrt sich da schon einen Dreck darum?«

Andrew bezwang ein Lächeln. »Dann ist es also abgemacht. Wir werden Selena alles beibringen, was sie über das Leben wissen muss.«

Edith verdrehte die Augen. »Oh, Himmel. Hat das arme Kind denn nicht schon genug Probleme?«

11

»Ich denke, sie sollte sich zuerst einmal ankleiden.« Königin Victoria betrachtete Selena durch ein zersplittertes, staubiges Monokel. »Kleider sind das Fenster zur Seele.«

Edith blickte auf. »Wirklich? Und ich dachte immer …«

»Bitte nicht«, unterbrach die Königin sie. »Du machst mich ganz wirr im Kopf.«

Selena sah, wie Edith und die Königin miteinander redeten. Ab und zu verstand sie ein paar Worte – anziehen, Fenster, Kopf. Sie konnte das Ganze nicht richtig zusammenfügen, aber sie merkte, dass sie der Sache näher kam. Die Worte fielen ihr leichter ein, und sie verstand mehr. Ian war seit zwei Sonnenaufgängen weg – das wusste sie genau –, und mit jedem neuen Tag fühlte sie, wie sie kräftiger wurde.

Sie konnte sich jetzt ohne Mühe an ihre Namen erinnern. Da war zunächst einmal Lara, die Kind-Frau, die an ihrem Daumen lutschte und sich eine Familie wünschte, dann kam Andrew, der ernste junge Mann mit den zitternden Händen und dem hoffnungsvollen Blick. Königin Victoria sprach mit einer seltsamen Stimme voller Selbstvertrauen, Edith, die Haushälterin, schien ständig böse mit den anderen zu sein. Manchmal huschte die Schweigsame, Dotty, durch ihr Zimmer, ehe sie in einem Schrank oder in der Besenkammer verschwand.

»Wo ist Maeve?«, fragte Selena plötzlich.

Ein erstauntes Schweigen senkte sich über den Raum, und alle Unterhaltung erstarb.

»Heilige Maria«, sagte Edith und presste ihre rundliche Hand auf den offenen Mund.

Es dauerte einen Augenblick, ehe Selena begriff, was geschehen war. Sie hatte ihre Gedanken auf eine deutliche, verständliche Art ausgesprochen – und ohne die geringste Verzögerung.

Die Hoffnung ließ ihr Herz schneller schlagen. Vielleicht war das der Schlüssel. Vielleicht hatte sie sich so heftig konzentriert und so sehr angestrengt, dass sie es sich selbst unmöglich gemacht hatte. Vielleicht war genau das ihr Fehler gewesen. Ian hatte sie nervös gemacht, sie war angespannt gewesen und hatte verzweifelt versucht, alles richtig zu machen. Hier, inmitten ihrer neuen Freunde, fühlte sie keinerlei Druck.

Sie lächelte und versuchte es noch einmal. »Maeve war …« *in meinem Zimmer in der letzten* »…Nacht.«

Ihr Lächeln verschwand. Enttäuscht sank sie in sich zusammen. Sie blickte Andrew an, dann zuckte sie ein wenig mit den Schultern. »Nicht so besser.«

Er trat auf sie zu. »Es geht schon viel besser, Selena. Natürlich hast du Schwierigkeiten zu sprechen. Ich denke, das ist normal nach einem solchen Schlag auf den Schädel.«

Selena verstand das wichtigste Wort in diesem Satz: normal. Es senkte sich in ihr Herz und ließ sie wieder lächeln. Sie nahm Andrews Hand in die ihre.

Er blinzelte und versuchte, die Hand zurückzuziehen. »Was … was tust du da?«

»Danke … Andrew.«

Die Königin seufzte. »Bei den Göttern, sie werden sich noch küssen.«

Andrews Gesicht lief hochrot an. Er wirbelte herum und blickte Edith, die Königin und Lara an. »Also gut, meine Damen, von jetzt an sind wir die Lehrer von Miss Selena.«

»Ich bin der Ansicht, sie sollte sich zuerst einmal ankleiden«, meinte die Königin. »Kleider sind das Fenster zur Seele.«

Edith wackelte mit dem Kopf. »Wirklich, Euer Hoheit, diese Diskussion hatten wir schon. Es sind die *Augen*, die das Fenster zur Seele sind.«

»Kleider.«

»Augen.«

Etwas an dieser Auseinandersetzung kam Selena absurd und komisch vor. Sie konnte nicht anders, sie begann zu lachen.

Neben ihr kicherte Lara.

»Wie können denn Augen aus Glas sein? Jeder weiß doch, dass Fenster aus Glas sind«, erklärte die Königin ernsthaft.

Andrew warf Selena einen schelmischen Blick zu. Kleine Fältchen erschienen in seinen Augenwinkeln, und sein Mund verzog sich.

Edith blickte sich fragend um und musterte die Gesichter der anderen. »Sie lachen uns aus, Eure Hoheit.«

Die Königin riss die Augen weit auf. Dann spielte ein kleines Grinsen an der einen Seite ihres Mundes, und ein tiefer, prustender Gluckser wand sich heraus.

Einen Augenblick lang herrschte regloses Schweigen, und dann begannen alle zu lachen. Schallendes Gelächter erfüllte den kleinen Raum.

Selena hatte noch nie zuvor eine solche Heiterkeit verspürt. Sie fühlte sich herrlich und großartig lebendig.

»Ich … liebe es … zu lachen«, meinte Lara mit einem breiten Grinsen, das ihre Zahnlücke enthüllte.

Schließlich verebbte das Gelächter, und es blieb ein Schweigen, das warm und herzlich war.

Die Königin wischte sich die Tränen von den Wangen, dann wandte sie sich an Selena. »Danke, Kind. Es ist schon lange her …«

»Gern geschehen«, antwortete Selena automatisch.

Die Königin schlug sie mit dem offenen Fächer auf die Nase. »Gern geschehen, *Euer Hoheit*. Das bin ich. Du darfst mich mit Königin Victoria ansprechen oder mit Euer Hoheit.«

Selena beobachtete, wie ihr Mund die Worte formte. »Euer … Hoheit.«

Die Königin strahlte. »Selbstredend wird sie zuerst zu mir in den Unterricht kommen.«

»Was wollen Sie ihr beibringen?«, fragte Andrew.

»Das Wichtigste. Wie man mit Büchern auf dem Kopf geht. Wie man winkt und einen Hofknicks macht. Ich werde ihr einen

Überblick über die Adelsgesellschaft vermitteln.« Ihr rundliches Gesicht legte sich in nachdenkliche Falten. »Die Etikette beim Tee ist überaus wichtig.«

»*Das* soll ihr in der wirklichen Welt helfen«, meinte Andrew.

Die Königin blickte auf. »Glaubst du denn, sie wird jemals die richtige Welt sehen?«

»Warum denn nicht? Sie ist doch nicht verrückt.«

»Das bin ich auch nicht«, schnaubte die Königin. »Wenn meine böse Zwillingsschwester Vicky nicht wäre, die Schlange, dann säße ich in diesem Augenblick auf dem Thron.« Die Königin wandte sich um und begann, durch das Zimmer zu schreiten, dabei wedelte sie sich mit dem Fächer Luft zu und murmelte vor sich hin.

Selena ging zur Königin. »Hilf mir.«

Die Königin blieb stehen und wandte sich um. »Du akzeptierst mich also als die wirkliche und wahre Erbin des Throns von England?«

Selena hatte keine Ahnung, was für eine Frage man ihr gerade gestellt hatte. Deshalb nickte sie nur.

Die Königin lächelte. »Noch heute werden wir beginnen, dich aus dem Reichtum meiner Erfahrungen zu unterrichten.«

Edith rollte mit den Augen. »Das ist alles Unsinn. Dagegen werde ich ihr beibringen, wie man Hausarbeit macht. Wenn sie das verdammte Haus nicht niederbrennt, wird sie sich damit wenigstens einen ordentlichen Lebensunterhalt verdienen können. Man braucht nicht zu reden, um eine gute Haushälterin zu sein.«

»Viel Verstand braucht man dazu auch nicht«, fügte die Königin hinzu.

Andrew schien einen Augenblick nachzudenken, dann lächelte er. »Ich habe nicht viele Fähigkeiten, die wirklich wichtig wären, aber ich kann ihren Wortschatz verbessern. Ich werde mit den Begriffen für die Gegenstände im Haus und im Garten anfangen.«

»Aber wer wird ihr beibringen zu denken?«, fragte Edith.

Ratlos sahen sie einander reihum an. Dann hob Lara langsam die Hand. »Das werde ich tun.«

Die Königin seufzte auf. »Puh. Dann ist also alles geregelt. Also, was soll sie zum Tee tragen?« Sie sah sich im Zimmer um und entdeckte das rostfarbene Seidenkleid, das Maeve Selena gegeben hatte. »Ah, perfekt.« Sie nahm das Kleid hoch und wandte sich zu Selena. »Das wird für heute genügen.«

Selena streichelte den weichen Stoff. »Seide.«

»Das ist wahr.«

Edith trat dazu und griff nach den Knöpfen an Selenas Nachthemd. »Erinnerst du dich, Knöpfe … weißt du, wie man sie öffnet?«

Selena verstand sie. Sie knöpfte das Nachthemd auf und zog es über den Kopf.

Völlig nackt, strahlte sie die Gesichter um sie herum an.

Andrew schluckte. Sein Gesicht lief hochrot an. »Oh Gott«, hauchte er mit erstickter Stimme.

»Raus, Andrew!«, schrie Edith und deutete zur Tür.

Er schnellte herum und lief aus dem Zimmer, die Tür schlug er hinter sich zu.

Selena wusste, dass sie schon wieder einen Fehler gemacht hatte, doch hatte sie keine Ahnung, was für ein Fehler das sein konnte. Sie hatte nur die Knöpfe des Kleidungsstücks geöffnet, so wie Edith ihr das beigebracht hatte. Sie sah Edith an. »Falsch?«

Edith nickte. »Man zieht sich nicht vor den Leuten aus. Das gehört sich nicht.«

Selena blickte in die Gesichter um sie herum. Sie dachte, dass Leute mehr als nur eine Person bedeutete, doch offensichtlich hatte sie sich geirrt. »Menschen?«

»Andrew«, erklärte Edith. »Du sollst dich nicht vor Andrew ausziehen.«

»Oh«, antwortete Selena. Andrew war also etwas Besonderes. »Ich verstehe.«

»Gut. Also, dann wollen wir dich anziehen.«

Edith zeigte Selena, wie sie die knielange, mit Spitzen besetzte Unterhose anzog und dann in das durchsichtige Hemdchen schlüpfte. Selena konzentrierte sich sehr genau und achtete darauf, dass die Königin jeden einzelnen Schritt aufschrieb, damit Selena es immer wieder nachlesen konnte.

Es gab viel mehr Kleidungsstücke, als sie sich vorgestellt hatte. Selena wiederholte jedes einzelne Wort, das sie hörte, mindestens zweimal, bis sie es begriff und sich merken konnte, dass die kleinen braunen Dinger *Stiefel* waren und die Beinkleidung aus Seide *Strümpfe* genannt wurde.

»Als Nächstes kommt das Korsett.« Edith hielt ein Mieder aus weißem Satin hoch, das die Form einer Sanduhr hatte und mit rosa Bändern geschlossen wurde. Es sah sehr steif aus.

»Korsett«, wiederholte Selena und blieb ganz still stehen, während Edith das Kleidungsstück über ihre Brüste legte und unter ihre Arme zog.

»Halt dich am Bettpfosten fest«, riet ihr Edith. »Und halt die Luft an.«

Selena tat, wie ihr gesagt wurde.

Edith zog das Korsett fest zu.

Selena rang nach Luft. Weiße Lichter tanzten vor ihren Augen. Ihre Finger lösten sich vom Bettpfosten, und sie wich zur Seite.

»Das ist noch nicht fest genug. Komm zurück…« Edith lief ihr nach.

Selena blieb stehen, die Arme hatte sie in die Seiten gestemmt, ihre Brust hob sich in schweren, keuchenden Atemzügen. »Nein. Kein Korsett.«

»Aber eine *Dame*…

»Nein.«

»Aber das gehört sich so. Dr. Carrick…«

Die Königin brachte Edith mit einer Handbewegung zum Schweigen. »Der ist nicht hier. Außerdem wird sich der zerstreute Doktor in der Dunkelheit verstecken, so wie er es immer tut. Was kümmert es ihn denn schon, ob Selena hier ein Korsett trägt?«

Edith zuckte mit den Schultern. »Ich gebe auf. Also gut, Selena, kein Korsett für dich.«

Selena lächelte. »Tut weh.«

Die Königin lachte. »Siehst du, Edith? Sogar eine Frau mit halbem Verstand weiß, dass dieses verdammte Ding nicht richtig sein kann.«

Edith seufzte. »Sie sind die Königin. Ändern Sie die Mode.«

»Das werde ich auch – sobald meine böse Zwillingsschwester stirbt. Dann ... dann werde ich die Frauen Hosen tragen lassen.«

Edith lachte leise auf. »Kein Wunder, dass man Sie eingesperrt hat.«

Selena blickte auf. »Hosen ... wie Andrew?«

Edith schüttelte den Kopf. »Nein, Selena. Ganz sicher nicht.«

Die schmale Hauptstraße von Alabaster in Maine glänzte in der aufgehenden Sonne wie das Material, nach dem der Ort benannt war. Weiße, holzverschalte Häuser standen ordentlich auf den braunen, verdorrten Rasenflächen, eingefasst von weißen Holzzäunen, und erzählten ohne alle Worte vom gewöhnlichen Familienleben. Auch wenn es in diesen letzten Minuten vor Sonnenaufgang ganz ruhig war und es keine Geräusche und keine Bewegung auf den Straßen und Plätzen gab, so konnte Ian sich diesen Ort doch an einem Sommertag vorstellen. Überfüllte Bürgersteige und belebte Straßen, die warme, feuchte Luft erfüllt von den Geräuschen einer Kleinstadt – Kinder, die lachten, Erwachsene, die sich unterhielten, das stetige Klappern von Pferdehufen auf der gepflasterten Straße.

Die Kutsche jagte durch die Straße ohne anzuhalten oder langsamer zu werden, und das war gut so, denn Ian hatte nicht die Absicht, hier anzuhalten. Er war in seinem Leben schon in

Hunderten solcher Städte gewesen. Sie überzogen die Landschaft von New England wie Perlen, die man auf eine riesige, smaragdgrüne Leinwand gestreut hatte.

Seit seiner Kindheit hatte Ian insgeheim davon geträumt, an einem solchen Ort zu leben, an einem Ort, wo die Nachbarn einander kannten und an Sonntagen miteinander zu Mittag aßen, wo Mütter Schürzen trugen und lächelten und niemals laut mit ihren toten Ehemännern sprachen.

»Ich hasse solche Städte«, erklärte Johann dumpf. »Hübsch nach außen und im Inneren verrottet.«

Ian fühlte Ärger in sich aufsteigen. »Also, wer ist denn jetzt hier der zynische Bastard?«

Noch einmal sah er aus dem Fenster. Die leuchtende orangerote Sonne war gerade über die schwarze Wand der Bäume geklettert und warf jetzt ihr Licht auf die noch immer dunklen Häuser.

»Ah.« Johann schlug geziert ein Bein über das andere. »Ich wette, Sie wünschen, Sie wären hier aufgewachsen. Wenn man die Oberfläche eines Wissenschaftlers ankratzt, wird man darunter einen Träumer entdecken.«

Ian ließ sich nicht auf dieses Gespräch ein. »Wir werden schon bald im örtlichen Gerichtsgebäude sein. Danach erwarte ich, dass du ins Haus Lethe zurückkehrst und mich dort entschuldigst.«

»Auf keinen Fall.«

»Wie bitte?«

»Wenn Sie schon Ihre hübsche Mondgöttin verlassen wollen, dann tun Sie das. Aber nur Sie allein werden ihr sagen, was Sie getan haben. Ich werde einfach nur erzählen, dass Sie in die Stadt gefahren sind, um sich einer Hirnamputation und einer Seelentransplantation zu unterziehen. Und das sollte die Wahrheit sein.«

»Schön.«

Ein ungemütliches Schweigen senkte sich über die beiden.

Ian starrte aus dem Fenster, sah aber nicht mehr als die im Vorbeifahren miteinander verschmelzenden Farben Weiß und Grün.

Endlich hielt die Kutsche an. Man hörte ein Geräusch auf dem Dach, dann plumpste etwas zu Boden, und die Tür öffnete sich. Ians Kutscher, Fergus, stand davor, sein Atem wehte wie eine weiße Fahne vor seinem Mund. Mit dem Daumen deutete er auf das Gebäude hinter sich. »Dort ist das Büro, Sir.«

»Gut. Lade meine Sachen ab, Fergus, und organisiere mir eine andere Kutsche. Ich werde so schnell wie möglich nach New York City fahren.«

»Und was ist mit Mr. Strassborg?«

Ian zuckte nicht mit den Wimpern. »Mr. Strassborg wird in meiner Kutsche sofort zurück ins Haus Lethe fahren … dort gehört er hin.«

»Ach, Ian.« Johanns Stimme war voller Spott. »Sie verwunden mich bis ins Herz.«

Ian ignorierte Johanns leises Lachen, sprang aus der Kutsche und ging den unbefestigten Weg zu dem viereckigen, ebenerdigen Gebäude aus Holz, in dem das Gefängnis, das Gericht und die Post von Alabaster untergebracht waren.

An der Tür blieb er stehen, dann holte er tief Luft und ging hinein.

Der Raum, den er betrat, war groß und luftig, erhellt von mehreren Laternen, die an den grob beschlagenen Balken von der Decke hingen. In einer Ecke saß ein dünner, alter Mann mit gesenkten Schultern an einem wackligen Schreibtisch, neben ihm lag ein Ring mit vielen rostigen Schlüsseln.

Der alte Mann blickte auf, seine Augen blitzten erwartungsvoll. »Hallo.« Er legte die Hände auf die Tischplatte und stieß sich hoch. Dann kam er um den Schreibtisch herum auf Ian zu und streckte ihm die Hand entgegen. »Jed Larkham. Was kann ich für Sie tun, junger Mann?«

Ian starrte auf die große, knochige Hand. Instinktiv wich er zurück und schob beide Hände tief in die Taschen seines Mantels. »Ich bin Dr. Ian Carrick.«

Jed blieb wie angewurzelt stehen und zog die Hand zurück. Er erkannte, wen er vor sich hatte, seine wässrigen Augen weiteten sich, aus seinen Wangen wich alle Farbe. »Dr. Carrick.« Er flüsterte den Namen und warf einen schnellen Blick hinter sich zur Tür. »Was für eine Überraschung. Wir haben gehört…« Offensichtlich wurde ihm klar, dass es ein Fehler wäre, weiterzusprechen, und so schloss er den Mund wieder.

Ians Lippen verzogen sich zu einem spöttischen Lächeln. »Ich bin sicher, das haben Sie.«

Jed schluckte und eilte hinter seinen sicheren Schreibtisch zurück, mit einem hörbaren Seufzer ließ er sich auf den Stuhl fallen. Erst nach einer Weile des Schweigens blickte er auf. »Warum sind Sie in Alabaster?«

Ian kam durch den Raum auf ihn zu und setzte sich dann auf den Stuhl, der dem Schreibtisch gegenüber stand. »Ich habe ein Mädchen gefunden… eine Frau…« Er hielt inne und suchte nach den richtigen Worten.

Jed klopfte nervös mit den Fingern auf den Schreibtisch. »Ein Mädchen h-hier aus der Gegend?«

Ians Kopf fuhr hoch. Er starrte den Mann aus zusammengekniffenen Augen an. »Es handelt sich hier nicht um eine Herzensangelegenheit, Mr. Larkham. Die Frau ist aus medizinischen Gründen in meiner Obhut. Ich möchte sie ganz einfach nur ihrer Familie zurückgeben.«

»Oh.« Die Erleichterung des Mannes war beinahe mit Händen zu greifen. »Wenn Sie mir ihren Namen sagen, dann kann ich…«

»Das ist ja das Problem«, antwortete Ian. »Sie hat durch einen Sturz oder durch einen Zusammenstoß einen Hirnschaden erlitten. Sie erinnert sich nicht an ihren Namen… und auch sonst an nichts, um genau zu sein. Aber jemand hier müsste doch wissen, ob eine erwachsene Frau vermisst wird.«

»Bieten Sie eine Belohnung an?«

»Um jeden Spinner im Umkreis von tausend Meilen anzulocken? Nein, danke. Ich möchte, dass jemand – hoffentlich sogar ihre Familie – kommt, um *sie* zu holen und nicht einen Haufen Geld.«

Jed öffnete eine Schublade und holte einen Stapel Papiere und einen Stift hervor. »Wie sieht sie denn aus?«

»Auch das ist ein Problem. Ihre Verletzungen sind so stark, dass ich ihr Gesicht nicht genau beschreiben kann. Sie hat allerdings sehr langes, rotbraunes Haar und braune Augen. Ich nehme an, sie ist ungefähr einen Meter siebzig groß.« Er dachte einen Augenblick nach, ob ihm noch mehr einfiel, was ihrer Familie bei der Identifikation helfen könnte. »Sie hat noch alle Zähne, und sie ist ohne irgendwelchen Schmuck zu uns gekommen. Ihr Alter liegt irgendwo zwischen achtzehn und fünfzig.«

Jed legte den Stift beiseite und stützte sein Kinn in die Hand. »Das ist nicht sehr hilfreich.«

»Das ist mir klar. Wird denn in der Stadt jemand vermisst?«

Jed schüttelte den Kopf. »Nein. Aber ich werde einen Zettel aufhängen und mich umhören.«

»Danke, Mr. Larkham.« Er schob den Stuhl zurück und stand auf. Dann wandte er sich um und ging zur Tür.

»Äh ... Dr. Carrick?«

Ian blieb stehen, doch machte er sich nicht die Mühe, sich umzudrehen. Er wusste, was jetzt kam. Es war das, was immer kam. »Ja, Mr. Larkham?«

»Ich ... äh, das heißt, wir haben alle von Ihrem Unfall gehört.«

»Es war kein Unfall, Mr. Larkham.«

»Ja, nun ja, wir haben gehört, dass dieser ... dieser Vorfall Sie verändert hat.«

Ian lachte bitter auf.

»Der Bürgermeister von Alabaster – das ist der alte Thomas

Markette – er hat vor kurzem seine zwölfjährige Tochter verloren. Alles, was wir gefunden haben, war ein Stück Spitze von ihrem Kleid. Ich dachte mir, wenn Sie den Stoff vielleicht berühren könnten …«

Ian biss die Zähne zusammen und schloss die Augen. Es war immer das Gleiche. Die Menschen hatten Angst vor ihm und glaubten die Gerüchte um seine übersinnlichen Fähigkeiten nicht wirklich, aber sie waren sich nicht sicher. Sie wollten, dass er es ihnen bewies, dass er ihnen dabei half, Antworten auf unerklärliche Fragen zu finden und das unwiderruflich Verlorene wiederzufinden, dann würden sie ihm glauben – eine Sekunde lang. Aber sie würden noch immer Angst haben vor ihm. Noch in dem Augenblick, da er ihnen geholfen hätte, würden sie ihm ausweichen, und wenn ihm das nicht geglückt wäre – Gott schütze ihn vor ihrem Zorn.

Jed zog ein schmutziges, zerrissenes Stück Spitze aus einer Schublade seines Schreibtisches. In seinen knochigen Fingern sah es klein und zerbrechlich aus.

Ian starrte auf die Spitze, und das bekannte Gefühl von Panik, von Zwecklosigkeit senkte sich über ihn. Er wollte sich abwenden, wollte dem alten Mann sagen, dass er es vergessen sollte, dass er nicht wirklich übersinnliche Fähigkeiten besaß. Aber das konnte er nicht. Wie immer, so war auch jetzt wieder die Verlockung da, die Hoffnung, dass es diesmal anders sein würde.

Langsam streckte er die Hand aus und nahm das Stück rauen, schlaffen, brüchigen Stoffs zwischen seine Finger.

Natürlich empfing er davon keine Bilder, keine Information. Nur den immer gleichen, Übelkeit verursachenden Gedanken, den jeder haben würde: dass ein Mädchen, ein Kind, irgendwo dort draußen war, allein und verloren. Und es gab verdammt noch mal nichts, was Ian tun konnte, um es zu retten.

Er ließ das Stück Stoff fallen, als würde es plötzlich brennen. Es fiel auf den Schreibtisch, ein weißer Fleck auf dem polierten

Holz. »Man hat Sie offensichtlich falsch informiert, Mr. Larkham. Meine Gabe« – das Wort troff nur so vor Sarkasmus – »richtet sich nicht darauf, Stücke von Spitze zu betasten. Guten Tag.«

Ian ging den Weg hinunter, mit hoch erhobenem Kopf. Er wusste, dass er töricht war, doch er meinte Blicke auf sich zu spüren, er meinte das Flüstern der Gerüchte im Wind zu hören, er fühlte es, wie es sich an seine Fersen heftete.

Er sollte sich eigentlich mittlerweile an Reaktionen wie die von Larkham gewöhnt haben. So etwas passierte ziemlich oft, aber es war schon so lange her, seit er sich in die Welt hinausgewagt hatte, dass er es beinahe vergessen hatte. Oder die Erinnerungen waren verschwommen, verwischt von viel zu vielen Flaschen Scotch und viel zu vielen einsamen Nächten. In gewisser Weise hatte er vergessen, wie beängstigend und bedrängend sein Fluch für die anderen Menschen war. Man sah in ihm mehr als nur einen gewöhnlichen Mann, und doch achtete man ihn geringer – eine Kreatur, die zum einen Teil der Erzengel Gabriel und zum anderen der Satan war und die den Menschen schreckliche Angst einjagte. Bis auf die wenigen, die ihm hinterherliefen wie Schoßhunde und darum bettelten, dass er ihnen seinen Zaubertrick zeigen sollte.

Er fand Fergus und die Mietkutsche, die auf ihn wartete. Ohne einen Blick zurückzuwerfen, stieg er in die Kutsche und schlug mit der Faust gegen das Dach. Die Kutsche holperte los, die Tür schlug zu. Sie waren unterwegs zur nächsten Stadt.

Die nächste Stadt. Die nächsten ängstlichen Blicke, die ihn vorsichtig beobachteten, die darauf warteten, dass der berüchtigte Doktor in Hysterie ausbrach, die nächste ausgestreckte Hand …

Er seufzte. Vielleicht sollte er aufgeben.

Was bedeutete ihm Selena? Er konnte sie für den Rest ihres Lebens ernähren und versorgen, ohne auch nur einen einzigen Gedanken an die Kosten dafür zu verschwenden. Sie konnte noch jahrelang unter seinem Dach leben, konnte ein namenloses, gesichtsloses Geschöpf in den dunklen Fluren sein, nichts sagen und noch weniger denken. Was würde das schon bedeuten, noch eine zerbrochene Seele mehr in seinem Haus des Wahnsinns?

Während er diese Frage noch dachte, wusste er auch schon die Antwort.

Selena würde nie einfach nur eine weitere Verrückte im Haus Lethe sein. Sie würde ihn mit ihrer Anwesenheit verfolgen, nur durch ihre Existenz, jeden Tag, jede Nacht, für den Rest seines elenden Lebens. Mit jeder Bewegung, die sie machte, würde er die Hand ausstrecken, um ihr zu helfen, mit jedem gestotterten Wort, das sie hervorstieß, würde er um mehr beten. Er erinnerte sich an sie, wie sie an jenem Morgen war – sie hatte auf dem Boden gesessen, ihr Haar und ihr Gesicht hatten schrecklich ausgesehen, und eine tote Maus war an ihren Fingerspitzen gebaumelt. Dann erinnerte er sich an Elizabeth, die am Fenster gesessen hatte, ein feiner Speichelfaden war über ihr Kinn gelaufen und in ihrem Schoß gelandet. Die beiden Bilder verschmolzen in seinen Gedanken, und ein Gefühl von Verlust und Scham überkam ihn, von dem ihm ganz übel wurde. Wenn er doch nur ein stärkerer, besserer Mann wäre. Ein Mann, der sich um sie sorgen konnte, so wie sie war – mit einem Hirnschaden und unvollkommen. Ein Mann, der weniger brauchte und deshalb mehr sah.

Aber ein solcher Mann war er nicht. Für ihn könnte es nichts Schlimmeres geben als zuzusehen, wie Selena langsam so würde wie Elizabeth. Nichts. Es würde ihn umbringen, genauso, wie es Giles umbrachte. Stück für Stück, Tag für Tag würde Ian das bisschen geistige Gesundheit verlieren, das ihm jetzt noch geblieben war. So einfach war das. Er musste sie loswerden, um seine eigene Seele zu retten.

Es war kindisch und selbstsüchtig... und es war die Wahrheit. Er war kein Mann, der sein Versagen umdeutete oder so tat, als gäbe es dieses Versagen nicht. Er war ein selbstsüchtiger Mann, das war er schon immer gewesen. Aber nie zuvor war es so entsetzlich offensichtlich gewesen wie in diesem Augenblick.

Er würde so lange wegbleiben, wie er konnte, würde mit so vielen fremden Menschen sprechen wie nötig. Und er würde beten, dass jemand kommen möge, seine gebrochene Göttin zu holen.

12

Selena lag in ihrem Bett, die dicke Decke hatte sie bis zum Kinn hochgezogen. Einige kostbare Sekunden lang, bis sie ganz erwacht war, erfüllte das Versprechen eines neuen Tages ihr Bewusstsein. Draußen war es noch immer dunkel, aber bald, sehr bald, würde die Dämmerung anbrechen.

Sie hatten ihr versprochen, sie heute nach draußen zu bringen.

Sie öffnete langsam die Augen und schaute zum Fenster. Sogar die Schatten des eisernen Gitters davor konnten ihre Begeisterung heute nicht mindern. Träge reckte sie sich, dann schob sie die Decke beiseite. Sie setzte sich auf, sah sich im Zimmer um und versuchte, sich an all das zu erinnern, was sie an einem Morgen tun musste, so wie Lara es ihr beigebracht hatte.

Wasch dein Gesicht. Geh zur Toilette.

Selena lächelte, als sie merkte, mit welcher Leichtigkeit sie sich erinnern konnte. Sie schwang die Füße auf den Boden und ging hinüber zur Kommode. Es fühlte sich auf eine eigenartige Weise unpassend an, einfach nur zu gehen. An so einem besonderen Tag sollte sie schweben, auf eine magische, wundervolle Art.

Sie goss das lauwarme Wasser in die Porzellanschüssel und wusch sich das Gesicht. Als sie nach dem Handtuch neben der

Schüssel griff, entdeckte sie in dem ovalen Spiegel ihr Spiegelbild und hielt mitten in der Bewegung inne.

Sie beugte sich ein wenig näher zu dem Spiegel, endlich war sie in der Lage, die Gestalt ihres Gesichtes zu sehen. Ihre Augen waren nicht mehr zugeschwollen. Sie konnte sie jetzt deutlich erkennen, und als sie in ihre eigenen Augen sah, hatte sie das Gefühl, als würde sie endlich auch einen Teil von sich selbst entdecken.

Gebannt legte sie die Hand an ihre Wange und wunderte sich über ihre sanfte Haut. Die hässlichen roten und schwarzen Blutergüsse waren viel besser geworden, nur ein grünliches Gelb mit einigen dunklen Flecken war noch zu sehen.

Für Selena war es die hübscheste Farbe, die sie je gesehen hatte. Es war die Farbe der Veränderung, die Farbe der *Heilung*.

Sie berührte die kühle, glatte Oberfläche des Spiegels. »Wer bist du?«, flüsterte sie und beobachtete fasziniert, wie ihre blassen Lippen diese Worte formten.

Dunkle, geheimnisvolle braune Augen starrten sie an.

Sie versuchte, sich für die Antwort auf ihre Frage zu interessieren, versuchte es wirklich. Das war, was alle von ihr erwarteten, was auch Ian erwartete.

Aber sie konnte kein Interesse wecken, wo kein Interesse vorhanden war. Ihre Vergangenheit kümmerte sie nicht, was sie wollte, war die Zukunft. Schmerzlich sehnte sie sich danach, endlich damit zu beginnen, endlich die Schwelle dieses Raumes, dieses Hauses zu überschreiten und jene neue Welt zu erforschen, Gefühle zu erfahren und Gedanken, die sie sich nicht einmal vorstellen konnte.

Heute würde sie den ersten Schritt dazu tun. Gestern hatte sie den ganzen Tag im Haus verbracht. Edith hatte ihr gezeigt, wie man die Federn von einem toten, klammen Vogel rupfte (den zu essen sie sich weigerte, grundsätzlich, es war eine entsetzliche Vorstellung, ein Tier zu essen, das einmal gelebt hatte). Nach dem Fiasko, das es beim Rupfen gegeben hatte, war Edith mit ihr aus der Küche ins Wohnzimmer gegangen und hatte ihr beigebracht, die Möbel abzureiben, mit einer dicken, wachsartigen Substanz, die himmlisch roch.

So himmlisch, dass Selena sie gegessen hatte.

Das war der Zeitpunkt gewesen, an dem Edith sie ins Schlafzimmer geschickt hatte. Immer noch verstand Selena die Dinge nicht genau, die sie an diesem Tag gelernt hatte, konnte sie nicht exakt sagen, was sie falsch gemacht hatte, aber eine Lektion hatte sie genau gelernt: Sie durfte tote Tiere essen, aber nicht die Reinigungsmittel.

Es war eine eigenartige Welt mit unerklärlichen Regeln.

Im Schlafzimmer hatte sie einen Haufen Schwierigkeiten gehabt. Es hatte ganz gut angefangen, als sie das Bett machte. Lara hatte ihr gezeigt, wie man die Decke faltete und das Kissen zurechtklopfte, und diese Lektion hatte Selena ausgezeichnet gelernt.

Alles war gut gegangen, bis eine wunderschöne weiße Feder aus dem Kissen gefallen und mit einem Luftzug aus dem offenen Fenster geschwebt war.

Selena hatte noch nie zuvor in ihrem Leben etwas so Hübsches gesehen. Millionen von Staubflocken schwebten in der kalten, sonnendurchfluteten Luft. Die Gardinen flatterten leicht vor dem Fenster. Und diese wunderschöne Feder schwebte und schwebte einfach nur und sank dann zu Boden.

Auf einmal wurde dieses Kissen zu einem magischen Behältnis versteckter Schätze. Selena riss es weit auf, vergrub ihre Hände darin und warf die weißen Daunenfedern überall umher. Sie und Lara lachten und spielten, gebannt von der Schönheit und dem Zauber des Federwirbels.

Edith war überhaupt nicht verzaubert gewesen. Alles, was sie gesehen hatte, war ein *Durcheinander*, und als Selena versucht hatte, ihr die Eleganz vorzuführen, mit der eine einzelne Feder in einer spiralförmigen Bewegung zu Boden sank, war Edith gänzlich unbeeindruckt gewesen.

Genauer gesagt, die Haushälterin hatte gesagt, sie sollten mit *diesem verdammten Unsinn aufhören.*

Weder Selena noch Lara verstanden das Wort »Unsinn«, dafür hatte Edith ihnen gezeigt, was sie unter »Aufhören« verstand. Die Haushälterin hatte beide Hände erhoben und war aus dem Zimmer gestürmt. Sie war nicht mehr zurückgekommen.

Da hatte Selena begriffen, dass sie nicht länger lernen würde, eine Haushälterin zu sein. Sie war enttäuscht über ihr unerwartetes Scheitern, aber sie hatte versucht, nicht unglücklich darüber zu sein. Stattdessen hatte sie sich auf jede neue Lektion konzentriert.

Als Haushälterin hatte sie versagt, doch als *Untertan der Krone* hatte sie ihre Sache recht gut gemacht. Die Königin hatte großes Gefallen angesichts von Selenas Erfolgen zum Ausdruck gebracht. Selbst jetzt erinnerte sich Selena noch, wie man diese eigenartige Bewegung machte, die man Hofknicks nannte. Sie erinnerte sich auch daran, dass sie vor jedem im Haus einen solchen Knicks machen sollte, nur nicht vor Edith, denn sie war ja nur die *Hausangestellte,* und auch nicht vor Lara, die *schwachsinnig* war, und Ediths Mann, der ein *hoffnungsloser Trinker und noch dazu dumm* war.

Alle anderen, hatte die Königin erklärt, standen in der Rangfolge über Selena, und daher war es erforderlich, vor ihnen einen Hofknicks zu machen. Ganz besonders vor dem König.

Selena hatte so oft einen Hofknicks gemacht, dass ihr ganz schwindlig wurde, wenn wieder jemand das Zimmer betrat. Aber sie hatte es getan, sie hatte diese alte Sitte befolgt und eine neue Fähigkeit erlernt. Sie konnte auch diese geschmacksfreie Flüssigkeit eingießen, die so heiß war, dass man sich die Zunge daran verbrannte, wenn man an ihr nippte, und die *T* genannt wurde. Sie konnte aus der Tasse trinken und dabei mit dem kleinen Finger zur Decke zu zeigen. Und die Königin hatte erklärt, Selenas königliche Art sei unvergleichlich.

Endlich wandte sich Selena vom Spiegel ab und nahm das bronzefarbene Kleid, das über der Stuhllehne hing. Bei dem Gedanken, es anzuziehen, zuckte sie zusammen und zog unwillkürlich die Hand zurück.

Alles, was man ihr beigebracht hatte, um eine Lady zu sein, war entweder unbequem oder sinnlos. Sie wollte sich weigern, wollte Hosen tragen, so wie Andrew es tat, und ein großes Seidenhemd, das locker bis zu ihren Knien hing. Sie wollte auch kräftige, laute Farben tragen, Farben, die sie an Worte erinnerte wie Himmel, Meer, Löwenzahn, Iris, Gras. Farben brachten ihr mehr Bilder und Erinnerungen zurück als sonst etwas. Ein weißes Nachthemd ließ sie an Schnee und Frost und Sternenlicht denken, an einen dampfenden Strahl Milch aus dem rosigen Euter einer Kuh, an die samtweichen Blütenblätter eines Gänseblümchens. Manchmal wusste sie sogar das Wort, das zu diesen Bildern passte, manchmal allerdings kam ihr nur ein Bild in den Sinn, das dazugehörige Wort fiel ihr dann, auf unerklärliche Weise, eine Stunde später plötzlich ein. Doch das machte nichts, alles, was wichtig war, waren diese so genannten Erinnerungen, die kleinen Bruchstücke, die auf eine wundervolle Welt dort draußen schließen ließen, ein Universum von Bildern, Klängen und lebhaften Farben. Eine geheimnisvolle Welt, die sie mit ihren verführerischen Möglichkeiten lockte.

Und heute würde sie diese Welt zum ersten Mal sehen. Sie hob das Kleid hoch, das sie plötzlich daran erinnerte, dass die grünen Blätter der Bäume im Herbst braun wurden. Schnell zog sie das Kleid über den Kopf. Sie strich die Spitze am Halsausschnitt glatt, knöpfte das enge Mieder und den Rock zu und ging dann zum Bett, um zu warten.

Die Freiheit war nur noch wenige Augenblicke entfernt.

Es klopfte. Selena sprang vom Bett und hörte, wie der Stoff zerriss. Sie zuckte zusammen, blickte an sich hinunter und stellte fest, dass ihr Mieder aufgerissen war und ein großes Stück ihres weißen Hemdes darunter herausschaute. Ihre Brüste wölbten sich aus dem spitzenbesetzten Ausschnitt.

Wieder klopfte es. »Selena?«, rief Andrew durch die geschlossene Tür. »Bist du salonfähig?«

Selena überlegte. *Salonfähig*. Sie musste dieses Wort falsch verstanden haben, denn sie hatte geglaubt, es habe mit Moral zu tun, und Moral hieß, nett zu sein. Warum sollte Andrew fragen, ob sie nett war? »Ja.«

»Gut.« Die Tür wurde weit geöffnet, und Andrew kam ins Zimmer. Er lächelte sie an. Doch dann erstarrte er plötzlich. Er riss die Augen auf und starrte auf ihr Hemd. »D-dein Kleid.«

»Eng.«

Eine brennende Röte stieg von seinem Hals auf und breitete sich über sein Gesicht aus. »J-ja, aber …« Er warf einen Blick zurück zur Tür, als wolle er weglaufen.

Sie machte einen Schritt nach vorn. »Nicht gehen.« Schnell packte sie ihn am Arm und hielt ihn fest. »Wir gehen … raus. Lernen. Sehen.«

Verlegen fuhr Andrew mit der Zunge über die Lippen und sah überall hin, nur nicht auf ihre Brüste. Noch ehe er etwas sagen konnte, betraten Edith und Maeve das Zimmer.

Edith warf einen Blick auf Selenas Kleid und verdrehte die Augen. »Jesus, Maria und Joseph. Ich habe noch nie solche Probleme damit gehabt, eine Verrückte anzuziehen.«

Maeve lächelte Selena träge und verschlafen an.

Selena fühlte, wie ihr in der Brust ganz eng wurde. Sie begriff erst in diesem Augenblick, wie sehr sie Maeve vermisst hatte, wie sehr sie gefürchtet hatte, dass ihre Freundin irgendwie verschwunden war. »Maeve. Hab dich vermisst.«

Noch immer lächelnd wandte Maeve sich ein wenig zur Seite und begann, mit dem Kopf gegen die Wand zu schlagen.

»Hör auf«, brummte Edith. »Davon werde *ich* Kopfschmerzen bekommen.«

Selena lief zu Maeve hinüber und legte ihr die Hand auf die Schulter. »Maeve«, flüsterte sie.

Maeve schlug weiter mit dem Kopf gegen die Wand.

Jedes *bum-bum-bum* von Maeves Kopf auf der Wand traf Selena wie ein Schlag. Sie wandte sich zu Edith. »Warum?«

»Mach dir keine Sorgen, Mädchen«, sagte Edith ruhig. »An manchen Tagen ist sie so verrückt wie nur was. Man weiß nie vorher, wann das so ist.«

»Verrückt?« Ungläubig wiederholte Selena das Wort. Sie packte Maeve an den Schultern und zog sie von der Wand weg. Maeve wandte sich um und sah Selena aus trüben, wässrigen Augen an. Eine dunkle Beule bildete sich auf ihrer Stirn.

Maeve sah nicht böse aus, eher traurig. »Nein«, erklärte Selena ruhig und strich Maeve eine zerzauste, schmutzige Locke aus der Stirn. »Nicht verrückt. Verletzt.«

Maeve blinzelte ein wenig, und ein Lächeln erschien in ihren Mundwinkeln. Selena wusste, dass Maeve sie jetzt endlich erkannte, mit ihr sprechen würde. Sie lächelte sie aufmunternd an.

Maeve lächelte breit zurück. »Mein Mann ist heimgekommen. Ich kann seine Kutsche hören.« Sie hob die schweren Röcke und lief zur Tür, es dauerte nicht einmal eine Sekunde, schon war sie verschwunden.

»Ich werde hier noch selbst verrückt«, meinte Edith und schüttelte den Kopf. »Ich höre auch eine Kutsche.«

Andrew sprang ans Fenster und schob die Gardine beiseite. Der Himmel war noch immer dunkel. »Jemand ist gekommen.«

Selenas Herz schien stehen zu bleiben. Der Moment dehnte sich aus, sie war atemlos vor Erwartung. Ein einziges Wort brannte in ihrem Kopf, erfüllte sie. »Ian«, flüsterte sie.

»Es ist Johann«, erklärte Andrew nach einigen Augenblicken. »Er ist allein.«

Selena sank enttäuscht in sich zusammen. Ehe sie noch den

Mut aufbringen konnte, etwas zu sagen, stand Andrew schon neben ihr, griff nach ihrer Hand und zog sie in den Flur.

»Komm schon, Selena, beeil dich. Wir müssen mit Johann sprechen.«

Sie eilten die Treppe hinunter und dann durch die dunkle Eingangshalle. An der Tür hielt Andrew inne. Er zog die ausgestreckte Hand wieder zurück und steckte sie in die Tasche, als würde der Türknauf ihm Angst einjagen.

Selena griff an ihm vorbei und öffnete die Tür. Kühle Nachtluft drang in das Haus und brachte einen Wirbel grüner Blätter mit.

Sie blieb stehen, das Gefühl des Windes auf ihrem Gesicht und der Geruch verwirrten sie. Der Rock wehte gegen ihre Beine, Haare kitzelten sie auf der Stirn.

Der nachtdunkle Rasen verschmolz mit den Schatten der Bäume. Die blutroten Wolken der Morgendämmerung überzogen in der Ferne den Horizont, eine verschwommene Kaskade von Feuer in der Dunkelheit.

Johann schlug die Tür der Kutsche hinter sich zu und kam den Weg zum Haus herauf, die Absätze seiner Stiefel machten ein herrlich knirschendes Geräusch bei jedem Schritt. »Geh besser schnell ins Haus zurück, Andrew. Es ist bald Morgen.«

Andrew legte den Kopf ein wenig schief und sah Selena an. Sein Blick war wie eine schweigende Mitteilung.

»Wie ich sehe, hast du endlich Gesellschaft gefunden.« Johann lachte über seinen eigenen Scherz. »Das lässt ein wenig an Mary Shelley denken, findest du nicht auch?«

»Es ist nicht, was du denkst, Johann«, gab Andrew atemlos zurück.

Johann hielt inne, schob die Hüfte ein wenig vor und musterte Selena. Sein Blick schweifte von ihren kleinen, nackten Zehen, die unter dem Kleid hervorlugten, über ihren Körper hinauf bis zu der Stelle, an der ihr Mieder zerrissen war.

Selena fühlte eine eigenartige Hitze in ihrem Bauch.

Johann lächelte lässig. Eine Augenbraue hatte er hochgezogen. »Ihr Gesicht sieht wesentlich besser aus, Andrew. Und es sieht auch so aus, als hätte sie einen beeindruckenden Busen.«

Selena verstand nicht alles, was er gesagt hatte, aber sie wusste, dass er eine Bemerkung über ihr Gesicht gemacht hatte. Zweifellos war ihm nicht entgangen, dass sie jetzt besser aussah.

»Psst«, zischte Andrew. »Sie kann dich verstehen.«

Johann hob lässig einen Arm und rückte die Spitze an seinem Ärmel zurecht. »Natürlich tut sie das, Andrew. Und ich bin König George.«

Selena sank sofort zu einem Hofknicks nieder. Als sie sich wieder aufrichtete, streckte sie den rechten Arm aus, mit dem Handgelenk nach innen, zur Begrüßung. Sie senkte respektvoll den Blick, so wie sie es gelernt hatte. »Eure Hoheit.«

Johann erstarrte. Alle Farbe wich aus seinen Wangen, und er warf Andrew einen schnellen Blick zu. »Heiliger Strohsack!«

Selena blickte erstaunt auf. Das war nicht die richtige Antwort. Sie musste etwas falsch gemacht haben. Noch einmal machte sie einen Hofknicks und streckte ihren Arm aus. »Ich grüße Euch, Eure Hoheit.«

Johann nahm ihre Hand und küsste sie. »Ich grüße dich, meine Göttin«, sagte er leise und sah sie über ihre Finger hinweg an. »Du kannst mit mir sprechen?«

Irgendetwas in der Art, wie er sie ansah, gab Selena ein unangenehmes Gefühl. Ihre Wangen brannten.

»Sie kann lesen«, bemerkte Andrew.

»Sie kann *was*?« Johann wandte sich um, ging zur Kutsche zurück und holte etwas daraus hervor. Es war ein Buch, das er wahllos öffnete. »Lies das, Göttin.«

Selena konzentrierte sich auf die Worte, auf die er deutete, und zwang sich, tief zu atmen. »Hält seinen blassen Hof in Schönheit und Zerfall. Er kam. Verlorener Engel des …« Sie legte die Stirn in Falten, konnte das letzte Wort nicht lesen. »Par …«

»Paradieses«, sagte Johann leise.

Sie blickte auf und entdeckte ein herzliches Lächeln auf Johanns schmalem Gesicht. »Paradieses«, wiederholte sie.

»Lieber Gott«, murmelte er, legte eine Hand unter ihr Kinn und hob ihr Gesicht zu sich hoch. »Unser geschätzter Herr und Meister hat sich geirrt.«

Selena ignorierte seinen verwirrenden Wortschwall. »Du hilfst mir lernen?«

»Natürlich werde ich das tun, Göttin. Andrew und ich werden dir all die Worte beibringen, die du vergessen hast.« Er wandte sich zu Andrew. »Das wird eine tolle Überraschung, wenn Ian zurückkommt.«

Selenas Herz schlug schneller. »Ian?«

Johann wandte sich wieder ihr zu, ein trauriger, verständnisvoller Blick lag in seinen Augen. »Er ist weg, Göttin. Ich weiß nicht, wann er zurückkommt.«

Selena verstand *weg*. Wenn man eine Kerzenflamme mit den Fingern berührte, wurde das Feuer zu Rauch und war weg. Sie blickte zu Johann auf und zwang sich zu den nächsten Worten. »Hier ist zu Hause.«

Ganz langsam überzog ein Lächeln Johanns Gesicht. »Ja, das ist Ians Zuhause. Und früher oder später kommen die Menschen immer nach Hause. Sogar Idioten wie Dr. Carrick.«

Auf den Tag genau einen Monat, nachdem er abgereist war, kehrte Ian zurück.

Er stand vor dem schmiedeeisernen Tor von Haus Lethe und starrte durch die kunstvoll geschmiedeten schwarzen Stäbe, lauschte auf den immer leiser werdenden Lärm der Kutsche, die den Weg hinunter verschwand. Nacht umgab ihn, tröstend in ihrer Anonymität; flüchtig kam in ihm der Wunsch auf, er hätte kein Telegramm mit dem Tag seiner Ankunft geschickt.

Über ihm leuchtete hell der Mond wie eine perlweiße Scheibe, eingehüllt in graue Wolken. Der Wind wehte durch die Nadeln der Pinien und strich über sein Haar im Nacken. Er zog den Mantel enger um sich. Es war eine instinktive Bewegung. Obwohl er wusste, dass es kalt war, beißend kalt um diese mitternächtliche Stunde, konnte er es nicht wirklich spüren.

Er fühlte sich abgelöst von seinem Körper, seine Gefühle waren so weit von ihm entfernt wie die Sterne, die sich hinter dem Schleier der Wolken versteckten, so fern wie das helle Sonnenlicht des morgigen Tages. Mit jedem Tag, der in New York verging, hatte er gespürt, wie er tiefer und tiefer in einer Dunkelheit versank, aus der es kein Entrinnen gab.

Er hatte geglaubt, in der Stadt seinen Frieden zu finden, eine Linderung des Schuldgefühls und der Verzweiflung, die er in Alabaster empfunden hatte. Und in den ersten Tagen hatte sich auch alles relativ ruhig entwickelt. Sein Personal hatte ihn von vorn bis hinten bedient und sich bemüht, ihren berüchtigten Arbeitgeber niemals zu berühren oder mit ihm zu sprechen. Niemand hatte ein Wort gesagt, wenn er mitten in der Nacht vollkommen betrunken durch das Haus gestolpert war.

Aber irgendwie hatte sich die Neuigkeit seiner Ankunft herumgesprochen, Gerüchte hatten sich verbreitet, hatten mit dem teuren Champagner in den Gläsern geklirrt. Die Einfaltspinsel waren die Ersten, die gekommen waren, vor seiner Tür hatten sie atemlos darauf gewartet, einen Blick auf den berüchtigten Doktor werfen zu können. Als Nächstes waren seine Kollegen erschienen, hatten ihn um Rat gebeten und ihn dabei die ganze Zeit unter gesenkten Lidern beobachtet, hatten gelächelt, wenn er sich weigerte, ihnen die Hand zu schütteln.

Eigenartigerweise war er über sie weniger erzürnt gewesen als früher. Mit ihrer krankhaften Neugier konnte er umgehen. Es waren die anderen, diejenigen, die als Letzte gekommen waren, die ihn verjagt hatten, zurück in die Sicherheit von Haus Lethe, wie den Nachtmensch, zu dem er geworden war.

Sie kamen stets schwarz gekleidet, mit gesenktem Kopf, in der Hand hielten sie ein Foto, ein Stück Spitze, ein altes Bild. Er spürte, wenn einer von ihnen kam, er konnte die tief eingegrabenen Spuren von Angst und Verzweiflung in ihren Augen lesen. Es waren die Verzweifelten.

Helfen Sie uns, Dr. Carrick... Wir haben unsere geliebte Tochter verloren... Mein kleiner Junge leidet unter einer unbekannten Krankheit, berühren Sie ihn, Dr. Carrick, und sagen Sie mir, ob er überleben wird... Ich sterbe, Dr. Carrick. Nutzen Sie Ihre Gabe und retten Sie mich.

Retten Sie mich... retten Sie mich... retten Sie mich...

Ihre Worte waren immer dieselben, es waren immer vergebliche, aussichtslose Bitten, die ihn mit Scham und Entsetzen und Abscheu erfüllten. Er hatte versucht, vor ihnen davonzulaufen, doch es gab keine Erleichterung für ihn, weder im Haus noch draußen. Sie streckten die Hände nach ihm aus, krallten sich an ihn, immer wenn er das Haus verließ, sanken auf die Knie, wenn er auf der Straße an ihnen vorüberging. Das leise Nachklingen ihres Schluchzens verfolgte ihn, wo immer er auch hinging.

Der Schnaps hatte alles nur noch schlimmer gemacht. Mit jedem Schluck von diesem Feuer war er benommener und mürrischer geworden. Bilder von Selena verfolgten ihn, wie ein trauernder Geist, der ihn im Bett heimsuchte, ihn quälte, verspottete, verlockte. Zuerst waren die Bilder von Elizabeth ständig in seinem Kopf gewesen, eine Last auf seinen Schultern, die ihn zur Flasche greifen ließ, doch als die Zeit verging, hatte er immer größere Schwierigkeiten, sich ihr Bild in Erinnerung zu rufen. Stattdessen hatte er Selena vor Augen. Nicht wie sie war natürlich, sondern so, wie er sie haben wollte. Wundervoll, normal, mit ihrer sanften, ein wenig rauen Stimme, die wirkliche Sätze formulierte und mit ihm über wirkliche Dinge sprach.

Seit Tagen, schon bevor sich diese schmerzlichen nächtlichen Bilder eingestellt hatten, war er in seinem Arbeitszimmer gesessen, eingetaucht in den Nebel des Scotch, und hatte versucht, alle Gedanken an sie zu verbannen. Aber je mehr er versuchte, sie von sich zu schieben, desto tiefere Wurzeln schlug die Besessenheit von ihr in seiner Seele. Wie gewöhnlich konnte er auch jetzt keine halben Sachen tun. Statt in ruhiger, wissenschaftlicher Art darauf zu hoffen, dass sie überleben würde, hatte er all seine Hoffnungen, seine Träume und Gebete auf sie gerichtet. Er hatte geglaubt, sie würde ihn irgendwie retten können.

Was war er doch für ein Dummkopf gewesen. Dabei hatte er tief in seinem Inneren, noch unter dieser krankhaften Besessenheit, von Anfang an die Wahrheit gekannt. Es gab keine Hoffnung für Selena. Nicht eines der vielen Bücher, die er gelesen hatte, hatte auch nur einen Hoffnungsschimmer für eine Genesung versprochen. Sie hatte einen Hirnschaden davongetragen, und den würde sie immer behalten.

Jetzt stand er hier in der kalten Nachtluft. Vor ihm ragte das Haus inmitten des dämmerigen Gartens auf, einsam und ziemlich heruntergekommen. Die Fenster schimmerten in dem schwachen Licht, der weiße Anstrich sah trübe und grau aus.

Kein Licht brannte im Haus, das hatte er auch nicht erwartet, und dennoch wusste er, dass es jemanden im Haus gab, der wach war, jemanden, der ihn beobachtete. Er suchte die Fenster ab, sein Blick ging von einem zum anderen, und er versuchte, einen Schatten dahinter zu erkennen, den Hauch einer Bewegung, wo sonst alles unbewegt und still war.

Er ist zu Hause.

Der Gedanke war mit einem Schlag in seinem Kopf. Er zuckte zusammen und taumelte einen Schritt zurück unter der Heftigkeit dieser plötzlichen Wahrnehmung.

Er hätte es besser wissen müssen, er hätte nicht in einer Vollmondnacht zurückkehren dürfen.

Ian zwang sich, langsam den Weg zum Haus zu gehen, dann trat er auf die knarrende Treppe und schließlich in den dunklen Flur.

»Komm raus. Ich weiß, dass du da bist«, flüsterte er in den stillen, dunklen Raum.

Niemand antwortete ihm.

Er ging in sein Arbeitszimmer, zog den Mantel aus und legte ihn über einen Stuhl. Dann zündete er die Lampe an, goss sich einen Drink ein und ging mit dem Glas in der Hand nach oben.

Seine Mutter stand auf dem Treppenabsatz, ihr offenes Haar fiel ihr über die Schultern, die Hände hatte sie in die Taille gestützt, in den Fingern drehte sie heftig das Band.

Müde seufzte er auf. »Mutter, geh zurück ins Bett.«

»Wolltest du zu Selena?«

»Nein.«

»In deiner Abwesenheit haben sich viele Dinge hier geändert.«

Er seufzte, doch antwortete er ihr nicht.

Maeve machte einen Schritt auf ihn zu. Er erkannte ihre Furcht in winzigen, ihm so vertrauten Bewegungen – an der Art, wie sich ihre Finger um das Stück Satin schlossen, wie sie sich auf die Unterlippe biss. Es machte ihn krank, und er schämte sich, so wie immer – es bewies, dass seine eigene Mutter sich vor ihm fürchtete.

Sie blieb unmittelbar vor ihm stehen und sah zu ihm auf. Er brauchte ihre Gedanken nicht zu lesen, um zu wissen, was sie dachte. Er musste nur in ihre ängstlichen Augen sehen. Sie fürchtete sich davor, dass er sie auslachen und sich abwenden würde, noch ehe sie etwas sagen konnte. Dennoch war sie hier, stand vor ihm und versperrte ihm den Weg.

Es war ungewöhnlich für sie, diese plötzliche Kühnheit, und das machte ihn neugierig. Er lehnte sich gegen die Wand, verschränkte die Arme vor der Brust und wartete.

»Wir … wir hatten eine … Versammlung«, erklärte sie ihm.

»Wir?«

»Die Bewohner dieses Hauses.«

»Ach, wirklich? Ihr wollt wohl ausbrechen, wie?«

»Wir haben alle zusammen Selena geholfen.«

Er erstarrte und stieß sich ein wenig von der Wand ab. »Geholfen wobei?«

Nervös fuhr sich Maeve über die Lippen. Etwas, das aussah wie Stolz, erfüllte ihren Blick. Sie richtete sich auf. »Ich habe ihr beigebracht, wie eine Lady zu essen. Die Königin hat ihr gezeigt, wie man einen Hofknicks macht.«

Ein schreckliches Bild von Selena, die in einen mechanischen, wackligen Hofknicks niedersank, kam Ian in den Sinn. Er schloss die Augen und versuchte, das Bild wieder zu verscheuchen. »Wie nett. Gute Nacht, Mutter.« Er wollte sich abwenden.

»Ich habe dir nicht erlaubt zu gehen.«

Die Autorität in ihrer Stimme traf Ian unerwartet. Erstaunt wandte er sich wieder zu ihr um. »Wie bitte?«

»Nein, das habe ich nicht.« Sie schluckte und zwinkerte mit den Augen. Er konnte sehen, wie viel diese Zurechtweisung sie gekostet hatte, wie sehr sie sich davor gefürchtet hatte, sie auszusprechen.

Etwas stimmte hier nicht. Sie stand groß und aufrecht vor ihm, ihr zerzaustes Haar lag wie ein Heiligenschein um ihr blasses, ovales Gesicht. Haselnussbraune Augen sahen klar und verständig zu ihm auf.

Er empfand so etwas wie Stolz auf ihre gefasste Haltung. »Was ist los, Mutter?

»Selena ist nicht so wie wir anderen, Ian.«

»Nein, Mutter. Du bist verrückt. Sie hat einen Hirnschaden.«

»Nein. Sie ist fast normal.«

Fast. Dieses Wort schmerzte in seiner Brust. Er dachte flüchtig an Elizabeth, die zusammengesunken in ihrem Stuhl am Fenster saß und die Welt beobachtete, als gehöre sie nicht länger dazu. Zweifellos würde Maeve denken, dass auch Elizabeth »fast normal« war. »Weil sie essen und einen Hofknicks machen kann? Was soll ich davon halten? Zweifellos, dass sie demnächst in die Oper gehen kann.«

»Gib mir dein Wort, dass du ihr alles über die wirkliche Welt beibringst.«

»Gut.«

»Morgen.«

Er machte ein unwilliges Gesicht. »Früher oder später…«

»Morgen.«

»Also gut, Mutter. Ich werde auf ihrem Bett sitzen und ihr den Speichel vom Mund wischen, und dabei werde ich ihr von dieser gottverlassenen Welt erzählen, in der wir leben. Vielleicht wird sie sogar ein paar Worte verstehen, nachdem ich sie begrüßt habe.«

Maeve schien ein kurzes Lächeln nicht unterdrücken zu können. »Wir werden ja sehen, wer was lernt.«

Ian verdrehte die Augen. »Gute Nacht.«

»Gute Nacht, Ian. Selena und ich erwarten dich morgen früh am Strand.«

»Natürlich, Mutter. Zweifellos werdet ihr dort Platon analysieren.«

Er sah ihre Reaktion und wusste augenblicklich, dass er sie verletzt hatte. Er wünschte, er könnte die Bitterkeit zurücknehmen, die in seiner Stimme gewesen war, wünschte, er wäre einfach gegangen, ohne den letzten, ironischen Satz zu sagen.

Sie erwartete heute Abend etwas von ihm, etwas, das es seit Jahren in ihrer Beziehung nicht mehr gegeben hatte, sein ganzes Leben lang noch nicht. Ehrlichkeit vielleicht. Verständnis. Er wusste es nicht. Aber jetzt erkannte er in ihren traurigen, traurigen Augen, dass er sie enttäuscht hatte. Wieder einmal.

»Oh, Ian.« Sie machte ein paar Schritte auf ihn zu und hob die blasse, schlanke Hand. Im letzten Augenblick, als sie ihm so nahe war, dass er den Hauch von Tränen in ihren Augen sehen konnte und die feinen Linien, die sich um ihren Mund herum eingegraben hatten, blieb sie stehen. Die Hand sank wieder zu ihrer Seite hinab.

Eigenartigerweise vermisste er diese Berührung, die es niemals gegeben hatte. »Was ist, Mutter?«

Sie blickte unerschrocken zu ihm auf, ihr Gesicht war im

Dunkeln unglaublich blass. »Ich würde das alles ändern, wenn ich es könnte.«

Ian hatte das Gefühl, jemand hätte ihm einen Schlag in den Magen versetzt. In einem harten Seufzer stieß er die Luft aus. Er blickte auf seine Mutter hinunter und suchte nach den richtigen Worten. Aber die gab es nicht, das wussten sie beide. »Ich... weiß, dass es dir Leid tut...«

Tränen glänzten in ihren Augen. »Aber es kümmert dich nicht.« Noch ehe er etwas antworten konnte, senkte Maeve den Kopf und ging weg. Sie schlüpfte zurück in ihr Schlafzimmer und schloss die Tür hinter sich.

Ian lehnte sich gegen die Wand und schloss die Augen. Warum konnte er seiner Mutter nicht die Hand geben? Warum konnte er nicht *menschlich* sein anstatt sich immer so zu benehmen wie ein wütendes, ungehorsames Kind?

Mit einem Seufzer zog er sich zurück.

Sie wollte das, was sie schon immer von ihm gewollt hatte – Absolution. Und er war nicht in der Lage, ihr wirklich zu verzeihen. Er wünschte, er wäre anders, wünschte, er könnte lächeln, mit den Schultern zucken und ihr erklären, dass es nicht so wichtig war.

Aber das wäre eine Lüge, und es würde ihnen beiden noch mehr wehtun, als die nackte Wahrheit jemals wehtun konnte.

»Es kümmert mich, Mutter«, sagte er leise, und seine Stimme verlor sich in der Dunkelheit des Flurs. Es waren Worte, die er tief in seinem Inneren fühlte, doch er konnte sie nicht lauter aussprechen, konnte sie ihr nicht ins Gesicht sagen. Es kümmerte ihn. Es hatte ihn schon immer gekümmert.

Er wusste bloß nicht, was das änderte.

13

Am nächsten Morgen ging Ian den Weg zum Strand hinunter. Das Lachen von Frauen ertönte zwischen den Bäumen und drang in die schattige Ruhe. Für den Bruchteil einer Sekunde hielt Ian inne.

Das fremde Geräusch war wieder zu hören, rauchig und verlockend zog es Ian durch die Bäume zum Strand. Im Schatten des Waldes blieb er stehen und sah hinüber zum Strand, suchte nach dem Ursprung dieses Lachens.

Maeve und Lara waren direkt vor ihm, sie saßen auf einem hohen, mit Moos bewachsenen Granitblock. Neben ihnen stand eine wacklige Staffelei mit einer bunten Leinwand, und überall standen Töpfe mit Farbe. Ein dicker Pinsel, dessen schwarze Borsten in leuchtendes Gelb getaucht waren, lag auf dem Felsen daneben, offensichtlich vergessen. Das Gemälde war ein seltsames Bild des Strandes, mit roten Felsen und leuchtend blauen Wellen und einem Regenbogen am Morgenhimmel darüber.

Maeve saß auf dem schroffen Rand des Felsens, die Hände im Schoß, das Haar wehte ihr lose über die Schultern. Sie hatte ihn sofort bemerkt, und als sie ihn ansah, erschien ein kleines, geheimnisvolles Lächeln um ihren Mund. Dann schweifte ihr Blick von ihm weg zu einem der Tümpel, die sich bei Ebbe am Strand bildeten.

Noch ehe Ian sich umdrehte, wusste er, was er dort sehen würde. Er wusste es, fühlte es, und dennoch konnte er es nicht glauben. Ganz langsam folgte er Maeves Blick.

Sie war dort unten am Strand, sie hockte auf einem mit Kletten überwucherten Stein, ihr Gesicht war verdeckt von der Masse ihres feuchten, strähnigen Haars. Sie trug ein übergroßes Männerhemd und ausgebeulte Hosen, die ihre Figur vollkommen verbargen.

»Selena.« Voller Verwunderung flüsterte er ihren Namen. Sie lag nicht mehr im Bett, sie ging herum und bewegte sich.

Fast normal. Die Worte seiner Mutter kamen ihm wieder in den Sinn und erstaunten ihn mit ihrer verführerischen Macht.

Selena hielt ein Trinkglas vor ihr rechtes Auge, beugte sich damit vor und steckte ihr Gesicht in das eisige Wasser. Ihr Haar fiel um sie herum, es schwamm auf der Wasseroberfläche und versank dann langsam.

Ian drehte sich zu seiner Mutter um. »Himmel! Sie wird ertrinken.«

Maeve blickte über den Rand des Felsens. »Das glaube ich nicht. Das Wasser ist doch nur wenige Zentimeter tief.«

Selena kam wieder hoch, sie warf ihr nasses Haar aus dem Gesicht wie eine Nymphe. Für den Bruchteil einer Sekunde konnte er ihr Profil erkennen, dann senkte sich wieder der Vorhang ihres Haars über das Gesicht. Glänzende Tropfen fielen daraus, wie ein schimmernder, von der Sonne beleuchteter Schleier.

Sie nahm einen Arm voll mit Muscheln und anderem Zeug, dann schlang sie einen dicken, schleimigen Strang Tang um ihren Hals und kam zurück zum Strand.

Sie lief durch das eiskalte Wasser des Atlantiks, als wäre er die von der Sonne erhitzte Karibik. Mit einer Hand strich sie sich die braunen Haarsträhnen aus dem Gesicht.

Zum ersten Mal in seinem Leben wurden Ians Knie beim Anblick einer Frau schwach. Sie war herrlich, unerwartet schön. Langes, mahagonifarbenes Haar hing ihr über die Arme, silberne Tropfen fielen auf den weißen Stoff ihres Hemdes. Ihr Gesicht war ein blasses Oval, beherrscht von den größten, herrlichsten braunen Augen, die Ian je gesehen hatte. Ihre vollen Lippen sahen aus, als würden sie sich jederzeit zu einem Lächeln verziehen wollen.

Sie bewegte sich wie die Göttin, nach der er sie benannt hatte, mit fließenden, anmutigen Schritten, die im gleichen Rhythmus zu sein schienen wie die Wogen der Gezeiten. Ihre Hüften schwangen in sanften, weiblichen Bewegungen, die ihn verzauberten.

Als sie den Strand erreicht hatte, zog sie die Hosenbeine hoch und lief barfuß über die kalten Steine, bis hin zu der Stelle, an der sie die Strümpfe und die Halbstiefel ausgezogen hatte. Sie legte ihre Schätze auf den Boden, dann beugte sie sich vor, um die Schuhe anzuziehen.

Ians Herz schlug so heftig, dass er sicher war, sie würde es hören. Ganz plötzlich – und unvernünftig – dachte er, dass Gott seine Gebete erhört habe, dass er ihm eine verführerische, wunderschöne Frau geschickt habe, die ein Geheimnis umwehte.

Aber das war nicht möglich. Sie musste innerlich geschädigt sein, es *musste* ganz einfach so sein. Kein Gehirn konnte unbeschadet ein solches Trauma überstehen. Es gab keine Hoffnung, dass sie normal sein würde. Keine wirkliche Hoffnung.

Er dachte an Elizabeth, die in ihrem Sessel am Fenster saß, noch immer wunderschön … noch immer zerbrochen und wie ein Kind.

Sieh sie dir doch an, neckte ihn seine Seele und weckte eine heimtückische, tödliche Hoffnung. *Glaube, was du siehst.*

Aber viel zu viele Jahre der Verzweiflung machten es ihm unmöglich, so etwas zu glauben. Er konnte nicht an etwas glauben, ohne auch den Beweis dafür zu haben, dass es wirklich war.

Selena sammelte ihre Muscheln und ihren Tang wieder ein und wandte sich zu Maeve und Lara um. Sie machte nur einen Schritt, dann blieb sie stehen.

Der Felsen war leer, bis auf die Staffelei. Maeve und Lara waren verschwunden. Er sah den Schrecken auf ihrem Gesicht, in ihren Augen. Sie biss sich auf die Unterlippe, eine kindliche Ausdrucksweise von Furcht.

»Maeve?« Ihre volle Stimme vibrierte. »Maeve? Lara?«

Er starrte sie an, und Dutzende von Fragen wirbelten durch

seinen Kopf. Er versuchte, sich nicht zu sehr in die Sache hineinziehen zu lassen, keinerlei Erwartung aufkeimen zu lassen.

Er trat einen Schritt nach vorn. »Ich bin hier, Selena.«

Sie fuhr herum zu ihm. Die Muscheln und Steine, die sie gesammelt hatte, fielen klirrend auf den Felsen.

»Ian?« Sie flüsterte seinen Namen, als sei sie nicht sicher, dass er wirklich da war.

»Hallo, Selena.«

Ihr Gesicht wurde plötzlich von einem strahlenden Lächeln erhellt, dann rannte sie auf ihn zu. Kurz vor ihm blieb sie stehen und machte einen tiefen Knicks. Dann erhob sie sich langsam wieder, sah ihm in die Augen und reichte ihm die Hand.

Er fühlte sich für einen Moment gehemmt, sie zu berühren, doch dann streckte er ihr vorsichtig die Hand hin. Ihre Finger berührten einander, umschlossen sich. Ihre Hand war so klein und so sanft in seiner. Keine Visionen kamen, keine Bilder erschienen in seinem Kopf. Genau wie zuvor war nichts in ihrem Kopf, das er sehen konnte.

»Ich nehme an, man hat dir beigebracht, einen Hofknicks zu machen.«

Sie strahlte ihn an. »Ja.«

»Das machst du sehr gut.«

»Danke.«

»Gern geschehen.«

Er konnte seinen Blick nicht von ihrem Gesicht losreißen, von der Art, wie sich ihre vollen Lippen zu einem Lächeln verzogen, von dem Leuchten in ihren Augen. Sie war herrlich lebendig, so voller Lebensmut.

Es war ein Wunder.

Nein, kein Wunder. Ein wissenschaftliches Phänomen.

Die alte Erregung erfasste ihn erneut. Auf einmal begriff er, was ihre Erholung für ihn bedeutete. Indem sie einfach nur dort stand und ihn anlächelte, gegen alle Wahrscheinlichkeit, gegen die Wissenschaft, schenkte sie ihm alles. Der alte Wunschtraum war plötzlich wieder erwacht.

Er konnte sie studieren, konnte verstehen lernen, was noch kein Arzt vor ihm wirklich verstanden hatte.

Er konnte wieder ein Gott sein.

Er lächelte, und die Fragen kamen ihm wieder in den Sinn, erregten ihn. Wie stand es um ihren Verstand? Wie weit hatte sie sich erholt? Konnte sie denken, verstehen, argumentieren? Ihr Erinnerungsvermögen war beeinträchtigt – das musste es sein –, aber wie weit? Welche Teile ihres Gehirns waren geschädigt und welche Verhaltensmuster rief dieser Schaden hervor?

Oh, er konnte es gar nicht erwarten, sie zu untersuchen.

»Du freust dich über mein Gesicht«, sagte sie.

Er berührte ihre Wange, fühlte ihre seidige Haut an seinen rauen Fingerspitzen. »Du bist wunderschön.«

»Ich sehe es im Spieler, dass es viel Butter ist. *Besser*. Wirst du jetzt bei mir bleiben?«

»Ich verstehe dich nicht.«

»Jetzt, wo ich nicht mehr so hässlich bin.«

Langsam schwand sein Lächeln. Er dachte daran, wie selbstsüchtig seine Reise gewesen war, und schämte sich. »Ich bin nicht weggefahren, weil du hässlich bist, Selena. Ich bin gefahren, weil *ich* hässlich war.«

Sie trat einen Schritt näher und sah zu ihm auf. Langsam breitete sich ein strahlendes Lächeln über ihr Gesicht aus. »Du bist schön, Ian.«

Es überraschte ihn, wie viel Wärme diese naiven Worte in ihm weckten. »Frauen sind schön, Selena. Männer sehen gut aus.«

Sie schaute vor sich hin. »Oh.« Dann kehrte ihr Lächeln zurück. »Wirst du mich wieder testen?«

Er nickte. »Wenn du es erlaubst.«

Sie lachte. Es war ein leises, rauchiges Lachen, das so gar nicht zu ihrem engelhaften Gesicht passte. Das Lachen einer

Dirne, sanft gemacht vom Whiskey und verlockend. »Ich werde dir erlauben, alles mit mir zu machen, was du willst, Ian. Ich habe auf dich gewartet.«

Was für eine Einfachheit, welche Unschuld. Sie hatte offensichtlich keine Ahnung, welche sexuelle Zweideutigkeit in ihren Worten lag. Er fragte sich, auf welcher Ebene ihr Verstand wohl arbeitete – war sie wie Lara, ein Kind im Körper einer Frau, oder litt sie noch immer unter Amnesie?

»Und ich habe auf dich gewartet, Selena«, antwortete er leise, und ihm wurde klar, dass er mit diesen Worten die Wahrheit sagte. Sechs lange Jahre hatte er auf einen Patienten gewartet, auf jemanden, der ihn brauchte, jemanden, der ihm die Aussichten wiedergeben konnte, die er in der Vergangenheit gehabt hatte. Und hier war sie, im Haus Lethe, sie lächelte ihn an mit der arglosen Freude eines Kindes. Sie zu verstehen würde die Geschichte der Medizin verändern.

»Ich freue mich, wenn ich an die Tests denke. Diesmal werde ich sie sicher bestehen.«

Er lächelte und bot ihr seinen Arm. Zusammen schlenderten sie durch den kleinen Wald zurück zum Haus.

Zum ersten Mal seit Jahren konnte er die nächste Minute kaum erwarten, den nächsten Augenblick.

Das medizinische Geheimnis lag in ihrem Inneren und wartete darauf, dass er es entdeckte. Er, nur er allein.

Selena saß auf der Kante des Sofas, die kleinen Füße hatte sie fest zusammengepresst, die Hände lagen im Schoß. Ihre Finger krallten sich ineinander, die Hände schwitzten. Unruhig hin und her zu rutschen, das tat eine Lady nicht, und für Ian wollte sie doch so sehr eine Lady sein. Regeln gingen ihr durch den Kopf, endlos und wie eine verworrene Litanei. *Sitz still… sprich nicht, wenn man dich nicht angesprochen hat… rutsche nicht hin und her… nur Babys weinen, und du bist doch kein Baby, Selena… iss wie ein Vögelchen…*

Selena versuchte, sich an alles zu erinnern, doch Ediths Worte kamen und gingen in ihrem Kopf. Manchmal erinnerte sie sich daran, manchmal nicht. Manchmal konnte sie sich gar nicht mehr erinnern, woran sie sich gerade erinnern wollte.

»Möchtest du etwas trinken?«

Selenas Kopf fuhr hoch, ihr Herz begann zu rasen. Er hatte etwas zu ihr gesagt, vielleicht hatte er ihr eine Frage gestellt. Sie war nicht sicher, sie konnte sich nicht erinnern. Sie versuchte das richtige Wort zu finden, um ihre Verwirrung auszudrücken, doch nichts fiel ihr ein. Sie sah zu ihm auf, ihr Kopf war ganz leer.

Tränen brannten in ihren Augen. *Dumm. Dumm. Dumm.* Dabei wollte sie ihn beeindrucken. Sie hatte wochenlang geübt, jeden Tag hatte sie bis zur Erschöpfung daran gearbeitet, sich zu verbessern. Und wofür? Damit sie ihren Gott anblinzelte wie ein toter Fisch und viel zu schnell atmete?

Er deutete auf die Teekanne auf dem verzierten Silbertablett. »Möchtest du etwas trinken, Selena?«

Trinken. Tee. Er bot ihr etwas zu trinken an. Sie lächelte erleichtert. »Ich bin sehr durstig. Ja, danke, ich würde gern Tee trinken.«

Er sah sie eine Sekunde länger an, als sie erwartet hatte, seine Augen zogen sich zusammen, sein Blick war prüfend. »Gut.« Er wandte sich um und goss ihr eine Tasse dampfenden Tee ein und reichte sie ihr dann.

Sie lächelte. »Heiß«, sagte sie, um ihm noch einmal zu beweisen, wie klug sie war.

»Ja, der Tee ist heiß. Nimmst du Sahne oder Zucker?«

»Wohin?«

»Wie bitte?«

»Wohin soll ich sie nehmen?«

Er lachte, ein leises, glückliches Lachen, das ihr das Gefühl gab, zu schweben. »In deinen Tee.«

Sein Lachen war ansteckend. »Oh.« Sie kicherte. »Das ist mir egal, solche Sachen wie Sahne und Zucker und Salz und Pfeffer. Ich habe keinen Geschmack.«

Sein Lächeln verschwand. Ganz langsam stellte er seine Teetasse auf den Tisch neben dem Sofa und holte ein kleines Buch aus seiner Tasche hervor. Dann setzte er seine Brille auf die Nase. »Was willst du damit sagen, du hast keinen Geschmack?«

Sie versuchte, die Worte zu finden, die nötig waren, um es ihm zu erklären. Schließlich entdeckte sie den Salzstreuer auf dem Tablett neben den Sandwiches mit Brunnenkresse. Sie nahm ihn, legte den Kopf zurück und schüttete eine große Menge Salz auf ihre Zunge. Dann schluckte sie es hinunter und lächelte ihn an. »Kein Geschmack.«

Seine Augen leuchteten. »Du schmeckst gar nichts?«

»Nichts.«

»Wie hast du das denn zum ersten Mal gemerkt?«

»Als ich gegessen habe.«

Er lächelte. »Ich stelle die Frage anders. Wie hast du bemerkt, dass du anders bist als andere Menschen.«

»Johann hat mich erwischt, wie ich Meerwasser getrunken habe.«

Er schrieb einige Augenblicke lang wie wild in sein Buch, dann sah er wieder auf, und seine Augen blitzten erwartungsvoll. »Und wie ist es mit dem Gedächtnis? Kannst du dich an irgendetwas erinnern?«

»Nein.«

Er zog die Stirn in Falten. Sein Blick ruhte so durchdringend auf ihr, dass sie sich unbehaglich fühlte. Dann begann er wieder zu schreiben. Das Kratzen seines Stiftes auf dem Papier erschien ihr plötzlich viel zu laut. Sie begann, unruhig hin und her zu rutschen, dann erstarrte sie. *Du sollst nicht zappeln.*

»Du erinnerst dich nicht an deinen Namen?«

»Nein, aber ich glaube nicht…«

»Woher kommst du?«

Sie blinzelte verwirrt von dem plötzlichen Themawechsel. Es

ging alles viel zu schnell. Ihr Verstand konnte nicht Schritt halten. »Ich weiß nicht, woher ich gekommen bin. Könntest du vielleicht…«

»Familie?«

»Ich weiß nichts von einer Familie. Es würde mir helfen, wenn…«

»Wie steht es mit Ansichten? Hast du welche?«

»Das macht Edith doch immer mit dem Essen.«

Er zog die Augenbrauen hoch. »Wie bitte?«

Ansichten. Nicht anrichten. Sie versuchte zu lächeln, doch es fiel ihr schwer. Er starrte sie so eindringlich an, dass ihr ganz übel wurde, sie war nervös und unsicher. »Ansichten. Du meinst etwas, woran ich glaube.«

»Ja.« Wieder senkte er den Stift auf das Papier, er wartete.

»Ich glaube…« Sie hielt inne. Verzweifelt wollte sie ihn beeindrucken, sie versuchte, sich an irgendetwas zu erinnern – an etwas, das Johann gesagt hatte oder Edith oder Maeve. Irgendetwas, das eine Ansicht sein könnte. Ian erwartete von ihr, dass sie Ansichten hatte, sie sah es an seinem erwartungsvollen Blick, fühlte es an der Art, wie er atmete. »Ich glaube…« Ihre Schultern sackten zusammen, ihre Stimme war nur noch ein zähes Flüstern. »Ich glaube, ich habe keine Ansichten.«

»Wirklich?« Er sprach das Wort so gedehnt aus, als würde er es auskosten, als wäre er froh, dass sie so leer war in ihrem Kopf.

Sie rückte ein Stück näher zu ihm, auch wenn sich das nicht gehörte, dann hob sie ihr Gesicht und sah ihn an. Er war ihr so nahe, dass sie die dunklen Flecken in seinen blauen, blauen Augen sehen konnte, so nahe, dass sie seinen Atem auf ihrem Gesicht fühlte. »Ich glaube an dich, Ian.«

Er lachte, doch diesmal klang es abweisend, und es gab ihr das Gefühl, dumm und klein zu sein. »Keine Überzeugungen *und* keine Intelligenz«, meinte er und machte eine schnelle Notiz in sein Buch.

»Ich bin nicht dumm«, erklärte sie leise.

Er schien von ihrer Bemerkung überrascht. »Das habe ich auch nie behauptet.«

»Aber du hast doch gerade gesagt ...«

»Ach, das.« Mit einem Wink mit seinem Stift unterbrach er sie. »Das war einfach nur Sarkasmus. Ich wollte damit sagen, dass jeder, der an mich glaubt, keinerlei Intelligenz besitzt. Siehst du, das ist ein Spaß auf meine Kosten, nicht auf deine.«

Sie nickte und tat so, als hätte sie verstanden. Aber das hatte sie überhaupt nicht. Warum würde wohl jemand eine Bemerkung machen, die Schmerz hervorrief?

»Ich ... ich habe gewusst, dass du zu mir zurückkommen würdest«, meinte sie und sah zu ihm auf, wartete darauf, dass er die Hand ausstreckte, um sie zu berühren, in ihr mehr als nur eine Patientin zu erkennen, die man ausfragte.

»Ich wünschte, ich hätte viel eher angefangen. Dieses verdammte Protokoll wäre wesentlich vollständiger, wenn ich jeden Schritt des Genesungsprozesses aufgeschrieben hätte.« Plötzlich stand er auf und ging zu dem Bücherregal hinter ihm. »Also, lass uns ein paar Koordinationsübungen und Geschicklichkeitstests machen, wie?«

Selena sah ihm zu. Er kam zurück zu ihr, mit einem Arm voller Spiele und Bilder.

Irgendetwas lief hier völlig verkehrt, und sie hatte keine Ahnung, was es war. Sie fühlte sich nutzlos und dumm.

Dabei hatte sie sich so sehr bemüht ...

Er setzte sich neben sie. Nahe, aber nicht zu nahe. Dann nahm er den Stift wieder in die Hand und hielt ihn über das Papier. »Mal sehen, ob du es diesmal schaffst, das viereckige Klötzchen in das viereckige Loch zu setzen.«

Ohne ersichtlichen Grund verspürte Selena den Wunsch zu weinen. Sie verstand ihre eigene Reaktion nicht. Eigentlich sollte sie doch jetzt glücklich sein, sie sollte strahlen bei der Aussicht, dass er sie prüfte. Sie hatte es oft geübt, so oft, dass sie es mittlerweile im Schlaf tun konnte. Seit Wochen hatte sie sich darauf gefreut, ihn mit ihrem Können in genau diesem Test zu beeindrucken.

Aber jetzt war alles irgendwie anders. Es fühlte sich so an, als wäre ihr Erfolg ihm gar nicht wichtig, als würde er ihn nicht dazu bringen, den Stift aus der Hand zu legen und sie wirklich anzusehen.

Sie begriff plötzlich den Grund dafür. Die Erkenntnis kam schnell und mit einem heftigen Schmerz, der sie atemlos machte.

Er machte sich nichts aus ihr.

Oh, er wollte sie verstehen, wollte sie auseinander nehmen und sie testen und feststellen, wie sie das überlebt hatte, was immer es auch gewesen war. Er wollte ihre Gedanken, ihre Gefühle und Reaktionen niederschreiben, wollte verstehen, warum sie sich nicht an ihren Namen erinnern konnte, warum sie keine Ansichten hatte, aber *sie* wollte er nicht kennen lernen.

Er glaubte gar nicht, dass es sie als Person gab im Inneren, hinter all der fehlenden Information. Im Inneren dieses kaputten Gehirns.

»Ich bin für dich eine Patientin, nicht wahr?«

»Natürlich bist du das.«

»Glaubst du, du wirst mich heilen können?«

Er schrieb sehr schnell, als hätte er Angst, dass ihm auch nur ein Wort entgehen könne. »Ich weiß noch nicht, was genau mit dir nicht stimmt. Bis natürlich auf die Tatsache, dass du einen Hirnschaden hast.« Er lächelte sie kurz und herzlos an, dann schrieb er weiter.

Selena biss sich auf die Unterlippe und sah von ihm weg. Die Träume, die sie in den letzten Wochen geträumt hatte, begannen sich aufzulösen, wie zu Fäden alter Seide. Er war auf dem falschen Weg, doch das konnte sie ihm nicht sagen. Wie konnte jemand wie sie – zerbrochen und unerfahren – einem großen Mann der Wissenschaft erklären, dass er nach dem suchen musste, was an ihr richtig, nicht was falsch war?

Sie nahm das kleine Holzklötzchen und steckte es in das viereckige Loch.

Er zog scharf den Atem ein, dann lächelte er sie an. »Gut.« Und wieder schrieb er.

Sie empfand überhaupt nichts von dem Triumph, den sie eigentlich hatte fühlen wollen, nichts von der Begeisterung. Stattdessen war ihr ein wenig übel, und sie fühlte sich einsam.

Er griff nach dem Stapel Bilder neben sich und hob eines davon hoch. »Kannst du mir sagen, was das ist?«

»Mond«, antwortete sie bedrückt.

»Und dieses hier? Weißt du, was das ist?«

Selena blickte auf die stilisierte Zeichnung eines Herzens. »Ja«, antwortete sie leise. »Ich weiß, was das ist. Weißt du es auch, Ian?«

Erstaunt sah er auf. »Natürlich weiß *ich*, was das ist.«

»Und hast du auch eines?«

»Kein Körper kann ohne eines funktionieren, Selena. Also, was ist das?«

»Ein Herz.«

Er sah nicht auf von seinem Buch, er schrieb immer weiter. »Und wie funktioniert es?«

»Es ist der Ort der Gefühle eines Menschen, seiner Träume und Wünsche. Johann sagt, das Herz ist die Wohnung deiner Seele.«

»Höre nicht auf Johann. Das Herz ist einfach nur ein Organ, so wie deine Nieren oder deine Leber. Es pumpt das Blut durch deinen Körper. Gefühle kommen aus gewissen Stellen in deinem Gehirn.«

»Ich bin der Beweis dafür, dass das nicht stimmt.«

Ian blickte auf. »Wie meinst du das?«

»Ich habe meinen Namen vergessen, meinen Geburtsort, alles von dem Leben, das ich früher einmal gelebt habe. Der Grund dafür ist der Schaden an meinem Gehirn.«

Er schrieb eilig. »Hmm-hmm.«

»Aber ich erinnere mich an meine Gefühle. Ich kann lachen und weinen und lieben. Und jemand kann mich verletzen.«

Er sah sie abwägend an. »Also behauptest du, dass deine Gefühle *wirklich* im Herzen wohnen. Empirisch gesprochen, nicht nur bildlich.« Er klopfte mit dem Stift gegen seine Lippen und starrte an ihr vorbei. »Interessant. Aber auch eine sehr durchdachte Logik. Obwohl du wahrscheinlich gar nicht weißt, was ich damit meine.«

Sie versuchte zu lächeln. Ihre Blicke trafen sich, und wortlos flehte sie ihn an, dass er sie verstehen möge. Er hatte gar nicht begriffen, wovon sie sprach. »Ich meine, dass man mich verletzen kann, Ian.«

Lange starrte er sie an und sagte nichts, aber er schrieb auch nicht. Erwartung kribbelte in ihren Adern. Diesmal sah er sie wirklich, dessen war sie ganz sicher. Er analysierte sie nicht, katalogisierte sie nicht und dachte auch nicht an ein Diagramm. Sie hatte etwas gesagt, das ihn berührte. Ein Lächeln erschien in ihrem Mundwinkel. Sie beugte sich zu ihm, ein wenig atemlos.

Langsam senkte er den Stift wieder auf das Papier. »Jeden Menschen kann man verletzen, Selena.«

Sie fühlte, wie er ihr wieder entglitt, fühlte, wie der viel versprechende Augenblick schwand.

Das Haus Lethe war ungewohnt lebendig. Ian stand in seinem Arbeitszimmer und nippte an einem Glas Portwein, dabei lauschte er dem unvorstellbaren Gesprächslärm im Flur. Es wurde sogar gelacht. Er konnte sich nicht daran erinnern, wann er zum letzten Mal eine solche Kameradschaft unter den Bewohnern dieses Hauses erlebt hatte.

Selena hatte offensichtlich bei allen hier Wunder gewirkt. Von dem Augenblick an, als sie zum ersten Mal hier erschienen war, zerschlagen und voller Blut und ohne Namen, hatte sie an das Herz jedes einzelnen Menschen unter diesem Dach gerührt.

Er konnte die Verzauberung förmlich *fühlen*, er hörte sie in dem unterdrückten Lachen. Sie brachte die Bewohner des Hauses zusammen, machte eine Familie aus Fremden, verwandelte eine Ansammlung verlorener und einsamer Seelen zu Freunden.

Gestern war ihm das vielleicht nicht aufgefallen.

Heute war er wieder Arzt. Ein Arzt, der jede Einzelheit an seiner Patientin verstehen wollte. Sie hatte heute ein bemerkenswertes Gedächtnis gezeigt, eine Fähigkeit, zu argumentieren, die ihn überrascht hatte. Er wollte ihr noch viel mehr Fragen stellen. Sobald sie gegessen hatte, wollte er sie noch einmal testen.

Jemand klopfte an der Tür.

»Herein.«

Die Tür öffnete sich, und Edith kam ins Zimmer, ihre runden Wangen waren gerötet. Sie wischte sich die Hände an der Schürze ab und deutete dann mit dem Daumen zur Tür. »Das Essen ist fertig, Sir.«

Er trank den letzten Schluck aus dem Glas und stellte es auf den Kaminsims. »Gut.«

Edith rührte sich nicht. Nervös schob sie eine Strähne ihres Haares unter die weiße Kappe zurück. »Selena wollte, dass Sie mit uns essen.«

»Uns?«

Ein zögerndes, schüchternes Lächeln trat auf ihr faltiges Gesicht. »Sie ist eine Persönlichkeit, mit der man rechnen muss, Sir. Also wirklich, von dem Augenblick an, als sie zu sprechen begann, habe ich keinen Augenblick mehr Ruhe gehabt. Sie will jede Regel und jede Sitte hier im Haus ändern, damit sie in ihre komische Logik passt. Sie hat erklärt, sie würde nackt rumlaufen, wenn wir ihr nicht gestatten, Hosen zu tragen.« Sie grinste. »*Hosen.*«

»Wovon in Gottes Namen reden Sie überhaupt, Edith?«

»Natürlich von Selena, Sir. Sie hat sich geweigert zu essen, wenn wir kein großes Ereignis daraus machen würden. Zwei

Tage lang hat sie gehungert, wirklich, bis wir einverstanden waren, das Essen im Esszimmer zu servieren.«

»Die Bewohner essen *zusammen*?«

»So schlecht ist das gar nicht, muss ich zugeben. Natürlich wird ab und zu mal ein wenig mit dem Essen herumgeworfen, aber sonst …«

Maeve schwebte in das Arbeitszimmer, ihr langer weißer Rock wehte hinter ihr. »Warum dauert das denn so lange, Edith?« Neben Ian blieb sie stehen und legte den Kopf ein wenig schief. »Kommst du?«

Er starrte seine Mutter an. »Schlägst du etwa vor, dass ich mit den Bewohnern zusammen essen soll?«

Kurz schaute Maeve etwas unsicher, dann griff sie nach dem blassrosa Band an ihrem Hals. »Ich … verlange es von dir.«

Ian sah sie entsetzt an. »Wie bitte?«

»Ich glaube, das hier ist mein Haus.«

»Ja …«

Maeve lächelte, als hätte sie gerade eine sehr schwierige Frage beantwortet. »Ja, das habe ich mir auch gedacht. Als Eigentümerin und als Ediths Arbeitgeberin möchte ich eine neue Regel aufstellen. Es wird nicht länger in den Schlafzimmern gegessen.«

»Mutter, du kannst nicht …«

»Das habe ich bereits. Und jetzt, Edith, serviere das Essen. Mein Sohn und ich werden gleich kommen.«

Edith nickte ergeben, dann eilte sie aus dem Zimmer, ohne die Tür hinter sich zu schließen.

Maeve trat einen Schritt näher an Ian heran. »Ich werde nicht zulassen, dass du ihr wehtust, Ian.«

»Wie meinst du das?«

»Selena hat jetzt wochenlang Tischmanieren gelernt. Ihr würde das Herz brechen, wenn du jetzt nicht zum Essen erscheinen würdest.«

Ian unterdrückte mühsam ein Lächeln. Das war eine Möglichkeit, an die er noch gar nicht gedacht hatte. Er könnte Selenas Geschicklichkeit bei schwierigen Aufgaben beobachten, konnte herausfinden, wie sich ihr geschädigtes Gehirn auf ihre motorischen Fähigkeiten auswirkte. »Geh voraus, Mutter.«

Sie blickte ihn prüfend an, dann wandte sie sich langsam um und verließ das Zimmer. Er folgte ihr durch den Flur zum Esszimmer.

Die Szene, die sich ihnen bot, ließ Ian ruckartig innehalten. Das Zimmer war voller Menschen. Lara, Andrew, Johann, Dotty, Königin Victoria, Edith und Fergus saßen alle um den ovalen Mahagonitisch. Ein Dutzend Kerzen stand auf dem Tisch und warf flackernde Lichter über das burgunderfarbene Tischtuch. Auf einem großen, silbernen Tablett lag ein noch brutzelnder Truthahn in einem Ring von gebackenen Möhren und Zwiebeln. Daneben lagen in zwei Zinnschüsseln Kartoffelbrei und Steckrüben. Zwischen das Geschirr waren unregelmäßig Äpfel, Nüsse, Bonbons und Essiggemüse verteilt.

»Eine recht ungewöhnliche Mischung von Essen«, murmelte Ian.

»Um eine recht ungewöhnliche Mischung von Menschen zu ernähren«, antwortete Maeve. Sie klatschte in die Hände, um die Aufmerksamkeit der anderen auf sich zu lenken. »Ian hat zugestimmt, mit uns zu essen.«

Ein Sturm von Begeisterung brach los. Ians Blick fiel auf Johann, der auf seinem Stuhl fläzte, ein Bein hochgezogen und den Arm über das Knie gelegt. Ein halb leeres Glas Wein pendelte zwischen seinen langen Fingern. Johann lächelte ihn lässig und sarkastisch an und hob sein Glas zu einem spöttischen Toast. »Wirklich, Doktor, wie nett von Ihnen, mit uns zu essen. Es tut mir Leid, dass ich heute Ihr Wiedersehen mit Ihrer Göttin verpasst habe.« Sein Lächeln wurde zu einem breiten Grinsen. »So eine erstaunliche Fehldiagnose …«

Ian ignorierte Johann und wandte sich zu den anderen am Tisch. Jetzt sah er auch, wie das Zimmer geschmückt war.

Leuchtend goldene Kordeln hingen vom Kronleuchter, an ihnen war Weihnachtsschmuck angebracht. Ein Stück Papier hing unten an dem Leuchter, auf dem stand *Kronleuchter – für Licht.*

Ian sah sich um und bemerkte jetzt auch die vielen anderen Zettel, die an jedem Gegenstand im Raum befestigt waren. Er ging von einem zum anderen und las, was darauf geschrieben war. *Sideboard – um das heiße Essen darauf zu stellen; Tisch – an den man sich zum Essen setzt; Teppich; Fenster – um hinauszusehen; Gardine – um das Licht fern zu halten.*

Er fühlte, dass Selena neben ihn getreten war, obwohl er sie nicht kommen gehört hatte. Auf einmal war ihm einfach klar, dass sie da war. Er wandte sich zu ihr. Groß und hoch aufgerichtet stand sie neben ihm, das Haar lag offen um ihr Gesicht. Sie trug ein unförmiges blaues Wollkleid mit ein wenig Spitze am Kragen und an den Manschetten. Eine Göttin in einem Mehlsack.

Auf ihrem Gesicht erschien ein Lächeln. »Andrew hat das geschrieben, um mir zu helfen, die Worte zu lernen.«

Eine Sekunde lang war er so in den Anblick ihres Gesichts versunken, dass er gar nicht wusste, wovon sie überhaupt sprach. Dann erst begriff er, dass sie die Zettel meinte. »Hat es geholfen?«

»Ja. In dem Augenblick, in dem ich das Wort sehe, scheine ich mich an seine Bedeutung zu erinnern. Ich lerne mein altes Leben neu.«

»Gute Idee, Andrew«, wandte er sich an den jungen Mann, der angesichts dieser plötzlichen Aufmerksamkeit heftig errötete. »Ich möchte mich nach dem Essen mit dir unterhalten. Vielleicht kannst du – und können auch die anderen – mir von Selenas Genesungsprozess berichten.«

»Ich würde sagen, Selenas augenblickliche Verfassung sagt Ihnen alles, was Sie wissen müssen«, meinte Johann. »Sehen Sie sich Selena doch an, um Gottes willen.«

Ian legte die Stirn in Falten. »Es ist nicht ihr Aussehen, das mich interessiert, Johann. Es ist ihr Gehirn. Wie verletzt ist es? Wie schwierig war der Genesungsprozess?«

Johanns Blick wurde kalt. »Sie wollen nur die Unzulänglichkeiten sehen, Ian.«

»Wirst du dich neben mich setzen?«, fragte Selena ruhig.

Die Frage überraschte Ian.

»Natürlich wird er das«, antwortete Maeve.

Langsam folgte Ian Selena zum Tisch, und während das Mahl begann, beobachtete er sie eingehend.

Sie saß sehr steif und gerade, die Serviette hatte sie im Schoß ausgebreitet. Vorsichtig legte sie einen Apfel, ein Gemüsestück und zwei Bonbons auf ihren Teller. Dann nahm sie die Gabel, schnitt den Apfel in kleine Stücke und begann zu essen.

Ihre Bewegungen waren ruckartig und unkoordiniert.

Er setzte seine Brille auf und holte Buch und Stift aus der Tasche. *Patientin isst mit eigenartigen, beinahe spasmischen Bewegungen. Scheinbar wählt sie ihr Essen nach dem Aussehen aus, um das Fehlen des Geschmackssinnes auszugleichen.*

Um den Tisch herum unterhielten sich die anderen, manchmal redeten alle auf einmal, lachten unkontrolliert und in den unpassendsten Augenblicken. Neben ihm sprach Selena ganz ernsthaft mit ihm – sie erzählte etwas über König George –, mit so leiser Stimme, dass er sie aus dem Lärm kaum heraushören konnte.

Er konnte diesen Geräuschpegel nicht ertragen. Ein dumpfer, pulsierender Kopfschmerz machte sich in seinem Nacken bemerkbar und breitete sich aus.

Er legte unvermittelt den Stift beiseite, heftiger, als er beabsichtigt hatte.

Als er aufblickte, sah er, wie Selena ihn anstarrte. Sie sah aus, als fühle sie sich … unbehaglich. Genau so, wie wenn seine Mutter versuchte, Fantasie und Tatsachen auseinander zu halten. Verloren. Ein wenig niedergeschlagen.

Er beugte sich zu ihr und nahm den Stift wieder in die Hand. »Fühlst du dich wohl?«

Der Ausdruck ihrer Augen war ihm vertraut, er erinnerte ihn an die verzweifelten Seelen, die hellseherische Antworten von dem berüchtigten Dr. Carrick haben wollten.

»Du willst wissen, was ich fühle?«

»Nein. Ich habe dich gefragt, *wie* du dich fühlst. Hast du Kopfschmerzen? Ist dir übel?«

»Um Himmels willen, Ian. Lassen Sie sie doch in Ruhe essen«, sagte Johann, bevor sie hatte antworten können.

»Ich stimme Herrn Strassborg nicht gern zu – immerhin ist er ein Deutscher«, erklärte die Königin verstimmt. »Aber Dr. Carrick ist wirklich erstaunlich unhöflich.«

Maeve blickte von ihrem Teller auf. »Es ist genauso wie damals, als er noch ein Junge war und Insekten untersuchte.«

»Kurz bevor er ihnen die kleinen Flügel ausriss, wie ich wohl annehmen darf«, meinte Johann und nahm ein Schlückchen von seinem Wein.

Ian verdrehte die Augen. Er hätte es besser wissen sollen und nicht versuchen dürfen, vor diesem Haufen seine Patientin zu untersuchen. Johann war wie immer, ein säuerlicher, feindseliger Mensch, bis auf die Tatsache, dass er ein unerwartetes väterliches Interesse für ihre gebrochene Göttin entwickelt hatte. Maeve und die Königin waren, wie nicht anders zu erwarten, unverständig, und Selena …

Er seufzte. Irgendwie war sie nicht so, wie er erwartete. In ihrem Blick lag eine Traurigkeit, die um Aufmerksamkeit zu bitten schien.

Er beugte sich vor und legte ihr die Hand auf die Stirn, um zu fühlen, ob sie Fieber hatte.

Sie lächelte ihn an, und dieses Lächeln vertrieb ihren sorgenvollen Blick.

Er zog die Hand zurück, und sofort erschienen Falten auf ihrer Stirn. Als würde sie etwas von ihm wollen. »Ich hole dir ein Pulver gegen Kopfschmerzen. Unsere Tests können wir morgen fortsetzen.«

»Unbedingt, Ian. Behandeln Sie den Körper und ignorieren Sie die Seele«, mischte sich Johann ein.

Ian warf sein Notizbuch auf den Tisch und stand auf. Das feine Sèvres-Porzellan auf dem Tisch klirrte. »Edith, bring mir etwas zu essen in mein Zimmer. Selena, dich werde ich mir morgen früh ansehen.«

Selena sah zu ihm auf, ihre braunen Rehaugen voller Eifer. »Wirst du das, Ian? Wirklich?«

Er verstand ihre Frage nicht. »Halb neun im Sprechzimmer.« Er wandte sich um und wollte gehen.

Ihre Berührung hielt ihn auf. Überrascht wandte er sich noch einmal zu ihr um. »Am Strand«, erklärte sie mit überraschend fester Stimme. »Ich mag den Sonnenschein.«

Für ihn ergab das keinen Sinn, aber was machte schon der Ort aus. Er konnte sie überall untersuchen. »Gut.«

Ohne ein weiteres Wort verließ er das Zimmer.

14

Selena saß auf der untersten Treppenstufe, die Knie hatte sie fest an die Brust gezogen, die Arme um die Knöchel geschlungen. Um sie herum war alles im Haus ruhig und dunkel. Das Abendessen war schon seit Stunden vorüber, dennoch hing der Geruch nach Truthahn und Zimt noch immer in der Luft.

Irgendetwas zwischen ihr und Ian stimmte nicht, und sie hatte keine Ahnung, was es war. Alles, was sie wollte, alles, was sie je gewollt hatte, so weit sie sich zurückerinnern konnte, war sein Lächeln. Als sie zuerst aufgewacht war, war er da gewesen, immer, er hatte neben ihr gesessen, hatte ihr sein herrliches, liebevolles Lächeln geschenkt, hatte mit seinen starken, liebevollen Fingern ihre Stirn gestreichelt. Sie erinnerte sich daran, wie es war, sich in seinem Lächeln zu sonnen. Friedlich. Sicher. Als könne ihr nichts Schlimmes widerfahren, solange Ian da war.

Aber das war alles nur eine Illusion gewesen, hervorgebracht von ihrem geschädigten Gehirn. Jetzt fragte sie sich, ob sie sich alles nur eingebildet hatte, ob Ian sie wohl je mit einem so liebevollen Blick angesehen hatte, wie sie ihn in Erinnerung hatte, oder ob alles nur eine Lüge war…

Woher sollte sie das wissen? Immerhin hatte sie einen *Hirnschaden.* Das hatte Ian oft genug behauptet, genauso Edith, und jetzt ging es Selena gut genug, dass sie verstand, was damit gemeint war. Sie akzeptierte die Wahrheit, dass ihr Gehirn – der Teil, der ihre Gedanken und ihr Wissen enthielt – irreparabel geschädigt war. Ihre Freunde würden sie über eine so ernsthafte Erkrankung nicht belügen.

Sie war also verletzt, gebrochen. Aber was hatte das zu bedeuten? Keiner von ihnen konnte diese Frage beantworten. Und jetzt begann sie, alles in Frage zu stellen, was sie wusste und zu wissen glaubte. Sie *glaubte*, dass es eine Zeit gegeben hatte, zu der Ian sie voller Fürsorge berührt hatte. Aber konnte sie das mit Sicherheit behaupten?

Das leise, vorsichtige Tapsen von Schritten drängte sich in Selenas Gedanken. Sie richtete sich auf. Hoffnung erfüllte ihr Herz, heftig und schmerzlich. »Wer ist da?«

»Ich bin's, Maeve.«

Die Hoffnung erstarb. Selena rückte noch ein Stück näher an die Wand. Maeve kam bis zur letzten Stufe hinunter und setzte sich neben Selena, vor sie beide stellte sie eine Kerze auf den Boden.

Selena warf Maeve einen Blick von der Seite zu und betrachtete ihr Profil. In den letzten Wochen hatte sie gelernt, dass es zwei Maeves in diesem Körper gab. Die eine war eine strahlende, lebhafte Frau, die gern lachte und sehr großzügig war, die andere war niedergeschlagen und zurückgezogen und selbstzerstörerisch, eine Frau, die mit unsichtbaren Menschen redete und die ausgestopfte Tiere küsste. Selena wollte herausfinden, wie dieser Unterschied zu erklären war.

»Ich dachte mir, dass du noch nicht schläfst«, meinte Maeve.

Der sanfte Ton ihrer Stimme ließ Selena erleichtert aufatmen. Es war die gesunde Maeve, die Frau, die sich unter Kontrolle hatte. Selena versuchte zu lächeln und legte den Kopf auf die Schulter der Freundin.

»Das Abendessen war sehr schlimm«, sagte Selena bedrückt. So anders, als sie es sich vorgestellt hatte. Immer, wenn sie von Ians Rückkehr geträumt hatte, hatte er sie hochgehoben, hatte sie herumgewirbelt und sie dann an sich gedrückt. Sie hätte sich niemals vorstellen können, welche Anspannung sie in seiner Gegenwart fühlte, oder wie kalt sein Blick war. Wenn er sie ansah, sah er nichts anderes als ein beschädigtes Gehirn.

Maeve nickte. »Ja.«

»Es war … schlimm. Dumm. Ich wollte …« Sie fand nicht die Worte, um auszudrücken, was sie gewollt hatte, und sie war viel zu müde, um nach ihnen zu suchen.

»Natürlich wolltest du ihn beeindrucken. Das ist doch nur natürlich.«

Selena sah ihre Freundin verwundert an. »Maeve, wie kommt es nur, dass du mich immer verstehst?«

Maeve lächelte sie an. »Du bist leicht zu verstehen, Kind. Es ist der Rest der Welt, der für mich verwirrend ist.«

Selena schwieg lange, dann wandte sie sich schließlich wieder zu Maeve. »Was soll ich tun, damit Ian mich liebt?«

Maeve hielt die Augen lange zusammengepresst. Als sie sie wieder öffnete, glänzten Tränen in ihren haselnussbraunen Augen. »Ich weiß es nicht.« Ihre Stimme brach. »Aber ich weiß, wie schmerzlich es ist, wenn man es versucht.«

Selena sank in sich zusammen. »Ich mache so vieles falsch bei ihm.«

»Er wird dich jetzt auf Abstand halten«, behauptete Maeve leise.

»Warum?«

Es dauerte lange, bis Maeve ihr Antwort gab. »Weil du versehrt bist.«

Selena wollte das nicht wahrhaben, es war das, was sie in ihrem Herzen bereits gefühlt hatte, und trotzdem schmerzte es. »Dann gibt es keine Hoffnung mehr. Ich werde immer versehrt sein.«

»Ich habe bei Ian noch nie Hoffnung gefunden. Er verachtet mich, weil ich verrückt bin.«

Selena hörte den Schmerz in der Stimme ihrer Freundin, und sie verstand ihn auch. Sie legte den Arm um Maeves schmale Schultern und zog sie an sich. »Ich fühle Liebe für dich.«

Maeve atmete zitternd aus. »Ich liebe dich auch, Selena.«

Lange Zeit saßen sie so beieinander, schwiegen und trösteten sich mit der Anwesenheit der anderen. »Eines Tages wird er mich sehen«, meinte Selena schließlich.

»Vielleicht«, flüsterte Maeve. »Vielleicht.«

Am nächsten Morgen zog Selena schnell ihr zu großes blaues Kleid an und band das Haar mit einem Seidenband zusammen, dann nahm sie das Buch, das Ian gestern Abend auf ihrem Bett hatte liegen lassen, und ging nach draußen.

Stundenlang hatte sie in der Nacht wach gelegen, im schwachen Licht der Kerze hatte sie sich zusammengekauert und versucht, das kleine, in Leder gebundene Buch zu lesen, das den Titel *Entweder/Oder: Ein Fragment des Lebens* trug. Wenn sie ganz langsam las, konnte sie die Worte verstehen, aber auch deren Sinn zu verstehen, war eine ganz andere Sache. Die ganze Geschichte war ihr sinnlos und dumm vorgekommen.

Offensichtlich war sie nicht klug genug, um den Text zu verstehen. Diese Erkenntnis machte sie traurig, denn sie wusste, was das zu bedeuten hatte. Ian würde von ihrem vergeblichen

Versuch dessen, was er *Merkfähigkeit* nannte, hören, und dann würde er über ihr Versagen enttäuscht sein. Danach würde er etwas in sein Buch schreiben. Etwas, das ihre Unvollkommenheit erfasste und in Erinnerung behielt.

Sie zwang sich zu einem Lächeln. Daran wollte sie jetzt nicht denken. Der heutige Tag würde ganz anders sein als der gestrige. Sie würde Ian dazu bringen, sie zu sehen, sie ernst zu nehmen. Sie wusste noch nicht, wie sie das schaffen sollte, aber sie glaubte an sich, an die Möglichkeit, dass sie das schaffen konnte.

Sie lief bis zum Ende der Wiese, den Rock gerafft. Durch den Wald, bis zum Ufer dahinter wollte sie weiterlaufen. Wollte sie.

Doch die riesigen alten Bäume bezauberten sie, hielten ihre Sinne gefangen. Sie blieb stehen und sah nach oben. Grüne Blätter und Nadeln breiteten sich über ihr aus, wie in einem Muster von Spitze, und da hindurch fiel das Licht der Sonne. Ein sanfter Wind wehte und ließ die Blätter tanzen, auf dem mit Moos bewachsenen Boden sah das wunderschön aus.

Sie sank auf die Knie und kroch über die feuchte Erde zu einer einzelnen Blume, die mitten zwischen Farnen stand. Sanft legte sie die Hände darum, betrachtete die seidigen grünen Blätter und die milchweiße Blüte. Sie roch so gut…

»Selena?« Ians etwas ungeduldige Stimme dröhnte in die Lichtung.

Sie fuhr überrascht zurück und brach dabei die Blume ab. »Oh, nein… es tut mir so Leid…«

»Selena!«

Sie hob ihren Rock, der jetzt schmutzig war, und stand langsam auf. Mit einem letzten Blick zurück auf die abgeknickte Blüte trottete sie durch den Wald zu den grauen Felsen dahinter.

Dort stand Ian, so groß und kerzengerade wie die alten Bäume neben ihm. Er hielt eine Taschenuhr in der Hand. »Selena!«

Sie trat in den Sonnenschein. »Ich bin hier.«

Die Uhr klappte zu. Er fuhr herum und sah sie an. »Gut. Dann können wir ja beginnen.«

Sie versuchte, ihn anzulächeln, doch ihre Lippen zitterten und gehorchten ihr nicht. Sie fühlte sich wie die Blume. Ohne nachzudenken ging sie auf ihn zu. Ihr Rock schleppte dabei über die feuchten Felsen.

Er runzelte die Stirn und trat einen Schritt zurück. »Was ist los, Selena? Hast du wieder Kopfschmerzen?«

Sie ging immer weiter. »Nein.«

Die Furchen auf seiner Stirn wurden noch tiefer. »Warum siehst du mich denn so an?«

»Warum siehst denn du mich so an?«

»Sprich mir nicht nach. Antworte mir.«

»Das habe ich doch getan.«

»Hör auf.« Er sagte diese Worte so laut, mit einer solchen Wucht, dass sie unwillkürlich gehorchte. Sie wusste sowieso nicht mehr, warum sie zu ihm gegangen war, was sie von ihm wollte, bis auf die Tatsache, dass sie sich wünschte, er würde sie *sehen*.

Er öffnete sein Notizbuch, holte den Stift heraus und setzte sich auf einen großen Felsbrocken. Dann richtete er seinen analysierenden Blick auf sie, zog die Augen zusammen und musterte sie. »Hast du versucht, den Kierkegaard zu lesen?« Als er sah, dass sie von dieser Frage offensichtlich verwirrt war, erklärte er genauer, was er meinte. »Das Buch. Hast du etwas aus dem Buch von Kierkegaard gelesen?«

Sie kämpfte gegen die Panik, die in ihr aufstieg. Sehr vorsichtig hob sie ihren Rock hoch, der im Schmutz hing, und ging auf ihn zu, dann kniete sie auf den kalten, harten Steinen zu seinen Füßen. »Ich bin gestern Abend aufgeblieben, um zu lesen. Ich… habe mich sehr konzentriert. Ich habe versucht, zu verstehen…« Sie sah zu ihm auf. *Für dich habe ich es so sehr versucht.* »Aber… ich habe die Worte nicht verstanden.«

Er schrieb etwas in sein Buch, dann schenkte er ihr ein

Lächeln, das, für einen herzzerreißend perfekten Augenblick, sein Gesicht in das Gesicht des Engels aus ihren Träumen verwandelte. Doch dann war es auch schon wieder verschwunden.

»Hast du irgendetwas verstanden? Einzelne Worte, Sätze, Gedanken. Irgend etwas?«

Sie sank auf ihre Fersen nieder. »Der Mann in der Geschichte hat geglaubt, das Leben sei hoffnungslos, ohne Bedeutung und hässlich. Und dass man Gott nur finden könne, wenn man an das Allerschlimmste glaubt. Das war ... dumm.«

Ian starrte sie an. »Das ist außergewöhnlich, Selena.«

Sie verstand das Wort *außergewöhnlich* nicht, doch wusste sie, dass sie ihn enttäuscht hatte. Schon wieder. »Es tut mir Leid, ich bin zu ... mein Gehirn ist zu sehr geschädigt, um die Worte des Otters zu verstehen.«

»Des Autors«, berichtigte er sie mit sanfter Stimme. Ganz langsam rutschte er von dem Felsbrocken herunter und kniete dann neben ihr.

Sie konnte ihn nicht ansehen.

Er berührte ihr Kinn und zwang sie ganz vorsichtig, ihm in die Augen zu schauen. Als sie ihn ansah, machte ihr Herz einen Satz. Eine Sanftheit lag in seinem Blick, die ihr den Atem nahm.

Er strich ihr eine Haarsträhne aus den Augen. »Du hast gerade die Theorie des Existenzialismus beschrieben.«

»Habe ich das?«

»Du hast sie verstanden.«

Die Überraschung in seinen Worten war so deutlich, dass sie den Wunsch verspürte, zu weinen. Er erwartete so wenig von ihr.

Sie beugte sich ein wenig näher zu ihm und hob ihm ihr Gesicht entgegen. »Sieh mich an, Ian. Was siehst du?«

Er wich ein wenig zurück. »Wie meinst du das?«

Sie nahm ihm das Buch aus der Hand und öffnete es auf einer beliebigen Seite.

Patientin zeigt Verlust des Sprechvermögens in Ausdrucks-

weise und Kognition. Schädelbasisbruch. Prognose: unbekannt. Der rezeptive und ausdrucksmäßige Verlust des Sprechvermögens scheint nicht dauerhaft zu sein, Zukunft jedoch ungewiss. Kann einige Worte sprechen, Fragen beantworten und eingeschränkte Zusammenhänge verstehen. Aber kann sie auch logisch denken? Der letzte Satz war unterstrichen.

Sie sah ihn aus tränenfeuchten Augen an. »Ich weiß nicht, ob ich logisch denken kann, aber ich fühle, Ian. Vielleicht ist es das, was mir das Leben gerettet hat.«

Er wich ihrem Blick aus. Er holte tief Atem und blies die Luft zischend aus. Er schwieg so lange, dass sie schon glaubte, ihn mit ihren Worten vielleicht erreicht zu haben, dass sie dachte, sie hätte ihn dazu gebracht, über *sie* nachzudenken und nicht über ihre Verletzung.

Langsam stand er auf. »Das ist genug für den heutigen Morgen, Selena.« Er trat von dem Felsbrocken hinunter und machte ein paar Schritte von ihr weg.

»Weißt du, Ian«, meinte sie, ohne ihn anzusehen. »Ich habe vielleicht einen Hirnschaden, aber ich bin klug genug, um etwas zu wissen, was du nicht weißt.«

Zögernd wandte er sich zu ihr um. »Und was sollte das sein?«

Sie sah ihm direkt in die Augen. »Du brauchst die Rettung nötiger als ich.«

Ian stand am Fenster und sah hinaus in den Garten vor dem Haus. Das Glas Wein in seiner Hand fühlte sich warm und vertraut an. Abwesend drehte er das Kristallglas in seiner Hand.

Er musste immer wieder an das denken, was Selena ihm heute Morgen gesagt hatte. In ihrer Beobachtung hatte ein Stückchen Wahrheit gelegen. Er hatte schon immer besser mit Tatsachen, Zahlen und Herausforderungen umgehen können als mit Menschen. Wann immer er es mit Menschen zu tun hatte, die er nicht verstand, ganz besonders mit Menschen, die einen geistigen Schaden davongetragen hatten, zog er sich zurück, hüllte sich in Distanz. Das war etwas, das er schon vor langer Zeit gelernt hatte, eine Überlebenstaktik, die Maeve ihm beigebracht hatte.

Geistige Krankheit hatte er schon immer in einem klaren Schwarz-Weiß-Kontrast gesehen. Entweder war ein Mensch normal oder nicht normal. Punkt.

Wann hatte er aufgehört, nach der Wahrheit zu suchen? Wann hatte er aufgehört, hinter die Fassaden zu blicken?

Natürlich wusste er das. Vor langer, langer Zeit hatte er damit aufgehört – mit jeder Kränkung durch Maeve, mit jedem Augenblick von Irrationalität. Er hatte sich davor gefürchtet, seine Mutter nicht als unheilbar geisteskrank, sondern als Menschen anzusehen – schlimmer noch, als einen Menschen voller Schmerz –, denn dann hätte er sich ändern müssen. Und eine Veränderung hätte ihm wehgetan, genau wie Erwartungen wehtaten, genau wie Enttäuschungen wehtaten.

Irgendwann war er in seiner Selbstsucht zu einem schlechten Menschen geworden. Wie Johann sagte, er forderte von den Menschen, die ihn umgaben, immer nur diese erbärmliche Gewöhnlichkeit. Gesund oder krank – so sah er die Menschen, und so behandelte er sie auch. Das war die Welt des Ian Carrick.

Er seufzte, bedrückt von dieser Erkenntnis.

Er bedauerte es, Selena verletzt zu haben, bedauerte noch mehr, dass er ein so schlechter Arzt gewesen war. Er *wusste*, dass ein guter Arzt sowohl den Geist als auch den Körper behandelte, doch leider hatte er in dieser Hinsicht schon immer einen erbärmlichen Umgang mit Kranken an den Tag gelegt.

Normalerweise machte es auch gar nichts aus. Die meisten seiner Patienten kümmerte sein Charakter gar nicht. Alles, was sie wollten, war sein Wissen, und das war unvergleichlich.

Aber nichts an Selena war normal. Er musste sich bei ihr entschuldigen.

Hinter ihm ging knarrend die Tür auf, dann fiel sie ins Schloss.

»Ich hoffe, Sie denken über Ihre grundlegenden Fehler nach«, ertönte eine gedehnte Männerstimme.

Ian zuckte zusammen. *Johann. Oh Gott.* »Geh weg.«

Er hörte das Klirren von Kristall, das Plätschern von Flüssigkeit. »Ich dachte, ich könnte Ihnen beim Trinken ein wenig Gesellschaft leisten.«

Langsam wandte sich Ian um. Johann stand neben der Anrichte und hielt ein Weinglas in der Hand. Er prostete ihm spöttisch damit zu.

»Nun, Sie haben es geschafft – was keiner von uns in dem Monat erreicht hat, den Sie weg waren.«

»Wovon redest du überhaupt?«

Johann stellte das Glas auf den Tisch und sah zu ihm auf. »Sie haben Selena das Lächeln gestohlen.«

Ian ging zu dem Stuhl, der Johann gegenüber stand, und setzte sich. »Habe ich das getan?« Er versuchte, seiner Stimme einen kalten und ungerührten Klang zu geben, doch schaffte er das nicht so recht.

»Ich weiß, dass Sie kein schlechter Mensch sind – obwohl ich glaube, dass Sie mindestens halb dumm sind und ganz sicher blind.« Johann beugte sich vor. »Sie ist eine Unschuld, Ian. Bedeutet Ihnen das denn gar nichts?«

»Ihr Gehirn …«

»Ich pfeife auf ihr Gehirn.« Er lehnte sich zurück und nahm sein Glas vom Tisch, dann blickte er bedrückt in die rote Flüssigkeit. »Man denkt intensiver über die Dinge nach, wenn man dem Sterben nahe ist. Ich denke die Hälfte der Zeit daran, wie ich mein Leben gelebt habe, wie ich die Menschen behandelt habe, und ich schäme mich. Aber dann …« Er schüttelte den Kopf und lächelte ein wenig. »Dann denke ich an Marie und daran, wie sehr ich sie geliebt habe, und ich fühle mich … reingewaschen.«

Die Worte kamen der Wahrheit gefährlich nahe. »Und wieso glaubst du, dass ich reingewaschen werden muss?«

»Zehn Minuten in Ihrer Gesellschaft genügen, um das zu wissen.«

Ian lachte verächtlich. »Treffer.«

»Gehen Sie zu ihr, Ian. Sehen Sie sie an. In ihrer Seele liegt eine Reinheit, wie ich sie noch nie zuvor gesehen habe. Sie könnte Sie verändern.«

Ian zuckte zusammen bei diesen leise gesprochenen Worten. Aus einem Grund, den er nicht benennen konnte, verursachten sie einen Ansturm der Gefühle in seinem Inneren. Angst war vielleicht dabei. Vielleicht auch ein Anflug von Hoffnung. Er stand ganz plötzlich auf und wandte sich ab, verließ das Zimmer.

»Lauf nur weg, kleiner Ian, verstecke deinen Kopf im Sand. Oder verstecken Sie ihn in Ihrem kostbaren Notizbuch.«

Er ignorierte Johanns Bemerkungen und ging weiter, über die Wiese, durch die Bäume, zum Meer. Er musste nachdenken, musste hinaus aus diesem verhassten Haus, das voller zerbrochener Seelen war.

Selena war am Strand. Sie trug eines seiner alten Baumwollhemden und diese ausgebeulte Hose, die mit einem dicken Ledergürtel in der Taille gehalten wurde. Ihr langes Haar wehte hinter ihr im Wind. Der durchdringende, feuchte Geruch der Ebbe stieg vom Sand und von den Felsen auf.

Vor ihr stand eine Leinwand. Ein blasses, cremefarbenes Kleid war darauf befestigt, und sie malte eine riesige gelbe Blume auf das Mieder.

Sie hatte ihn nicht gesehen, und beinahe hätte er sich umgewandt, um wieder zu verschwinden, doch etwas hielt ihn zurück, etwas, das tief war und elementar. Er schuldete ihr ein paar Worte, eine Berührung. Eine Entschuldigung.

Leise trat er neben sie. »Hallo, Selena.«

Beim Klang seiner Stimme zuckte sie zusammen und ließ den Pinsel fallen, dann fuhr sie herum. »Ian«, hauchte sie.

Nervös trat er von einem Fuß auf den anderen. Die Worte, die er jetzt aussprechen sollte, die er aussprechen musste, blieben ihm im Hals stecken, so zäh und schwerfällig wie Sand. »Ich … es tut mir Leid, Selena.«

Ein strahlendes Lächeln überzog ihr Gesicht. »Wirklich?«

»Ich wollte dir nicht wehtun.«

»Natürlich wolltest du das nicht.« Ein leises, rauchiges Lachen kam aus ihrem Mund und vibrierte in der kühlen, frischen Luft. »Und natürlich werde ich dir auch vergessen.«

Ihr Lachen war ansteckend. Er konnte nicht anders, er musste lächeln. Sie machte es ihm so einfach. »Du meinst, du wirst mir vergeben.«

Noch einmal lachte sie. Leicht. So leicht. »Du hast Recht. Und vergessen werde ich dich nicht, Ian.«

Ehe er noch antworten konnte, verschränkte sie die Finger mit seinen. »Komm mit mir«, forderte sie ihn auf.

Sie zog ihn vom Strand weg, in die kalte Dunkelheit des Waldes. Lachend sprang sie über umgestürzte Bäume, über den mit Moos bewachsenen Boden, bis hin zu einer kleinen, runden Lichtung mitten zwischen Fichten und Springkrautbüschen. Sonnenstrahlen fielen durch die Bäume, in zitternden, dunstigen Streifen.

Lächelnd und außer Atem wirbelte sie herum. »Das hier ist mein Ort«, erklärte sie stolz. »Sieh nur.« Sie gab seine Hand frei und sank auf die Knie, dann steckte sie die Hand in einen verrotteten Baumstumpf. Hintereinander zog sie ihre Schätze daraus hervor – einen vollkommen runden weißen Stein, die rosafarbene Schale eines Einsiedlerkrebses, ein Stück gelbgrünen, getrockneten Tang, einen Sand-Dollar, ein Stück zerbrochenes blaues Glas.

Ian stand ein Stück hinter ihr und beobachtete sie. Eigenartige, unbekannte Gefühle erfassten ihn, bewirkten, dass ihm beinahe schwindlig wurde. Das war wie von einer anderen Welt, dieser Augenblick, diese Frau. Sie war nicht … normal, und dennoch war sie vielleicht genau so, wie ein normaler Mensch sein sollte, so wie er früher einmal gewesen war.

Sie setzte sich und zog ihre Schätze auf den Schoß, dann winkte sie ihn zu sich.

Sie war so ganz anders als alle Menschen, die er bisher gekannt hatte, eine unglaubliche Mischung aus überirdischer Schönheit und irdischer Kraft. Und wenn sie zu ihm aufsah, entdeckte er in ihrem Blick eine eifrige Unschuld, die es auf dieser müden, ungerechten Welt eigentlich gar nicht geben konnte.

»Ian?« Eine kleine Falte erschien über ihren dichten, gewölbten Augenbrauen und erinnerte ihn daran, dass er schon viel zu lange geschwiegen hatte. »Ich… habe dies hier aufgehoben… für dich.«

Er konnte den Blick nicht von ihr losreißen. Sie saß dort, mit ihren Schätzen im Schoß, und sah zu ihm auf, als hätte er persönlich den Mond für sie an den Himmel gehängt. Einen schmerzlichen Augenblick lang wünschte er, dass er diesen Blick wert wäre.

Die Summe seines Lebens, seiner Seele, erschien vor seinem inneren Auge, und in diesem Augenblick fühlte er nur eine erdrückende Scham. Von dem Zeitpunkt an, als er sie zum ersten Mal gesehen hatte, hatte er nur an sich selbst gedacht, an seine Bedürfnisse, seine Wünsche, und als er gemerkt hatte, dass sie diese nicht erfüllen konnte, hatte er sie verlassen. Er hatte sie zurückgelassen, damit sie langsam hinter den geschlossenen Türen ihres Zimmers verkümmern sollte.

Und dennoch sah sie ihn an, als sei er der Gott, der er so gern gewesen wäre.

Aber jetzt, in diesem Augenblick, wollte er gar kein Gott mehr sein. Er wollte sie nicht nach Harvard bringen und sie wie eine makabre, von Frankenstein geschaffene Kreatur oder wie ein Wunder der modernen Wissenschaft vorzeigen.

Er wollte nur neben ihr auf die Knie fallen und wieder ein Mensch sein. Mehr nicht. Ein Mensch.

Er wollte seine Seele wiederhaben…

»Ian? Komm her…«

Zögernd ging er zu ihr hinüber und setzte sich neben sie. Er wusste nicht, was er sonst hätte tun können.

Ihr Lächeln kehrte zurück, so strahlend wie die Sommersonne. Sie hob das Stück zerbrochenen Glases auf. Es leuchtete strahlend blau im Licht der Sonne. »Das ist ganz besonders«, erklärte sie leise.

»Warum ist es so besonders?«

Sie öffnete die Hand und hielt es ihm hin. Ohne das Licht war es nur ein kaltes, dunkles Stück Glas in ihrer rosigen Hand. »Es hat die Farbe deiner Augen. Blau.«

Ian fühlte, wie etwas in seinem Inneren nachgab, ganz sanft wurde. »Du hast dich an die Farbe meiner Augen erinnert?«

Sie ließ das Glas wieder in den Schoß fallen und beugte sich zu ihm, hob ihm das Gesicht entgegen. »Ich erinnere mich an alles von dir, Ian. Johann sagt, ich sei ein Kunde.«

»Ein was?«

Sie lachte plötzlich, das leise, rauchige Geräusch hallte über die Lichtung. »Das passiert mir immer. Bitte verzeih mir. Johann sagt, ich sei ein *Wunder.*«

Ian schluckte. »Das bist du auch«, antwortete er mit belegter Stimme.

Eine Sekunde lang sah sie von ihm weg, ihr Gesicht war nachdenklich verzogen, dann wandte sie sich ihm wieder zu. »Ich … ich weiß, dass du willst, dass ich mich an mein früheres Leben erinnere. Für dich habe ich das versucht, aber es gibt keine Erinnerungen mehr in mir. Mein Kopf ist leer, bis auf …« Sie hielt inne, dann biss sie sich auf die Unterlippe und sah weg.

»Bis auf was?«

»Du wirst glauben, ich sei dumm.«

Ian erinnerte sich an die vielen Male, als er in ihrem Beisein von einem Hirnschaden gesprochen hatte, und zuckte zusammen. *Was bist du doch für ein herzloser Bastard.* Tage hatte er damit verbracht, sie zu studieren, als wäre sie ein Insekt unter Glas, und dabei hatte er sie selbst nie gesehen. Nicht bis zu diesem Augenblick jetzt, da ihn mit Bewunderung erfüllte, was er sah. »Nein, Selena, so etwas würde ich nie von dir denken.«

»Ich habe keine Erinnerungen, aber ich habe ein … Gewühl. Ein Gefühl. Manchmal, wenn ich schlafe oder gerade aufwache, dann bin ich so traurig, ganz ohne Grund.« Sie sah zu ihm auf, und er las die Verwirrung in ihrem Blick. »Ich glaube, meine Seele war schon seit langer Zeit traurig. Aber jetzt ist sie glücklich. Ich bin bei dir und bei meiner Familie.«

»Du gehörst nicht hierher, Selena. Du bist nicht verrückt.«

Zu seiner Verwunderung weckten diese Worte eine schmerzliche Ahnung von Verlust in ihm, und zwar nicht, weil er nicht der weltbekannte Arzt sein konnte, der ihr das Leben gerettet hatte, sondern weil sie ihn verlassen würde. »Es wird dir jetzt jeden Tag besser gehen. Eines Tages wirst du wieder fast normal sein. Vielleicht kommt sogar irgendwann deine Erinnerung zurück, obwohl ich das bezweifle.«

Sie wich ein wenig zurück und sah ihn fragend an. »Ich bin auch verrückt. Wir sind alle verrückt. Bis auf Johann«, lenkte sie ein. »Er ist ein Genie.«

Ian lachte laut auf. »Das sagt Johann, nehme ich an.«

Sie nickte ernst.

Ians Lachen schwand. Er sah in ihr ernstes, unschuldiges Gesicht, und plötzlich war alles gar nicht mehr lustig. Gar nichts war lustig. Sie war wie ein Unglück, das jederzeit passieren konnte, eine äußerst naive, vollkommen leichtgläubige Frau ohne jegliche Erfahrung, ohne Erinnerungen an Schmerz oder Verlust oder Betrug. Sie war wie ein Kind, das erwartete, dass die Welt ein glücklicher, gerechter und ehrlicher Ort war.

Unvorstellbar, welche schmerzlichen Erfahrungen auf sie warteten …

»Ach, Selena. Du bist viel zu vertrauensselig. Johann ist nicht nur deshalb ein Genie, weil er das behauptet.«

»Du wirst mir beibringen, nicht so vertrauensselig zu sein?«

Er lachte. »Sicher ist niemand besser in der Lage als ich,

deine Illusionen zu zerstören und dir die dunkle Seite des Lebens zu zeigen.«

Sie sah enttäuscht aus. »Oh.«

»Was ist denn.«

»Ich hatte gehofft, du würdest mir beibringen, wie man Krocket spielt.«

Ian starrte sie an. »Krocket?«

Sie sammelte ihre Schätze wieder ein. »Das ist ein Spiel mit Bällen und Schlägern, wo man den Ball durch ein Tor schlägt. Die Königin hat gesagt, es sei sehr unterhaltsam, doch Edith meint, sie würde mir ein solches Spiel erst dann beibringen, wenn die Hölle einfriert.«

Ian musste sein Lachen unterdrücken. »Aber warum denn?«

»Edith hat gesagt, sie würde diesen Irren keinen Schläger in die Hand geben. Aber jetzt, wo du wieder da bist…« Hoffnungsvoll sah sie zu ihm auf.

Ian hatte nicht den Mut, ihr diesen Wunsch abzuschlagen. »Okay, Selena, ich werde dir beibringen, wie man Krokett spielt.«

Sie schenkte ihm ein strahlendes Lächeln. »Die dunkle Seite des Lebens kann ich morgen lernen.«

Was für eine Unschuld…

»Also gut. Lass uns jetzt zurück ins Haus gehen. Es ist kalt hier draußen. Ich möchte gern sehen, wie du liest. Du hast dich beim Existenzialismus so gut geschlagen, da denke ich, wir sollten jetzt etwas anderes versuchen.«

»Bitte etwas Glückliches.«

Er stand auf und streckte ihr ohne nachzudenken die Hand hin. Sie stopfte ihre Schätze wieder in den hohlen Baumstumpf, dann griff sie nach seiner Hand und stand auf. Zusammen gingen sie Hand in Hand zurück zum Haus.

Auf halbem Weg blieb sie plötzlich wie angewurzelt stehen und zog ihre Hand weg. »Warte!«

»Was ist denn?«

»Ich möchte dir etwas Herrliches zeigen, das Lara mir beigebracht hat.«

»Lara?«

»Das große Kind, das an seinem Daumen lutscht.«

»Ich weiß, wer Lara ist. Ich habe mich nur gewundert, dass sie jemandem etwas beibringen kann.«

»Oh, sie kennt eine ganze Menge wundervoller Dinge. Dies hier zum Beispiel.« Selena hockte sich hin und drückte die Hände in den weichen Teppich der Piniennadeln. Schnell wandte sie den Kopf, um sich zu versichern, dass Ian ihr auch zusah, dann machte sie einen Purzelbaum nach vorn. Sie stieß gegen eine Pinie und rollte zur Seite, eine Sekunde lang streckten sich ihre Beine zum Himmel, ehe sie sich wieder aufrichtete.

Sie wandte sich um und grinste ihn an, ihr Haar war voller Piniennadeln und welker Blätter. Sie sah aus wie eine Märchenprinzessin, die gerade aus dem Waldboden emporgetaucht war. »Ist das nicht großartig?«

Himmel. Die Welt würde sie umbringen. Er seufzte. »Wirklich großartig, Selena.«

»Versuche du es auch einmal.«

»Ich?«

Sie nickte heftig und klopfte auf den weichen Waldboden. »Es tut auch gar nicht weh.«

»Das weiß ich, Selena. Ich habe das auch schon getan. Vor Jahren.« Er ging auf sie zu und zupfte ihr die Blätter aus dem Haar, dann streckte er ihr wieder die Hand hin. »Komm jetzt. Ich möchte sehen, wie du liest.«

Sie seufzte und griff nach seiner Hand, dann stand sie neben ihm. Ein welkes Blatt hing an ihrem Hals, doch sie schien es nicht zu bemerken. »Ich finde das nicht sehr klug, Ian. Du siehst aus, als würdest du einen Purzelbaum brauchen.«

»Was ich brauche«, antwortete er, »ist ein Drink.«

»Ah, ja. Johann hat mir versprochen, er würde mir alles über Drinks beibringen.«

»*Du* wirst nicht trinken, Selena. Niemals.«

»Warum denn nicht?«

»Männer trinken. Damen tun das nicht.«

Sie schien darüber nachzudenken. »Die Brüste machen das unmöglich?«

Er glaubte, er habe sie nicht richtig verstanden. »Wie bitte?«

»Johann hat mir erklärt, dass es einen Unterschied gibt zwischen Männern und Frauen. Frauen haben Brüste und etwas Unaussprechliches, und Männer haben …«

»Ja, ich weiß, was Männer haben, und die anatomischen Unterschiede sind unwichtig, wenn es ums Trinken geht.«

»Aber warum kann ich dann nicht trinken?«

Er rollte mit den Augen. »Weil ich es so will.«

»Johann nennt mir immer Gründe für alles. Er sagt, nur so kann ich alles lernen.«

»Johann ist ein Idiot.«

»Oh, nein. Er ist ein Genie.«

Ian nahm Selenas Hand und führte sie aus dem Wald. Er sprach nicht mehr über das Trinken oder über Johann oder die Gründe für irgendetwas. So war es auf jeden Fall sicherer.

15

Irgendwo schrie eine Wildkatze. Der gutturale, wilde Schrei zitterte in der Luft, weit entfernt und gedämpft durch die geschlossenen Fenster.

Im Wohnzimmer goss Ian sich noch einen Drink ein, einen stärkeren diesmal. Abwesend drehte er das schwere Kristallglas in der Hand und sah zu, wie bernsteinfarbene und rote Lichter in dem Scotch aufleuchteten. Der süße, beruhigende Duft des Alkohols stieg in seine Nase.

Er wandte sich von der Anrichte ab und ging durch das Zimmer, das Geräusch seiner Schritte verlor sich in dem dicken Aubusson-Teppich. Er konnte nicht aufhören, über den heutigen Tag nachzudenken, über Selena. Er fühlte sich … verändert, durch das, was geschehen war, durch die Gefühle, die in ihm erwacht waren, als er in ihre Augen gesehen und ihr rauchiges Lachen gehört hatte. Er hatte sich immer so verdammt vor der Unvollkommenheit gefürchtet, doch sie strafte alle Definitionen von normal Lügen. Auf einmal schien normal, im Vergleich mit ihr, langweilig und gewöhnlich zu sein.

Endlich verstand er auch Johanns Beispiel von dem zerbrochenen Glas.

Wieder hörte er den grimmigen Schrei der Wildkatze und ging zum Fenster, um hinauszusehen. Der Garten war in Dunkelheit gehüllt. Riesige schwarze Bäume standen um den Rasen. In der Höhe hing die Sichel des Mondes wie ein silbernes Komma am Himmel.

Etwas weckte seine Aufmerksamkeit. Die Ahnung einer Bewegung, wo es eigentlich gar keine Bewegung hätte geben dürfen, das Aufblitzen von etwas Weißem in der Dunkelheit.

Er kniff die Augen zusammen und trat noch einen Schritt näher ans Fenster.

Es war eine Frau in einem Nachthemd. Er sah sie nur für den Bruchteil einer Sekunde, dann verschwand sie in der Dunkelheit zwischen den Bäumen.

Die Wildkatze schrie noch einmal.

»Gütiger Gott!« Ian stellte das halb leere Glas Scotch ab und rannte nach draußen, die Treppe hinunter und über das weiche Gras.

Am Waldrand blieb er stehen und versuchte verzweifelt, in der Dunkelheit etwas zu erkennen. Aber alles war schwarz, so schwarz.

»Hallo, du süßes Ding«, hörte er die rauchige Stimme einer Frau. »Du kannst rauskommen.«

Über ihm zog eine Wolke vor den silbrigen Mond.

Er entdeckte Selena. Sie stand keine zehn Meter vor ihm, neben dem schmalen, unbefestigten Weg, die Hand hatte sie ausgestreckt. Ihr weißes Nachthemd wehte im Wind und presste sich gegen ihre Brüste und ihre Schenkel. Das lockige Haar fiel ihr über den Rücken, das Mondlicht beschien ihr Profil und ließ ihr Nachthemd aufleuchten. Sie sah aus wie Aphrodite, die in die Welt gekommen war.

Die Büsche vor ihr raschelten. Er hörte das leise, gleichmäßige Atmen der Katze.

Für den Bruchteil einer Sekunde war Ian so entsetzt, dass er nicht atmen konnte. Das Herz hämmerte in seiner Brust, Schweiß brach auf seiner Stirn aus.

»Selena.« Er flüsterte ihren Namen nur und konnte ihn über dem lauten Schlagen seines Herzens selbst gar nicht hören.

Sie wandte sich um und lächelte ihn an. »Ian! Wie ...«

»Psst.« Er trat ein paar Schritte vor. »Beweg dich nicht.«

Eine Falte erschien auf ihrer Stirn. »Ich weiß nicht ...«

»Still«, befahl er heftig. Langsam und voller Vorsicht bei jedem Schritt ging er auf sie zu. Die wenigen Meter schienen sich zu Kilometern auszudehnen.

Endlich war er bei ihr und griff nach ihrer Hand.

»Deine Hand ist ganz nass ...«

Er legte ihr eine Hand vor den Mund und zog sie eng an sich, den anderen Arm legte er um ihre Taille.

Noch einmal raschelte es in den Büschen, dann hörte man ein leises, warnendes Knurren.

Vorsichtig gingen sie Schritt für Schritt rückwärts aus dem Wald. Die Katze folgte ihnen, bei jedem ihrer Schritte raschelten die Blätter.

Ian sah ihre Augen golden aufblitzen. Äste knackten. Blätter raschelten.

Noch einen Schritt ging er zurück und fühlte das weiche Gras unter seinen Füßen. Er schluckte und ging immer weiter, dabei wandte er den Blick nicht von den Büschen.

Endlich war auch der Rasen zu Ende. Er fühlte das Knirschen des Kieses unter seinen Füßen. Sie waren auf dem Weg. Jetzt oder nie.

Er nahm Selena auf die Arme und wandte sich um, dann rannte er die Treppe hinauf. Die alten Dielen knarrten unter seinen Füßen.

Die Katze schrie.

Ian sah sich nicht um. Er rannte die Treppe hinauf und ins Haus, fest schlug er die Tür hinter sich zu. Selena glitt von seinen Armen.

Er wirbelte herum und sah sie an, er war so wütend, dass er zitterte. »Was zum *Teufel* hast du dir dabei gedacht?«

Sie stand ganz still, ihre Wangen waren gerötet, ihr ungezähmtes Haar lag wie ein rotbrauner Heiligenschein um ihr Gesicht. Der Anflug eines Lächelns lag noch um ihren Mund »Gedacht?«

Und ganz plötzlich war auch der Ärger verschwunden.

Sie hatte überhaupt nicht gedacht. Und das gerade war das Problem. Sie hatte etwas gesehen oder gehört, was ihre Aufmerksamkeit geweckt hatte, und sie war dem gefolgt, eine neugierige Alice im Wunderland.

Sie hatte überhaupt keine Ahnung von dem Risiko, dem sie sich damit ausgesetzt hatte, nicht mehr als eine Fünfjährige Angst gehabt hätte.

Ihr Lächeln war ein wenig unsicher. »Maeve hat gesagt, dass Katzen schön sind, wenn man sie streichelt. So sanft.«

Ian seufzte tief auf. Es war zwecklos, böse mit ihr zu sein, und er war ja auch gar nicht mehr wütend. Sie hatte ihm Angst eingejagt. Er hatte sie dort gesehen, im Wald, wie ein geisterhaftes Aufleuchten des Mondes in der Dunkelheit, wie sie ihre blasse, schlanke Hand einem wilden Tier entgegengestreckt hatte, und etwas in seinem Inneren hatte Klick gemacht.

Er ging zu ihr, nahm ihre schmale Hand in seine und führte sie zu dem Sofa. Sie setzten sich, und sie sah ihn mit einem so unschuldigen Blick an, dass er nicht anders konnte als zu lächeln. Sie war so eifrig bemüht, ihm zu gefallen. Wie konnte er sie nur dazu bringen, ihn zu verstehen?

»Selena, die Welt kann sehr gefährlich sein.«

Sie schaute ganz verwirrt. »Aber das Kätzchen …«

»Es war kein Kätzchen. Es war eine voll ausgewachsene Wildkatze, und sie hätte dich töten können. Verstehst du das?«

Sie warf einen Blick zum Fenster. Ganz langsam begriff sie. Ihre Augen weiteten sich. »Die Katze könnte mich verletzen … nur weil ich sie streicheln wollte?«

Er hasste es, sie zu enttäuschen und zu verängstigen, doch hatte er keine andere Wahl. Sie musste lernen, sich selbst zu schützen. »Du darfst nicht allein im Dunkeln nach draußen gehen, Selena. Nie mehr.«

Sie löste den Blick vom Fenster und sah ihn an. »Ich gehe immer in der Nacht nach draußen. Ich brauche nicht so viel Schlaf wie die anderen.«

»Aber jetzt wirst du das nicht mehr tun.«

Sie dachte darüber nach. Endlich schüttelte sie den Kopf. »Das ist keine Regel, die ich befolgen werde.«

Ian war erstaunt. Er richtete sich auf und sah ernst auf sie hinunter. »Du wirst nicht in der Nacht nach draußen gehen.«

Sie streckte trotzig die Lippen vor. »Doch, das werde ich.«

Ian starrte sie an. Was sollte er jetzt tun? Er hatte ihr einen direkten Befehl gegeben, mit seiner autoritärsten Stimme, und diese kleine Frau, die ihn anhimmelte, hatte nein gesagt. Ganz ruhig und einfach.

Nein.

»Selena, es ist zu deinem eigenen Besten.«

Sie nickte. »Oh, dessen bin ich mir ganz sicher. Aber ich glaube, dass ich allein herausfinden muss, was gut für mich ist.«

Ian wusste nicht, was er darauf antworten sollte, wie er eine Regel bekräftigen sollte, die jeder normale Erwachsene ganz einfach befolgen würde. *Jeder* würde seinem Befehl gehorchen.

Nur Selena nicht.

»Also gut«, meinte er schließlich. »Aber du darfst nicht allein nach draußen gehen.«

Wieder dachte sie darüber nach.

Er bemerkte, wie er sich vorbeugte und auf ihre Antwort wartete.

»Nein. Ich kann dir dieses Versprechen nicht geben.«

»Nein? Warum nicht?«

Sie lächelte ein wenig, dann hob sie in einer Gebärde der Hilflosigkeit beide Hände. »Manchmal ruft mich der Mond.«

»Wie meinst du das?«

»Hast du das je gesehen? Mondlicht auf dem Strand? Es ist herrlich. Die Wogen sind silbern und schwarz und blau und lebendig. Manchmal öffne ich in der Nacht das Fenster und rieche die salzige Luft, und dann bin ich… machtlos, ich muss dem Ruf des Mondes folgen.«

Er sah in ihren Augen, hörte in ihrer Stimme, was für ein Wunder das für sie war, und er war verloren. Er konnte nicht derjenige sein, der seiner unschuldigen Alice dieses Wunderland versagte. Alles, was er konnte, war, neben ihr zu sein, auf sie aufzupassen, sie zu beschützen.

Sie hatte gewonnen.

Er seufzte. »Nun ja, du hattest eine großartige Nacht. Es ist Zeit, wieder ins Bett zu gehen.«

Sie schenkte ihm ein strahlendes Lächeln. »Es war ein großartiges Abenteuer. Danke, dass du mich vor der tödlichen Wildkatze gerettet hast.«

Er kämpfte ein Lächeln nieder. »Gern geschehen.«

Lächelnd sprang sie auf und ging zur Tür. Als sie dort angekommen war, blieb sie mit der Hand auf dem Messingknauf stehen und wandte sich noch einmal um. »Ich gehe morgen zu einer Party bei Maeve. Möchtest du gern mitkommen?«

»Zu einer Party?«

»Es gibt Tee und Kekse. Ich werde um drei Uhr an meinem geheimen Ort im Wald sein.«

Das konnte er ihr nicht abschlagen. »Gut, Selena. Ich werde auch dort sein.«

Noch einmal lächelte sie ihn strahlend an, dann schlüpfte sie aus dem Zimmer und ließ die Tür hinter sich weit offen.

Er lauschte dem leisen Geräusch ihrer nackten Füße auf der hölzernen Treppe und lächelte. Und dann lachte er leise.

Verdammt, wenn diese kleine Miss Unschuld nicht einen eisernen Willen besaß.

Ian stand am Waldrand und lauschte. Fetzen einer Unterhaltung drangen gedämpft aus dem smaragdgrünen Dickicht. Ab und zu hörte man das Lachen einer Frau.

Er kam sich wie ein Dummkopf vor, bewegungslos hier zu stehen, und dennoch brachte er es nicht fertig, weiter zu gehen.

Tee bei seiner Mutter. Was für ein Albtraum würde das nur werden.

Er riss sich zusammen und ging weiter, folgte dem gewundenen, mit Blättern und Tannennadeln übersäten Pfad zwischen den hohen, mit Moos bewachsenen Bäumen hindurch. Dann ging er nach rechts und trat über die umgestürzten Baumstämme, über die Pilze und Farne, um zu Selenas Versteck zu kommen.

Was er sah, ließ ihn erstarren.

Selena und Maeve saßen an einem kleinen ovalen Tisch. Eine bunte Patchworkdecke in leuchtenden Farben lag auf dem Tisch und hing bis auf die schmutzige Erde. Einige der Jagdtrophäen seines Vaters saßen auf den Felsen und Baumstümpfen zwischen den beiden Frauen. Eine unheimliche weiße Eule mit weit aufgerissenen Augen lehnte an einem Dachs, dessen Gesicht zu einem bösen Knurren verzogen war und der die wächsernen Vorderpfoten erhoben hatte. Einige ausgestopfte Pfaue hockten auf einem flachen Granitfelsen, ihre toten Augen hatten sie auf den etwas windschiefen Kuchen mitten auf dem Tisch gerichtet. Rote Äpfel und Blumen waren um den purpurfarbenen Kuchen verstreut.

Purpur.

Selena lächelte Ian an und klatschte in die Hände. »Er ist gekommen, Maeve. Sieh nur, Ian ist da.«

Maeve wandte langsam den Kopf zu ihm. Sie sah ihn mit einem ausdruckslosen Blick an, bei dem sich sein Magen zusammenzog. Dann wandte sie sich ohne ein Wort dem ausgestopften Kojoten auf ihrem Schoß zu und tat so, als würde sie ihn mit Kuchen füttern.

Ian stöhnte auf. *Oh je.*

Selena klopfte auf den Baumstamm neben sich. »Ich habe dir einen Platz reserviert. Komm nur.«

Zögernd setzte er sich neben sie.

Mit theatralischen Bewegungen goss Selena ihm eine Tasse Tee ein und schnitt ein Stück Kuchen für ihn ab.

Er balancierte die winzige, dünne Porzellantasse auf seinen Knien und starrte in die bernsteinfarbene Flüssigkeit.

Maeve wedelte mit der Hand in der Luft. »Oh, stell sie nur irgendwo hin. Mein Mann liebt Brotpudding.«

Selena sah auf. »Wirklich? Ich glaube nicht, dass ich schon einmal Brotpudding gegessen habe. Vielleicht sollten wir ihn bald einmal probieren. *Bald.*«

Ian verdrehte die Augen und nahm einen kleinen Schluck von dem dünnen, geschmacklosen Getränk. »Du solltest sie nicht noch bestärken in ihren kranken Fantasien.«

Maeves Lächeln verschwand. Sie drückte das Tier an ihre Brust, wiegte es heftig hin und her.

Selena wandte sich ihm zu. »Wie meinst du das?«

»Du ermunterst sie noch dazu, verrückt zu sein. Sie sollte allein in ihrem Zimmer sein, wenn sie sich in diesem Zustand befindet.«

»Dann wäre sie viel zu oft allein in ihrem Zimmer.«

»Ja, das ist wahr.«

Selena starrte ihn an. Ganz langsam stellte sie ihre Tasse ab, doch wandte sie den Blick nicht von ihm.

Ian rutschte ungemütlich hin und her. »Wieso siehst du mich so an?«

»Wegen dir hat sie aufgehört zu lächeln.«

»Das passiert mir sehr oft«, schnaufte er verächtlich.

Selena zog die Augenbrauen hoch. »Das ist nichts, worauf du stolz sein solltest.«

»Ich habe nicht behauptet, dass ich stolz darauf bin. Ich sagte nur, dass mir das bei meiner Mutter sehr oft passiert. Es ist ganz einfach die Wahrheit.«

Selena biss sich auf die Unterlippe. »Ich glaube nicht, dass es so einfach ist.«

Mit einem Klirren stellte er seine Teetasse zurück. »Ich denke, ich sollte jetzt gehen. Ich verderbe euch nur die Party.«

»Wäre es denn so schlimm, wenn du einfach mitspielen würdest?«

Er sah auf sie hinunter, wieder einmal erstaunte ihn die Unschuld in ihrem Blick. Sie verstand ihn nicht, sie verstand die ganze Welt nicht und auch nicht die ganze Geschichte des Schmerzes, der ihn und seine Mutter umgab. Alles, was sie wusste, war, dass er die Wahl hatte – er konnte seine Mutter verletzen oder er konnte sie nicht verletzen. Und sie konnte sich nicht vorstellen, warum er das Erstere wählte.

Die Unschuld in ihrem Blick gab ihm das Gefühl, klein und auch kleinlich zu sein und hässlich. Sie betete ihn an, von dem Augenblick an, als sie ihn zum ersten Mal gesehen hatte, und jetzt bewies er ihr, wie unwürdig er dieser Ehre war.

Ein Teil von ihm war froh, von der Last ihrer Erwartungen befreit zu sein. Aber ein anderer Teil war unendlich traurig darüber. Als würde ihm eine großartige Gelegenheit durch die Finger gleiten, genau hier, wo er an diesem winzigen Tisch mitten im Wald saß, eine Gelegenheit, die er sich nie erträumt hatte, die er sich nie zu erhoffen gewagt hatte. Und alles, was er tun musste, war, die Hand auszustrecken und sie zu ergreifen …

»Was willst du von mir, Selena?«

»Ich möchte, dass du bleibst.«

Die Antwort war so einfach. Schwarz oder weiß. Gut oder schlecht. Bleibe oder gehe. Für Selena gab es dazwischen kein grau, keine Ruppigkeit, die noch hinnehmbar war, keinen Schmerz, der zu ertragen war. Es gab nur richtig oder falsch.

Zum Teufel, er wünschte, er könnte diese Unschuld auch in sich selbst finden, diesen moralischen Kern in sich, den er schon vor langer Zeit verloren hatte.

»Sag einfach ja«, flüsterte sie und lächelte ihm ermunternd zu.

So einfach …

Mit einem verlegenen Lächeln rückte er näher an den Tisch. Er stieß mit dem Knie dagegen, und das Porzellan klirrte.

Maeves Kopf fuhr hoch. »Es ist Ian.« Sie sah sich um. »Schwester, er bekommt seine Zähne. Beruhigen Sie ihn.«

»Ich werde ihn holen, Maeve«, antwortete Selena.

Maeve blickte sorgenvoll und biss sich nervös auf die Unterlippe, dann drückte sie das Tier noch fester an ihre Brust. »Er weint, wenn ich ihn berühre.« Tränen glänzten in ihren Augen. »Warum weint er nur?«

Selena schaute sie über den Tisch hinweg an. »Vielleicht weiß er ja gar nicht, dass du das bist.«

Maeve verscheuchte eine unsichtbare Fliege. »Das Badewasser ist zu heiß. Bringen Sie den Wein.«

Ian schloss die Augen und sank in sich zusammen, die Ellbogen stützte er auf den wackligen Tisch.

Mit einem Schrei sprang Maeve auf. Sie hob den Rock, dann warf sie einen schnellen Blick nach hinten, um dann auf Ian zuzulaufen und nach ihm zu greifen. Ihre knochigen Finger legten sich um sein Handgelenk, und sie zerrte daran. »Ich kann mein Baby nicht finden.« Mit einem glasigen Blick aus ihren haselnussbraunen Augen sah sie ihn an. »Helfen Sie mir, mein Baby zu finden.«

Bilder stürmten auf Ian ein. *Mein Baby. Oh, Gott, mein Baby.*

Herbert wird seinen Sohn sehen wollen. Die Worte drängten sich in seinen Kopf, wirbelten in einer endlosen Litanei darin herum. Dann kamen die Bilder, die Verwandlung der Gedanken in formlose Eindrücke.

Panik. Angst. Verzweiflung.

Die Gefühle seiner Mutter hüllten ihn ein, sogen ihn auf. Er fühlte ihre Angst, sie ließen sein eigenes Herz schneller schlagen.

Und dann sah er sie plötzlich, durch den roten Nebel der Frustration. Seine Mutter, die an diesem Tisch mitten im Wald saß. Tief unter der Schicht ihrer Demenz war sie da, beobachtete ihn, hörte ihn, brauchte ihn.

Diese Erkenntnis erstaunte ihn. Er hatte nie geglaubt, dass sie die Wirklichkeit auch nur zu einem kleinen Teil bewusst wahrnahm, wenn sie in diesem Zustand war, wenn sie gegen die flüsternden Stimmen ihrer Einbildung ankämpfte, gegen die tausenden Bilder ihrer Vorstellungswelt, die auf sie einstürmten. Sie war da, klein und verängstigt und allein.

»Mutter?«

Sie sah ihn blinzelnd an. Für den Bruchteil einer Sekunde glaubte er, sie würde ihn sehen, mit ihm reden. Die Hoffnung war so stark, dass er aufstand und neben sie trat.

Wieder verscheuchte sie eine Fliege, die es nicht gab, dann schüttelte sie den Kopf, als wollte sie ihn freibekommen. »Der Regen wird den Rhabarber ruinieren.«

Langsam stieß er die angehaltene Luft aus und wartete darauf, dass er wieder diesen unvermeidlichen Abscheu empfand.

Doch erstaunlicherweise stellte sich dieses Gefühl nicht ein. Zum ersten Mal war alles, was er fühlte, wenn er seine Mutter ansah, Mitleid.

Maeve wand sich von ihm los und huschte zu ihrem Platz am Tisch zurück.

Ian stand noch immer an der gleichen Stelle, er war viel zu verblüfft, um sich zu bewegen.

Selena trat neben ihn und legte sanft ihre Hand auf seinen Arm. »Sie wird schon bald wieder sie selbst sein. Möchtest du noch etwas Tee?«

Beinahe hätte Ian gelacht. Langsam wandte er sich um und sah auf Selena hinunter. Sie stand neben ihm, groß und stolz und wunderschön, das Haar hing in wilden Locken um ihr Gesicht. Sie lächelte. Sie lächelte immer.

Mit einem Mal wusste er, so sicher, wie er noch nie zuvor in seinem Leben etwas gewusst hatte, dass er sich in diese Frau verlieben würde. Nicht in die Frau, die er geschaffen oder gerettet hatte oder die er sich vorstellte, sondern in diese Frau hier, mit ihrem über die Welt erhabenen Lächeln und ihrem überschäumenden Wesen. Diese Frau, die in nur zwei Tagen sein ganzes Leben auf den Kopf gestellt hatte.

Er zog sich zurück von ihr, sie ängstigte ihn, und er fürchtete sich vor sich selbst und vor all dem, was dieser Augenblick bedeutete. Solche Dinge geschahen ganz einfach nicht im Leben, wenigstens stießen sie nicht Männern wie ihm zu. Das Gute widerfuhr nur guten Menschen, und Ian war alles andere als gut.

»Ich mache jetzt Halsbänder aus Äpfeln und Blumen«, erklärte Selena. »Möchtest du mir dabei helfen?«

Er warf einen Blick auf die Äpfel auf dem Tisch und lächelte. *Himmel, Apfelhalsbänder.* Das war eine vollkommen neue Welt.

Er nickte. »Wenn du es möchtest.«

»Oh, Ian«, hauchte sie und lachte dabei. »Ich möchte, dass du immer bei mir bist. Ich fühle Liebe für dich.«

Ian wäre bei diesen schlichten, eigenartigen Worten beinahe zusammengebrochen. Zum ersten Mal in seinem Leben behauptete ein anderer Mensch, ihn zu lieben.

16

Ian stand am Fenster seines Schlafzimmers und beobachtete das Durcheinander unter ihm wie Zeus das Treiben der Sterblichen. Er schob das Fenster nach oben. Es quietschte und knarrte und erinnerte ihn daran, dass er es schon sehr lange nicht mehr geöffnet hatte.

Unter ihm wurde eine Party gefeiert.

Johann und Lara waren die Anführer, Arm in Arm schlenderten sie über den Kiesweg. Dotty sprang von einem Baum zum nächsten, sich immer dahinter versteckend, dabei gestikulierte sie wild. Daneben schlug Maeve ein Rad. Ihr helles, klares Lachen drang bis zu ihm nach oben. Die Königin schritt dahin und winkte ihren unsichtbaren Untertanen zu.

Selena schlug auf der Wiese Purzelbäume, ihr Rock flatterte, dann sprang sie auf, klatschte in die Hände, drehte sich und wirbelte herum, bis sie lachend ins Gras sank. Das Halsband aus Äpfeln und Tulpen hing schief um ihren Hals. Eine einzelne Blüte schwebte zu Boden, ein leuchtend weißer Fleck auf dem smaragdgrünen Teppich des Grases.

Selena sagte etwas, das er nicht recht verstehen konnte, dann stellten sich alle vor der Veranda in einer langen Reihe auf und begannen, auf der Wiese Purzelbäume zu schlagen. Die Sonne strahlte liebevoll auf sie hinunter, glänzte auf ihren Haaren und ihrer bunten Kleidung. Der freudige Klang des Lachens wehte mit dem warmen Wind vom Meer zu ihm.

Ian versuchte, die altbekannte Abscheu wieder zu spüren, immerhin war es eine solch außergewöhnliche Vorstellung des Wahnsinns, die ihm hier geboten wurde. Doch zu seiner Überraschung stellte sich das Gefühl der Verachtung nicht ein. Ein Lächeln, langsam und vorsichtig, schlich sich auf sein Gesicht.

Und was war verrückter – an einem so wunderschönen Frühlingstag im Gras herumzutollen oder sich in einem einsamen, verdunkelten Zimmer zu verstecken und ohne Not sich dem Gefühl der Isolation auszusetzen?

Plötzlich sah Selena zu ihm hoch. Über die Entfernung hinweg trafen sich ihre Blicke. In ihren Augen entdeckte er eine einladende Herzlichkeit, wie sie größer gar nicht sein konnte. Sie winkte ihm, nach unten zu kommen. Dann machte sich Johann auf den Weg zum Strand, und die kleine Gesellschaft folgte ihm.

Ian wusste sofort, dass auch er ihnen folgen würde. Er könnte versuchen, es nicht zu tun, könnte so tun, als interessierten sie ihn nicht, und sich zwingen, allein zu bleiben, aber so unehrlich konnte er nicht sein. Er wollte bei ihr sein.

Er trat vom Fenster zurück und schloss es wieder. Bilder des gestrigen Tages stiegen in seiner Erinnerung auf, erwärmten ihn, lockten ihn.

Es war erstaunlich, aber Johann hatte Recht gehabt. In einem Augenblick, nicht länger als ein Herzschlag, hatte Selena Ian vor die Entscheidung gestellt, und das mit dem Überzeugendsten, was es gab, mit dem, was ein Leben am leichtesten verändern konnte: mit einem Lächeln.

Ich fühle Liebe für dich, Ian.

Die Worte schossen ihm wieder durch den Kopf. Die ganze lange, einsame Nacht über, in seinem leeren Bett, hatte er diese Worte gehört. Wieder und wieder, und mit jedem Mal hatten sie mehr Kraft bekommen, versprachen ihm ein Wunder, von dem er nie zu träumen gewagt hätte. Eine Zukunft, die er schon so lange aufgegeben hatte.

Er nahm ein Hemd vom Stuhl und zog es an. Mit der Ungeduld eines Kindes eilte er die Treppe hinunter und lief nach draußen, trat in den strahlenden Sonnenschein.

Wärme umspülte seine Wangen. Er rannte über die Wiese und dann hinein in die kalte Dunkelheit des Waldes, er folgte dem Geräusch des Lachens.

Sie waren alle unten am Strand und hatten sich dort verteilt.

Es war Ebbe, Schaum hatte sich auf den grauen und schwarzen Felsen am Strand gebildet. Die Sonne glitzerte auf dem ruhigen Wasser und ließ es aussehen wie polierten Stahl.

Johann lag auf einer blauen Decke, die Arme hinter dem Kopf verschränkt. Lara hockte an einem Wasserloch, das die Ebbe hinterlassen hatte, auf einen mit Kletten überwucherten Felsen hatte sie einen Eimer gestellt. Maeve starrte auf das Meer, die Hand über den Augen. Zweifellos wartete sie wieder einmal darauf, dass ihr Mann nach Hause kam.

»Ah, der verlorene Sohn«, meinte Johann gedehnt und stützte sich auf die Ellbogen. Mit einer fließenden Bewegung strich er sich eine Haarsträhne aus dem Gesicht, dann lächelte er lässig. »Gut, Sie zu sehen, Ian.«

»Ian?« Selena wirbelte herum und sah ihn an. Als ihre Blicke sich trafen, schenkte sie ihm ein umwerfendes Lächeln. »Du bist hier.«

Der Klang ihrer Stimme, leise und verführerisch und intim, hüllte ihn ein, wärmer als der Sonnenschein.

»Wir werden ein Picknick machen«, erklärte Selena und deutete auf einen Korb. »Wirst du bei uns bleiben?«

Ian fühlte, wie er zu lächeln begann. »Gern.«

Stunden später waren nur noch Selena und Ian am Strand geblieben. Das Picknick war längst verspeist und alles wieder aufgeräumt, die letzten Reste waren ins Haus zurückgebracht.

Seite an Seite ruhten sie auf der blauen Decke und blickten in den klaren, blauen Himmel. Um sie herum lagen verstreut einige Bücher.

»Erzähl mir noch eine andere Geschichte«, bat Selena schläfrig.

Ian lächelte. Sie war erstaunlich geschickt darin, Konzepte und Ideen zu verstehen, und sie entdeckte in jeder Geschichte, die er ihr erzählte, erfrischend neue Gesichtspunkte. Er hatte ihr Teile der Bibel vorgelesen, etwas griechische Mythologie und ein paar Märchen der Gebrüder Grimm. Die romantischen Dichter waren ihre Lieblingsdichter, und sie verlangte immer nach mehr.

»Da gibt es die Geschichte von Pandora – in gewisser Weise ähnelt sie der biblischen Geschichte von Adam und Eva. Pandora war die erste Frau, die von den Göttern geschaffen wurde. Die Geschichte besagt, dass Jupiter sie erschaffen hat, um Prometheus dafür zu bestrafen, dass er das Feuer aus dem Himmel gestohlen hat.«

»Die erste Frau wurde erschaffen, um einen Mann zu bestrafen?«

Er hatte gewusst, dass ihr dieser Aspekt nicht entgehen würde. »Sie wurde im Himmel erschaffen. Jeder Gott tat etwas dazu, um sie perfekt zu machen. Danach wurde sie auf die Erde geschickt, und Epimetheus nahm sie auf – obwohl er gewarnt wurde, sich vor Jupiter zu hüten, wenn dieser Geschenke brachte. Epimetheus hatte in seinem Haus eine ganz besondere Büchse, in der alles Böse der Welt aufbewahrt wurde …«

»Er hätte diese Büchse wegwerfen sollen.«

Ian unterdrückte ein Lächeln. »Pandora war neugierig.« Ian warf Selena einen schnellen Blick zu. »Neugier ist das, was eine Frau dazu bringt, mitten in der Nacht dem Schrei eines wilden Tiers zu folgen. Auf jeden Fall ist Pandora in einer Nacht nach unten geschlichen und hat diese Büchse geöffnet und dadurch all das Böse in die Welt gelassen. Sie hat die Büchse schnell wieder geschlossen, doch nicht schnell genug. Nur die Hoffnung war noch darin zurückgeblieben.«

Selena rollte auf den Bauch, stützte sich auf die Ellbogen und sah dann zweifelnd auf Ian hinunter. »Sie hat all das Böse in die Welt gelassen und hat ihnen keine Hoffnung gegeben?«

»So erzählt es der Mythos.«

Sie dachte einen Augenblick lang nach. »Und da behaupten alle, *ich* hätte einen Hirnschaden. Diese Geschichte gefällt mir nicht.«

»Eine andere Auslegung ist, dass Pandora von Jupiter in guter Absicht geschickt wurde, mit einer Büchse, in die jeder Gott einen Segen gelegt hatte. Ohne nachzudenken hat sie diese Büchse geöffnet, und aller Segen ist entkommen. Alles, bis auf die Hoffnung.«

Sie lächelte. »Das ist vernünftig. Wer würde schon die Hoffnung – sie ist etwas so Kostbares – in eine Büchse voll mit Bösem legen?« Sie nickte. »Ja, Pandora wurde erschaffen, um der Menschheit zu helfen, nicht um einen Mann zu bestrafen.«

Er streckte die Hand aus und strich ihr eine Locke ihres zerzausten Haares aus den Augen. Bei dieser Berührung, die ihm so einfach vorkam, als hätte er in seinem Leben schon Millionen Frauen so berührt, lächelte sie strahlend.

Kleine Dinge, eine Berührung, ein Lächeln, sie bedeuteten ihr so viel.

Sie drehte sich wieder auf den Rücken. »Erzähl mir noch eine Geschichte.«

Ohne hinzusehen, griff er nach einem Buch und stellte es auf seinen Bauch. Es war die Geschichte von Tristan und Isolde. Beinahe eine Stunde lang las er ihr daraus vor, während die Sonne in einem eleganten Bogen langsam im Meer versank. Er las die tragische Geschichte eines Mannes, der aus Ehrgefühl die falsche Frau heiratete, und von seiner Frau – einer guten Frau –, die von der Eifersucht auf eine andere Frau verzehrt wurde.

Als er zu Ende gelesen hatte, wandte er sich zu ihr und sah, dass Selena weinte. Silbrige Tränen rannen ihr aus den Augenwinkeln über ihre blassen Schläfen.

»Das ist sehr traurig«, flüsterte sie. »Warum sollte Tristans Frau ihn anlügen?«

»Sie war eifersüchtig auf Tristans große Liebe zu Königin Isolde, und ihre Eifersucht hat Tristan das Leben gekostet. Er ist gestorben in dem Glauben, dass seine Liebe ihn in Zeiten seiner Not verlassen hat.«

»Warum hat Tristan denn nicht die Frau geheiratet, die er liebte?«

»Er war ein ehrenwerter Mann, und die Ehre verlangte ein solches Opfer von ihm.«

Selena wischte sich die Tränen aus den Augen und sah zu Ian auf. Ihr Haar hing ihr in Strähnen über die tränenfeuchten Wangen. »Diese Ehre, du hast schon vorher davon gesprochen. Das verstehe ich nicht.«

»Sie gilt auch mehr für Männer als für Frauen.«

Sie runzelte die Stirn. »Das ist Absud.«

Er lachte.

»Ich habe schon wieder einen Fehler gemacht. Tut mir Leid. Ich meinte *absurd*. Ist es denn wirklich so wichtig, ehrenhaft zu sein?«

Er fühlte einen Anflug von Bitterkeit bei dieser naiven Frage. »Da fragst du den falschen Mann, Selena. Ich bin in meinem ganzen Leben noch nie ehrenhaft gewesen.«

»Erkläre mir, was ehrenhaft bedeutet.«

»Ganz einfach, ehrenhaft zu sein, bedeutet, Moral zu haben, dein Leben so zu leben, dass du nicht willentlich andere Menschen verletzt. Es bedeutet, Versprechen einzuhalten, die du gemacht hast, und niemals zu lügen.«

»Und du bist nicht ehrenhaft?«

Er schnaufte verächtlich. »Nein. In meinem ganzen Leben war ich ungeheuer unehrenhaft. Ich habe Dinge getan, um *absichtlich* Menschen zu verletzen, und Versprechen zu halten, das war noch nie meine Stärke.«

Ihre Stimme war nur noch ein Flüstern. »Warum erzählst du mir so etwas?«

Er beugte sich näher zu ihr, so nahe, dass er sich im geheimnisvollen Dunkel ihrer Augen verlor. »Das soll eine Warnung sein, Selena. Ich möchte nicht, dass du mich vergötterst.«

Unvermutet lachte sie. Es war ein wenig irritierend, dass ihr seine Bemerkung so komisch vorzukommen schien. »Ich vergöttere dich nicht, Ian. Ich fühle Liebe für dich. Ich glaube, da besteht ein großer Unterschied.«

Er kam sich vor wie ein Dummkopf, und verdammt, das war ein richtig gutes Gefühl. »Musst du denn immer das sagen, was in deinen Gedanken ist?«

Sie berührte seine Wange, eine sanfte Zärtlichkeit. »Ich kann ja nicht sagen, was in deinen Gedanken ist.«

»Ach, Selena.« Er seufzte. Sie schaute zu ihm auf und lächelte, ihr Gesicht zeigte noch die Spuren ihrer Tränen und auch Spuren von Sand, ihr Haar war voller Blätter und Tannennadeln. Das verrückte Halsband hing noch immer um ihren Hals. Noch nie hatte sie in seinen Augen schöner ausgesehen. In dieser Sekunde war er sich bewusst, dass er bis jetzt gar nicht begriffen hatte, was wahre Schönheit wirklich war, nie zuvor hatte er sie so zu schätzen gewusst wie in diesem Augenblick. Sie war wunderschön in ihrem Inneren, in ihrer Seele. »Du bist… perfekt«, flüsterte er.

»Nein, ich bin beschädigt.«

Er hätte sich selbst ohrfeigen können für das, was er ihr beigebracht hatte. »Du bist alles, wonach ein Mensch nur streben kann, Selena. Du bist gut, freundlich, mitfühlend, liebevoll, ehrlich. Lass dir nicht von der Welt – oder von mir – diesen Optimismus aus deinem Herzen stehlen.«

Sie schmiegte sich an ihn. »Glaubst du denn, so etwas kann man stehlen? Das ist doch kindisch, Ian. Dumm.«

»Aber…«

»Und du bist *wirklich* ehrenhaft. Du bist Arzt geworden, um den Menschen das Leben zu retten. Das muss Ehre sein. Du hast mich berührt, auch als du dich davor gefürchtet hast, und das ist ganz sicher Ehre.« Sie rückte noch ein Stück näher, nahe genug für einen Kuss. Er fühlte ihren warmen Atem an seinen Lippen, und schmerzlich sehnte er sich nach mehr. »Wir sind gleich, du und ich.«

Der Augenblick verzauberte ihn. »Wie meinst du das?«

»Vielleicht war ich eine schlechte Frau, vor meinem Hirnschaden. Aber mir ist es gleich, was ich früher einmal war, mich kümmert nur das, was sein wird. Die Zukunft ist viel wichtiger als die Vergangenheit.«

»Die Zukunft.« Er flüsterte dieses Ehrfurcht gebietende Wort. Ah, die Hoffnung, die Notwendigkeit. Jahrelang hatte er sich nicht erlaubt, an das Morgen zu denken, geschweige denn an das, was danach kam. Und jetzt war hier diese wunderbare Frau und riet ihm, an die Zukunft zu glauben, die Hand danach auszustrecken. Sie forderte ihn auf, an sich selbst zu glauben.

»Ich werde einen Anfang machen mit dir, Ian.« Sie sah ihn so ernst an, dass ihm das Herz zu brechen drohte, dann kniete sie sich vor ihn und nahm seine Hand. »Ich werde ehrlich und ehrenhaft sein – immer. Wirst du mir das Gleiche versprechen?«

Er kniete sich neben sie. »Ehrlich zu sein, ist einfach. Aber ehrenhaft zu sein ist verdammt harte Arbeit.«

Sie nahm den Blick nicht von ihm. »Ich werde nicht versagen.«

Angst stieg in ihm auf, doch dann erfasste ihn ein erhebendes Gefühl der Hoffnung. Sie hatte Recht, er wusste es. Er hatte es schon immer gewusst. Ehre, Moral, Optimismus, immer hatte man die Wahl. Vor langer Zeit hatte er die falsche Wahl getroffen, hatte den falschen Weg eingeschlagen.

Hatte er die Kraft, diesen Weg zu ändern?«

»Es ist nicht so schwer, Ian. Du brauchst nur zu versprechen, es zu versuchen.«

Er wusste, dass er versagen würde, er hatte immer versagt. Aber in diesem Augenblick, diesem magischen Moment, konnte er ihr diese Bitte nicht abschlagen. Es war die letzte, größte Hoffnung für seine Seele. »Für dich, Selena, will ich es versuchen.«

»Psst.«

Dieses leise Geräusch drang aus großer Entfernung an Ians Ohr, es schwebte in die Dunkelheit seines Schlafs. Er drehte sich ein bisschen um und drückte das Gesicht fester in die Kissen.

»Psst. Ian. Du hast vergessen mir zu zeigen, wie man Krocket spielt.«

Ian blinzelte und wachte langsam auf. Seine Augen brannten. »Was …«

Selena saß auf dem Bett neben ihm, sie hatte sich vorgebeugt, so dass ihr Gesicht dem seinen ganz nahe war. Das Licht der Kerze warf einen goldenen Schein auf ihr Gesicht. Mit ihren wunderschönen feuchten Augen schaute sie auf ihn hinunter, und ihre Lippen verrieten ihm, dass sie im nächsten Augenblick lächeln würde.

»Du hast versprochen, mir beizubringen, wie man Krocket spielt«, wiederholte sie.

Er rieb sich verwirrt die Augen. Wie in einem verschwommenen Traum glaubte er, dass er sie irgendwie mitten in einer kalten Nacht allein durch seinen Willen hierher geholt hätte. »Morgen.«

»Du hast gesagt, heute. Es ist schon bald Mitternacht, und Johann hat mir gesagt, dass der Tag um Mitternacht vorüber ist.«

»Johann, das Genie? Was hat er denn damit zu tun?«

»Er hat mir geholfen, das Spiel im Garten aufzubauen.«

Ian stützte sich auf die Ellbogen und sah zu ihr auf. Sie saß ganz munter neben ihm und trug nichts weiter als den Hauch von einem Nachthemd. »Geh ins Bett, Selena.« Seine Stimme klang heiser und rau.

Sie schob die Decke beiseite und steckte ihre kleinen, nackten Füße darunter. »Also gut.«

Er fühlte, wie sie neben ihm ins Bett glitt. Einen Augenblick lang konnte er nicht atmen, konnte sich nicht bewegen, so erschrocken war er. Er fühlte die Wärme ihres Körpers, fühlte, wie sich ihr Schenkel gegen seinen drückte. Sein Herz begann zu rasen, Schweiß trat auf seine Stirn. Niemand hatte ihr bis jetzt erklärt, dass ein Mädchen nicht zu einem Verrückten ins Bett kletterte.

Ehrenhafter Mann, Ian.

Der Versuch eines Versprechens.

Er fuhr hoch und warf die Decke zurück. »Also gut. Wir werden Krocket spielen.«

Sie rührte sich nicht.

Zögernd sah er auf sie hinunter. Sie lag ganz still, ihr rotbraunes Haar war auf dem vom Kerzenschein gold gefärbten Kissen hingebreitet, unter der dünnen weißen Baumwolle ihres Nachthemdes zeichneten sich ihre sanften Brüste ab. In ihrem Blick lag eine solche Gelassenheit, dass ihm der Atem stockte.

»Ich wusste, dass du dein Versprechen einhalten würdest«, murmelte sie mit sanfter, ein wenig rauer Stimme.

Lieber Gott, er wollte sie berühren. Im flackernden Licht der Kerze sah ihre Haut so sanft aus wie ein Blütenblatt. Ein verzweifeltes Stöhnen blieb ihm im Hals stecken. Er stolperte aus dem Bett und stand dann schwer atmend vor ihr. Schließlich gelang es ihm, die Blicke von ihr loszureißen. Er ging zum Fenster und starrte durch das trübe Glas, bis sein Atem wieder ruhiger ging.

Er hörte, wie das Bett leise knarrte, dann kamen ihre feinen Schritte auf ihn zu. Sie trat hinter ihn und wartete.

Sein ganzer Körper spannte sich an. *Berühre mich nicht. Bitte …* Dieser Gedanke ging durch seinen Kopf und wurde fast zu so etwas wie einem Gebet.

Sie legte die Hand auf seine Schulter. »Sollen wir gehen?«

Gott helfe ihm, eine Sekunde lang lehnte er sich gegen ihre Hand, fühlte ihre Wärme auf seiner Haut. Mit einem unterdrückten Fluch wandte er sich um und ging weg. Er riss seine Hose von dem Stuhl, auf den er sie am Abend geworfen hatte, schob die Füße hinein und knöpfte sie dann zu. Danach packte er die zerknitterte Wolljacke und zog sie an. Während der ganzen Zeit vermied er es, sie anzusehen. »Du brauchst eine Jacke.«

Sie lachte, leise und rauchig, ein Geräusch, das ihn genauso erregte wie eine Berührung. »Ich werde mir einen Sack … eine *Jacke* holen, wir treffen uns dann unten.«

Ian eilte vor ihr aus dem Zimmer, lief die knarrende Treppe hinunter. Er trat auf die Veranda und schlug die Tür hinter sich zu, dann atmete er tief die frische Nachtluft ein.

Er knöpfte seine Jacke zu, dann trat er von der etwas schiefen Veranda auf das frische Frühlingsgras. Er war so in Gedanken versunken, dass es einen Augenblick dauerte, bis er erkannte, was sie hier draußen gemacht hatte.

Dicke gelbe Kerzen standen um die Wiese herum. Es ging kein Wind, und so tanzten und pulsierten die brennenden Lichter vor dem Hintergrund des dunklen Waldes. Der Himmel war mit Sternen übersät, der Mond war eine schmale bläulich-weiße Sichel, die sich in den metallenen Pfosten auf der Wiese widerspiegelte. Von weitem hörte man das Rauschen der Wellen.

Es war ein hübscher, verzaubernder Anblick, geschaffen von einer Frau, die an Märchen glaubte und an Geschichten mit einem Happy End.

Seit Jahren hatte er auf dieser Veranda gestanden, unter den schattigen Ästen des Blauregens, und hatte über diesen Garten geblickt. Alles, was er je gesehen hatte, war ein viereckiges Stück Rasen, das von hohen Bäumen eingerahmt wurde. Nie hatte er gedacht, dass es auch anders aussehen könnte.

Wann hatte er aufgehört, die Schönheit in den kleinen Dingen des Lebens zu sehen? Und warum hatte er die Fähigkeit verloren, solch ein Wunder zu schaffen? Als er sich diese Frage stellte, wusste er auch schon die Antwort. Er hatte diese Fähigkeit gar nicht verloren, er hatte sie nie besessen. Selbst als Kind hatte er die Welt kalt und voller Vernunft gesehen. Das war etwas, das er schon früh im Leben gelernt hatte. Das Leben war nicht fair und gerecht und freundlich. Er wäre niemals auf die Idee gekommen, einen Ort auf diese Weise zu gestalten.

Die Tür hinter ihm knarrte, dann wurde sie geschlossen. »Bist du bereit, mit mir zu spielen?«

Der samtene Ton ihrer Stimme hüllte ihn ein, erinnerte ihn daran, dass er bei all seiner Erfahrung mit Frauen nicht auf eine Frau wie sie vorbereitet war. Ihre ruhige Naivität machte ihn wehrlos und nahm ihm die Herrschaft über die Situation aus der Hand. *Bist du bereit, mit mir zu spielen?*

Angesichts der Zweideutigkeit dieser Bemerkung rann ihm ein Schauer über den Rücken, weil er wusste, dass sie überhaupt keine Ahnung hatte, was sie da gerade gesagt hatte. Oder was seine Antwort darauf sein könnte. Er trat einen Schritt zurück und wandte sich zu ihr um.

Sie stand auf der Veranda, groß und aufrecht. Ihr Haar hatte sie zu einem dicken Zopf geflochten, der über ihre Schulter hing. Ein blassgelber Umhang, so dünn wie ein Hochzeitsschleier, lag über ihrem Nachthemd. Darunter schauten schwere, lehmige Männerstiefel hervor. Lächelnd griff sie nach dem kleinen Lederkoffer neben sich und öffnete ihn. In dem Koffer lagen einige Krockethämmer und bunte Bälle.

Sie nahm eine Hand voll Bälle und zwei Schläger und kam damit auf ihn zu.

Er nahm einen Schläger und einen roten Ball und gab ihr den anderen Schläger und den blauen Ball, die restlichen Bälle warf er auf die Veranda. Dann trat er einen Schritt zurück, um etwas Abstand zwischen sie beide zu bringen. »Also …«

Sie kam näher. »Also was?«

Er machte einen Schritt zurück, sie kam einen Schritt auf ihn zu.

»Selena, wenn du nichts dagegen hast, würde ich gern ein wenig Abstand zwischen uns beide bringen.«

Sie trat neben ihn. »Ich habe aber etwas dagegen.« Sie hob

ihm das Gesicht entgegen und lächelte so strahlend, dass es ihn bis ins Herz traf.

Ian erstarrte und zwang sich zu einem gequälten Lächeln. Er wünschte, er hätte ihr nie etwas versprochen. »Also gut. Lass uns anfangen.« Er packte den Schläger, beugte sich vor und zeigte ihr, wie sie den Ball durch das erste Tor schlagen musste.

Sie sah ihn noch immer an, als er sich schon wieder aufrichtete. »Jetzt bist du dran«, sagte er.

»Zeige mir, wie ich den Schläger halten muss.«

Zögernd ging er zu ihr hinüber. Sie drehte ihm gleich den Rücken zu und beugte sich ein wenig vor.

Er starrte auf ihren Rücken. Die blasse Haut ihres Nackens leuchtete in dem schwachen Licht und erinnerte ihn plötzlich daran, dass sie unter dem hauchdünnen Umhang und dem Nachthemd nackt war. Sie trug weder ein Korsett noch ein Hemdchen oder eine Unterhose…

»Ian?«

Er verbannte die erotischen Gedanken und trat näher zu ihr. Vorsichtig legte er die Arme um ihren Körper und hielt ihre Hände fest, zeigte ihr, wie sie den Schläger richtig halten musste. Bei seiner Berührung stieß sie einen leisen Seufzer aus.

»Konzentriere dich«, forderte er sie mit scharfer Stimme auf. »Und schlag den Ball durch das Tor.«

Sie ließ plötzlich den Schläger fallen und wandte sich in seinen Armen um. Ihr lächelndes Gesicht war gleich vor ihm, ihre vollen Lippen, die so küssenswert waren, nur einen Hauch von ihm entfernt. Er fühlte ihren warmen Atem auf seiner Haut.

»Warum sollte es mich kümmern, ob der Ball durch das Rohr geht?«

Einen Augenblick lang konnte Ian nicht atmen. Sie war so bezaubernd, sie war all das, was eine Frau sein konnte. Erdgebunden, sinnlich, unschuldig, verführerisch. Wie hatte er nur glauben können, dass sie behindert war? Er versuchte, etwas zu sagen, und als ihm seine Stimme dann endlich gehorchte, klang sie rau und ein wenig grob. »So sind nun einmal die Regeln. Du wolltest doch lernen, wie man dieses Spiel spielt.«

»Vielleicht würde ich viel lieber etwas anderes mit dir spielen, Ian.«

Die Art, wie sei seinen Namen aussprach, ließ ihm einen Schauer über den Rücken rinnen. Er sah auf sie hinunter, verlor sich in der Tiefe ihrer schokoladenbraunen Augen. Das Mondlicht hüllte sie ein und ließ ihr Nachthemd beinahe durchsichtig aussehen. Gedankenlos berührte er die Spitze ihres Zopfes. Die zimtfarbenen Strähnen legten sich um seine Finger, fühlten sich so seidenweich an, dass er sie nicht mehr loslassen wollte.

»Wir sollten ins Haus gehen«, meinte er und wusste, dass es besser so wäre. Dabei wäre er lieber gestorben, als diesen Augenblick zu beenden und zurück in die kalte, schwarze Einsamkeit seines Zimmers zu gehen.

»Ich möchte nicht ins Haus gehen. Ich möchte…« Sie hielt inne.

Er fühlte sich atemlos, ein wenig schwindlig vor Erwartung. »Was möchtest du?«

»Dich.« Das letzte Wort war nur noch ein Flüstern.

Ein kleines Wort, ganz ruhig ausgesprochen und mit solcher Überzeugung. Ian seufzte leise auf, unfähig, auch nur eine Sekunde länger gegen seine Natur anzukämpfen. Er beugte sich zu ihr.

Der Kuss war am Anfang bedeutungslos, eine leichte Berührung ihrer Lippen, die beinahe schon vorüber war, noch ehe sie richtig begonnen hatte. Er hörte, wie sie scharf den Atem einzog, sah, wie sich ihre Augen überrascht weiteten.

Zögernd zog er sich ein wenig zurück, ließ ihr ein wenig Zeit.

»Was war das?«, wollte sie wissen.

Er legte zärtlich die Hand an ihre Wange. »Ein Kuss.«

»Warum hast du das getan?«

»Ich wollte es. Ich hätte es nicht tun sollen.«

Sie blickte ihn fragend an. »Aber warum wolltest du es?«

»Ein Mann hat … gewisse Bedürfnisse.« Er sah von ihr weg, in diesem Augenblick sehnte er sich so schmerzlich nach ihr, dass seine Knie ganz weich wurden. »Ich möchte nicht darüber reden.«

Sie lächelte. »Ich auch.«

»Wie meinst du das, ich auch?«

»Solche Bedürfnisse sind auch in mir. Es hat mir sehr gefallen.«

Er stöhnte leise auf angesichts ihrer Ehrlichkeit. »Ach, Selena. Du bist so vertrauensvoll, so naiv. Ich könnte dich zerstören.«

Sie lächelte eines von ihren strahlenden Lächeln. »Aber das wirst du nicht tun.«

»Du solltest nicht so sehr an mich glauben«, meinte er mit belegter Stimme. »Ich bin kein guter Mann.«

Sie lachte. »Es muss einfach sein, Arzt zu werden.«

Dieses Thema kam unerwartet für ihn, obwohl er bei ihr mittlerweile an solche Themenwechsel hätte gewöhnt sein müssen. »Warum sagst du das?«

»Weil du manchmal sehr … hirngeschädigt bist, Ian.«

Er musste trotz allem lachen. »Selena, sei nicht so verdammt charmant. Ich versuche, verdammt ehrenwert zu sein. Und es ist nicht ehrenwert, wenn man die Lage einer nur spärlich bekleideten Jungfrau mitten in der Nacht ausnützt.«

»Was ist eine Jungfrau?«

»Jemand, die noch nie … im gleichen Bett mit einem Mann geschlafen hat.«

Ihr Gesicht verzog sich nachdenklich. »Aber was ist, wenn ich früher schon mit einem Mann geschlafen habe? Dann wäre ich keine Jungfrau mehr, und es wäre für dich ehrenwert, zu …«

»*Was?*«

Sie sah ihn verständnislos an. Ein kühler Windhauch drückte

das Nachthemd gegen ihren zitternden Körper. »Was meinst du mit was?«

Ian hatte das Gefühl, als hätte man ihm gerade einen Schlag in den Magen versetzt. Er konnte nicht mehr richtig Luft holen. Himmel, wie hatte ihm das nur entgehen können? Wie hatte er nur so blind davon ausgehen können, dass sie eine weitere verlorene Seele war, ohne jegliche Bindung und einsam, wie all die anderen im Haus Lethe?

Wenn sie nun verheiratet war? Oh Gott, was wäre, wenn sie irgendwo dort draußen Kinder hätte?

Er legte eine Hand vor das Gesicht und versuchte verzweifelt, die Fassung nicht zu verlieren.

»Ian? Du machst mir Angst…«

Noch nie zuvor in seinem Leben hatte er solche Angst ausgestanden. Jemand könnte irgendwo dort draußen sein und nur darauf warten, sie von ihm wegzuholen.

Er dachte an die Reise, die er vor wenigen Wochen gemacht hatte, an die Beamten, mit denen er gesprochen hatte, die Beschreibungen von ihr, die er gegeben hatte, und ihm wurde vor Angst ganz schlecht. »Oh Himmel, Selena, was habe ich nur getan?«

Sie stellte sich auf die Zehenspitzen und legte die Hand an seine Wange. Ihre Berührung war so sanft, so beruhigend und liebevoll, dass er am liebsten geweint hätte, als sie die Hand wieder wegnahm. »Küss mich noch einmal.«

Er packte sie bei den Schultern und riss sie an sich. Er wollte sie in sich hineinziehen, an einen Ort, wo nur er sie sehen konnte, wo nur er sie berühren konnte. »Du gehörst mir«, hauchte er. »Mir.«

»Ian…«

»Ich werde dich nicht gehen lassen.«

Sie sah erstaunt auf. »Ich will doch gar nicht, dass du mich gehen lässt.«

Er wollte sich in ihrer Unschuld verlieren, doch dazu war es zu spät. Er zog sie in seine Arme und hielt sie ganz fest, klammerte sich an sie, atmete tief ihren süßen Duft ein.

»Du gehörst mir«, flüsterte er in ihr Haar und wusste, dass er diese Worte schon einmal ausgesprochen hatte, hörte den verzweifelten Unterton in seiner Stimme und konnte doch nichts dagegen tun, konnte an nichts anderes mehr denken.

Sie lachte, und ihr Lachen war hell und klar. »Oh, Ian.« Sie drückte ihn an sich. »Natürlich gehöre ich dir«, flüsterte sie dann an seinem Hals.

Herrgott, er würde seine Seele dafür geben, wenn es die Wahrheit wäre. Aber er hatte seine Seele schon vor viel zu langer Zeit verloren, um jetzt noch damit zu handeln.

»Kannst du die Musik hören?«, flüsterte sie.

Er war so in Gedanken versunken, dass er ihre Worte kaum hörte. »Hier draußen ist keine Musik.«

Der Wind wehte durch die Bäume und spielte mit dem Saum ihres Nachthemdes. Sie glitt aus seinen Armen und sah zu ihm auf. In einiger Entfernung hörte man das Rauschen der Wellen, die gegen die Felsen schlugen. »Höre genauer hin. Johann hat gesagt, die Musik ist ein wundervolles Geräusch. Ich höre sie überall um mich herum.«

»Selena.« Heiser kam ihr Name von seinen Lippen. Mehr sagte er nicht.

Sie blickte zu ihm auf. »Es ist alles so außerordentlich, nicht wahr?«

Er beneidete sie um ihre Unschuld, um ihre Fähigkeit zu träumen. »Hier draußen ist keine Musik, Selena. Man hört nur den Wind und das Meer. Das sind alltägliche Geräusche.«

Sie lächelte. »Eines Tages wirst du sie hören.«

17

Selena stand am Fenster ihres Schlafzimmers und starrte in den Garten unter sich, der noch ganz dunkel war. Die Morgendämmerung zog gerade erst am Horizont auf. Sie war aufgewacht wie immer, erfrischt und aufgeregt. Bereit für den neuen Tag.

Zeit war ihr nicht so wichtig wie den anderen. Sie hatte wieder gelernt, wie man die Uhr las, und sie wusste, dass es jetzt halb fünf war. Für Maeve war es eine vollkommen unmögliche Zeit, um aufzustehen. Es war die Zeit zum Schlafen.

Aber Selena hatte in ihrem Leben schon genug geschlafen. Zu viel.

Sie beugte sich vor und drückte die Stirn gegen die kalte Fensterscheibe. Erwartung stieg in ihr auf. Die Erinnerung an die letzte Nacht hüllte sie warm ein. Ian hatte sie geküsst, und es war das wundervollste Gefühl gewesen, das sie sich je hätte vorstellen können. Sie konnte es kaum erwarten, es noch einmal zu spüren.

Draußen lockte sie die dunkle Welt, rief sie auf tausend unterschwellige Arten. Sie schob das Fenster hoch und lauschte dem herrlichen Knarren des alten Holzes, als das Fenster langsam nach oben glitt. Ein sanfter Wind wehte ins Zimmer und brachte den salzigen Geruch des Meeres mit. Die Blätter flüsterten und tanzten.

Sie durfte nicht nach draußen gehen. Ian hatte sie davor gewarnt. Sie sollte nicht so *neugierig* sein, die Frau Pandora hatte sich dabei verletzt. Aber das kümmerte Selena nicht.

Sie musste ganz einfach dort draußen sein, um den Wind auf ihrem Gesicht zu fühlen und den Tau auf dem Gras berühren zu können. Sie zog ihren Morgenmantel über, schlich die Treppe hinunter und trat ins Freie.

Die Nacht zeigte noch immer ihren samtblauen Himmel. In

der Ferne rauschte das Meer, und der Wald ragte wie ein riesiger, flüsternder Schatten vor ihr auf.

»Du solltest in deinem Bett sein.«

Beim Ton dieser unerwarteten Stimme zuckte Selena zusammen und fuhr herum.

Andrew saß zusammengekauert in einer dunklen Ecke der Veranda, die Knie hatte er bis ans Kinn gezogen. Sein blasses, schmales Gesicht schien losgelöst von seiner schwarz gekleideten Gestalt. Dunkle Schatten lagen unter seinen müden, blutunterlaufenen Augen.

Sie ging zu ihm hinüber und setzte sich. »Was tust du hier draußen?«

Er zuckte mit den Schultern. »Ich mag das Tageslicht nicht. Wahrscheinlich hast du noch nie bemerkt…«

Selena schämte sich dafür, dass ihr das noch nicht aufgefallen war. »Du verlässt das Haus nur in der Nacht?«

»Ja.«

Selena konnte sich so etwas nicht vorstellen. »Wenn ich die Wärme der Sonne auf meinen Wangen fühle, dann denke ich, dass Gott mich berührt.«

»Mich nicht.«

Sie hörte den Schmerz in seiner zittrigen Stimme, er umschloss ihr Herz mit festem Griff. Sie nahm seine Hand und zog ihn hoch. »Zeige mir die Nacht.«

Seine Augen begannen zu strahlen. »Wirklich?«

»Ja.«

Ein Lächeln stahl sich auf sein blasses Gesicht. Er fasste ihre Hand fester und zog sie mit sich, die Treppe hinunter und hinüber zu den Bäumen. »Wir müssen uns beeilen. Es wird schon bald hell werden.«

Hand in Hand liefen sie durch den Wald bis zu einer kleinen Lichtung. Um sie herum ragten pechschwarze Bäume in den Himmel, schlossen sie ein in ihren dunklen Kreis, den nur das Licht des Mondes durchdrang.

Sie war erstaunt von dieser ursprünglichen Schönheit. Was sie in der letzten Nacht mit Kerzen und Licht zu schaffen versucht hatte, hatte Gott hier mit Schatten und Stille geschaffen.

Andrew legte sich hin und klopfte einladend auf den kalten, schwarzen Boden neben sich. Dann zog er ein langes Stück Stoff aus der Tasche. »In meiner Vorstellung ist es noch viel schöner«, behauptete er und legte sich den Stoff um die Augen. »Schließ deine Augen.«

Eifrig streckte sich Selena neben dem jungen Mann aus. Wieder einmal verschränkte sie ihre Finger mit seinen und hielt seine Hand.

Als sie die Augen schloss, wurden ihre anderen Sinne geweckt. Sie roch den süßen, berauschenden Duft der Tannen und das salzige Meer. Ein kühler Wind strich über ihr Gesicht, und ihr Nachthemd wehte gegen ihre Brüste und ihre Knöchel. Eine Ewigkeit lagen sie so, hielten einander an der Hand und träumten das, was ihnen in den Sinn kam. Ganz langsam stieg die Sonne am Himmel empor und schickte ihre hellen Strahlen durch die noch immer dunklen Bäume.

»Ich wünschte, ich wäre blind«, sagte Andrew leise und hielt mit schwitzenden Fingern ihre Hand. »Ich habe Dinge gesehen … schlimme Dinge.«

Eine Sekunde lang konnte Selena nicht atmen. Sie hatte das Gefühl, als hätte er sie an einen Abgrund gestoßen, vor ihr läge ein schmerzvoller Sturz, der sie zerstören würde, und sie wüsste nicht, wie sie die Balance halten könnte. Sie brauchte jetzt unbedingt Ian oder Johann, jemand, der klug war und gebildet. Aber es war niemand hier, und sie war diejenige, der sich Andrew anvertraut hatte.

Ganz langsam stützte sie sich auf die Ellbogen und wandte sich ihm zu. Sie strich ihm eine feuchte Locke seines Haares aus den Augen, über denen noch immer der Stoff lag. Im warmen Licht des frühen Morgens sah er so unglaublich jung und zerbrechlich aus. »Du bist gar nicht verrückt, Andrew, nicht wahr?«

»W-wie meinst du das? Wir sind hier alle verrückt, bis auf dich und Ian.«

»Nein, Johann ist ein Genie, aber er ist krank. Ich bin verletzt und vielleicht ein wenig verrückt. Aber du…« Sie hielt inne und suchte sorgfältig nach den richtigen Worten.

Er zitterte und wandte sich ein wenig von ihr ab. »Du würdest mich hassen für das, was ich getan habe…«

»Ich kann mir nicht vorstellen…«

»Nein. Das kannst du nicht«, unterbrach er sie. »Ich möchte nicht länger hier sein.« Er setzte sich auf und nahm die Binde von seinen Augen.

Sonnenlicht lag auf seinem Gesicht.

Selena hatte noch nie solch einen Ausdruck nackter, verzehrender Angst gesehen. Andrews Augen weiteten sich, sein Blick wurde glasig. Langsam schüttelte er den Kopf von der einen Seite zur andern und hob die Fäuste, als wollte er einen Feind abwehren, den nur er sehen konnte.

»Andrew?«

Er stieß ein kleines, ersticktes Geräusch aus, dann begann er zu weinen. Er taumelte über den feuchten Boden und stieß gegen einen Baumstamm. Tannennadeln regneten herunter auf seine feuchten Wangen und blieben dort kleben, doch er schien es nicht zu bemerken. Er wimmerte und kauerte sich zu einem kleinen, zitternden Ball zusammen. »Geh weg…« Seine Stimme zitterte und brach dann. Er begann, sich die roten Narben auf seinen Handgelenken zu kratzen, als wollte er die Wunde wieder öffnen. »Bitte…«

Selena kroch zu ihm hinüber. »Andrew?«

Er verdrehte die Augen, dann begann er zu schreien.

Selena sprang auf. »Ich brauche Hilfe.« Sie hob den Saum ihres Nachthemdes und rannte von der Lichtung. Schwer atmend lief sie einen Augenblick später die Stufen zur Veranda hinauf und dann ins Haus, sprang die Treppe hoch, immer zwei Stufen auf einmal. Ohne anzuklopfen öffnete sie die Tür zu Ians Zimmer. »Ian?«

Er saß in seinem Bett und las, sein weißes Nachthemd stand an der Brust offen. Sein Gesicht war angespannt und viel zu blass, als hätte er überhaupt nicht geschlafen.

Er sah auf. »Was ist los?«

»Es ist Andrew. Ich habe irgendetwas falsch gemacht.« Das Entsetzen packte sie, sie hob die kalte, zitternde Hand an ihren Mund und begann zu weinen. »Er ist draußen …«

Ian schloss das Buch. »Andrew geht nie bei Tage nach draußen.«

»Ich … ich habe ihn mit nach draußen genommen.« Die Worte kamen hastig aus ihrem Mund. »Es war noch dunkel draußen. Ich wusste ja nicht …«

»Himmel.« Ian warf die Decke zurück und sprang aus dem Bett. Er nahm eine Jacke von dem Stuhl am Fenster und warf sie über. »Komm.«

Selena hörte die Aufforderung kaum, sie lief bereits los.

Sie hörte die Schreie in dem Augenblick, als sie die Haustür öffnete. Die schrillen, an- und abschwellenden Schreie erfüllten die Luft und drangen ihr bis ins Herz.

Ohne es zu bemerken, blieb sie stehen.

Ian nahm ihre Hand. »Das ist nicht dein Fehler, Selena. Er macht so etwas manchmal. Alle paar Monate gibt es irgendetwas, das ihn ausrasten lässt und wir … wir verlieren ihn für eine Weile.«

Sie schüttelte den Kopf und wusste, dass das nicht stimmte, sie wusste, sie hatte ihrem Freund etwas Schreckliches angetan.

Ian nahm ihr Gesicht in beide Hände und zwang sie, ihn anzusehen. »Dies hier ist ein Ort für verlorene und gebrochene Seelen, Selena. Andrew ist krank. Es ist nicht dein Fehler.«

»Wessen Fehler ist es denn?«

Ian schien von dieser Frage überrascht. »Das weiß ich nicht. Woher sollte ich wissen, was Andrew fehlt?«

Sie dachte nach. Offensichtlich hatte sie ihre Frage falsch formuliert. »Aber du bist doch sein Arzt.«

Ian erstarrte. »Nein. Ich bin sein Betreuer. Da gibt es einen Unterschied.« Er gab ihr Gesicht wieder frei. Ohne seine Berührung war ihr kalt, und sie fühlte sich allein gelassen. »Und jetzt zeig mir, wo er ist.«

Selena versuchte, das Durcheinander in ihrem Kopf zu entwirren. Es gab so viele Fragen, die sie Ian stellen wollte, Dinge, die sie nicht verstand. Sie hatte geglaubt, ein »Betreuer« würde sich um Tiere kümmern und ein »Arzt« um Menschen. Aber sie hatte sich geirrt. Schon wieder.

Die Fragen wirbelten ihr durch den Kopf, bis sie gar nicht mehr denken konnte. Sie griff nach Ian, doch er war schon an ihr vorbeigelaufen und eilte den Kiesweg hinunter.

Sie stolperte bei dem Versuch, ihn einzuholen, dann führte sie ihn in den Wald. Auf halbem Weg hörten die Schreie auf. Im einen Augenblick hatten sie noch die Stille zerrissen, im nächsten war es schrecklich, unnatürlich ruhig.

Selena hob den Rock und lief schneller, sie kletterte über umgestürzte Baumstämme und lief über den mit Moos bewachsenen Boden, um zu der geheimen Lichtung zu kommen. Andrew war noch dort, er hatte sich zu einem zitternden Bündel zusammengekauert, auf seinem Gesicht waren verschmierte Tränenspuren, sein Blick war leer.

Selena blieb stehen.

Ian ging auf Andrew zu und hockte sich neben ihn. Selena folgte ihm vorsichtig, sie kniete auf der anderen Seite von Andrew nieder.

»Andrew.« Ian sprach den Namen des Jungen bestimmt und laut aus. »Andrew. Kannst du mich hören?«

Nichts.

»Andrew«, sagte Ian noch einmal und dann noch einmal. Bei

jeder Wiederholung wurde seine Stimme angespannter, bis sie schließlich brach. Er rieb sich die Schläfen und sah von ihm weg, dann seufzte er leise. »Oh Gott.«

»Du musst ihn dazu bringen, dass er dich ansieht«, riet ihm Selena. Sie kämpfte mit aller Macht gegen die Panik in ihrem Inneren, doch dieses Gefühl in ihr nahm ihr die Fassung, sie verspürte wieder das Bedürfnis, zu weinen.

Ian warf ihr einen verzweifelten Blick zu. »Aber wie?«

»Geh näher ran und sprich sanfter mit ihm.«

Bei jedem ihrer Worte zuckte er zusammen, als träfen ihn winzige Pfeile. Er biss die Zähne zusammen, dann rückte er ein Stück näher und beugte sich vor. »Andrew, kannst du mich hören?«

Wieder kam keine Antwort.

Auch Selena rückte noch näher heran. »Berühre ihn, so wie du mich vorhin berührt hast. Zwinge ihn, dich anzusehen.«

»Ich soll ihn berühren?«

Selena hörte die Furcht in Ians Worten, und sie verstand ihn. Maeve hatte ihr von Ians Gabe erzählt und auch von dem Schmerz, der damit verbunden war. »Du musst es tun.«

»Ich kann nicht.«

Selenas Blick blieb auf seinem Gesicht.

Er schluckte und sah dann weg. Lange starrte er schweigend auf die Bäume, dann endlich wandte er sich Andrew zu. Sie sah, dass seine Hände zitterten, als er sie um Andrews Gesicht legte. Vorsichtig hob er den Kopf des Jungen.

»Andr …« Ian beendete das Wort nicht. Mit einem Schrei riss er die Hände von Andrews Gesicht weg. Er flog nach hinten, sank auf die Knie und barg das Gesicht in seinen Händen, dann begann er zu zittern. »Heiliger Himmel …«

Selena sprang zu ihm. »Ian, was ist?«

Langsam sah er zu ihr auf, seine Hände lagen kraftlos in seinem Schoß. »Das habe ich nicht gewusst«, gestand er und sah zu Andrew. »Niemand hat mir je etwas davon gesagt. Gott, wie konnte ich das nur nicht wissen?«

»Was hast du denn gesehen?«

Er senkte den Kopf und rieb sich die Augen, dann seufzte er leise auf. »Es gibt Dinge, die du hoffentlich niemals erfahren wirst, Selena.«

»Aber Andrew …«

»Er ist viel zu jung für diese Art von Schmerz.« Wieder schüttelte er den Kopf.

Sie rückte ein Stück näher und sah ihm in die Augen. »Du wirst ihm helfen.« Sie hatte diese Worte eigentlich als Frage aussprechen wollen, doch irgendwie hatten sie geklungen wie eine Feststellung.

»Er braucht keine medizinische Hilfe.«

»Du wirst ihm helfen«, wiederholte sie leise.

Er sprang auf die Füße und wich vor ihr zurück. »Genug mit der Heldenverehrung, Selena. Ich bin nicht in der Lage, den Menschen zu helfen. Außerdem ist das, was Andrew braucht, gar nicht möglich. Wir können die Vergangenheit nicht ändern.«

»Dann ändern wir eben die Zukunft.«

»Ach, Selena.« Bei ihren schlichten Worten sank Ian in sich zusammen. Er wandte sich um und sah Andrew an. »Das ist eine gefährliche Zeit für ihn. Nach einer kurzen Phase der Katatonie versucht er immer, sich umzubringen. Glücklicherweise macht er das nicht sehr gut. Im letzten Jahr …«

Sie keuchte auf.

Ian blickte auf sie hinunter. Sie konnte sehen, dass er keine Ahnung hatte, wie grob seine Worte geklungen hatten, wie hässlich diese Bemerkung gewesen war.

Diese Gefühllosigkeit schmerzte mehr, als sie es sich je hätte vorstellen können. Es gab ihr das Gefühl, zerbrechlich zu sein, unsicher, als hätte sie gerade festgestellt, dass der Anker, der sie in ihrer Welt hielt, nur aus gesponnenem Glas bestünde. Sie berührte seinen Arm, schloss die Finger um sein Handgelenk und versuchte, die vertraute Kraft zu fühlen, die Wärme, die sie immer dann empfand, wenn sie bei ihm war. Aber jetzt stellte sie weder Kraft noch Stärke in ihm fest. Unter ihren Fingerspitzen fühlte er sich so vergänglich an wie ein Geist.

Sie blickte zu ihm auf und wusste, dass in ihren Augen ihr ganzer Schmerz zu lesen war. »Er braucht dich.«

Er seufzte schwer und schüttelte den Kopf. »Ach, Selena ...«

»Du wirst das Richtige tun, Ian. Das weiß ich.«

Verzweifelt versuchte sie, ihre eigenen Worte zu glauben, doch die Angst lag ihr wie ein harter, kalter Kloß im Magen.

Endlich verstand sie, was eine Lüge war.

Ian stand neben Andrews Bett. Der Junge lag bewegungslos unter der grau-weißen Decke, seine Wangen waren so weiß wie Kreide, er starrte blicklos vor sich hin.

Ian wünschte, er hätte bei Selena mehr Stärke gezeigt, er wünschte, er hätte sich von ihrem bittenden Blick abgewandt und wäre weggegangen. Aber das konnte er nicht, er konnte sie nicht so vor den Kopf stoßen, obwohl er wusste, dass es so am sichersten und am ehrlichsten gewesen wäre.

Er zog sich einen Stuhl heran und setzte sich neben Andrew. Der dicke Vorhang, auf dem Andrew bestanden hatte, verdeckte das Fenster und hielt das helle Sonnenlicht draußen, so dass das Zimmer in Dunkelheit getaucht war. Neben dem Bett flackerte eine Kerze.

Ian verstand jetzt mehr, als er verstehen wollte. So viel mehr.

Andrews häufige Anfälle von Depression und seine Selbstmordabsichten waren nicht länger ein tragischer Charakterzug und auch kein Symptom des Wahnsinns.

Der Junge hatte in seinem kurzen Leben entsetzlich gelitten, er hatte den schmerzlichsten, erniedrigendsten körperlichen Missbrauch erduldet, den ein Mensch sich vorstellen kann. Und Ian hätte wetten können, dass dieser Schmerz ihm von einem Verwandten zugefügt worden war. Vielleicht sogar von Andrews Vater selbst.

Bei diesem Gedanken wurde Ian ganz übel. Er erinnerte sich

an seinen eigenen Vater, seine eigene Kindheit, und plötzlich schien der Schmerz, den er durch die Krankheit seiner Mutter erlitten hatte, kleinlich und abwegig. Was Andrew erlitten hatte, war um so vieles schlimmer.

Andrew bewegte sich.

Ian beugte sich vor. »Andrew?«

Der Junge wimmerte leise. Tränen flossen aus seinen geschlossenen Augen und rannen über seine Schläfen. »Geh weg ... nicht noch einmal ...«

Instinktiv streckte Ian die Hand aus und strich eine Haarsträhne aus Andrews Gesicht. Eine einzige Berührung genügte. Die unerträglichen Bilder drangen wieder in seinen Kopf. Er zuckte zurück, kämpfte gegen diese Bilder und drängte mit all seiner Willenskraft das Entsetzen beiseite. Nach einem Augenblick wurden sie schwächer und undeutlicher. Er atmete erleichtert auf.

Er musste diesem Jungen helfen. Aber wie? Wie konnte man solche Erinnerungen auslöschen?

Sein gesunder Menschenverstand sagte ihm, dass so etwas unmöglich war, dass Andrew diese Bilder wie einen Stein in seinem Herzen tragen würde, bis zu dem Tag, an dem er starb. Bis einer seiner kläglichen Selbstmordversuche gelang.

Was also konnte Ian tun? Sollte er zu Selena gehen und sich entschuldigen, sollte er ihr erklären, dass manche gebrochenen Herzen nicht mehr geheilt werden konnten?

Eine solche Kapitulation war ganz unmöglich. Sein Leben lang hatte er Herausforderungen angenommen, vor denen andere Männer zurückgewichen waren. Er genoss solche unüberwindlichen Hindernisse, genoss es, die Tücken des Schicksals zu besiegen.

Er fühlte Ehrgeiz in sich aufkeimen. Der Arzt, der er früher einmal gewesen war, meldete sich zu Wort, drängte sich aus dem staubigen Hintergrund von Ians Seele und lächelte. Er war ausgebildeter Arzt – früher war er einer der besten gewesen –, und er hatte sich geschworen, leidenden Menschen zu helfen. Und Andrew brauchte mehr Hilfe als jeder Patient, den er bislang behandelt hatte.

Ian ging in sein Zimmer und suchte in seinen Büchern, er zog alles Mögliche über Krankheiten des Geistes heraus. Als er alles beisammen hatte, kehrte er damit zurück in Andrews Zimmer und setzte sich wieder neben das Bett.

Eines nach dem anderen las er die Bücher, bis die Sonne im silbernen Meer versank. Er schloss den letzten Band um sieben Uhr an diesem Abend.

Dann warf er ihn durch das Zimmer und starrte auf den Stapel von Büchern und Notizen unter dem Fenster. Er hatte sich noch nie zuvor mit Psychiatrie befasst, und ganz sicher nicht mit solch besonderen Untersuchungen der Psyche. Vielmehr hatte er immer geglaubt, dass dies ein Randgebiet der Medizin sei, ein loser Zusammenschluss von Schwindlern und fehlgeleiteten Ärzten, die versuchten, unheilbare Zustände zu heilen oder das Unveränderliche zu beeinflussen. Dennoch hatte er gedacht, dass sie wenigstens *etwas* wüssten, dass sie zumindest eine Theorie entwickelt hätten, um ihren Patienten zu helfen.

Aber das waren alles gefährliche Männer, hässlich und beängstigend in ihrer engstirnigen Sicht der Welt im Allgemeinen und der Frauen im Besonderen. Er starrte auf die Abhandlung, die vor seinen Füßen lag. Thomas Hawkes Tanners »Die Beschneidung der Klitoris als Behandlung der Hysterie«.

Hysterie. So nannte man es, wenn eine Frau behauptete, sie sei als Kind vergewaltigt worden.

»Hysterie.« Er schüttelte den Kopf und dachte an die Artikel und Behauptungen, die er gelesen hatte. Sie gaben ihm das Gefühl, niederträchtig zu sein und sich seines Berufes schämen zu müssen. Dr. Freud – angeblich einer der besten Irrenärzte der Zeit – war nur ein Hoffnungsstrahl in einem dunklen, schmutzigen, frauenfeindlichen Berufszweig gewesen. Zunächst hatte Freud den Frauen geglaubt, die behaupteten, als Kinder vergewaltigt worden zu sein, und seine Theorien begeisterten Ian.

Doch dann hatte Freud aus irgendeinem Grund aufgehört, zu glauben. Auf einmal hätten dieselben Frauen, die Jahre zuvor noch Opfer gewesen waren, seiner Meinung nach unter »hysterischen Fantasien« gelitten.

Ian hatte unter all diesen Lehrbüchern keines gefunden, das auch nur die Möglichkeit in Betracht gezogen hätte, dass Andrew so etwas zugestoßen war. Diese ganzen angesehenen Psychiater würden den Jungen wohl behandeln, als sei er hysterisch – sicherlich würden sie Elektroschock-Behandlungen an seinen Genitalien vornehmen, um ihn von den untragbaren »Fantasien« zu heilen, die in seinem Kopf spukten.

Es machte ihn krank.

Ian fuhr sich mit der Hand durchs Haar und fragte sich, was er tun konnte. Im Gegensatz zu seinen »Kollegen« besaß Ian den Zugang zur unumstößlichen Wahrheit. Er wusste, dass Andrew weder hysterisch war, noch, dass er fantasierte. Der Junge war ein Opfer, schlicht und einfach.

Und so lag jetzt die Last auf Ians Schultern, seinen Patienten zu behandeln.

Die Vorahnung dessen, was er jetzt in Angriff zu nehmen hätte, erfüllte sein Bewusstsein. Er hatte zehn Jahre lang ein Heim für Geisteskranke besessen und es sechs Jahre lang geleitet, und jetzt würde er endlich seinen ersten Patienten behandeln.

Andrew stöhnte leise auf.

Ian beugte sich vor und zwang sich, dem Jungen die Hand auf die Schulter zu legen. »Andrew? Kannst du mich hören? Ich bin Dr. Carrick.«

Der Junge blinzelte benommen. Langsam öffnete er die Augen.

Ian fühlte den Ausstoß von purem Adrenalin. Genau wie früher. »Andrew? Ich bin hier.«

Andrew wandte den Kopf. »Dr. Carrick?«

Ian starrte in die blassgrauen Augen des Jungen. »Hallo, Andrew. Du hast uns vielleicht einen Schrecken eingejagt.«

»Sie haben mich berührt«, sagte Andrew leise.

»Ja.«

Tränen glänzten in Andrews Augen, seine Lippen zitterten. »Das hätten Sie nicht tun sollen, Dr. Carrick. Ich war sonst immer so vorsichtig in Ihrer Nähe.«

»Ich möchte dir helfen, Andrew.«

Andrew wandte das Gesicht ab. »Niemand kann mir helfen.«

»Vielleicht würde es dir schon helfen, wenn wir uns einfach ... unterhalten ...«

Andrew drückte das Gesicht in das Kissen. »Er hat gesagt, er würde mich umbringen, wenn ich es irgendjemandem erzähle.«

»Er würde zuerst mich umbringen müssen.«

Ganz langsam drehte sich Andrew wieder zu Ian. »Sie würden mich beschützen?«

Ian nickte.

Andrew begann, leise zu weinen. Es dauerte sehr lange, bis er wieder aufhören konnte.

Ian schwieg, er saß nur neben ihm und wartete. Endlich wischte sich Andrew die Augen und sah dann zu Ian auf, mit einem Blick, in dem große Hoffnung lag. »Ich brauche Hilfe, Dr. Carrick.«

Ein dicker Kloß saß in Ians Hals. »Die brauchen wir alle, Andrew. Die brauchen wir alle.«

18

Der volle Mond war strahlend hell und umringt von Wolken. Mit seinem bläulich-weißen Glanz verzauberte er die dunkle Nacht.

Selena folgte Ian heimlich, als dieser das Haus verließ.

Er ging durch das schmiedeeiserne Tor des Gartens in den Pavillon, dort setzte er sich auf die Steinbank, ohne das Tor hinter sich zu schließen.

Sie folgte ihm behutsam, bemüht, nicht auf einen Ast zu treten oder sonst ein Geräusch zu machen. An dem Tor blieb sie stehen und dachte einen Augenblick lang – nur für einen Augenblick ließ sie diesen Gedanken zu –, dass er das Tor vielleicht absichtlich offen gelassen hätte. Als wortlose Einladung für sie.

Aber sie durfte sich dieser Wunschvorstellung nicht hingeben. Heute Morgen hatte sie eine andere, eine dunklere Seite von Ian kennen gelernt, und die hatte sie verängstigt und verwirrt. Er war kalt gewesen und grundlos grausam.

Seine Selbstsucht gab ihr das beängstigende Gefühl, allein zu sein. Als wäre ein wichtiger, unersetzbarer Teil ihrer Seele zerbrochen. Stundenlang hatte sie auf den Stufen der Veranda gesessen und zu verstehen versucht, was geschehen war. Sie konnte niemanden fragen. Johann würde sarkastisch sein, dessen war sie sicher. Edith würde nicht zulassen, dass sie in dieser Art vom »Meister« sprach, und Maeve…

Selena seufzte. Die arme Maeve hatte den Tag in der Küche verbracht und für ihren vor langer Zeit gestorbenen Ehemann einen Kirschkuchen gebacken.

Selena war durch das stille Haus gegangen und wieder und wieder vor Andrews geschlossener Tür stehen geblieben. Geduldig, oder vielleicht auch nicht so geduldig, hatte sie darauf gewartet, dass Ian das Zimmer des Jungen verließ, doch die Tür hatte sich nicht geöffnet, bis vor wenigen Augenblicken nicht.

In ihrem Bedürfnis, Ian zu verstehen, hatte sie Buch um Buch aufgeschlagen, doch in keinem davon hatte sie die Antwort auf ihre Frage gefunden. Bis sie dann endlich, als sie schon beinahe die Hoffnung aufgegeben hatte, einen Gedichtband geöffnet hatte, aus dem Ian ihr einmal vorgelesen hatte. Fast wie durch ein Wunder hatte sich das Buch aufgeblättert, und dort hatte sie die Worte gefunden, die sie so dringend hören wollte.

Musst du mich lieben, dann lass es keinen Grund
Dafür geben, außer die Liebe. Sag nicht, ich liebe sie
Für ihr Lächeln – ihr Aussehen – die Art, wie so sanft
Sie spricht – für einen Winkelzug ihrer Gedanken,
Die so zu meinen passen, und fürwahr ein Gefühl von
Freudigem Behagen mir schenken an solch einem Tag –
Denn diese Dinge, Liebster, können für sich selbst
Sich ändern, oder sie ändern sich für dich – und Liebe,
die so geworden,
Mag so auch vergehen.

Es hatte lange gedauert, bis sie die Aussage dieses Gedichtes verstanden hatte, doch endlich begriff sie, dass Miss Browning hier die wahre Natur der Liebe erklärt hatte.

Durch diese Worte begann Selena auch die Gefühle zu verstehen, die sie so freigiebig verschenkt hatte. Ihre erste wirkliche Erinnerung war die an Ian. Es klang banal und lächerlich, doch so lange sie sich erinnern konnte, war er ihre Sonne gewesen, ihr Mond, ihre Welt. In ihrer Naivität hatte sie geglaubt, ihn zu lieben, das war das einzige Wort, das die Tiefe ihrer Gefühle beschreiben konnte. Doch jetzt erkannte sie ihren Fehler. Sie war gefangen gewesen von Ian, verzaubert von seinen wechselnden Stimmungen, bezwungen von dem strahlendsten Lächeln, das sie je gesehen hatte.

Doch es war eine Illusion gewesen, die Grille eines jungen Mädchens. Wenn sie den Abgrund zwischen Vernarrtheit und wahrer Liebe überwinden wollte, dann müsste sie das jetzt tun, mit weit offenen Augen und einem Herzen, das allzu verletzlich war. Sie würde seine Unvollkommenheit akzeptieren müssen, seine Laster, seine Fehler, genauso, wie er auch die ihren würde akzeptieren müssen. Und das wäre erst der Anfang, mehr nicht.

Sie machte einen kleinen Schritt nach vorn, ihre Hände lagen sanft auf dem kalten Schmiedeeisen des Tors. Der süße Duft der Hyazinthen, Narzissen und des blühenden Schneeballs lagen in der frischen Luft, ihre weißen Blüten leuchteten durch den durchbrochenen Holzbau des Pavillons. Ian saß auf der Steinbank, mit dem Rücken zu ihr. Das Licht des Mondes lag auf seinem Haar und ließ es vor dem Hintergrund seines schwarzen Mantels wie einen goldenen Heiligenschein leuchten.

»Hallo, Selena«, sagte er, ohne sich umzuwenden.

Sie schnaufte leise durch. »Woher hast du gewusst, dass ich das bin?«

»Niemand sonst würde es wagen, mir hierher zu folgen.«

Sie faltete die Hände und ging über den schmalen Kiesweg, der sich durch die Beete mit den weißen Blumen wand, auf ihn zu. Ihr Herz schlug viel zu schnell, und ihre Hände waren eigenartig feucht.

Das konnte das Ende für sie beide bedeuten, gleich hier in diesem verzauberten Garten. Ian konnte sich von ihr abwenden, konnte zu der kalten Dunkelheit seines Lebens zurückkehren, das er gelebt hatte, ehe er sie angelächelt hatte.

Sie stieß zittrig den Atem aus und rieb ihre feuchten Hände. Zum ersten Mal sprach sie einen Gedanken aus, der ihr nicht von selbst in den Sinn kam. »Hast du Andrew geholfen?«

Er wandte sich nicht zu ihr um. »Noch nicht.«

Bei dieser Antwort, die er so leise ausgesprochen hatte, fühlte Selena große Zuneigung für ihn. Wahrscheinlich wusste er noch gar nicht, was ihre Worte bedeuteten, die Mühe, die sie verursacht hatten. Sie kniete sich vor ihn hin und sah zu ihm auf. Ihre Blicke trafen sich, und in seinen Augen erkannte sie stilles, resigniertes Leid.

»Ich habe dich heute enttäuscht«, begann er, mit einer Stimme, die nichts von seinem inneren Aufruhr verriet.

»Ja.«

Er lachte leise und bitter auf in der Dunkelheit. »Ich habe es dir vorhergesagt.«

Sie hörte die Endgültigkeit in seinen Worten, und das machte sie böse. »Du gibst viel zu schnell nach.«

Er holte tief Luft und sah auf sie hinunter. »Ich gestehe mir nur mein Versagen ein.«

»Aber die Liebe …«

»Liebe.« Wie ein vergifteter Pfeil kam das Wort aus seinem Mund. »Du weißt gar nichts von der Liebe und noch weniger von mir.«

»Ich kenne dich genauso gut wie mich selbst.«

»Das ist wahr. Natürlich, du kennst ja nicht einmal deinen eigenen Namen.«

Der bissige Unterton in seiner Stimme machte sie traurig. Sie verstand nicht, warum er unbedingt nur das Schlimmste von sich glauben wollte. »Oh, Ian. Du kümmerst dich viel zu sehr um unwichtige Dinge. Ich weiß alles von mir, was ich wissen muss.«

»Und was ist das? Dass du mich liebst? Ist das dein wesentlichster Charakterzug?«

»Nein. Ich bin wie alle anderen Menschen auch. Meine Meinungen und meine Gefühle und mein Glauben machen mich aus – nicht ein paar Worte, an die ich mich nicht mehr erinnern kann.«

Erst jetzt berührte er sie, und sie sah den Kummer in seinem Blick. »Also hast du endlich auch Ansichten. Und woran glaubst du, meine Göttin?«

Zum ersten Mal kamen ihr die Worte leicht über die Lippen, formten sich aus den Gefühlen in ihrem Herzen. »Güte. Ehrlichkeit. Schönheit. Eine zweite Chance. Das Gefühl der Regentropfen auf meinen Lippen. Lachen und Tränen und die heilende Kraft von beidem.« Sie rückte ein Stück näher auf den Knien und hob ihm das Gesicht entgegen. »Ich glaube an dich, Ian.«

»Selena …«

Sie legte ihm einen Finger auf die Lippen, um ihn zum Schweigen zu bringen. »Psst. Hör mir zu. Ich habe vielleicht einen Hirnschaden, aber ich bin nicht dumm. Ich *beobachte* die Welt, Ian. Dinge, die du schon seit langer Zeit nicht mehr siehst, an die du nicht mehr glaubst, sind für mich noch wirklich. Wer irrt sich denn mehr – das Kind, das an Märchen glaubt, oder der Erwachsene, der nicht mehr daran glaubt?«

Er starrte auf sie hinunter. Dann strich er mit den Fingerknöcheln über ihr Kinn. »Was zum Teufel fange ich nur mit dir an, Selena?«

Tränen brannten in ihren Augen. Sie wünschte, sie besäße genug Intelligenz, um ihm zu sagen, was sie fühlte, doch sie war keine Dichterin. »Liebe mich ganz einfach nur, Ian. Mache einen Anfang mit mir.«

Er sah auf sie hinunter, und seine strahlend blauen Augen waren im blassen Licht des Mondes beinahe durchscheinend. »Und wenn es nun verkehrt ist, Selena?« Seine Stimme brach. »Wenn du nun jemand anderem gehörst?«

Diese Frage, die ihn so sehr beschäftigte, bedeutete ihr gar nichts. Alles, was sie interessierte, war der Blick seiner Augen und die Gefühle, die er in ihr weckte, wenn er sie berührte. »Wie kann das denn falsch sein?«

Mit einem herzzerreißend traurigen Lächeln strich er über ihr Gesicht. »Ach, Selena …«

Sie beugte sich ein wenig vor und drückte ihr Gesicht in seine Hand, dann schloss sie die Augen.

Er stöhnte leise, dann zog er sie in seine Arme und hielt sie so fest, dass sie nicht mehr atmen konnte.

Ian schenkte sich noch ein großes Glas Whiskey ein und goss es hinunter, er schmeckte nichts, fühlte nur die verräterische Wärme in seinem Magen.

Er wankte ein wenig, lachte leise vor sich hin und ging dann zu seinem Schreibtisch hinüber. Mit einem Plumps sank er auf den Stuhl. Die Papiere, die auf der Oberfläche des Schreibtisches verstreut lagen, verschwammen vor seinem Blick.

Für eine kurze Sekunde erkannte er die Buchstaben, die in jedem Postamt zwischen hier und New York City zu lesen waren. Hunderten von Menschen hatte er von der geheimnisvollen Frau berichtet, die er bei sich aufgenommen hatte. Teufel, er hatte ihre Familie förmlich *angefleht*, sich zu melden.

Er schlug heftig mit der Faust auf den Schreibtisch und wischte die Papiere beiseite. Sie fielen auf den Boden.

Was sollte er tun? Lieber Gott, was sollte er nur tun?

Das war die Frage, die ihn verfolgte, die ihn in die Knie zwang und ihn dazu brachte, nach der Flasche zu greifen. Jeden Augenblick, jede Sekunde, jeder Atemzug, erinnerte ihn daran, dass ihm Selena eines Tages vielleicht genommen würde und dass er – der ignorante, selbstsüchtige Bastard, der er nun einmal war – die ganze Welt auf ihre Anwesenheit in seinem Haus aufmerksam gemacht hatte. Jedes Mal, wenn der Wind die Fensterscheibe klirren ließ, zuckte er zusammen, immer, wenn Fergus in die Stadt fuhr, um die Post zu holen, stand Ian schwitzend am Fenster und wartete, dass ein Brief ankam.

Wen auch immer es angeht: Ich werde kommen, um meine Frau zu holen.

Meine Frau, meine Frau, meine Frau. Die Mutter meiner Kinder…

Er griff nach der zierlichen Lampe, die auf seinem Schreibtisch stand, und warf sie voller Wut von sich. Sie flog gegen die Wand und fiel in einem Regen von Glasscherben zu Boden. Flammen züngelten aus dem Petroleum auf dem Boden und schlugen gegen die Vertäfelung der Wand. Der beißende Geruch von Rauch stieg ihm in die Nase.

Er starrte auf die Flammen. In dem rotgoldenen Flackern sah er ihre Augen, ihren Ahornsirup-Ton, Augen, in denen ein Mann sich verlieren konnte. Und ihr Haar, gelockt und wild und glänzend braun. Es war so sanft und duftete so süß, wie Seide glitt es durch seine Finger.

Er presste die Augen zusammen und wünschte, er hätte es noch viel öfter berührt, wünschte, er hätte sie heftiger geküsst, öfter, wünschte, er hätte ihr das billige Kleid ausgezogen und ihre Haut gestreichelt, die so weich war wie Blütenblätter. Er wünschte, oh, Himmel, er wünschte …

Die Tür seines Arbeitszimmers wurde aufgerissen. »Gütiger Gott, Ian«, rief Johann. »Was zum Teufel ist los?« Er lief zu der zerbrochenen Lampe hinüber, riss sich die Jacke vom Leib und erstickte damit die Flammen.

Ian versuchte, Johann deutlich zu erkennen, doch die Gestalt des Mannes verschwamm vor seinen Blicken. Ein beinahe hysterisches Lachen kam über Ians Lippen. »Möchtest du einen Drink, Johann?«

Johann hob die Jacke wieder auf und wandte sich zu Ian. Stückchen von verkohltem Stoff fielen auf den hellen Teppich, aus den Ärmeln stieg Rauch auf.

Noch einmal lachte Ian. »Ah, sieh an, ein Smoking.«

Johann rollte mit den Augen. »Sie sind besoffen.«

Ian winkte ihn heran. Alles war besser als die Einsamkeit, die erstickenden Gedanken, die ihm stetig durch den Kopf gingen. »Trink mit mir, Johann.«

Johann schenkte sich ein großes Glas ein und setzte sich dann auf den Stuhl vor Ians Schreibtisch. Er warf die verbrannte Jacke vor seinen Füßen auf den Boden. »Sie sehen gar nicht gut aus.«

»Ich fühle mich noch viel schlimmer.«

Johann zog die Augenbrauen hoch. »Mein Gott, eine menschliche Bemerkung. Was ist nur los mit dieser Welt?«

Ian stützte einen Ellbogen auf die Armlehne seines Sessels, dann rieb er sich die Augen und seufzte leise. »Was zum Teufel ist nur los mit mir?«

Johanns Gesicht wurde ein wenig sanfter, ein Lächeln zeichnete sich um seine schmalen Lippen ab. »Das wissen Sie nicht?«

»Alles, was ich weiß ist, dass mir alles aus den Händen gleitet. Ein Wort von Selena, ein einziges Wort, und mein Verstand… ist ausgeschaltet. Ich bekomme es nicht mehr aus meinem Kopf.«

Johann beugte sich vor. »Was hat sie denn gesagt?«

»Geschlafen. In dem Sinne, dass sie vor ihrer Verletzung vielleicht mit einem Mann geschlafen hätte. «

»Heilige Mutter Gottes.« Johann sank langsam in seinem Stuhl zurück. »Sie ist so unschuldig… Ich hätte niemals daran gedacht, dass sie vielleicht verheiratet sein könnte. Was wollen Sie jetzt tun?«

Da war diese Frage wieder, die Frage, der er nicht entkommen konnte. »Ich werde jeden umbringen, der kommt und sie hier wegholen will.«

Johann stand langsam auf. »Kein Wunder, dass Sie sich schon seit Tagen hier eingesperrt haben.«

Es tat so gut, mit jemandem zu reden, nicht mehr so allein zu sein. »Ich habe Angst davor, sie zu sehen, Johann. Ein ehrenwerter Mann würde sich von ihr fern halten.«

Johann nahm einen großen Schluck aus seinem Glas, ehe er ihm eine Antwort gab. »Ich bin immer davon ausgegangen, dass Sie stolz sind auf ihre Unehrenhaftigkeit.«

Ian stieß langsam die Luft aus. »Du hast gesagt, sie würde mich verändern, und das hat sie auch getan. Ich weiß, dass ich ein selbstsüchtiger Bastard bin, aber ich denke, daran kann ich nichts ändern. Wenn ich sie sehe, werde ich sie in mein Bett schleppen, und wenn ich das tue, werde ich jeden anderen Mann umbringen, der sie von mir wegholen will.«

»Ehrlich gesagt ist das das Vernünftigste, was ich je aus Ihrem Mund gehört habe. Wo also liegt das Problem? Sie sind reich. Die Reichen können sogar morden und davonkommen.«

Er sah Johann an. »Und wenn sie nun Kinder hat, Johann?«

Das Lächeln auf Johanns Gesicht verschwand. »Ich weiß nicht, was ich Ihnen sagen soll.«

Er starrte Johann an und wünschte, dass der Scotch ihn ein wenig wärmen würde. »Dann sage mir eines«, bat er leise. »Sage mir, wie ich ein normales Leben leben kann.«

»Das fragen Sie mich?« Johann hob beide Hände. »Ein normales Leben gibt es nicht.«

Ian lehnte sich in seinem Stuhl zurück und fuhr sich mit der Hand durch sein schmutziges, zerzaustes Haar. »Ich möchte schlafen, Johann. Ich möchte träumen und keine Albträume haben. Ich will ...«

»Selena.«

Ian schloss die Augen, und er wusste gleich, dass das ein Fehler war. Sie stand vor seinem inneren Auge, lockte ihn, neckte ihn und weckte seine Erinnerung. *Ich fühle Liebe für dich, Ian. Ich glaube an dich. Küss mich noch einmal. Was ist, wenn ich nun keine Jungfrau mehr bin? Was ist, wenn ...*

Er riss die Augen wieder auf. Verzweiflung erfasste ihn, und es verlangte ihn schmerzlich nach einem weiteren Drink. »Was hättest du getan, um Marie zu behalten?« Lallend kam diese Frage aus seinem Mund, die so intim war und so verzweifelt klang. Ian versuchte, nicht aufzusehen, versuchte, den Blick auf seinem Schreibtisch zu lassen, kalt und unpersönlich zu erscheinen.

Schweigen dehnte sich aus. Ian hörte den rhythmischen Atem Johanns, er konnte seine unbeteiligte Haltung nicht beibehalten. Er sah auf und starrte Johann aus blutunterlaufenen Augen an. »Antworte mir«, flüsterte er. Er brauchte in diesem Augenblick etwas von Johann, das er selbst nicht fassen konnte und wollte. Absolution, Verständnis, er wusste nicht, was es war, doch gab es ihm das Gefühl, schwach und bemitleidenswert zu sein.

Langsam sank Johann wieder auf den Stuhl zurück. Als er schließlich sprach, klang seine Stimme weich und unsicher. »Ich hätte alles getan.«

Mit einem Schlag war Ians Anspannung verschwunden. Er

sank in sich zusammen und barg sein Gesicht in den Händen. Er wollte sich von Johanns Worten trösten lassen, wollte glauben, dass seine Reaktion normal war, doch so verblendet war er nicht. Ian hatte nie in seinem Leben etwas halb gemacht, in seiner Seele gab es keine Mäßigung. Immer war er mit voller Kraft bei der Sache gewesen, besessen von allem. Als er noch Arzt gewesen war, war er nur Arzt, sonst nichts. Und als er sich entschied, nicht länger Arzt zu sein, hatte er sich in der Dunkelheit verkrochen und war nichts mehr gewesen, hatte für nichts mehr gestanden. Entweder lebte er in vollem Licht oder in der vollständigen Dunkelheit, dazwischen gab es nichts für ihn.

»Ich werde sie nicht gehen lassen«, sagte Ian leise, nicht unbedingt an Johann gerichtet. Er sagte es einfach, meinte es auch so.

Johann runzelte die Stirn. »Aber wenn sie verheiratet ist…«

»Genug.« Ian brüllte dieses Wort so laut, dass seine eigene Stimme in seinen Ohren dröhnte. Er konnte es nicht länger ertragen, konnte nicht so leben. Früher einmal wäre das vielleicht in Ordnung gewesen, er hätte sich damit zufrieden gegeben, in Selbstmitleid zu versinken und sich vor der Welt zu verkriechen. Doch jetzt hatte er nichts mehr außer Selena. Sie hatte ihn aus dieser Lähmung herausgerissen, hatte ihn ins volle Tageslicht gezogen, und jetzt konnte er nicht mehr zurück. Er wollte nicht mehr zurück.

Er packte das Glas und goss sich noch einen weiteren Drink ein, schüttete ihn hinunter, ohne ihn recht zu schmecken. »Hole Edith und Fergus und alle anderen. Sofort.«

Johann betrachtete ihn. »Was haben Sie vor, Ian?«

Ian warf das leere Glas in den Kamin und sah zu, wie es an dem grünen Marmor zerbrach. »Ich werde dieses Haus verschließen, fester als die Unterhose einer Nonne. Niemand wird hereinkommen oder hinausgehen. Ich werde überall die Nachricht verbreiten, dass diese geheimnisvolle Frau mit der Amnesie abgeholt worden ist. Ich werde Tag und Nacht bei Selena sein, an ihrer Seite. Niemand wird sie je finden.«

Es dauerte lange, bis Johann etwas sagte. »Sie beschreiben ein Gefängnis.«

Ian sah ihn stahlhart an und wünschte plötzlich, er hätte gar nicht erst mit Johann gesprochen. »Sieh es lieber als eine Zufluchtsstätte.«

»Ian…«

»Nicht«, unterbrach er ihn heftig, zu heftig. Er sah die Betroffenheit in Johanns Blick und fühlte, wie sich sein Gewissen meldete. So etwas sollte er nicht tun. Es war falsch. Unehrenhaft. Die Worte schossen wie Nadelspitzen durch seinen Kopf, versuchten, ein Ziel zu finden, suchten nach den Resten des vernünftigen Mannes, der er früher einmal gewesen war.

Aber davon war nichts mehr übrig, nur noch eine drängende, brennende Besessenheit, sie in seiner Nähe zu behalten, mit ihr zusammen im Licht zu bleiben. Er konnte nicht einfach nur dasitzen und auf das Ende warten.

Wen auch immer es angeht… meine Frau…

»Nein«, schrie er und war überrascht über den Klang seiner eigenen Stimme. So leicht konnte er nicht aufgeben.

»Ian, Sie sind…«

»Verrückt«, erklärte er und lachte schrill. »Ja, das bin ich. Aber niemand wird sie mir wegnehmen, Johann. *Niemand.*«

Er hörte die Worte so, wie sie auch gemeint waren.

Als Fehdehandschuh für Gott.

Selena begriff nicht, was geschah. Gestern Abend war Ian für sie ein Fremder gewesen, beängstigend und abweisend. Er stand mitten im Wohnzimmer, seine Augen waren kalt und zusammengekniffen, wie ein gefangener Tiger lief er im Zimmer auf und ab, stieß gegen die Wände und wankte bei jedem Schritt. Anordnung nach Anordnung stieß er aus, mit einer Stimme, die sie an ihm gar nicht kannte, undeutlich und hässlich. Niemand durfte das Grundstück verlassen, aus keinem einzigen Grund. Die Türen sollten abgeschlossen werden und auch abgeschlossen bleiben. Nur Ian würde zur Tür gehen, wenn jemand läutete, nur er würde mit Fremden reden. Keine Post würde das Haus verlassen, nicht einmal Laras Briefe an ihre Eltern, und es würde auch keine Post empfangen werden. Fergus war auf eine geheimnisvolle Reise geschickt worden, im Dunkeln war er losgefahren und bis jetzt noch nicht zurückgekommen.

Von einem Augenblick zum anderen hatte sich alles im Haus Lethe geändert. Und diese Veränderung hatte etwas mit Selena zu tun, irgendwie war es ihr Fehler, aber sie konnte nicht begreifen, was sie falsch gemacht haben sollte.

Sie hatte versucht, Ian danach zu fragen, aber er sah sie nicht einmal mehr an, berührte sie auch nicht mehr. Wenn sich ihre Blicke zufällig trafen, sah er schnell weg, doch nicht schnell genug, als dass sie nicht den Schmerz in seinem Blick hätte erkennen können oder das Zittern seiner Hände.

Er hatte die Kontrolle verloren, und das machte ihr Angst.

Ständig redete er über sie. In jedem Satz, den er aussprach, kam ihr Name vor, doch im Ton seiner Stimme lag keine Sanftheit, keine Liebe. Wenn sie einen Schritt machte, die Hand nach dem Türgriff ausstreckte oder aus ihrem Fenster sah, war er in der Nähe, schrie sie an, *zurück* zu gehen, *ins Haus* zu gehen. Es war so, als wäre die Nacht im Garten nur ein Traum, eine verzerrte Vision von Intimität gewesen, die ihr geschädigtes Gehirn ihr vorgespielt hatte.

Die herrliche Welt außerhalb des Hauses war plötzlich vor ihr verschlossen, vor ihnen allen.

Maeve und Lara und Andrew hatten sofort wieder begonnen, graue Kleidung zu tragen, untereinander zu flüstern, mit gesenktem Blick und leisen, unterdrückten Stimmen.

Selena ging zum Fenster, das alles war, was ihr von der Welt noch geblieben war, und starrte hinaus. Wieder wurde es Abend, die Nacht kam über den Horizont gekrochen, die Schatten wurden länger.

Sie war den ganzen Tag nicht draußen gewesen. Sie fühlte sich ruhelos und nervös, diese Gefangenschaft machte ihr zu schaffen. Sie wusste nicht, was sie getan hatte, um Ians Zorn auf sich zu ziehen, aber sie wusste, dass sie so nicht leben konnte.

Vielleicht konnte er in der Dunkelheit überleben, wie eine kriechende Waldpflanze, die immer im Schatten der Farne und Bäume lebte, aber sie konnte das nicht. Sie war wie die Blumen, die auf weiten, offenen Flächen blühten, die Narzissen, die die grasbewachsenen Hügel mit ihren gelben Blüten überzogen. Sie brauchte den Sonnenschein auf ihrem Gesicht. Es genügte ihr nicht, nur die Luft im Haus zu atmen, sie musste fühlen, wie ihr der Rock um die Beine wehte, musste die salzige Luft einatmen.

Sie streckte sich, dann hob sie den langen Rock und ging zur Tür, die sie vorsichtig öffnete. Sie knarrte und quietschte unnatürlich laut in der Stille. Ihr Herz schlug schneller, die Erwartung zauberte ein Lächeln auf ihre Lippen.

Sie schlich durch den dunklen Flur, an der geschlossenen Tür zu Maeves Zimmer vorbei und auch an der Treppe, die zu Ians Zimmer führte. Dann ging sie die knarrende Treppe hinunter, auf jeder Stufe blieb sie kurz stehen, dann ging sie langsam weiter. In der weiten, dunklen Eingangshalle hielt sie inne und holte tief Luft.

Das leise, dumpfe Murmeln einer Unterhaltung kam aus dem Wohnzimmer. Ian und Johann stritten wieder einmal.

Jetzt oder nie. Sie zog die Haustür auf und lief nach draußen, bemühte sich, nicht laut aufzulachen, als sie den Kiesweg entlanglief und dann durch den nächtlichen Wald.

Der Strand begrüßte sie auf tausend verschiedene Arten. Zarte Wölkchen segelten über den dämmrigen Himmel und warfen Tausende von tanzenden Schatten auf das schäumende Meer. Winzige Steinchen klirrten im Wind. Die Luft roch nach Salzwasser und Tannen und Leben.

Sie schlang die Arme um sich und wirbelte herum, genoss die Freiheit, dann ging sie zum Rand der Klippe und starrte hinunter in die wirbelnden, weiß schäumenden Wellen unter ihr. Das Meer atmete und pulsierte, zog sich zurück und schlug dann wieder gegen den schwarzen Felsensaum. Die Gischt benetzte ihr Gesicht. Um sie herum zitterten die Blumen in der kalten Abendluft und streckten ihre bunten Blüten dem Wind entgegen. Eine niedrige Hecke hob sich vor dem Schatten des Waldes ab, als wolle auch sie den herrlichen Blick genießen.

»Selena!« Ians wütende Stimme durchbrach die Stille.

Sie erstarrte und wandte sich dann langsam um.

Er stand am Rande des Waldes, nur halb bekleidet. Eine schwarze Hose hatte er schnell übergezogen, das weiße Hemd hing schief über seiner nackten Brust. »Was zum Teufel tust du da?« In seiner Stimme lag eine Kälte, die ihr bis ins Herz drang.

»Ich musste raus.«

Er kam auf sie zu, mit großen Schritten ging er über den unebenen Felsboden. Als er bei ihr angekommen war, packte er sie am Oberarm und zog sie vom Abgrund weg. Eisern hielt er sie fest und zerrte sie mit sich durch den Wald, zurück zum Haus.

Auf der Wiese blieb er einen Augenblick stehen, und sie entzog sich seinem Griff. Ihr Atem ging keuchend. »Ich verstehe nicht, was du tust.«

»Geh zurück ins Haus.«

Nervös fuhr sie sich über die Lippen. Groß und unglaublich gut aussehend stand er vor ihr, sein goldenes Haar glänzte in dem matten Licht, seine Augen waren von einem beinahe durchscheinenden Blau. Sie sehnte sich danach, das zu sein, was er haben wollte, das zu tun, um was er sie bat, aber sie konnte die Sonne nicht aufgeben. Nicht die Sonne. »Nein.«

Er schloss eine Sekunde lang die Augen, doch sie hatte das Aufblitzen des heftigen Schmerzes darin erkannt. »Geh ins Haus.«

Ihr Instinkt riet ihr, zu ihm zu gehen, seine Hand zu nehmen und vor ihm zu knien, ihn zu sich in das warme Gras zu ziehen. Seine Wange zu berühren, in seine Augen zu sehen und ihn zu fragen, wovor er sich so sehr fürchtete, doch sie wagte es nicht, ihm zu nahe zu kommen.

In den letzten Tagen hatte sie etwas an ihm bemerkt, das ihr Angst machte. Eine Verzweiflung, einen Zorn, der viel zu nah unter der Oberfläche lag. Er war wie ein wildes Tier, das bereit ist, alles zu tun, alles zu verletzen, nur für die Freiheit.

Und er sah sie auch anders an. Es brach ihr das Herz, erinnerte sie an die Tage, als er in ihr nichts anderes gesehen hatte als eine Patientin. Jetzt sah er nichts anderes in ihr als einen Besitz, etwas, das man um jeden Preis behalten will. Wieder einmal sah er nicht sie.

Er machte einen schnellen Schritt auf sie zu, packte sie an den Schultern und zog sie an sich. »Ich versuche doch nur, dich in Sicherheit zu halten, du kleiner Dummkopf. Kämpfe nicht gegen mich.«

Sie sah zu ihm auf. »Ich kann nicht du sein, Ian.«

»Wie meinst du das?«

»Ich werde nicht in der Dunkelheit leben, nur um in Sicherheit zu sein.«

»Aber das ist die einzige Möglichkeit, Selena.«

»Dann lass mich jetzt gleich gehen.«

Wilder Zorn blitzte in seinen Augen auf, und noch einmal riss er sie an sich. Sie war ihm so nahe, dass sie fühlte, wie er zitterte, sie roch den Alkohol in seinem Atem. »Niemals«, zischte er. »Du gehörst mir.«

Selena starrte zu Ian hinauf. Ganz plötzlich war er ein Mann, den sie noch nie zuvor gesehen hatte.

Er wollte sie nicht lieben. Er wollte sie besitzen.

Diese Erkenntnis weckte in ihr ein Gefühl entsetzlicher Traurigkeit. »Erinnerst du dich an das Gedicht, das du mir vorgelesen hast? Die Lady von Shallot?«

Ein wenig von seiner Wildheit wich aus seinem Blick, und

einen herzzerreißenden Augenblick lang war er wieder ihr Ian, er sah sie, hörte ihr zu. »Ja.«

»Sie war eingesperrt in einem Zimmer, allein. Sie hatte nur ein Gesetz, das sie befolgen musste. Sie durfte nicht auf Camelot hinuntersehen. Und dann sah sie Lancelot, und sie hatte die Kraft, ihn nicht anzusehen.« Selena reckte sich auf die Zehenspitzen und strich ihm das störrische Haar aus den Augen. »Wäre ich an ihrer Stelle gewesen, ich hätte hinsehen müssen.«

Es dauerte lange, ehe er antwortete. Sie standen einfach nur da, berührten einander und berührten sich dennoch nicht, ihre Blicke hielten einander gefangen. In den Tiefen seiner blauen Augen erkannte sie seine Unsicherheit und seine Angst, und sie rührte sie an. Zum ersten Mal begriff sie, dass das Leben unfair war und dass Liebe wehtun konnte.

Gott, wie sehr es wehtun konnte.

Seine Hände strichen über ihre Arme, und bei der Intimität dieser Berührung rann ein Schauer durch ihren Körper. »Es hat sie umgebracht, ihn anzusehen«, sagte er leise.

»Ja.« Mehr antwortete sie nicht, weil sie wusste, dass er die Wahrheit in ihren Augen lesen konnte. Auch sie würde sterben, nur um die Welt zu sehen. Nur ein einziges Mal.

»Himmel, Selena…« Er sah von ihr weg. Sein scharfes Profil sah aus, als sei es aus Stein gemeißelt, hart und gnadenlos. Aber sie bemerkte auch, dass sein Kinn zitterte. Instinktiv streckte sie die Hand aus und drückte ihre eiskalte Hand gegen seine stoppelige Wange.

Sie drückte nur sehr sanft, zwang ihn, sie anzusehen. »Hab keine Angst, Ian. Ich habe auch keine Angst.«

»Du hast vor gar nichts Angst.«

»Du irrst dich. Ich habe Angst davor, dich zu verlieren. Und ich fürchte mich, dass du mich noch einmal so ansiehst wie in den letzten Tagen.«

»Und wie habe ich dich angesehen?«

»Wie einen… Besitz.«

Er sank langsam auf die Knie und zog sie mit sich auf das kalte, feuchte Gras. Die Nacht hüllte sie ein, warm und zärtlich und reinigend. Es war, als gäbe es keine Welt jenseits von ihnen beiden, nichts, was wichtig war, nur ihrer beider Seelen mitten in dieser unendlichen, sternenübersäten Dunkelheit.

»Ich habe Angst, Selena.« Ganz leise sprach er diese Worte aus. »Und ich weiß zum Teufel nicht, was ich dagegen tun kann.«

Sie schmiegte sich an ihn. Er legte die Arme um sie und zog sie an sich. Sie hob ihm das Gesicht entgegen. Hinter ihnen blinzelte das Haus Lethe mit seinen Fenstern, in denen sich goldenes Licht widerspiegelte, die Sterne lächelten auf sie hinunter.

»Küss mich«, flüsterte sie.

Ganz langsam nahm er ihr Gesicht in beide Hände, als sei es aus gesponnenem Glas. Dann beugte er sich vor.

Seine Lippen legten sich ganz sanft auf ihre, er küsste sie wild und zärtlich, bis sie keine Luft mehr bekam. Instinktiv bog sie ihm ihren Körper entgegen, vergrub die Finger in seinem seidigen Haar und zog ihn noch näher an sich. Sie konnte ihm gar nicht nahe genug kommen. Sie brauchte mehr, wünschte sich, dass er ein Teil von ihr wäre.

»Langsam, mein Kleines«, hauchte er.

Die feuchte Wärme seines Atems strich über ihre Lippen. Benommen von dem neu erwachten Verlangen, schüttelte sie den Kopf. »Hör nicht auf.«

Er lachte ein wenig zittrig und zog sich etwas von ihr zurück. »Wir hören besser auf, Göttin. Jeder im Haus kann uns sehen.«

»Das kümmert mich nicht.«

Er lächelte ein wenig schief. »Überraschenderweise stört es mich aber.« Langsam stand er auf, dann streckte er ihr die Hand entgegen.

Ein eisiger Schauer rann über ihren Körper und gab ihr eine Gänsehaut. Sie sah ihn an und fühlte sich ein wenig verwirrt. Groß und aufrecht stand er vor ihr, sein weißes Hemd leuchtete im Licht des Mondes. Er tat so, als sei nichts Außergewöhnliches geschehen, und dennoch hatte sie das Gefühl, als sei ihre Welt gerade aus den Fugen geraten.

Langsam legte sie ihre Hand in seine und fühlte die Wärme seiner Haut. Wieder rann ein Schauer durch ihren Körper.

Und auf einmal begriff sie.

Er schloss sie ein, verriegelte die Türen. Er hatte sie beschützt, hatte diesen Augenblick möglich gemacht. Es ging hier nicht um Furcht, obwohl sie auch ein Teil davon war, es ging um reines, verzweifeltes Verlangen. Um die Essenz des Lebens.

Schon jetzt konnte sie sich ein Leben ohne Ian nicht mehr vorstellen. Sie brauchte diesen Augenblick, dieses Gefühl und noch eine Million Augenblicke wie diesen in der Zukunft, sie brauchte sie, wie die Luft zum Atmen. Und dennoch wusste sie, dass er sich davor fürchtete, dass all das nur ein Trugbild war, etwas, das nicht von Dauer war.

Er glaubte, dass es jemanden *dort draußen* gab, der sie ihm wegnehmen würde.

Sie ging auf ihn zu, klammerte sich an ihn und verstand endlich seine Angst. Zum ersten Mal teilte sie diese Angst.

Bitte, Gott, dachte sie voller Verzweiflung. *Lass mich keinen Ehemann haben.*

Ohne Ian würde sie nicht leben wollen.

19

Am nächsten Morgen wachte Selena früh auf und ging nach draußen. Sie liebte die Dämmerung am Morgen und am Abend, wenn die Sonne ein strahlendes buntes Glühen war, das den Horizont verzauberte und die noch dunkle Welt in Rot und Gold tauchte. Wie immer, so trug sie auch jetzt nur ihr Nachthemd. Sie machte sich nichts daraus, dass der mit Spitze besetzte Saum schmutzig und nass wurde auf ihrem Weg durch die Bäume und dass sie mit schmutzigen, eiskalten Füßen ins Haus zurück kam.

Woraus sie sich allerdings etwas machte, waren die Empfindungen, die Tausenden von unerwarteten Freuden. Ein Pilz, den sie mit den Füßen zerdrückte, der eisige Kuss des taufeuchten Grases an ihren Fußknöcheln, die eisigen, glatten Steine am Strand unter ihren Füßen.

Sie ging durch den Wald und berührte alles, streichelte ein Dutzend Blätter, nahm die verschiedenen Oberflächen der Dinge und ihre Düfte wahr. Vögel zwitscherten in unsichtbarer Höhe droben in den Fichten und Tannen.

Frisch belebt hob sie den schmutzigen, feuchten Saum ihres Nachthemdes und schlenderte zum Haus zurück, dabei versuchte sie, diese herrliche Kunst zu *pfeifen* auszuprobieren. Als sie zum Haus kam, erwartete sie, es voller Menschen vorzufinden, doch leider schliefen alle noch.

Mit einem Seufzer ging sie ins Wohnzimmer und griff nach ihrer Stickarbeit, kuschelte sich damit in einen bequemen Ledersessel, um zu warten, dass der Rest der Familie aufwachte.

Neben dem Sessel stand eine schwarz lackierte Handarbeitskiste, die Maeve ihr geschenkt hatte. Selena öffnete sie und erfreute sich wieder an den Spulen mit bunter Wolle und Garnen. Sie wählte ein leuchtendes Rot und begann zu arbeiten.

Es dauerte beinahe drei Minuten, bis sie das Interesse an der Arbeit verlor – und das war eine Verbesserung, über die sie sich freute. Gestern hatte sie beinahe sofort das Interesse verloren. Das kleine, weiße Stück Stoff, das von einem runden, hölzernen Rahmen gehalten wurde, war ihr lästig, es machte ihr mit jedem Stich in ihren Daumen bewusst, dass ihre Finger nicht richtig arbeiteten. Normalerweise bemerkte sie das nur bei den Mahlzeiten, aber Tätigkeiten wie diese hier waren eine ständige Erinnerung daran, der sie nicht ausweichen konnte. Zwischen ihrem Gehirn und ihren Händen war eine eigenartige Verbindung, die Ian als motorische Fähigkeiten bezeichnete, und die waren bei ihr *beeinträchtigt*.

Bei diesem Gedanken musste sie lachen. Wen kümmerte das schon? Sie wollte überhaupt keine Stickarbeiten machen und auch am liebsten nicht essen, beides tat sie nur, um Maeve einen Gefallen zu tun. Selena selbst sah keinen Bedarf für ein hübsches Kissen mehr im Haus. Was das Haus Lethe brauchte, waren Gärten, viele, viele Gärten, wo das ganze Jahr über Blumen blühten, in Dutzenden leuchtenden Farben. Und Bilder von sonnigen Tagen und strahlend blauem Meer. Und Lachen, immer noch mehr Lachen.

Die Tür des Arbeitszimmers öffnete sich. »Du liebe Güte, Selena«, meinte Johann, der in das Zimmer gestolpert kam. »Schläfst du denn nie?«

Sie lächelte ihn an. »Nicht sehr viel.«

Er brummte leise, dann nahm er einen großen Schluck von diesem köstlich duftenden Getränk, das man Kaffee nannte. Er legte die Hände um die zierliche Porzellantasse, dann blickte er auf die Stickarbeit hinunter, die ihr aus den Händen gefallen war. »Wie ich sehe, hast du deinen üblichen Erfolg bei dieser hübschen Arbeit.«

»Ja. Es ist wirklich frustrierend.« Sie betrachtete ihn aufmerksam und bemerkte die dunklen Ringe unter seinen Augen. »Du siehst nicht sehr gesund aus.«

Er lächelte matt und setzte sich dann in den Sessel ihr gegenüber. »Ich sterbe, weißt du das denn nicht?«

Bei diesen Worten schien eine kalte Hand nach ihrem Herzen zu greifen.

»Willst du nicht etwas dazu sagen?«, witzelte er. »Irgendeine schale Bemerkung zu meiner Zukunft?«

Sie seufzte leise auf. »Aber du hast mir gesagt, dass du wirklich stirbst. Dann kann ich dich doch nicht anlügen.«

Er lächelte noch einmal, diesmal traurig. »Ich weiß deine Ehrlichkeit zu schätzen, Selena.«

»Was bedeutet das genau, dass du stirbst?«

Er warf ihr einen seltsamen Blick zu, und einen Augenblick lang glaubte sie, dass er ihr keine Antwort geben würde, doch dann begann er langsam zu sprechen. »Das ist eine große Frage, eine Frage, die die Philosophen schon seit Menschengedenken beschäftigt. Der Tod ist … wie Schlaf vielleicht, nur wacht man nie wieder auf. Wenn dein Herz aufhört zu schlagen, kann der Körper nicht mehr funktionieren. Du bist tot. Und dann begräbt man deinen leblosen Körper im Boden.« Er zuckte mit den Schultern. »Und dann ist dein Leben vorüber. Die meisten Menschen wissen nicht, wann und wie sie sterben werden, doch bei mir ist das anders. Ich weiß, dass die Syphilis mich umbringen wird – in einigen Jahren. Wenn ich dann endlich sterbe, werde ich sehr wahrscheinlich vollkommen verrückt sein, und dann kümmert mich das sowieso nicht mehr.«

Bei seinen leise gesprochenen Worten fühlte Selena einen schmerzhaften Stich in ihrem Herzen. Eine Woge von Gefühlen stieg in ihrem Inneren auf, vollkommen andere Gefühle als bei allem, was sie bis jetzt erlebt hatte. Ihr wurde klar, dass Johann eines Tages nicht mehr da sein würde. »Ich weiß etwas von diesem Schlaf, wenn um dich herum und jenseits von dir überhaupt nichts mehr ist und du nicht aufwachen kannst. Es ist beängstigend, dieses Nichts.«

»Ja«, antwortete er.

Sie beugte sich zu ihm und legte die Hand auf seine. »Du hast ein solches Glück, Johann.«

»Wie meinst du das?«

Sie lächelte. Dies war eine Wahrheit, die sie verstand. »Jeder Tag im Licht ist ein Geschenk.«

Er sah sie überrascht an. »Ja«, sagte er wieder, und sie sah Tränen in seinen Augen.

Sie wollte nicht, dass er weinte, deshalb versuchte sie, ihn abzulenken. »Erzähle mir etwas, das nicht so traurig ist«, bat sie. »Erzähle mir von Marie.«

»Woher hast du gewusst, dass ich immer von ihr erzählen möchte«, fragte er und lächelte sanft. »Niemand fragt mich je nach ihr.« Er lehnte sich in seinen Sessel zurück. »Sie war die unglaublichste Frau, die mir je begegnet ist, und ich war ganz verrückt vor Liebe zu ihr. Ehe ich sie traf, war ich... selbstsüchtig und reich und gedankenlos. Sie hat mich dazu gebracht, alles in Frage zu stellen, alles, was ich zu wissen glaubte über Richtig und Falsch, und nachdem ich diese Fragen erst einmal gestellt hatte, war nichts mehr wie zuvor. Der Tod...« Er hob seine Handflächen in einer unentschiedenen Gebärde. »Ich wäre gestorben dafür, um einen Tag mit ihr zu verbringen, und Gott hat mir Jahre mit ihr geschenkt.«

»Woher hast du gewusst, dass du sie liebst?«

»Woher weiß man, dass es draußen regnet? Oder dass man Hunger hat oder müde ist oder friert? Darwin glaubte, es sei der Urinstinkt – die Natur, die dich einen Partner suchen lässt, um den Fortbestand der Art zu sichern –, und vielleicht hatte er ja Recht. Aber wenn es dich trifft, dann denkst du nicht mehr an die Wissenschaft. Es ist wie ein Wunder.«

Selena erinnerte sich an den Tag, an dem sie zum ersten Mal Ians Stimme gehört hatte, als sie zum ersten Mal in seine blauen Augen gesehen hatte, zum ersten Mal seine Berührung gefühlt hatte. Jede Erinnerung an ihn, jeder Augenblick, war wie ein Wunder gewesen.

»Es ist das, was du für Ian fühlst«, erklärte er leise.

Sie lachte. Sie war nicht in der Lage, ihre Gedanken zu verheimlichen, so wie es gesunde Menschen tun. Jeder Gedanke, jedes Gefühl, war für Selena überwältigend, es füllte sie zum Bersten an, es ließ sie lachen, wenn sonst niemand lachte, und weinen, wenn sonst niemand weinte. Es war einfach eine Tatsache. »Ja...« Sie liebte Ian, liebte ihn von ganzem Herzen, aus ganzer Seele. Aber genügte das? In letzter Zeit war sie nicht mehr so sicher. Wenigstens schien es für Ian nicht zu genügen.

»Raus damit, Selena. Ich sehe, wie es in deinem Kopf arbeitet.«

»Dieses Wort… Ehemann. Das macht Ian sehr zu schaffen.«

Johann zog eine Augenbraue hoch. »Das ist eine gelinde Untertreibung.«

Sie ignorierte seinen Sarkasmus. »Was ist das, ein Ehemann? Ich möchte es gern genau wissen.«

Er atmete tief aus, mit einem Seufzer, der in einem röchelnden Husten endete. »Nun, du weißt doch, dass ein Mann und eine Frau heiraten können. Ja?«

»Das war das nächste Wort, das ich mir erklären lassen wollte. Heiraten.«

Er legte die Fingerspitzen aneinander, stützte sein Kinn darauf und sah sie an. »Heirat ist ein Versprechen vor Gott, zusammenzubleiben, ›bis dass der Tod euch scheidet‹.«

»Wenn ich also einen Ehemann habe, bedeutet das, dass ich vor Gott geschworen habe, mit diesem Mann für immer zusammenzuleben.«

»In einer Nussschale.«

Sie blickte ganz erstaunt. »Wir müssen in einer Nussschale leben? Ich dachte…«

Er lachte. »In einer Nussschale bedeutet… ganz richtig.«

»Oh. Also hat Ian Recht, wenn er sich vor einem Ehemann von mir fürchtet.«

Sein Lächeln verschwand wieder. »Ja.«

»Aber wie könnte ich einen solchen Mann vergessen?«

»Das weiß ich nicht – es passieren immer wieder eigenartige Dinge. Aber ich weiß, dass du keinen Ehering getragen hast, als du zu uns gekommen bist. Alle verheirateten Frauen tragen einen Ehering, als Symbol für ihr Ehegelöbnis.«

Selenas Miene hellte sich auf. »Wirklich?«

»Wirklich.« Jetzt lächelte auch er wieder. »Das ist etwas, was Frauen sich ausgedacht haben, um ihrem Verlobten das Geld aus der Tasche zu ziehen.«

Selena erwiderte sein Lächeln. »Ich bin wirklich sehr erleichtert. Das beweist, dass ich keine Ehefrau bin und irgendwo einen Ehemann habe.«

»Nun, es könnte darauf hindeuten. Der Beweis dafür würde einen etwas … körperlicheren Einsatz erfordern.«

»Das verstehe ich nicht. Bedeutet das, dass ich irgendeine Markierung dafür habe?«

Er verzog den Mund. »Nein, die Tätowierung einer Ehefrau ist noch nicht in Mode. Männer markieren ihr Territorium auf eine etwas … romantischere Art und Weise.«

»Ah, mit Küssen.« Sie nickte. »Ian hat behauptet, mich zu küssen wäre unehrenhaft.«

»Küssen und auch noch … andere Dinge. Dinge, die Männer und Frauen im Bett zusammen machen. Und ich werde dir nicht mehr verraten, auch wenn du mich noch so freundlich darum bittest.«

Selena kam sich in diesem Augenblick sehr klug vor. »Im Bett. Jawohl. Du meinst eine Jungfrau.«

Johann nahm einen schnellen Schluck von seinem Kaffee und verbarg sein Lächeln vor ihr. »Eine Jungfrau ist keine Ehefrau.«

»Dann muss Ian also herausfinden, ob ich eine Jungfrau bin.«

Johann prustete den Kaffee wieder aus. Es dauerte lange, ehe er wieder etwas sagte, und dabei zuckte die ganze Zeit verräterisch sein Mund. »Das würde die Frage des Verheiratetseins sicherlich ein für alle Mal beantworten.«

Sie seufzte und sank in ihrem Sessel zurück, enorm zufrieden mit sich selbst. Wirklich, dieses Nachdenken war doch gar nicht so schwer.

Es lag ein Wunder in der Luft, lang vergessene Träume, die zu neuem Leben erwachten. Sogar die Natur schien es zu fühlen, das Meer war eine tosende Wand aus weißer Gischt, es warf sich gegen die dunkle Mauer weit entfernter Steine. Der Himmel war endlos und klar und schwarz. Eine Nebelbank hing tief über dem Meer und kroch in den schwarzen Wald hinein. Es gab keine Wirklichkeit mehr, keinen Boden, keine Sterne, keinen Mond. Nur einen unirdischen Hauch, der sich um das Haus legte, es über die Erde erhob, wie ein magisches Camelot mitten im Wald.

Selenas Herz schlug so schnell, dass sie sich ganz schwindlig fühlte. Erwartung pulsierte in ihren Adern.

Was sollte sie zuerst tun? Wie sollte sie ihn angehen, diesen Test ihrer Jungfräulichkeit?

Sie hatte versucht, etwas in Erfahrung zu bringen über das, was in dieser Nacht vor ihr lag, über die Aufgabe, die sie sich selbst gestellt hatte, doch eine solche Information war ganz unmöglich zu finden gewesen. Sie hatte es in dem dicken Buch in Ians Arbeitszimmer versucht – dem Wörterbuch. Es sagte ihr überhaupt nichts, gab ihr keinerlei Anhaltspunkte. Dann hatte sie die Menschen gefragt, alle, denen sie begegnet war. Johann hatte sich geweigert, ihre Frage zu beantworten, Andrews Gesicht hatte die Farbe der Geranien angenommen, und er war aus dem Zimmer gestürmt, Lara hatte von dieser Frage genauso wenig verstanden wie Selena selbst, und Maeve hatte nur sanft gelächelt und ihr gesagt, sie solle ihr Zimmer aufräumen.

Sie stand ganz allein da, wenigstens das war offensichtlich.

Sie starrte ihr Gesicht im Spiegel an. Sie fand, es war ein angenehmes Gesicht, blass und ruhig. Sie hob die Hand und begann, ihr volles Haar zu einem Zopf zu flechten, den sie mit einem rosa Band zusammenschnürte. Ein Dutzend Strähnen lockten sich um Stirn und Wangen, doch sie wollte keine Zeit damit verschwenden, sie zurückzustecken – sie würden sich sowieso gleich wieder lösen.

Langsam ging sie zu ihrem Schrank und öffnete die schwere Tür. Maeve hatte ihn mit einer ganzen Menge bunter Kleider gefüllt. Aus Seide, Satin, Samt.

Selena blickte unschlüssig hinein. Keines dieser Kleider sagte ihr zu. Und alle forderten ihr die Qual ab, ein Korsett zu tragen. Sie trat einen Schritt zurück und dachte nach. Wenn sie keine Frauenkleider tragen wollte, blieben ihr nur zwei Möglichkeiten: die Hose, die sie von Andrew bekommen hatte, oder ihr Nachthemd.

Sie drehte sich um. Das Nachthemd lag auf dem Bett, ein durchsichtiges Gebilde aus weißer Seide und französischer Spitze, das vom Hals bis zum Saum mit Knöpfen geschlossen wurde.

Es war das bequemste Kleidungsstück, das sie besaß, und jetzt, in der Dunkelheit des Zimmers auf dem weißen Bett, ließ die Farbe sie an Sternenlicht und Mondschein und Verzauberung denken.

Lächelnd zog sie ihr Hemd und ihre Unterhose aus und schlüpfte in das Nachthemd. Die sanfte Seide streichelte ihre nackten Brüste und Schenkel.

Dann wandte sie sich um und ging zur Tür, die sie vorsichtig öffnete. Im dunklen Flur war alles ruhig. Sie huschte durch die Düsternis, die schmale Treppe zu Ians Zimmer hinauf. Dort blieb sie stehen, um wieder zu Atem zu kommen. Ihr Atem ging viel zu schnell und heftig, den kurzen Weg die Treppe hinauf konnte sie wohl kaum dafür verantwortlich machen. Ihr Herz schlug schnell. Es raste.

Sie klopfte laut an die Tür. Wie ein Schuss klang es in der Stille.

»Herein.« Ians Stimme drang durch die Tür zu ihr. Er klang müde und schlecht gelaunt.

Sie öffnete die Tür und lief ins Zimmer. Tiefer Schatten hüllte sie ein. Das einzige Licht fiel durch ein nur halb geöffnetes Fenster.

Lächelnd trat sie einen Schritt vor. »Ian?«

»Ich bin hier.« Seine Stimme, so voll und melodisch, kam aus dem Dunkel in der Nähe des Schrankes. Sie hörte, wie er sich bewegte, dann wurde ein Streichholz angezündet. Blau-gelbes

Licht flackerte auf, und es roch beißend nach Schwefel. Im Licht der Kerze erschien sein trauriges Gesicht. Er saß in einem großen schwarzen Sessel, tief im Schatten, und trank Whiskey. Sein offenes weißes Hemd war ihm von der Schulter gerutscht.

Sie ging auf ihn zu.

Er richtete sich im Sessel auf. Sie hörte, wie das feine Kristallglas gegen Holz stieß, und wusste, dass er trank.

»Ich habe geglaubt, du hättest aufgehört zu trinken.«

Sein Lachen war knapp und bitter. »Es war wohl eher eine Pause. Und jetzt solltest du wieder gehen.«

»Ich bin gekommen, um dich um deine Hilfe zu bitten.«

Noch einmal lachte er, ein wenig leiser, aber dennoch bitter. »Und was willst du von mir?«

Sie stand jetzt vor ihm. Der Augenblick war voller Magie, berauschend voll von Möglichkeiten. Leise holte sie Luft, dann lächelte sie ihn an. »Du hast dir so viele Sorgen um meinen Ehemann gemacht.«

Er zuckte zusammen. »Um deinen *möglichen* Ehemann.«

Sie lachte nervös. »Bitte, verzeih mir. Mein möglicher Ehemann macht dir Sorgen.«

»Jawohl.«

Ein leise ausgesprochenes Wort, doch so voller Gefühle. Es rührte an ihr Herz, erfüllte sie mit Liebe zu diesem Mann, der hier in der Dunkelheit saß, nachdachte und so sehr daran glaubte, dass er unehrenhaft war, und dabei hatte er sie noch nicht angerührt. Nicht in der letzten Nacht und auch nicht jetzt, wo sie es sich so sehr wünschte, dass ihr ganzer Körper prickelte und sie sich schmerzlich danach sehnte.

Sie kniete sich auf den harten, kalten Boden vor ihm und stellte die Kerze auf die Erde. Er starrte auf sie hinunter, und sein Blick war voller Schmerz. »Ich weiß, dass es dir wehtut«, erklärte sie leise, »und mir auch. Es ist die Ungewissheit – ich denke, das ist das richtige Wort – die Ungewissheit, die uns schmerzt.«

Das Glas glitt aus seiner Hand und zerschellte auf dem Boden. Der durchdringende Geruch des Bourbon stieg auf. »Das ist es, was ich fühle«, erklärte er ihr mit rauer Stimme.

Sie zog die Stirn in Falten. »Das verstehe ich nicht.«

»Ich fühle mich in deinen Händen wie ein Stück gesponnenes Glas, Selena. Du brauchst nur die Hand zu schließen, und du würdest mich erdrücken.«

Diese Worte verwirrten sie. Sie versuchte, einen Sinn darin zu erkennen, eine Bedeutung, die sie verstehen konnte, aber sie schaffte es nicht. Er sprach davon, von ihr zerdrückt zu werden, doch eigentlich sollte er von ihrem Ehemann sprechen. Sie blickte zu ihm auf. »Dann werde ich meine Hand nicht schließen.«

Er stieß einen zittrigen Seufzer aus. »Ach, Selena, für dich ist alles so einfach.«

Sie lächelte. »Diese Diskussion haben wir schon einmal gehabt. Und für dich ist alles immer so schwierig.«

»Ich habe dir ein Versprechen gegeben, verdammt. Ich habe geschworen, ehrenhaft zu sein. Zum ersten Mal in meinem elenden Leben versuche ich, das Richtige zu tun, und jetzt bist du hier, in meinem Schlafzimmer, mitten in der Nacht, gekleidet für die Liebe …« Seine Stimme brach. »Du solltest gehen.«

»Was ist denn mit ihm, Ian? Was ist mit diesem Ehemann, der eines Tages kommen könnte, um mich zu holen?«

Bei dem Wort *Ehemann* zuckte er zusammen, dann sah er auf sie hinunter. »Ich kann dich nicht ansehen, ohne an ihn zu denken.«

»Und wenn ich nun noch Jungfrau bin?«

Eine Falte erschien auf seiner Stirn. »Dann bist du nicht verheiratet.«

»Siehst du, Ian?« Sie lächelte. »So einfach ist das.«

Er zog scharf den Atem ein, dann schien es so, als würde er überhaupt nicht mehr atmen. »Was willst du damit sagen?«

»Ich will es wissen. Diese Unsicherheit kann ich nicht länger ertragen.«

Er lachte gequält, dann sah er von ihr weg.

Sie beugte sich vor, dann rutschte sie zwischen seine Beine und sah zu ihm auf. »Du kennst die Antwort auf diese Ungewissheit, nicht wahr?«

»Du weißt nicht, was du von mir verlangst.«

»Nein. Aber du weißt es, und ich vertraue dir vollkommen.«

»Du bittest mich, dich zu lieben«, erklärte er leise, und sie hörte die Verwunderung aus seiner Stimme, die Hoffnung, und es erfüllte ihr Herz mit einem ziehenden Gefühl von Schmerz.

»Ich glaube, das tust du bereits.«

Sein Blick glitt von ihrem Gesicht weg. Lange starrte er schweigend auf sein Bett, seine Augen zogen sich zusammen, und sie konnte in seinem Blick nichts lesen. »Was würdest du tun?«, fragte er schließlich, »wenn er kommen würde, um dich zu holen?«

Die Frage traf sie wie ein Schlag ins Gesicht. Sie biss sich auf die Unterlippe und starrte zu ihm auf. Jetzt verstand sie, warum er sie so angesehen hatte, warum er mit leerem Blick auf das Bett hinter ihr starrte. Dieser Gedanke war ihr in Wirklichkeit nie gekommen, so heftig und schmerzlich, so beängstigend, doch in diesem Augenblick begriff sie, dass sie daran hätte denken müssen. Es war die Wahrheit, und sie hatte sie nicht begriffen. *In deinen Händen fühle ich mich wie gesponnenes Glas, Selena.*

Ja, jetzt verstand sie ihn. Jetzt verstand sie seine übermächtige Angst. Es war nicht nur die Tatsache, dass dort draußen vielleicht irgendwo ein Ehemann auf sie wartete, es war nicht einmal die Tatsache, dass er kommen konnte, um sie zu holen. Es war die Entscheidung, die sie dann treffen musste.

Sie wünschte, sie könnte ihn anlügen. Langsam und mit einem Gefühl der Unsicherheit sah sie zu Ian auf. Dann beugte sie sich vor, legte die Hand an seine Wange und zwang ihn, sie anzusehen. »Wenn ich dieses Wort *Ehre* und auch das Wort *Heirat* richtig verstehe, dann wäre ich gezwungen, zu diesem Ehemann zurückzukehren.«

Schmerz lag in seinem Blick und ließ ihn den Mund verziehen. »Ja.«

»Aber ich glaube nicht, dass dort draußen ein Ehemann auf mich wartet, Ian. Mein Herz ist sich zu sicher. Gott würde mich nicht auf eine so grausame und ungerechte Art testen.«

Ian lachte bitter auf. »Ha. Solche Opfer sind Gottes Daseinsberechtigung.«

»Nun gut. Lass uns einmal annehmen, ich habe wirklich einen Ehemann, und er sucht sogar in diesem Augenblick nach mir.«

»Ja.« Er hauchte seine Antwort nur.

Sie beugte sich noch näher zu ihm, ihr Mund war nur noch einen Hauch von seinem entfernt. Sie war ihm so nahe, dass sie den Alkohol in seinem Atem roch, dass sie seinen Atem auf ihren Lippen fühlte. »Dann sollten wir einander jetzt lieben, so gut wir es nur können.«

Er legte seine Arme um sie, zog sie fest an sich. »Wenn wir in dieses Bett dort drüben gehen, Selena, dann wird es nur noch schmerzlicher sein, wenn dein Ehemann dich holen kommt.«

Sie lachte leise. Endlich einmal war er unschuldig, und sie begriff die Wahrheit. »Nichts mehr davon«, flüsterte sie.

Er beugte sich zu ihr, küsste sie sanft, dann heftiger, tief schob sich seine Zunge in ihren Mund. Eine Hand nahm er von ihrer Taille und legte sie in ihren Nacken, hielt sie damit fest. Seine Küsse glitten von ihren Lippen über ihre Wange, ihr Ohr und dann über die empfindsame Haut ihres Halses. Dort hielt er inne. »Ich liebe dich, Selena. Ganz gleich, was auch geschieht … ich liebe dich.«

Sie hörte den belegten Ton seiner Stimme und fragte sich, ob er diese Worte wohl je zuvor schon ausgesprochen hatte. Jetzt verstand sie auch die Macht der Sprache. Sie begriff, wie drei kleine Worte in jemandem den Wunsch wecken konnten, zu weinen. »Ich liebe dich auch, Ian«, flüsterte sie.

Er stand auf und zog sie in seine Arme, so plötzlich, dass es ihr den Atem verschlug. Ein Lachen kam aus ihrem Mund, und sie legte den Kopf in den Nacken. Im Schein der Kerze glänzten die Kupferarbeiten an der Zimmerdecke wie das Licht der Sonne.

Er trug sie zum Bett und legte sie darauf. Sekunden später war er wieder bei ihr mit der Kerze, er murmelte etwas davon, dass er sie sehen wollte, doch sie verstand nicht genau, es war ihr auch gleichgültig.

Er öffnete seinen Gürtel und knöpfte dann seine Hose und sein Hemd auf. Die Kleidungsstücke fielen auf den Boden zu seinen Füßen. Ungeduldig schob er sie beiseite, dann kam er zu ihr, und seine nackte Haut war im Schein der Kerze dunkel und glänzend.

Sie verspürte einen Anflug von Furcht.

»Keine Angst«, murmelte er und kletterte neben ihr aufs Bett, dann zog er sie in seine Arme. Er senkte den Kopf und küsste sie, so tief und voller Leidenschaft, dass ihr der Atem stockte und sie zu zittern begann. Dann bedeckte er ihren Hals mit Küssen, küsste durch den dünnen Stoff ihres Nachthemdes ihre Brüste.

Noch ehe sie wusste, was mit ihr geschah, hatte er das Nachthemd bereits aufgeknöpft. Kühle Luft strich über ihre Brustspitzen. Dann fühlte sie seinen warmen Atem auf ihrer Haut, seine feuchte Zunge.

Sie berührte ihn, vorsichtig zuerst, weil sie erstaunt war, wie heiß und verschwitzt seine Haut war.

»Ja«, hauchte er und ermunterte sie, »berühre mich…«

Ihre Hände glitten über seinen Körper, erforschten ihn, fühlten und liebkosten ihn.

Er schob ihr Nachthemd weg. Dann streichelte er sie, auf tausend unterschiedliche Arten, bis sie vor Erregung und Sehnsucht zitterte. Stellen, an denen sie noch nie berührt worden war, erwachten unter seinen geübten Händen. Weiter und weiter ging seine Erforschung ihres Körpers, bis sie glaubte, sie könnte keinen Augenblick länger eine solch süße, herrliche Qual ertragen.

Dann legte er sich auf sie.

Ihre Blicke hielten einander gefangen. Er lag über ihr und atmete schwer, sein zerzaustes Haar hing wie ein Vorhang über seinen unrasierten Wangen. Sie sah eine Verzweiflung in seinem Blick, die sie nicht verstand, eine Furcht, die ihr neu erwachtes Verlangen vertrieb und sie wie ein eisiger Atem berührte. Er dachte an ihren Ehemann, und er fürchtete sich.

»Ian …«

Mit einem Kuss erstickte er ihre Worte, und sie verlor sich wieder. Sanft glitten seine Hände über ihren Körper, er schob ihre Schenkel auseinander, um dazwischen zu gleiten. Seine intimen Berührungen ließen das Verlangen wie Feuer in ihr sprühen. Sie keuchte leise auf und schlang die Arme um ihn.

Er glitt in sie hinein.

Sofort verspürte sie den Schmerz. Sie schrie auf, versuchte instinktiv, ihn von sich zu stoßen. »Nein!«

Er erstarrte, blickte mit großen, ungläubigen Augen auf sie hinunter. Auf seiner Stirn standen kleine Schweißtropfen, feuchte Strähnen hingen über seine Schläfen.

Er war so still, dass sie Angst bekam.

Sie hatte etwas falsch gemacht, etwas Schlimmes getan. »Was ist los?«, flüsterte sie.

Er beugte sich zu ihr hinunter, drückte einen Kuss auf ihre Stirn, dann zog er sich wieder zurück und sah sie an. Tränen standen in seinen Augen. »Du bist Jungfrau.«

Noch ehe sie ihn fragen konnte, woher er das wusste, zog er sie fest in seine Arme und barg sein Gesicht an ihrem Hals. Sie fühlte, wie er zitterte, hörte den kehligen Klang seiner Stimme. Warme Tränen glitten über ihren Hals und rannen in ihr Haar.

Als sie seine Tränen auf ihrer Haut fühlte, küsste sie ihn, sanft zuerst, doch dann mit heißem Verlangen. Sie küsste seine Wange, seinen Hals, seine Schulter.

Er stöhnte leise auf, schob die Hand zwischen ihre Schenkel und berührte sie mit verführerischer Intimität, erweckte ihren Körper wieder zum Leben.

Ganz langsam glitt er wieder in sie hinein, dehnte sie aus, füllte sie. Der Schmerz war noch immer da, doch das Glücksgefühl war so überwältigend, dass es ihr nichts mehr ausmachte, dass sie den Schmerz kaum noch bemerkte.

Sie klammerte sich an ihn, instinktiv bewegten sich ihre Hüften in einem kreisenden Rhythmus. Sanft, und dann nicht mehr so sanft, trieb sie auf einer Welle reiner, elektrisierender Empfindungen. Sie gab sich ihnen vollkommen hin. Er merkte genau, wann sie es nicht mehr länger ertragen konnte. Er wusste, was sie brauchte, und er gab es ihr, sank tief, tief in sie hinein.

Danach klammerte er sich an sie, wollte sie nicht mehr freigeben, und das war es, was sie wollte. Er lag neben ihr, ihre Körper schmiegten sich aneinander, die Laken waren zwischen ihren Beinen zerwühlt. Sie roch den süßen neuen Duft ihrer Liebe.

Plötzlich wandte er sich zu ihr um, schob sich über sie und drückte sie in das warme Bett.

Überrascht blickte sie zu ihm auf. Er lächelte breit, ein schiefes Lächeln, das ihr das Herz erweichte. Nie zuvor hatte er so jung ausgesehen, so sorglos, so unendlich schön. »Es wartet kein Ehemann dort draußen auf dich, Selena.«

Diese Worte erfüllten sie mit einem unbeschreiblichen Glücksgefühl. Dies war also jetzt wirklich ihr Zuhause. Niemand würde mitten in der Nacht hier erscheinen und sie dazu zwingen, eine herzzerreißende Entscheidung zu treffen. »Bist du auch ganz sicher?«

»Ich bin sicher.«

»Und du weißt das wegen dem, was … was wir gerade getan haben?«

»Oh ja.«

»Ich weiß nicht.« Sie sah zu ihm auf und stellte zu ihrer Überraschung fest, dass sie sich schon wieder nach ihm sehnte. Ein Lächeln überzog ihr Gesicht. »Vielleicht sollten wir es noch einmal tun. Nur, um sicherzugehen.«

Er beugte sich zu ihr und küsste sie. »Ah, Göttin«, flüsterte er an ihren Lippen. »Ich könnte nicht einverstandener sein.«

20

Vier Tage lang kamen sie nicht aus seinem Zimmer.

Ian lümmelte sich im Bett, die Laken hatten sich um seine nackten Beine gewickelt, die Kissen hatte er sich hinter den Kopf geschoben. Die Kerze neben ihm flackerte und ließ beißenden Rauch aufsteigen. Jenseits des Bettes war es dunkel, nur das Mondlicht, das durch das Fenster fiel, erinnerte ihn daran, dass er in seinem Haus war, in seinem Zimmer.

Er schloss das Buch in seinem Schoß und sah zu Selena, die neben ihm schlief.

Sie hatte sich an ihn gekuschelt, nackt, in ihrem Haar leuchteten rote und goldene Schatten. Er fuhr mit dem Finger über die samtweiche Haut ihrer Schulter. Sie seufzte und lächelte im Schlaf.

Es war all das, was Ian immer über die Liebe gehört hatte, ein Universum an Gefühlen lag in jedem Blick, in jeder Berührung, jedem geflüsterten Wort. Besessenheit, Besitzergreifung, Eroberung, Niederlage, Glück und Schmerz. Er fühlte alles, genoss die Fähigkeit, so tief zu fühlen, sich so vollkommen zu sehnen. *Magie.*

Sie brummte leise im Schlaf und drehte sich herum. Ihre Hand glitt durch sein krauses Brusthaar und dann in seine Achselhöhle. Er fühlte die Wärme jedes einzelnen Fingers an seiner empfindsamen Haut. Ihr Bein hob sich und legte sich in einer gleitenden, erotischen Bewegung über seines.

Gott, sie war so schön, ihre Wangen waren vom Schlaf sanft gerötet, der Schleier ihres Haares hing über ihrem Hals. Er merkte, dass sie aufgewacht war, als sie lange und innig seine linke Brustwarze küsste.

»Haben wir lange genug gewartet?«, flüsterte sie und erregte ihn mit ihrer leicht rauen Stimme.

Er stöhnte auf. Allein ihre Stimme genügte, um ihn für sie bereit zu machen.

Das Verlangen nach ihr war wieder da, so stark und heftig wie zuvor. Und zuvor. Und zuvor.

Er schob einen Arm unter sie und zog sie zu sich hoch, presste seine Lippen auf ihre und genoss das Gefühl ihrer weichen Lippen, ihren salzigen Geschmack.

Mit einem Kichern entzog sie sich ihm. »Ich bin wieder hungrig.«

Er legte die Hand unter ihr Kinn und hob ihr Gesicht zu sich. »Und auf was bist du diesmal hungrig?«

Sie lächelte. »Was macht das für mich schon für einen Unterschied?«

Sein Blick fiel auf den Tisch neben dem Bett. Leere Teller und Gläser standen darauf, halb gegessene Früchte und Schüsseln mit Süßigkeiten. »Du hast Recht. Wir müssen bei Kräften bleiben.«

Sie griff hinter sich und nahm sich einen reifen Pfirsich. Dann biss sie ein großes Stück davon ab und lachte, als der Saft ihr über das Kinn lief und auf seine Brust tropfte. Er beugte sich zu ihr, biss von dem Pfirsich ab und küsste sie dann.

Sie sank in die Kissen neben ihm. »Ich vermisse das Sonnenlicht auf meinem Gesicht. Lass uns einen Spaziergang machen.«

Bei ihren Worten fühlte Ian einen Stich. Die Furcht kam, traf ihn hart und verschwand dann wieder. Es gab nichts mehr, vor dem er sich fürchten musste. Sie war eine Jungfrau gewesen – ihr Schmerz und das Blut auf den Laken war der Beweis, den er gebraucht hatte. Das Phantom eines Ehemanns, der irgendwo hinter einer Tür oder vor den Toren lauerte, existierte nicht. Es gab nichts mehr, wovor er sich fürchten musste.

Es war ein unglaubliches Gefühl, diese Abwesenheit von Furcht, diese plötzliche, erhebende Hoffnung auf eine Zukunft. Er hatte schon so lange ohne diese Hoffnung gelebt, vielleicht schon immer, und diese Hoffnung jetzt zu haben, im Alter von fünfunddreißig Jahren, war das kostbarste Geschenk, das er sich vorstellen konnte.

»Ich habe keine Angst.« Er sprach diese Worte leise aus und zuckte zusammen, als er sie hörte. Sie klangen so dumm, so kindisch. Wie konnte sie nur ahnen, was sie für ihn bedeuteten?

»Was wirst du jetzt tun, ohne diese Angst?«

Er sah verwirrt auf. Diese Worte hatte er von ihr nicht erwartet, obwohl sie ihn eigentlich nicht überraschen sollten. Sie sagte *niemals*, was er erwartete. Er strich ihr das seidige Haar aus dem Gesicht und lächelte sie an. »Wie meinst du das?«

Sie legte ihr Gesicht in Falten und dachte nach, kaute eine Sekunde lang auf ihrer Unterlippe. »Du hast hier gelebt als der … Betreuer dieser Menschen, seit vielen Jahren schon, nicht wahr?«

»Ja.«

»Und der Grund dafür war Angst.«

»Ja.«

»Dann solltest du jetzt dein Leben ändern.«

»Ich habe es geändert.«

»Wie denn?«

Er zog sie fest an sich. »Ich habe vier Tage im Bett verbracht, zusammen mit der Frau, die ich liebe.«

Sie lächelte ihn strahlend an. »Das ist es nicht, was ich meine. Das Wörterbuch erklärt Veränderung als Umgestaltung, als Wandel.«

»Ich will nicht …«

»Wovon träumst du?«

»Träumen?« Wie ein Idiot wiederholte er das Wort. Er zuckte

mit den Schultern. »Ich weiß es nicht. Davon, dich zu lieben, bis ich sterbe?«

»Wie dumm. Das ist kein Traum, das ist eine… Tatsache.« Sie sah ernst zu ihm auf. »Ich erwarte mehr von dir.«

»Ach, wirklich?«

»Jawohl. Ich werde mehr von dir erwarten als hier nur ein Betreuer zu sein. Du bist Arzt. Du könntest in der Welt viel Gutes tun.«

»Aber meine Hände…«

Sie winkte ab. »Sei doch nicht so selbstsüchtig. Ich habe einen Hirnschaden, Johann stirbt an der Syphilis, Andrew bekriegt die Dämonen seiner Erinnerung, und Maeve kämpft darum, jeden Tag ihres Lebens einen klaren Gedanken zu denken. Was sind da schon Hände, die zu viel wissen? Du wirst lernen, diese Bilder nicht mehr zu sehen.«

»Das ist nicht einfach. Die Visionen…«

»Es ist nicht anders, als wenn du Maeve ignorierst, wenn sie direkt vor dir steht, und das tust du schon seit Jahren. Es ist nicht anders, als das Gespräch bei Tisch zu überhören, um nur eine einzige Stimme zu hören. Es ist eine Fähigkeit, die du dir selbst beibringen musst.«

Er wollte ihr widersprechen, doch dann hielt er ein. Wenn es nun wirklich möglich wäre? Wenn er nun lernen könnte, diese von außen kommenden Bilder so leicht auszuschalten wie ein unerwünschtes Geräusch?

Er könnte wieder Arzt sein, wenn auch kein Chirurg, dann doch vielleicht Nervenarzt. Als Arzt für Geisteskranke könnte er seinen Fluch dazu nutzen, den Menschen wirklich zu helfen, die Wahrheit in ihren Köpfen zu sehen.

Guter Gott, er könnte noch einmal beginnen, könnte ein besserer Mensch werden.

Selena sah zu ihm auf. Ein leichtes Lächeln stahl sich über ihr Gesicht und ließ ihre Augen aufblitzen. »Das ist die Veränderung, von der ich gespritzt habe. *Gesprochen* habe.«

»Ich könnte wieder Arzt sein.«

»Jetzt sprichst du mit der Stimme eines Traums. Aber dein Traum ist zu klein.«

Er grinste. »*Nichts* an mir ist zu klein.«

Sie brauchte einen Augenblick, um diese Worte zu verstehen. Doch dann lächelte sie breit. »Davon spreche ich nicht – und das weißt du auch. Ich meine, es gibt mehr im Leben als nur deine Medizin. Du musst mehr sein als nur ein Arzt.«

Er strich mit dem Finger über ihren nackten Bauch. »Ich versuche verdammt alles, um ein Vater zu werden. Wenn du aufhörst zu reden, könnten wir es noch einmal versuchen.«

Sie lachte. »Erzähle mir nicht noch einmal diese Lüge von den Babys im Körper. Ich werde sie dir nicht glauben. Abgesehen davon, du könntest schon mal üben, Vater zu sein.«

»Ich denke, es ist zu spät, um dein Vater zu sein.«

Ihre Stimme wurde sanfter. »Lara braucht ganz dringend einen Vater.«

Bei ihren Worten fühlte er einen unerklärlichen Schmerz. »Das habe ich auch gebraucht. Das Leben ist nicht immer sehr fair, Göttin.«

Sie rollte sich auf den Bauch und sah zu ihm auf. »Deine Stimme klingt hässlich und zornig. Versuch es noch einmal.«

Er sah auf sie hinunter, in ihre wunderschönen großen Augen, und seine Bitterkeit schwand. Liebe trat an ihre Stelle. »Mein Vater ist gestorben, als ich zehn Jahre alt war«, sagte er leise.

»Du musst ihn sehr vermisst haben.«

Er sprach das aus, was in seinem Herzen war, zum ersten Mal, seit er sich erinnern konnte. »Jeden einzelnen Tag meines Lebens.«

»Glaubst du denn nicht, dass auch Lara diesen schmerzhaften Verlust fühlt?«

Er seufzte. »Ich bin sicher, dass sie das tut, aber was…«

»Lindere ihren Schmerz.«

»Aber …«

Sie legte ihm einen Finger auf die Lippen. »Beginne nie einen Satz mit diesem Wort. Es ist nämlich der Anfang von nein. Und ich werde ein Nein nicht akzeptieren.«

Er starrte sie an, verlor sich in den dunklen Tiefen ihrer Augen. Wie immer, so forderte sie auch jetzt das Beste von ihm, den ehrenwertesten, ehrlichsten Weg.

So einfach, Ian.

Er fühlte, wie er langsam zu lächeln begann. »Ich nehme an, ich könnte es mit dem Kind versuchen …«

»Ja«, flüsterte sie.

Als er ihre leise Stimme hörte, die so voller Liebe, voller Sicherheit und Ehrlichkeit war, begann er zu begreifen, was es wirklich bedeutete, jemanden zu lieben. *Magie*, dachte er noch einmal und zog sie an sich, um sie zu küssen. »Ich liebe dich«, murmelte er an ihren Lippen und schmeckte den süßen Saft der Pfirsiche.

Sie schob sich über ihn und lächelte auf ihn hinunter, ihr rotbraunes Haar rahmte ihr Gesicht ein wie ein Vorhang und kitzelte seine Arme. »Und jetzt würde ich gern noch einmal Sex mit dir haben«, flüsterte sie mit rauchiger Stimme, die ihm einen Schauer über den Rücken jagte.

»Ach, wirklich?« Seine Hand glitt über ihren nackten Rücken und schloss sich dann um ihren Po. »Ich sehe schon, ich werde dir beibringen müssen, wie eine Lady zu reden.«

»Das kann ich schon, Ian.« Sie klimperte mit den Wimpern und lächelte. »Bitte, könnte ich noch etwas mehr Sex bekommen?«

Er lachte. Himmel, es war so gut, mit ihr hier zu sein, mit der Frau seiner Träume im Bett zu liegen, während der Kerzenschein im Zimmer flackernde Schatten warf und der süße Duft nach Pfirsichen und Sex in der Luft lag, und mit ihr zu träumen. So wundervoll zu träumen.

»Glaubt ihr, dass die beiden wirklich hier drin sind?«, zischte Edith und legte sich die Hand vor den Mund.

Johann lachte leise. »Wahrscheinlich bieten sie einen weitaus besseren Anblick als jeder Einzelne von uns.«

Andrew schüttelte den Kopf, mit weit aufgerissenen Augen starrte er auf die geschlossene Tür. »Das glaube ich nicht. Sie sind schon tagelang nicht aus dem Zimmer gekommen.«

Lara begann zu weinen. »Ich vermisse Selena.«

Die Königin schnaubte verächtlich. »So viel zu bumsen kann nicht gesund sein.«

Für einen langen Augenblick herrschte Schweigen, während alle auf die geschlossene Tür starrten. Dies war das vierte Mal in vier Tagen, dass sie sich vor der Tür zu Ians Schlafzimmer versammelt hatten. Den ersten Tag lang hatten sie alle atemlos gewartet, äußerst gespannt, was sich verändert haben würde, wenn Selena und Ian endlich herauskämen. Am zweiten Tag hatte ihre Aufregung schon etwas von ihrem Glanz verloren. Die ersten Bedenken waren laut geworden. Und jetzt, am vierten Tag, blieb nur noch Johann ruhig.

Königin Victoria hatte schon dreimal gefordert, die Tür niederzubrennen.

Andrew wollte anklopfen.

Edith hatte ein Glas mitgebracht, um zu lauschen.

Maeve hingegen war es gestern überhaupt erst aufgefallen, dass Selena und ihr Sohn nicht da waren.

Aber jetzt hatte sie es gemerkt, und sie war entschlossen, herauszufinden, was da drinnen geschah.

Sie schob die anderen beiseite und ging zur Tür. »Genug ist genug.« Sie hob ihre blasse Hand und klopfte an die Tür.

Von innen hörte man einen Fluch, dann wurde gekichert, und es gab einen lauten Krach.

Maeve öffnete die Tür und betrat das Zimmer. Die anderen drängten sich alle hinter sie.

Sie entdeckten Ian, der vollkommen nackt auf dem Boden lag

und lachte. Auch Selena war nackt, sie lag auf ihm. Pfirsiche und Äpfel waren überall auf dem Boden verstreut. Ein Dutzend Kerzen waren heruntergebrannt. Ihr Rauch schwebte zur Decke, der Geruch lag im ganzen Zimmer.

Selena setzte sich in Ians Schoß auf und winkte den anderen fröhlich zu. »Hallo!«

Ian griff nach einem zerknüllten Laken und legte es über ihre Brüste.

Sie kicherte. »Ach ja. Ich habe ganz vergessen, dass ich Andrew meine Brüste nicht zeigen soll. Bitte, verzeiht mir.«

Es herrschte absolutes, tiefes Schweigen.

Dann begann Johann ganz leise zu lachen. Die Königin stimmte als Erste mit ein, dann Edith.

Maeve trat einen Schritt vor. Sie lachte nicht. »Ich nehme an, wir werden jetzt eine Hochzeit feiern.«

Selena richtete sich auf. »Wirklich? Wie aufregend.« Dann zog sie plötzlich die Augen zusammen. »Was ist eine Hochzeit?«

Maeves Gesicht war ungewöhnlich hart. »Es ist das, was zwei Menschen tun, *ehe* sie zusammen ins Bett steigen.«

Selena lachte, es war ein heller, klarer Ton, der das Zimmer erfüllte. »Dann ist es dafür zu spät.«

»Ian«, erklärte Maeve. »Ich erwarte dich in zehn Minuten im Wohnzimmer.« Sie hob das Kinn, dann schwebte sie aus dem Schlafzimmer und zog die neugierige Menge mit sich.

Die Tür fiel hinter ihr ins Schloss.

Und dann begann Maeve ganz leise zu lachen.

Ian konnte nicht glauben, was er da tat. Er war jetzt angekleidet – verflixt noch mal – und ging über den dunklen Flur zum Wohnzimmer, wo seine Mutter auf ihn wartete, mutmaßlich um ihm eine Lektion in Moral zu halten. Seine *Mutter.*

Er ging die Treppe hinunter und trat in die helle, von der Sonne durchflutete Eingangshalle. Das Licht tat seinen Augen weh, es erinnerte ihn einmal mehr daran, dass er aus seinem Liebesnest hervorkroch und in die Welt zurückkehrte.

Die Tür des Wohnzimmers war geschlossen. Er klopfte laut, hörte das gedämpfte »Herein« seiner Mutter und trat ein.

Maeve stand neben dem Kamin, groß und gerade, das Haar hatte sie hastig zu einem Knoten aufgesteckt, der gefährlich schief über ihrem linken Ohr hing, die Hände hatte sie in den Taschen ihres blassgrünen Kaschmirumhangs vergraben.

Etwas an ihr war anders, doch was es war, konnte er nicht sagen.

Langsam zog sie eine Augenbraue hoch. »Also kannst du noch gehen. Das würde ich schon als einen Triumph bezeichnen.«

Ganz plötzlich begriff er, was anders an ihr war. In ihrem Blick lag keinerlei Furcht, sie streichelte auch nicht nervös das Stück Stoff in ihrer Hand und sah ihn nicht verlegen an. Sie sah klar aus und selbstsicher. Sie hatte sich unter Kontrolle.

Er war stolz auf sie. »Du siehst gut aus, Mutter.«

Ein kleines Lächeln umspielte ihren Mund. »Wirklich?« Sie berührte ihr Haar, fühlte den schiefen Knoten und sah ihn ungläubig an.

Ohne nachzudenken, ging er zu ihr hinüber und schob ihr den Haarknoten mitten auf den Kopf, dann steckte er ihn mit wenigen Haarnadeln fest. Bilder gingen durch seinen Kopf, als er ihr Ohr berührte, ihre Schläfe. Sie dachte an seinen Vater und daran, wie er ihr einmal das Haar auf eine ähnliche Weise festgesteckt hatte, genau in diesem Wohnzimmer hier. Vor einem Ball, nein, nach einem Abendessen …

Er versuchte, die Bilder zu kontrollieren und stellte fest, dass sie verschwammen und zu einem unwichtigen Gewirr von Farben und Geräuschen wurden, wenn er sich konzentrierte. Es war genauso wenig irritierend wie das Summen eines Moskitos in der Nähe des Ohrs.

Er zog die Hände zurück und sah auf seine Mutter hinunter.

Ein eigenartiger Ausdruck lag in ihrem Gesicht, und er begriff, dass sie verblüfft war von der Vertrautheit dieser Geste. »Danke«, sagte sie leise.

»Gern geschehen.«

»Du hast mit Selena geschlafen«, meinte Maeve schließlich. »Und das meine ich auf die… romantische Art.«

»Du wirst wohl nicht glauben, dass wir nur gewartet haben, bis unsere Kleider wieder trocken sind?«

Ein leises Lachen kam aus Maeves Mund, noch ehe sie es zurückhalten konnte. »Werde nicht frech. Ich versuche nur… meine Rolle als Mutter einzunehmen.«

Sein Lächeln verschwand. Er sah auf Maeve hinunter und wünschte plötzlich, er könnte all das zurücknehmen, die vielen Male, als er sie verletzt hatte, sie vor den Kopf gestoßen und abgewiesen hatte. »Das hast du doch immer getan«, meinte er leise.

Mehr, dachte er, *sage noch mehr*. Aber es gab keine Worte, nur einen dicken Kloß des Bedauerns in seinem Hals und das brennende Bedürfnis nach Absolution.

Tränen traten in ihre Augen, und ihr Mund zitterte. »Nein«, hauchte sie, und eine Träne rann über ihr Gesicht. »Nein.«

Ian wollte den Abstand zwischen ihnen aufheben, ihr vielleicht sogar die Tränen aus den Augen wischen. Aber er konnte sich nicht bewegen, konnte diese Art von Intimität nicht wirklich verstehen. Zu viel war geschehen, dunkle und hässliche Dinge, verlorene Augenblicke, ein Leben voller Missverständnisse.

So standen sie voreinander, und es schienen Stunden zu vergehen. Ian wusste, dass sie das Bedauern genauso lähmte wie ihn. Auf dem Kaminsims tickte leise die Porzellanuhr.

Du kannst deiner Mutter wehtun oder du kannst deiner Mutter nicht wehtun. Einfache Entscheidung. Einfach.

Dieser Gedanke kam ihm, scharf und deutlich und reinigend. Es war beinahe so, als wäre Selena in ihm, würde ihn drängen, stark zu sein, das Risiko einzugehen.

Für dich ist alles so einfach, Selena.

Und so schwierig für dich, Ian.

Sie hatte Recht. Die Welt hing ab von der Entscheidung, die man traf, und manchmal war sie so einfach wie diese hier. Er konnte aus sich herausgehen, konnte seine Mutter mit Worten erreichen. Es wäre vielleicht nicht viel, er könnte nicht all die Fehler wieder gutmachen, die ihre Beziehung schon seit Jahren getrübt hatte, aber es könnte etwas sein, das er sich nie hatte vorstellen können, und nach dem er sich dennoch die ganzen Jahre gesehnt hatte.

Ein Anfang.

Er sah auf seine Mutter hinunter, sah die silbernen Spuren der Tränen auf ihren blassen Wangen und wünschte bei Gott, er könnte sie in seinen Armen halten. Einfach nur halten …

Aber natürlich konnte er das nicht. Noch nicht. Alles, was er ihr bieten konnte, war ein unsicherer Beginn. »Mutter, ich … es tut mir Leid. Alles.«

Das war nicht viel, das begriff er. Ein matter Abklatsch des Gefühls, das hier nötig war.

Seine Entschuldigung überraschte sie. Sie sperrte ihre Augen auf und verzog den Mund zu einem zitternden Lächeln. »Mir tut es auch Leid, Ian.« Sie streckte die Hand aus, im Licht der Sonne war sie blass und schmal.

Er starrte darauf, fühlte einen Anflug von Furcht, dann Hoffnung. Langsam verschränkte er die Finger mit ihren und drückte leicht zu.

Bilder stürmten auf ihn ein, zwangen ihn, die Augen fest zu schließen. Es dauerte eine Sekunde, ehe er begriff, dass es wunderschöne Bilder waren und herzzerreißende Worte.

Ich liebe dich, Ian.

Er öffnete die Augen. Ihre Blicke trafen sich und hielten einander gefangen. In diesem Augenblick wusste er, dass sie diese Worte nicht laut aussprechen würde, noch nicht. Er hatte sie viel zu oft verletzt, um ihm jetzt so einfach zu trauen, und sie war nicht einmal sicher, ob dieser Augenblick wirklich war. Tief in ihrem Inneren fürchtete sie sich davor, dass sie wieder einmal im Abgrund ihrer eigenen Gedanken gefangen war, dass sie sich all das nur einbildete, dass er sie morgen wieder ignorieren würde.

»Es ist die Wirklichkeit«, erklärte er leise.

Sie antwortete nicht, sie nickte nur. Noch eine Träne rollte über ihre Wange. Dann räusperte sie sich. »Was wirst du jetzt wegen Selena unternehmen?«

»Was ich tun will? Also, ich werde sie natürlich heiraten.«

»Hast du sie denn schon gefragt?«

»Nein. Aber das ist nur noch eine Formalität.«

Maeve lachte. »Bei Selena ist gar nichts nur eine Formalität.«

Ian stimmte in ihr Lachen ein und fühlte sich großartig. »Das stimmt allerdings. Eine Ehe wird für sie einen Sinn ergeben müssen.« Er hielt inne, dann bildeten sich Falten auf seiner Stirn. »Verdammt…«

»Jawohl«, stimmte ihm Maeve zu. »Das könnte ein Problem werden.«

Alle waren im Arbeitszimmer und warteten auf Maeve und Ian. Schweigen lag über dem Raum, als wisse niemand wirklich etwas zu sagen. Selena blickte in die Gesichter um sich herum und fühlte Liebe für sie alle. Für ihre Familie.

Sie lächelte. »Ihr seht alle so besorgt aus. Nur du nicht, Johann.« Sie ging durch den Raum zu ihm hinüber, und bei jedem Schritt wurde ihr Lächeln breiter. »Du hast es gewusst, nicht wahr?«

Johanns Lächeln war genauso breit wie das ihre. »Ich habe es gewusst. Und?«

Die Königin stützte die Hände in ihre ausladenden Hüften und brummte. »Also was? In *meinem* Königreich hat niemand Geheimnisse.«

Selena konnte nicht anders, sie begann laut zu lachen. Erinnerungen stiegen in ihrem Kopf auf, und ihre Wangen röteten sich. »Es war wundervoll«, flüsterte sie Johann zu.

»Und du warst eine … du weißt schon?«

»Verdammt«, zischte die Königin. »War sie eine du-weißt-schon?« Sie ging zu Johann und schlug ihn mit ihrem geschlossenen Fächer auf den Kopf.

»Es ist kein Geheimnis, Euer Hoheit«, antwortete Selena. »Johann möchte nur wissen, ob ich Jungfrau war.«

Diesmal schlug die Königin Johann mit der flachen Hand. »Eine solche Frage stellt ein Mann einer Lady nicht.« Dann wandte sie sich zu Selena. »Und? Warst du eine?«

»Das war ich«, erklärte Selena mit einem breiten Grinsen. »Aber jetzt bin ich keine mehr. Und, oh, Euer Hoheit, es war großartig.«

Die Königin seufzte verträumt. »Das ist es ganz sicher …«

»Selena!« Ians Stimme unterbrach ihre Unterhaltung, und alle fuhren zu ihm herum. Er stand an der Tür. »Worüber redest du?«

Bei seinem Anblick schmolz sie dahin, er war so stark, so groß, so liebevoll. Sie wollte zu ihm laufen, ihn in ihre Arme nehmen und ihn küssen. Überall. »Über Sex«, antwortete sie.

»Ladys reden nicht über solche Dinge.«

Sie blickte ungläubig. »Du meinst, man kann es tun, aber man kann nicht darüber reden?«

Er sah ein wenig verlegen aus. »Oh, nein …«

»Also wirklich, das ist ja richtig lächerlich. Ich kann dich küssen, auf deinen …«

»Genug!«, rief er. »Raus mit euch allen.«

Die Königin wurde zornig. »Schwerlich, junger Sir. Es wird gerade erst spannend.«

Eine Sekunde lang antwortete Ian nicht, er stand einfach nur da und sah aus, als würde er im nächsten Augenblick schreien. Doch dann sagte er leise: »Ich möchte Selena eine Frage stellen.«

Die Menge schnaufte auf.

Selena blickte von einem Gesicht ihrer Freunde zum anderen. Sie alle starrten Ian ungläubig an, als würden sie alle etwas wissen, was sie nicht wusste. Und sie grienten alle.

»Schnell!«, rief die Königin. »Die Entscheidung eines Mannes ist ein zerbrechliches Ding.«

»Aye«, stimmte Edith ihr zu. »Er könnte die verdammten Nerven verlieren.«

Johann starrte Ian an, ein leichtes, zögerndes Lächeln lag auf seinem Gesicht. »Er wird die Nerven nicht verlieren. Er hat sie ja gerade erst gefunden.«

Wie auf ein Stichwort sprangen alle auf und eilten zur Tür, sie bewegten sich wie ein Körper mit vielen Köpfen, schlurften mit den Füßen und klatschten in die Hände.

Die Tür schloss sich leise hinter ihnen.

»Ian.« Selena fühlte den ersten Anflug von Furcht. »Ich verstehe nicht …«

Er lächelte sie an, voller Anspannung, dann suchte er etwas in seiner Tasche. Er kam auf sie zu, strich sich eine Haarsträhne aus dem Gesicht und kniete dann vor ihr nieder.

»Selena …«

Hinter ihm entdeckte sie die anderen, sie hatten sich hinter dem durchsichtigen Vorhang versammelt. Sie drängten sich auf der Veranda, um alle durchs Fenster zu sehen. Sie hörte ihre leisen Stimmen von draußen, dann forderte die Königin sie alle auf, den »Mund zu halten«, und sie schwiegen.

Ian schluckte nervös und sah zu ihr auf. Langsam zog er einen wunderschönen Ring aus der Hosentasche und hielt ihn ihr hin. »Selena, wirst du mir die Ehre erweisen, meine Frau zu werden?«

Durch das Fenster hörte man Händeklatschen.

Ian bedachte die Menschen vor dem Fenster mit einem eisigen Blick, dann wandte er sich wieder zu Selena.

Selena wusste nicht, was sie tun oder sagen sollte, sie hatte keine Ahnung, was von ihr erwartet wurde. War der Ring ein Geschenk? Oder waren die Worte das Wichtige? »Ich verstehe nicht. Du möchtest, dass wir heiraten?«

Er seufzte erleichtert auf. »Ja.«

»Warum?«

»Weil ich dich liebe.«

Sie lächelte ihn an. »Ich fühle auch Liebe für dich. Aber was hat das mit Heirat zu tun?«

Er wählte seine Worte sorgfältig. »Eine Heirat ist ein Versprechen, für immer zusammenzubleiben.«

»Natürlich werden wir zusammenbleiben. Ich verspreche es hier, vor Gott. Also, dann sind wir jetzt verheiratet.«

»Nein. Eine Heirat ist auch eine ... gesetzliche Verpflichtung. Wir müssen unseren Eheschwur vor einem Vertreter der Kirche oder des Staates abgeben.«

Sie zog die Stirn in Falten. »Mein Wort genügt also nicht?«

Er schüttelte den Kopf. »Nein.«

»Aber ich brauche niemand anderen, um meinem Schwur Wahrheit zu verleihen. Ich habe es versprochen. Ich besitze Ehre. Das reicht.«

Er legte die Hand vor das Gesicht. »Teufel, ich habe gewusst, dass das ein Problem sein wird. Du verstehst nicht ...«

»Ich bin nicht so behindert, um die Worte nicht zu verstehen, Ian. Es ist das Ganze, was mich verwirrt. Du bittest mich um meinen Schwur, ich habe ihn dir gegeben. Aber das reicht nicht. Du willst mehr, und du glaubst, dass ich die gesetzliche Verpflichtung nicht verstehe, die du von mir willst, aber du irrst dich. Ich habe dieses Wort ›Heirat‹ in dem großen Buch nachgeschlagen, und ich habe gelesen, was es bedeutet. In der Heirat ist eine Frau eine Ehefrau, und eine Ehefrau ist ein Stück Eigentum. Und Kühe sind auch ein Stück Eigentum, Ian.« Sie beugte sich zu ihm. »*Rindvieh.*«

Er fluchte leise. »Ja.«

»Ich werde mich nicht entschließen, eine Kuh zu sein.«

Ein lautes Lachen kam über seine Lippen, dann sah er langsam zu ihr auf, und der Ernst war aus seinem Blick gewichen. An seiner Stelle sah sie nur Liebe und Verständnis und Respekt. »Wie immer, so bringst du auch jetzt wieder alles in die richtige Perspektive.« Er legte den Ring auf den Tisch und kam auf sie zu, rutschte zwischen ihre Beine. »Eine Heirat ergibt aus der Sicht einer Frau keinen Sinn, das gestehe ich ein. Der Ehemann gibt nichts auf und gewinnt alles, was eine Frau besitzt. Oder so sieht es wenigstens aus, wenn man der Beschreibung aus dem Wörterbuch folgt.«

»Jawohl«, erklärte sie stolz. »So habe ich das auch verstanden.«

»Aber da ist noch mehr.« Seine Stimme war ganz leise, wie eine Liebkosung, die ihr einen wohligen Schauer über den Rücken rinnen ließ. »Vergiss die gesetzlichen und gesellschaftlichen und moralischen Gründe für eine Heirat. Ich bitte dich nicht aus diesen Gründen darum. Ich bitte dich, mich zu heiraten aus einem Grund, der um so vieles einfacher und dennoch viel komplexer ist.« Er beugte sich zu ihr, so nahe, dass er sie hätte küssen können. »Du hast mich verändert, Selena. Du hast mir beigebracht, die Welt mit anderen Augen zu sehen, Entscheidungen zu treffen, was richtig und was falsch ist, und an die alten Begriffe zu glauben – Ehre, Liebe, Verpflichtung. Aus diesen Gründen komme ich jetzt zu dir und biete dir den Ring meiner Mutter an. Nicht wegen des Eigentumsgesetzes oder wegen des Segens der Kirche. Ich tue es aus ganz selbstsüchtigen Gründen. Ich liebe dich. Du bist meine Welt.«

»Oh, Ian.«

»Heirate mich, weil ich schwach bin und selbstsüchtig und unverständig«, flüsterte er rau. »Heirate mich, weil ich dich so sehr brauche.«

Sie legte die Hand an seine Wange. »Du brauchst mich als deine Ehefrau?«

»Ja.«

»Wann?«

Er grinste sie an. »Wie wäre es denn mit dem nächsten Dienstag?«

Sie erwiderte sein Lächeln. »Der Dienstag wäre perfekt.« Die Menge draußen vor dem Fenster begann laut zu jubeln.

21

Ian kam sich vor wie ein verdammter Dummkopf.

Er stand auf der Veranda und starrte hinaus auf die leuchtend grüne Wiese und auf das junge Mädchen, das inmitten der Farne am Rande des dunklen Waldes hockte. Sie war allein und hielt eine Lumpenpuppe an die Brust gepresst.

Was jetzt, Selena? dachte er. Was in aller Welt sollte er nur tun – sollte er einfach zu dem Kind hingehen und sagen: *Hallo, Lara. Selena möchte, dass ich für dich den Papa spiele?*

Er wünschte, er hätte ihr das nie versprochen. Nie so getan, als würde er es ihr versprechen.

Er warf einen Blick zurück zu der geschlossenen Tür hinter ihm. Aber es würde nichts nützen, jetzt wieder ins Haus zu gehen. Selena wäre da, würde auf ihn warten, mit einem enttäuschten Blick in ihren dunklen Augen.

Er machte einen vorsichtigen Schritt nach vorn. Das alte Holz knarrte unter seinen Füßen. Er verschränkte die Arme vor der Brust und zwang sich, weiterzugehen, die Treppe hinunter, über den knirschenden Kies, bis ans Ende der Wiese.

Dort blieb er noch einmal stehen, nur eine Sekunde lang, dann löste er die Hände. »Hallo, Lara.«

Ein leichter Wind fuhr durch die Bäume und wehte ihm die Worte vom Mund.

Lara machte ein scharfes, quietschendes Geräusch und wirbelte herum, so schnell, dass sie umfiel. Die Puppe rollte aus ihrer Hand auf einen Granitblock und starrte ihn mit ihrem einen schwarzen Knopfauge an.

»Dr. Carrick«, flüsterte sie und hockte sich wieder hin.

Er lächelte sie so sanft an, wie er nur konnte. »Du brauchst keine Angst zu haben.« Er war überrascht, wie leicht ihm diese Worte über die Lippen kamen. Noch einen Schritt machte er auf sie zu. Als er nur noch ein kleines Stück von ihr weg war, setzte er sich auf den Boden.

Sie sprang auf und blickte dann zum Haus. »Ha ... habe ich etwas falsch gemacht?«

Angesichts ihrer so offensichtlichen Furcht begann er sich zu schämen. »Nein, Lara. Ich wollte nur ... ein wenig Zeit mit dir verbringen.«

Ihre Augen weiteten sich erstaunt. »Wirklich?«, hauchte sie.

»Ich dachte, du wärst vielleicht einsam hier draußen.«

Ihre Unterlippe zitterte ein wenig, sie biss darauf. »Ich ... ich bin sehr oft einsam.«

Dieses Geständnis, das sie so leise ausgesprochen hatte, rührte an sein Herz, und plötzlich war er froh, dass er zu ihr gegangen war. Er überlegte, wie er anfangen sollte, wie er die Verbindung zu einem Kind aufbauen könnte. Aber er hatte keine Ahnung, wie er das anstellen sollte. Alles, was er hatte, war sein Verstand und vielleicht ein Stückchen von der Wahrheit. »Als ich in deinem Alter war, war ich auch oft sehr einsam.«

»Wirklich?«

»Das Leben ist manchmal hart, findest du nicht auch? Und es macht ein bisschen Angst?«

Langsam kam sie auf ihn zu. Sie hob ihre Puppe auf, drückte sie wieder an ihre Brust und setzte sich dann neben ihn. Er wartete, dass sie etwas sagte, doch sie schwieg, sie saß einfach nur da und starrte ihn mit großen Augen an.

Er zog ein kleines Buch aus der Jackentasche. »Vielleicht könnte ich dir eine Geschichte vorlesen?«

Ein kleines Lächeln huschte über ihr Gesicht.

Er öffnete das Buch und begann, ihr vorzulesen, seine Stimme war kräftig und sicher, als er ihr die Geschichte von Aschenputtel erzählte.

Ungefähr an der Stelle, wo Aschenputtel zum Ball geht, rückte Lara ein Stück näher zu ihm. Eine Sekunde lang glaubte er, sie würde den Kopf an seine Schulter legen, doch das tat sie nicht, und zu seiner Überraschung stellte er fest, er hätte sich gewünscht, dass sie es tat.

Als die Geschichte vorbei war, sah sie zu ihm auf, ihre Augen glänzten. »Das war wirklich eine hübsche Geschichte.«

Er wollte die Hand nach ihr ausstrecken, wollte ihr das zerzauste Haar aus dem Gesicht streichen, doch er rührte sich nicht. Es war eigenartig, dass er den Wunsch verspürte, sie zu trösten und dennoch nicht wusste, wie er das anstellen sollte. Er wollte etwas sagen – er war nicht sicher, was –, als er ein klägliches Piepsen hörte.

Ein winziger Vogel fiel aus einem Nest über ihnen und landete auf dem mit Tannennadeln übersäten Boden. Sein gelber Schnabel öffnete und schloss sich, ein gebrochener Flügel stand von seinem kleinen Körper ab. Ian nahm das zerbrechliche kleine Ding in seine Hand. »Armes Baby«, murmelte er.

Lara starrte den Vogel an, als sei er ein Wunder. »Darf ich ihn anfassen?«

Ian legte die Hand mit dem Vogel auf ihr Knie. »Na los.«

Sie starrte ihn lange dann, dann streckte sie ganz langsam die Hand aus. Ihre rosigen Kinderfinger strichen vorsichtig über den Kopf des Vogels. Lächelnd sah sie dann zu ihm auf. »Oh, er ist so weich …«

Sie beugte sich näher zu dem Vogel und streichelte ihn, genau wie sie zuvor ihre Puppe gestreichelt hatte. »Du fliegst besser wieder nach Hause, kleiner Vogel«, murmelte sie.

»Ich glaube, sein Flügel ist gebrochen«, meinte Ian.

Lara zuckte auf und sah ihn dann erschrocken an. »Wird das Vögelchen sterben?«, fragte sie mit zitternder Stimme.

Seine erste Reaktion war, als Arzt zu antworten. *Jawohl. Dieser Vogel würde wahrscheinlich sterben.* Doch als er dann in Laras große, hoffnungsvolle Augen sah, fühlte er, wie etwas in seinem Inneren nachgab. Zum ersten Mal begriff er, dass seine Ehrlichkeit immer wie ein Schild gewesen war – wie eine Waffe hatte er ihn vor sich hin und her geschwungen, um Diskussionen abzuwehren, denen er ausweichen wollte, und Empfindungen zu vermeiden, die er nicht haben wollte. Er hatte sich hinter gefühlloser Ehrlichkeit versteckt, doch jetzt, hier, am Rande des Waldes, mit dem zurückgebliebenen Mädchen und dem kleinen Vogel mit dem gebrochenen Flügel erkannte er, dass das falsch gewesen war.

Es gab zwei Wahrheiten – eine, die Hoffnung weckte, und eine, die dies nicht tat.

»Wenn wir ihn jeden Tag füttern, wird er vielleicht stark genug werden.«

»Wir könnten ihn zurück in das Nest setzen. Dort würde er sicher wieder gesund.«

»Seine Mutter würde nicht mehr für ihn sorgen.«

»Weil sein Flügel gebrochen ist?«

Er nickte.

Sie sah einen Augenblick von ihm weg, und als sie ihm den Kopf wieder zuwandte, standen Tränen in ihren Augen. »Mammis mögen keine kaputten Babys, nicht wahr?«

»Ach, Lara«, flüsterte er und wünschte plötzlich, er könnte für dieses Kind mit den großen Augen und der leisen Stimme alles wieder gutmachen, für dieses Kind, dessen Schmerz so tief in seiner Seele saß. Er wusste, dass sie in diesem Augenblick nicht von Vögeln sprach, sie sprach von ihrer eigenen Mutter. Ian erinnerte sich an die Frau, die Lara hier abgegeben hatte – vor Jahren schon. Damals, als Lara noch ein kleines Mädchen gewesen war, mit einem offenen Lächeln und einem fröhlichen Kichern.

Himmel, wie konnte diese Erinnerung aus seiner scotchvernebelten Vergangenheit überhaupt auftauchen? Aber sie war da, in der Dunkelheit, und wartete darauf, ihn zu überfallen.

Damals hatte er gar nicht mit ihr gesprochen, er hatte weder ihre Hand genommen, noch ihre Tränen getrocknet. Er hatte das Geld der Frau genommen und ihre Tochter, und er hatte nichts gesagt. Nicht ein verdammtes Wort.

Jetzt schluckte er heftig. »Es tut mir Leid, Lara.«

Sie sah erstaunt zu ihm auf. »Was denn?«

So vieles. Diesmal berührte er sie wirklich, es war nur ein hauchzartes Streicheln, mit dem er ihr die Tränen von den kindlich runden Wangen wischte. Bei der Berührung fühlte er ihren nackten, missverstandenen Kummer wie einen roten wirbelnden Nebel aus Schmerz, Verwirrung und Verlust.

Er schämte sich tief. Was konnte er sagen? Wie konnte er ihr den Schmerz nehmen, den er so blind ignoriert, den er sogar noch vermehrt hatte?

Es gab nichts, keine Worte.

»Ich werde jetzt anders sein«, erklärte er leise.

Sie sah ihn unsicher an. »Dr. Carrick?«

Er wusste, dass sie ihn nicht verstand, doch das machte nichts. Selena hatte Recht, die Vergangenheit war im Leben nicht wichtig. Es war die Zukunft, die zählte, die Entscheidung, die man traf. Er lächelte Lara an. »Wie wäre es, wenn wir für diesen kleinen Kerl hier einen Wurm suchen würden? Vielleicht könnten wir ihm auch ein Nest machen.«

»Wirklich?«

»Wirklich.« Lächelnd stand er auf. »Komm.«

Sie drückte die Puppe an die Brust und stand auf. Sie machte einen Schritt auf das Haus zu, blieb dann aber stehen. Ohne hinzusehen, griff sie nach seiner Hand. Er bereitete sich vor auf die Berührung, und zum ersten Mal in seinem Leben akzeptierte er sie, begrüßte sie sogar.

Und als ihn dann die Vision traf, war sie vollkommen unerwartet. Die Furcht, der Schmerz, die Verwirrung waren verschwunden. Ihr Kopf war voller kindlicher Aufregung – *ich hoffe, ich finde den ersten Wurm … Halt durch, Vögelchen, ich werde mich schon um dich kümmern …*

Das hatte er geschafft, begriff er plötzlich. Mit nicht mehr als nur einem Märchen und wenigen Augenblicken der Freundlichkeit hatte er diesem Kind ein Lächeln auf sein Gesicht gezaubert, hatte ihr einige Augenblicke der Hoffnung gegeben.

Er sah auf ihre kleine Hand hinunter, die in seiner Hand lag, und einen Augenblick lang drohte sein Herz schmerzlich überzufließen.

Er wollte verdammt sein, wenn er sich nicht zum ersten Mal in seinem Leben als Vater fühlte.

Zusammen machten sie sich auf die Suche nach Würmern.

Selena klopfte an Maeves Tür. Dahinter hörte sie ein Rascheln, Schritte und dann ein hastiges »Herein«.

Sie drehte den Türknopf und öffnete dann die Tür, trat in ein unerwartet sonniges Zimmer. Ein riesiges Bett stand in der Mitte, mit einer Decke aus gelber und weißer Seide und vielen Kissen aus Battenberg-Spitze. Die Wände waren buttergelb gestrichen und mit leuchtend rosa Rosenknospen verziert. Angestrichene Holzregale bedeckten eine ganze Wand, angefüllt mit Büchern und Kleinkram, ausgestopften Jagdtrophäen und Stofftieren.

Ein Sofa in Gelb und Orange, voll mit bunten Kissen, stand neben dem Marmorkamin und sah warm und einladend aus. Über dem Kamin hing das goldgerahmte Bild einer nackten blonden Frau, die nur mit einem durchsichtigen goldenen Schleier verhüllt war. Der Name des Künstlers, *Jonas*, stand mit großen schwarzen Buchstaben in der linken unteren Ecke des Gemäldes.

Selena sah sich verwundert um. »Dein Zimmer ist wunderschön, Maeve«, sagte sie.

Maeve lächelte breit. »Danke. Und danke, dass du gekommen bist.« Sie wandte sich um und suchte in einem Schrank aus Nussbaumholz, schließlich zog sie ein wunderschönes aquamarinfarbenes Seidenkleid heraus und einen Strauß aus getrockneten Blumen. »Hier«, sagte sie und legte das Kleid auf das Bett. »Das war mein Hochzeitskleid. Ich möchte, dass du es trägst.«

Selena ging langsam auf das Bett zu. Es war das herrlichste Kleid, das sie je gesehen hatte. Sie nahm den Saum in die Hand und strich über die weiche Seide und die schwere Spitze, die den wagemutig tiefen Ausschnitt einrahmte und dann in sanften Falten über die Schultern fiel, über die weiten Halbärmel, die mit vielen Lagen von Spitze eingefasst waren. »Oh, Maeve…«

»Probier es an. Die Hochzeit ist in fünf Tagen. Wir müssen vielleicht noch etwas daran ändern.« Maeve ging zur Ankleidekommode, öffnete eine Schublade nach der anderen und holte spitzenbesetzte Unterwäsche daraus hervor.

Selena erkannte das Foltergerät, das man Korsett nannte und zuckte zurück. »Das werde ich nicht tragen.«

Maeve lachte. »Ein Korsett und eine Hochzeit gehören zusammen. Das ist Gesetz.«

»Ich folge keinem Gesetz. Und ich möchte auch nicht gleich beim ersten Knicks ohnmächtig werden.«

»Das werden alle Frauen. Bei meiner Hochzeit sind die Damen auf der Tanzfläche wie Fliegen umgefallen.«

»Das ergibt doch keinen Sinn.«

Maeve zuckte mit den Schultern. »Das meiste im Leben ergibt keinen Sinn. Aber so viel kann ich dir sagen. Du wirst dich niemals in dieses Kleid zwängen können, wenn du nicht zuerst dieses Ding anziehst.«

Selena seufzte und ging langsam auf Maeve zu, dann nahm sie ihr das Korsett ab. Es hing steif wie Stahl von ihren Fingern. »Wer hat nur so etwas erfunden?«

»Ein Mann natürlich. Brauchst du noch mehr Beweise für ihre Boshaftigkeit?« Maeve lächelte sie strahlend an.

»Sind die Ladys wirklich so dumm? Jemand hätte den Erfinder dieses Dings auslachen sollen.«

»Zu wahr. Und jetzt zieh es an.«

Selena seufzte. »Maeve, ich glaube, dass ich es manchmal sogar vorziehe, wenn du verrückt bist.«

Maeve lachte. »Dann warte noch zehn Minuten.«

Selena stand am Fuß des Bettes und ließ sich von Maeve ankleiden – und ankleiden und ankleiden. Hemd, Unterhose, Strümpfe, Büstenhalter, Unterrock nach Unterrock, Handschuhe und Mieder. Die Kleidungsstücke hörten gar nicht auf, doch endlich zog Maeve ihr das elegante, blass türkisfarbene Kleid über den Kopf. Der schimmernde Stoff schmiegte sich an ihren Körper und fiel bis zum Boden.

Sie fühlte sich wie das Aschenputtel aus dem Märchen. Sie wirbelte herum und betrachtete sich in dem großen Spiegel. »Oh, Maeve«, hauchte sie, »ich sehe wunderhübsch aus.«

»Ja.« Maeves Stimme klang liebevoll und sanft. »Deine Mutter – wo immer sie auch sein mag – wäre stolz auf dich.«

Ehe Selena noch antworten konnte, nahm Maeve ihre Hand und führte sie zu der geschnitzten Ankleidekommode, dort bedeutete sie ihr, sich zu setzen. Der ovale Spiegel zeigte ihrer beider Bild.

Maeve begann, Selenas Haar zu bürsten. »Zu meiner Zeit trugen die meisten Bräute weiß. Selbst damals war ich schon anders«, erklärte sie mit einem kleinen Seufzer.

Selena starrte Maeve in dem Spiegel an, sie erkannte den Schmerz im Blick der Freundin, hörte ihn in ihrer müden Stimme. »Warst du denn schon immer anders?«

Einen Augenblick sah Maeve verwirrt aus, als wäre sie überrascht, dass jemand ihr eine so intime Frage stellen konnte. Doch dann lächelte sie. »Das ist das Traurigste daran: nein. Oh, ich habe schon immer Stimmen gehört – ich dachte, das wäre bei jedem so. Aber sie haben mich nicht gestört, als ich noch ein Kind war, sie waren einfach nur da, wie Freunde, immer im

Hintergrund, sie haben geflüstert und gelacht, haben mich angetrieben. Ich war sechzehn, als ich mich in Herbert verliebte, und er war schon beinahe dreißig, aber er hat mich genauso sehr geliebt wie ich ihn. Wir haben sehr schnell geheiratet, gedankenlos, und eine Weile war ich so glücklich, dass die Stimmen beinahe vollkommen verschwanden. Die Depression, die ich immer gefühlt hatte, gehörte der Vergangenheit an. Ich dachte …« Sie zuckte mit den Schultern und starrte auf Selenas Haar. »Ich war jung und naiv. Ich dachte, alles würde immer perfekt sein. Ich bekam Ian beinahe sofort.«

Ihre Stimme wurde zum Flüstern, ihre Finger, die mit Selenas Haar beschäftigt waren, hielten inne. »Ich erinnere mich noch daran, wie diese Veränderung begann. Ich habe mich davor gefürchtet, mein Baby zu stillen. Kannst du dir so etwas vorstellen?« Sie sah auf und starrte ihr eigenes Gesicht im Spiegel an, durch einen Schleier von Tränen. »Ich dachte, er würde mir das Leben aus dem Körper saugen.«

»Oh, Maeve …«

»Ich habe versucht, meine Gefühle vor Herbert zu verbergen, aber er hat es bemerkt, ihm entging nie etwas. Die Stimmen kehrten zurück, doch diesmal waren sie lauter, sie schrien mich an, sagten mir, dass Ian böse wäre und mich umbringen wollte, behaupteten, dass Herbert mich nicht mehr liebte. Ich begann, mit diesen Stimmen zu reden und mit Menschen, die überhaupt nicht da waren. Ich habe alles versucht, um sie dazu zu bringen, wieder zu verschwinden, ich habe sogar mit dem Kopf gegen eine Mauer geschlagen, aber nichts hat geklappt. Als es zu schlimm wurde, bin ich einfach … in mich hineingekrochen. Ich habe mir vorgestellt, dass ich in einem warmen, dunklen Zimmer bin, zusammengerollt zu einem winzigen Ball. Nach einer Weile gingen die Stimmen dann wieder weg. Aber sie kamen immer wieder zurück.«

Selena hatte Maeve einmal so erlebt. Sie hatte auf dem Boden gesessen, hin und her geschaukelt und gesummt, sie hatte nichts mehr gehört und niemandem eine Antwort gegeben. Man hatte sie ins Bett tragen müssen.

Maeve legte die Bürste auf die Marmorplatte der Kommode und kniete sich vor Selena hin. »Aber ich habe dich nicht hierher gebeten, um von solchen Dingen zu sprechen. Oder vielleicht doch. Ich ... ich wollte dir nur sagen, wie glücklich ich darüber bin, dass du meinen Sohn heiraten wirst. Ich wollte dir sagen, dass ich dich liebe und dass ich dich in unserer Familie willkommen heiße. Und ...« Ihre Stimme brach. Sie räusperte sich und blickte auf ihre Hände, die sie im Schoß zusammengekrallt hatte.

»Maeve?«

Langsam hob Maeve den Kopf und sah Selena an. »Ich werde den gleichen Fehler nicht noch einmal machen. Ich werde deine Kinder nicht verängstigen, Selena, das schwöre ich dir. Ich werde mich von ihnen fern halten, ich werde sie durch das Fenster beobachten und sie nur berühren, wenn sie schlafen.«

»Maeve, wovon redest du überhaupt?«

»Ich habe niemals geglaubt, dass ich Ian jemals in seine wunderschönen blauen Augen sehen und etwas anderes als Scham fühlen könnte für meinen Irrsinn. Aber du hast ihn verändert, er ist sanfter geworden und beginnt, zu mir zurückzukommen.« Tränen rannen aus ihren Augen. »Ich würde niemals *irgendetwas* tun, das seinen Kindern Angst machen könnte – das musst du ihm sagen.«

Selena legte die Hand an Maeves nasse Wange. »Oh, Maeve. Unsere Kinder werden niemals Angst vor dir haben. Sie werden von Anfang an wissen, dass ihre Großmutter gute und nicht so gute Tage hat. Und sie werden wissen, dass du sie liebst. Das wird genügen.«

»Nein.« Maeve sprach dieses Wort ganz leise aus und schüttelte dabei den Kopf.

»Doch«, antwortete Selena entschlossen und glaubte es von ganzem Herzen. »Das ist es, was Herbert Ian schon vor langer Zeit hätte erklären müssen.«

Maeve hockte sich auf ihre Fersen und ließ den Kopf hängen. »Ich bete, dass du Recht hast.«

»Du sollst nicht beten, Maeve, du sollst es einfach glauben.«

Ian lehnte sich in seinem Sessel zurück und verschränkte die Arme. »Schachmatt.«

Johann starrte auf das Schachbrett, auf dem nur noch wenige Figuren standen. Zum Beispiel Ians König, die Königin und Johanns Turm. »Verdammt.«

»Das sind schon zwei Spiele in Folge für Dr. Carrick«, meinte Andrew und grinste breit.

Johann lächelte. »Ich würde ja erwägen, zum Poker zu wechseln, aber bei Ians degenerierter Vergangenheit hätte ich da wohl kaum eine Chance. Wie wäre es übrigens mal mit einer Scharade? Sie sind viel zu langweilig, um ein guter Schachspieler zu sein.«

Ian wollte gerade antworten, doch er wurde unterbrochen durch das Geräusch einer Kutsche, die sich dem Haus näherte. Sofort sprangen Andrew, Edith und die Königin auf und liefen zur Haustür. Sie drängten sich nebeneinander und starrten aus dem schmalen Fenster neben der Tür nach draußen.

»Wer ist denn da an einem solchen Tag unterwegs?«, fragte Edith. »Es gießt in Strömen.«

»Es ist ein alter Mann in einem noch älteren Wagen«, vermeldete Andrew.

Die Königin keuchte auf und versank in einen tiefen Hofknicks. »Es ist Albert. Endlich kommt er mich holen.«

Edith schnalzte mit der Zunge. »Wenn das eine königliche Kutsche ist, dann stehen die Dinge schlecht im Königreich.«

Ian stand vom Spieltisch auf und schlenderte zur Tür. Dann öffnete er und trat vors Haus. Der Wagen hielt ächzend an, dann kletterte der Mann vom Kutschbock und kam den Kiesweg herauf.

Der Fremde war ein großer Mann mit den breiten Schultern

und den kräftigen Armen eines Bauern. Ein breitkrempiger brauner Hut, vom Regen durchweicht, saß auf seinem Kopf und verschattete sein Gesicht. Er trug einen braunen, regenfeuchten Wollmantel und schwere schwarze Stiefel. Vor der Treppe zur Veranda blieb er stehen. Dann ging er, ohne den Blick zu heben, langsam die Treppe hinauf, die bei jedem seiner Schritte knarrte.

Endlich, als er auf der Veranda stand, sah er auf, zog den Hut vom Kopf und steckte ihn unter den Arm.

Sofort schrien Edith und die Königin auf und wichen zurück.

Die Hälfte des Gesichtes des Mannes war entsetzlich entstellt. Eine offensichtlich schon alte Narbe verlief rot und hässlich über seinen Wangenknochen, die durch die Narbe gespannte Haut zog sein linkes Auge in die Ecke hinunter. Ein Ohr war nur noch ein dunkles Loch inmitten von narbigem Gewebe. Kurz geschnittenes graues Haar wuchs dicht auf der einen Seite des Kopfes und nur in Büscheln auf der linken Seite.

»Hallo«, begrüßte Ian ihn. »Ich bin Dr. Carrick.«

Der Fremde erwiderte mit einem schiefen Lächeln, das das vernarbte Gewebe noch mehr verzerrte. »Ich bin Elliot Brown.«

»Kommen Sie rein«, forderte Ian ihn auf und führte ihn in die Eingangshalle.

Die anderen liefen durcheinander wie die Ameisen, wichen zurück in die dunklen Ecken, um den Mann von dort aus zu beobachten.

Elliot trat über die Schwelle und blieb auf dem kleinen Teppich an der Tür stehen. Seine riesigen Füße in den schweren Stiefeln ließen den Teppich so klein aussehen wie eine Briefmarke. Er starrte lange vor sich auf den Boden, dann räusperte er sich und blickte zu Ian auf. »Es tut mir Leid, Sie zu stören …«

Ian lächelte. »Machen Sie sich deswegen keine Sorgen.«

Elliot griff in die Tasche seines feuchten Mantels und zog daraus ein zerknittertes, schmutziges Stück Papier. »Ich bin wegen der Frau hier, die Sie gefunden haben. Sie ist meine Frau.«

»Oh, Gott«, hörte man Johanns Stimme aus dem Wohnzimmer. Sein Stuhl kratzte über den Boden, als er aufstand, dann waren seine Schritte auf dem Holzfußboden zu hören.

Ian starrte schockiert den alten Mann an. »*Wie bitte?*«

»Ian! Sieh doch nur!« Selenas hohe, aufgeregte Stimme unterbrach die Stille. Sie stand oben an der Treppe, im Hochzeitskleid seiner Mutter. Ihr langes Haar umrahmte ihr sanft gerötetes Gesicht.

Lächelnd kam sie die Treppe hinuntergelaufen. Als sie den Fremden entdeckte, blieb sie plötzlich stehen. Eine Sekunde lang stand ihr Mund offen, doch dann lächelte sie schon wieder. »Wir haben einen Gast.« Sie schwebte zu Elliot hinüber. »Willkommen im Haus Lethe, Sir. Dürfen wir Ihnen den Mantel abnehmen?«

»Hallo, Agnes«, antwortete Elliot und machte ungeschickt einen Schritt auf sie zu. »Sheriff Monahan hat mir gesagt, dass hier eine Frau wohnt. Er hat gewusst, dass du vermisst wurdest. Ich bin gekommen, um dich zu holen.«

Ian konnte sich kaum bewegen. Dieser Mann, dieser narbige, schäbige Mann war gekommen, um Selena zu holen. *Er wollte sie mitnehmen.* Die Worte gingen durch seinen Kopf, bis er gar nichts anderes mehr denken konnte, bis er kaum noch atmen konnte.

»Es wäre verdammt besser, wenn Sie dafür einen Beweis hätten«, zischte er.

Elliot zuckte zusammen. »Ich verstehe nicht…«

»Zeigen Sie ihn mir.« Die Worte kamen heftig aus Ians Mund. »Zeigen Sie mir Ihre Beweise.«

Selena warf Ian einen Blick von so nackter, quälender Angst zu, dass er das Gefühl hatte, sie hätte ihn geschlagen. Und dann wurde sie ohnmächtig.

Ian und Elliot sprangen beide zu ihr. Ian war zuerst an ihrer Seite, er legte die Arme um sie und zog sie an sich. »Rühren Sie sie nicht an«, fuhr er Elliot an und schob ihn beiseite.

Er nahm sie auf seine Arme und trug sie ins Wohnzimmer, dort legte er sie auf das weich gepolsterte Sofa und lockerte ihr das Kleid, damit sie atmen konnte. Dabei entdeckte er das Korsett. Zu jeder anderen Zeit hätte er darüber gelacht, hätte sie geneckt, weil sie ihre Regel missachtet hatte und eine Zwangsjacke trug.

Doch jetzt konnte er nicht lachen. Er kniete neben Selena und streichelte ihr Gesicht mit einer Hand, die nicht aufhörte zu zittern. Er sehnte sich nach einem Drink. Gütiger Himmel, er brauchte einen Drink. »Es ist alles in Ordnung, Göttin, ruhe dich nur eine Minute aus. Ich kümmere mich um alles.«

»Dr. Carrick…«, meldete sich Elliot mit leiser, respektvoller Stimme.

Ian sprang auf und wirbelte herum.

Elliot stand mitten im Zimmer. Die anderen Bewohner drängten sich hinter ihm wie Kinder, neugierig starrten sie ihn an, deuteten mit den Fingern auf ihn. Lara weinte leise und schaukelte den kleinen Vogel in ihrer Hand. Andrew sah entsetzt aus. Sogar Johann war ganz blass geworden. Es machte Ian nur noch wütender, dass sie alle dem alten Mann glaubten, dass sie sich fürchteten.

»Raus«, zischte er ihnen zu.

Er brauchte sich nicht zu wiederholen. Andrew, Edith und die Königin verschwanden blitzschnell. Diese Minute waren sie noch da gestanden, in der nächsten waren sie bereits nicht mehr zu sehen. Johann war der Einzige, der blieb. Er lehnte an der Wand und hatte die Arme vor der Brust verschränkt. Seine Haltung war lässig und entspannt, nur die zusammengezogenen Augen verrieten seine Angst.

»Geh.« *Geh weg*, hatte Ian eigentlich sagen wollen, doch kein weiteres Wort kam über seine Lippen, nur ein leises Knurren.

»Aber…«

»Geh.«

Johann warf Ian noch einen letzten, bedeutungsvollen Blick zu, dann verließ er das Zimmer und schloss die Tür leise hinter sich.

Ian wandte sich zu Elliot, wieder fühlte er den Zorn, der noch weiter wuchs, in seinem Inneren brannte. Gott, er wollte ihn schlagen, wollte sein zernarbtes Gesicht auf den Boden drücken. »Sie sind *nicht* ihr Ehemann, alter Mann. Und jetzt gebe ich Ihnen zehn Sekunden, um aus meinem Haus zu verschwinden.«

Auf dem Sofa bewegte sich Selena und stöhnte leise.

Langsam setzte sie sich auf. Sie entdeckte Ian und lächelte strahlend, doch dann fiel ihr Blick auf Elliot, und ihr Lächeln erlosch.

Elliot kramte in seiner Tasche und zog dann schließlich ein kleines, gerahmtes Bild hervor. »Hier.« Er hielt es in seiner kräftigen Hand. »Das ist unser Hochzeitsbild.«

Selena warf Ian einen ängstlichen Blick zu, dann ging sie langsam auf Elliot zu. Ian trat neben sie. Er sehnte sich danach, sie zu berühren, ihre Hand in seine zu nehmen, sie zu drücken, doch das konnte er nicht. Er fürchtete sich davor, ihre Finger mit einem zornigen, strafenden Druck zu zermalmen.

Selena griff zuerst nach dem Bild, sie strich über den schmalen, verzierten Rahmen und nahm es dann in die Hand.

Ein Hochzeitsbild, daran bestand kein Zweifel. Selena und Elliot.

Selena stöhnte leise auf.

Ians Zorn verrauchte, an seine Stelle trat eine Furcht, die ihm den Schweiß auf die Stirn trieb. Er wollte wieder wütend sein – brüllen und unvernünftig wütend sein –, doch das gelang ihm jetzt nicht mehr. Ihm war ganz plötzlich kalt, eiskalt.

»Ich sehe noch so jung aus«, flüsterte Selena.

»Zwölf«, antwortete Elliot.

Ians Kopf fuhr hoch. »Sie haben sie geheiratet, als sie erst zwölf Jahre alt war?«

Elliot nickte. Einen Augenblick lang sah es so aus, als wolle er noch etwas sagen, vielleicht etwas erklären, doch er schwieg. Er starrte Ian nur an, mit einem ausdruckslosen Blick. Seine Finger schlossen sich um das Bild.

»Aber ich erinnere mich nicht mehr daran«, meinte Selena schließlich mit gedrückter Stimme.

Elliot sah Selena lange an, dann wandte er sich an Ian. »Was haben Sie mit ihr gemacht?«

»Ich habe ihr das Leben gerettet. Und was haben *Sie* mit ihr gemacht? Sie kam halb tot hier an, ihr Kopf war eingeschlagen.«

Alle Farbe wich aus Elliots Gesicht. »Was ist denn mit ihr geschehen?«

»Das möchte ich gern von Ihnen wissen«, fuhr Ian ihn an.

»Ich weiß es nicht. Wie ... wie hat sie denn überlebt?«

»Ich bin ein großartiger Arzt«, antwortete Ian bitter. Er wollte so gern glauben, dass Elliot ihr diese Verletzung zugefügt hätte, doch an dem Entsetzen des alten Mannes bestand kein Zweifel. Elliot hatte sie nicht verletzt – dessen war Ian sicher. Aber er wünschte es sich. Oh, Himmel, er wünschte es sich. Es würde ihm die Entschuldigung geben, den alten Mann umzubringen.

»Erkennt sie mich deshalb nicht mehr? Wegen ihrer Kopfverletzung?«

Ian war die Hoffnung in der Stimme des alten Mannes nicht entgangen, auch nicht der Schmerz, der unterschwellig in der einfachen Frage lag. »Jawohl.«

Elliot blinzelte. Tränen standen in seinen Augen, als er Ian jetzt ansah. »Ich ... ich weiß nicht, was ich ohne sie anfangen sollte. Ich danke Ihnen.«

Die Worte, ein schlichter Ausdruck seiner Dankbarkeit, schmerzten Ian mehr als alles andere.

»Ich verstehe das nicht.« Selena blickte von Elliot zu Ian und dann wieder zu Elliot, auch in ihren Augen standen Tränen. »Ich ... ich war noch Jungfrau.«

Bei ihren Worten wurde Elliot ganz blass. Er wandte sich zu Ian.

Gut, dachte Ian. *Werde ruhig wütend. Fordere mich zu einem Duell heraus. Irgendetwas.* Alles war gut, was seinen Zorn zurückbringen würde, die Hitze des Gefühls. Alles war besser als die gähnende Taubheit, die langsam von seinem Körper Besitz ergriff.

Aber im Blick des alten Mannes lag kein Hass, kein Zorn. Nur überwältigender, unbeschreiblicher Kummer.

Und ganz plötzlich verstand Ian, und dieses Begreifen brachte ihn beinahe um. Dieser massige Mann liebte Selena, er liebte sie so, wie Ian sie liebte. Er war den ganzen weiten Weg gekommen und hatte mit blindem Vertrauen nach seiner Frau gesucht, seiner Liebe, und jetzt hatte er herausgefunden, dass sie mit einem anderen Mann geschlafen hatte und sich an ihr gemeinsames Leben nicht mehr erinnern konnte.

Alles, was Elliot sagte, war: »Du warst?« Seine Stimme zitterte.

»Ich verstehe das nicht«, erklärte Selena noch einmal, und ihre Stimme wurde vor Angst ein wenig lauter. »Wie kann denn eine Jungfrau verheiratet sein?«

Der Hut fiel Elliot aus seiner großen Hand und landete auf dem Boden. Er verschränkte die Arme vor der Brust und starrte Selena an. »Ich habe dich geheiratet, um dich zu retten, Agnes. Du warst ganz allein, ein kleines Mädchen, das auf den Straßen von New York die Menschen bestohlen hat. Als ich dich fand, hatte jemand dich zusammengeschlagen und dich liegen gelassen, weil er glaubte, du seiest tot.« Ein Lächeln umspielte seinen Mund, und sein linkes Auge schloss sich dabei beinahe vollkommen. »Aber du hattest eine Menge Kampfesmut in dir, damals schon. Du hast gesagt, es sei dein Pa gewesen, der dich so geschlagen hätte, und du hast behauptet, er würde wiederkommen. Du wolltest nirgendwo mit mir hingehen, es sei denn, ich würde dich heiraten. Du hast geglaubt, wenn wir nicht vor dem Gesetz verheiratet wären, würde ich dich später wieder im Stich lassen. Deshalb habe ich schließlich zugestimmt.«

»Aber trotzdem müssen wir uns doch… berührt haben.«

Er schwieg einen Augenblick. »Sieh mich an, Agnes«, sagte er dann leise.

Sie sah ihm ins Gesicht. »Ja?«

Sie verstand nicht, was er ihr damit sagen wollte, doch Ian verstand. Elliots Gesicht hatte Agnes abgestoßen und hatte verhindert, dass die beiden intim wurden. Gütiger Himmel, musste ihm das wehgetan haben. Eine Frau wie sie zu lieben, all diese Jahre, und sie nie berühren können…

»Was hat denn dein Gesicht mit unserer Ehe zu tun?«, wollte Selena wissen.

Elliot stieß langsam die Luft aus, ehe er ihr antwortete. »Du hast gesagt, dass mein Gesicht…« Er schluckte und sah weg. »Du hast mich so nicht gewollt.«

»Oh, Elliot Brown«, hauchte Selena. »Warum?«

»Warum?« Er blickte düster vor sich hin. »Ich würde sagen, das ist doch offensichtlich.«

»Ich meine, warum solltest du eine solche Frau lieben?«

Unangenehmes Schweigen senkte sich über die drei. Selena sah zu Ian und dann wieder zu Elliot. »Ich bin sicher, dass du ein guter Mann bist, Elliot. Das sehe ich in deinen Augen. Aber ich kann dich nicht anlügen. Ich fühle eine große Liebe für Ian.«

Elliot presste die Augen zusammen, nach einem langen Augenblick öffnete er sie langsam wieder. »Aber du bist noch immer meine Frau.«

»Was tun wir denn jetzt?«, fragte Selena leise.

»Was wir tun?«, wiederholte Elliot. »Wir gehen nach Hause.«

Zwei kleine Worte, zwei winzige Worte, und sie zerstörten alles.

Nach Hause.

Für den Bruchteil einer Sekunde interessierte es Ian nicht, ob Elliot Schmerz empfand, ihn kümmerte weder sein Gesicht noch sein Leben. Er wollte diesem Mann das Herz aus dem Leib reißen und ihn in ein kaltes, unbezeichnetes Grab werfen, wo niemand ihn je finden würde, und er wollte so tun, als sei das alles nie geschehen.

Er wollte ... oh Gott, er wünschte sich, es sei wieder gestern.

22

Ian stand auf der Veranda, die Arme hatte er vor der Brust verschränkt. Er rührte sich nicht, atmete kaum. Er fühlte sich steif und zerbrechlich, als würde eine einzige Berührung genügen, um ihn in tausend Stücke zerbrechen zu lassen.

Der Fremde war Selenas Ehemann. In wenigen Sekunden hatte sich diese Neuigkeit verbreitet, sie wurde lauter und lauter, und dazwischen klang die jammernde Klage der Trauer. Auch die anderen Hausbewohner wussten, was es zu bedeuten hatte, dass Elliot gekommen war.

Er beneidete sie alle um ihre Fähigkeit zu trauern. Ian schien das nicht zu können. Er fühlte sich benommen, leer in seinem Inneren. Er versuchte, etwas von dem Mann wiederzufinden, der er früher einmal gewesen war, und stellte fest, dass nichts mehr übrig geblieben war von dem bitteren, zynischen Einzelgänger, von der kalten Mauer, die er um sein Herz herum errichtet hatte. Jetzt war er der Mann, zu dem Selena ihn gemacht hatte, und er spürte das Leben so heftig, dass er sich nicht länger davor verstecken konnte. Der Schmerz war ein pulsierendes, brennendes Etwas in seiner Brust.

Mit hölzernen Bewegungen wies er Edith an, ein Zimmer für Elliot vorzubereiten, dann sah er dem alten Mann nach, als dieser davonging. Aber er ging nicht weit genug, nur den Flur hinunter. Hinter der geschlossenen Tür wartete der Fremde nur auf den Morgen.

Ian wünschte, dass Elliot jung und gut aussehend wäre und reich, *damit* würde er umgehen können, dann könnte er ihn zu einem blutigen Fleischklumpen zusammenschlagen und liegen lassen. Alles andere sollte er sein, nur nicht der entstellte alte Mann, der nach seiner Frau suchte und erklärte, er könnte sich nicht vorstellen, ohne sie zu leben.

Ian starrte in die Nacht hinaus. Selena war irgendwo dort draußen, in der regnerischen Dunkelheit. Er hatte gesehen, wie sie vor mehr als einer halben Stunde aus dem Haus gelaufen war, und er hatte sich gesagt, es wäre besser, sie in Ruhe zu lassen, es würde ihm viel zu sehr wehtun, bei ihr zu sein. Aber er hatte es gewusst. Gewusst, dass er ihr nachgehen würde.

Ach, aber was sollte er ihr nur sagen?

Langsam ging Ian über die knarrenden Stufen der Veranda in die Nacht hinaus, über den Kiesweg zum Wald. Über ihm hing der Himmel wie ein regenschwerer grauer Bauch, der einen Schwall eisiger Tropfen ausschüttete. Regen fiel auf die Blätter und traf sein Gesicht. Er ging in den Wald, suchte nach einem Weg, dabei berührte er die kräftigen, rauen Stämme der Bäume.

Er trat über umgestürzte Bäume, wand sich durch das Dunkel und fand sie dort, wo er sie vermutete hatte, zusammengekauert zwischen den nassen Farnkräutern und Pilzen, an ihrem geheimen Ort.

Einen Augenblick lang sagte er gar nichts, er nahm nur ihren Anblick in sich auf, ließ diesen Augenblick tief in seine Erinnerung sinken. Sie kniete inmitten der schattigen Sträucher, triefnass, mit gesenktem Kopf, in der Hand hielt sie ihre Schätze. Er wusste, was es war, eine Muschel, die vom endlosen Kuss des Meeres ganz glatt geschliffen war, ein getrocknetes Stück Tang, von der feuchten Erde geschwärzt, die blassgraue Kugel ihres Sorgensteins, ein Stück zerbrochenes blaues Glas, das sie an die Farbe seiner Augen erinnerte.

Der Schmerz traf ihn so hart, mit einem solch kalten, schneidenden Schlag, dass er einen Augenblick lang nicht atmen konnte.

»Selena.« Er flüsterte ihren Namen wie ein Gebet.

Sie antwortete nicht, schloss nur die Augen und streckte ihm die Hand entgegen.

Er lief zu ihr, sank neben ihr auf die Knie und klammerte sich an ihre Hand.

Bei seiner Berührung machte sie ein leises, ersticktes Geräusch des Kummers und schüttelte den Kopf. Dann öffnete sie langsam die Augen. Regen rann über ihr Gesicht, tropfte von ihrer Nase und sammelte sich auf ihrer vollen Unterlippe. Ihre Augen waren rot und geschwollen.

Es gab so vieles, was er ihr sagen wollte, und dennoch konnte er kein Wort herausbringen. Er fühlte Bitterkeit aufwallen. Wie eine leere Schale war sie zu ihm gekommen, wie ein Klumpen Ton, und hatte ihn gebeten, sie zu formen, sie zu lehren und zu vervollkommnen. Und er hatte es getan, hatte ihren Verstand dem Universum an Poesie und Literatur und Fantasie geöffnet. Er hatte in sich selbst nach dem Guten gesucht, und als er es gefunden hatte, hatte er es benannt und ihr dargebracht.

Hätte er dieses Gute in sich selbst doch niemals gefunden. Hätte er sie nicht so gut gelehrt.

Er wollte sie anflehen, ihn nicht zu verlassen, wollte auf seinen Knien vor ihr kriechen und sie bitten, keine Ehre zu haben.

Sie sah ihn an. »Ich habe nachgedacht und nachgedacht.« Sie schenkte ihm ein schwaches Lächeln. »So sehr, dass mein Kopf wehtut und meine Augen sich anfühlen, als würden sie brennen. Ich wünschte, ich könnte eine Entscheidung treffen und dennoch … es gibt gar nichts zu entscheiden, nicht wahr?«

Da war sie, die Wahrheit, die ihn geschlagen hatte, die ihm seine Seele nahm und ihm nur zerbrochene Träume ließ. Sie würde die Entscheidung als solche gar nicht sehen, das hatte er gleich gewusst, und auch wenn er daran zweifeln wollte, konnte er es nicht.

Ich werde ehrenhaft sein, Ian. Wirst du mir versprechen, das Gleiche zu tun?

Er umklammerte ihre Schultern und zog sie an sich. »Himmel, Selena«, flüsterte er und hörte, wie brüchig seine Stimme klang. Er konnte nicht anders, er konnte nicht so tun, als sei er stark. Alles an diesem Augenblick schmerzte.

Wir könnten zusammen weglaufen. Der Gedanke kam ihm, machte ihn ganz schwindlig, so gern hätte er ihn ausgesprochen.

Sie berührte ihn, streichelte seine Wange, über seinen Hals, liebkoste ihn. Endlich zog sie die Hand zurück und ließ sie in ihren Schoß fallen. »Du hattest Recht, als du dich gefürchtet hast.«

Er starrte sie an, verlor sich in ihren dunklen Augen und brauchte sie in diesem Augenblick mehr, als er je in seinem Leben irgendjemanden oder irgendetwas gebraucht hatte. »Was soll ich nur ohne dich tun?«, flüsterte er.

Sie begann zu weinen, leise zuerst, doch dann zuckte ihr ganzer Körper. Er schlang die Arme um sie, zog sie auf seinen Schoß und hielt sie ganz fest, barg sein Gesicht an ihrem nassen, kalten Hals.

Er dachte an all die vielen Male, wo er sie berührt hatte, an all die Küsse, die er auf ihren Hals gedrückt hatte, auf ihre Brüste. An all die Worte, die sie verdreht hatte, an all das Lachen, das sie ihm geschenkt hatte. Und er dachte daran, wie gähnend leer seine Welt ohne sie sein würde. *Oh, Gott …*

Endlich kamen die Tränen, sie brannten in seinen Augen und ließen alles vor ihm verschwimmen. Lange hielten sie sich umklammert, waren einander die einzige Wärme in einer kalten, regnerischen Nacht.

Viel zu bald schon entzog sie sich ihm. Sie schniefte, wischte sich die Augen und legte dann die Hand an sein Gesicht. »Du hast mir so oft gesagt, dass die Welt kalt und grausam und ungerecht ist.« Sie versuchte zu lachen, doch das gelang ihr nicht. »Langsam beginne ich dir zu glauben.«

»Ich werde auf dich warten, für immer, wenn es sein muss. Eines Tages …« Seine Stimme brach. Die Tränen drangen in seine Augen, rannen über seine Wangen. »Eines Tages …«

Sie schüttelte den Kopf. »Nein, Ian. Das würde mir das Herz brechen. Ich muss gehen – das wissen wir beide. Aber … aber ich liebe dich so sehr. Du darfst dein Leben nicht ans Kreuz nageln, nur wegen unserer Liebe, das könnte ich nicht ertragen.« Sie beugte sich zu ihm und nahm sein Gesicht in ihre kalten, zitternden Hände, dann starrte sie in seine rot umrandeten Augen. »Ehre das, was wir hatten, indem du es noch einmal findest. Verliebe dich, heirate, bekomme Kinder. Das ist es, was ich von dir möchte.« Ihre Stimme brach, und es dauerte eine Ewigkeit, ehe sie weitersprechen konnte. »Bitte … sei glücklich.«

Er presste die Augen zusammen und schüttelte den Kopf. »Nein.«

»Bitte.« Sie drückte ihm einen schnellen Kuss auf die Lippen. »Bitte, Ian.«

Er schlang die Arme um sie, drückte sie an seine Brust. Sein Mund presste sich auf ihren, er küsste sie, bis ihm ganz schwindlig war und er nicht mehr atmen konnte, bis das Bedürfnis übermächtig wurde, in sie einzudringen.

»Ach, Selena«, flüsterte er an ihren Lippen. »Ich liebe dich so verdammt sehr.«

»Und ich liebe dich.«

Er klammerte sich an sie, genoss den Duft nach süßem Regenwasser, der aus ihrem Haar aufstieg, den sanften Druck ihrer Lippen. Er versuchte, sich alles von diesem Augenblick einzuprägen, in diesem kurzen Herzschlag der Zeit, er würde die Erinnerung brauchen, wenn sie nicht mehr da war. Schon jetzt veränderte er diesen Moment in Gedanken, damit er, wenn er darauf zurückblickte – wenn er endlich dazu in der Lage sein würde –, sich an die Liebe erinnern könnte, die Leidenschaft, das Vertrauen. Nicht an ihre Augen voller Tränen oder an seinen eigenen herzzerreißenden Schmerz. Er würde sich an den

Geschmack des Regens erinnern, nicht an den Geschmack ihrer Tränen. »Ich werde niemals eine andere Frau so sehr lieben, wie ich dich liebe.«

Er wollte noch so viel mehr sagen, doch es war schon zu spät. Die Morgendämmerung war noch nicht angebrochen, doch war die Zeit für sie beide schon vorüber. Stattdessen sagte er das Einzige, was ihm noch geblieben war.

»Auf Wiedersehen, Selena.«

Auf Wiedersehen.

Selena stand oben an der Treppe, ihre Finger krallten sich um das polierte Geländer. Das Sonnenlicht lag warm auf dem honigfarbenen Holzboden der Eingangshalle.

Es war das letzte Mal, dass sie hier stehen würde, das letzte Mal würde sie das vertraute glatte Holz unter ihren Händen fühlen, das letzte Mal das leise Knarren der dritten Stufe hören…

Sie zwang ihre Gedanken zurück in die Wirklichkeit, an einen Ort tief in ihrem Inneren, den dunklen Ort, wo sie diese Gedanken nicht mehr sehen konnte. Sie eilte nach unten und öffnete die Tür des Wohnzimmers.

Sie waren alle da, standen schweigend, als graue Silhouetten, in dem Raum. Die einzige Familie, die sie je hatte.

Selena biss sich auf die Unterlippe und vermied es, einen von ihnen direkt anzusehen.

Niemand sprach.

Das Schweigen lastete schwer auf allen, es war das genaue Gegenteil von all dem, was sie je in diesem Zimmer erlebt hatte, von jeder Erinnerung, die sie an diese Menschen knüpfte.

»Ich möchte keine Traurigkeit«, erklärte sie ernst und ging zu Andrew und Lara hinüber, die nebeneinander gedrängt auf dem Sofa saßen. Sie kniete vor den beiden nieder und sah zu ihnen auf.

Sie schienen beide so herzerweichend jung und traurig zu sein.

»Wir werden dich vermissen«, erklärte Andrew, und ein Schauer rann durch seinen Körper.

Selena sah Andrew einen Augenblick länger an, als es gut war. Eine Sekunde lang hatte sie einen dicken Kloß im Hals. »Das Sonnenlicht auf deinem Gesicht wird meine Berührung sein, Andrew. Vergiss das nie.«

»Ich werde euch beide vermissen.« Sie nahm die beiden fest in ihre Arme und hielt sie lange eng umschlungen, dann zog sie sich langsam zurück. Sie stand auf, ging zu Edith hinüber, drückte auch sie und wandte sich dann zur Königin, vor der sie in einem tiefen Hofknicks versank.

Die Königin lächelte sie traurig an. »Du bist die einzige treue Untertanin, die ich je hatte.«

»Auf Wiedersehen, Euer Hoheit.«

Dann ging sie zu Johann.

»Göttin«, flüsterte er.

Es überraschte sie, wie sehr sie dieses eine Wort schmerzte. Heiße Tränen brannten in ihren Augen und ließen alles vor ihrem Blick verschwimmen, doch sie wischte sie nicht weg. Es hatte keinen Zweck, stark zu sein für Johann; von allen hier war er der Einzige, der schon immer die Wahrheit über sie gekannt hatte.

»Du brauchst nicht zu gehen«, erklärte er leise.

Sie wünschte, er hätte Recht, wünschte es von ganzem Herzen, in ihrer Seele und mit ihrem Verstand. »Du weißt, dass das eine Lüge ist.«

Er versuchte zu lachen. »Was weißt du denn schon von Lügen, Göttin?«

»All das, was du mir beigebracht hast, Johann.« Die neckenden Worte machten es für einen kurzen Augenblick leichter. »Danke«, flüsterte sie dann und nahm ihn in ihre Arme. »Das ist die Erinnerung, die ich brauchte, Johann. Danke.«

Er schlang die Arme um sie und zog sie fest an sich. »Lass es dir gut gehen, Selena.«

Nach einer Sekunde – bei weitem nicht lange genug – entzog sie sich ihm.

Maeve stand mit dem Rücken an das Bücherregal gelehnt. »Selena«, flüsterte sie, und ihre Unterlippe zitterte, ihre Finger klammerten sich um das Band.

Selena warf sich in Maeves Arme, zog die dünne, zerbrechliche Frau an sich und hielt sie ganz fest. »Pass auf ihn auf, Maeve«, flüsterte sie.

»Ich werde es versuchen«, versprach ihr Maeve.

Die Worte hingen zwischen ihnen, danach gab es nur noch Schweigen.

Selena wusste, dass es an der Zeit war, zu gehen, doch auf einmal konnte sie sich nicht mehr bewegen.

»Selena.« Er hatte ihren Namen nur flüsternd ausgesprochen, und als sie ihn hörte, wollte sie weinen. *Selena*. Es war der Name, den er ihr gegeben hatte, ein Name voller Träume und Mythen und Liebe. Göttin des Mondes. Ganz gleich, was auch in ihrem Leben geschah, das würde sie für immer behalten. Das Geschenk ihres Namens, das Geschenk seiner Träume.

Sie wandte sich zu Ian. Durch den Raum hinweg sahen sie sich an, und bei diesem Blick, der so intim und so vertraut war, geriet ihre Welt ins Wanken, richtig wandelte sich zu falsch, Ehre zu Liebe, und ihr blieb nur ein verzweifeltes Nichts. Benommen und voller Schmerz ging sie auf ihn zu. Sie wollte die Hände nach ihm ausstrecken, wollte seine geliebte Haut an ihrer fühlen, aber sie wagte es nicht, ihn zu berühren. Nicht jetzt. Alles, was ihnen noch geblieben war – alles, was die Ehre zuließ –, lag in ihrem Blick.

Sie hob die Hand und strich ihm das Haar aus dem Gesicht, dann sah sie in seine blauen, blauen Augen. »Oh, Ian«, hauchte sie.

Dann begann sie, den Ring von ihrem Finger zu ziehen, den er ihr gegeben hatte.

Er hielt ihr Handgelenk fest. »Oh Gott, Selena«, bat er mit erstickter Stimme. »Nicht…«

Sie sah nicht auf, sie starrte nur auf den Ring, bis er vor ihrem Blick verschwamm. Sie versuchte, diesen Augenblick zu vergessen, noch ehe er vorüber war. Später, allein in der Dunkelheit, würde sie sich ein anderes Ende ausdenken, ein Ende voller Romantik, voller Lachen und Liebe. Ein Ende, das nicht so sehr schmerzte.

Sie sah ihn nicht noch einmal an, das brachte sie nicht fertig. Mit einem kleinen Kopfnicken stolperte sie zurück und wandte sich zu Elliot. Er stand im Schatten, sein entstelltes Gesicht, das sich nachdenklich verzogen hatte, war unter der Krempe seines Hutes verborgen.

Sie streckte ihrem Ehemann die Hand entgegen. »Ich bin fertig, Elliot. Du kannst mich jetzt nach Hause bringen.«

»Lass uns gehen«, meinte er und führte sie zur Tür.

Selena wandte sich nicht noch einmal um. Das konnte sie nicht. Stattdessen hob sie den Kopf und folgte Elliot aus dem Haus.

Die große Tür fiel hinter ihnen ins Schloss, die Stufen der Veranda knarrten unter ihren Füßen. Sie legte ihre kleine Hand in Elliots große Hand und kletterte auf den zerkratzten Sitz des Wagens.

Sie wollte noch einmal zurücksehen, als Elliot mit der Zunge schnalzte und mit den Zügeln schlug, als die Räder knirschend über den Kies rollten. Als der Weg zu dem eisernen Tor führte und sie durch dieses Tor hindurch in den Wald fuhren. Als sie ihre geliebte Küste hinter sich ließen und in das Dickicht der grünen Bäume hineinfuhren.

Ja, sie wollte noch einmal zurücksehen. Doch irgendwie tat sie es doch nicht.

Lange Zeit schwieg Selena, und auch Elliot sprach nicht. Die Pferde trotteten voran, die Räder holperten über die unebene Straße. Langsam wanden sie sich weg von der tröstenden Vertrautheit der Küste und drangen in die dunklen Schatten der Wälder ein. Die Nacht kroch über die Spitzen der Bäume und hüllte dann alles ein. Eine Eule schrie, als sie vorüberfuhren.

Selena schlang die Arme fest um sich und stützte ihr Kinn auf die hochgezogenen Knie. Bei jeder Umrundung der Räder schlug ihr Kinn auf ihr rechtes Knie, doch das kümmerte sie nicht, sie fühlte es kaum.

Ihre Gedanken gingen zurück ins Haus Lethe, zu den Gesichtern ihrer Familie. Und plötzlich fürchtete sie sich davor, dass sie sie vergessen könnte, dass ihr geliebtes Lächeln eines Tages verschwinden würde, so wie all die anderen Erinnerungen auch verschwunden waren.

»Lara macht die besten Purzelbäume«, erklärte sie plötzlich und klammerte sich an diese Erinnerung. »Und Maeve kann am besten Rad schlagen.«

Elliot schwieg, und das war auch besser so. Sie sprach gar nicht mit ihm, sie sprach mit sich selbst.

Sie legte den Kopf ein wenig schief und schloss die Augen, erinnerte sich. »Eines Tages habe ich versucht, Haushälterin zu sein. Ich habe das sehr schlecht gemacht, doch als Untertan der Krone war ich sehr zufrieden stellend.« Die Erinnerungen legten sich wie ein Schild um sie und gaben ihr Kraft. Nein, sie würde niemals vergessen. Niemals. Und wenn sie tausend Jahre alt würde.

»Und die Teeparty ...« Ihre Stimme hielt inne und wurde dann ganz sehnsüchtig. Das war der Anfang gewesen für Maeve und Ian, und sie war so stolz auf ihn. »Ian hat an diesem Tag Maeve den Tee eingegossen und hat kein Wort gesagt über ihre Schoßtiere.«

»Es klingt, als wäre es ein interessanter Ort gewesen«, meinte Elliot leise.

Überrascht sah sie ihn an. Er saß nach vorn gebeugt, den Hut hatte er ins Gesicht gezogen. Von dieser Seite aus konnte sie die Narbe überhaupt nicht sehen.

»Es war mehr als nur interessant«, erklärte sie. »Es war… magisch. Ich… ich werde sie vermissen.«

Er antwortete nicht, sagte kein einziges Wort, und etwas an diesem Schweigen weckte Selenas Aufmerksamkeit. Sie wandte sich wieder zu ihm. »Elliot?«

Noch immer sagte er nichts, doch sie sah die einsame Träne, die an seinen Wimpern hing. Er wischte sie mit einer ungeduldigen Handbewegung weg. »Ja?«

Ihr Hals schnürte sich zusammen, und sie schämte sich. Natürlich musste es ihn verletzen, wenn sie über ihre Familie erzählte, wo doch eigentlich *er* ihre Familie war. »Es tut mir Leid.«

Er zog seinen Hut noch ein Stück weiter in die Stirn. »Es braucht dir nicht Leid zu tun, Agnes. Ich habe nie gewollt, dass dir etwas Leid tut.«

»Was willst du denn von mir?«

Ein kleines Lächeln zeigte sich in seinem Mundwinkel. »Das ist keine einfache Frage.«

Sie starrte ihn an und fühlte… etwas. »Ich kann mich beinahe an dich erinnern.«

»Ich könnte dich niemals vergessen.«

So, wie er diese Worte aussprach, klang das so traurig, so niedergeschlagen, als hätte sie früher einmal von ihm verlangt, dass er sie vergaß. Oder als hätte er es versucht und es wäre ihm nicht gelungen. »Nun«, meinte sie mit einem gezwungenen Lachen. »Du bist jetzt alles, was ich habe. Meine einzige Familie.«

Endlich wandte er sich zu ihr und sah sie an. »So ist es schon immer gewesen, Agnes.«

Sie starrten einander lange an, dann wandte sich Elliot langsam wieder ab.

Selena blickte hinaus auf die fremde, dunkle Straße, die vor ihnen lag, und ein eisiger Schauer jagte ihr plötzlich über den Rücken. »Ich habe Angst«, flüsterte sie.

Er nahm die Zügel in seine linke Hand und streckte die andere Hand nach ihr aus, schloss seine große Hand um ihre. »Ich werde nicht zulassen, dass jemand dir wehtut.«

Sie versuchte verzweifelt, aus seinem ruhigen Versprechen Kraft zu schöpfen.

23

Ian saß am Strand, die Beine hatte er ausgestreckt, die Hände in den Sand gedrückt. Das Wasser schwappte bis an seine nackten Zehen und kitzelte seine empfindlichen Fußsohlen.

Es war ein herrlicher Sommerabend. Genau die farbgesättigte Nacht, die Selena aus ihrem Zimmer gelockt und hierher gezogen hätte. Eine salzige Brise strich durch sein Haar und presste die weiße Baumwolle seines Hemdes gegen seine Brust. Wenn er die Augen schloss, konnte er sie sich hier neben ihm vorstellen, mit ihrer leisen und rauchigen Stimme, die das Flüstern des Windes einzufangen schien, und ihrem Lachen, das sich in den fernen Schreien der Möwen wiederholte.

Der Wind könnte ihre Berührung sein.

Er seufzte. Ach wäre er doch nur ganz in seinen Träumen...

Er hörte das Geräusch von Schritten hinter ihm, das Rascheln von Ästen, die beiseite geschoben wurden, und das Knacken kleiner Zweige.

Er brauchte die Augen nicht zu öffnen, brauchte sich auch nicht umzudrehen, um zu wissen, wer dort kam. Sie waren es alle, grau gekleidete Menschen, die sich hinter ihn schlichen, wo immer er auch hinging. Sie wussten nicht, was sie denken oder fühlen sollten, sie wussten nur, dass sich das Leben verändert hatte, dramatisch und zum Schlechten, und sie vermissten, was gewesen war. Sie glaubten irgendwie, wenn sie in Ians Nähe wären, wären sie auch in der Nähe von Selena, als würde irgendeine unsichtbare Kraft von ihr noch in ihm wohnen. Selbst Dotty war in der letzten Nacht aus ihrem Wandschrank hervorgekommen und hatte zusammen mit den anderen im Wohnzimmer gestanden.

Wie immer, so war es auch jetzt wieder Johann, der das Schweigen brach. »Sie hätte diese Nacht geliebt.«

Zustimmendes Murmeln kam als Antwort auf seine Frage, dann schwiegen alle wieder. Sie warteten, immer warteten sie darauf, dass Ian etwas sagte, als würden seine Worte das Entsetzen weniger schmerzlich machen, als würden sie die Realität in großartige, kunstvolle Fiktion verwandeln.

Langsam öffnete er die Augen und wurde wieder überwältigt von der Schönheit dieser Nacht, wurde wieder erfasst von seiner Einsamkeit. In den beiden Tagen, seit sie weg war, hatte er Stunde um Stunde damit verbracht, allein irgendwo zu sitzen, um zum Quell seines Kummers vorzudringen. Er dachte immer, dass er bald – in der nächsten Sekunde schon – auf dem Boden aufschlagen und sein Leben sich dann verändern würde. Entweder würde er es schaffen, oder er würde in der Dunkelheit versinken und nie wieder daraus hervorkommen.

Aber ein Ende war nicht in Sicht. Je mehr er in sich ging, desto tiefer fiel er. Bis er endlich überhaupt nichts mehr fühlte, es sei denn, er dachte an Selena. Selbst die Drinks halfen ihm diesmal nicht, doch das hatte er nur einmal versucht. Nach nur einer halben Flasche Scotch – verglichen mit seinen früheren Gewohnheiten nur ein Tropfen – hatte er sich in einer dunklen Ecke seines Zimmers zusammengerollt und geweint. Die Tränen waren nicht reinigend gewesen und hatten auch keine Erleichterung gebracht.

Maeve setzte sich neben ihn, und ihre Knie knackten. Ihr Haar berührte seine Wange, und der Duft von Lavendel stieg daraus hervor. Sie drückte ihr Kinn auf die hochgezogenen Knie und seufzte laut und vernehmlich.

Johann sank an Ians andere Seite, während die Königin, Lara und Andrew sich hinter sie setzten.

»Sie war nur ein paar Monate hier«, begann die Königin zu sprechen, und er hörte die Anspannung in ihrer Stimme. Er hörte, wie sehr sie nach Fassung rang.

»Ach«, meinte Johann. »Aber was waren das für herrliche Monate.«

Waren.

Ein so einfaches Wort, eigentlich nichts Besonderes, und dennoch traf es Ian wie ein Schlag ins Gesicht. Waren. Geliebt. Sie sprachen von ihr, als wäre sie tot, trauerten um sie, als wäre sie tot. Nur zwei kurze Tage, und bereits jetzt entglitt sie in die Erinnerung.

»Sie hat mich dazu gebracht, wieder über das Leben nachzudenken«, meinte Johann und lachte traurig. »Und gerade zu einem Zeitpunkt, als ich begann, meinen bevorstehenden Tod zu genießen.«

»Sie war nicht gerade praktisch veranlagt«, erklärte die Königin. »Und du *wirst* bald sterben.«

Lara zupfte an Ians Ärmel. »Sie ist nicht tot«, flüsterte sie.

»Für uns schon«, widersprach ihr Andrew.

Lara zupfte noch fester. »Nein.«

Ian wandte sich an das Kind, ihr heftiger Ton überraschte ihn. »Lara?«

Lara schluckte. »Das hier … also … wir würden Miss Selena damit so traurig machen, dass sie weinen würde.«

»Lara hat Recht«, stimmte Johann ihr leise zu. »Selena hat an uns alle geglaubt. Es würde sie umbringen, wenn sie wüsste, dass wir alle so verzweifelt sind.«

Ein paar Minuten lang sprach niemand. Sie alle starrten hinaus in die Nacht.

Und dann entdeckte Ian plötzlich etwas, es war ein Geschenk, das Selena zurückgelassen hatte. Sie war hier, tief in seinem Inneren, am Grunde all dieser Einsamkeit und des Kummers und seiner Sorgen, sie war hier und teilte es mit ihm, lächelte ihn an.

»Wir müssen weitermachen«, erklärte Ian leise, und in Gedanken hörte er ihre Stimme, fühlte die Wärme ihres Lächelns in den letzten Strahlen der untergehenden Sonne. »Auch wenn es noch so sehr schmerzt – und es wird noch eine lange, lange Zeit schmerzen –, wir müssen weitermachen. Wenn wir das nicht tun, werden wir sie vergessen. Jeden Tag, mit jedem selbstsüchtigen Wort, werden wir zurückfallen in unser einsames Leben, und eines Tages werden wir aufwachen und niemand wird sich mehr an Selena erinnern. Es wird nichts mehr geben, was an ihre Zeit hier erinnert. Aber wenn wir auf den Teil von ihr hören, den sie in unseren Herzen zurückgelassen hat, wird sie niemals weg sein.«

Maeve stand auf und streckte die Hände aus. Einer nach dem anderen stellten sie sich wortlos im Kreis auf und fassten einander an den Händen. Ian war der Letzte, der in den Kreis trat. Für den Bruchteil einer Sekunde zögerte er, die anderen zu berühren, doch seine Furcht wurde überschattet von der viel größeren Angst, diesen Verlust allein durchstehen zu müssen, jeden Augenblick seines weiteren Lebens von nun an allein zu sein.

Er sah sich um, erkannte die Traurigkeit in den Gesichtern seiner Mitbewohner und verspürte eine verblüffende Dankbarkeit ihnen gegenüber. Maeve hatte Recht, sie mussten einander jetzt berühren, mussten zusammenbleiben, ihren Kummer zulassen und ihn miteinander teilen. Er hatte es allein versucht, vor langer Zeit, als sein Vater starb, und er wusste aus Erfahrung, dass der Kummer einen von innen heraus zerfressen konnte, bis nichts mehr übrig blieb.

Langsam schloss er die Augen und streckte die Hände aus. Maeve nahm die eine Hand, Lara die andere.

Die Bilder trafen Ian so heftig, dass er zurückstolperte. Eine Sekunde lang war er eingehüllt in den wirbelnden Schmerz ihrer

Gefühle. Heftige Kopfschmerzen begannen in seinem Nacken und breiteten sich aus bis zu seinen Augen.

Du wirst dir selbst beibringen, diese Stimmen nicht mehr zu hören …

Er dachte wieder an Selenas Worte und versuchte, sich auf andere Dinge zu konzentrieren, auf den Wind in seinem Gesicht, den Geruch des Meeres in der Luft, das leise Rascheln der Blätter um ihn herum. Und ganz langsam verblassten die pulsierenden Bilder, die Stimmen verschwammen zu einem dumpfen Gemurmel, ähnlich dem Rauschen des Meeres bei Ebbe.

Beinahe konnte er sogar in dem sanften Auf und Ab ihres Atems Selenas Stimme hören. *Es ist ein Anfang, Ian.*

Dicke, schwere, graue Wolken segelten über den Himmel und warfen lange Schatten über den Wagen. Der Weg vor ihnen war übersät von schmutzigen Pfützen, er wand sich um einen kleinen Wald aus Ahornbäumen und verschwand dann.

Selena hatte die Ellbogen auf die Knie gestützt und die Wange auf eine Hand gelegt. Ein offener Schirm ragte über ihren Kopf. Der Himmel hing unheimlich tief, er war ihr so nahe, dass sie glaubte, wenn sie die Hand ausstreckte, würde sie mit dem Finger über die Wolken streichen können. Gerade erst hatte es aufgehört zu regnen. Sie hörte noch immer das rhythmische Klopfen der Tropfen auf dem Wagen. Das Wasser rann noch immer vom Rand des schwarzen Schirms und tropfte auf ihren Rock. Der Stoff klebte feucht an ihren Beinen.

Sie vermisste schon jetzt den Geruch der Küste, dabei hatte sie diese doch erst vor drei Tagen verlassen.

Dort war die Luft klar und rein, es roch nach Salz und Erde und Meer. Hier, im wilden Hinterland von Maine, war die Luft feucht und schwer, so trübe wie Milchglas. Kein Wind rauschte in den endlosen Wäldern, und das Sonnenlicht drang nur selten mit seinem goldenen Schein durch das dichte Blätterdach. Und selbst wenn es regnete, war es noch heiß.

Sie bogen um die Ecke, und zum ersten Mal seit drei Tagen kamen sie aus dem Wald. Weite Wiesenflächen breiteten sich zu allen Seiten aus. Bäume standen nur vereinzelt im Gras.

Sie warf einen schnellen Seitenblick auf Elliot. Er saß vornübergebeugt, der Zügel lag locker in seiner großen, behaarten Hand, den nassen Hut hatte er tief in die Stirn gezogen.

Sie wollte etwas sagen, doch wie immer fiel ihr nichts ein. Sie durfte nicht so grausam sein, mit ihm vom Haus Lethe zu sprechen oder von ihrer Familie dort, und sonst gab es für sie nichts, worüber sie sich unterhalten konnte. Sie hatte versucht, mit ihm über Poesie zu reden und über Literatur, doch das hatte er mit wenigen kurzen Worten beendet. *Ich kann nicht lesen.*

Danach hatte sie nicht gewusst, was sie noch sagen sollte, also hatte sie geschwiegen, hatte ihre Gefühle in ihrem Inneren verborgen gehalten. Sie hatte einfach nur neben ihm gesessen, Meile um Meile, ohne zu lächeln, und zugesehen, wie die Umgebung sich veränderte.

»Das dort drüben ist unser Dorf«, sagte Elliot.

Selena sah in die Richtung, in die er mit dem Finger deutete. Weit weg, zwischen den sanften grünen Feldern, versteckte sich eine Gruppe von Holzhäusern, die unter dem grauen Himmel kaum auszumachen waren. Sie sahen irgendwie anders aus als die Städte, durch die sie bis jetzt gekommen waren.

Sie waren alle weiß, stellte sie plötzlich fest. Die Gebäude waren weiß, nicht nur einige davon, sondern alle.

»Ist das nicht eigenartig?«, fragte sie ihn. »Alle Gebäude haben die gleiche Farbe. In der letzten Stadt, durch die wir gefahren sind …«

Er wandte sich zu ihr, sah sie zum ersten Mal in den drei Tagen wirklich an. »Du erinnerst dich wirklich nicht mehr, nicht wahr?«

Sie war nicht sicher, was sie ihm darauf antworten sollte. Vielleicht hatte sie ihn ja falsch verstanden. »Ich habe dir doch gesagt …«

»Ich weiß, was du mir gesagt hast. Ich habe nur geglaubt …« Er zuckte mit seinen breiten Schultern, dann wandte er den Blick wieder auf die Straße. »Ich dachte, du hättest vielleicht gelogen.«

»Oh, nein. Ich lüge nicht.«

Er nickte, doch diesmal sah er sie nicht an.

Selena starrte auf die Stadt und beobachtete mit wachsender Neugier, wie die Häuser größer und größer wurden, je näher sie kamen. In was für einem Haus lebte sie wohl? Was waren ihre Freunde und Nachbarn für Menschen? »Die Stadt sieht sehr gepflegt aus.«

Ganz plötzlich riss er sich den Hut vom Kopf, mit einer nervösen Gebärde. »Es ist nicht wirklich eine Stadt, Agnes. Nicht im üblichen Sinn.«

Sie wartete darauf, dass er weitersprach, dass er ihr etwas erklärte, doch er schwieg. Sie war so unruhig, dass sie es in ihrem Magen fühlte, und aus einem Grund, den sie selbst nicht kannte, begann sie zu reden. »Ich kann mir gar nicht vorstellen, so nahe bei anderen Menschen zu wohnen. Das Haus Lethe stand so isoliert. Ich werde den Strand vermissen. Wie weit ist es bis zu unseren Nachbarn?«

Es dauerte eine Weile, ehe er ihr antwortete, und in dieser kurzen Zeitspanne merkte sie, dass etwas nicht stimmte. »Ich habe mich bis jetzt noch nicht deutlich ausgedrückt, Agnes. Wir sind Mitglieder einer religiösen Gruppe mit dem Namen ›Vereinigte Gesellschaft der Gläubigen an die Wiederkunft Christi‹, kurz die Gläubigen, doch für die Außenwelt sind wir nur die Shaker.«

Er sprach so schnell und benutzte so viele Worte, die sie nicht kannte. »Ich verstehe das nicht.«

»Ho, Mädchen.« Er zog die Zügel an und ließ den Wagen anhalten. Vor ihnen wartete das verschlafene Dorf auf sie, lange Reihen von weißen Gebäuden standen zu beiden Seiten der Straße, die Gebäude sahen alle gleich aus und hatten den gleichen Abstand zueinander. Es war ein grauer und bewölkter Tag, doch selbst auf diese Entfernung erkannte Selena, dass nirgendwo an den Zäunen Blumen blühten, dass es vor den Häusern keine Gärten gab.

»Es gibt vieles, was du über unsere Lebensweise wieder neu lernen musst, aber jetzt habe ich keine Zeit, es dir zu erklären.« Er warf ihr einen flüchtigen Blick zu, dann sah er schnell wieder weg. »Ich nehme an, ich hätte es dir erklären müssen, während wir unterwegs waren.«

»Du kannst mir ja alles erzählen, wenn wir erst zu Hause sind.«

»Nein. Es ist uns nicht erlaubt, uns auf einer so vertraulichen Ebene zu unterhalten. Das ist gegen das Gesetz.«

Sie blickte ihn ungläubig an. »Das verstehe ich nicht. Wir beide sind doch verheiratet, oder etwa nicht?«

»Nein, nach den Regeln der Gläubigen sind wir das nicht. Es gibt hier so etwas wie eine Ehe gar nicht. Es gibt nur eine Gemeinschaft. Wir leben wie eine große Familie, die Männer sind getrennt von den Frauen. Wir beide waren bereits verheiratet, als wir hierher kamen, aber wir leben hier nicht wie Mann und Frau. Wir sind einfach nur Bruder Elliot und Schwester Agnes.«

In Selenas Magen machte sich Übelkeit breit.

»Am besten steigst du jetzt hinten in den Wagen«, meinte Elliot, stieg aus und reichte ihr die Hand.

»Hinten in den Wagen?«

»Es ist nicht erlaubt, dass ein Mann und eine Frau so nahe nebeneinander sitzen. Ich ... ich werde ihnen sagen, dass du den ganzen Weg über hinten im Wagen gesessen hast.«

Selena umklammerte mit eiskalten Fingern ihren Schirm, die andere Hand legte sie in Elliots große, raue Hand. Sie hob die Röcke und kletterte aus dem Wagen auf die nasse Straße. Ihre Stiefel versanken im Schlamm.

Sie sah zu Elliot auf, überlegte, was sie ihm sagen sollte, was sie tun sollte. Doch kein Wort kam über ihre Lippen.

Elliot drückte ihre Hand. »Ich werde immer für dich da sein, Agnes. Immer.« Voller Ernst sprach er diesen Schwur, dann führte er sie zum hinteren Teil des Wagens und half ihr aufzusteigen. Sie setzte sich auf die kalten, nassen Bretter und zog die Beine fest an die Brust.

Elliot wandte sich ab.

Sie streckte die Hand nach ihm aus und hielt sein Handgelenk fest. »Elliot?«

»Ja?«

»War ich ... war ich hier glücklich?«

Die Frage schien ihn zu überraschen. Eine Sekunde lang sah er ganz verängstigt aus, doch sie konnte sich nicht vorstellen, wovor. Er zögerte so lange mit seiner Antwort, dass sie schon glaubte, er würde gar nichts sagen. Dann zog er seinen Hut wieder in die Stirn und verbarg seine Augen hinter der Krempe. »Ich denke schon.«

»Was bedeutet das, ich denke schon?«

Seine Stimme war nur noch ein Flüstern. »Das soll heißen, ich hoffe, dass du es warst, Agnes.«

Mit diesen Worten wandte er sich ab, schlurfte wieder zum vorderen Teil des Wagens, dann stieg er langsam auf. Mit einem leisen Stöhnen ließ er sich auf den Sitz fallen. Seine massigen Schultern sanken nach vorn, den Kopf hielt er so weit vorgebeugt, dass sie nur noch seinen Nacken unter dem kurz geschnittenen Haar sehen konnte.

Ohne sein Gesicht wirklich zu sehen, wusste sie doch, wie er jetzt aussah, geschlagen und allein und einsam, und sie fragte sich, warum die Rückkehr nach Hause ihn so sehr mitzunehmen schien.

Das soll heißen, ich hoffe, dass du es warst, Agnes.

Sie zweifelte nicht an seinen Worten, doch besaß sie genügend Verstand, um zu begreifen, dass dieser Satz auch noch eine andere Bedeutung hatte. Es bedeutete, dass er nicht wusste, ob sie glücklich gewesen war, es bedeutete, dass sie es vielleicht gar nicht gewesen war und dass er das vielleicht sogar gewusst hatte.

Während sie auf seine breiten, gebeugten Schultern starrte, dachte sie darüber nach, was er über die Shakers gesagt hatte.

Wir leben hier nicht wie Mann und Frau zusammen.

Angst breitete sich in ihr aus, kalt, hart und scharf. Sie begriff plötzlich, dass dieser Mann, Elliot, dieser Ehemann, den sie erst seit drei Tagen kannte und mit dem sie nicht einmal eine Stunde lang gesprochen hatte, das einzige Gesicht war, das sie in dieser neuen Welt kennen würde. Und es war *gegen das Gesetz*, dass sie miteinander sprachen.

Sie war einsam, noch einsamer als sie es sich je hatte vorstellen können. Sie kannte nur einen einzigen Menschen in dieser ganzen weiten Welt, und dieser Mensch durfte nicht mit ihr reden.

Sie griff nach ihrem einzigen Besitz, ihrer Puppe Sarah, und zog sie auf ihren Schoß. Die Nase vergrub sie im Haar der Puppe und holte tief Luft, doch alles, was sie roch, war Wolle und Holz und nasser Stoff. Die Puppe roch nicht mehr nach dem Haus Lethe oder nach Lara. Es war nur ein lebloses Objekt mit nur einem Knopfauge und verschlissenen Lippen.

24

Sie näherten sich dem Dorf langsam. Rechts von ihnen breitete sich neben der Straße eine Obstwiese aus, von einem leuchtend weißen Zaun umgeben. Apfelbäume, Pfirsichbäume, Birnen- und Kirschbäume standen in geraden Reihen auf der großen Wiese.

Als sie das Zentrum des Ortes erreicht hatten, kamen immer mehr Menschen auf den Wagen zu. Sie lächelten und winkten, murmelten mit leiser, beherrschter Stimme ihre Begrüßungen.

Sie waren alle gleich gekleidet. Die Frauen trugen schlichte, knöchellange Kleider in dunklen, gedeckten Farben mit großen Schultercapes, die am Hals gehalten wurden, ihr hochgestecktes Haar war von gestärkten weißen Netzkappen oder Hauben bedeckt. Die Männer trugen dunkle Hosen, Leinenhemden, die bis zum Hals geschlossen waren, und zugeknöpfte Westen.

Elliot hielt den Wagen an und stieg aus. Die Menge schloss sich um ihn. Er schüttelte einigen der Männer die Hand, dann kam er zu Selena und reichte ihr die Hand.

Sie drückte die Puppe fest an ihre Brust und starrte hinunter auf diesen Mann, diesen Ehemann. Sie fühlte sich hier entsetzlich fehl am Platze. Das sollte sie nicht sein, immerhin war sie hier zu Hause, um sie herum winkten und lächelten die Menschen und hießen sie willkommen. Aber es fühlte sich nicht an, als wäre dies hier ihr Zuhause. Ihr Zuhause war ein einzeln stehendes Haus am Ufer des Meeres, mit dunklen, urtümlichen Wäldern, die es umgaben. Ihr Zuhause war lauter als dieser Ort, wilder und freier.

Sie schluckte, dann nahm sie Elliots Hand und kletterte vom Wagen, die Puppe hielt sie in der anderen Hand.

»Willkommen zu Hause«, sagte er mit einer Stimme, die so leise war, dass nur sie sie hören konnte. »Ich habe dich vermisst.«

Dann entzog er ihr schnell die Hand und schob sie in die Hosentasche.

Die dunkel gekleidete Menschenmenge drängte sich um sie, die Menschen sprachen mit leisen Stimmen.

Eine große, etwas ältere Frau bahnte sich einen Weg durch die Menge zu Selena. Als sie Selena entdeckte, verzog sich ihr schmales, runzliges Gesicht zu einem strahlenden Lächeln. »Du bist wieder zu Hause.«

Selena warf Elliot einen schnellen Blick zu. Sie wusste nicht, was sie sagen, was sie tun sollte. Sie erkannte das Willkommenslächeln im Blick der alten Frau und wusste, dass es ehrlich gemeint war, doch sie fühlte es nicht.

»Schwester Agnes war verwundet, Älteste Beatrice«, erklärte Elliot. »Sie erinnert sich nicht mehr an uns.«

Die Menge schwieg. Selena fühlte die Blicke aller auf sich.

Es dauerte einen Augenblick, ehe Beatrice etwas sagte, und als sie dann sprach, war ihre Stimme nur ein Flüstern. »Kein Wunder, dass du so lange weg warst. Jemand wird dich hier herumführen, damit du dich wieder an alles gewöhnst. Du wirst dir deine weltliche Kleidung ausziehen und dein Haar bedecken, wie eine anständige Schwester es tun sollte. Den Rest des Tages kannst du dich ausruhen, dann wirst du morgen früh deinen Wochendienst in der Wäscherei beginnen.« Sie lächelte Selena an und klopfte ihr beruhigend auf die Schulter. »Ich bin sicher, du wirst dich schon sehr bald wieder an alles erinnern. Immerhin lebst du schon viele, viele Jahre hier bei uns.«

»Ihre Verletzung war sehr stark«, warf Elliot ein. »Sie wird vielleicht Hilfe von den anderen Frauen brauchen.«

Die Älteste lächelte noch einmal. »Unsere Schwester Agnes hat schon immer Hilfe gebraucht.« Sie wandte sich um. »Schwester Lucinda. Führe du Schwester Agnes zum Wohnhaus und sorge dafür, dass sie sich einrichtet.«

Eine kleine Frau mit einem vogelähnlichen Gesicht, mit pechschwarzem Haar und blitzenden blauen Augen schob sich durch die Menschenmenge. Sie war genauso gekleidet wie die anderen Frauen, doch ihr Kleid war aus einem samtenen Blau, das zu ihren Augen passte. »Hallo, Schwester Agnes«, sagte sie und schenkte Selena ein freundliches Lächeln. »Ich habe dich vermisst.«

Ein weiterer Willkomensgruß, der Selena eigentlich das Herz hätte erwärmen sollen, doch dem war nicht so. Sie bemühte sich nach Kräften, das Lächeln zu erwidern. »Hallo … Schwester Lucinda.«

Die Frau zwinkerte ihr zu, dann schob sie einen Arm unter den von Selena und zog sie näher. »Nenn mich Lucy«, flüsterte sie ihr zu und führte Selena durch die Menge davon.

Selena ging an Elliot vorüber, und er sagte kein einziges Wort, streckte auch nicht die Hand aus, um sie zu berühren. Sie warf einen schnellen Blick in sein ernstes, angespanntes Gesicht und fragte sich, worüber er so zornig zu sein schien, doch sie hatte nicht die Möglichkeit, ihn danach zu fragen. Lucy ging mit schnellen Schritten durch die Menge, dann führte sie Selena durch das Tor eines weißen Zaunes und dann über einen ausgetretenen Weg zu einem der großen weißen Häuser.

Das Haus stand auf einer kleinen Anhöhe und war umgeben von alten Bäumen mit großen Blättern. Zwei Reihen von genau gleich großen Fenstern, gerahmt von dunkelgrünen Fensterläden, zogen sich um die erste und die zweite Etage. Es gab zwei Haustüren und zwei getrennte Treppen in der Mitte des Gebäudes.

»Die Männer betreten das Haus durch die östliche Tür«, erklärte Lucy fröhlich, »und die Frauen nehmen die westliche Tür.«

Ehe Selena noch eine Bemerkung über diesen befremdlichen Umstand machen konnte, zog Lucy sie schon die westliche Treppe hinauf. Sie drehte den Türknauf und öffnete die Tür, hinter der sich eine geräumige Eingangshalle mit Holzfußboden befand. Von der Eingangshalle aus öffneten sich zwei große Räume, die die ganze Länge des Hauses einnahmen. Am Ende des Flurs befand sich eine große Standuhr zwischen zwei identischen offenen Türen. Durch die Türen erkannte Selena zwei vollkommen gleiche Räume, in denen lange hölzerne Bänke standen.

»Die Frauen auf der westlichen Seite«, erklärte Lucy noch einmal und führte Selena durch die linke offene Tür einen Flur entlang und dann eine Treppe hinauf – eine erneut von einem Geländer unterteilte Treppe.

Oben gab es wieder zwei gleiche Flure, die zu vier gleich großen Zimmern führten, zwei auf der rechten und zwei auf der linken Seite. Lucy zog Selena durch die erste dieser Türen.

Sie betraten ein großes, helles und luftiges Zimmer mit einem Holzfußboden, der das Sonnenlicht widerzuspiegeln schien. Selena gefiel dieses Zimmer augenblicklich. Es hatte warme, cremefarben gestrichene Wände, ohne jeglichen Schmuck von Bildern oder Gemälden. Eine schmale Holzleiste lief in Augenhöhe an jeder der Wände entlang. In diese Leiste waren hölzerne Zapfen eingelassen, und daran hingen Schrubber, Besen und zwei elegante, schlichte Stühle mit ledernen Rücklehnen. Eine ganze Wand war von kunstvoll eingebauten Schubladen ausgefüllt. Mitten im Zimmer stand ein kleiner eiserner Ofen, dessen Rohr nach oben zur Decke und dann quer durch das Zimmer führte. Schmale Betten standen in jeder Ecke des Raumes. Das einzige Möbelstück war eine Kommode mit einem Wasserkrug und einer Waschschüssel. Vier ordentlich gefaltete Handtücher hingen an Haken daneben.

Kein einziges Teil war in Unordnung. Nicht eines war überflüssig oder nur zum Schmuck da, und dennoch ließ die handwerkliche Arbeit in diesem Zimmer alles sehr kunstvoll aussehen.

»Das ist unser Schlafzimmer«, erklärte Lucy. »Wir beide teilen uns das Zimmer mit Schwester Bertha und Schwester Theresa.«

Lucy warf einen schnellen Blick zur Tür, dann lief sie hinüber und schloss die Tür. »Ist es wahr?«, flüsterte sie.

Verwirrt wandte sich Selena zu ihr um. »Was soll wahr sein?«

»Du erinnerst dich wirklich an keinen von uns?«

»Warum sollte ich lügen?«

Lucy unterdrückte ein Lachen. Wieder einmal ging ihr Blick zu der geschlossenen Tür. »Wenn du das fragst, dann erinnerst du dich wirklich nicht mehr.«

Draußen hörte man Schritte. Lucy rückte ein wenig von Selena ab. »Wir werden uns später unterhalten. Du solltest dich zuerst einmal wieder zurechtfinden – die ersten Schubladen gehören dir. Zieh dich um zum Abendessen.«

Selena spürte, wie Furcht in ihr aufkeimte. Sie konnte es nicht. Noch nicht. Sie konnte nicht mit all diesen Fremden nach unten gehen und zusammen mit ihnen essen. Es würde viel zu viele schmerzliche Erinnerungen in ihr wecken. Sie brauchte noch eine Nacht, nur eine, sagte sie sich, dann würde sie sich ganz in diese eigenartige neue Welt einfügen.

Aber jetzt noch nicht. Jetzt brauchte sie ein wenig Zeit, in der sie allein sein konnte und sich erinnern. In der sie vergessen konnte.

»Ich ... ich bin nicht hungrig.« Als sie sah, dass Lucy seltsam zweifelnd schaute, suchte sie nach einer besseren Ausrede. »Es war eine lange Reise, und ich habe Kopfschmerzen.«

»Oh, Kopfschmerzen.« Lucy nickte. »Die hast du schon immer gehabt.«

Selena legte die Stirn in Falten. »Ach, wirklich?«

»Ja, wenigstens früher war das so.«

Unangenehmes Schweigen breitete sich zwischen ihnen aus. Selena glaubte, dass Lucy noch mehr sagen wollte, doch die Frau sprach nicht weiter, sie sah Selena nur mit traurigem Blick an.

»Was ist denn, Lucy?«, flüsterte Selena.

Lucy kam auf sie zu, berührte sie schnell. »Ich dachte, du wärst weggekommen von uns«, sagte sie leise. »Diese ganze Zeit ... seit du weg warst ... ich dachte, du wärst glücklich gewesen.«

Hinter ihnen öffnete sich die Tür und die Älteste Beatrice betrat das Zimmer. »Komm schon, Schwester Lucy. Lass Schwester Agnes ein wenig Zeit, um sich zu fangen. Bruder Elliot hat mir erzählt, dass sie noch immer geschwächt ist von ihrer Verletzung.«

Selena hob die Hand an den Kopf. »Ich habe Kopfschmerzen ... Älteste. Ich werde mich jetzt ins Bett legen.«

»Sicher. Morgen früh wird es dir schon viel besser gehen.«

Die beiden Frauen verließen das Zimmer, und Selena war allein.

Sie ging durch das Zimmer, berührte alles, strich mit den Fingern über das raue Leinen der Handtücher und über die glatte Oberfläche der perfekt gezimmerten Kommode, sie suchte nach *etwas*, das eine Erinnerung in ihr wecken würde, etwas, das ihr das wachsende Gefühl der Fremdheit nehmen würde.

Doch es gab nichts. Nichts als ein immer größer werdendes Gefühl der Verzweiflung, ein Gefühl, dass mit diesem Ort und mit allem hier etwas nicht stimmte.

Sie schob die Hand in die Tasche und ihre Finger schlossen sich um das glatte Stück zerbrochenen blauen Glases.

Oh, Ian.

Es fühlte sich alles so verkehrt an. Sie glaubte nicht, dass sie schon einmal hier gewesen war. Sie wollte mit jemandem darüber reden, wollte zur Tür laufen, sie aufreißen und schreien, dass all das hier ein schrecklicher Fehler war und dass Elliot die falsche Frau mitgebracht hatte.

Aber das war nicht so, und auch das wusste sie. Wenn sie in Elliots Augen sah, erkannte sie eine schreckliche Traurigkeit, und jetzt wusste sie, woher sie kam.

Liebe. Nur die Liebe konnte einen solch übermächtigen Schmerz auslösen. Jetzt verstand sie endlich, warum die Dichter darüber schrieben, warum die Balladen voll waren mit Geschichten von Liebe, die man fand und wieder verlor. Denn mit der Liebe gab es auch Leben, und ohne Liebe blieb nur eine schreckliche Leere.

Sie ging langsam zum Fenster und wünschte sofort, sie hätte es nicht getan. Denn als sie dort stand, konnte sie an nichts anderes denken als daran, dass es das falsche Fenster war am falschen Ort.

»Finde etwas«, flüsterte sie und hörte den verzweifelten Ton in ihrer Stimme, der zu dem Riss in ihrer Seele passte. Sie umklammerte den Talisman in ihrer Tasche und sah nach draußen.

Sie würde auch hier ihre Zufriedenheit finden, irgendwo, bei irgendwem. Sie würde diesen Schmerz überwinden. Ein Mensch konnte nicht mit einer solch gähnenden Leere in seinem Inneren leben. Früher oder später würde dieser nagende Schmerz verschwinden, und die Menschen, mit denen zu leben sie sich entschieden hatte – diese Shaker –, würden sich einer nach dem anderen in ihr Herz schleichen und sie an diesem Ort festhalten, so wie sie einmal im Haus Lethe verwurzelt gewesen war.

Sie beugte sich vor und drückte die Stirn gegen das kalte Glas des Fensters, dann schloss sie die Augen. Erinnerungen stiegen in ihr auf, zogen sie in eine warme, tröstende Umarmung.

Ich liebe dich, Selena. Eines Tages…

Jetzt wünschte sie sich, sie hätte ihm erlaubt, diesen Satz zu beenden, diesen Traum für sie zu träumen. Wenn er die Worte vielleicht laut ausgesprochen hätte, könnte sie jetzt Kraft daraus schöpfen, sie nutzen als Schild gegen die Einsamkeit. Aber sie hatte nicht zugelassen, dass er den Satz beendete. Sie hatte so sehr versucht, ehrenhaft und gerecht zu sein, ihm eine Zukunft zu geben, während sie zurück in die Vergangenheit ging.

Irgendwo läutete eine Glocke.

Schritte liefen die Treppen hinauf und hinunter, doch man hörte keine Stimmen. Die Tür hinter ihr wurde geöffnet und Lucy schlüpfte in das Schlafzimmer, gefolgt von zwei anderen Frauen, die Selena noch nie zuvor gesehen hatte. Eine war groß, mit grauem Haar und spindeldürr, die andere klein und untersetzt, mit leuchtend roten Wangen. Ein Stock und ein Brötchen, Seite an Seite. Beide lächelten sie strahlend an.

Zusammen kamen sie auf Selena zu und nahmen sie fest in die Arme, dann traten sie einen Schritt zurück. »Willkommen zu Hause, Schwester Agnes«, sagten sie wie aus einem Mund.

»Hallo«, antwortete sie leise.

Der Stock machte einen Schritt nach vorn. »Ich bin Schwester Theresa. Das hier ist Schwester Bertha.«

Ehe Selena noch antworten konnte, läutete wieder eine Glocke.

Alle drei Frauen eilten zu den Schubladen und holten ihre

schlichten, weißen Nachthemden daraus hervor. Dann stellten sie sich hintereinander an der Kommode an, wuschen ihre Gesichter und putzten ihre Zähne. Dabei sagte keine ein einziges Wort.

Zusammen wandten sie sich danach um und starrten Selena an.

Lucy lächelte als Erste. »Sie hat alles vergessen, Schwestern.«

Schwester Bertha nickte. »Du wirst dich schon bald wieder an all die Regeln erinnern.«

»Regeln?«, flüsterte Selena und umklammerte die Glasscherbe in ihrer Tasche.

Schwester Theresa nickte bestätigend. »Die Glocke gibt uns die Anweisungen dazu. Jetzt ist es Zeit zu beten und uns aufs Schlafen vorzubereiten. Wenn die Glocke das nächste Mal läutet, werden wir das Licht löschen und schlafen. Erinnerst du dich daran?«

Selenas Magen hob sich. Das konnte man ihr nicht antun, man durfte ihr nicht jeden Augenblick des Tages diktieren, als sei sie noch ein Kind. Sie trat einen Schritt zurück, dann noch einen und noch einen, bis sie gegen die Wand stieß. »Aber... aber ich möchte einen Spaziergang machen. Draußen.«

Lucy kam auf sie zu, doch jetzt lag keine Fröhlichkeit mehr in ihrem Blick, nur noch traurige, müde Resignation. »Du hast dich schon immer von den Regeln eingeengt gefühlt, Agnes.«

»Aber...«

»Morgen werden wir zusammen im Bügelhaus arbeiten. Dann werde ich dir all deine Fragen beantworten.«

Selena konnte nichts mehr sagen, deshalb ging sie zu ihrem Schrank und holte ein Nachthemd heraus.

Denke nicht an das Spitzennachthemd, nicht an die Nacht, als du es angezogen hast und in Ians Schlafzimmer gegangen bist...

Sie biss sich auf die Unterlippe, schlüpfte aus ihrem Kleid und zog dann das Nachthemd über ihr Unterhemd, so wie die anderen Frauen es getan hatten. Dann wusch sie sich das Gesicht und putzte sich die Zähne, ehe sie zu dem einzigen noch freien Bett hinüberging und unter die weiche Decke schlüpfte.

Wieder läutete eine Glocke.

»Gute Nacht«, sagten alle, dann wurden die Lampen ausgepustet.

Selena lag lange Zeit wach in der fremden Dunkelheit, sie lauschte dem leisen Atem der anderen Frauen. Irgendwann nach Mitternacht begann es zu regnen, leise klopften die Tropfen auf das Dach.

Sie zog die Puppe an ihre Brust und versuchte zu schlafen, doch der Schlaf wollte nicht kommen. Erinnerungen stiegen in ihr auf, und sie war viel zu schwach, dagegen anzukämpfen, sie kamen zu ihr in der Dunkelheit und flüsterten leise, verführten sie.

Ich liebe dich, Selena. Liebe dich, liebe dich, liebe dich …

Tränen brannten in ihren Augen, rannen über ihre Wangen und benetzten das Kissen.

Elliot stand im Schlafzimmer der Brüder und starrte auf die geschlossene Tür. Hinter sich konnte er die leisen Schritte der Brüder hören, die sich auf das Schlafengehen vorbereiteten, das Plätschern von Wasser und das Knarren des Bettes, wenn einer der Brüder sich hineinlegte. Wie immer wurde auch jetzt nicht gesprochen, nur das leise Flüstern der Gebete war zu hören. Die Brüder waren müde, wie nach jedem arbeitsreichen Sommertag. Wahrscheinlich hatten sie heute die letzten Schafe geschoren.

Er bemühte sich, unmögliche Geräusche zu hören – die Geräusche der Schwestern am Abend, Agnes' Stimme, während sie ihre Gebete sprach.

Was tat sie jetzt? Woran dachte sie?

»Bruder Elliot«, flüsterte jemand. »Die Glocke hat schon geläutet. Ich muss jetzt das Licht löschen.«

Elliot nickte, ohne sich umzudrehen. Zum ersten Mal war die alltägliche Routine für ihn erdrückend. Er wollte nicht leise in sein Bett schlüpfen und schlafen. Er wollte die unsichtbare Grenze im Flur überschreiten und an die geschlossene Tür klopfen, er wollte die Hand seiner Frau nehmen und sie in die Dunkelheit entführen, um mit ihr zu reden.

Gott, er wollte doch nur mit ihr *reden*.

Er seufzte erschöpft und trat von der Tür weg. Schnell entkleidete er sich und schlüpfte in sein Bett, zog die wollene Decke bis ans Kinn.

Die letzte Laterne wurde gelöscht, und es wurde still im Zimmer. Blasses Mondlicht fiel durch die Fenster.

Er wandte den Kopf und starrte hinaus in das Licht. Gedanken und Erinnerungen gingen ihm durch den Kopf, weckten Bedauern und Scham.

Er erinnerte sich an die Zeit, als er neu in dieses Dorf gekommen war, der riesige, entstellte Mann und seine dünne, verängstigte Kindfrau. Für sie beide war es damals wie eine Oase gewesen, eine Familie, die die Arme ausbreitete und sie aufnahm, die Heimatlosen mit einem warmen Feuer und einer heißen Mahlzeit willkommen hieß.

Es war nicht viel geredet worden. Er und Agnes hatten einen Glaubensschwur geleistet und hatten ihre weltlichen Güter – nichts – den Gläubigen übergeben, und wie durch ein Wunder hatten sie ein Zuhause gehabt. Einen Ort, an den sie gehörten. Es machte nichts, dass sie nicht im gleichen Zimmer schliefen, das hatten sie auch vorher schon nicht getan. Es machte nichts, dass sie ohne Erlaubnis der Ältesten nicht länger als fünfzehn Minuten miteinander reden durften, sie hatten sich sowieso nicht viel zu sagen. Alles, was Elliot je von Agnes gewollt hatte, war ihre Nähe, und alles, was sie von ihm gewollt hatte, war sein Schutz. Die Gläubigen hatten ihnen beides gegeben.

Er seufzte leise und verschränkte die Arme hinter dem Kopf. Blicklos starrte er an die Decke. Er erinnerte sich an den Tag, an dem er Agnes zum ersten Mal gesehen hatte. Sie war ein abgerissenes hungriges junges Mädchen gewesen, mit einem blauen Auge und einem gebrochenen Handgelenk, das im Müll nach etwas zu essen gesucht hatte.

Er war vorsichtig zu ihr hingegangen und hatte ihr einen Dollar geschenkt. Sie hatte das Geldstück gepackt und war weggelaufen. Aber er war wiedergekommen, immer wieder, bis sie anfing, auf ihn zu warten, zu bleiben und mit ihm zu reden, nachdem er ihr das Geld gegeben hatte.

Er erinnerte sich noch sehr gut daran, wie er sich in ihrer Nähe gefühlt hatte. Zum ersten Mal in seinem Leben – und damals war er schon vierunddreißig Jahre alt gewesen – war er nicht nur ein großer, entstellter Mann mit einer übel zugerichteten Hand und einem ganzen Leben voller Schmerz. Er hatte in Agnes' braune Augen geblickt und hatte sich so gesehen, wie sie ihn sah. Als einen Retter.

All die Jahre, seit er sie gebeten hatte, ihn zu heiraten, hatte er sich immer wieder einzureden versucht, dass er es für sie getan hatte, aber jetzt, allein in der Dunkelheit in diesem Zimmer, stellte er sich der bitteren Wahrheit. Am Anfang hatte er diese lange Straße vielleicht für sie beide beschritten, doch dann hatte er sich irgendwann umgewandt und war allein weitergegangen. Und mit den Jahren war es immer mehr nur um ihn gegangen und um seine Bedürfnisse.

Sie war nicht glücklich in dieser Gemeinschaft der Gläubigen.

Er wusste das. Wahrscheinlich hatte er es schon seit Jahren gewusst, aber er hatte sich dieser Wahrheit erst gestellt, als sie gegangen war.

Er hätte sie in Ruhe lassen sollen, hätte sein Leben ruhig weiterleben sollen und hätte Kraft und Freude aus dem Wissen schöpfen sollen, dass sie frei und glücklich war. Irgendwo.

Aber so stark war er nicht gewesen. Er hatte sie vermisst. Himmel, er hatte sie so sehr vermisst, wie er den Sonnenschein an einem regnerischen Tag vermisste. Jeder Tag ihrer Abwesenheit hatte an ihm genagt, hatte in ihm gewütet, bis er nicht mehr denken, essen, schlafen oder beten konnte, ohne ihren Namen zu flüstern.

Er hatte sich eingeredet, dass er nur wissen wollte, ob sie glücklich war. Aber dann, in diesem großen, von Licht erfüllten Herrenhaus am Meer, hatte er das Glück in ihren Augen gesehen, hatte gesehen, wie es leuchtete und sich widerspiegelte in ihrem Lächeln, das sie schon vor Jahren verloren hatte, und er hatte die Wahrheit gewusst: Ihm war es gleich, ob sie glücklich war. Alles, woran ihm lag, war er selbst.

Er konnte nicht atmen, wenn sie nicht in seiner Nähe war.

»Oh, Gott«, stöhnte er voller Selbsthass und verfluchte seine Schwäche. Er drehte sich auf die Seite, verbarg die hässliche Hälfte seines Gesichts in dem weichen Kissen. Was sollte er nur tun? Was konnte er tun?

Ein guter Mann würde sie freigeben. Er würde ihr einen Kuss auf die Wange geben, würde lächeln und ihr leise Auf Wiedersehen sagen.

Der Gedanke traf ihn hart, weckte einen solch heftigen Schmerz in seinem Inneren, dass er einige Sekunden lang fürchtete, einen Herzanfall zu bekommen. Er hieß diesen Schmerz willkommen, wünschte sich fast einen schnellen, plötzlichen Tod. Denn er hatte in seine Seele geschaut und hatte die schmerzliche, hässliche Wahrheit erkannt.

Er war kein guter Mann.

25

Die erste Glocke am Morgen läutete um vier Uhr dreißig.

Einige Sekunden lang, ehe Selena wirklich wach war, hieß sie das erste Morgenlicht auf ihrem Gesicht willkommen. Sie blinzelte verschlafen, streckte die Arme aus und dachte an den Tag, der vor ihr lag.

Neben ihr knarrte ein Bett und dann noch eines und noch eines und rief ihr schlagartig in Erinnerung, dass sie nicht zu Hause war.

»Steh auf, du alter Faulpelz«, neckte Schwester Bertha sie.

Selena stützte sich auf die Ellbogen und sah sich um. Überrascht stellte sie fest, dass Lucy und Theresa und Bertha bereits angekleidet waren, sie trugen die gleiche Kleidung wie gestern. Sie standen alle drei vor ihren Betten und starrten sie an.

Wieder läutete eine Glocke.

Überall auf dem Flur wurden Türen geöffnet, man hörte leise, schlurfende Schritte, die an ihrem Zimmer vorübergingen.

»Du beeilst dich besser«, riet ihr Lucy. »Es dauert nur noch fünf Minuten bis zur nächsten Glocke – und dann müssen wir schon im Schlafzimmer der Männer sein und die Wäsche holen.«

Bertha trat beschwichtigend dazwischen. »Lucy, du bleibst hier und hilfst Schwester Agnes. Theresa und ich können heute die Zimmer der Männer machen.«

»Bertha …« warnte Theresa leise, und ihr Blick ging zu der geschlossenen Tür.

»Niemand braucht etwas davon zu wissen.« Bertha lächelte Selena kurz zu und zog Theresa zur Tür. Sie öffnete sie, warf einen schnellen Blick nach beiden Seiten, dann liefen die beiden auf den Flur und verschwanden.

Selena schob die Decke weg und schwang die Füße aus dem schmalen Bett. Lucy kam zu ihr und zeigte ihr dann mit einigen schnellen Bewegungen, wie die Decken über das Fußende des Bettes gelegt wurden, um sie zu lüften.

»So bleibt die Wäsche länger frisch«, erklärte sie und zwinkerte Selena zu, dann lief sie zur Wand und holte einen Besen vom Haken.

Lucy fegte den glatten Holzboden und kehrte die Holzstückchen neben dem Ofen auf. Dann wischte sie das Holz und die Fensterbänke und füllte die Lampe aus der großen Flasche neben der Kommode auf.

Selena stand einige Sekunden nur da und wusste nicht, was sie tun sollte, dann ging sie zu ihrer Schublade und zog das braune Baumwollkleid heraus. Schnell kleidete sie sich an, wusch sich und ging dann zum Fenster.

Wieder läutete eine Glocke.

Lucy hängte den Besen wieder an die Wand und wandte sich zu Selena. »Es ist Zeit, mit unserer Arbeit zu beginnen.«

Selena warf noch einen letzten Blick auf die Puppe, die auf ihrem Bett lag, dann wandte sie sich um und folgte Lucy aus dem Zimmer.

Der Flur war voller Menschen. Die Männer hielten sich auf der östlichen Seite, sie gingen schweigend hintereinander her, die Frauen auf der westlichen Seite taten es ihnen gleich. Sie nickten einander zu und begrüßten sich mit leisen Stimmen, dabei sahen sie einander kaum an.

Bis auf Elliot. Er stand allein an der Tür seines Schlafzimmers, den großen Hut drehte er in den Händen. Selena starrte ihn an. Über die Köpfe der anderen Menschen hinweg trafen sich ihre Blicke.

In seinen Augen lag tiefes Bedauern. Sie blickte ihn flehend an, wollte die Hand nach ihm ausstrecken und ihn um ein paar Antworten bitten, doch die Sekunden vergingen viel zu schnell.

Er setzte den Hut mit der breiten Krempe auf den Kopf, senkte den Blick zu Boden und verschmolz mit der Menge der Männer, fast sofort verschwand er auf der Treppe nach unten.

Lucy schob ihre Hand in die von Selena und drückte sie leicht. »Komm schon«, flüsterte sie.

Selena klammerte sich an die Hand der Frau wie an eine Rettungsleine in diesem fremden, stillen Haus. Zusammen gingen sie die Treppe hinunter, an der Küche vorbei, die gerade zum

Leben erwachte und aus der man das Klappern von Töpfen, das Rauschen von Wasser und Frauenstimmen hörte.

Frauen verließen das Haus durch die westliche Tür wie eine Rinderherde, sie traten in die noch dunkle Welt hinaus und zerstreuten sich dann in lauter verschiedene Richtungen. Lucy führte Selena über eine ruhige, von Bäumen flankierte Straße zu einem kleinen weißen Haus, das genauso schmucklos und schlicht war wie all die anderen auch. Sie gingen durch die Tür und traten in einen großen, viereckigen Raum, in dem lange, hölzerne Tische standen. In der Mitte des Raumes stand auf einer großen Platte aus gehämmertem Stahl ein kegelförmiger Ofen, der angefüllt war mit Bügeleisen. Körbe voller Wäsche reihten sich an der Wand entlang auf, und hölzerne Gestelle waren voll geladen mit noch feuchten weißen Laken, Schürzen und Hauben. Hölzerne Strumpfspanner hingen an Haken an der Wand. Durch die Fenster der gegenüberliegenden Wand konnte Selena ein Dutzend weiterer Frauen entdecken, die sich über riesige schwarze Kessel beugten.

Lucy öffnete eine Tür in dem Ofen und zündete Feuer an. Bald stieg Wärme aus dem Ofen auf und füllte den Raum.

Dann zog Lucy einen großen Korb heran und kippte den Inhalt auf einen der Tische. »Sobald die Eisen heiß sind, fangen wir an.«

Selena ging zur anderen Seite des Tisches hinüber. »Erzähl mir von diesem Ort hier.«

Lucy lächelte sie matt an. »Du hast vielleicht schon genug gesehen, um zu wissen, wie es hier ist. Es ist eine religiöse Gemeinschaft.«

»Was ist das für eine Religion, die Glocken nötig hat und Trennung und Schweigen?«

»Wir leben im Zölibat.«

»Ich kenne dieses Wort Zölibat nicht.«

»Ich wünschte, ich könnte es auch vergessen«, meinte Lucy und lachte ein wenig. »Sex. Kennst du dieses Wort?«

Erinnerungen stürmten auf Selena ein, heftig und plötzlich und so süß. »Ja, dieses Wort kenne ich.«

»Ganz einfach, wir haben hier keinen Sex.«

»Aber die verheirateten Menschen …«

»Heirat ist ›gegen die Regeln‹. Es gilt hier als unanständig, wenn Männer und Frauen eine so besondere Beziehung eingehen«, erklärte Lucy bitter.

»Ich verstehe dieses Gefühl, Bitterkeit. Warum drückst du es so deutlich aus?«

Eine Sekunde lang schien Lucy überrascht. Doch dann lächelte sie. »Ich vergesse immer wieder, dass du dich ja nicht mehr an mich erinnerst. Mein Ehemann Blake – er lebt in einem anderen Wohnhaus. Und unser Sohn Samuel lebt in wieder einem anderen Haus.«

»Das verstehe ich nicht. Du hast ein Kind und einen Ehemann, und dennoch lebt ihr nicht zusammen?«

»Du verstehst ganz genau.«

»Aber ein Kind braucht seine Mutter.«

»Hier nicht.« Lucy breitete eine Schürze vor sich aus und besprühte sie mit Lavendelwasser, dann griff sie nach einem Bügeleisen und begann, die Schürze zu bügeln. »Im letzten Jahr hatte Sammy Windpocken. Sie haben mir noch nicht einmal erlaubt, ihn zu besuchen, bis ich damit gedroht habe, das ganze Anwesen in Brand zu setzen. Kinder zu erziehen ist eine ›Aufgabe der Gemeinschaft‹, musst du wissen. Es ist nicht anständig, wenn eine Mutter eine ganz besondere Bindung zu einem Kind hat.«

Sogar Johann hatte niemals so bitter geklungen. Selena tat es Lucy nach, sie zog eine zerknitterte weiße Schürze aus dem Korb zu ihren Füßen und strich sie glatt. Vorsichtig holte sie ein Bügeleisen aus dem heißen Ofen und begann zu bügeln. »Warum bleibst du dann hier?«

Lucy seufzte. »Wohin soll ich denn gehen? Mein Ehemann hat die Entscheidung, hierher zu kommen, ohne mich getroffen.

Er hat all unsere weltlichen Besitztümer der Gesellschaft überschrieben und hat Sammy mitgenommen. Er hat mir erklärt, ich könnte mich frei entscheiden, aber unseren Sohn bekäme ich draußen nicht. In den ersten Jahren habe ich immer wieder versucht, wegzulaufen, doch er hat uns immer wieder gefunden und uns hierher zurückgebracht. Ich bin eine Frau, ich habe gar keine andere Wahl.«

»Aber …«

»Alles, was ich habe, ist Sammy. Ich lebe für die wenigen Augenblicke, wenn ich ihn auf dem Hof sehe.« Tränen traten in ihre Augen und rannen über ihre Wangen. »Vielleicht, wenn er älter ist …«

»Sind denn all die Frauen hier gefangen?«

Lucy wischte sich eine Träne von der Wange. »Oh, nein. Für viele ist das hier ein herrlicher Ort. Bertha und Theresa finden, dass hier der Himmel ist. Die meisten Frauen denken das. Hier fehlt es ihnen an nichts, sie werden nicht geschlagen, haben keinen Hunger und werden respektiert. Unsere Gründerin, Mutter Anna Lee, war eine Frau.«

Selena fuhr sich mit dem heißen Bügeleisen über den Daumen. Mit einem Schrei ließ sie das Bügeleisen fallen und steckte den schmerzenden Daumen in das Lavendelwasser. »Hat … hat es mir hier gefallen?«

Lucy schüttelte den Kopf. »Die Regeln haben dich schon immer gestört. Aber ehe du hier weggegangen bist, hast du auch noch begonnen, von Babys zu reden. Du hast dir so sehr ein Baby gewünscht. Dein Wunsch war so stark, dass er mir Angst gemacht hat. Und dann hast du behauptet, dass der Tod der einzige Ausweg für dich wäre, aber du wolltest Elliot nicht wehtun. Sonst hättest du, glaube ich, dich gleich hier in deinem Zimmer umgebracht. Und dann warst du plötzlich verschwunden.« Ein Lächeln huschte über ihr Gesicht. »Ich war so stolz auf dich, Agnes. Ich dachte … ich dachte, du wärst frei.«

»Das war ich auch«, erwiderte Selena leise. Sie bückte sich, hob das schwere Eisen wieder auf und stellte es auf den Tisch.

»Wohin bist du gegangen? Was hast du getan?«

»Das weiß ich nicht. Eines Tages wachte ich plötzlich auf in einem ganz besonderen Haus am Meer. Ich war schwer verletzt, und meine Erinnerung an fast alles war verschwunden.«

»Wie hast du dich denn verletzt?«

Selena zuckte mit den Schultern. »Das weiß niemand.«

»Und wie war es dort?«

Bilder drängten sich Selena auf, alle waren schmerzlich in ihrer Schönheit. Ihre Finger krallten sich um den hölzernen Griff des Bügeleisens. »Da war ein Mann …« Ihr Hals schnürte sich zusammen, sie konnte nicht weitersprechen.

»Du hast ihn geliebt.«

Selena senkte den Blick, sie konnte noch nicht einmal nicken.

»Du hättest nicht zurückkommen sollen.«

»Welche Wahl hatte ich denn, Lucy. Ich war eine verheiratete Frau, und mein Ehemann kam, um mich zu holen.«

Schweigen senkte sich zwischen die beiden, schwer und bedeutungsvoll.

In diesem Augenblick begriff Selena, dass dies alles war, was ihr geblieben war. Freundschaft mit einigen Frauen, vielleicht, und ein Leben unter strenger Kontrolle. Kein Hunger, keine Schläge, kein Mangel, aber auch keine Freiheit. Keine wirkliche Familie, kein Lachen.

»Agnes?« Lucy sah sie besorgt an. »Ist alles in Ordnung?«

»Nein«, antwortete Selena leise. Es war ganz sicher nicht alles in Ordnung, jetzt, wo sie einen Blick in ihre Zukunft geworfen hatte. Ihr Leben breitete sich vor ihr aus, lang und einsam und beherrscht vom Läuten einer Glocke.

Die Frühstücksglocke läutete pünktlich um sechs Uhr. Zu diesem Zeitpunkt war Selena müde und verschwitzt, und ihre Hände waren übersät mit Dutzenden von Brandblasen. Ihr

Daumen schmerzte. Sie und Lucy bügelten das Hemd fertig, an dem sie gerade arbeiteten, dann stellten sie die Bügeleisen wieder in den Ofen.

Zusammen gingen sie schweigend zurück zum Wohnhaus. Überall waren Menschen, sie gingen in geordneten Reihen schweigend durch ihre getrennten Türen in ihre stillen Esszimmer.

Selena wollte schreien, wollte auf und ab springen und mit den Armen wedeln, wollte wie eine Möwe schreien. Aber sie war viel zu müde, um überhaupt etwas zu tun, also folgte sie der Menschenmenge.

Es war nicht einmal so, dass das Bügeln sie erschöpft hatte – obwohl ihre motorischen Fähigkeiten für eine so komplizierte Aufgabe bei weitem noch nicht gut genug waren. Es war einfach alles hier: das Schweigen, jede geschlossene Tür, jede Regel, die befolgt werden musste. Sie wollte an der Küche vorbei in ihr Zimmer laufen, wollte in ihre alte Kleidung schlüpfen und dann ins Bett klettern, die Decke bis zum Kinn ziehen und schlafen. Schlafen und schlafen und schlafen und nie wieder aufwachen. Sie fühlte, wie sie in tiefe Verzweiflung versank, und sie fand keinen Weg mehr heraus, konnte nicht einmal mehr lächeln. Sie sah sich an diesem sterilen Ort um und entdeckte nichts, was einen Wert hatte, nichts, woran man sein Herz hängen konnte.

Sie wusste, dass sie ungerecht war, dass dieser Ort voll von liebevollen, fürsorglichen Menschen war, aber es waren nicht die richtigen Menschen. Sie wollte von ihnen nicht willkommen geheißen oder geliebt werden. Sie wollte ihre Familie wiederhaben, die einzige Familie, die sie je gekannt hatte. Sie wollte Wälder und keine Felder, Küsten und keine Flüsse. Ian anstatt Elliot.

Oh, Ian …

Lucy schob ihre Hand in die von Selena und drückte sie. »Tu das nicht, Agnes«, flüsterte sie.

»Was soll ich nicht tun?«, fragte Selena, doch eigentlich kümmerte es sie nicht, nicht wirklich.

»Du bekommst wieder diesen verzweifelten Ausdruck in deinen Augen.«

Selena unterdrückte ein bitteres Lachen. »Mach dir keine Sorgen um mich, Lucy. Ich bin sicher, es wird mir gut gehen. Ich bin ganz einfach nur müde und habe Kopfschmerzen.«

Wieder eine dieser Lügen, dachte sie traurig. Und sie kamen ihr so leicht über die Lippen.

Die Brüder und Schwestern bewegten sich ruhig in zwei Gruppen durch das Haus, sie betraten das Esszimmer durch getrennte Türen. Die Männer setzten sich an die Tische auf der östlichen Seite des Raumes, die Frauen an die auf der westlichen Seite.

Lucy führte Selena an einen der Tische. Auf der anderen Seite des Zimmers stand Elliot vor einem Tisch. Ihre Blicke trafen sich. Er sah sich schnell nach links und rechts um, dann formte sein Mund lautlos die Worte: *Geht es dir gut*?

Selena hatte keine Antwort für ihn. Er sah so besorgt aus, dass sie am liebsten genickt hätte, aber das schaffte sie nicht.

Eine Glocke läutete. Die Gläubigen sanken alle auf die Knie und murmelten ihre Gebete.

Selena begriff gerade, dass sie sich niederknien musste, als alle anderen bereits wieder aufstanden. Lucy legte ihr einen Arm um die Taille und führte sie an ihren Platz. Der große hölzerne Tisch bog sich unter dem Gewicht der Speisen. Gekochte Kartoffeln, gebratene Würste mit Zwiebeln und Steckrüben, Weizenbrot mit frischer Butter und Himbeermarmelade, gekochtes Apfelkompott, das nach Zimt duftete, und Krüge mit cremig weißer Milch.

Die Familie aß schweigend, die einzigen Worte, die gesprochen wurden, waren ein geflüstertes »Danke«, wenn die Speisen vom einen zum anderen gereicht wurden. Selena versuchte, nicht an die Mahlzeiten im Haus Lethe zu denken, an all das

Lachen, die Neckereien und die Kameradschaft. Und auch nicht an das Essen, mit dem sie manchmal sogar geworfen hatten, um ihren Worten Nachdruck zu verleihen, oder an die dummen kleinen Gebete, die sie zu einem Gott gesprochen hatte, der den Spaß liebte. *Durch die Kehle, vorbei an der Zunge, aufgepasst, Magen, hier kommt es.*

Beinahe hätte sie bei der Erinnerung daran gelächelt, wenn diese Erinnerung nicht so schmerzhaft gewesen wäre.

Selena hatte gerade erst das Essen auf ihren Teller gehäuft, als die Glocke noch einmal läutete. Um sie herum klirrten die Gabeln auf den Tellern, die in die Mitte des Tisches geschoben wurden. Die Männer standen alle gleichzeitig auf und sanken dann auf die Knie, um ein schweigendes Gebet zu sprechen.

Und dann waren sie auch schon wieder verschwunden.

Selena steckte den letzten Bissen der geschmacklosen, fettigen Wurst in den Mund und schob den Teller weg. Sie machte sich nicht die Mühe, sich hinzuknien und Gott ein schweigendes Gebet zu weihen, einem Gott, den sie nicht verstand, doch das schien niemand zu bemerken. Lucy nahm sie an die Hand und führte sie zurück durch den Flur der Frauen, durch die Tür der Frauen über den Hof.

Im Bügelhaus war es heiß und feucht.

Selena sah sich um, entdeckte die vielen Dutzend perfekt gebügelter Hemden und Schürzen und Laken, die sie und Lucy gefaltet und aufgestapelt hatten. Und dann sah sie zu den vielen Körben mit Wäsche, die noch gebügelt werden musste.

Sie würden das niemals schaffen, das begriff sie jetzt. Dies war eine Arbeit, die nie enden würde, es war eine Arbeit, die immer weiterging. Tag um Tag, Monat um Monat, Jahr um Jahr. Dieser Gedanke war ihr noch nie zuvor gekommen. Im Haus Lethe war ihre Kleidung immer wie durch ein Wunder da, aber jetzt begriff sie, dass jemand, irgendwo, diese Kleidung gewaschen, getrocknet und gebügelt hatte. Und sie und Lucy mussten für einhundert Leute bügeln. Genau wie die anderen Frauen draußen die ganze Wäsche wuschen und die Frauen in der Küche für alle kochten.

Harte Knochenarbeit, die niemals zu Ende ging.

»Ist das mein Leben?« Diese Frage kam über ihre Lippen und klang bemitleidenswert schwach.

Lucy blickte von dem Hemd auf, das sie gerade bügelte. Langsam stellte sie das Bügeleisen beiseite. »Unsere Aufgaben wechseln immer. Als Nächstes werden wir beide Pasteten backen – einhundertsechzig in einer Woche, allein für das Abendessen. Und dann gibt es da noch die Handarbeiten. Die verkaufen wir den Menschen in der Welt.«

Selena dachte daran, wie schlecht sie mit den Händen arbeiten konnte, wie kümmerlich sie Aufgaben wie Sticken und Backen und Bügeln erledigte. »Ich weiß nicht, ob ich hier überleben kann, Lucy«, flüsterte sie. »Ich fürchte mich.«

Lucy sah sie traurig und erschöpft an. »Das war bei dir schon immer so, Agnes. Und ich hatte auch schon immer Angst um dich.«

Ian stand in seinem Schlafzimmer und nippte an einem Kristallglas mit lauwarmem Wasser, während er aus dem Fenster starrte. Draußen hing ein riesiger Vollmond an einem samtschwarzen Himmel.

»Selena.« Er hauchte ihren Namen, versuchte, ihre Anwesenheit zu fühlen, ihre Gedanken über die vielen Meilen hinweg zu erraten.

Aber nichts geschah.

Er wandte sich vom Fenster ab und verließ sein Zimmer, ging die dunkle Treppe hinab, durch die Eingangshalle in die sternenhelle Nacht. Eine Sekunde lang bildete er sich ein, Kerzen um die Wiese herum zu sehen, glaubte, den Rauch zu riechen. Er schloss die Augen und erinnerte sich. Er hörte das Schlagen des metallenen Schlägers gegen die Holzkugel wieder, ihr rauchiges Lachen, fühlte ihre seidige Haut, als sie sein Gesicht berührt hatte.

Küss mich, Ian.

Er sank auf die Knie und starrte zu dem sternenübersäten Himmel hinauf. Dann fragte er sich, ob sie wohl jetzt gerade draußen war und zu dem gleichen Mond hinaufsah, ob sie sich an ihn erinnerte.

Wo war sie? Was tat sie gerade?

Das waren die ersten Fragen, die er sich jeden Morgen stellte, wenn er aufwachte, und die letzten, ehe er ins Bett ging. Er war ganz krank vor Verlangen, zu wissen, was sie tat, sie noch einmal zu sehen. Ständig dachte er an sie, machte er sich Sorgen um sie. Wurde sie mit der Einsamkeit fertig? Hatte er sie das gelehrt?

Er konnte sich nicht daran erinnern, ob sie hier jemals allein gewesen war. Er hatte ihr Philosophie und Religion beigebracht, hatte sie gelehrt zu denken, aber hatte er ihr auch beigebracht, wie sie überleben konnte?

Himmel, er wollte zu ihr gehen, wollte ihr folgen und sich durch die Büsche schleichen, wie ein Verbrecher, wollte sie beobachten und sich vergewissern, dass sie noch immer lächelte. Dass sie noch lachte. Dass sie noch immer hinter jeder Wolke die Sonne sah.

Aber er konnte nicht zu ihr gehen, das wusste er, das sagte er sich jeden Abend und jeden Morgen wieder. Die Ehre verlangte von ihm, dass er hier blieb, genauso, wie die Ehre von ihm verlangt hatte, dass er sie gehen ließ. Und was sollte er ihr sagen, wenn er zu ihr käme? Sollte es noch einmal einen Abschied geben? Alles, was er ihr jetzt geben konnte, war das Geschenk seiner Disziplin. Das Geschenk seiner Abwesenheit.

Ich werde immer ehrenhaft sein. Immer…

Oh Gott, wie er diese Worte hasste in den zwei Monaten, seit sie weg war.

Sie hatte, wie immer, das Beste von ihm gefordert, den endgültigen Beweis seiner Ehre und seines Anstands. Und jetzt, so nahm er an, war er ein so guter Mensch, wie er es nur eben sein konnte. Er hatte Dinge getan, die sie glücklich gemacht hätten – er hatte damit begonnen, ein wirkliches Heim auf diesem Grundstück aufzubauen, ein Haus, das leicht fünfzehn Patienten beherbergen konnte. Er war mit all seinen alten Kollegen in Verbindung getreten und hatte ihnen erklärt, dass Haus Lethe für eine ausgewählte Gruppe verwirrter Patienten offen stand, weder finanzielle noch gesellschaftliche Voraussetzungen waren zu erfüllen. Er hatte mit den Doktoren Freud und Wellsby korrespondiert und auch noch mit einigen anderen berühmten Nervenärzten. Langsam erarbeitete sich Ian die Grundlagen für seinen neuen Beruf.

Eigenartigerweise stellte er fest, dass das, was Selena glücklich gemacht hätte, auch ihn, wenn schon nicht glücklich, so doch zumindest zufrieden machte. Zum ersten Mal seit vielen Jahren war er angetan von sich selbst. Andrew machte große Fortschritte, und tatsächlich war Ian noch nie auf etwas so stolz gewesen wie auf diesen Jungen.

Und auf Lara. Die süße, harmlose Lara war ihm ein größerer Trost, als er es je für möglich gehalten hätte. Stundenlang saßen sie beieinander, manchmal lasen sie, manchmal malten sie, manchmal schwiegen sie einfach.

Für einen außen stehenden Betrachter sah es so aus, als würde sich Ians Leben zum Besseren entwickeln. Doch alle im Haus Lethe kannten die Wahrheit.

Sie begriffen seine Launen, seine Depressionen, sein überwältigendes Gefühl des Verlustes. Seine Sehnsucht nach Selena lebte in ihm, brannte in ihm und wurde immer größer. Sie trieb ihn jede Nacht hinaus in die Dunkelheit, weil er zu schwach war, ihr zu widerstehen, zu einsam, um zu weinen. Weil er sie vermisste. Oh, Gott, wie sehr er sie vermisste …

»Kümmere dich um sie«, betete er zu Gott, der ihm so viel gegeben und so viel genommen hatte. »Kümmere dich um sie.«

Der Herbst brach an, mit einem kalten, beißenden Wind.

Elliot sah hinüber zum Waschhaus. Wieder einmal.

Das viereckige weiße Gebäude stand inmitten des absterbenden Grases, die weißen Wände bildeten einen scharfen Kontrast zu dem strahlend blauen Himmel. Bunte Blätter lagen auf der Wiese und waren unter den Bäumen aufgehäuft. Schon bald würden sie verschwunden sein, in großen hölzernen Körben würde man sie wegbringen.

Durch das Fenster erkannte er den Rücken von Schwester Lucy. Wie immer beugte sie sich über den Tisch und bügelte.

Er reckte sich, um einen Blick auf seine Frau werfen zu können – *nur einen Blick, lieber Gott, nur einen einzigen Blick.* Morgen, so wusste er, würden Agnes und Lucy mit ihrer Arbeit in der Küche beginnen, sie würden Pasteten backen, und er hätte noch nicht einmal die kleine Freude, untertags einen Blick auf sie zu erhaschen.

Er umklammerte den Holzstiel der Axt mit schwitzenden Händen und stellte das Stück Holz auf dem Klotz noch einmal zurecht. Mit einer einzigen schnellen Bewegung schwang er die Axt und zerteilte das Holz.

Er warf die Scheite auf den schnell wachsenden Stapel mit Feuerholz und hielt inne, mit dem Tuch wischte er sich den Schweiß von der Stirn.

Gott helfe ihm, schon wieder blickte er zum Waschhaus hinüber.

Er versuchte, nicht an Agnes zu denken, wusste, dass es Sünde war, sich so oft an sie zu erinnern, doch er konnte nicht anders. Seit ihrer Rückkehr hatte sie sich so sehr verändert. Jeden Tag schien sie blasser zu werden, und sie war nur noch der Schatten der Frau, die er im Haus Lethe kennen gelernt hatte.

Sie versuchte, sich anzupassen. Sie ging aufrecht und gerade und hatte gelernt, ruhig zu sprechen. Sie strahlte eine elegante Anmut aus und schien gelassen zu sein.

Doch Elliot kannte sie zu gut, um sich etwas vorzumachen. Sie schaffte es nicht hier. Die Anmut und die Gelassenheit waren nur äußerlich. Wie eine Lage glitzernden Eises auf einem dunklen, bewegten See. Als sie vom Haus Lethe zurückgekehrt waren, waren ihre Launen die eines Kindes gewesen und leicht zu durchschauen, von der lachenden Freude an der Schönheit eines Regentropfens bis hin zu tränenreicher Traurigkeit beim Tod eines Truthahns. Doch jetzt war sie nicht mehr so. Jetzt war ihr Benehmen ruhig und ausdruckslos, nichts schien sie mehr aus der Ruhe zu bringen, und auch ihre Neugier war verschwunden. Nichts hier weckte ihre Aufmerksamkeit oder fesselte sie. Sie saß bei den Versammlungen wie ein farbloser Geist, ihr Lächeln war nur angedeutet, sie blickte die Menschen an, ohne sie richtig zu sehen. Sie beklagte sich nie, stritt sich nie, war mit niemandem uneins.

Und sie lachte niemals.

Er bückte sich und nahm ein weiteres Stück Holz vom Stapel. Als er es aufhob, entdeckte er hinter dem Holzstapel im schattigen Gras eine einzelne weiße Blume, die sich nicht davon abhalten ließ, hier frei und wild zu blühen.

Sie erinnerte ihn sehr an Agnes. Er dachte an die Versammlung in der letzten Woche, als er einige wenige verbotene Augenblicke bei ihr gewesen war und sich leise mit ihr unterhalten hatte, während die anderen sie beobachteten.

Ich möchte Blumen in meinem Zimmer haben, Elliot. Ich vermisse die Blumen…

Die sehnsüchtige Traurigkeit in ihrer Stimme hatte ihn mehr erschüttert, als er es sich hätte vorstellen können. Er hatte ihr mechanisch geantwortet, hatte ihr erklärt, dass Blumen nicht wegen ihrer Schönheit gezüchtet werden sollten. Ein solcher Schmuck wäre ›gegen die Regeln‹. Rosen wurden nur deshalb angepflanzt, weil man Rosenwasser daraus machte, und nicht wegen ihres Duftes oder ihrer Schönheit.

Oh, hatte sie geseufzt. *Wie schade.*

Und das war es auch, begriff er plötzlich. Es war traurig, die Schönheit der Blumen nicht genießen zu können. Es war traurig, dass Gott so etwas verlangen sollte, wenn er doch diese Schönheit geschaffen hatte.

Er bückte sich und pflückte die Blume. Sie sah wunderschön aus, und in seinen großen, groben Händen beinahe zerbrechlich.

Auf der anderen Straßenseite hörte er Lucys Stimme. »Ich bin gleich wieder da, Agnes«, sagte sie. »Wir brauchen mehr Lavendelwasser.«

Elliot blickte zum Waschhaus, zu der offenen Tür.

Er dachte gar nicht nach, bewegte sich automatisch. Schnell sah er nach allen Seiten, dann eilte er über die Straße, schlich sich in das Gebäude und schloss hinter sich leise die Tür.

Agnes sah von ihrer Bügelarbeit auf. Kurz überflog ein Ausdruck von Überraschung ihr Gesicht, doch dann war er schon wieder verschwunden, ersetzt von ausdrucksloser Duldsamkeit. »Hallo, Elliot.«

Himmel, wie sehr hatte sie sich verändert. Er erinnerte sich daran, wie sie im Haus Lethe ausgesehen hatte, als sie in ihrer weltlichen Kleidung die Treppe hinuntergekommen war, die Haut ihrer blassen Schultern war cremig zart gewesen, und ihre Augen hatten vor Glück geleuchtet. Zum ersten Mal fragte er sich, wie es wohl zu ihrer Verletzung gekommen war. Wie verzweifelt war sie gewesen, um diesen Ort hier zu verlassen? Verzweifelt genug, um sich vor einen Wagen zu werfen?

Er hob die Blume hoch und reichte sie ihr. »Ich möchte nicht, dass du Blumen vermissen musst.«

Sie starrte auf die Blume, der trübe, ausdruckslose Blick ihrer Augen verschwand. »Sie ist weiß«, flüsterte sie.

Eine Sekunde lang, nur eine einzige Sekunde, war sie wieder die Frau, die er im Haus Lethe gesehen hatte, atemberaubend schön und voller Gefühl. Sie nahm die Blume, hob sie an ihre Nase und atmete tief ihren Duft ein. Langsam erschien ein zögerndes Lächeln um ihren Mund.

»Danke«, sagte sie.

Schweigend starrte er sie an, er wusste nicht, was er sagen, was er tun sollte.

Sie sah zu ihm auf. »Hast du je daran gedacht, diesen Ort hier zu verlassen?«

Eine Sekunde lang hätte er beinahe ja gesagt. Doch dann holte ihn die Wirklichkeit ein, machte seine schwache Hoffnung zunichte. Er erinnerte sich daran, wie das Leben dort draußen war, wie die Menschen einen so riesigen Mann mit einem entstellten Gesicht behandelten. »Ich… für mich ist das Leben dort draußen sehr hart.«

»Johann hat mir erzählt, dass die Welt ein kalter, grausamer Ort ist. Es muss die Wahrheit sein, wenn ein so sanfter Mann wie du so schlecht behandelt wird.«

»Du warst die Einzige«, sagte er leise und war überrascht über seine eigenen Worte. Er hatte sie eigentlich gar nicht laut aussprechen wollen. Eine heiße Röte stieg in seine Wangen.

»Die einzige was?«

»Die Einzige, die nie vor mir davongelaufen ist. Du hast dich von meinem Gesicht nie abgestoßen gefühlt.«

Sie lächelte ihn traurig an. »Dann hast du die falschen Menschen kennen gelernt. Niemand im Haus Lethe hätte das etwas ausgemacht.«

Er seufzte. Das Haus Lethe schon wieder. »Vielleicht.«

Ihr Blick ging zu der Blume in ihrer Hand. »Hast du dir je Kinder gewünscht?«

Er holte tief Luft. *Kinder.* So viele Nächte hatte er allein in seinem Bett gelegen und hatte an die Kinder gedacht, die er nie haben würde, an die Enkelkinder, an denen er sich nie erfreuen würde. Vor langer Zeit schon hatte er diesen Kindern Namen gegeben, hatte von ihnen geträumt, doch diese Visionen waren endgültig in sich zusammengebrochen, erdrückt vom Gewicht ihrer Unmöglichkeit.

Und jetzt, als er Agnes ansah, begann er wieder davon zu

träumen. Er würde alles darum geben, sogar seine unsterbliche Seele, ein Kind von ihr in seinen Armen zu halten. Er hatte sich schon immer nach einem Kind gesehnt, ein Kind, das er halten würde und küssen und dem er all seine Liebe schenken würde, die er sein ganzes Leben lang in sich angesammelt hatte.

Es schmerzte ihn, daran zu denken, deshalb gebot er diesen Gedanken Einhalt, schob die Erinnerungen beiseite. »Es war nicht Gottes Wille.«

Sie schnaufte unwillig und sah zu ihm auf. »Es ist immer Gottes Wille, Babys auf diese Welt zu bringen. Gott hat dich nicht gezwungen, enthaltsam zu leben.« Sie trat einen Schritt näher. »Du hättest ein Baby mit mir haben sollen, und wenn ich das nicht gewollt hätte, dann hättest du dir eine Frau suchen müssen, die damit einverstanden gewesen wäre.«

Er suchte nach einer Antwort. »Aber mein Gesicht …«

»Dein Gesicht, das bist nicht du, Elliot.« Sie lehnte sich zu ihm und hob ihm das Gesicht entgegen. »Einem Kind ist das Herz seines Vaters wichtiger als sein Gesicht.«

Elliot sah auf sie hinunter und fühlte sich fehl am Platze, als wäre seine Welt gerade aus den Angeln gehoben worden, und er suchte nach seinem Gleichgewicht. »Du hast dich verändert, Agnes.«

Er hatte die falsche Antwort gegeben, das war ihm sofort klar, obwohl er sich nicht vorstellen konnte, wie die richtige Antwort hätte lauten müssen. Sie zog sich von ihm zurück. »Wirklich?« Jetzt klang ihre Stimme wieder müde und erschöpft.

Schweigen senkte sich über sie beide. Er sah sie an. Sie schaute auf die Blume in ihrer Hand.

Weit weg läutete die Glocke zum Mittagessen.

Sie seufzte und legte die Blume beiseite. »Wie das Vieh werden wir jetzt zum Essen gehen.«

Ehe er noch antworten konnte, betrat Lucy den Raum. Bei seinem Anblick blieb sie wie angewurzelt stehen, dann nickte sie ihm zu. »Bruder Elliot.«

Auch er nickte – wie es hier üblich war. »Schwester Lucy.«

Agnes hob den Kopf und lächelte ihn matt an. »Auf Wiedersehen, Elliot.«

Wieder einmal musste er ans Haus Lethe denken und daran, wie lebhaft und strahlend sie dort gewesen war.

26

Die ganze Familie hatte sich im Versammlungshaus zum Wochentreffen eingefunden. Draußen war eine kalte Oktobernacht, und es regnete. Ab und zu grollte Donner aus den dicken grauen Wolken, und es blitzte.

Selena versuchte, sich für das zu interessieren, was um sie herum vorging, sie versuchte es wirklich. Wie immer saßen die Männer und Frauen auf Bänken einander gegenüber und redeten mit ruhigen Stimmen, doch immer betrug der Abstand zwischen ihnen mindestens zwei Meter. Ab und zu dirigierte Bruder Matthew sie für ein ruhiges Lied, und ab und zu wurde sogar getanzt – in zwei getrennten Reihen, in zwei verschiedene Richtungen, aber immerhin, es hätte Spaß machen sollen.

Selena beobachte die anderen, sie lächelte, wenn sie angelächelt wurde, und sie wusste, dass die anderen auf ihre eigene, seltsame Art und Weise zu bewirken versuchten, dass sie sich unter ihnen wohl fühlte. Früher einmal wäre das vielleicht so gewesen. Wenn sie nach ihrer Verletzung hier aufgewacht wäre, wenn sie bei diesen gottesfürchtigen Menschen zu neuem Leben erwacht wäre, dann hätte sie wahrscheinlich ihre Religion und auch ihre enthaltsame Lebensweise ohne jede Frage akzeptiert. Und wahrscheinlich wäre sie hier auch glücklich gewesen. Immerhin waren sie allesamt gute, liebevolle Menschen.

Aber für Selena war es zu spät, das begriff sie jetzt. Für eine kurze Zeit, eine viel zu kurze Zeit, hatte sie aus einem Fenster in eine helle und strahlende Welt geblickt, eine vielversprechende Welt voller Schönheit und Poesie. Doch jetzt war dieses Fenster wieder geschlossen, fest verschlossen, und die Welt, in der sie jetzt lebte, war nur grau in grau. Sie wusste, dass die Farben noch da waren – der blaue Himmel, die weißen Wolken, die goldene Sonne. Es gab diese Farben noch, doch sie berührten sie nicht länger, sie sah sie kaum noch. Zuvor hatte sie die Welt durch so viele Augen gesehen – durch die Augen von Johann, Maeve, Andrew, Lara und Ian. Jeder von ihnen hatte ihr die Welt in einer anderen Sicht erschlossen, aus seinem Bewusstsein und seiner Erfahrung heraus.

Doch all das gab es jetzt nicht mehr.

Sie sah sich in dem Zimmer um. Es dauerte eine Sekunde, bis sie begriff, dass sie nach Elliot suchte. Sie sprachen nur sehr selten miteinander, und dennoch hatte sie begonnen, sich etwas aus diesem großen, vom Leben geschlagenen Mann zu machen. Er passte immer auf sie auf, beschützte sie auf seine kräftige, ruhige Art. Sie erinnerte sich an die Blume, die er ihr im letzten Monat gebracht hatte, und lächelte.

Irgendwo wurde eine Tür geöffnet, und der Tanz brach plötzlich ab. Vollkommenes Schweigen senkte sich über den Versammlungsraum.

Die Älteste Beatrice betrat das Zimmer. Die Menge teilte sich, um sie durchzulassen, und Selena fragte sich auf einmal, ob die Älteste wohl jemals einsam war. Beatrice lebte in dem großen Haus, mit nur noch einer weiteren weiblichen Ältesten und zwei männlichen Ältesten. Sie waren immer von den anderen getrennt, damit sie ihre Unvoreingenommenheit behielten.

Von der anderen Seite des Raumes aus sah die Älteste Selena an. Die Frau bahnte sich einen Weg durch die schweigende Menge und blieb vor Selena stehen.

»Schwester Agnes, ich bin gekommen, um mit dir zu sprechen.«

Selena zog die Augenbrauen hoch und stand auf. »Ja, Älteste?«

»Komm mit mir.«

Eine dumpfe Vorahnung erfasste Selena. Sie wussten von Elliots Besuch im Bügelhaus. Natürlich war es verboten, mehr als fünfzehn Minuten miteinander zu reden, ohne die ausdrückliche Erlaubnis von Beatrice zu haben.

Selena folgte Beatrice durch den Raum. Aus einer Ecke heraus warf Lucy ihr einen besorgten Blick zu, und Selena zuckte leicht mit den Schultern. Sie musste an den letzten Monat denken, als man Schwester Joan dabei ertappt hatte, wie sie mit ihrem Ehemann gesprochen hatte. Alle Gläubigen waren unerwarteterweise ins Versammlungshaus gerufen worden. Als sie saßen, war Schwester Matilda, eine zierliche, unschuldig aussehende ältere Frau, die schon seit ihrer Kindheit bei den Gläubigen lebte, aufgestanden und hatte mit lauter, klarer Stimme gesprochen. *Es gibt jemanden unter uns, der gedemütigt werden muss.*

Die Älteste Beatrice hatte Schwester Joan aufgefordert, aufzustehen. *Auf welche Art, Anklägerin, hat sich Schwester Joan schuldig gemacht?*

Schwester Matilda hatte sofort geantwortet. *Schwester Joan hat den Glauben gebrochen, indem sie sich ohne Erlaubnis mit Bruder Winston unterhalten hat. Ich werfe ihr vor, den Bruder zur Sünde verführt zu haben.*

Einer nach dem anderen waren die Gläubigen aufgestanden und hatten »Pfui, pfui« gerufen. Nur dieses eine Wort, wieder und wieder, bis der ganze Raum davon dröhnte. Schwester Joan hatte angefangen zu weinen und um Vergebung gebeten.

Und dann, als die Schreie so laut waren, dass Selena sie nicht mehr ertragen konnte, hatte jemand um Ruhe gebeten, und die war dann auch ganz plötzlich eingetreten.

Schwester Joan fiel auf die Knie und senkte den Kopf.

Lasset uns beten, ihr Gläubigen, um die Errettung von Schwester Joan.

Selena schluckte und kämpfte gegen die aufsteigende Panik, während sie Beatrice durch den Flur der Frauen zur Haustür folgte. Begann die ganze Sache etwa so?

Sie wusste nicht, wie sie mit einer solchen Demütigung würde umgehen können. Gott helfe ihr, sie hatte keinerlei Kraftreserven mehr, nichts mehr, woraus sie Kraft schöpfen konnte.

Beatrice öffnete die Tür und trat auf die schmale überdachte Veranda. Regen peitschte um sie herum, der Wind heulte die verlassene Straße hinunter und wehte totes schwarzes Laub vor sich her.

Nervös knetete Selena das kleine Spitzentaschentuch, das sie während der Versammlungen immer bei sich zu tragen hatte. »Ja, Älteste Beatrice?«

»Es hat einen Unfall gegeben. Elliot ist gestern Nachmittag mit einigen anderen Männern draußen gewesen. Ich weiß nicht genau, was geschehen ist, aber ich glaube, die Brüder haben durch Zufall das Land eines anderen betreten. Die Welt da draußen«, erklärte sie leise, »akzeptiert so etwas von uns nicht gern. Man hat auf Elliot geschossen. Die Ärzte glauben, dass er sterben wird.«

»Sterben?« Selenas Beine versagten fast ihren Dienst. Sie streckte die Hand aus und hielt sich an Beatrices schmaler Schulter fest. »Ich muss zu ihm.«

»Er wird gut versorgt, Schwester. Es wäre nicht anständig …«

»Ich muss zu ihm.«

Schließlich nickte Beatrice. »Ein kurzer Abschied wäre wohl nicht so schlimm.« Sie legte den Kopf ein wenig schief. »Das Krankenzimmer ist in dem Gebäude gleich hinter dem Kräuterhaus. Vor der Werkstatt der Schwestern.«

»Danke.« Dieses schlichte Wort aus Selenas Mund war ernst gemeint und kam von Herzen. Mit einem schnellen Nicken ihres Kopfes hob sie ihren Winterrock und lief über den mit Laub bedeckten Weg davon. Regen schlug ihr ins Gesicht, der Wind war eisig.

Mit jedem Schritt, mit jedem Atemzug, betete sie, dass sie nicht zu spät kam. Sie verstand den Tod nicht ganz – aber sie wusste, wenn ein Mensch starb, dann sah man ihn niemals wieder. Sie wusste, dass der Körper unter einem Berg kalter, kalter Erde begraben wurde.

Bitte, lass das nicht mit Elliot geschehen …

Sie konnte sich nicht vorstellen, dass diese liebevollen, mitfühlenden braunen Augen sich für immer schlossen.

Sie rannte die Treppe zum Krankenzimmer hinauf und riss die große Doppeltür auf, hörte, wie die Tür gegen die Wand schlug, während sie stehen blieb. Ihr Atem ging heftig, es brannte in ihrer Brust, und sie beugte sich vor, um nach Luft zu ringen. Das Regenwasser rann aus ihrer Kleidung auf den Boden und sammelte sich zu ihren Füßen.

»Du liebe Güte, das sieht einem Gläubigen aber gar nicht ähnlich«, hörte sie eine leise, freundliche Stimme.

Selena richtete sich auf und stellte fest, dass sie sich in einem großen Raum mit weißen Wänden und einem polierten Holzfußboden befand. Ein viereckiger schwarzer Ofen stand in einer Ecke und hüllte den Raum in angenehme Wärme. Drei kleine hölzerne Wiegen lehnten an der Wand. Unter einer Reihe kleinteiliger Fenster standen vier schmale Betten. Neben jedem der Betten gab es einen kleinen Tisch, auf dem weiße Krüge und Tassen und Instrumente lagen.

Elliot lag in einem der Betten, sein Gesicht war so weiß wie das Laken, das bis unter sein Kinn gezogen war.

»Oh, Elliot …« Sie hob eine kalte, zitternde Hand an ihren Mund und versuchte, nicht in Tränen auszubrechen. Aber sie musste immer an die Blume denken, die er ihr gebracht hatte.

Ein gebeugter Mann mit schneeweißem Haar und einer runden Brille stand von seinem Schreibtisch auf und kam auf sie zu. »Hallo, Schwester Agnes. Hast du die Erlaubnis, mit Bruder Elliot zu sprechen?«

»Ja«, hauchte sie mit erstickter Stimme.

»Dann komm nur.«

Selena zwang ihre zitternden Beine, sich zu bewegen. Sie zog sich einen Stuhl heran und setzte sich neben Elliots Bett. »Elliot, kannst du mich hören?«

Der Arzt kam zu dem Bett hinüber und trat an die andere Seite. »Er kann gar nichts hören, Schwester. Er schläft jetzt schon seit beinahe achtundzwanzig Stunden. Sie haben ihn sofort zu mir gebracht, aber ich konnte nichts mehr für ihn tun, nur die Kugel habe ich entfernt. Es hat sich bereits eine Entzündung gebildet. Nun ist er in Gottes Händen.«

»In Gottes Händen.« Sie wiederholte die Worte mit dumpfer Stimme und beugte sich über Elliot. Er lag so still, wie sie sich einen Toten vorstellte, sein Atem ging flach und schwer.

»Ich hole mir ein wenig Buttermilch. Möchtest du auch welche?«

»Nein.«

Der Arzt stand noch eine Minute am Bett, dann wandte er sich ab und schlurfte davon.

Selena starrte auf Elliot und wusste, dass er sie hören konnte. Sie betete darum. Und dann begann sie mit ihm zu reden, mit leiser, beruhigender Stimme. Sie hatte keine Ahnung, was ihre Worte zu bedeuten hatten, ob sie überhaupt etwas bedeuteten. Sie redete einfach.

Endlich bewegte er sich.

Sie rückte ein Stück vor und griff nach seiner großen, vernarbten Hand, die sie an ihre kalte, nasse Wange presste. »Elliot?«

Er öffnete langsam die Augen, und mit einem Seufzer atmete er aus. »Agnes.«

Ihre Erleichterung war so groß, dass sie beinahe aufgeschrien hätte. Sie beugte sich über ihn, strich ihm zärtlich das schmutzige Haar aus dem Gesicht und starrte in seine wässrigen, blutunterlaufenen Augen.

Und entdeckte Liebe darin.

Er versuchte zu lächeln. »Habe gehört, wie Doc gesprochen hat. Hat gesagt, ich werde sterben.«

»Ich werde dich nicht sterben lassen.«

Ganz langsam streckte er ihr seine gesunde Hand entgegen und legte sie an ihre Wange, eine federleichte, zärtliche Berührung, die viel zu schnell vorüber war. »Ich hätte dich bei ihm lassen sollen.« Er seufzte, und seine Hand fiel zurück auf das Bett.

»Sprich nicht von der Vergangenheit, Elliot. Denke an die Zukunft. Du musst wieder gesund werden.«

»Ich glaube nicht, dass ich wieder gesund werden möchte, Agnes.« Ein rasselnder Husten schüttelte seine Brust. Bei dieser Bewegung verzog er vor Schmerz das Gesicht. »Wenn ich sterbe, dann musst du wieder ins Haus Lethe gehen. Zehn Meilen hinter Craigdarroch Point. Jeder …« Er hustete noch einmal. »Jeder in Alabaster kennt den Weg.«

»Elliot …«

Er drückte ihre Hand und sah sie dann flehend an. »Versprich es mir.«

Sie wusste nicht, was sie tun, was sie sagen sollte. »Ich verspreche es dir.«

Er seufzte noch einmal, dann entspannte er sich. »Gut.«

Sie rückte auf dem Stuhl ganz nach vorn, dann setzte sie sich vorsichtig auf das Bett. Sie versuchte zu lächeln, als sie ihn ansah, dann berührte sie sein entstelltes, narbiges Gesicht und fühlte, dass er Fieber hatte. Ihr wurde übel bei dem Gedanken, ihn zu verlieren. Dieser große, liebevolle Mann mit den traurigen, traurigen Augen, der nie etwas anderes getan hatte als sie zu lieben. »Ich werde dich nicht verlassen, Elliot.«

Er schloss die Augen wieder, sein Atem ging langsam, aber rhythmisch. »Ich liebe dich, Agnes«, flüsterte er.

»Elliot?« Sie beugte sich näher zu ihm und fühlte den ersten Anflug von eisiger Furcht. War das der Tod? Ein leises Gleiten in einen ruhigen Schlaf. Hatten die Worte ihn erlöst? »Elliot?«

Sie fühlte, wie jemand ihr eine Hand auf die Schulter legte. »War er wach?«, fragte der Arzt.

Selena wandte sich um. »Ist er …«

Der Arzt berührte Elliots Handgelenk, dann schüttelte er den Kopf. »Noch nicht. Siehst du? Seine Brust bewegt sich noch. Er atmet.«

Selena sank erleichtert zusammen. »Gott sei Dank.«

»Aber es wird nicht mehr lange dauern. Vielleicht noch ein paar Tage, dann wird die Entzündung ihn umbringen.« Er starrte auf Elliot, und beim Anblick seines vernarbten Gesichts zuckte er ein wenig zusammen. »Vielleicht ist das ja auch ein Segen. Bruder Elliot hat sein ganzes Leben lang Schmerzen gelitten.«

»Ein Segen?« Selena wiederholte diese Worte. Zuerst konnte sie es nicht glauben, doch dann wurde sie wütend. »Ein Segen?«

Der Arzt zuckte mit den Schultern. »Die Kinder in der Welt draußen sind schreiend vor ihm davongelaufen. Hat er dir das nicht erzählt? Selbst hier gab es Menschen, die auf die andere Straßenseite gegangen sind, um ihm nicht zu begegnen. Als wäre diese verdammte Wunde ein Zeichen des Teufels. Also wirklich, ich habe sogar einmal gesehen …«

»Kann ich ihn zu einem weltlichen Arzt bringen?«

Der Doktor schaute sie unverständig an. »Ob du das *kannst*? Was willst du damit sagen?«

»Ich meine die Regeln. Wird Elliot noch immer in den Himmel kommen, wenn ich ihn zu einem weltlichen Arzt bringe?«

Ein Lächeln umspielte den Mund des Arztes. »Wir rufen immer wieder die weltlichen Ärzte zu Hilfe, aber …«

Selena sprang auf und wirbelte herum. »Ich werde in vierzig Minuten wieder hier sein, mit einem Wagen. Bereiten Sie alles vor, damit ich ihn mitnehmen kann.«

»Aber Schwester Agnes …«

Sie lächelte. Zum ersten Mal fühlte sie einen Hauch von Hoffnung für Elliot. Sie wusste, dass es einen Mann gab, der ihren

Ehemann würde retten können. »Vielleicht bin ich für ihn die Hände Gottes, Doktor. Bereiten Sie ihn vor.«

Ian war im Wohnzimmer und nippte an einer Tasse Kaffee, dabei las er die letzte Abhandlung von Henry Cunningham über die Behandlung von weiblicher Geistesstörung. Johann und Andrew saßen auf dem Sofa und teilten sich die Ausgabe der *New York Times* aus der letzten Woche. Als Ian Maeve zum letzten Mal gesehen hatte, hatte sie Shakespeare zitiert und hatte ihre ausgestopfte Eule ausgeschimpft, weil diese geflucht hatte. Das mittlerweile vertraute Hämmern war eine schwach widerhallende Erinnerung daran, dass der Anbau des Hauses beinahe fertig war.

Maeve schwebte in das Zimmer, einen Arm hatte sie dramatisch unter ihr Kinn gelegt. »Zu deinem eigenen Abgrund stehe in Wahrheit.« Plötzlich hielt sie inne und legte den Kopf ein wenig schief. »Es kommt jemand.«

Johann sah auf. »Ich glaube, die nächste Zeile gehört Laertes.«

Maeve ließ den Arm sinken. »Nein. Es kommt *wirklich* jemand.« Sie ging hinaus in die Eingangshalle, ihr durchsichtiger Umhang wehte hinter ihr her, und sie schaute durch das Fenster neben der Tür. »Ach du liebe Güte.«

»Ein wenig spät für eine Lieferung«, meinte Ian und sah nicht einmal von seinen Papieren auf.

»Ian«, wandte sich Maeve mit leiser Stimme an ihn. »Es ist Selena.«

Ian fühlte eine Ahnung von heißer Hoffnung, er beugte sich sogar auf seinem Stuhl vor, ehe er verstand. Maeve hatte Selena in den letzten Monaten dutzende Male »gesehen«. Langsam sank er wieder zurück. »Wie nett, Mutter.«

Andrew sprang auf und lief zur Tür, er schob Maeve beiseite, so dass er durch die Gardine vor dem Fenster sehen konnte. »Oh, du meine Güte.«

Die Stimme des Jungen, der diese Worte voller Ehrfurcht geflüsterte hatte, ließ Ian aufspringen. Er sah zu den beiden hinüber, die sich nebeneinander an das kleine Fenster drückten und ihre Nasen gegen die Scheibe pressten, und jetzt fühlte er wirkliche Hoffnung in sich aufsteigen. Er sah zu Johann hinüber.

Johann legte die Zeitung beiseite und stand auf. »Ist das möglich?«

Ian hatte Angst, es zu glauben. Noch mehr hatte er Angst, es nicht zu glauben. Er ging zur Tür, und mit jedem Schritt wurde seine Hoffnung größer. Mit zitternden Händen griff er nach dem Türknauf aus Messing und drehte ihn, dann öffnete er weit die Tür.

Die Winternacht war kalt und dunkel. Das Mondlicht spiegelte sich in der Reifschicht, die sich über das absterbende Gras gelegt hatte. Ein Wagen hielt vor der Tür. Dicke Atemwolken stiegen aus den Nüstern des Pferdes.

Ein geisterhafter Schatten saß auf dem Wagen. Er wandte sich um und sprach leise mit dem Kutscher. »Sie werden mir dabei helfen, ihn ins Haus zu tragen. Danke.«

Ihre Stimme, die ihm so vertraut war, hüllte ihn ein. »Selena?«, flüsterte er, und seine Knie wurden weich. Die Einsamkeit verflog. *Sie war zu Hause. Gütiger Gott, sie war wieder zu Hause.*

Erst jetzt wandte sie sich zu ihm um, und im blassen Licht des Mondes sah er ihr Gesicht unter der riesigen, schwarzen Kapuze. »Ian.« Das war alles, was sie sagte, mehr nicht, nur sein geflüsterter Name kam aus ihrem Mund.

Maeve schrie auf. »Selena ist zu Hause!«

Edith und die Königin und Lara kamen die Treppe hinuntergelaufen, sie schrieen, fuchtelten mit den Armen, ihre Röcke flogen. Alle vier Frauen und Andrew liefen die Stufen der Veranda hinunter, zerrten Selena vom Kutschsitz und nahmen sie lachend in die Arme. Alle redeten durcheinander.

Ian starrte auf die Szene und fühlte sich eigenartig ängstlich. Etwas stimmte nicht. Sie hatte zwar seinen Namen ausgesprochen, aber nicht die Worte, nicht den Satz, den er so gern von ihren Lippen hören wollte. Und warum war sie nicht schon an seiner Seite, klammerte sich nicht an ihn und überschüttete ihn mit ihren süßen Küssen?

Johann trat neben Ian an die offene Tür. »Sie haben sich noch nicht gerührt«, meinte er.

Ian konnte nicht antworten, ein dicker Kloß saß in seinem Hals. Er fühlte sich auf schmerzhafte Weise verwundbar.

Liebte sie ihn noch immer? Die Frage tauchte aus dem Nichts auf, scharf und schmerzlich. In all der Zeit, in all den Monaten hatte er sie sich vorgestellt, wie sie sich nach ihm sehnte, hatte geglaubt, sie sei genauso einsam und bedrückt wie er.

Aber vielleicht hatte er sich geirrt. Vielleicht war dieser Elliot ja in den letzten zweiundzwanzig Jahren ihre wirkliche Liebe gewesen, und ihre Zeit mit Ian war nur ein nettes Zwischenspiel …

»Quälen Sie sich nicht, Ian«, unterbrach Johann seine Gedanken. »Obwohl ich weiß, wie sehr Sie so etwas genießen.«

Ian wandte sich zu dem Freund. »Aber wenn nun …«

Johann tat seine Furcht mit einer Handbewegung ab. »Wenn nun, das sind Worte für Schriftsteller und für Kinder.«

Endlich hatte sich die lärmende Menge ein wenig beruhigt. Einer nach dem anderen traten die Bewohner von ihrer Göttin zurück und gingen wieder ins Haus, bis nur noch Selena allein am Wagen stand.

Ian wartete, sein Herz hämmerte, sein Hals war ganz trocken. Sie stand ganz starr, die Hände hatte sie vor dem Bauch verschränkt, ihr übergroßer Umhang hing ihr bis zu den Füßen. Ihr Gesicht unter der dunklen Kapuze war ganz blass – viel zu blass –, ihre Augen waren weit aufgerissen und blickten geheimnisvoll.

Er beugte sich ein wenig nach vorn. Jetzt würde sie sprechen, jetzt würde sie die Worte sagen, nach denen er sich so verzweifelt sehnte. *Ich bin nach Hause gekommen, Ian.*

Sie kam auf ihn zu, ihre Stiefel machten ein knirschendes Geräusch auf den Steinen. Unten an der Treppe blieb sie stehen, und einen verrückten Augenblick lang glaubte er, dass sie sich fürchtete, näher zu kommen. »Mein Ehemann«, sagte sie leise.

Er nickte. *Ja. Sage mir, dass du ihn verlassen hast.*

Sie deutete zum Wagen. »Mein Ehemann ist verwundet. Er braucht deine Hilfe, Ian.«

Er erstarrte. Die Hoffnung, die Träume – alles, was diesen Augenblick ausmachte, zerbrach bei ihren schlichten Worten.

Sie sah zu ihm auf, ohne ein Lächeln, ihre Hände krallten sich in den Stoff ihres Umhanges. Sie wusste, wie sehr sie ihn verletzte. Verdammt, sie wusste genau, was er jetzt brauchte, und sie sagte nichts. Sie tat nichts.

Der Moment dehnte sich aus, atemlos und schmerzlich, niemand sagte etwas, niemand rührte sich. Dann bat Andrew den Kutscher, Elliot aus dem Wagen zu helfen. Johann lief hinzu, um zu helfen, aber Ian konnte sich nicht bewegen. Er stand einfach nur da, sein Herz war gebrochen, und er starrte Selena an.

Sie hatte nicht einmal Tränen in den Augen. Sie, die weinte, wenn eine Blume starb, vergoss jetzt keine Träne.

Er zwang sich, von ihr wegzusehen. Es schmerzte viel zu sehr, sie anzusehen, und er richtete seine Aufmerksamkeit jetzt auf den Wagen. Als wäre Selena erleichtert, beeilte sie sich, Johann und Andrew zu helfen. Die drei trugen Elliot auf einer Trage die Treppe hinauf.

Ian trat zur Seite. »Bringt ihn in das freie Schlafzimmer in der zweiten Etage.«

Die Menge drängte sich die Treppe hinauf, wandte sich nach links und verschwand. Jetzt war nur noch ein Hauch von Selenas Duft geblieben, der ihm vollkommen fremd war. Lavendel, begriff er abwesend. Wann hatte sie begonnen, nach Lavendel zu riechen?

Ian blieb am Fuß der Treppe stehen, er rührte sich nicht, atmete nicht einmal, bis er ganz allein war und die Treppe dunkel und leer. Er fragte sich eine Sekunde lang, ob er das alles nur geträumt hatte, ob er wirklich von seinem Stuhl aufgestanden und hinausgesehen hatte, um nichts anderes zu sehen als den Raureif auf der Wiese und die blasse Sichel des Mondes. Sie konnte nicht hier sein, konnte ihm nicht in die Augen gesehen haben, ohne zu weinen, konnte nicht einfach nur leise gesagt haben: »Mein Ehemann ist verwundet.« Als würde sonst nichts zählen, nur ihr Mann.

»Ian«, rief Maeve von oben. »Komm rauf.«

Mit hölzernen Bewegungen ging er los. Er holte seine Arzttasche aus dem Arbeitszimmer, dann ging er langsam die Treppe hinauf.

In dem Schlafzimmer war es dunkel, alle standen um das Bett herum. »Raus, ihr alle«, forderte er mit hohler Stimme. »Nur Andrew und Johann und … Selena können bleiben.«

Niemand widersprach ihm. Maeve schob die anderen vor sich her aus dem Zimmer und schloss dann die Tür hinter sich. Andrew machte sich daran, Lampen anzuzünden. Es dauerte wenige Augenblicke, da roch das ganze Zimmer nach Rauch. Flackerndes goldenes Licht vertrieb die Dunkelheit in die Ecken des Zimmers.

Ian ging zu dem Bett hinüber, in dem Elliot lag. Sein vernarbtes Gesicht hatte die gleiche Farbe wie der vergraute Kissenbezug. Sein Oberkörper war frei, und Ian sah, dass die gleichen Narben, die er im Gesicht und an der Hand trug, sich auch an seinen Seiten fortsetzten. Um seine Schulter und einen Teil seiner Brust lag ein Verband, er war voll von getrocknetem Blut.

»Was ist geschehen?«, fragte er.

»Man hat auf ihn geschossen.«

»Ist die Kugel noch drin?«

»Nein. Der Arzt hat gesagt, er habe sie rausgeholt.«

Ian nickte, doch vermied er es, sie anzusehen. Er wagte es nicht. Noch nicht, so lange der Schmerz noch so frisch war. »Der blöde Doktor hat die Kugel wahrscheinlich mit den Fingern herausgeholt – nachdem er vorher im Garten gearbeitet hatte. Nehmt ihm den Verband ab.«

Andrew eilte an das Bett und löste vorsichtig den Verband, während Ian die Verletzung untersuchte. Das Fleisch um die fransige Wunde herum war bereits gerötet, und grünlicher Eiter war in der Wunde zu sehen. »Sie ist entzündet«, erklärte er leise.

Selena trat neben ihn. Er fühlte ihre Anwesenheit, und er brauchte all seine Kraft, um sich nicht zu ihr umzuwenden und sie in seine Arme zu ziehen. Stattdessen schaute er sie nicht an, sah lieber hinunter auf den Mann, der ihm alles genommen hatte, sogar seine Seele.

»Ian.« Noch einmal sprach sie seinen Namen aus, mit ihrer ruhigen, ein wenig rauchigen Stimme. Gott, wie sehr hatte er diese Stimme vermisst.

Er wartete auf ihre sanfte Berührung, den leichten Druck ihrer Finger auf seinem Arm. Doch sie machte keinerlei Anstalten, ihn zu berühren.

»Er ist ein guter Mann, Ian. Er hat es nicht verdient zu sterben.«

»Wirklich nicht?« Ian hörte die hässliche Bitterkeit in seiner Stimme und verfluchte sich selbst dafür. Doch er konnte nicht anders.

»Kannst du ihn retten?«

Ich will es gar nicht. Auch dieser Gedanke war wieder so hässlich, doch er kam nicht dagegen an. Er wollte Elliot sterben lassen. Nicht gleich heute Abend. Er wollte nur fortgehen und nichts tun und den alten Mann sterben lassen.

Elliots Tod war Ians einzige Möglichkeit zum Leben, und er wusste es, hatte es in dem Augenblick gewusst, als er in Selenas Augen gesehen hatte. Ihre Entscheidung hatte sich nicht geändert. Wenn Ian Elliots Leben rettete, würde Selena Ian verlassen. Noch einmal.

»Ian?«, drängte sie ihn.

In diesem einzigen kleinen Wort lag eine ganze Welt an Bedeutung, er fühlte ihre Erwartung, ihr Vertrauen, wie mit einem schweren Gewicht presste es ihm die Lungen zusammen.

Er schluckte und wünschte – oh, Himmel, er wünschte sich eine Million von Dingen. Alle bedeutungslos, alle unmöglich. Er wünschte, Elliot wäre auf dem Weg gestorben, wünschte, man hätte ihn in den Kopf geschossen und es gäbe keine Möglichkeit, ihn zu retten. Aber am meisten wünschte er sich, er hätte Selena niemals versprochen, ehrenwert zu sein.

Doch nur, wenn er sein Bestes tat, wenn er sein Bestes gab, war er der Frau an seiner Seite würdig. Und er würde lieber sterben, als sie zu enttäuschen.

Er schloss die Augen und versuchte, sich auf das, was vor ihm lag, vorzubereiten. Er holte tief Luft, dann beugte er sich vor und legte die Hand auf Elliots fieberheiße Stirn. Zuerst fühlte er nur eine feuchte Hitze. Doch dann kamen die anderen Bilder, eines nach dem anderen, wirbelnd und Schwindel erregend, bis Ian sich schwach und ganz benommen fühlte. Sie kamen so schnell und waren auch so schnell wieder verschwunden, dass er nur einige wenige davon in sich aufnehmen konnte.

Ein schmutziges, dunkelhaariges Mädchen, das in einer Mülltonne wühlte... eine Gruppe von Männern in gedeckter brauner Kleidung, die auf schmalen Bänken saßen... eine weiße Blume... Selena in einem trüben, braunen Kleid, wie sie schweigend in einer Reihe mit anderen Frauen ging, den Kopf gesenkt... Elliot, der mit dieser gleichen weißen Blume vor ihr stand.

Und bei jedem Bild stürmten auch Gefühle auf ihn ein, eine schmerzliche Liebe, ein atemberaubendes Bedauern. *Es tut mir Leid, Agnes. Es tut mir so Leid.*

Und das eigenartigste von allem – ein Gedanke, laut und deutlich, erfüllt von brennendem Schmerz. *Geh zu ihm, Agnes... versprich mir...*

Ein Schmerz fuhr durch Ians Kopf, über die Augen und setzte sich dann in seinen Schläfen fest. Er presste die Augen zusammen und versuchte, sich zu konzentrieren, die Wunde zu erforschen, nichts weiter als das. Das Loch von der Kugel war klein und ausgefranst, ein schwarzer Fleck gleich unter dem Schlüsselbein, aus dem der Eiter lief. Die Kugel hatte das Herz und die Lunge verfehlt.

Mit der richtigen Behandlung würde Elliot überleben. Ohne Behandlung würde er sterben.

Selena stand neben Ian, sie schwieg noch immer. Sie hatte kein Wort gesagt, und er wusste auch, dass sie nichts weiter sagen würde. Sie würde einfach nur ruhig daneben stehen und warten, sie würde an Ian glauben, mehr als er an sich selbst glaubte. Sie würde von ganzem Herzen und mit ganzer Seele an ihn glauben und würde wissen, dass er das Richtige unternehmen würde.

Er seufzte. »Andrew, bringe mir die Karbolsäure, ich brauche viel davon. Sie steht im Kräuterzimmer in dem großen schwarzen Krug. Johann, geh ins Waschhaus und hole mir ein paar saubere, trockene Laken. Wir brauchen neue Bandagen. Sag Edith, sie soll Wasser kochen und es dann heraufbringen.«

Andrew und Johann liefen aus dem Zimmer, die Tür fiel hinter ihnen ins Schloss.

Langsam wandte sich Ian um und sah Selena an.

Sie stand neben ihm, so nahe, dass sie ihn hätte berühren können, nahe genug, um ihn zu küssen, doch sie hielt sich so steif, dass sie ihn allein dadurch schon von sich fern hielt.

»Ich wusste, dass du das Richtige tun würdest«, sagte sie leise und lächelte ihn traurig an.

»Ich weiß.«

Die ungelenken, verlegenen Worte ergaben keinen Sinn. Das war es nicht, was sie einander eigentlich jetzt hätten sagen sollen.

Er sah auf sie hinunter.

Sie wich seinem Blick aus und schaute zu ihrem Mann.

Ian riss sich zusammen, um sich nicht zu bewegen, um sie nicht zu berühren. *Hast du mich vermisst, Göttin?* Er wünschte sich verzweifelt, ihr diese Frage zu stellen, doch er wagte es nicht. Er glaubte nicht, dass er die Antwort würde ertragen können.

Endlich wandte sie sich zu ihm und sah ihn dann lange an.

Und die Stille brach ihm das Herz.

27

Selena stand in einer Ecke des Schlafzimmers im Schatten und beobachtete Ian, wie er darum kämpfte, Elliot das Leben zu retten. Geräusche durchbrachen die Stille – das *Kling* eines Instruments aus Stahl, das auf ein Metalltablett gelegt wurde, Elliots leises Stöhnen, Ians schnell gehender Atem, der grobe Unterton seiner Stimme, wenn er Andrew Befehle gab.

Die Spannung in der Luft war so dicht, dass man sie mit Händen hätte greifen können.

Wieder und wieder sah sie in Gedanken die Bilder ihrer Rückkehr, und immer wieder kam ihr der Augenblick in den Sinn, in dem sie Ian zum ersten Mal angesehen, zum ersten Mal seinen Namen ausgesprochen hatte. Zu schweigen hatte alles von ihr erfordert, die ganze Kraft, die in ihr war und von der sie gar nicht gewusst hatte.

Die Bilder kehrten zurück und bohrten sich immer tiefer in ihr Herz. Oh Gott, was hatte sie nur von ihm verlangt, sowohl mit Worten als auch mit ihrem Schweigen. *Rette ihn, Ian. Rette ihn, damit ich dich noch einmal verlassen kann.*

Es schmerzte noch immer, auch noch Stunden danach. Sie wollte zu Ian gehen, wollte die Arme um seine Taille legen und ihr Gesicht in den weichen Stoff seines Hemdes drücken, sie wollte seinen vertrauten Duft einatmen und die seidige Sanftheit seines Haares unter ihren Fingern fühlen. Aber sie hatte Angst, sie fürchtete, dass sie, wenn sie ihn berührte – nur ein einziges Mal –, zusammenbrechen würde. Und diesmal würde es keine Erholung davon geben, keine Hoffnung, die sie beide aufrechterhalten würde. Jetzt kannte sie das Leben, zu dem die Ehre sie verurteilt hatte, und es war nur ein halbes Leben. Sie war nicht sicher, dass sie es noch einmal schaffen würde, sich dafür zu entscheiden, war nicht sicher, dass sie noch einmal in den Wagen würde klettern können, um diesen warmen, liebevollen Ort zu verlassen und in dieses Dorf zurückzukehren.

Eigentlich war sie sich völlig sicher, dass sie das nicht schaffen würde. Und dennoch musste sie es tun.

Und wenn nun Ian die Wahrheit in ihren Augen lesen konnte? Es würde ihn umbringen, wenn er wüsste, dass sie im Dorf der Gläubigen unglücklich war, wenn er wüsste, dass sie ihn verlassen hatte für ein steriles, diszipliniertes Leben. Sie würde ihm niemals von ihrem Leben mit Elliot erzählen. Niemals.

Ian zog die Gummihandschuhe aus, die er getragen hatte, um Elliots Wunde zu untersuchen, und warf sie auf das blutbefleckte Tablett. »Ich habe alles getan, was in meiner Macht stand. Jetzt liegt es nur noch an ihm.«

Auf der anderen Seite des Bettes sah Selena auf. Ihm entging nicht der Anflug von Schmerz in ihrem Blick, heftig und bezwingend in seiner Eindringlichkeit. Doch schnell senkte sie den Blick wieder, starrte auf ihre Hände, die sie so fest um Elliots große, vernarbte Hände gelegt hatte.

Obwohl das Zimmer voller Menschen war, herrschte eine unheimliche Stille. Alle Bewohner standen starr und bewegungslos, ihre Blicke gingen von Selena zu Elliot und zu Ian und wieder zurück. Sie hatten sich in das Zimmer geschlichen, einer nach dem anderen, um in der Nähe ihrer Göttin zu sein. Aber keiner von ihnen, nicht einmal Johann, hatte es gewagt, in den letzten Minuten etwas zu sagen.

Ian beobachtete Selena, er sah, wie starr die Haltung ihrer Schultern war, wie abweisend sie das Kinn gehoben hatte und wie sie Elliots Hand drückte.

Es schmerzte ihn, alles schmerzte ihn, ihre leise murmelnde Stimme, ihre cremig zarte Haut, die müde Resignation in ihrem Blick. Etwas an ihr hatte sich verändert, das hatte ihn schon den ganzen Abend über beschäftigt. Immer, wenn er ein wenig von seinem Patienten zurücktrat, hatte er sie angesehen, hatte gehofft, dass sie aufschauen würde, dass ihre Blicke sich trafen, doch dazu war es nie gekommen. Schließlich hatte sie nach einer Weile Elliots Hand losgelassen und sich in den Schatten zurückgezogen.

Doch war nur ein leises Wimmern des Schmerzes von Elliot nötig gewesen, um sie zurück zum Bett zu bringen. Man hörte Elliot kaum aufstöhnen, und sie war schon wieder neben ihn getreten, hatte leise, belanglose Worte der Besänftigung gemurmelt, hatte ihm das verschwitzte Haar aus der Stirn gestrichen, bis er sich wieder beruhigt hatte.

Jetzt war Elliot ruhig, die Wunde war versorgt und gesäubert, mit Karbolsäure getränkt, und der Verband war erneuert.

»Er braucht Ruhe«, erklärte Ian.

Jetzt, dachte er, *jetzt wird sie mich ansehen …*

Sie nickte und zog sich einen Stuhl an das Bett, schweigend setzte sie sich neben Elliot, den Blick hielt sie gesenkt. Maeve ging zu Selena hinüber und legte ihr eine Hand auf die Schulter, und Ian sah den leisen Schauer, der bei dieser Berührung durch Selenas Körper rann.

»Ich werde bei ihm bleiben«, meinte Maeve, und Ian hätte seine Mutter dafür küssen können. »Edith wird dir etwas zu essen machen. Du bist viel zu dünn.«

Es dauerte eine Weile, ehe Selena ihr antwortete, und als sie dann sprach, war ihre Stimme matt und rauchig. »Ich habe seit zwei Tagen nicht mehr geschlafen.«

Maeve bückte sich und gab Selena einen Kuss auf die Wange.

»Ich weiß, wie es ist, wenn man Angst hat.« Sie zog sich einen Stuhl heran und setzte sich neben Selena. »Ophelia war nicht sehr klug, so viel ist sicher. Obwohl sie höchst romantisch war. Hast du schon die Orangen gesehen?« Sie nahm Elliots Hand in ihre und beugte sich vor. »Also, Herbert, wie geht es dir heute?«

Selena stand langsam auf. Zum ersten Mal erkannte Ian die Erschöpfung in ihrem Gesicht, die dunklen Schatten unter ihren Augen, die winzigen Falten um ihren Mund. Der schwarze Umhang mit seiner Kapuze schien sie zu verschlucken, nur das blasse, so blasse Oval ihres Gesichts war zu erkennen.

»Ich glaube, er möchte ein Sandwich mit Brunnenkresse«, meinte Maeve und sah sich um. »Edith?«

Selena trat ein paar Schritte vom Bett zurück. Ian hatte Elliot das Leben gerettet, das wusste sie so sicher wie nur irgendetwas. Er hatte Elliot gerettet, und schon bald würde sie sich wieder von ihm verabschieden müssen.

Wieder.

Ihre Familie stand um sie herum und beobachtete sie. Sie wusste, dass auch die anderen die Verlegenheit fühlten, die sie ins Haus gebracht hatte, und es verwirrte sie. Sie war nicht die gleiche Selena, die sie vor einiger Zeit verlassen hatte, die Menschen hier wussten nicht, wie sie sich ihr gegenüber verhalten sollten.

Sie wollte ihnen sagen, dass sie sie vermisst hatte, sie wünschte es sich so verzweifelt, dass ihr ganz schlecht war, doch sie brachte es nicht über die Lippen. Die Worte, so wenige, kleine Worte, würden eine gefährliche Tür öffnen.

Sie wandte sich ein wenig zur Seite und sah zu Ian, erkannte den Schmerz in seinem Blick. Sie brachte ihn um, mit ihrem Schweigen verletzte sie den Mann, den sie liebte. »Danke«, sagte sie und wusste, dass dieses Wort nicht genügte, bei weitem nicht.

»Ist das alles, Selena?« Seine Stimme klang rau und grob.

»Nach all dieser Zeit kommst du hierher zurück und sagst danke für meine medizinische Hilfe. Für *medizinische Hilfe*?«

Im Angesicht seines Zorns und seines Schmerzes kam sie sich zerbrechlich vor, sehr zerbrechlich. Die Kraft, die Entschlossenheit, die Ehre – all das verließ sie. Tief in ihrer Seele suchte sie nach etwas – irgendetwas –, an das sie sich klammern konnte. »Was soll ich denn sonst sagen?«, flüsterte sie.

Ian sah aus, als hätte sie ihm einen Schlag ins Gesicht versetzt. Dann schlug er mit der Faust auf das Tablett mit den medizinischen Instrumenten, und alles fiel klirrend zu Boden. »Raus!«, schrie er.

Wie die Ameisen zerstreuten sich alle, liefen zur Tür und verschwanden.

Selena sah zu ihm auf, versuchte, etwas zu sagen, doch es kam nichts aus ihrem Mund, nichts.

»Hebe deine Spielsachen auf, Lieber«, ermahnte ihn Maeve leise.

Ian kam schnell um das Bett herum und packte Selena beim Handgelenk, seine Finger gruben sich tief in ihre zarte Haut. Ohne ein Wort zog er sie zur Tür und verließ das Zimmer, zerrte sie hinter sich her. Im Flur keuchten die anderen auf und verstreuten sich.

Er führte sie den Flur entlang aus der Eingangshalle, hinaus auf die dunkle Veranda und dann in die Regennacht. Er ging mit ihr über die Wiese, die Einfahrt hinunter …

Oh, nein, dachte sie, als sie den Mondgarten erblickte. *Nicht hier. Oh, Gott …*

Endlich blieb er stehen und wandte sich zu ihr, starrte auf sie hinunter mit zornigem Blick, und der Schmerz machte seine Augen ganz dunkel. Regen schlug ihm ins Gesicht, der Wind wehte durch sein viel zu langes Haar. »Was du mir sagen solltest?«, zischte er. »Himmel, Selena …«

»Ian, nicht.«

»Nicht?« Er legte ihr die Hände auf die Schultern und zog sie an sich. Ihr Kopf sank bei dieser heftigen Bewegung zurück, die Kapuze fiel hinunter und der kalte Regen schlug ihr ins Gesicht. »Was du mir sagen solltest?« Er wiederholte diese Worte, doch diesmal waren sie voller Traurigkeit. »Wie wäre es mit ›Ich weiß, dass es keine Zukunft für uns beide gibt, aber ich liebe dich noch immer‹? Herrgott, Selena. Sieh mich an, berühr mich, tu irgendetwas ... Sag mir, dass du mich liebst.«

Sie presste die Augen zusammen, weil sie ihn nicht ansehen konnte. Denn wenn sie das tat, oh, Gott, wenn sie das tat, würde sie gleich anfangen zu weinen und würde alles verderben.

Wie lange konnte sie ihr Verlangen nach ihm unter Kontrolle halten? Noch einen Tag, eine Minute oder nicht einmal mehr so lange? Sie sehnte sich nach ihm, so sehr, sie wollte seine Arme um sich fühlen, wollte seinen männlichen, vertrauten Duft einatmen.

Einen Herzschlag lang erinnerte sie sich an sein Bett, an ihrer beider Bett, an ihre Liebe, und eine heiße Röte stieg in ihre Wangen.

»Selena?« Er flüsterte ihren Namen, und sie stöhnte leise und atemlos auf.

Langsam öffnete sie die Augen, sie wollte es gar nicht, doch konnte sie sich nicht länger zurückhalten. Er starrte auf sie hinunter, kaum wagte er zu atmen, seinen Mund hatte er zu einer harten Linie zusammengepresst. Aber es war sein Blick, der ihr ans Herz rührte. Seine Augen waren so blau, so traurig ...

Wenn sie sich nur ein wenig vorbeugte, ihr Kinn ein wenig zur Seite drehte, dann würde er wissen, wie sehr sie sich nach ihm sehnte, wie verzweifelt sie ihn noch immer liebte. Er würde sie nehmen, gleich hier, zwischen den erfrorenen Blumen und dem sterbenden Gras, in dem Garten, der noch immer nach den letzten weißen Chrysanthemen duftete. Und sie würde es zulassen. Gott helfe ihr, sie würde es zulassen.

Ich werde ehrenhaft sein, Ian.

»Ach, Selena, du bringst mich um.« Er schien in sich zusammenzusinken. Der Zorn wich aus seinem Blick, ein Seufzer entwand sich seinem Mund, und seine Schultern knickten ein. Sein Griff lockerte sich.

Er sah geschlagen aus, so traurig und vollkommen hoffnungslos, und auf einmal konnte sie es nicht länger ertragen, weder seinen noch ihren eigenen Schmerz. Sie liebte ihn, mehr als das Leben, und sie durfte ihm nicht noch einmal wehtun. Wie hatte sie nur je glauben können, dass sie es dürfte?

»Ist es so schnell vorüber?«, murmelte sie, hob die Hand und strich ihm das feuchte Haar aus den Augen. »Schon jetzt machst du dir Sorgen, dass ich dich nicht mehr liebe?«

Es dauerte einen Augenblick, ehe er antwortete, und als er dann sprach, klang seine Stimme rau. »Ich weiß nicht mehr, was ich glauben soll.«

Gott möge ihr vergeben. »Dann fühle«, flüsterte sie.

Seine Hände glitten über den nassen Stoff ihres Umhanges und legten sich um ihre Taille, dann zog er sie an sich, ganz fest an sich. Sie hob ihm das Gesicht entgegen und drückte sich an ihn, durch die nasse Kleidung hindurch fühlte sie seine Wärme. Über sie und um sie vergoss der Himmel seine Regentropfen, die auf ihrer beider Wangen fielen.

Ihre Lippen fanden sich in einem schmerzerfüllten leidenschaftlichen Kuss, der nach süßen Regentropfen und bitterer Verzweiflung schmeckte. Sie klammerte sich an ihn, flüsterte seinen Namen, stöhnte hingebungsvoll auf, und plötzlich war ihr klar, dass sie nie die Wahl gehabt hatte, nicht wirklich, nicht angesichts dessen, was hier geschah.

Er zog sich von ihr zurück und sah sie voller Verlangen an. Seine Finger glitten ungläubig über ihr Gesicht, berührten sie, streichelten sie und erinnerten sich. Er zog ihr die gestärkte weiße Haube vom Kopf und ließ sie auf den Boden fallen.

»Ach, Selena«, hauchte er. »Ich habe dich so sehr vermisst.«

»Ich habe dich auch vermisst, Ian. So sehr…«

Er klammerte sich an sie, strich ihr das nasse Haar aus dem Gesicht und bedeckte ihre Stirn mit seinen Küssen, mit gierigen, hungrigen Küssen, die auf ihrer kalten Haut brannten. Sie schmiegte sich in seine Arme, drückte sich fest an seinen Körper und suchte Trost und Kraft in seiner Umarmung. Es fühlte sich so gut an, so richtig, in seinen Armen zu liegen. Sie schloss die Augen und träumte – von der Zukunft, die sie nie haben würden, von den Kindern, die sie nie gebären würde.

»Selena.« Er hatte ihren Namen so leise ausgesprochen, dass sie einen Augenblick lang glaubte, der Wind habe ihn gehaucht. Sie wartete darauf, dass er weitersprach, doch er schwieg, und dieses Schweigen verletzte sie mehr, als Worte es je gekonnt hätten.

Ganz langsam öffnete sie die Augen und sah zu ihm auf. Regen tropfte auf sein Gesicht, rann über seine Wangen. »Es gibt nur noch eines, das du mich lehren musst, Ian.«

Er nahm ihr Gesicht in seine nassen Hände und hielt sie voller Zärtlichkeit. »Und was ist das, Göttin?«

»Lehre mich, ohne dich zu leben.«

Hinter ihm zuckte ein Blitz über den Himmel, grellweiß erhellte er die Bäume. Er zog sie heftig in seine Arme. Um sie herum strömte der Regen, prasselte auf ihre Haut und durchnässte ihre Kleidung.

»Das kann ich nicht, Selena«, hauchte er mit erstickter Stimme. »Das kann ich nicht.«

Sie fühlte seine Worte feucht und heiß an ihrem Ohr. Seine warmen Tränen rannen über ihren Hals und mischten sich mit dem eiskalten Regen.

Sie zwang sich, zu ihm aufzusehen. Sein geliebtes Gesicht war alles, was sie sah, und die Sehnsucht nach ihm, die Liebe und das Verlangen schmerzten in ihrem Herzen. Sie hob eine Hand und sah zu, wie die Regentropfen wie Steine in ihre Handfläche fielen. »Gott weint um uns.«

Ian lächelte nicht. »Das würde ich diesem Hundesohn auch raten.«

Elliot wachte an einem fremden Ort auf. In einem unbekannten Bett. Das Zimmer war groß und erhellt vom Licht der Sonne. Und es war durcheinander. Kleidung und Tabletts und Bandagen lagen unordentlich auf dem Holzfußboden und auf den Stühlen. Das Fenster stand weit offen. Ein frischer, nach Meer duftender Wind blies die weißen Gardinen hoch. Neben seinem Bett stand ein kleiner blau angestrichener Nachttisch, mit einem Krug Wasser darauf, zwei Tassen und einem Thermometer daneben.

Und dann kam auch schon die Erinnerung. *Ein Schuss aus einem Gewehr… brennender Schmerz… er presste die Hand auf seine Brust und sank auf den gefrorenen Boden… Agnes, er schrie ihren Namen, hielt ihre Hand… der Arzt, der sagte, Elliot würde sterben, ein Segen, wirklich…*

Er fuhr hoch, und bei dieser Bewegung verspürte er einen brennenden Schmerz in seiner Schulter. Er presste die Hand auf die Wunde, fühlte die dicken Verbände und sank wieder in die weichen Kissen.

Agnes, dachte er. *Wo bist du?*

Als wollte sie seine lautlose Frage beantworten, öffnete sich die Tür des Schlafzimmers und Agnes trat ein, ein Tablett mit Essen in der Hand. Verlockende Düfte erfüllten das Zimmer, und sein Magen knurrte.

Sie kam auf ihn zu, allein ihr Kleid verriet ihm schon, dass sie nicht länger im Dorf waren. Aber diesen Beweis hätte er gar nicht gebraucht – das Zimmer selbst und das Durcheinander waren Beweis genug dafür.

Sie trug ein wunderschönes bronzefarbenes Kleid, das ihre Augen aufleuchten ließ. Ihr Haar hatte sie offen gelassen, in weichen Locken umrahmte es ihr blasses Gesicht. Sie sah wundervoll aus und strahlend lebendig.

Sie lächelten ihn an. »Guten Morgen, Elliot.«

Er ignorierte den brennenden Schmerz in seiner Brust und bemühte sich, sich aufzusetzen. »Hallo, Agnes.«

Sie stellte das Tablett auf den Nachttisch und setzte sich neben ihn, zog einen Stuhl an das Bett. »Du musst hungrig sein.«

Er warf einen Blick auf das Essen, Bratkartoffeln und Wurst, butterbestrichene Brötchen mit Marmelade und eine Tasse dampfenden Kaffees. *Kaffee.* Das verbotene Gebräu roch so verlockend. »Das bin ich auch.«

Während sie das Essen für ihn richtete, Marmelade auf die Brötchen strich und die Kartoffeln salzte, musste er sie immer wieder ansehen. Sie sah so jung und wunderschön aus und so glücklich. »Wo sind wir?«, fragte er schließlich.

Bei dieser Frage zuckte sie zusammen. Langsam stellte sie den Salzstreuer auf das Tablett zurück und wandte sich zu ihm. »Wir sind im Haus Lethe, Elliot. Ich wusste nicht, wer sonst dein Leben hätte retten können.«

»*Ian* hat mir das Leben gerettet?«

Sie nickte. »Er ist ein großartiger Arzt.«

Elliot beobachtete sie. War sie wirklich so unschuldig, wie sie im Augenblick schien? Verstand sie denn nicht, was dieser Ian getan hatte, dass er sein eigenes Leben ruiniert hatte, indem er Elliots Leben gerettet hatte? »Das muss er wirklich sein. Wie lange sind wir denn schon hier?«

»Drei Tage.«

Drei Tage. Und schon war sie wieder aufgeblüht, schon hatte dieser Ort sie wieder glücklich gemacht. Er hatte zweiundzwanzig Jahre Zeit gehabt, sie glücklich zu machen, und es war ihm nicht gelungen. Wieder und wieder und wieder hatte er versagt. Und Ian brauchte dazu nur Sekunden.

Er starrte zu ihr auf. »Du hättest mich sterben lassen sollen.« Er hatte diese Worte ganz leise ausgesprochen.

Sie beugte sich zu ihm und legte ihre warme Hand auf die heile Seite seines Gesichts, auf die Seite, die ihre sanfte Berührung fühlen konnte. »Du kennst mich doch besser, Elliot.«

»Du wirst wieder mit mir zurückfahren?«

Sie zögerte nicht, doch entging ihm nicht, wie sie die Zähne zusammenbiss und die Finger in ihrem Schoß verkrampfte. »Natürlich werde ich das. Du bist mein Mann. Meine Familie.«

Er verstand nicht, was vorging. Das war nicht die alte Agnes, sie war nicht die Frau, die er kannte. Sie war so stark, so ehrlich, so ehrenhaft, und sie hatte das größte Herz. Er glaubte ihr, dass sie ihn als ihre Familie ansah, und dieser Glaube gab ihm Kraft.

Familie. Das waren er und Agnes, das waren sie schon immer gewesen. Die beiden Ausgestoßenen, zusammen gegen die ganze Welt. Doch jetzt hatte sie eine andere Familie. Er fühlte es in diesem alten Haus, hörte die gemurmelten Stimmen der Menschen von unten. Das war jetzt ihre Familie, und er war nur noch eine nutzlose Gestalt aus ihrer Vergangenheit, ein Teil ihres Lebens, das eigentlich vorüber sein sollte. »Agnes, du hasst das Leben im Dorf. Ich weiß es.«

»Hass ist ein zu eindeutiges Wort. Ich hasse es nicht, und ich hasse auch nicht die Menschen dort.«

»Aber was ist es dann?«

»Ich ... ich sterbe dort ganz einfach. Ich kann dir nicht sagen, warum.«

Er wusste, er musste sie freigeben, jetzt sofort, ehe er den Mut dazu verlor. Sie hatte viel mehr verdient als einen gebrochenen, entstellten alten Mann, der ihr nichts bieten konnte. Sie verdiente Kinder und Licht und Lachen, all die Dinge, die er ihr früher vielleicht hätte geben können, die aber jetzt ganz unmöglich waren. Es war zu spät für sie beide, zu viele Gelegenheiten hatten sie verpasst.

Die Schlafzimmertür wurde plötzlich geöffnet.

Und eine atemberaubende Frau betrat das Zimmer. Sie war klein, reichte Elliot höchstens bis zur Schulter. Ihr strohblondes Haar hatte sie locker auf dem Kopf aufgesteckt. Sie blieb unsicher stehen, die Hand lag noch auf dem Türknauf. Er erinnerte sich plötzlich an sie – Ians Mutter. »Ich … ich möchte nicht stören …«

Agnes strahlte die Frau an. »Mach dich doch nicht lächerlich, Maeve. Komm herein.« Sie wandte sich an Elliot. »Maeve hat zusammen mit mir in den letzten beiden Nächten an deinem Bett Wache gehalten.«

Maeve schwebte zum Bett. »Guten Morgen, Elliot. Du erinnerst dich vielleicht noch an mich. Ich bin Maeve.« Ihre Stimme war sanft und süß, wie ein beruhigendes Schlaflied.

Er brachte kein Wort heraus.

»Selena«, forderte Maeve die Freundin auf. »Geh und ruh dich aus. Du siehst aus wie eine Leiche.«

»Oh, nein. Ich sollte hier …«

»Ich werde bei Elliot bleiben«, erklärte Maeve.

Elliot freute sich über Agnes' Antwort. Selbst hier in diesem wundervollen alten Haus, wo Ian doch nur wenige Schritte entfernt war, entschied sie sich dafür, bei Elliot zu bleiben. »Geh nur«, forderte er sie mit einem Lächeln auf. »Mir geht es gut.«

Agnes gab ihm einen Kuss auf seine vernarbte Wange, dann ließ sie ihn mit der wunderschönen Maeve allein.

Er starrte zu ihr auf, konnte seine Blicke nicht von ihr losreißen. Sie war bezaubernd mit ihrer blassen Haut und den haselnussfarbenen Augen, mit dem lockigen, rotgoldenen Haar, das aussah, als würde sich die Sonne darin widerspiegeln. Was musste sie wohl von ihm denken, dieses herrliche Geschöpf, diese lebhafte Schönheit? Er rückte ein wenig zur Seite und versuchte, die verletzte Hälfte seines Gesichts in die Kissen zu drücken.

»Warum versuchst du, in deinem Kissen zu verschwinden, Elliot? So kannst du wohl kaum etwas essen.«

»Du musst nicht hier bleiben.«

Im ersten Augenblick sah sie beleidigt aus, dann seufzte sie leise. Ihre Schultern sanken nach vorn, und ihre haselnussbraunen Augen nahmen einen traurigen Ausdruck an. »Du möchtest, dass ich gehe? Ich nehme an, Selena hat dir von mir erzählt.«

Elliot senkte den Blick. »Nein. Ich dachte nur … ich dachte mir nur, du wolltest vielleicht gehen.«

Sie lachte – ein helles, klares Lachen, das frischer war als die Winterluft. *Weihnachtsglocken*, dachte er unvermittelt und fragte sich, woher ihm ein so weltlicher Gedanke wohl gekommen war. Aber es stimmte, ihr Lachen erinnerte ihn an den längst vergessenen Klang von Weihnachtsglocken. »Dann überlasse das Denken mir, Elliot. Du scheinst das nicht so gut zu können.«

Der melodiöse Klang ihrer Stimme verzauberte ihn, ließ ihn vergessen – wenn auch nur für eine Sekunde –, dass er groß und ungeschickt war und entsetzlich entstellt. »Du bist wunderschön«, flüsterte er und war erstaunt, diese Worte aus seinem eigenen Mund zu hören. Sofort schämte er sich.

Ein Lächeln umspielte ihren Mund. »Wirklich?« Sie legte eine Hand an ihre Brust. »Das hat mir schon seit Jahren niemand mehr gesagt.«

Das konnte er sich gar nicht vorstellen. »Mir auch nicht«, erklärte er und lachte spöttisch.

Sie sah auf ihn hinunter, mit einem offenen, freimütigen Blick. »Aber du bist ein sehr gut aussehender Mann.«

Er runzelte die Stirn. Machte sie sich über ihn lustig? Er wusste es nicht. Diese haselnussbraunen Augen hatten einen so ehrlichen Ausdruck. »Du … du findest meine Narbe nicht abstoßend?«

Noch einmal lachte sie, doch diesmal klang ihr Lachen sanfter und ein wenig traurig. »Du hast meine Narbe noch nicht gesehen, Elliot. Und glaube mir, dieses kleine Ding in deinem Gesicht ist nichts dagegen.«

»Das kleine Ding in meinem Gesicht?«

Sie lächelte. »Weißt du, in einigen Kulturen – oder ist das nur ein Märchen? Ich weiß nicht so recht –, aber *irgendwo* glauben die Menschen, dass Narben die Ehrenzeichen für eine würdige Seele sind. Ich selbst hätte gar nichts gegen eine kleine oberflächliche Narbe. Es wäre immer noch besser als mein Problem.«

Eigentlich sollte er eine so persönliche Frage gar nicht stellen, aber ihre Bemerkung schien ihn zu solcher Vertrautheit geradezu aufzufordern. Langsam, als bewege er sich auf dünnem Eis, das im nächsten Augenblick zerbrechen könnte, fragte er: »Was ist denn dein Problem?«

»Ich bin … verrückt.«

»Du meinst, du bist wütend?«

»Nein, verrückt. Zum Beispiel könnte es sein, dass ich dich morgen gar nicht mehr erkenne. Im nächsten Augenblick schon könnte ich eine Unterhaltung mit dem Bettpfosten beginnen oder ich könnte die Farbe davon aufessen. Verrückt. Geisteskrank.« Sie versuchte zu lächeln.

Er sah die Traurigkeit in ihrem Blick und die Scham. Zwei Gefühle, die er sehr gut kannte. »Und was ist am nächsten Tag?«

»Am nächsten Tag könnte ich wieder genauso normal sein, wie du es bist. Oder ich könnte glauben, dass ich Sigmund Freud höchstpersönlich bin. Das kann man nie vorhersagen.« Sie lachte kurz und glockenhell. »Natürlich kannst du mich an diesen Tagen einfach ignorieren. Das verletzt meine Gefühle überhaupt nicht.«

»Stimmt nicht.«

Sie holte tief Luft. »Was meinst du?«

»Ich habe neunundvierzig von meinen sechsundfünfzig Lebensjahren mit diesem Gesicht gelebt, Maeve. Ich weiß, dass man sich daran gewöhnt, dass die Menschen einen ablehnen. Man erwartet es förmlich. Aber es hört nie auf, wehzutun. Man verbringt sein ganzes Leben damit, nach jemandem zu suchen – nur einem einzigen Menschen –, der hinter diese Narbe blickt.«

Tränen traten in ihre Augen. Ihre Blicke trafen sich, und in diesem kurzen, unerwarteten Augenblick begriffen sie, dass sie einander verstanden und sich akzeptierten, so wie sie waren. So etwas war ihm noch nie zuvor passiert, nie zuvor hatte er seinen Schmerz in solcher Ehrlichkeit, in einem solchem Eingeständnis der Schwäche mit einem anderen Menschen geteilt. Und jetzt, wo es geschehen war, hatte er ein fast schon magisches Gefühl der Verwunderung. Als würde es das Entsetzen lindern, wenn man es mit jemandem teilte. Oder vielleicht war es ja auch einfach so, dass zwei Menschen die Last leichter trugen als nur einer allein.

28

Von irgendwoher hörte man Lachen.

Elliot schlug die warme, schwere Decke zurück und setzte sich vorsichtig auf. Der Schmerz in seiner Schulter war noch immer da, aber jetzt war er erträglich. Die brennende, heftige Qual der vergangenen Tage war vorüber.

Er schob die Decke zur Seite und stand ein wenig unsicher auf. Das Nachthemd aus Flanell, das sie ihm gegeben hatten, spannte sich über seiner Brust und engte seine Arme ein, als er zum Fenster ging.

Draußen herrschte ein wunderschöner Wintermorgen. Die Sonne fiel durch die hohen Wolken und spiegelte sich auf dem stahlgrauen Meer. Eine dünne Schneeschicht lag über allem.

Gleich vor dem Haus, auf einem großen Stück Rasen, auf dem der Schnee niedergetreten war, spielten Menschen in dicken Mänteln und Hüten und Handschuhen Krocket. Er erkannte die Spieler wieder – Agnes, Johann, Andrew und die Frau, die sie die Königin nannten. Eine weitere ältere Frau hatte sich in das Dickicht der Bäume zurückgezogen und gestikulierte wild. In einer Ecke saß Lara auf einem umgestürzten Baumstamm und spielte mit Puppen. Und Maeve tanzte und wirbelte herum, sie schlug Purzelbäume und hielt einen ausgestopften Waschbär in ihren Armen. Nur Ian war nicht dabei.

Das Geplauder der Leute unter ihm war bis zu ihm hinauf zu hören, ab und zu erklang Lachen.

Elliot zog sich von dem Fenster zurück, ehe ihn jemand sehen konnte. Mit einem Seufzer lehnte er sich gegen die kalte Wand und versuchte, nicht an die Szene zu denken, die er gerade beobachtet hatte.

Nach so einem Ort hatte er sein ganzes Leben lang gesucht. Früher einmal, vor vielen Jahren, hatte er geglaubt, ihn bei den Gläubigen gefunden zu haben, aber jetzt, als er hier stand und das Lachen hörte, lag die Wahrheit schmerzlich offen. Familie bedeutete nicht eine Gemeinschaft von Menschen, die an ein gemeinsames Ziel glaubte, bedeutete nicht, dass die Kinder von einer Gruppe großgezogen wurden und bedeutete nicht, in sterilen Räumen nach Geschlecht getrennt zu schlafen. Es war nicht so, dass alles ordentlich und sauber und distanziert sein musste.

Eine Familie war das, was er hier sah, auf der von Schnee überzuckerten Wiese. Eine große, ungeordnete Gruppe von lachenden Menschen, die etwas füreinander empfanden.

Der Gedanke schmerzte ihn, deshalb schob er ihn von sich. Er ging steif zu dem schweren Eichenschrank und öffnete die geschnitzten Spiegeltüren. Im Inneren hing seine Kleidung an den Messinghaken. Er zog das viel zu enge Nachthemd aus und schlüpfte in seine Wollhose und das Leinenhemd. Als er fertig angezogen war, rang er nach Luft, und seine Brust schmerzte.

Er setzte sich hin, bis der Schmerz wieder nachließ, dann stand er auf und ging langsam zur Tür. Es gab etwas, das er zu erledigen hatte.

Ian stand am offenen Fenster des Wohnzimmers und beobachtete die Gesellschaft auf der Wiese vor dem Haus, lauschte ihrem Lachen. Jedes Geräusch, jedes Kichern, jeder Aufschrei und jeder Scherz tat ihm weh, es war jedes Mal so, als würde ihm ein Messer in die Brust gestoßen. Er wollte dort draußen bei den anderen sein, wollte so tun, als sei alles normal, aber wie konnte er das? Wie konnte er Selena ansehen und etwas anderes fühlen als Verzweiflung?

Hinter ihm wurde die Tür geöffnet. Langsam näherten sich schlurfende Schritte. Es gab eine kleine Pause, dann hörte er eine Männerstimme. »Dr. Carrick?«

Ian stockte der Atem. Ein heftiger Schmerz brannte in seiner Brust. Er zwang sich zu einem unbeteiligten Gesichtsausdruck, dann wandte er sich langsam um. Elliot stand in der Tür, den Kopf hielt er gesenkt, seine Kleidung war zerknittert und noch voller Blut. Er sah alt und geschlagen aus.

Gut, dachte Ian voller Bitterkeit, doch schon im nächsten Augenblick war dieses Gefühl auch wieder verschwunden. Elliot triumphierte nicht, er brüstete sich nicht und war auch nicht anmaßend. Er war einfach nur ein alter Mann, der schon sehr lange eine ganz besondere Frau liebte.

Ian ging hinüber zu dem silbernen Kaffeegeschirr und goss sich eine Tasse Kaffee ein. »Sie sind aufgestanden«, meinte er leise. »Wie fühlen Sie sich?«

»Ich lebe.«

Ian nickte. Es schien so, als solle er etwas sagen, etwas tun, aber er hatte keine Ahnung, was er sagen sollte. Abgesehen davon, vor dem alten Mann zu kriechen oder ihn umzubringen, etwas anderes fiel ihm nicht ein. »Ihre Wunde heilt sehr gut.«

»Es geht besser. Danke.«

»Hmmm.« Ian nickte, dann wartete er.

Sie starrten einander an. Das Schweigen dehnte sich aus, wurde ungemütlich.

Endlich machte Elliot einen vorsichtigen Schritt nach vorn. »Ich bin gekommen, um Ihnen zu danken, dass Sie mir das Leben gerettet haben.«

»Ich bin Arzt.«

Er machte noch einen Schritt nach vorn, dann sah er Ian ins Gesicht. »Warum haben Sie das getan?«

Ian nahm einen Schluck von seinem Kaffee, ehe er antwortete. »Ich wollte es nicht tun.«

»Das kann ich mir sehr gut vorstellen.«

Ian trank noch einmal von seinem Kaffee, über die goldumrandete Tasse hinweg sah er Elliot an. »Die Antwort ist sehr lang, aber ich will Sie damit nicht langweilen. Kurz gesagt, ich habe Sie gerettet, weil sie es so wollte.«

»Aber Sie wussten doch, wenn ich überlebe …«

»Das wusste ich.« Ian stellte seine Tasse wieder ab, dann ging er auf Elliot zu und sah ihm ins Gesicht, versuchte herauszufinden … Teufel, er wusste nicht einmal, wonach er suchte und ob das, was er finden würde, irgendeine Veränderung bedingen würde. *Geh zu ihm, Agnes.* Die Worte seiner Vision kamen Ian wieder in den Sinn, und er fragte sich, was sie wohl zu bedeuten hatten. »Sie hat gesagt, Sie seien ein guter Mann«, sagte er leise.

Elliot stieß mit einem Seufzer den Atem aus. »Ich wünschte, das wäre die Wahrheit.«

Ian starrte dem Mann in die Augen, dann hob er langsam die Hand.

Elliot wich seinem Blick nicht aus, als auch er die Hand ausstreckte und Ians Hand ergriff. »Danke, dass Sie mir das Leben gerettet haben, Ian.«

Ian zuckte zurück. Seine Hand schien Feuer zu fangen, die Kopfschmerzen hinter seinen Augen begannen. Bilder drängten sich in seinen Kopf, als hätte ihm jemand einen Schlag versetzt. *Agnes, die in einem Raum voller Menschen steht, allein und einsam … eine geschlossene Tür, ein einzelnes Bett …* Und die Gedanken: *Sie liebt dich, Ian, und ich liebe sie.*

Ian riss seine Hand zurück. Einen Augenblick lang war ihm übel, doch dann verging die Übelkeit langsam wieder. Er versuchte Elliot anzulächeln, doch das gelang ihm nicht so recht. »Hat Ihnen Selena von meiner … Gabe erzählt?«

»Nein.«

Dieses kleine Wort schmerzte ihn. Irgendwie wollte er der Mittelpunkt ihrer Unterhaltungen sein, wollte, dass Elliot ständig seinen Namen hörte, so wie Elliots Name ihn ständig bedrängte.

Wieder senkte sich Schweigen über sie, schwer und unangenehm.

Endlich sprach Elliot. »Ich denke, wir werden morgen abreisen.«

Ian zuckte zusammen bei diesen unerwarteten Worten. *Nein*, dachte er. *Nein. Dazu bin ich noch nicht bereit…*

Aber er würde niemals dazu bereit sein, und außerdem zählten seine Gefühle nicht.

»Morgen«, wiederholte er trübe und wünschte, es gäbe etwas zu sagen, einen Weg, zu ändern, was doch nicht zu ändern war.

Elliot sah auf, eine Sekunde lang hielt er Ians Blick stand, dann sah er schnell wieder weg. »Ich denke, ich werde mich jetzt noch ein wenig ausruhen.«

»Könnten Sie… sie vielleicht irgendwann noch einmal hierher bringen?« Die Worte waren aus seinem Mund gekommen, noch ehe er sie zurückhalten konnte. Er sah in Elliots blasses, erstarrtes Gesicht und wusste, dass er das nicht hätte sagen dürfen, dass er eine so jämmerliche Frage niemals hätte stellen dürfen.

»Ich glaube nicht, dass ich das fertig bringen würde.«

Ian wünschte, er hätte Kraft genug, mit dem Kopf zu nicken. Er wünschte, er könnte sich zusammenreißen und handeln wie ein Mann, auch wenn er innerlich zerbrach. Doch das konnte er nicht. Er brauchte seine ganze Kraft, um still zu stehen und nicht zu schreien. Endlich sprach er die Worte aus, die alles waren, was er sagen konnte, doch die bei weitem nicht genügten. »Seien Sie gut zu ihr.«

Statt einer Antwort nickte Elliot nur, dann verließ er das Zimmer.

Selena sah gegen ein Uhr noch einmal nach Elliot und stellte fest, dass er noch immer schlief. Sie drückte ihm einen schnellen Kuss auf die Wange und verließ ihn wieder. In ihrem Zimmer zog sie ihr durchnässtes Wollkleid und die Strümpfe aus, dann schlüpfte sie in eine von Andrews schwarzen Wollhosen und ein weißes Leinenhemd. Sie wollte gerade zu Ian gehen, als es an ihrer Tür klopfte.

»Herein«, rief sie.

Die Tür öffnete sich, und Maeve stand davor, in einem blassgrünen Musselinkleid und einem dicken schwarzen Umhang. »Folge mir«, bat sie und lächelte geheimnisvoll.

Selena legte ihre Hand in die von Maeve. »Wohin gehen wir?«

»Schließe die Augen.«

Lachend befolgte Selena diesen Befehl, und Maeve schlang ein dickes Stück schwarzer Seide über ihre Augen und verknotete es. Dann führte sie Selena durch den Flur und die Treppe hinunter.

Unten blieben sie stehen. »Maeve …«

»Überraschung!«, riefen viele Stimmen.

Maeve nahm ihr die Binde von den Augen, und Selena fand sich im Wohnzimmer wieder, um sie herum hatte sich ihre Familie versammelt. Dutzende Äpfel lagen überall verstreut, auf den Fensterbänken, den Möbeln, auf dem Boden. In jedem Apfel steckte eine Kerze, die Flammen waren hundert goldene Flecken vor der bespannten Wand. Der Duft nach Äpfeln und Rauch erfüllte den Raum.

Alle hatte ihre Sonntagskleidung angezogen. Lara trug ein weißes Spitzenkleid mit einer dicken roten Samtschärpe um die Taille, die Königin hatte ein königliches Kleid aus rotem Satin gewählt, und Edith hatte ihren üppigen Körper in ein hauchzartes Gebilde aus roter und grüner Seide gezwängt. Ian und Johann und Andrew trugen schwarze Hosen und blütenweiße Hemden.

»Oh, du liebe Güte…«, hauchte Selena und nahm diesen Anblick in sich auf, um ihn für immer in ihrem Gedächtnis zu behalten. Jede Einzelheit, jedes Geräusch, jeden Anblick.

Ian kam durch das Zimmer auf sie zu und beugte den Arm. »Milady, wir würden Sie gern einladen, mit uns zu essen.«

Sie sah zu ihm auf. Er sah herzerreißend umwerfend aus in seiner Abendgarderobe, sein goldenes Haar hob sich leuchtend von dem schwarzen Stoff ab, seine blauen Augen blitzten. Ihr Herz begann schneller zu schlagen. »Was tun wir, Ian?«

Er schüttelte den Kopf, und sie sah das Aufblitzen von Traurigkeit darin. Doch gleich war es wieder verschwunden. »Heute ist keine Zeit für Fragen oder für Traurigkeit.«

Sie verstand plötzlich. »Morgen«, flüsterte sie.

Er nickte.

Sie schob ihren Arm unter seinen und klammerte sich an ihn, drückte ihr Gesicht in den weichen Stoff seines Rockes. »Ja«, flüsterte sie. »Mach, dass ich den morgigen Tag vergesse.«

Johann hob einen goldenen Weidenkorb hoch, Lara griff nach einer Hand voll Spielsachen, Andrew nahm eine Violine zur Hand, und Maeve griff sich einen Krug Wein. Alle redeten auf einmal, als sie sich aus dem Zimmer drängten und über die mit Schnee bedeckte Wiese gingen, unter ihren Füßen knirschte der Frost, der sich auf die Halme gelegt hatte.

Sie waren auf halbem Weg über die Wiese, als Selena plötzlich wie angewurzelt stehen blieb. Sie wirbelte herum und sah Andrew an, begriff zum ersten Mal, dass er mit hinausgegangen war. Im hellen Tageslicht.

Er grinste sie an. »Hi, Selena.«

Sie entzog Ian ihren Arm und lief auf Andrew zu, schlang die Arme um ihn und warf ihn in ihrem Überschwang zu Boden.

Schnee wirbelte um sie herum auf und landete in weißen Flocken auf Andrews schwarzen Wimpern, wo er zu silbernen Wassertropfen schmolz. »Ich bin so stolz auf dich«, flüsterte sie.

Tränen glänzten in seinen Augen. »Danke, Selena.«

Nach diesem Augenblick nahm der Tag einen magischen Zauber an. Selena und Andrew standen wieder auf, sie hielten einander an den Händen, als sie zu Ian gingen.

Ohne ein Wort gab Andrew ihre Hand frei und lief vor ihnen her, er lachte und plauderte mit den anderen, als sie im Dunkel des Waldes verschwanden.

Selena stand neben Ian und sah zu ihm auf, in diesem Augenblick liebte sie ihn mehr, als sie es je für möglich gehalten hätte. »Ian-Gott«, hauchte sie und wusste, dass sie mehr gar nicht zu sagen brauchte.

Lächelnd legte er den Arm um sie und zog sie an sich. Sie unterhielten sich leise, während sie der Familie durch den Wald hinaus zum Riff folgten. Unter ihnen donnerte das Meer gegen die grauen Granitfelsen und sprühte weißen Schaum in die Luft.

Sie verbrachten den ganzen Tag zusammen, auf einer feuchten Wolldecke, sie warfen Steine ins Wasser, spielten Fangen, aßen das köstliche kalte Essen, das Edith vorbereitet hatte.

Langsam sank die blasse Sonne in den grauen Nebel, der über dem Horizont hing. Die schrillen Schreie der Möwen verklangen, und der Abendwind wehte klagend über das Land. Die blasse schmale Sichel des Mondes erschien am Himmel.

Nach und nach verschwanden die anderen. Johann wurde es zu kalt, er ging ins Haus, um einen Bourbon zu trinken. Maeve ging zurück, um nach Elliot zu sehen, und Andrew verschwand wortlos.

Selena lag auf der nassen, eiskalten Decke und kuschelte sich an Ian. Sie froren beide, aber keiner von ihnen wollte gehen. Das Wort *morgen* drängte sich immer wieder in ihr Bewusstsein, in ihre ungesprochenen Worte, ihre ungedachten Gedanken. Mit jedem Augenblick wurde es schwerer, kam es näher.

Selena starrte zum Himmel und lauschte dem Gezwitscher der Strandvögel und dem Flüstern des Windes. Das Meer, das gegen die Felsen schlug, war ein stetes Rauschen. »Es war ein wundervoller Tag«, sagte sie. »Danke.«

»Er hat gesagt, er will dich morgen mit nach Hause nehmen«, meinte Ian.

Nach Hause. Zum ersten Mal hörte Selena die beiden Worte als etwas Kaltes und Hartes, etwas, das ihr ein wenig Angst einjagte. Es war so ganz anderes, als es eigentlich sein sollte. *Nach Hause.* Das sollten Worte voller Licht, Liebe und Wärme sein. Sie sah zu Ian auf, erkannte den Schmerz in seinem Blick und wusste, dass sie etwas sagen sollte, um ihn zu trösten. Aber es gab nichts zu sagen.

»Ich weiß nicht, wie ich ihn aufhalten sollte«, meinte Ian schließlich, als das Schweigen unerträglich wurde. »Das Fieber ist weg, die Entzündung ist beinahe vorüber. Jeder Arzt kann ihn jetzt behandeln.«

Selena schloss die Augen. Verzweiflung stieg in ihr auf, kälter als die Winternacht. Eine plötzliche, verzweifelte Sehnsucht befiel sie.

Sie konnte nicht aufhören, so zu tun, als sei alles in Ordnung, noch nicht. Ganz gleich, wie schwer es auch sein würde, sie konnte dieses Märchen noch nicht beenden. Die Wirklichkeit würde sie noch früh genug einholen, und sie würde schmerzlich sein. Oh, Gott, wie schmerzlich …

Alles, was ihnen noch blieb, war die Vorstellung, das Märchen wäre wirklicher als die bittere Wahrheit, derzufolge ihnen überhaupt nichts blieb. Worte, Träume, Berührungen – sie waren das, was Selena von hier mitnehmen würde, und sie weigerte sich, aufzuhören zu träumen, nur weil es schmerzte.

Sie kuschelte sich noch enger an ihn, versuchte, ihn an ihrem ganzen Körper zu spüren. Einen hellen, gestochen scharfen Augenblick lang gab sie sich der Fantasie hin, sah das Leben, das sie miteinander hätten teilen können, und obwohl es schmerzte – lieber Gott, wie sehr es schmerzte –, es beruhigte sie auch und wärmte sie. »Madelaine«, flüsterte sie.

Er streichelte ihr Haar. »Madelaine, was?«

»So hätte ich gern unsere Tochter genannt.«

Er erstarrte. »Sie hätte so ausgesehen wie du«, meinte er dann leise. »Und ich hätte ihr das Leben zur Hölle gemacht.«

Selena setzte sich auf und wandte sich um, um ihn anzusehen. Ihr nasses Haar hing ihm auf der Brust. Sie verstand nicht, was er damit meinte, aber das war auch nicht so wichtig. Wichtig war nur dieser Augenblick, die Erinnerungen, die sie gerade schufen. Sie erinnerte sich daran, wie sie sich in der Welt der Shaker gefühlt hatte, wie sehr sie sich damals danach gesehnt hatte, dass er ihre Träume für sie weitergesponnen hätte. Jetzt würde sie ihn ewig weiterreden lassen, weil sie wusste, dass seine Worte Geschenke waren, die sie wieder und wieder öffnen konnte, wenn sie sich zu einsam fühlte. Es waren diese Worte, die ihr für immer bleiben würden.

»Wie meinst du das?«

Ian verschränkte die Arme hinter dem Kopf und starrte zu ihr auf. »Du hast keine Ahnung, wie das ist, wenn einem jemand den Hof macht. Aber wenn ein Mann versuchen würde, unserer Tochter einen Kuss zu stehlen …«

»Dann würdest du sie wahrscheinlich in ihrem Zimmer einsperren.«

Er strich ihr eine Haarsträhne aus dem Gesicht und versuchte zu lächeln. Sein vergeblicher Versuch trieb ihr die Tränen in die Augen. »Nur in den gefährlichen Jahren. Von zehn bis zwanzig.«

Bei seinen ruhig ausgesprochenen Worten zerbrach das Märchen und ließ Selena nichts, woran sie sich klammern konnte, nichts, woran sie glauben konnte. Die Worte waren nicht genug, die Erinnerungen zu schwach …

Nie wieder würde sie ihn lächeln sehen, nie wieder würde sie seine sanften Berührungen fühlen oder in der Geborgenheit seiner Arme einschlafen.

»Oh, Ian … es tut so weh.«

Sein gezwungenes Lächeln schwand, mit schmerzerfülltem Blick sah er sie an. »Ich weiß, mein Schatz.«

Sanft und leise setzte Schneefall ein, die Flocken sammelten sich auf Selenas Haar, auf ihrer Nase und ihren Wimpern.

»Selena.« Er hatte ihren Namen so leise ausgesprochen, dass sie einen Augenblick lang glaubte, der Wind habe ihn gehaucht. »Ich habe dich noch nie gefragt…«

Sie presste die Augen zusammen und wusste, was für eine Frage er ihr stellen würde. Es war die Frage, die immer zwischen ihnen gestanden hatte, die wie ein Stein auf ihrem Herzen lag. *Könntest du bleiben?*

»Frag nicht, Ian«, wehrte sie ab. »Es hat keinen Zweck.«

Lange starrte er sie schweigend an, dann legte sich ein sanftes Lächeln um seinen Mund. »Ich bin stolz auf dich, Göttin. Und jetzt werden wir von etwas anderem reden, um Himmels willen. Wir haben nicht mehr viel Zeit. Erzähle mir von deinem Leben – dem wirklichen Leben, zu dem du jetzt zurückkehrst. Jedes Mal, wenn ich Elliot berühre, sehe ich diese Bilder von dir in einer eigenartigen Kleidung, wie du in einer Reihe mit anderen Frauen gehst. Ich möchte wissen, was du an jedem Augenblick des Tages tust, damit ich mir dich vorstellen kann…«

»Nein«, wehrte sie viel zu schnell ab. »Ich möchte nicht unsere Zeit damit verschwenden, von einer Vergangenheit zu reden, die nicht wichtig ist.«

»Wenn wir nicht über die Vergangenheit reden, wovon sollen wir denn dann reden? Eine Zukunft gibt es nicht.«

Sie beugte sich vor und küsste ihn, eindringlich und zärtlich. »Wir haben das, was wir immer hatten, mein Liebling. Träume und Erinnerungen.«

»Ach, Selena…« Er nahm ihr Gesicht in seine feuchten Hände und hielt sie zärtlich fest. »Es schmerzt so sehr, mit dir zusammen zu träumen.«

Tränen brannten in ihren Augen. »Ich weiß«, gestand sie mit zitternder Stimme. »Aber es ist alles, was wir haben.«

Am nächsten Morgen stand Selena vor dem Schrank und starrte auf ihr Spiegelbild. Was sie sah, machte sie ganz krank, und ihre Knie wurden weich.

Die dunkle, grobe Wolle des Shaker-Kleides bedeckte sie vom Hals bis zu den Füßen. Schon jetzt war ihre zarte Haut am Hals gerötet. Langsam knöpfte sie das schmucklose Tuch um ihren Hals und rückte es gerade, damit die »unanständige« Andeutung ihrer Brüste vollkommen verhüllt war. Sie flocht ihr Haar und steckte es zu einem festen Knoten im Nacken zusammen, dann setzte sie die gestärkte weiße Haube auf. Der gerüschte Rand rahmte ihr Gesicht ein und bedeckte die neugierigen Haarsträhnen, die sich in ihrer Stirn kräuselten.

Sie machte ihr Bett und steckte sorgfältig die Decken fest, das weiße Laken darüber strich sie glatt. Liebevoll strich sie mit den Fingern über den weichen Stoff, ein letztes Mal fühlte sie seine Sanftheit.

Ein letztes Mal…

Sie wartete auf die brennenden, heißen Tränen, doch diesmal kamen sie nicht.

Sie zwang sich, den Kopf zu heben, richtete sich auf, ging zur Tür und dann hinaus auf den Flur.

Das Haus war still, viel zu still.

Langsam ging sie die Treppe hinunter, ihre Stiefel klangen laut auf den ausgetretenen Holzstufen. Elliot stand an der Tür, den Hut hielt er in der Hand, er war so allein in der Menge, wie ein Mensch nur sein konnte.

In dem Augenblick, als sie unten an der Treppe ankam, drängten sich alle um sie, sie weinten, redeten leise alle gleichzeitig auf sie ein, verabschiedeten sich von ihr mit belegten Stimmen. Sie drückte jeden Einzelnen von ihnen an sich, klammerte sich an sie, so lange es nur ging, und wandte sich dann ab.

Ian trat zu Elliot. »Darf ich mich allein von ihr verabschieden?«

Elliot presste die Augen zu und nickte.

Ian kam auf sie zu, jeder seiner Schritte traf sie wie ein Schlag in ihr Herz. Sanft nahm er ihre Hand in seine und führte sie durch die Haustür nach draußen auf die stille Veranda.

Vor ihnen stand der Wagen bereit auf der Einfahrt, dahinter war die Welt still und weiß.

Er nahm sie in seine Arme und hielt sie ganz fest. Sie klammerte sich an ihn, schmolz in der kräftigen, vertrauten Wärme seines Körpers dahin und fragte sich, ob ihr wohl je wieder so warm sein würde.

»Eines Tages«, hauchte er und zog sich von ihr zurück.

Sie sah zu ihm auf, zu diesem Mann, der ihr Fels war, ihr Leben, die andere Hälfte ihrer Seele, und sie wusste nicht, was sie ihm hätte sagen sollen.

Was blieb denn noch? Jeder Gruß, den sie einander gesagt hatten, war in Wirklichkeit ein Abschied gewesen.

Elliot stand verlegen in der Eingangshalle und fragte sich, ob er den beiden wohl genug Zeit gegeben hatte – wenn es überhaupt genug Zeit gab für diese Art von Abschied.

Maeve trat neben ihn und legte ihre schmale, blasse Hand auf seinen Arm. »Ich werde dich vermissen, Elliot. Ich vermisse dich schon jetzt.«

Er sah auf Maeve hinunter und schämte sich dafür, dass er Traurigkeit und Schmerz in ihr Heim gebracht hatte. Von allen Menschen, die er in seinem Leben kennen gelernt hatte, hatte ihn diese zierliche, ruhige Frau am offensten akzeptiert. »Es tut mir Leid, Maeve.«

In ihren Augen glänzten ungeweinte Tränen. »Das weiß ich. Pass gut auf unsere Selena auf.«

Sein Hals wurde ihm eng, dass er kaum sprechen konnte. »Das werde ich.«

Sie lächelte. »Und pass auf dich selbst auf. Das musst du für mich tun.«

Er nickte und griff nach dem Türknauf, dann öffnete er schnell die Tür. Ian und Agnes standen auf der Veranda, in einer engen, verzweifelten Umarmung.

Als er auf die Veranda trat, lösten die beiden sich zögernd voneinander. Agnes schenkte Ian ein letztes, schwaches Lächeln, dann trat sie zu Elliot und hakte sich bei ihm unter.

Zusammen gingen sie schweigend die ausgetretenen Stufen hinunter und dann durch den frischen Schnee. Noch immer wortlos stiegen sie in den Wagen. Elliot nahm die kalten Zügel in seine Hand und ließ das Pferd losgehen.

Die Räder knarrten protestierend, dann begannen sie sich langsam zu drehen und knirschten durch den Schnee.

Lange brachte Elliot es nicht übers Herz, Agnes anzusehen, und als er es dann endlich tat, wünschte er, er hätte es nicht getan. Sie saß zusammengesunken und zitternd neben ihm, ihr Kinn auf die Brust gedrückt. Sie waren noch nicht einmal zwanzig Meter vom Haus entfernt, und schon jetzt begann sie zu verblühen.

Es brach ihm das Herz, ihren Schmerz zu sehen.

Sie war die einzige wirkliche Familie, die er je gehabt hatte, seine Frau, die doch nicht seine Frau war, die nie wirklich seine Frau gewesen war. Sie waren keine Liebenden, nicht im körperlichen Sinn des Wortes, und nicht einmal den Gefühlen nach.

Es war erstaunlich, wie diese Erkenntnis ihn befreite. Zum ersten Mal in vielen Jahren, vielleicht sogar überhaupt, begriff er, was er für Agnes fühlte. Sie war seine Familie. Seine Freundin. Sie war immer für ihn da gewesen, selbst dann noch, als er sie in die sterile Welt der Gläubigen gebracht hatte, und sie würde immer für ihn da sein. Ein verstohlener Blick, ein kleines Winken, ein müdes Lächeln. Sie war immer sein Fels in der Brandung gewesen, hatte ihn getröstet und ihm allein durch ihre Anwesenheit Halt gegeben.

Aber was bedeutete er für sie? Er war ihr Beschützer, ihr Retter. Nicht ihr Ehemann, das war er nie wirklich gewesen.

Er liebte sie, das war gewiss. Aber er liebte sie nicht so, wie sie geliebt werden musste. Nicht so, wie Ian sie liebte. Elliot hatte niemals wirkliches sexuelles Verlangen nach ihr verspürt – oder wenn er es einmal gefühlt hatte, dann war es schon vor sehr langer Zeit gewesen, so lange, dass er sich nicht mehr erinnern konnte. Er wollte sie aus den gleichen Gründen, aus denen auch sie ihn wollte. Damit sie nicht allein ständen in der Welt.

Doch sie war nicht mehr allein.

Der Weg gabelte sich vor ihnen. Eine Seite führte zu dem riesigen schmiedeeisernen Tor, dem der Frost jetzt einen silbernen Glanz verliehen hatte. Der andere Weg führte zurück zum Haus.

Ian lehnte sich gegen das Geländer der Veranda, die Arme hatte er fest vor der Brust verschränkt, den Mund zu einer schmalen Linie zusammengepresst. Er sah ihr nach, wie sie ihn verließ. Noch einmal.

Die Welt war still, ruhig, nur leise rauschte der Wind über dem Hufgeklapper des Pferdes.

Er stand wie erstarrt, kerzengerade, und fürchtete, dass er, wenn er sich bewegte, wenn er sogar nur mit den Augen blinzelte, hinter ihr herlaufen, neben dem Wagen auf die Knie fallen und sie anflehen würde, zu bleiben.

Heirate mich, Selena. Heirate mich, weil ich selbstsüchtig und unverständig bin und dich so sehr brauche …

Er presste die Augen zu und war noch nicht bereit, sich zu erinnern, er fragte sich, ob er je bereit wäre, sich zu erinnern.

Sein Leben lag vor ihm, endlose Tage und noch längere Nächte und gähnende, verzweifelte Einsamkeit. Kinder, die er nie haben würde, Küsse, die er nie fühlen würde.

»Himmel«, stöhnte er auf und ballte die Hände zu Fäusten. Er hatte nie gewusst, dass man einen so heftigen Schmerz fühlen und dabei noch immer atmen, noch immer weiterleben konnte.

»Sie kommen zurück«, sagte Maeve leise.

Ians Kopf fuhr hoch. Er öffnete die Augen.

Der Wagen hatte die Weggabelung erreicht und war nach links abgebogen. Zurück zum Haus.

Johann löste sich von der Tür und trat auf die Stufen. »Heiliger Strohsack.«

Sie standen alle da, Andrew, die Königin, Lara, Maeve, Johann und er, atemlos warteten und hofften sie. Doch niemand sprach ein Wort.

Der Wagen hielt vor dem Haus an.

Ian stieß sich von dem Pfosten ab und trat einen Schritt nach vorn, doch dann blieb er wieder stehen. Er sah zu Selena auf, die kerzengerade neben dem Kutscher saß. Ihre Wangen hatten sich bereits von der kalten, frischen Luft gerötet, und er dankte Gott, dass sie wieder da war. Wenn auch nur für wenige Augenblicke.

Elliot legte die Zügel aus der Hand und kletterte von dem Wagen. Er ging um den Wagen herum zu Selena und half ihr beim Aussteigen, dann führte er sie zurück zum Haus. Die Menge trat wortlos beiseite und ließ Ian allein oben auf der Treppe stehen.

Elliot führte Selena die Treppe hinauf und blieb vor Ian stehen.

Er holte tief Luft, dann nahm er ganz langsam Selenas kalte Hand und legte sie in die Hand von Ian.

»Ian«, begann er leise, aber mit fester Stimme. »Ich gebe Ihnen meine Frau, damit sie Ihre Frau wird. Alles, worum ich bitte…« Tränen standen in seinen Augen, rannen über seine Wangen. »Alles, worum ich bitte ist, dass Sie sie lieben und sie glücklich machen. Denn das kann ich nicht mehr.«

Ian fühlte den Ansturm der Gefühle, die so heftig waren, so übermächtig, dass seine Knie weich wurden. Er drückte Selenas Hand ganz fest, viel zu fest, und sah auf sie hinunter. Sie weinte leise, doch hatte sie ihn noch nicht angesehen.

»Elliot…«, flüsterte Selena und sah ganz erschrocken aus.

Elliot lächelte sie so zärtlich an, dass es einem das Herz brechen konnte. »Wir sind nicht wirklich Ehemann und Ehefrau, Selena. Das waren wir nie.«

»Aber…« Ihre Stimme brach. Sie sah zu Ian, und in ihren Augen lagen Tränen und Liebe und Verwunderung zugleich.

Elliot beugte sich zu ihr und drückte ihr einen Kuss auf die Wange. »Sei glücklich, Selena.«

Er zog seine Hand zurück und ließ ihre Hand in der von Ian, dann ging er die Treppe hinunter.

Einen Augenblick lang war Ian viel zu benommen, um zu reagieren. Doch dann zog er sie in seine Arme, erdrückte sie fast mit seiner Umarmung. Selena klammerte sich an ihn, flüsterte wieder und wieder seinen Namen, als könne sie nicht glauben, dass sie wirklich beieinander waren.

Endlich lösten sie sich voneinander, und er starrte auf sie hinunter. »Ich liebe dich so sehr«, erklärte er mit zitternder Stimme. So wenige Worte, um das heftige, schmerzliche Gefühl in seiner Brust zu erklären.

Tränen rannen über ihre rosigen Wangen. Sie lächelte ihn zitternd an, dann warf sie dem alten Mann, der sie verließ, einen traurigen Blick zu. »Das ist nicht richtig«, flüsterte sie, und noch immer rannen die Tränen.

Ian sah dem alten Mann nach, der schwerfällig durch den Schnee zu dem Wagen stapfte, seine ganze Körperhaltung brachte zum Ausdruck, dass er verloren hatte.

Und ganz plötzlich begriff Ian. Es ergab alles einen Sinn. Gott hatte von allen das Beste verlangt – von Selena, Elliot und Ian. Jeder von ihnen hatte tief in sich gehen müssen, tief in seine Seele, um dort Ehre, Liebe und Wahrheit zu finden.

Und indem sie das Gute in sich selbst gefunden hatten, waren sie reingewaschen worden.

»Du hast Recht«, stimmte er ihr leise zu. Er drückte ihre Hand, dann führte er sie die Treppe hinunter und dann durch den Schnee. »Elliot!«, rief er.

Der große Mann blieb stehen, ehe er auf seinen Wagen kletterte, und wandte sich zu ihnen um. Seine Augen weiteten sich vor Überraschung, als Ian und Selena näher kamen. Er zog den ausgebeulten Hut von seinem Kopf und drückte ihn an seine Brust. »Was ist?«

Ian brauchte einen Augenblick, um die richtigen Worte zu finden. Er wollte, dass es genau die richtigen Worte wären, aber schließlich gelang es ihm doch nicht. »Bleib«, sagte er einfach.

Selena keuchte auf, dann lächelte sie Ian an, so schmerzlich strahlend, dass er all seine Willenskraft brauchte, um sie nicht an sich zu drücken.

Maeve, die hinter ihnen auf der Veranda stand, stieß einen Jubelschrei aus, dann kam sie die Treppe hinuntergelaufen.

Elliot blickte, offenkundig völlig verblüfft, von einem zum Nächsten. »Sie wollen einfach nur höflich sein«, sagte er.

»Nein«, widersprach Ian.

Selena drückte Ians Hand, dann ließ sie ihn los und ging auf Elliot zu. »Ich habe dir einmal gesagt, dass du meine Familie bist, Elliot. Ich glaube, das ist es, was eine Familie ausmacht. Sie wächst. Es wird immer einer mehr, nach und nach, sie wächst und ändert sich und dennoch bleibt sie wundersamerweise immer gleich.«

Elliot legte eine Hand an ihr Gesicht, eine flüchtige Geste voller Gefühl. »Es gibt keine Agnes mehr«, erklärte er leise. Wieder traten Tränen in seine Augen, und er schien sich dafür nicht zu schämen. Sein Mund verzog sich zu einem zärtlichen Lächeln. »Du bietest mir eine Familie.«

Familie. Ian hörte die Ehrfurcht in seiner Stimme, und sie rührte ihn. Dieser große, entstellte Mann hatte sich das gewünscht, was sich alle wünschten, was sie alle fanden, wenn sie nur ihre Herzen öffneten.

Elliot brauchte jetzt nur noch zu nicken, und alles wäre gut. Er könnte Selena freigeben, könnte sich selbst von ihrer gemeinsamen Vergangenheit befreien. Zusammen könnten sie alle eine Zukunft aufbauen.

Es war so einfach, so unglaublich einfach. Selena hatte von Anfang an Recht gehabt. Die Welt bestand aus Entscheidungen, einfachen, geradlinigen Entscheidungen.

»Elliot«, begann sie mit dieser rauchigen Stimme, die ihr zu Eigen war, mit dieser Stimme, die Ian immer wieder bezwang. »Du gehörst hierher zu uns.«

Maeve trat neben Elliot und legte ihre schlanke Hand auf seine breite Schulter. »Bleibe, Elliot.«

Elliot sah auf. Über den Kopf von Maeve starrte er Ian an, stellte ihm schweigend eine letzte Frage.

Ganz langsam nickte Ian.

Ein Lächeln breitete sich über Elliots Gesicht aus. »Ich würde gern bleiben.«

Lauter Jubel brach unter den Menschen aus, die hinter Ian standen, sie alle kamen hinzugelaufen, schüttelten Elliot die Hand und schlugen ihm auf den Rücken. Sie hießen ihn willkommen.

Selena wandte sich zu Ian, und er wusste, selbst wenn er hundert Jahre alt würde, würde er diesen Augenblick niemals vergessen, diesen Blick strahlender Liebe in ihren Augen.

Sie schmiegte sich in seine Arme. Er hielt sie fest, fühlte, wie sie sich an ihn drückte, und wusste, dass es diesmal für immer war. Er schloss die Augen, hörte in der Ferne das Rauschen des Meeres, hörte das Schnauben des Pferdes, das Gemurmel der Stimmen im Hintergrund. Irgendwo schrie eine Möwe, und es klang wie der Schrei eines neugeborenen Babys. Es war Gottes herrliche Symphonie.

Langsam öffnete er die Augen und sah auf sie hinunter, er liebte sie so sehr, dass es schmerzte. »Ach, Göttin«, hauchte er mit erstickter Stimme. »Endlich höre ich die Musik.«

Epilog

Man sagt, dass das alte Herrenhaus an der einsamen Küste von Maine noch immer steht, dass es auf eine liebevolle Hand wartet, die es restauriert und zu seiner früheren Großartigkeit wiedererweckt. Bäume und Unterholz sind über den einstmals gepflegten Rasen gewachsen, haben ihre grünen Arme ausgebreitet und um das abgeblätterte Geländer der Veranda geschlungen. Tausende weißer Wildblumen blühen noch immer zwischen dem Unkraut, ihr Duft ist eine süße Erinnerung an vergangene Tage.

Niemand besucht das alte Haus, seit Jahren schon nicht mehr. Die vielen Kinder von Ian und Selena sind schon lange aus dem Nest geflogen, haben sich verteilt wie der Staub im Wind, haben ihre Kinder und Enkel an anderen, moderneren Orten großgezogen.

Aber ab und zu bahnt sich einer der Anwohner seinen Weg durch das überwucherte Gelände, um sich das alte Haus noch einmal anzusehen, und selbst jetzt noch, mehr als ein Jahrhundert später, begrüßt ihn dieses Haus mit den zerbrochenen Fenstern. Mit den Jahren hat mehr als nur einer der Leute behauptet, dort Lachen gehört zu haben. Einige sagen, es war der Wind, andere behaupten, es seien die ruhelosen Geister der Verrückten, die dort früher einmal gelebt haben.

Die Kinder wissen es allerdings besser, auch die Enkelkinder. Dieses wilde, einsame Haus am Meer ist wie kein anderes Haus, es wird nicht von Dämonen oder Zauberern oder dem Bösen heimgesucht, sondern von der Erinnerung an eine leidenschaftliche, unendliche Liebe.

Denn wenn die Nächte dunkel sind, wenn Ebbe ist und die Wildblumen leuchten wie verstreute Diamanten auf der dunklen Wiese, hängt der Klang des Lachens in der Luft. Und die Liebenden hören es, wenn sie an dem einsamen Strand stehen und auf den Mond warten.